百家經典

# 唐詩三百首大全集

【清】蘅塘退士　編撰
　　　顏興林　注釋

## 關於 ・ 本書

　　唐朝（618年—907年）二百九十年間，是中國詩歌發展的黃金時代，雲蒸霞蔚，名家輩出，唐詩數量多達五萬首。孫琴安《唐詩選本六百種提要·自序》指出，「唐詩選本經大量散佚，至今尚存三百餘種。當中最流行而家傳戶曉的，要算《唐詩三百首》。」其實，唐詩是將中文的文字之美，推上了另一高峯，她將文字的韻味發揮得淋漓盡致，讓人目不暇給、美不勝收！

　　《唐詩三百首》收錄了77家詩，共311首，在數量以杜甫詩數多，有39首、李白詩33首、王維詩29首、李商隱詩24首、孟浩然詩14首。是仿《詩經》三百篇（共305篇）之作，俗話說：「熟讀唐詩三百首，不會作詩也會吟。」是中小學生接觸古典詩歌最好的入門書籍。

## 關於 ・ 作者

　　編者孫洙，別號蘅塘退士，江蘇無錫人，清乾隆十六年（1751年）進士。乾隆二十八年春，孫洙與夫人徐蘭英開始編選《唐詩三百首》。孫洙編選唐詩，是依據沈德潛（1673年—1769年）《唐詩別裁》及王士禎（1634年—1711年）《古詩選》、《唐賢三昧集》、《唐人萬首絕句選》為主，雜以其他唐詩選本。

　　《唐詩三百首》的題材廣泛，反映唐代的政治矛盾、邊塞軍事、宮閨婦怨、酬酢應制、宦海升沈、隱逸生活等。但《唐詩三百首》也有一些遺珠，如杜甫《自京赴奉先縣詠懷五百字》、《北征》，白居易《新樂府》以及皮日休、李賀等人的作品，未被選入。《唐詩三百首》向來有幾種注釋本流行，其中以陳婉俊的補註較為簡明。朱自清著有《唐詩三百首讀法指導大概》一文，近人金性堯根據《唐詩三百首》重新加注。

# 目　錄

## 卷三・七言古詩

## 卷四・七言樂府

## 卷五・五言律詩

# 感遇十二首（選二）

張九齡

## 其　一

蘭葉春葳蕤，桂華秋皎潔<sup>①</sup>。
欣欣此生意，自爾為佳節<sup>②</sup>。
誰知林棲者，聞風坐相悅<sup>③</sup>。
草木有本心，何求美人折<sup>④</sup>？

【作者簡介】

　　張九齡（673—740），字子壽，一名博物，韶州曲江（今廣東韶關）人，世稱「張曲江」。唐中宗景龍初進士，後歷任校書郎、左拾遺、中書舍人、集賢院士、中書侍郎。唐玄宗開元二十二年（734），遷中書令。後為奸臣李林甫所排擠，被貶為荊州大都督長史。張九齡是一位有膽識、有遠見的政治家，為官期間直言敢諫、舉賢任能，不徇私枉法，不趨炎附勢，為「開元之治」作出了積極貢獻。

　　張九齡的詩早年辭藻清麗，情致深婉，為詩壇前輩張說所讚賞。被貶之後，其詩風轉趨樸素遒勁，多採用比興，寄託深遠的人生慨望，對掃除初唐所沿襲的六朝綺靡詩風有一定貢獻，被譽為「嶺南第一人」。有《曲江集》。

【註釋】

① 葳蕤：草木繁盛，枝葉下垂的樣子。桂華：即桂花。

② 自爾：自然地。佳節：美好的季節，指春天和秋天。

③ 林棲者：住在山林裏的人，指隱士。聞風：聽到蘭、桂的風韻。坐：

因而，一說指深，極。

④美人：指山中隱士。折：采折，欣賞。

## 【評析】

　　唐開元末年，玄宗沉迷酒色，荒廢朝政，寵倖奸臣李林甫，致使朝政腐敗，國力衰弱。李林甫口蜜腹劍，為人陰險，他獨攬朝政，大肆排除異己，張九齡也受讒被貶。被貶後，張九齡作《感遇十二首》，以比興手法，托物言志，抒發了對時局的不滿，表達了自己剛正不阿的高潔操守。

　　詩的開始，詩人用整齊的對偶句式描寫了蘭草和桂花的無限生機和清雅高潔的品性。「葳蕤」和「皎潔」形象地表現了蘭桂開放之盛、風華之美。「自爾」二字點明了蘭草和桂花應時而綻放，欣欣向榮、生機勃勃，所以使春與秋自然地成為佳節，這表明了它們雖繁盛卻不諂媚，不求人知的高潔品質，為下文作了鋪墊。

　　第五句開始，詩境陡轉，「誰知」二字自然地引出了隱居深山的美人，也就是具有蘭桂品質的隱逸高士。他們與蘭桂品性相合，故而能「相悅」。既然相悅，想必「美人」定會採蘭桂以自娛，然而詩人並未這樣寫。最後兩句，詩人用「何求」二字再次將筆鋒一轉，另辟新意：春蘭秋桂具有芳潔的品質，不是為了獲得美人的攀折玩賞，也決不會因無人採折而減損其光輝。詩人以此來比喻賢人君子的潔身自愛。君子修身養性，那只是品性使然，決不是想以此獲得名利獎譽；君子之節，無論逆境順境，都不會變。至此，全文主旨完美托出。

# 其　七

　　　　江南有丹橘，經冬猶綠林。
　　　　豈伊地氣暖，自有歲寒心①。
　　　　可以薦嘉客，奈何阻重深！
　　　　運命唯所遇，循環不可尋②。
　　　　徒言樹桃李，此木豈無陰③？

## 【註釋】

① 豈：難道。伊：彼，那裏。歲寒心：指耐寒的本性。

② 運命：運氣，命運。唯：只能。尋：推究。

③ 徒言：只說。桃李：代指李林甫之流。此木：指丹橘。

## 【評析】

前一首詩中，詩人以蘭桂自比，而這一首詩中，詩人以丹橘自況，二者皆為托物言志體的佳作。但在前一篇中，詩人似無東山再起之意，只想做個孤芳自賞的隱士，而在這一篇中，詩人卻似有回朝之意，他借歌頌丹橘表達了自己遭受排擠的憤懣心情和懷才不遇的深深無奈。

開篇便寫江南丹橘耐寒的特性，並在下面的詩句中進一步說明，丹橘耐寒並不是因為南方地暖，而是「自有歲寒心」，這就不得不讓人讚歎了。「豈」與「自有」一問一收，敘述得跌宕起伏，頗具韻味。詩人表面讚賞丹橘，其實也是自抒己志。

丹橘不僅耐寒，而且果實佳美，可以貢獻嘉客，這就好比詩人滿腹才華，可堪重用。然而南方路遠，重山深水，阻隔了丹橘外傳之路，而詩人被放逐到與長安相隔千山萬水的荊州，空有報國之志，卻難以派上用場。第七、八句是詩人深深的感慨，明確地吐露了托物言志之意，詩人將不幸的遭遇歸於命運，他認為命運的好壞就像循環往復的自然之理一樣，無法推究。此時詩人的感情是十分複雜的。

末尾詩人用了反問的句式質問世人：為什麼只說栽種桃李，難道丹橘就無法遮蔭？詩人情感熾烈，心中憤懣不平，卻又無可奈何。

全詩不事雕琢，兩個反問句，使得詩情跌宕起伏。雖是抒不平之情，詩的語氣卻是溫和敦厚的，不著形跡，意境超然。

# 下終南山過斛斯山人宿置酒①

李白

暮從碧山下，山月隨人歸。
卻顧所來徑，蒼蒼橫翠微②。
相攜及田家，童稚開荊扉。
綠竹入幽徑，青蘿拂行衣③。
歡言得所憩，美酒聊共揮④。
長歌吟松風，曲盡河星稀⑤。
我醉君復樂，陶然共忘機⑥。

## 【作者簡介】

　　李白（701—762），字太白，號青蓮居士，被譽為「詩仙」。祖籍隴西成紀（今甘肅天水附近），隋末遷居中亞碎葉城（當時屬唐朝領土，今屬吉爾吉斯斯坦），李白即出生於此。

　　李白從小受到儒、釋、道、縱橫等各家思想的影響，青年時代，他懷著雄心壯志漫遊蜀中及長江流域等地。天寶元年（742），由於道士吳筠的推薦，唐玄宗徵召他赴京供奉翰林，為唐王朝歌功頌德。當時正值李林甫掌權，楊貴妃和高力士受寵的時候，朝政極其敗壞，李白對權貴們既蔑視又憎惡，因此遭到讒毀，不到三年，即被排擠出長安。之後李白繼續漫遊，足跡遍江、河南北。「安史之亂」爆發後，李白參加了永王李璘的幕府，但不久由於李璘與其兄肅宗發生矛盾，李璘被殺，李白也獲罪而被流放夜郎（今貴州桐梓縣一帶），中途遇赦放回。此時李白雖已五十九歲，但他平定叛亂的壯志未改，第二年又去參加李光弼的東征，不料「半道病還」。六十二歲時，李白病死於安徽當塗。

　　李白一生，絕大部分時間是在唐玄宗統治的盛唐即開元、天寶年間度過的，這正是李唐王朝國勢極盛，經濟文化高度繁榮的時期，同時也是社會矛盾加深，危機四伏的時期，「安史之亂」宣告了盛唐的終結。李白的詩歌主要是反映「安史之亂」前的社會現實和時代面貌，對「安

史之亂」後的時代面貌也有所反映，在他留存的九百多篇詩中，大部分都鮮明地表現了他對封建權貴的輕蔑，對腐朽政治的揭露，對人民疾苦的同情，對衛國戰爭的歌頌，對「安史之亂」的強烈憤慨，對祖國山河的熱情讚美。他的不少作品也流露出道家人生如夢、及時行樂和儒家「窮則獨善其身」的消極情緒。

　　李白是我國浪漫主義詩人的傑出代表，他出色地繼承並發展了屈原的藝術傳統。他的詩歌大量運用誇張的手法，想像極為豐富，用筆豪邁。他也是我國古典詩歌史上善於學習漢魏六朝樂府民歌而成就最大的傑出代表。李白的詩歌各體俱佳，其中又以七言歌行和七言絕句最為擅長，他在我國詩歌史上的地位是崇高的。有《李太白全集》。

【註釋】

① 終南山：即秦嶺，又名中南山或南山，在今陝西西安市南，唐朝士人為了仕進多隱居在此待價而沽。斛斯山人：複姓斛斯的隱士。

② 卻顧：回頭看。蒼蒼：深青色，也指蒼色。翠微：指青翠的半山腰。

③ 青蘿：即女蘿，又名松蘿、菟絲，地衣類植物。

④ 憩：休息。揮：原指倒去餘酒，這裏指舉杯飲酒。

⑤ 松風：古樂府琴曲名，即《風入松曲》。河星稀：銀河中星光細微，代指夜已深。

⑥ 陶然：歡樂自在。忘機：忘卻世俗功利之心，心地淡泊與世無爭。

【評析】

　　天寶三年（744），李白在長安供奉翰林，本詩寫的是詩人在月夜從終南山下來到田家訪問一位複姓斛斯的隱士，並和他一同飲酒高歌，直至深夜的歡樂情景。

　　詩的前四句層層相扣，用筆簡練，神色兼備，描繪出暮色蒼蒼中的山林美景。而「山月隨人歸」又用擬人手法，將山月寫得脈脈含情，也表現出詩人對此美景的迷戀。

　　第五句開始，轉為對田園、飲酒的描寫。可謂其樂融融，凸顯出淡雅自

然的生活情趣。第七、第八句是對田園之景的描寫，以「綠竹」和「青蘿」表現出隱居田園的清幽恬適，而「入」和「拂」二字則賦予了景物以活力，使得整個畫面充滿了生機和意趣，流露出詩人的欣賞豔羨之情。

接下來，詩人與斛斯山人舉杯暢飲，縱情高歌，一個「揮」字形象地描繪出詩人暢飲美酒的豪邁和喜悅之情。最後一句「陶然共忘機」寫酒醉之後，詩人高興地將俗務全都拋卻，心境也變得淡泊純澈。整首詩的意境也從方才飲酒時的熱鬧轉入幽遠靜謐，加上此時是深夜，又在山中，使得全詩入於一種空靈之境。

這首詩在讚美山林和田園美景的同時，也反映了詩人對隱居生活的嚮往，可見他當時受權貴排擠，已經萌生離開長安之意。

## 月下獨酌

李白

花間一壺酒，獨酌無相親。
舉杯邀明月，對影成三人[①]。
月既不解飲，影徒隨我身。
暫伴月將影，行樂須及春[②]。
我歌月徘徊，我舞影零亂。
醒時同交歡，醉後各分散。
永結無情遊，相期邈雲漢[③]。

【註釋】

① 三人：指詩人、明月以及詩人在月光下的影子三者。

② 將：和。須：應該。及春：趁著春光明媚之時。

③ 無情遊：忘情的交遊。邈：遠。雲漢：銀河。

## 【評析】

　　李白性格孤傲，在長安受到排擠，他既無法改變現狀，又沒有其他前途可言；他內心寂寥、孤苦無奈，只好舉杯邀明月共飲，以排遣心中的孤寂苦悶，抒發狂放不羈的情懷。本詩為《月下獨酌》四首中的第一首。

　　詩的前四句描寫了人、月、影相伴對飲的畫面，而登場的角色卻只有詩人。「獨酌無相親」是現實，詩人寂寞一人，無人相伴，於是他將明月和自己的影子視為陪伴他的知己，場面彷彿逐漸熱鬧起來，但這其實更加突顯出詩人的孤獨。詩人心中雖苦，但他決不表現出苦態，於是便發出「行樂須及春」的宣言，在迷醉的春夜裏及時行樂。他的孤獨寥落、苦中作樂頓時躍然紙上。

　　第七句開始，詩人明顯是醉了，他酒意大發，邊歌邊舞。最後兩句，詩人真誠地和「月」、「影」相約：永結無情遊，相期邈雲漢。可是「月」、「影」畢竟都是無情之物，把無情之物結為交遊，主要還是詩人自己有情，而詩人的孤獨苦悶也溢於言表。

　　本詩以動寫靜，以熱鬧寫孤寂，形成了強烈的藝術效果，詩人運用豐富的想像，表現出一種由獨而不獨，由不獨而獨，再由獨而不獨的複雜情感。表面看來，詩人真能自得其樂，可是背後卻蘊藏著無限的淒涼。


# 春　思

李白

　　燕草如碧絲，秦桑低綠枝①。
　　當君懷歸日，是妾斷腸時。
　　春風不相識，何事入羅幃②？

## 【註釋】

① 燕：燕地，在今河北一帶。秦：秦地，在今陝西一帶。

② 羅幃：絲織的帳幕。這裏代指女子的閨房。

【評析】

　　這是一首思婦詩，寫秦中女子春日思念在北方燕地戍邊的丈夫。全詩以春景托情，春景成了聯繫他們相思的紐帶。

　　開篇兩句以相隔遙遠的燕、秦兩地的春天景物起興，頗為別致。「燕草如碧絲」是思婦想像之景，而「秦桑低綠枝」是思婦親眼目睹之景色。這二者都從思婦一邊寫出，在邏輯上似有不通，但從情感上來看，卻甚為合理。思婦思念丈夫心切，她的心牽掛著燕地的一草一木，從而想像出燕地春景，是再正常不過的。而「絲」與「思」，「枝」與「知」也諧聲雙關。

　　第三、四句中，思婦料想遠在燕地的丈夫此刻見到碧絲般的春草，也必然會萌生思歸的念頭。按常理來說，思婦應該高興才是，為何接下來卻寫「斷腸」呢？因為燕地處北，氣候寒冷，生草遲。當燕地春草萌生之時，丈夫才有歸家之念，而此時溫暖的秦地，桑柳已綠枝低垂，思婦思念丈夫已久，幾近斷腸。這種對比的寫法對表現思婦的感情又進了一層。

　　最後兩句，詩人捕捉了思婦在春風吹入閨房，掀動羅幃的一霎那的心理活動，表現了她對丈夫忠貞不渝的情操。反詰春風，愈見思苦情深，婉曲動人。

# 望　嶽①

杜甫

　　岱宗夫如何？齊魯青未了②。
　　造化鍾神秀，陰陽割昏曉③。
　　蕩胸生層雲，決眥入歸鳥④。
　　會當凌絕頂，一覽眾山小⑤。

【作者簡介】

　　杜甫（712—770），字子美，自號少陵野老，世稱杜工部、杜少陵等，被譽為「詩聖」，其詩被稱為「詩史」。唐代鞏縣（今河南鞏義市）

人，出生於「奉儒守官」的地主家庭。他的思想和創作，隨著他的生活條件和地位的變化，經歷了不同的發展時期，呈現出比較複雜的情況。青年時期，他曾到吳、越、齊、趙等地漫遊。三十五歲到京城長安求官，困居將近十年，才得到右衛率府兵曹參軍的小官職。在此十年間，他生活困頓，往往受到饑寒的威脅，甚至連他的小兒子也餓死了。為了一官半職，他到處求人，經常遭受白眼，但他也因此接觸到社會的黑暗現實並對他的創作產生了深刻的影響。

「安史之亂」爆發後，杜甫在長安失陷前夕，帶著家眷逃亡鄜州（今陝西富縣）。他聽說肅宗在靈武即位，即隻身前往，中途被叛軍俘虜到長安。在這裏，他親眼目睹了叛軍對人民的殘暴屠殺，十分憤慨。肅宗至德二年（757）四月，杜甫冒險逃出長安，直奔鳳翔。這一段逃難經歷和俘虜生活，進一步擴大了他的視野，並對他日後的詩歌創作，有著重大的突破。

杜甫到了鳳翔，被肅宗授為左拾遺，但未受到肅宗的重視，很快又因營救房琯而觸怒肅宗，被貶華州。肅宗乾元二年（759）三月，官軍在鄴城潰敗，為了補充兵員，不分男女老少到處亂抓壯丁，對人民的兇暴程度不減於叛軍。在從洛陽趕回華州的途中，杜甫根據自己的見聞和感想，寫下了《新安吏》《潼關吏》《石壕吏》《新婚別》《垂老別》《無家別》這一震古鑠今的組詩，史稱「三吏」「三別」。這個時期，杜甫的詩歌創作發展到了一個新的高度。

乾元二年下半年，杜甫入川，到成都後，得到朋友的幫助，在浣花溪畔修築了一所草堂，史稱「成都草堂」，生活暫時安定下來。但不久又幾經戰亂，他再度流亡近兩年才回到成都草堂。後移居夔州等地。唐代宗大曆三年（768），杜甫離川東下，轉徙鄂、湘之間，生活陷於困境。到達潭州，又因臧玠之亂而逃難。大曆五年（770），杜甫病死於湘江舟中。在漂泊西南時期，杜甫寫了大量關心時局、同情人民的詩篇，其中有不少傑作。

杜甫生活在唐朝由盛轉衰的大動盪時期，他的詩多涉及社會動盪、政治黑暗，反映了當時的社會矛盾和人民疾苦。杜甫的後半生，無論在

怎樣的困難處境中，他都能嚴肅地正視現實，從不忘懷政治，始終熱情地關注民族命運和民生疾苦。他憂國憂民，人格高尚，詩藝精湛，創作的熱情至死不衰。杜甫在我國詩歌發展史上所作出的貢獻是巨大的，他對後世的影響是深遠的。有《杜工部集》。

## 【註釋】

① 嶽：這裏指東嶽泰山。泰山為五嶽之首，其餘四嶽為西嶽華山、北嶽恒山、南嶽衡山、中嶽嵩山。

② 岱宗：即泰山。岱是泰山的別稱，因泰山是五嶽之首，所以又稱「岱宗」。夫：語氣助詞。齊魯青未了：指走完齊魯兩國國境，還可望見泰山的青色。

③ 造化：大自然。鍾：聚集。神秀：天地之靈氣，神奇秀美。陰陽：陽是山南向日處，陰是山北背日處。昏曉：黃昏和早晨。

④ 蕩胸生層雲：指因望見山上雲層迭起而心胸激蕩。決眥：極力張大眼眶。入歸鳥：歸鳥收入眼中。

⑤ 會當：定要，應當。絕頂：泰山最高峰。

## 【評析】

　　這首詩是杜甫青年時代的作品，是杜甫在應進士落第後北游齊趙中赴兗州省親（當時他父親杜閑任兗州司馬）時所作。全詩朝氣蓬勃，開朗明闊，氣勢不凡，意境遼遠，將詩人的抱負和理想都蘊含其中。

　　詩的前兩句以設問的形式，寫出了詩人初見泰山時的驚歎仰慕之情，非常傳神。「青未了」是說蒼翠的山色綿延無際，突出了泰山山脈綿延的特點。

　　第三、四句寫的是近望泰山之景，具體展現了泰山的秀麗山色和巍峨之態。「鍾」字將大自然擬人化，寫得格外有情，就好像大自然將靈秀之氣全賦予了泰山。「陰陽割昏曉」是寫泰山極高，山的陰面和陽面判若晨曉。「割」字用得極妙，形象地刻畫出泰山雄奇險峻的特點。

　　第五、六句寫的是細望泰山之景。見山中雲氣層出不窮，令人心胸激蕩。「歸鳥」可知時已薄暮，詩人極力睜大眼在看，可見眼界的空闊，其中

也蘊藏著詩人對大好河山的熱愛之情。

　　最後兩句，是詩人望泰山後的感受，不僅寫出了泰山的雄偉，也表現出詩人的心胸氣魄，表現出一種昂揚向上、積極進取的精神。

　　全詩雖沒有一個「望」字，卻緊扣「望」這個主題，句句寫出向東嶽泰山看去，距離由遠及近，時間從朝到暮，其結構嚴謹，形象鮮明，具有一股雄渾的氣勢。

# 贈衛八處士①

杜甫

人生不相見，動如參與商②。
今夕復何夕？共此燈燭光③！
少壯能幾時？鬢髮各已蒼！
訪舊半為鬼，驚呼熱中腸④。
焉知二十載，重上君子堂。
昔別君未婚，兒女忽成行。
怡然敬父執，問我來何方⑤？
問答未及已，驅兒羅酒漿。
夜雨剪春韭，新炊間黃粱⑥。
主稱會面難，一舉累十觴⑦。
十觴亦不醉，感子故意長。
明日隔山嶽，世事兩茫茫⑧。

【註釋】

① 衛八：名不詳，八是他在兄弟中的排行。處士：隱居不仕的人。

② 參、商：二星名，不同時出現，一出一沒，永不相見。這裏比喻詩人和友人久別不得見面。

③ 今夕復何夕：這句用驚呼的口吻表示今昔朋友聚首的難得。

④訪舊：打聽故舊友人的消息。熱中腸：心中火辣辣的，形容情緒極為
　激動。

⑤怡然：活躍的樣子。敬：尊敬。父執：父親的好友。

⑥夜雨剪春韭：夜晚冒雨去菜園中割韭菜。東漢郭林宗自種菜圃，友人
　范逵夜訪，郭冒雨剪韭，殷勤款待。此處化用其典。新炊：剛煮好的
　飯。間：夾雜。黃粱：即黃小米。

⑦主：指衛八。累：接連。觴：酒杯。

⑧山嶽：原指華山，這裏指離別後山河相隔。茫茫：渺茫難知。

## 【評析】

　　杜甫被貶華州後，於乾元二年（759）探望洛陽故居陸渾莊，返華州途
中經過奉先縣時，與少年至交衛八處士重逢。當晚留宿衛家，兩人飲酒話
舊，倍覺情親，離別前吟贈此詩。全詩抒寫了詩人由人生的離多聚少和滄桑
世事而引發的感慨。

　　開頭四句，寫久別重逢，從離別說到聚首，亦悲亦喜，悲喜交集，把強
烈的人生感慨帶入了詩篇。第五至第八句，詩人從容貌變化說起，感慨青春
已去，如今鬢髮蒼蒼。又想起故舊，多半已不在人間，詩人和友人不禁失聲
驚呼，心中悲痛難受。這透露了干戈亂離、人命危淺的現實。

　　第九至第十四句，是對兩人聚首，友人及其家人熱情招待詩人的描寫。
當年友人還未婚，如今已兒女繞膝，在小孩子的眼中，詩人是陌生人，所以
「問我來何方」。這進一步抒發了世事變遷，轉眼韶華已逝的感慨，同時孩
子們的天真熱情也讓詩人倍感溫馨。

　　第五至二十二句，友人一家對於詩人到訪很是開心，全家忙碌不停，好
菜、好飯、好酒款待，菜是冒著夜雨剪來的春韭，飯是新煮的黃粱飯，這自
然是隨其所有而置辦的家常飯菜，體現出老朋友間不拘形跡的淳樸友情，這
真摯感人的情意，讓飽嘗顛沛流離之苦的詩人感受到了難得的溫暖。「感子
故意長」是總結前文，概括地點出了今昔的感受。

　　最後兩句點出明日之別，委婉地表達了再次別離給詩人帶來的憂傷之
情。「茫茫」二字體現了詩人心中的失落和對前路的迷茫，使全詩在沉鬱悲

愴的氣氛中完結。

　　全詩平易真切，層次井然，寫久別老友重逢話舊，家常情境，家常話語，娓娓道來，表現了亂離時代一般人所共有的「滄海桑田」和「別易會難」之感。

# 佳　人

杜甫

絕代有佳人，幽居在空谷①。
自云良家子，零落依草木②。
關中昔喪亂，兄弟遭殺戮③。
官高何足論，不得收骨肉④。
世情惡衰歇，萬事隨轉燭⑤。
夫婿輕薄兒，新人美如玉⑥。
合昏尚知時，鴛鴦不獨宿⑦。
但見新人笑，那聞舊人哭。
在山泉水清，出山泉水濁。
侍婢賣珠回，牽蘿補茅屋⑧。
摘花不插髮，採柏動盈掬⑨。
天寒翠袖薄，日暮倚修竹⑩。

## 【註釋】

① 絕代：形容美色舉世無雙。佳人：美女。漢李延年《北方佳人歌》：「北方有佳人，絕世而獨立。」幽居：靜處，恬淡自守。

② 良家子：富貴人家兒女。零落：飄零流落。依草木：指住在山林裏。

③ 關中：指潼關以西，今陝西南部地方，即唐都城長安所在地。喪亂：指「安史之亂」。戮：殺。

④ 官高：指佳人遇害的兄弟曾任大官。何足論：不值得說，指無作用。

骨肉：骨肉至親，即遇難的兄弟。

⑤衰歇：衰弱。轉燭：燭火隨風轉動，比喻世事反覆無常。

⑥夫婿：丈夫。新人：指丈夫新娶的妻子。

⑦合昏：即合歡樹，複葉朝開夜合，故云「知時」。鴛鴦：水鳥，雌雄成對，形影不離，故云「不獨宿」。

⑧賣珠：指因生活窮困而賣珠寶。補茅屋：指所居簡陋。

⑨摘花不插髮：指無心修飾。採柏：採摘柏樹葉。動：往往。盈：滿。掬：雙手承取，即一捧。採柏動盈掬：暗喻甘於清苦。

⑩翠袖：指綠色的衣服，這裏以部分代替全部，即以袖子代指衣服。修竹：長竹。竹經寒不凋，比喻佳人高尚的節操。

## 【評析】

　　乾元二年（759）初夏，杜甫由洛陽回到華州。關中大旱，餓殍遍野，杜甫便棄官移居秦州（今甘肅天水），過起負薪採橡栗的生活。但他棄官的根本原因是政治上一再遭到排斥，他見朝政混亂，社會動盪，對唐王朝已經失望。在困窘的情況下，杜甫始終不忘國憂，於秋季作了這首《佳人》，詩中寫一個亂世佳人被丈夫遺棄，幽居空谷，艱難度日的淒涼處境。杜甫借他人之酒澆胸中塊壘，在佳人身上暗喻自己的身世之感。這是一首客觀反映與主觀寄託相結合的詩作。

　　開頭兩句點題，寫佳人貌之美，品之高，以幽居的環境襯出佳人的孤寂，點出其命運之悲，處境之苦，其中隱含著詩人對於自身命運的感慨。

　　第三句開始，是佳人自述，她本是富貴人家的兒女，但遭逢亂世，飄零流落，孤苦無依。關中遭受戰亂，佳人的兄弟被殺，連屍骨都無法收葬。縱然他們曾是高官，但又能怎樣呢？這表明了戰爭的殘酷，時局的動亂。

　　第九至第十六句，寫佳人因家勢衰敗，慘遭丈夫拋棄的悲苦遭遇，其中以「轉燭」飄搖不定，比喻世事轉變，光景流逝的迅速。「新」與「舊」，「笑」與「哭」形成強烈對照，被遺棄女子聲淚俱下的痛苦之狀，如在眼前。這段自述把世態的炎涼和人情的冷暖深深地刻畫了出來。

　　「在山泉水清，出山泉水濁」出自《詩經·小雅》中的「相彼泉水，載清

載濁」。就本詩而言，泉水是佳人自喻，這兩句意為：婦女如在夫家，為夫所愛，人們便說她是清的；如被夫所遺棄，離開了夫家，人們便說她是濁的。這兩句的含義眾說紛紜，另一種解釋說：人處空谷幽寂之地，就像泉水在山，沒有什麼能影響其清澈；佳人的丈夫出山，隨物流蕩，於是就成了山下的濁泉。而佳人寧肯受饑寒，也不願再嫁，成為那濁泉。

「侍婢賣珠回，牽蘿補茅屋」是對佳人山中生活的描寫，其經濟拮据，生活困苦，可見一斑。雖然如此，但佳人甘於清苦，寧願幽居空谷，也不願再捲入污濁紛繁的俗世，可見其品格高雅和與世斷絕之念。

最後兩句刻畫出佳人的孤高和絕世而立，這個畫面既體現出體態美，又包含了意態美。這種美，不僅是佳人身上的女性美，也是古代士大夫追求的一種理想美。


# 夢李白二首

杜甫


## 其 一

死別已吞聲，生別常惻惻①。
江南瘴癘地，逐客無消息②。
故人入我夢，明我長相憶。
恐非平生魂，路遠不可測③。
魂來楓林青，魂返關塞黑④。
君今在羅網，何以有羽翼⑤？
落月滿屋樑，猶疑照顏色。
水深波浪闊，無使蛟龍得⑥。

浮雲終日行，遊子久不至[7]。
三夜頻夢君，情親見君意。
告歸常局促，苦道來不易。
江湖多風波，舟楫恐失墜。
出門搔白首，若負平生志[8]。
冠蓋滿京華，斯人獨憔悴[9]。
孰云網恢恢？將老身反累[10]。
千秋萬歲名，寂寞身後事[11]。

## 【註釋】

① 吞聲：形容極度悲慟，哭不出聲來。惻惻：悲痛。這裏說生離比死別更痛苦，死別的痛苦有限，痛哭一場，不會再存重見之望，而生離則會因經常盼望重逢而悲傷。

② 江南：指長江以南地區。李白下獄之地在潯陽，流放之地在夜郎，均屬江南範圍。瘴癘：指我國南方山林間濕熱蒸鬱之氣而造成的疾疫。

③ 平生：平時。這裏指生前。魂：魂魄。舊時迷信說每人都有可以離開肉體而活動的魂魄（精神）。不可測：不可預料。這裏指杜懷疑李白在獄中或流放途中已死亡。當時有李白在流放途中落水而死的謠傳。

④ 楓林青：這是杜甫設想李白魂來時的情景，因為江南多楓林。關塞黑：杜甫所在地秦州，多關塞。

⑤ 羅網：捕鳥工具，這裏指法網。羽翼：翅膀。意謂李白已身在法網，失去自由，又怎麼有羽翼從江南飛到秦州呢？

⑥ 無使蛟龍得：不要失足落入蛟龍的嘴裏。

⑦ 浮雲：比喻遊子飄游不定。這裏化用李白詩《送友人》的「浮雲遊子意」之意。遊子：指李白。

⑧ 搔白首：以手搔頭，焦急或有所思的樣子。平生志：平生的抱負。

⑨ 冠蓋：古代官吏的帽子和車蓋，指達官貴人。斯人：此人，指李白。

⑩ 網恢恢：《道德經》云：「天網恢恢，疏而不漏。」天網：天理。恢恢：廣大的樣子。將老：此時李白已五十九歲。身反累：指無辜受連累。

⑪「千秋」二句：指李白一定能名流千古，但那是死以後的事情，無補於他生前的悲慘遭遇。

## 【評析】

　　杜甫和李白都是唐朝偉大的詩人，他們的友誼是文學史上的佳話。

　　唐玄宗天寶三年（744），杜甫和李白在洛陽偶然相逢，一見如故，之後一同遊歷，朝夕共處。次年，二人在山東兗州石門分手後，就再沒見過面。臨別時，李白作《魯郡東石門送杜二甫》。之後杜甫多次作詩懷念李白。至德元年（756），李白參加永王李璘幕府，明年李璘兵敗，李白受到牽連，被流放夜郎。乾元二年春因天旱大赦，中途得以赦還。杜甫身在秦州，地方僻遠，消息阻隔，只聽聞李白被流放，卻不知已被赦還，仍為李白憂慮不安，他一連三夜夢到李白，便作了這組詩。前一首寫第一次夢見李白時的心理，表明詩人對李白前途吉凶的極度關心。第二首寫夢裏見到的李白的形象，抒發了對李白際遇的憤慨不平。兩首詩充分表現了杜甫對李白生死不渝的深摯情誼。

　　開篇「死別已吞聲，生別常惻惻」兩句直言生離死別的痛苦，並說生離比死別更痛苦，渲染出一片彌漫全詩的悲愴氣氛。

　　接著詩人寫到李白出現在夢中的情景，他不說夢見李白，而說李白入夢，而李白之所以入夢，是因為感知到了詩人對他的思念。這表現了詩人乍見李白時的喜悅和欣喜。但這種欣喜轉瞬即逝，詩人聯想到當時有關李白下落的各種不祥傳聞，不禁心中憂慮。「君今在羅網，何以有羽翼」是詩人心中的疑問。詩人越是思念李白，就越是怕李白遭遇不測，可內心卻總是有不祥的預兆，以致在夢見李白時也對他的境遇擔憂，繼而生出深深的恐懼。詩人對自己夢中心理的刻畫，細膩而逼真。

　　「魂來楓林青，魂返關塞黑」是詩人聯想李白之魂從江南到秦州往返的情景，這路途是那麼的遙遠艱辛，李白又是孤身一人，詩人如何不掛念！

「落月滿屋樑，猶疑照顏色」是詩人夢醒所見之景，此時夜已深，月色滿屋，詩人恍恍惚惚，仍似在夢中，他感覺李白那憔悴的身影就在眼前。很快，他意識到這只是錯覺，但想到此時李白之魂定在返回江南的路上，於是發出最後兩句忠告。「水深波浪闊」，而浪裏更有蛟龍虎視眈眈，這恰是李白兇險處境的象徵，這惴惴不安的祈禱，體現了詩人對李白命運的憂慮。

全詩中，「魂來楓林青」中的「楓」這個意象出自《楚辭·招魂》：「湛湛江水兮上有楓，目極千里兮傷春心，魂兮歸來哀江南。」此詩相傳是宋玉為招屈原之魂而作。「蛟龍」這個意象則出自梁吳均《續齊諧記》：「見一人自稱三閭大夫曰：『吾嘗見祭甚盛，然為蛟龍所苦。』」這兩處典故將李白與屈原聯繫起來，突出了李白與屈原相似的懷才不遇的悲涼遭遇，同時也是詩人對李白的崇敬和稱許。

其二，繼初次夢見李白後，詩人久不能釋懷，加之不能得知關於李白的確切消息，他憂心更甚，此後數夜又夢見李白，於是有了第二首詩。

開篇以天上浮雲比興，道出久不聞李白消息的失落之情。好在連續三夜都夢見李白，使詩人寥解相思之愁。「三夜頻夢君，情親見君意」這句中，詩人不說自己對李白有多深厚的感情，卻說李白對己情深，才數次拜訪，這與前一首中的「故人入我夢，明我長相憶」相呼應，體現了詩人和李白形離神合、肝膽相照的情誼。

「告歸常局促」以下六句，詩人選取夢中李白魂返前的片刻，描繪了李白的幻影。夢中李白自道「來不易」，既是說魂魄往返的不易，也暗指人生之路行走不易。故而詩人給以忠告：江湖多風波，舟楫恐失墜，表達了作為友人的關懷之情。「出門搔白首，若負平生志」兩句，通過動作、外貌的描寫，刻畫出李白愁苦的形象，其形可見，其情可感，枯槁慘澹之狀，如在眼前。詩人對李白處境如此感同身受，體現出了惺惺相惜之情。

最後六句是詩人夢醒後就李白的遭遇發出的感慨，他為李白感到憤懣不平。「孰云網恢恢？將老身反累」兩句，詩人用強烈的質問口吻，為李白被流放感到不公，同時又包含了對李白的不捨。「千秋萬歲名，寂寞身後事」兩句，是詩人發出的沉重嗟歎，寄託著對李白的崇高評價和深厚同情，也包含了詩人自己的無限心事。

這兩首詩，前一首以「死別」發端，後一首以「身後」作結，形成了一個完整的結構。兩篇之間，處處關聯呼應，而內容和意境又頗有不同，但全為至誠至真之文字，讀來讓人感傷唏噓。

## 送綦毋潛落第還鄉①

王維

聖代無隱者，英靈盡來歸②。
遂令東山客，不得顧采薇③。
既至金門遠，孰云吾道非④。
江淮度寒食，京洛縫春衣⑤。
置酒長安道，同心與我違⑥。
行當浮桂棹，未幾拂荊扉⑦。
遠樹帶行客，孤城當落暉⑧。
吾謀適不用，勿謂知音稀⑨。

### 【作者簡介】

王維（701—761），字摩詰，河東蒲州（今山西永濟）人，有「詩佛」之稱。開元九年（721）進士，任太樂丞，因伶人舞黃獅子受累，被貶為濟州司倉參軍。張九齡執政，擢為右拾遺，次年遷監察御史，後任涼州河西節度使判官。不久又復京官。「安史之亂」起，王維為叛軍所俘，解送洛陽，被迫出任偽職。戰亂平息後下獄。因被俘時曾作《凝碧池》抒發亡國之痛和思念朝廷之情，加上其弟王縉平反有功請求削籍為兄贖罪，得以免罪，降為太子中允，後轉尚書右丞，故世稱「王右丞」。

王維一生可以開元二十六年（738）張九齡罷相分為前後兩個時期。前期，王維在政治上有一番進取之心，極力支持張九齡。後期則過著半官半隱的生活，到後來完全走向消極，過著僧侶般的生活。王維前期的詩多反映現實，有較進步的政治傾向。後期多描繪山水田園，鮮明地反

映了他逃避現實的消極情緒。

　　王維是具有多方面藝術才能的傑出詩人，他工詩善畫，又精通音樂，並能以畫、樂之理融會於詩中。蘇軾評價其稱：「味摩詰之詩，詩中有畫；觀摩詰之畫，畫中有詩。」王維在詩歌上的成就也是多方面的，無論邊塞詩、山水詩、律詩、絕句，皆有佳篇。有《王右丞集》。

## 【註釋】

① 綦毋潛：詩人的友人，姓綦毋，名潛，唐朝山水田園詩派詩人。

② 聖代：聖明時代。英靈：英俊靈秀之才。

③ 東山客：東晉謝安曾隱居會稽東山，這裏泛指隱居的賢才。采薇：商末周初，伯夷、叔齊兄弟隱於首陽山，不食周粟，采薇而食，最終餓死。這裏代指隱居。

④ 金門：即金馬門，漢代宮門名。這裏代指朝廷。吾道：我們的主張。

⑤ 江淮：長江淮河一帶。寒食：寒食節，清明節前一天。古人每逢寒食節，前後三天禁火，只吃冷食。京洛：東都洛陽。

⑥ 長安道：或作「臨長道」。同心：指志趣相同的朋友，即友人。違：分離。

⑦ 行當：將要。桂棹：桂枝做的棹。未幾：很快。荊扉：參前李白《下終南山過斛斯山人宿置酒》注。

⑧ 帶：映帶。行客：指友人。落暉：落日的餘暉。

⑨ 適：偶然的意思。《左傳·文公十三年》：「士會（晉大夫）歸晉，繞朝（秦大夫）贈之以策曰：『子無謂秦無人，吾謀適不用也。』」知音：指能識才的人或知心朋友。出自《古詩十九首》：「不惜歌者苦，但傷知音稀。」

## 【評析】

　　這是一首勸慰落第友人的詩，同時又是一首送別詩。全詩熔敘事、寫景、抒情於一爐，寫得委婉盡致，溫暖人心，其格調奮發昂揚，表現出詩人積極入世的思想，讀來令人振奮。

　　詩的前四句是詩人對當今時代的評價，他認為當今是太平盛世，一切英才都能得到重用，人們不再隱居，紛紛出山走向仕途。這段描寫充滿了對李唐王朝的由衷依賴和希望，也是詩人對友人來年再應試的鼓勵，他希望友人不要因一時落第而灰心喪氣，更不要去做隱士。第五、六句是詩人對友人才華的肯定，雖然暫時落第，但是科舉這條路是沒錯的，一時的失敗只不過是時運不濟罷了。

　　第七至第十句是勸友人暫且回鄉。「江淮度寒食，京洛縫春衣」是詩人設想的友人還鄉途中的艱苦，體現了關切之情。置酒相送，長安道分別，是寫離別之景。「同心與我違」則足見詩人心中的不捨和對友人的深情厚誼。

　　第十一至十四句是詩人設想友人回鄉的快捷和沿途風光，給人以田園溫馨之感，意在安慰友人要放鬆心情，不要太過失落。最後兩句又回到勸慰上，詩人告訴友人，這次的落第只不過是你的才華恰好未被主考官賞識，且不要怪罪於朝廷不識人才，不要怨天尤人。這一懇切的安慰很能溫暖人心，激勵友人繼續仕進，不要放棄對未來的希望。

　　全詩寫景清新，抒情自然，感情由衷，勉勵真摯，詩意明晰動人，語言質樸真實，充溢著詩人對友人的信任和希望。


# 送　別

王維

下馬飲君酒，問君何所之<sup>①</sup>？
君言不得意，歸臥南山陲<sup>②</sup>。
但去莫復問，白雲無盡時。

【註釋】

① 飲君酒：請君飲酒。之：去，往。
② 歸臥：指隱居。南山陲：終南山旁。

【評析】

　　這是一首送友人歸隱的詩。與前一首詩不同的是，詩人在這首詩中表現出出世之心，對於友人的歸隱是支持的。友人因政治上不得意而要去終南山隱居，詩人對友人的遭遇表現出惆悵，但更多的是貶斥功名，他既勸慰友人，又對友人的歸隱生活流露出羨慕之情，可見詩人對自己的現實狀況也不很滿意。

　　詩的前四句通過問答，點出友人欲歸隱之事，文字質樸，意境渺遠，表露出詩人對友人的關切愛護之情。送別者的感情一開始就滲透在字裏行間。其中「不得意」除了表達友人隱居的因由和不得志的失落情緒外，還從詩人的角度表現了他對俗世的厭棄。

　　這一次，詩人沒有勸慰友人積極仕進，卻說：「你只管去吧，我不再尋問了。你不必感到失望和沮喪，除了那山中的白雲，世間的一切都是有盡頭的。」這句勸慰流露出很鮮明的主觀情緒，可窺見詩人心中的無奈之情，他既是對友人的寬慰，更是自抒己志，表達出對歸隱的嚮往。末尾兩句，言有盡而意無窮，使詩意頓濃，韻味驟增，給人以「清音有餘」的感覺。

## 青　溪①

王維

言入黃花川，每逐青溪水②。
隨山將萬轉，趣途無百里③。
聲喧亂石中，色靜深松裏④。
漾漾泛菱荇，澄澄映葭葦⑤。
我心素已閑，清川澹如此⑥。
請留磐石上，垂釣將已矣⑦。

【註釋】

①青溪：在今陝西勉縣之東，《水經注》稱其「其深不測，泉甚靈潔」。

②言：發語詞。黃花川：在今陝西鳳縣東北黃花鎮附近。逐：追隨。

③趣：同「趨」。趣途：指走過的路途。

④聲：溪水聲。色：山色。

⑤漾漾：水波動盪。菱：一年生水生草本植物，果實叫菱角。荇：即荇菜，多年生水生草本植物，莖細長，葉正圓，浮於水上，嫩葉可食。澄澄：清澈。葭葦：即蘆葦，多年生草本植物，生於淺水中。

⑥素：潔白無瑕。已：相當於「而」。閑：悠閒淡泊。清川：指青溪。澹：恬靜安然。

⑦磐石：大石。垂釣：這裏指隱居。借用東漢嚴光隱居不仕，在富春江釣魚的典故。將已矣：從此算了，隱居終老的意思。

## 【評析】

　　這是王維歸隱初期所作的一首山水詩，詩人通過歌頌青溪的寧靜淡泊，來表明自己喜愛閒適生活的情趣。

　　前四句是對青溪的概括描寫。從中可知詩人不止一次順著青溪進入黃花川遊玩。「每逐」突出了詩人對青溪的鍾愛之情。第三、四句突出了青溪蜿蜒曲折的特點，雖然不足百里，但溪水隨著山勢千回萬轉，頗為多姿。

　　第五至第八句，詩人用「移步換形」的寫法，順流而下，描繪了青溪一幅幅各具特色的畫面。「喧」是聽覺上形成了很強的震撼力，給人如聞其聲的感受。當溪水流經松林中的平地時，溪水又顯得那麼靜謐，幾乎沒有一點聲音。清澈的溪水與兩岸鬱鬱蔥蔥的松色相映，融成一片，色調幽美。第五句和第六句一動一靜，聲色相通，極富於意境美。第七、八句寫的是溪水流出松林，進入開闊地帶後的景象。只見綠波蕩漾，水面上浮泛著菱葉、荇菜，一片蔥綠。蘆花、葦葉倒映在明鏡般澄澈的溪水裏，天然生色，別有韻致。「漾漾」和「澄澄」也是一動一靜，極為傳神。通過詩人的細緻描寫，讀者可以感知到青溪那鮮明的個性和盎然的生意，令人油然而生愛悅之情。

　　最後四句是詩人自抒己志。詩人將青溪清新的景色與自己閒適的心境完美地結合在一起，做到了心境與物境的統一。最後，詩人借用東漢嚴光隱居不仕，垂釣於富春江的典故，表明了隱居結束餘生之意。

# 渭川田家①

王維

斜陽照墟落，窮巷牛羊歸②。
野老念牧童，倚杖候荊扉。
雉雊麥苗秀，蠶眠桑葉稀③。
田夫荷鋤至，相見語依依④。
即此羨閒逸，悵然吟式微⑤。

## 【註釋】

① 渭川：即渭水，源出甘肅渭源縣鳥鼠山東流入陝西境會涇水入黃河。

② 墟落：村落。窮巷：深巷。

③ 雉雊：野雞叫。麥苗秀：麥苗開花。蠶眠：蠶蛻皮時，不食不動，如
　 睡眠一般，故稱「蠶眠」。

④ 至：或作「立」。語依依：親切而說不完的樣子。

⑤ 即此：就此。此：上面所描繪的情景。式微：《詩經》有「式微，式
　 微，胡不歸」句，此處取「胡不歸」之意，希望早日辭官歸隱。

## 【評析】

　　這是一首田園詩，生動地描繪了農村初夏傍晚的情景，表現了農村生活
的閒適自得。詩人用白描手法，寫出了人與物皆有所歸的景象，映襯出詩人
的心情，抒發了詩人渴望有所歸，羨慕恬淡田園生活的心情，流露出詩人在
官場中的苦悶和不得志。全詩的核心在一個「歸」字。

　　首句描寫了夕陽斜照村落的景象，渲染出暮色蒼茫的濃烈氣氛，作為總
背景，統攝全篇。隨後詩人落筆於「歸」，描寫了牛羊歸村的情景，使人自
然聯想到詩經裏的詩句：「雞棲於塒，日之夕矣，牛羊下來。君子于役，如
之何勿思？」

　　前兩句描繪的是遠景，接著詩人將鏡頭一轉，開始描繪村內近景。詩人
看到了一位慈祥的老人正拄著拐杖，迎候著放牧歸來的小孩。這樣的場景充

滿了質樸的溫馨，其中散發著泥土的芬芳的深情，深深地感染了詩人。

　　第五至第八句是對村內景與物的細緻描寫，野雞鳴叫、麥苗開花、春蠶吐絲、桑葉稀疏，這一系列具有代表性的田園景象展現了農村特有的生活意趣。而田間小道上，農夫荷鋤而歸，相互閒話短長，有說有笑，他們雖然終日辛苦，但詩人覺得這和自己擔驚受怕的官場生活相比，實在要安然得多。這一切所見所聞，讓詩人羨慕不已，從而發出末尾兩句的感慨。牛羊歸村，農夫歸家，詩人不禁自問：「我該歸向何方？」然而沒有答案，只好反覆地吟歎「式微，式微，胡不歸」，表達了自己非常想隱退田園的心情。最後兩句，可謂全詩的重心和靈魂。

# 西施詠

王維

豔色天下重，西施寧久微①？
朝為越溪女，暮作吳宮妃②。
賤日豈殊眾，貴來方悟稀③。
邀人傅脂粉，不自著羅衣④。
君寵益嬌態，君憐無是非⑤。
當時浣紗伴，莫得同車歸。
持謝鄰家子，效顰安可希⑥？

【註釋】

① 豔色：美麗的容貌。重：推重。西施：春秋時越國美女。當時越國與吳國交戰慘敗，臣服於吳國，越王勾踐臥薪嚐膽，謀求復國。他知道吳王夫差好色，想獻美女以亂其政。後尋得美女西施和鄭旦，經過三年調教，將她們獻給吳王夫差。夫差非常高興，迷戀西施的美色，無心朝政，終至亡國。寧：豈會。久微：久處微賤。

② 越溪：指浙江苧蘿山下的浣江，江中有浣紗石，相傳為西施浣紗的地

方。吳宮妃：吳王夫差的寵妃。

③賤日：微賤之時。豈：哪會。殊：不同於。悟：發覺。稀：少有。

④邀人：招人。傅：通「敷」。不自：不親自。著：同「著」，穿。羅衣：絲綢一類的衣服。

⑤嬌態：媚人的樣子。憐：愛。無是非：不分是非指夫差枉殺伍子胥。

⑥持謝：把上述情況告訴。效顰：模仿西施皺眉頭的樣子。《莊子·天運》：「西施病心而顰其里，其里之醜人見而美之，歸亦捧心而效其顰。富人見之，閉門而不出；貧人見之，挈妻子而去之。彼知美顰，而不知顰之所以美。」

## 【評析】

　　一般吟詠西施的詩多抒發重色亡國之歎，而王維的這首詩卻別出心裁，立意深刻。全詩借詠贊西施，比喻為人，表達了宦途失意、壯志難酬的失落，小人當道的不滿和對朝廷不識人才的憤慨。

　　詩的前四句寫西施有絕色之姿，終不會久處低微，改變命運僅在朝夕之間，暗喻傑出的人才不會被永遠埋沒。然而接下來，詩人卻對西施進行了嘲諷，寫成為「吳宮妃」的西施得寵後的驕縱，譏諷那些由於偶然機會受到恩寵就趾高氣昂、不可一世的小人。第九、十句是借西施亡吳之史實諷刺了小人誤國之深。最後四句寫容貌太差的人，想效法西施之美簡直是不自量力，勸告世人不要為了博取別人賞識而故作姿態，弄巧成拙。在這裏，詩人想表達的並不是對「東施們」的諷刺，而是告誡，告誡他們要守住本分，切勿隨波逐流。

### 秋登萬山寄張五①

孟浩然

北山白雲裏，隱者自怡悅②。
相望試登高，心隨雁飛滅③。

愁因薄暮起，興是清秋發④。

時見歸村人，沙行渡頭歇⑤。

天邊樹若薺，江畔洲如月⑥。

何當載酒來，共醉重陽節⑦。

## 【作者簡介】

　　孟浩然（689—740），本名不詳，字浩然，襄州襄陽（今湖北襄陽）人，出生於一個薄有恆產的書香之家。早歲隱居家鄉鹿門山，閉門讀書，以詩自娛。後辭親遠行，漫遊長江流域，廣交朋友，干謁公卿名流，以求進身之機。開元十二年（724），因玄宗在洛陽，便往洛陽求仕，然滯留三年，一無所獲。四十歲時，遊長安，曾在太學賦詩，名動公卿，滿座傾服，得到張九齡和王維的賞識，但他應進士舉不第，仕宦無成，只好重返鹿門山隱居。後漫遊吳越，窮極山水之勝。開元二十二年（734），韓朝宗為襄州刺史，十分欣賞孟浩然，於是向朝廷推薦他，但孟浩然因為與朋友喝酒而錯過了與韓朝宗的約定。開元二十五年（737），張九齡為荊州長史，招孟浩然至幕府。不久，仍回故居。開元二十八年（740），王昌齡遭貶官途經襄陽，訪孟浩然，相見甚歡。時孟浩然背有毒瘡，醫治將愈，但因縱情宴飲，食海鮮，疾發逝世。

　　孟浩然的詩多寫山林靜趣和懷才不遇的苦悶，由於生活面窄，詩中所反映的社會現實不多，但其藝術造詣極高。他長於五言，尤工五律，其詩意境清遠，風致恬淡自然，在盛唐詩壇別具一格，與王維合稱「王孟」，是山水田園詩派的傑出代表。有《孟浩然集》。

## 【註釋】

① 張五：名不詳，字子容，隱居於襄陽峴山以南約兩里的白鶴山。詩題又有作《秋登蘭山寄張五》《秋登萬山寄張文儻》《九月九日峴山寄張子容》。

② 北山：指萬山即漢皋山，今湖北襄陽西北十里。隱者：詩人自稱。

③ 滅：指鴻雁消失在天際。

④薄暮：黃昏時分。清秋：深秋，指陰曆九月。

⑤沙行：在沙灘上行走。渡頭：渡口，河流兩岸過渡的碼頭。歇：歇
　息，等待渡船。

⑥薺：即薺菜。洲：或作「舟」。

⑦載酒：攜酒。醉：酣醉，痛飲。重陽：陰曆九月九日重陽節，這一天
　有登高、插茱萸、飲菊花酒等習俗。

## 【評析】

　　這是一首清秋薄暮登高遠眺、懷念友人的詩。詩中描繪了登高所望的美
好景色，抒發了淡淡的憂愁。

　　晉代陶弘景《答詔問山中何所有》云：「山中何所有，嶺上多白雲。只
可自怡悅，不堪持贈君。」開頭的兩句就是由此化用而來，點出了隱居生活
的愉悅。第三、四句進入正題，詩人為寄託思念，登高遠望，卻望不見友
人，只見北雁南飛，於是他的心也隨著鴻雁而去，消逝在遙遠的天際。這兩
句既是寫景，又是抒情。

　　第五、六句是詩人心情的描寫。黃昏來臨，詩人心中不禁生出淡淡的愁
緒，他思念友人而不見，心中自然是非常惆悵。

　　第七、八句寫的是登山俯望山下之景，薄暮時分，勞累了一天的村民陸
續回家，坐在渡口的沙灘上歇息，帶著幾分悠閒。這兩句使全詩閒逸之情頓
出。第九、十句寫的是眺望所見的遠景。詩人放眼遠望，一直看到天邊，那
天邊的樹看上去細如芥菜，而白色的沙洲，在黃昏的朦朧中清晰可見，彷彿
蒙上了一層月色。這四句景物描寫，語言樸素，自然平淡，既顯出了農村的
靜謐氣氛，又表現出自然界的優美景象，創造出一個高遠清幽的境界。而詩
人所望之遠，也代表了對友人思念之深。

　　最後兩句是詩人的希望和對友人發出的邀請，他渴望與友人在重陽佳節
這天開懷暢飲，表達了思念之情。而「醉」字也體現出詩人濃厚的興致。

# 夏日南亭懷辛大①

孟浩然

山光忽西落，池月漸東上②。
散髮乘夕涼，開軒臥閑敞③。
荷風送香氣，竹露滴清響。
欲取鳴琴彈，恨無知音賞④。
感此懷故人，終宵勞夢想⑤。

## 【註釋】

①夏日：或作「夏夕」。辛大：詩人的友人，或以為辛諤。

②山光：山上的陽光。池月：池邊的月亮，因詩人在池邊納涼，故稱。

③散髮：古代男子平時束髮戴帽，散髮是一種放浪不羈的行為。開軒：
　開窗。臥閑敞：躺在幽靜寬敞的地方。

④鳴琴：即琴。化用阮籍《詠懷》「夜中不能寐，起坐彈鳴琴」的詩意。

⑤故人：即辛大。終宵：或作「中宵」，整夜。

## 【評析】

　　這首詩描繪了夏夜納涼的悠閒自得，表達了詩人對友人的懷念，著意表
現了詩人隱居生活的閒適，也含蓄地抒發了詩人懷才不遇的苦悶。

　　開篇兩句遇景入詠，卻不只是簡單寫景，同時寫出了詩人的主觀感受。
「忽」、「漸」二字運用之妙，在於它們不但傳達出夕陽西下和素月東升給人
的實際感覺（一快一慢），而且突出了一種心理的快感。

　　第三、四句寫詩人沐浴後乘涼。「散髮」不梳，靠窗而臥，寫出了一種
閑情，同時也寫出了一種適意，表現了身心兩方面的快感。接著詩人從嗅覺
和聽覺兩方面繼續寫這種快感。荷花的香氣清淡細微，隨風潛至；竹葉上的
露水滴在池面，聲聲清脆。芳香可嗅，清音可聞，使人感到此外再無聲音，
表現了一種清絕的境界。

　　第七、八句，由寫景轉入抒情，如此清幽的夏夜，詩人雅興頓起，便想

取一張琴來盡情彈奏。可又想到孤身一人，無知音可賞，內心牽起一絲淡淡的惆悵。很自然地，詩人想起了友人，為末尾兩句做了鋪墊。如此良辰美景，詩人多麼希望友人能與他一起共賞，然而友人不在身邊，只好帶著「懷故人」的情緒進入夢鄉，希望夢中能與友人相見。全詩以有情的夢境結束，極具餘味。

# 宿業師山房待丁大不至①

孟浩然

夕陽度西嶺，群壑倏已暝②。
松月生夜涼，風泉滿清聽③。
樵人歸欲盡，煙鳥棲初定④。
之子期宿來，孤琴候蘿徑⑤。

## 【註釋】

① 業師：名叫業的和尚。師是對和尚的尊稱。山房：古代稱山中的房屋。丁大：即丁鳳。
② 壑：山谷。倏：忽然。暝：昏黑。
③ 風泉：指風聲與泉水聲共鳴。滿清聽：滿耳都是清脆的響聲。
④ 樵人：砍柴的人。煙：傍晚的霧靄。
⑤ 之子：指丁大。期宿來：約了來這裏住宿。蘿徑：長滿青蘿的山徑。

## 【評析】

　　本詩寫的是詩人夜宿山寺中，於山徑之上等待友人的到來，而友人不至的情景。詩的前六句描繪了山寺一帶黃昏時分的美麗景色，運用了大量意象：夕陽西下、萬壑濛煙、涼生松月、清聽風泉、樵人歸盡、暮鳥棲定，準確地表現出山中從薄暮到深夜的時令特徵，渲染感情氣氛，融合進詩人期盼知音的心情。最後兩句則表現了詩人等待的孤獨。

　　開篇兩句交代時間和背景，黃昏時分的深山之中，日落月升，時光漸逝，渲染出一種沉鬱寂靜的氛圍，也略體現出詩人孤獨的心境。第三、四句寫的是詩人的主觀感受，月光灑落在松林上，使夜晚更加清涼，淙淙的泉水聲和颯颯的風聲交織在一起，分外清晰。第五、六句寫人和飛鳥晚歸之景，「欲盡」、「初定」表明此時天色已晚，間接表達了詩人盼友人而不見的失落之情。

　　最後兩句寫詩人等待友人來宿，而友人卻遲遲未到。於是詩人望著藤蘿懸垂的小路抱琴獨自佇立，久久等待。「候」字既彰顯出詩人不焦慮、不抱怨的儒雅風度，也從側面表露了詩人閒適的心境和對友人的信任。孤琴的形象，兼有期待知音之意。這兩句詩，在整幅山居秋夜幽寂清冷的景物背景上，生動地勾勒出了詩人的自我形象。這樣的收尾非常精彩，使詩人深情期待知音的形象如在讀者眼前。

## 同從弟南齋玩月憶山陰崔少府①

王昌齡

高臥南齋時，開帷月初吐②。
清輝淡水木，演漾在窗戶③。
苒苒幾盈虛，澄澄變今古④。
美人清江畔，是夜越吟苦⑤。
千里共如何？微風吹蘭杜⑥。

### 【作者簡介】

　　王昌齡（約689—757），字少伯，河東晉陽（今山西太原）人，盛唐著名邊塞詩人。唐玄宗李隆基開元十五年（727）進士，授汜水尉。開元二十五年（737）又中博學宏辭，遷秘書省校書郎。因事貶嶺南，開元末返長安，改授江寧丞。又被謗謫龍標尉。「安史之亂」後回鄉，為刺史閭丘曉所殺。

王昌齡的詩以多種題材對玄宗後期的黑暗政治和動亂社會作過一些揭露和反映。前人稱其詩「緒密而思清」。他最擅長七絕，被後人譽為「七絕聖手」。他的詩能以極短的篇幅概括極豐富的社會內容，不少成為當時樂府歌詞中的絕唱，又有「詩家天子王江寧」的盛譽。在同時代的詩人中，只有李白的七絕可以與他比美。其邊塞詩氣勢雄渾，格調高昂，充滿了積極向上的精神。有《王昌齡集》。

**【註釋】**

①從弟：堂弟。玩月：觀賞明月。山陰：今浙江紹興。崔少府：姓崔的縣尉，詩人的友人。少府是對縣尉的尊稱。

②高臥：高枕而臥，指安閒無事。南齋：書齋、書房。帷：帷幕。月初吐：指月剛剛升起。

③清輝：月亮的皎潔光輝。淡：水波流動。這裏指月亮的光輝在水上和樹間流動。演漾：蕩漾。

④苒苒：漸漸。或作「荏苒」。澄澄：清亮透明。

⑤美人：賢人君子，這裏代指崔少府。清江：指曹娥江，在今浙江紹興東。是夜：今夜。越吟：以越地的聲調吟詩。

⑥千里共：指詩人在南齋與崔少府在山陰雖相隔遙遠，但明月卻千里相共。蘭杜：蘭草、杜若，均是香草名。

**【評析】**

　　這是一首望月懷人詩，詩中描寫了月亮清輝彌漫山林的清幽景色，抒寫由月亮的盈虛所引發的對世事無常的感慨，並表達對友人的深摯思念之情。

　　開篇兩句交代了地點和時間。「高臥」是指詩人身體的放鬆，也體現出詩人心境的閒適。接下來是對月下景色的描寫，點出「玩月」的主題。第五、六句是詩人由賞月而生出的感慨：月亮經過了幾多圓缺？人事又經歷了幾多變化？月亮可長存於天地間，而世事卻是變化無常的。這深深的感歎，反映了詩人對人生的珍惜和重視。此時此刻，詩人不禁想起了友人。

　　第七、八句以「美人」比喻友人，稱讚友人品行高尚，以「越吟苦」表

達思念深情。最後兩句中，詩人又將友人的文章品德比作芬芳四溢的蘭草和杜若，聞名遐邇。在詩人看來，雖與友人相隔千里，但他能從微風中感受到友人的高尚氣息，這是對友人極高的評價，也間接表明，友情醇厚即可戰勝空間的距離。如此明月下，詩人和友人的心是聯繫在一起的。

# 尋西山隱者不遇①

丘為

絕頂一茅茨，直上三十里。
叩關無童僕，窺室惟案几。
若非巾柴車，應是釣秋水②。
差池不相見，黽勉空仰止③。
草色新雨中，松聲晚窗裏。
及茲契幽絕，自足蕩心耳④。
雖無賓主意，頗得清淨理⑤。
興盡方下山，何必待之子。

【作者簡介】

　　丘為（約694—789），蘇州嘉興（今屬浙江）人。屢試不第，歸山苦讀。天寶元年（742）進士及第，官至太子右庶子，唐德宗貞元四年（788）由前左散騎常侍致仕。善詩，與王維、劉長卿友善，時相唱和，其詩多為五言，格調清幽淡逸，多寫田園風物。

【註釋】

① 西山：所在何處不詳。不遇：沒遇到。
② 若非：若不是。巾柴車：用巾覆蓋柴草，這裏指乘小車出遊。釣秋水：到水邊釣魚。
③ 差池：原指參差不齊，這裏指此來彼往而錯過。黽勉：勉力，努力。

仰止：仰望，仰慕。

④及茲：來此。契：合。幽絕：清幽至極之境界。蕩心耳：指洗滌心靈以及讓人耳目一新。

⑤無賓主意：指沒遇到主人盡賓主之歡。頗：很。清淨：沒有煩擾。

## 【評析】

　　這首詩寫的是詩人到山中尋訪隱者不遇的情景和感受，通過描寫深山的清幽景色，渲染了隱逸生活的清高閒逸，抒寫了詩人領悟隱逸理趣的喜悅和對隱居生活的羨慕。

　　開篇兩句當是詩人在山路上遙見之景，在那高高的山頂上，赫然立著一間茅屋，展現了隱者獨居高處，遠離世俗喧囂的高志。「三十里」與「絕頂」相照應，點出了詩人這一路的險阻，表達了詩人誠心拜訪之意。第三、四句寫「不遇」，並寫出了隱者居室的簡陋。下兩句是詩人停在門前的踟躕想像之詞：主人既然不在家，若不是乘著柴車出遊，定是臨淵釣魚去了。這不正是一般隱逸之士閒適雅趣的生活嗎？這裏不是正面去寫，而是借詩人的推斷寫出，比直接對隱者的生活做鋪排描寫反覺靈活有致。遠道而來，卻不見隱者，空負了一片景仰之情，心中略生失望之情是難免的。然而詩人的心境並沒有在失望中繼續蔓延，而是突然宕了開去，另闢新境。

　　第九、十句描寫的是山中淡雅的景色，淡雅的景致使得詩人的心情一下子愉悅起來，他由訪人而變成賞景，由失望而變得滿足，由敬仰隱者而變得自己來領略隱者的情趣和生活。第十一、十二句是詩人直抒自己的感受，這樣的清幽境地正符合他的雅興，使他的身心耳目得到了洗滌。既如此，這次雖尋隱者不遇，又怎能說是一無所獲呢？

　　最後兩句暗用了著名的晉王子猷雪夜訪戴安道的故事。故事出於《世說新語·任誕篇》，記王子猷居山陰，逢雪夜，忽憶起隱居在剡溪的好友戴安道，便立時登舟往訪，經夜始至，及至門口又即便返回，人問其故，王子猷回答說：「吾本乘興而行，興盡而返，何必見戴？」詩人想以此表明，訪友之意不在於訪，只要使自己的興致得以宣洩即可，展現了無比曠達的心境。

　　全詩構思新穎，層次清晰分明，尋訪、不遇、遐想、賞景、抒情，這五

部分自然契合，展現了詩人高超的創作技巧。

# 春泛若耶溪①

綦毋潛

幽意無斷絕，此去隨所偶②。
晚風吹行舟，花路入溪口。
際夜轉西壑，隔山望南斗③。
潭煙飛溶溶，林月低向後④。
生事且彌漫，願為持竿叟⑤。

## 【作者簡介】

　　綦毋潛（692—749），字孝通，虔州（今江西南康）人，一說荊南（今江蘇宜興南）人。十五歲遊學長安，與當時詩壇名家多有交往，漸有詩名。玄宗開元八年（720）落第返鄉，開元十四年（726）又赴京應舉，終於進士及第，授宜壽尉，遷左拾遺，入集賢院待制，復授校書，終著作郎。「安史之亂」後歸隱，漫遊江淮一帶。綦毋潛才名盛於當時，與許多著名詩人如王維、張九齡、孟浩然、高適、韋應物等都交往甚密。綦毋潛流傳至今的詩多為描寫風光之作，清麗典雅，恬淡自然，後人認為他的詩風接近王維。

## 【註釋】

①若耶溪：在今浙江紹興東南，北流入鏡湖，相傳是當年西施浣紗之處，故又稱「浣紗溪」。
②幽意：尋幽的心意。偶：遇。
③際夜：傍晚。壑：山谷。南斗：星宿名，夏季位於南方上空。
④潭煙：指晚間潭上的霧氣。溶溶：廣大的樣子。林月低向後：指夜已深，月漸漸向西落下，而船則反方向浮動，故有此感。

⑤生事：世事。彌漫：渺茫。持竿叟：持竿釣魚的老者。

## 【評析】

　　這首詩描繪了詩人春夜泛遊若耶溪所領略的幽美景色，寄託了詩人閒適隱逸的情懷。

　　開篇「幽意」揭示了全詩主旨，即幽居獨處，不問世事，放任自適的意趣。接下來的六句交代了泛舟的過程，著力描繪了兩岸的美景。在習習晚風的吹拂下，輕舟緩緩駛進遍佈春花的溪口，多麼富有閑致。「晚」點明泛舟的時間，「花」切合詩題中的「春」，看似信筆而寫，實則用心細緻。第五、六句寫出泛遊過程中時間的推移和景致的轉換。「際夜」是說到了夜晚，說明泛舟時間之久。「西壑」則是行舟所到的另一境地。詩人隨舟自行，忘卻身外之物，當置身新境，心曠神怡之時，抬頭遙遠南天星宿，不覺已經「隔山」了。第七、八句是詩人對景物的描寫刻畫。一個「飛」字，把水色之閃耀、霧氣之迷茫、月色之傾泄都寫活了。夜深月沉，舟行向前，兩岸樹木伴著月亮悄悄地退向身後。景是美的，也是靜的。

　　最後兩句是全詩的中心，表明了詩人的心境，感慨抒發得極為自然。詩人由迷茫的夜景聯想到人生的縹緲不可測，由春遊的閑適對比人世的紛擾，更進而追慕「幽意」的人生，他願意做一個溪邊垂釣的老叟，享受自由寧靜的閒逸生活。

　　全詩幽意無限，景物清新，極富畫意，以春江、月夜、扁舟、花路、潭煙、林月等景物，創造出一種幽美、寂靜而又迷蒙的意境，表達了詩人的歸隱之志。

## 宿王昌齡隱居

常建

清溪深不測，隱處惟孤雲①。
松際露微月，清光猶為君。

茅亭宿花影，藥院滋苔紋②。

余亦謝時去，西山鸞鶴群③。

## 【作者簡介】

　　常建（708—765），字、號不詳，長安人。開元十五年（727）進士，唐代宗大曆年間，才授盱眙尉。政治上很不如意，於是放浪琴酒，長期過著漫遊生活，後隱居鄂渚的西山。常建是一位淪落不遇的詩人，他的詩沒有富貴氣，構思精妙，造語警拔，境界清遠，有獨特的藝術風格。他現存的詩以田園、山水為主要題材，風格接近王、孟一派，他善於運用凝練簡潔的筆觸，表達出清寂幽邃的意境。

## 【註釋】

① 測：或作「極」。隱處：隱居的地方。

② 宿花影：停佇著花影。藥院：種藥的院子。滋：生長著。苔紋：青苔分佈的地上皺起如紋，故稱。

③ 余：我。謝時：謝絕時人，即辭去世俗之累。西山：指今湖北武昌的樊山。鸞鶴群：與鸞鶴為伍。鸞鶴是仙人所騎的鳥，喻指高人隱士。

## 【評析】

　　常建和王昌齡是同榜進士及第的好友，但在官場的經歷和最後的歸宿卻不相同。常建只做過縣尉，後便辭官歸隱武昌樊山，王昌齡雖仕途坎坷，但始終為官，沒有歸隱。詩題所謂「王昌齡隱居」實為王昌齡進士及第前的隱居之所，在今安徽含山縣境內的石門山。常建辭官歸隱，路過此地，夜宿故人隱居之處，觸景生情，作了這首詩。本詩通過對王昌齡隱居處自然環境的細緻描繪，讚頌了王昌齡的清高品格和隱居生活的高尚情趣。

　　頭兩句寫王昌齡隱居所在地。王昌齡的住所在有清溪水流入的石門山上，遠遠望去，只看見一片白雲。

　　中間四句是寫詩人在王昌齡隱居處的見聞。王昌齡的住處雅致清幽：茅亭周圍，屋前松樹，屋邊鮮花，院裏草藥，可見他的為人和情趣。常建夜宿

此地，舉頭望見松樹梢頭明月升起，清光照來，分外動人。這兩句在點名王昌齡不在的同時，也表現了隱居生活的情致。夜宿茅屋是孤獨的，而抬眼看見窗外有花影映來，也別具情意。到院中散步時，詩人看見路面因久無人住而長出了青苔，但王昌齡養的藥草卻長得很好。這再一次暗示主人不在已久，也流露出一種惋惜和期待的情味，表現得含蓄微妙。

　　末尾兩句，詩人抒發歸志，表示將與鸞鶴為伴，隱居終生。「亦」字看似是說要學王昌齡歸隱，但實際上此時王昌齡已在朝為官，不再隱居，詩人故意說「亦」，意在婉轉地奉勸王昌齡應堅持初衷而歸隱。這就是本詩的主題思想，即招王昌齡歸隱。

## 與高適薛據同登慈恩寺浮圖①

岑參

塔勢如湧出，孤高聳天宮。
登臨出世界，磴道盤虛空②。
突兀壓神州，崢嶸如鬼工。
四角礙白日，七層摩蒼穹③。
下窺指高鳥，俯聽聞驚風。
連山若波濤，奔走似朝東④。
青槐夾馳道，宮觀何玲瓏⑤。
秋色從西來，蒼然滿關中。
五陵北原上，萬古青濛濛⑥。
淨理了可悟，勝因夙所宗⑦。
誓將掛冠去，覺道資無窮⑧。

【作者簡介】

　　岑參（715—770），江陵（今湖北荊州）人，著名邊塞詩人，與高適合稱「高岑」。岑參十歲左右父親去世家境日趨困頓，他從兄受學，

九歲即能作文。十五歲山居嵩穎刻苦學習，飽讀經史。二十歲至長安，獻書求仕無成，奔走京洛，漫遊河朔。天寶三年（744）登進士第，授右內率府兵曹參軍。天寶八年（749）充安西四鎮節度使高仙芝幕府掌書記，天寶十年回長安，十三年（754）封常清任安西北庭節度使，岑參攝監察御史，充安西、北庭節度使判官。至德二年（757）入朝入右補闕。後出為虢州長史、關西節度判官、嘉州刺史。大曆五年卒於成都。

　　岑參早期詩歌多為寫景、抒懷及贈答之作，山水詩風格清麗俊逸，意境新奇，而感傷不遇，嗟歎貧賤的憂憤情緒也較濃。歷經六年邊塞生活，岑參對西北邊地風光及戰士生活深有體會，所以他後期以寫邊塞詩最為擅長。岑參的邊塞詩熱情地歌頌了將士為保衛國家而英雄豪邁，艱苦卓絕，不怕犧牲的愛國主義精神，字裏行間充滿著樂觀情緒和民族自豪感。此外，他還寫了邊塞風俗和各民族的友好相處以及將士的思鄉之情和苦樂不均，大大開拓了邊塞詩的創作題材和藝術境界。岑參晚年詩歌感時傷亂，漸趨消沉。入蜀後，山水詩中添奇壯特色，但隱逸思想在詩中也有了發展。有《岑嘉州集》。

## 【註釋】

① 薛據：荊南人，一說河中寶鼎人，開元十九年（731）進士，官至水部郎中。慈恩寺：是唐高宗李治為太子時給他的母親文德皇后修建的，故稱「慈恩」。浮圖：即寶塔。慈恩寺浮圖是唐高宗永徽三年（652）玄奘法師修建的，共七層，高三百尺，現仍保存於西安市內，又名大雁塔。

② 登臨：登高臨下。世界：宇宙。磴道：石級。

③ 礙：阻擋。摩：迫近。

④ 連山：山勢相連。朝東：指向東方。

⑤ 馳道：天子車駕行駛的御道。宮觀：宮殿，宮闕。

⑥ 五陵：西漢五位皇帝的陵墓，即高帝長陵、惠帝安陵、景帝陽陵、武帝茂陵、昭帝平陵。北原：指長安城北。濛濛：原指下微雨的樣子，這裏指不分明的意思。

⑦淨理：清淨的佛理。了：全。勝因：佛家語，是說勝妙的善因。《佛
　說無常經》：「勝因生道，惡業墮泥犁。」夙：早，久。宗：信仰。
⑧掛冠：指辭官歸隱。覺道：佛家使人覺悟的道理。資：取。這句是說
　佛家的禪理可以使我取用無窮。

## 【評析】

　　天寶十一年（752）秋，岑參自安西回京述職，相邀高適、薛據、杜甫
等同僚詩友出城郊遊，來到慈恩寺，見寶塔巍峨俊逸，便拾級而上，觸景生
情，遂吟詩唱和以助興。高適首唱《同諸公登慈恩寺塔》，其餘人相和，岑
參遂作此詩。這首詩主要描摹了慈恩寺塔孤高、突兀、超逸絕倫的氣勢，以
及佛塔周圍蒼茫、孤寂、清幽的環境，烘托出一派超脫虛空的氣氛，表達了
詩人登臨後忽然頓悟禪理，產生出世的念頭。

　　頭兩句是詩人登塔前仰望全塔。只見巍峨高聳的高塔拔地而起，矗立天
空之中，像高高的山峰一樣。第三至第八句寫詩人登臨後的所見所感，詩人
從不同角度對塔高進行描寫。其中「礙白日」、「摩蒼穹」等詞語用得非常
精妙，給人一種身臨其境的真實感。

　　第九至第十八句寫到塔頂後所見的東南西北四方的景色。第九、十句寫
下窺所見，俯聽所聞，「高鳥」、「驚風」突出詩人所處之高；第十一、十二
句描繪的是東面山景，連綿起伏，如滾滾巨浪；第十三、十四句描繪的是南
面宮苑，青槐蔥翠，宮室密佈，金碧交輝；第十五、十六句刻畫的是西面秋
色，秋風習習，滿目蕭然，透著肅殺之氣；第十七、十八句寫北邊陵園，渭
水北岸，立著前漢高帝、惠帝、景帝、武帝、昭帝五位君王的陵墓。當年，
他們叱吒風雲，如今卻默然地安息在青松之下。詩人對四方之景的描繪，從
威壯到偉麗，從蒼涼到空茫，景中有情，也寄託著詩人對大唐王朝由盛而衰
的憂思。

　　最後四句，詩人忽悟「淨理」，甚至想辭官而去，潛心研究佛理。這是
因為詩人站在高處俯視，一種超然灑脫的感覺油然而生，使他對人生頓悟。
另外當時朝野之內一片昏暗，玄宗沉溺酒色，不務政事，國家內有奸臣亂
政，外有藩鎮割據，詩人對此無比惆悵。詩人想遁入空門，學習佛法，其實

是報國無門的「無奈」之聲。

## 賊退示官吏·並序

元結

　　癸卯歲，西原賊入道州<sup>①</sup>，焚燒殺掠，幾盡而去。明年，
賊又攻永破邵<sup>②</sup>，不犯此州邊鄙而退<sup>③</sup>。豈力能制敵歟？蓋蒙
其傷憐而已。諸使何為忍苦征斂<sup>④</sup>？故作詩一篇以示官吏。

　　　　昔歲逢太平，山林二十年。
　　　　泉源在庭戶，洞壑當門前<sup>⑤</sup>。
　　　　井稅有常期，日晏猶得眠<sup>⑥</sup>。
　　　　忽然遭世變，數歲親戎旃<sup>⑦</sup>。
　　　　今來典斯郡，山夷又紛然<sup>⑧</sup>。
　　　　城小賊不屠，人貧傷可憐。
　　　　是以陷鄰境，此州獨得全。
　　　　使臣將王命，豈不如賊焉<sup>⑨</sup>？
　　　　今彼征斂者，迫之如火煎<sup>⑩</sup>。
　　　　誰能絕人命，以作時世賢<sup>⑪</sup>！
　　　　思欲委符節，引竿自刺船<sup>⑫</sup>。
　　　　將家就魚麥，歸老江湖邊<sup>⑬</sup>。

**【作者簡介】**

　　元結（719—772），字次山，號漫叟、聱叟，河南魯山人。天寶六
年（747）科舉落第後，歸隱商餘山。天寶十二年（753）進士及第，「安
史之亂」爆發後，任山南東道節度參謀，在唐、鄧、汝、蔡等州組織義
軍，抗擊史思明南侵，保全十五城。代宗時，任道州刺史，進授容管經

略使，政績頗豐。大曆七年（722）入朝，卒於長安。

　　元結早年居住在農村，關心民生，後任地方軍政職務，採取過一些減輕人民稅役的措施。他有一部分詩諷喻時政，對人民疾苦深表同情。他在寫諷喻詩的同時還注重學習民歌，這對後來的新樂府運動都有所啟示。有《次山集》。

## 【註釋】

① 西原：當時被稱為西原蠻的少數民族。道州：治所在今湖南道縣。

② 永：永州，治所在今湖南零陵。邵：邵州，治所在今湖南邵陽。

③ 此州：指道州。邊鄙：邊境。

④ 諸使：指租庸使，當時收賦稅的官。

⑤ 在：流過。庭戶：門戶。洞壑：山洞，山溝。

⑥ 井稅：唐代所實行的按戶口征取定額賦稅的租、庸、調，不是指古代的井田制。晏：晚。

⑦ 遭世變：指遭遇「安史之亂」以來的戰亂。親戎旃：親自帶兵，平定叛亂。戎旃：指軍帳。

⑧ 典：掌管。斯郡：指道州。山夷：指西原蠻。紛然：指騷擾。

⑨ 使臣：指皇帝派下來催稅的租調使。將王命：奉行皇帝的命令。

⑩ 征斂者：指上文的「使臣」。迫之：逼迫人民繳納賦稅。

⑪ 絕人命：斷絕百姓的生命、生路。時世賢：指當時統治者所稱許的所謂賢能官吏。

⑫ 委：放棄。符節：原指使者所持憑證，這裏指官職。刺船：撐船。

⑬ 將家：攜帶家眷。就魚麥：到那魚麥（米）之鄉去。

## 【評析】

　　詩前的序交代了作詩的原委。唐代宗廣德元年（763），廣西境內的少數民族「西原蠻」發動反對唐王朝的武裝起義，曾經攻佔道州達一月餘。次年五月，元結任道州刺史。七月，「西原蠻」又攻破了鄰近的永州和邵州，卻沒有再攻道州。詩人認為這並不是官府「力能制敵」，而是「西原蠻」對戰

亂中道州人民的傷憐。相反，朝廷派到地方上的官吏卻不能體恤百姓，在道州一片殘破的情況下，仍然橫征暴斂。詩人將「諸使」與「賊」對比來寫，通過對「賊」的有所肯定，襯托官吏的殘暴，這對本身也是個官吏的詩人來說，是非常難能可貴的。全詩揭露了「安史之亂」以後官吏對道州人民的殘酷剝削，批判了征斂害民的官吏，控訴了官不如賊的黑暗社會，表現了詩人同情人民疾苦的可貴品格。

全詩分為四段，第一至第六句為第一段。詩人回憶他做官之前的隱居生活，當時正逢太平盛世，日子過得閒適自得。「井稅有常期」這句很重要，它為下文寫賦稅的沉重埋下了伏筆。

第七至第十四句為第二段，前四句簡單敘述自己出山的經過：「安史之亂」以來，元結親自參加了征討亂軍的戰鬥，後來又任道州刺史，正碰上「西原蠻」發生變亂。由此引出後四句，強調城小沒有被屠，道州獨存的原因是「人貧傷可憐」，也即「賊」對道州人民苦難的同情，這是對「賊」的褒揚。此詩題為「示官吏」，作詩的主要目的是揭露官吏，告誡官吏，所以寫「賊」是為了寫「官」，下文才是全詩的中心。

第十五至第二十句為第三段，一開始就用反問句把「官」和「賊」對比來寫，這是抨擊官吏不顧喪亂地區人民死活依然橫徵暴斂的憤激之詞。以下兩句是對事實的直接描寫，「迫之如火煎」形象地刻畫出一幅虎狼官吏陷民於水火的真實圖景，和前面的「井稅有常期」形成鮮明的對比。接下來的兩句，揭示了「時世賢」的殘民本質。詩人對「時世賢」的諷刺鞭撻之意十分強烈，更為可貴的是詩人在此公開表明自己不願「絕人命」，也不願作「時世賢」，並以此作為對其他官吏的一種告誡。

最後四句為第四段，詩人表達了歸隱之意。這是對統治者橫徵暴斂的抗議，也是詩人最終的無奈之舉，由此可以清楚地感受到詩人那顆關心人民疾苦的熾熱之心。

# 郡齋雨中與諸文士燕集①

韋應物

兵衛森畫戟，燕寢凝清香②。
海上風雨至，逍遙池閣涼③。
煩痾近消散，嘉賓復滿堂④。
自慚居處崇，未睹斯民康⑤。
理會是非遣，性達形跡忘⑥。
鮮肥屬時禁，蔬果幸見嘗⑦。
俯飲一杯酒，仰聆金玉章⑧。
神歡體自輕，意欲凌風翔⑨。
吳中盛文史，群彥今汪洋⑩。
方知大藩地，豈曰財賦強⑪。

## 【作者簡介】

韋應物（737—791），京兆（今陜西西安）人。十五歲起以「三衛郎」為玄宗近侍，出入宮闈，扈從遊幸。「安史之亂」起，玄宗奔蜀，韋應物流落失職，始立志讀書。後舉進士。代宗廣德至德宗貞元年間，先後為洛陽丞、京兆府功曹參軍、鄠縣令、滁州刺史、江州刺史、蘇州刺史。貞元七年（791）退職，世稱韋江州或韋蘇州。

韋應物長期擔任縣丞、縣令、刺史等地方官職，親身感受到社會黑暗和民間疾苦，在一部分詩中表達了他對人民的深厚同情和對自己俸高無能的譴責。儘管他的大部分詩是寫宦遊感受、隱居生活和自然風光，缺乏深刻的社會內容，但大多形象優美，有獨到的藝術特色。其風格高雅閑淡，清麗自然，不愧是唐代自成一家的優秀詩人。有《韋蘇州集》。

## 【註釋】

①郡齋：官署中休息的館舍。燕集：即宴集，飲酒聚會。
②兵衛：守衛的士卒。森：眾盛的樣子。畫戟：戟是古代一種兵器，長

竿頭上裝有月牙狀的刺刀。戟上再加畫彩的叫畫戟。燕寢：小寢。這裏指刺史公務之餘休息之室。凝清香：指房內焚香所凝聚的香氣。

③海上：因蘇州近東海，故稱。

④煩屙：煩悶與疾病。近：接近，幾乎。

⑤崇：高貴的意思，指自己地位高。斯民：老百姓。康：安樂。

⑥理：道理。會：通。遣：排除。性達：性情曠達。

⑦時禁：古代正月、五月、九月禁止殺生，稱為時禁。見嘗：被嘗。

⑧聆：聽。金玉章：形容文采華美、聲韻和諧的好文章。

⑨神歡：心情愉快。凌風翔：乘風高飛。

⑩吳中：指蘇州。盛文史：文化特別發達的意思。群彥：諸多有才學的文士。汪洋：喻文士的氣度恢宏。

⑪大藩地：指蘇州。蘇州唐代屬江南東道，為上州。古代稱捍衛國家的重地為藩，諸侯稱藩國，重要州郡也稱藩地。大藩，也指大郡大州。

## 【評析】

　　這首詩是詩人於唐德宗貞元五年（789）初任蘇州刺史時所作，詩寫他與文士宴集吟詠的歡樂場景，從中反映了詩人對人民疾苦的關注，對吳中人文的讚揚，表現了封建時代官僚中難能可貴的品德。

　　全詩可分為四個層次。開頭六句為第一層，寫的是宴集的環境，突出「郡中雨齋」四字。兵衛森嚴，宴廳凝香，顯示刺史地位的高貴威嚴。然而這並非驕矜自誇，而是下文「自慚」的緣由。宴集恰逢下雨，不僅池閣清涼，雨景如畫，而且公務驟減，一身輕鬆。再加上久病初愈，精神大振，面對嘉賓滿堂，詩人不禁喜形於色。寥寥數句，灑脫簡勁，頗有氣概。

　　第七至第十句為第二層，寫詩人在宴前的感慨。他身處高位，居高廣之廈，深感自身責任的重大。這裏詩人把自己的地位和自己的責任聯繫起來，為自己無功受祿而深感不安，這種深刻的認識，來自他多年擔任地方官所得到的感性印象。然而他又將飲宴享樂了，解決這種心理上的矛盾，最好的辦法莫過於老莊思想了，於是又說「理會是非遣，性達形跡忘」，他用這種思想來麻痹自己，讓自己暫時忘懷一切，以求心安理得地享樂，不必受良心的

譴責。

　　第十一至十六句為第三層，寫詩人對這次宴集的歡暢享受。詩人與一幫
文士一邊品嘗美酒，一邊傾聽別人吟詠佳句傑作，滿心歡快，幾乎飄飄欲
仙，可見宴飲之盡興。

　　最後四句為第四層，詩人盛讚蘇州不僅是財賦強盛的大藩，更是「群彥
今汪洋」的人才薈萃之地，以回應詩題「諸文士燕集」的盛況。

　　詩人是地方長官，又是知名詩人，故而詩人在詩中評論風情人物，頗具
長官的胸襟。整首詩敘事、抒情、議論相互間隔，結構非常清晰。

# 初發揚子寄元大校書①

韋應物

　　淒淒去親愛，泛泛入煙霧。
　　歸棹洛陽人，殘鐘廣陵樹②。
　　今朝此為別，何處還相遇？
　　世事波上舟，沿洄安得住③？

【註釋】

①揚子：即揚子江，長江近江蘇鎮江的一段。元大：詩人友人，名不
　詳。校書：官名，即校書郎，掌校理典籍，刊正（校正）文字。
②歸棹：指自己從長江乘船回洛陽去。棹是划船的工具，這裏以棹代
　船。殘鐘：殘餘的鐘聲。廣陵：今江蘇揚州。
③沿：順流而下。洄：逆流而上。住：停止。

【評析】

　　這首詩寫離別好友時的淒惻情懷，抒情細膩委婉，表達了詩人對元大的
真摯情誼，也反映了詩人身世漂浮無定的傷感情緒。

　　開篇兩句寫詩人啟程離開，心中分外悲傷，透出詩人對友人的不捨之

情。其中以「親愛」二字相稱，可見彼此友誼很深。第三、四句寫詩人坐船離去，船兒飄蕩在煙霧之中，他還不住回頭看著廣陵城，那城外的樹林變得越來越模糊。正在此時，忽又傳來在廣陵時聽慣了的寺廟鐘聲，一種不得不離開卻又捨不得同友人分別的矛盾心情，和響鐘的嫋嫋餘音、城外迷濛的樹色交織在了一起。詩人沒有說動情的話，而是通過形象來抒情，並且讓形象的魅力感染了讀者。「殘鐘廣陵樹」這五個字，感情色彩是異常強烈的。

詩的後四句是詩人對世事多變、人生多艱的感慨。最後兩句是詩人自我開解：世間之事就像波上的行舟，要麼被流水帶走，要麼在風浪裏打轉，由不得你停下來。詩人用行舟不定，來譬喻世事的無可奈何，蘊含身世之感。

# 寄全椒山中道士①

韋應物

今朝郡齋冷，忽念山中客②。
澗底束荊薪，歸來煮白石③。
欲持一瓢酒，遠慰風雨夕④。
落葉滿空山，何處尋行跡？

## 【註釋】

① 全椒：即今安徽全椒縣，唐屬滁州。

② 山中客：即山中道士。客：對人的泛稱。

③ 澗：兩山之間的水溝。束：綁。荊薪：荊柴。煮白石：《神仙傳》云：
「白石先生者，中黃丈人弟子也。嘗煮白石為糧，因就白山居，時人故號曰白石先生。」此處化用其意，寫道士的清苦生活。

④ 持：攜帶。瓢：把乾的葫蘆挖空，分成兩瓣，叫作瓢，用來作盛酒的器具。風雨夕：風雨之夜。

## 【評析】

　　這首詩是詩人在滁州刺史任上所作，抒寫秋風秋雨之夜，由郡齋之冷想到山中道士生活清苦，想攜酒去安慰老友而又無從尋覓的惆悵之情，寄託了詩人深摯的情懷和淡遠情趣。既是「寄」，自然會表露出詩人對山中道士的思念之情。然而思念只是表面意思，此外還有更深一層意思，需用心體會。

　　全詩的核心在一個「冷」字，詩中所流露的也恰是這一「冷」字。首句既寫出了郡齋的冷，更寫出了詩人心中之冷。隨後，詩人因這兩種冷而忽然憶起山中道士。第三、四句是詩人想像的道士的生活。山中道士在如此寒冷的時節去澗底砍柴，砍柴回來卻是「煮白石」。他在山中修煉，生活卻如此清苦，作為朋友，詩人心有不捨，於是想將一瓢酒送過去，好讓他在這清冷的風雨之夜，能獲得一絲友情的慰藉。可詩人又想到，道士都是行蹤不定的，今日也許在這石岩邊安頓，明天恐怕又遷到另一處洞穴安身了。更何況秋天到了，漫山都是落葉，連路也不容易找，他的足跡自然也被落葉淹沒了，因而很難找到這個閑雲野鶴般的人。

　　本詩雖用語平淡，卻讓人感受到了詩人情感上的種種跳蕩與反覆。這些複雜的感情，詩人都是通過情感和形象的配合來體現的。「今朝郡齋冷」兩句抒寫，可見詩人在郡齋中的寂寞，而「束荊薪」、「煮白石」是山中道士的活動形象。「欲持」和「遠慰」又是一種感情抒寫。「落葉空山」則是秋風蕭瑟、滿山落葉、杳無人跡的深山形象。這些形象和情感串連起來，便構成了情韻深長的意境，非常耐人尋味。

　　這首詩，看來像是一片蕭疏淡遠的景，啟人想像的卻是表面平淡實則深摯的情。在蕭疏中見出空闊，在平淡中見出深摯。


## 長安遇馮著①

韋應物

客從東方來，衣上灞陵雨②。
問客何為來，採山因買斧③。

唐詩三百首

五六

冥冥花正開，颺颺燕新乳<sup>④</sup>。
昨別今已春，鬢絲生幾縷<sup>⑤</sup>？

【註釋】

① 馮著：韋應物好友。他先在家鄉隱居，清貧守真，後到長安謀仕，頗
　負文名，但仕途失意。

② 灞陵：即灞上，因漢文帝葬在這裏，改名灞陵，在長安東。

③ 客：指馮。何為來：為何而來。採山：砍山上的荊棘。因：因而。

④ 冥冥：形容花默默開放。颺颺：飛翔的樣子。燕新乳：初生小燕。

⑤ 鬢絲：鬢上的白髮如絲。縷：一根絲或線叫縷。

【評析】

　　這首詩是詩人在長安與友人馮著相遇感懷而作。馮著是詩人好友，除本詩外，《韋蘇州集》中送馮著的詩還有不少，足見兩人交情之深。據韋詩所寫，馮著是一位懷才不遇的名士，約在大曆四年（749）應徵赴幕到廣州，十年過去，仍未獲官職。後又來到長安。本詩用親和風趣的筆調對失意沉淪的馮著表達了深切的理解、同情和安慰。

　　開篇兩句寫馮著剛從長安以東的地方來，身上還是一派名士兼隱士之風。然後詩人自問自答，料想馮著來長安的目的和境遇。「採山因買斧」是句俏皮話，意思是說馮著來長安是為了採銅鑄錢以謀發財的，然而只得到一片荊棘，還要買斧子去砍除。其寓意即仕途不順，心中不悅。詩人自為問答，詼諧風趣，顯然是為了以輕鬆的情緒沖淡友人的不快，所以下文就轉為安慰和勉勵。

　　詩人開導友人要對前途充滿信心，然而這層意思卻通過描繪眼前美麗的春景精妙地表現出來。第五、六句大意是說：造化雖不語，但百花正在綻放，燕子也因為剛剛哺育了雛燕而飛得那樣輕快。詩人選擇這樣的形象，正是為了委婉地開導友人不要為暫時的失意而不快不平，勸勉他相信大自然對萬物都是公平的，前輩關愛後代的感情是天然存在的，要堅信自己才華橫溢就像春花燦爛，總會被賞識。因此在最後兩句，詩人用十分理解及同情的態

度，滿含笑意地體貼馮著說：我們好像昨日才分別，如今已經是春天了，你的鬢髮並沒有白幾縷，還不算老啊！「今已春」是承接上面的兩句而來的。末句則是詩人用反問來鼓勵友人：你盛年猶在，仍可有一番作為。

這是一首情意深長而生動活潑的好詩。它在敘事中抒情寫景，以問答的方式渲染氣氛，借寫景以寄託寓意，用詼諧風趣來激勵朋友。它的情調和風格，猶如小河流水，清新明快而又委曲宛轉，讀來似乎一覽無餘，品嘗則又回味不盡。

## 夕次盱眙縣[①]

韋應物

落帆逗淮鎮，停舫臨孤驛[②]。
浩浩風起波，冥冥日沉夕。
人歸山郭暗，雁下蘆洲白[③]。
獨夜憶秦關，聽鐘未眠客。

【註釋】

① 次：停泊。盱眙：今江蘇盱眙，地處淮水南岸。

② 逗：停留。淮鎮：淮水旁的市鎮，即盱眙。停舫：停船。臨：靠近。

③ 蘆洲白：指洲上蘆葦開花。蘆花色白。

【評析】

這首詩是詩人旅途中所作。詩人因路遇風波而泊岸停留在驛館中，在孤驛中所見全是秋日傍晚的一片蕭索之景，夜聽寒鐘思念故鄉，徹夜難眠。本詩意境悲鬱蒼茫，寓情於景，情景交融，對曠野蒼涼淒清的夜景極盡渲染，把風塵漂泊，羈旅愁思烘托得強烈感人。

第一、二句點題，交代了停船之事和與時間地點。「孤」含有孤寂之意，奠定了全詩的感情基調。第三、四句描寫的是夜晚江邊的景象。「風起

波」交代了停船的原因，也寫出羈旅奔波的艱辛。晚風勁吹，水波浩蕩，夕陽西沉，暮色昏暗，以曠野蒼涼淒清的夜景，烘托內心漂泊異鄉的淒苦心情。第五、六句描寫的是停船靠岸後放眼所見景象。「山郭暗」、「蘆洲白」寫暮色降臨之景。日落黃昏，人歸家，雁歸巢，反觀自己，卻是孤身一人，流落天涯，無限酸楚湧上心頭，頗有「古道西風瘦馬，夕陽西下，斷腸人在天涯」之味。

最後兩句寫的是：入夜，在淒清的驛館中，詩人聽到從遙遠的地方傳來的一陣陣鐘聲，因思念故鄉，他徹夜未能安眠，寫出鄉思客愁之深。整個環境、氛圍都襯托出了詩人的心緒，一片濃濃的思鄉之情和滿懷愁緒都在景物描寫之中自然地流露出來。

# 東　郊

韋應物

吏舍跼終年，出郊曠清曙①。
楊柳散和風，青山淡吾慮②。
依叢適自憩，緣澗還復去③。
微雨靄芳原，春鳩鳴何處④？
樂幽心屢止，遵事蹟猶遽⑤。
終罷斯結廬，慕陶直可庶⑥。

【註釋】

① 吏舍：指衙門。跼：拘束。曠清曙：在清幽的曙色中得以精神舒暢。
② 淡：澄淨，消除。慮：思慮，雜念。
③ 緣：沿著。還復去：徘徊往來。
④ 靄：雲的樣子。這裏作動詞，指細雨密密地下著。
⑤ 遵：遵行。事：指衙門事務。蹟：行動。遽：匆忙，恐慌。
⑥ 終：終究。罷：罷官。結廬：修屋蓋房，指隱居。慕陶：敬慕陶淵

明。庶：庶幾，差不多。

## 【評析】

　　這首詩寫春日郊遊之樂，表現了詩人對官僚生活的厭憎，對歸隱生活的嚮往。詩中描繪的是平凡的事物和平常的景色，卻蘊含著無限的詩情畫意。

　　全詩先寫被公務纏身，感到身心疲憊，然後寫在春日走出官舍，到東郊暢遊，呼吸到新鮮空氣而心曠神怡。二者對比，表達出詩人對俗務的厭倦，對自由的嚮往。第三至第八句詩人寫在東郊暢遊所見之景色，楊柳在和風中舒展，青翠的山色沖淡了他心中的積慮。這樣的清幽之景使詩人的身心感到無比愉悅，他依靠著樹叢休息，沿著澗邊徘徊而不願離去，可謂是樂在其中，興致盎然。此時細雨濛濛原野芬芳，斑鳩聲聲不知鳴於何處，一切都充滿了情趣。

　　詩的最後四句寫詩人春遊所感，他深深地沉浸於東郊的幽境中，產生了歸隱之念。「樂幽心屢止，遵事蹟猶遽」兩句充分透出詩人心中想要歸隱卻被世俗事務所限制的無奈。不過最後詩人又說「終罷斯結廬，慕陶直可庶」，意為：我終究要辭官來這裏歸隱，我平生仰慕陶淵明的為人，到那時我的願望差不多就可以實現了。表達了決絕之心。

　　全詩用真情實感訴說了仕宦生活的繁忙乏味，表達了沉浸於大自然的愜意和對回歸大自然的嚮往。

## 送楊氏女<sup>①</sup>

韋應物

永日方戚戚，出行復悠悠<sup>②</sup>。
女子今有行，大江溯輕舟<sup>③</sup>。
爾輩苦無恃，撫念益慈柔<sup>④</sup>。
幼為長所育，兩別泣不休。
對此結中腸，義往難復留<sup>⑤</sup>。

自小闕內訓，事姑貽我憂⑥。

賴茲託令門，仁恤庶無尤⑦。

貧儉誠所尚，資從豈待周⑧。

孝恭遵婦道，容止順其猷⑨。

別離在今晨，見爾當何秋？

居閑始自遣，臨感忽難收⑩。

歸來視幼女，零淚緣纓流。

## 【註釋】

① 楊氏女：指嫁到楊家的大女兒。

② 永日：整天。戚戚：悲傷憂愁。出行：指出嫁。悠悠：憂思的樣子。

③ 女子：即大女兒。有行：出嫁。大江：長江。溯：逆流而上。

④ 爾輩：你們，指兩個女兒。無恃：指年幼喪母。撫：撫養。

⑤ 結中腸：形容內心極度悲傷。義往：應當出嫁。《禮記》：「女子二十而嫁，義當往也。」

⑥ 闕：通「缺」。內訓：母親的訓導。事姑：侍奉婆婆。貽我憂：給我帶來憂慮，怕她不懂得「事姑」之道。

⑦ 賴：幸好。茲：此。令門：好人家。仁恤：愛憐。庶：希望。無尤：沒有過失。

⑧ 誠：確是。尚：崇尚。資從：指嫁妝。周：完備。

⑨ 容止：儀容，舉止。猷：規矩禮儀。

⑩ 居閑：平時閒居。自遣：自我排遣。臨感：臨別感傷。難收：難以控制，指悲傷憂愁。

## 【評析】

　　這是一首送女出嫁，表達自己傷別心情的詩篇。詩人早年喪妻，膝下兩女，父女三人相依為命，感情頗為深厚。小女兒又是由大女兒撫育照顧大的，如今大女兒出嫁，父女、姐妹自然難捨難離，傷心不已。在詩中，詩人

萬千叮嚀，反覆誡訓，儘管由於時代和階級的局限，詩中也宣揚了「內訓」、「婦道」等封建禮教，但這是不能苛責於古人的。

開篇道出大女兒出嫁之事，詩人心中「戚戚」。他念及女兒幼年就沒了母親，自己身兼雙親之職，當此分別之際，心中甚為不忍。眼見兩女兒臨別泣下，詩人心中也十分難過，但女子大了出嫁是天經地義的事，詩人自知難留。故而詩人忍著悲痛告誡女兒嫁到夫家後要恪守禮儀、謹守婦道、侍奉公婆、操持家務、勤勞節儉，這是父親對女兒的一片殷殷期望。通過這些描寫，慈父之愛，骨肉深情，已鮮明地呈現在讀者面前。

詩人強忍著眼淚說完誡訓，待要與女兒分別時才發現還是控制不了自己的情緒，他自歎今日之別，不知何時才能相見，再次表達了對女兒的不捨之情。一個情感複雜、無可奈何的慈父形象由此躍然紙上。詩的最後是詩人對小女兒的描寫，她悲傷的淚珠沿著帽帶滾流，心中酸楚悲傷，可想而知。而詩人見此景後的悲涼之情，更是難以言說。

全詩情真語摯，至性至誠。慈父之愛，骨肉深情，令人感動。


## 晨詣超師院讀禪經[1]

柳宗元

汲井漱寒齒，清心拂塵服。
閑持貝葉書，步出東齋讀[2]。
真源了無取，妄跡世所逐[3]。
遺言冀可冥，繕性何由熟[4]？
道人庭宇靜，苔色連深竹[5]。
日出霧露餘，青松如膏沐[6]。
淡然離言說，悟悅心自足。


## 【作者簡介】

柳宗元（773—819），字子厚，河東（今山西運城、臨汾一帶）人。

貞元九年（793）進士，貞元十五年（799）又舉博學鴻詞科。授校書郎，調藍田尉，遷監察御史裏行。唐順宗時，王叔文執政，銳意革新，柳宗元為革新派的重要人物。後革新失敗，被貶為永州司馬，十年後又貶為柳州刺史。在柳州多善政，深受人民愛戴。元和十四年（819）死於柳州，年四十七。柳州人民為追慕其功績，特修祠祭祀，代代不絕，世稱「柳柳州」或「柳河東」。

柳宗元是唐代傑出的哲學家、散文家和詩人。他以樸素唯物論和進步歷史觀，批判君權神授，肯定郡縣制的歷史意義。他反對藩鎮割據，主張任用賢才。他反對駢文，提倡散文，和韓愈共同宣導了中唐的古文運動。他創作了大量諷喻時弊，揭露社會矛盾，同情人民疾苦，描摹山水的優秀散文，在文學發展史上有著深遠的影響。他的詩雖不多，但也熱情地歌頌了維護國家統一的正義戰爭，揭露了統治集團對人民的橫征暴斂，諷刺庸人把持朝政，壓抑賢才。他的山水風景詩滲透著詩人的個性和遭遇，更富於特色。有《柳河東集》。

## 【註釋】

①詣：到，往。超師院：指龍興寺淨土院。超師指住持僧重巽。禪經：佛經。

②貝葉書：指佛經。古代印度用貝葉書寫佛經，故稱之。東齋：指寺院東邊的房間。

③真源：佛家的真意。了：全。妄跡：迷信妄誕的事蹟。

④遺言：指佛經所言。冀：希望。冥：暗合。繕性：修養身性。熟：精通而有成。

⑤道人：指僧人重巽。

⑥霧露餘：經過霧氣和露水濕潤之後。膏沐：婦女用來潤髮的油脂。

## 【評析】

這首詩是詩人貶居永州期間所作，寫出清晨到超師寺院讀佛經的情景和感受，既表達了他壯志未已而身遭貶謫，欲於佛經中尋求治世之道的心境，

又流露出尋求一種超越塵世，流連於沖淡寧靜的閒適佳境的複雜心情。

詩的前四句點題，道出了時間、地點和事件。第三、四句是說詩人走出東齋房誦讀佛經，看看換個環境會怎樣。一個「讀」字，是全詩內容的綱領；一個「閑」字，是全詩抒情的主調。

接下來的四句，承接上文的「讀」，是詩人對佛理的參悟和理解。「真源了無取，妄跡世所逐」是說佛經中真正的大道理，人們不去領悟，反而去追逐那些妄誕之言。詩人以自身崇信佛學的態度諷喻世俗之佞佛，表明了自己學習佛經的正確態度和對佛經的深刻理解。「遺言冀可冥，繕性何由熟」是說希望能夠參悟佛經中深奧的道理，但修身養性為何仍難以達到圓熟的境界？言佛教教義之深，必須深入鑽研思考，如果只用修持本性去精通它，是不可能達到圓滿的境界的。言下之意是說：愚妄地佞佛不足取，只有學習它于變革社會有益的內容才算真有所得。這反映了詩人對佛教教義及其社會作用的主觀的特殊理解。

第九至第十二句描繪了寺院中的景色，視野寬廣，形象清新，寫得非常有特色，一個「靜」字總括了它的幽靜無聲和詩人的閒適心境。是景物之靜，也是詩人內心之靜。而苔色青青，翠竹森森，一片青綠，又從色調上渲染了這環境的蔥蘢幽深。「日出」照應「晨」，緊扣題目，再次點明時間。

末兩句意為：寧靜沖淡難以言說，悟道之樂心滿意足。「離言說」是禪宗所說的境界，即教外別傳，不立文字，直指人心，見性成佛。「悟悅」直接流露了悟禪之後那種安然自適的愉悅。

全詩描述了詩人學禪的心境，富有禪味而又托情於景，情趣濃郁，可謂「深入理窟，高出言外」。


## 溪　居①

柳宗元


久為簪組束，幸此南夷謫②。
閑依農圃鄰，偶似山林客③。

曉耕翻露草，夜榜響溪石④。

來往不逢人，長歌楚天碧。

## 【註釋】

① 溪：即冉溪，或稱染溪，柳宗元被貶永州，在零陵西南遊覽時發現了曾為冉氏所居的冉溪，因愛其風景秀麗便遷居此地，並改名愚溪。

② 簪組：古代官吏的服飾，代指官職。束：或作「累」。南夷：古代對南方少數民族的稱呼。這裏指永州。

③ 農圃：田園。偶似：有時好像。山林客：在山野生活的人，指隱者。

④ 曉：天亮。露草：帶著露水的雜草。榜：划船。響溪石：因划船時碰上溪石而發出響聲。

## 【評析】

　　這首詩也是詩人被貶永州後所作，寫的是居住溪邊的自由和樂趣，但這只不過是他暫時的自我排遣而已，結合詩人其他詩文來讀，他從未忘懷謫居南夷之痛。

　　開篇兩句，詩意突兀，耐人尋味。被貶南夷本是一件不如意的事，詩人卻以反意著筆，說自己久在官場深受拘束，為做官所累，而這次被貶為「幸」事，實際上是含著痛苦的笑。這樣寫則是曲折地表達了被貶謫的憂憤。

　　接下來的詩句寫謫居生活。詩人閒居無事，便與農田菜圃為鄰，有時像個隱士一樣在山林漫步，清晨去耕作，翻除帶露雜草，晚上則乘著船在溪水中遊蕩。這樣的生活看似閒適自在，其實也包含著詩人的無可奈何。「閑依」、「偶似」相對，有強調閒適的意味。「閑依」包含著投閒置散的無聊，「偶似」說明他並不真正具有隱士的淡泊、閒適。

　　最後兩句寫詩人獨來獨往，碰不到別人，仰望著碧空藍天，放聲歌唱。詩人看似自由自在，無拘無束，但畢竟太孤獨了。這兩句恰恰透露出詩人是強作閒適。這首詩的韻味也正在於此。

# 塞上曲<sup>①</sup>

王昌齡

蟬鳴空桑林，八月蕭關道<sup>②</sup>。
出塞入塞寒，處處黃蘆草<sup>③</sup>。
從來幽並客，皆向沙場老<sup>④</sup>。
莫學遊俠兒，矜誇紫騮好<sup>⑤</sup>。

## 【註釋】

① 塞上曲：與《塞下曲》都出於漢樂府《出塞》《入塞》，屬《橫吹曲辭》，多寫邊塞戰爭。這種曲辭在唐朝大為流行，稱為新樂府辭。

② 空桑林：指桑林因秋來落葉而變得空曠、稀疏。蕭關：關中四關之一，在今寧夏固原縣東南。

③ 入塞寒：或作「復入塞」。

④ 幽並：古代的幽州和並州，今河北、山西和陝西的一部分。

⑤ 遊俠兒：指好交遊，講義氣，常為知己打抱不平而不惜犧牲性命的人。矜誇：自誇。紫騮：古駿馬名。

## 【評析】

　　這首詩是詩人早年漫遊西北邊地時所作，和下首詩似乎都是警告唐玄宗窮兵黷武之作，是王昌齡反戰邊塞詩之一。

　　詩的首四句寫邊塞秋景，營造出一種蕭殺悲涼的氛圍，為後面的反戰主題作了情感上的鋪墊。

　　第五、六句寫戍邊征人將青春年華都揮灑在邊疆戰場上，詩人對他們寄寓了深切同情。這兩句與王翰的「醉臥沙場君莫笑，古來征戰幾人回」可謂異曲同工，感人至深，抒發了詩人的悲壯情懷。末尾兩句以對比作結，通過

對自恃勇武，每日耀武揚威地遊蕩，炫耀紫騮馬善於馳騁的所謂遊俠的諷刺，深刻地表達了詩人對戰爭的厭惡，對和平生活的嚮往。

本詩慷慨悲涼，表達了詩人對朝廷不顧將士死活的戍邊政策的不滿和對陣亡將士的沉痛哀悼，抒發了濃厚的反戰情緒。

# 塞下曲

王昌齡

飲馬渡秋水，水寒風似刀①。
平沙日未沒，黯黯見臨洮②。
昔日長城戰，咸言意氣高③。
黃塵足今古，白骨亂蓬蒿。

【註釋】

① 飲馬：給馬飲水。這裏是作戰的意思。

② 平沙：形容沙漠上一無所有，一片荒涼。沒：落。黯黯：同「暗暗」，昏暗不明的樣子。臨洮：秦置縣名，在今甘肅岷縣，因地臨洮水而得名。

③ 長城戰：唐玄宗開元二年（714），吐蕃十萬精兵侵犯臨洮，朔方軍總管王晙與攝右羽林將軍薛訥領兵禦敵，先後在大來谷口、武階、長子等處大敗吐蕃，前後殺獲數萬，獲馬羊二十萬，吐蕃死者枕藉，洮水為之不流。咸：都。意氣：指作戰的意志與赴敵的勇氣。

【評析】

這是一首以長城附近邊疆為背景的樂府詩。本詩並沒有具體描寫戰爭，而是通過對塞外景物和昔日戰爭遺跡的描繪，展現了戰爭的嚴酷，流露出詩人的反戰情緒。

詩的前四句描繪了塞外枯曠苦寒的景象。詩人將描寫時間選在深秋的黃

昏，這樣更利於表現所寫的內容。寫苦寒，選擇了水和風這兩種最能表現環境特徵的景物，筆墨簡潔，收到了很好的藝術效果。第三、四句寫遠望臨洮的景象。只見暮色蒼茫，廣袤的沙漠望不到邊，天邊隱隱露出還沒有完全消失的夕陽，濛濛暮色中依稀可見臨洮城。境界闊大，氣勢恢弘。

後四句詩人追憶以往長城發生的戰事，展現了戰後的慘烈景象。「咸言意氣高」是眾人的說法，詩人沒有從正面進行辯駁或評論，而是以這裏的景物和戰爭遺跡來間接作答：從古至今這裏都是黃沙彌漫，戰士們的白骨亂拋在蒿草中。這裏沒有一個議論字眼，卻將戰爭的殘酷極其深刻地揭示了出來，手法極其高妙。一個「亂」字，點明了將士們為國征戰千里，最終落得身死荒野，無人掩埋祭奠的淒慘下場。這樣來寫，震撼人心，極具穿透力。

整首詩寫得觸目驚心，抒發了詩人對出塞軍士的同情、讚揚和對犧牲將士的哀悼，表達了詩人強烈的反戰思想。


# 關山月①

李白

明月出天山，蒼茫雲海間②。
長風幾萬里，吹度玉門關③。
漢下白登道，胡窺青海灣④。
由來征戰地，不見有人還。
戍客望邊邑，思歸多苦顏。
高樓當此夜，歎息未應閑⑤。


【註釋】

① 關山月：古樂府《鼓角橫吹曲》之一，歌詞多寫離別的哀傷。

② 天山：在今新疆境內，一指甘肅境內的祁連山。

③ 幾萬里：指東從征夫家鄉到西北邊塞的距離。這是誇張形容。玉門關：關名，在今甘肅敦煌縣西，是古代通往西域的交通要道。

④ 下：出兵。白登：山名，在今陝西大同縣東。漢高祖劉邦曾與匈奴在
　白登作戰，被匈奴圍困七天之久。窺：探視，這裏是侵擾的意思。青
　海：湖名，在今青海東北部，唐朝曾多次在這一帶與吐蕃交戰。
⑤ 高樓：古詩中多以高樓指閨閣，這裏指戍邊士兵家中的妻子。閑：空
　閑，停止。

## 【評析】

　　這首詩寫遠戍玉門關外的征夫月夜對妻子的熱切思念，詩沒有極力寫征
夫思婦離情的悲苦，而是用雄渾的筆調描寫了邊疆征戰的淒苦、激烈和將士
一去不還的殘酷，表現了戰爭給百姓帶來的巨大苦難，體現了反戰的主旨。

　　前四句從征人的角度描繪了一幅包含明月、雲海、長風、山、關等要素
在內的遼闊的邊塞圖景。詩人將雄壯的天山景象和人們慣常印象中的蒼茫雲
海景象結合到一起，給人新奇壯觀的感覺。而身處西北邊塞的征人在月下遙
望故鄉時，只感覺長風好像經過幾萬里的土地，吹過玉門關而來。這一句將
征人的思鄉情懷傳達得生動異常。

　　中間四句具體描寫戰爭的場面和戰爭的殘酷。漢高祖曾領兵出征匈奴，
被圍困在白登山，而青海灣一帶，則是唐軍與吐蕃連年征戰之地。長年的戰
爭，使得出征的戰士，幾乎無人生還歸鄉。這四句在結構上起承上啟下的作
用，使描寫的對象從邊疆轉到戰爭，由戰爭過渡到征夫。

　　後四句寫征夫望著邊地的景象，思念家鄉，臉上現出愁苦之色，他們推
想自家高樓上的妻子，在此蒼茫月夜，歎息之聲當是不會停止的。「望邊色」
看似漫不經心寫出，卻把以上那幅萬里邊塞圖和征戰的景象和征夫緊緊聯繫
起來，產生了深遠的意蘊。

## 子夜吳歌①

李白

長安一片月，萬戶擣衣聲②。

秋風吹不盡，總是玉關情。
何日平胡虜，良人罷遠征③？

## 【註釋】

① 《子夜吳歌》：又作《子夜四時歌》，一共四首，分詠春、夏、秋、冬四季。六朝樂府《清商曲辭·吳聲歌曲》中就有《子夜四時歌》，因屬於吳聲曲，所以又稱《子夜吳歌》。此體原為四句，多寫女子思念情人的哀怨，作六句是李白的獨造，寫思念征夫之情具有時代新意。

② 搗衣：把衣料放在石砧上用棒槌捶擊，使衣料綿軟以便裁縫，也指將洗過頭次的髒衣服放在砧板上捶擊，去渾水，再清洗。每入秋，婦人們都會為遠征的丈夫趕制寒衣。

③ 胡虜：侵犯邊境之敵。良人：古時婦女對丈夫的稱呼。罷：結束。

## 【評析】

　　李白的《子夜吳歌》共四首，這篇是第三首，屬於秋歌。這首詩抒寫的是家中婦人對遠征丈夫的相思之情。

　　詩的前兩句寫景，同時又緊扣主題。見月懷人是古典詩歌中的傳統表現手法，並且秋季又是趕製征衣的特殊季節，所以寫月也有起興的意義。詩中寫月色如銀的京城，表面一片平靜，但秋月和這種特殊的「秋聲」對於思婦來說，是何等的折磨。「一片」「萬戶」，寫光寫聲，似對非對，措辭天然而得詠歎味。

　　中間兩句寫的是撩人愁緒的秋風。月朗風清，風送砧聲，聲聲都是思念玉門關外征人的深情。「總是」二字，益見情深。這裏，秋月、秋聲與秋風交織出渾然的境界，見境不見人，而人物儼在，情更濃。濃得不可遏止。

　　末兩句是家中婦人的期待，也是從軍之人的心聲，表達了對夫妻團聚的渴望。從內容上看，使詩歌思想內容大大深化，更具社會意義，表現出古代勞動人民希望能過和平生活的善良願望。

　　全詩雖沒有直寫愛情，但字字滲透著真摯情誼，雖沒有高談時局，但也間接表達了厭戰情緒。全詩情景交融，塑造了一種感人至深的意境。

# 長干行①

李白

妾髮初覆額，折花門前劇②。
郎騎竹馬來，繞床弄青梅③。
同居長干里，兩小無嫌猜④，
十四為君婦，羞顏未嘗開。
低頭向暗壁，千喚不一回⑤。
十五始展眉，願同塵與灰⑥。
常存抱柱信，豈上望夫臺⑦。
十六君遠行，瞿塘灩澦堆⑧。
五月不可觸，猿聲天上哀⑨。
門前舊行跡，一一生綠苔。
苔深不能掃，落葉秋風早。
八月蝴蝶黃，雙飛西園草⑩。
感此傷妾心，坐愁紅顏老。
早晚下三巴，預將書報家⑪。
相迎不道遠，直至長風沙⑫。

## 【註釋】

① 長干行：樂府舊題有《長干曲》，原為長江下游一帶民歌，源出於《清
商西曲》，內容多寫船家婦女的生活。宋代郭茂倩所著《樂府詩集·雜
曲歌辭十二》有載。

② 髮初覆額：頭髮剛剛覆蓋額頭，指年幼。劇：遊戲。

③ 騎竹馬：跨著竹竿當馬騎，是古代小孩的一種遊戲。

④ 長干里：即今內秦淮河南岸雨花臺至下長干橋一帶。古代長干居民往
來水上，衍生出了許多動人的歌吟，為六朝樂府的成型奠定了深厚的
民間史化基礎。

⑤喚：叫。回：回應，回頭。這兩句指初結婚時的害羞情態。

⑥展眉：即「開顏」之意。願同塵與灰：指願意像灰與塵同生共死。

⑦抱柱：《莊子·盜跖》載，尾生與女子約於橋下相會，女子未來，忽然漲水，尾生為了守信，不肯離開，結果抱著橋柱被水淹死。後人便以「抱柱」為信守不渝之詞。望夫臺：古代不少地方流傳有丈夫久出不歸，妻子登上高地眺望的故事，有所謂「望夫臺」、「望夫石」、「望夫山」等名稱。

⑧瞿塘：峽名，長江三峽之一。灩澦堆：瞿塘峽口江心的礁石，冬季露出水上二十餘丈，夏季水漲，礁沒水中，行船容易發生觸礁危險。

⑨五月不可觸：即五月漲水灩澦堆不可觸。猿聲天上哀：指瞿塘峽兩岸，山高入雲，船經峽中，旅客聞山上猿聲如在天上，令人發愁。

⑩蝴蝶黃：指秋天的黃色蝴蝶最多。雙飛西園草：雙雙在西園草地上。

⑪下三巴：指丈夫從三巴東下回家。三巴：古巴郡、巴東、巴西總稱「三巴」，在今四川東北部。

⑫不道遠：不管路遠。長風沙：地名，在今安徽安慶東長江邊。

【評析】

　　唐以前的《長干曲》僅無名氏一篇，到了唐代，文人仿作的不少，甚至還有《小長干曲》之作。李白以前的均為五言四句，到李白手中卻增為三十句，這在體制上對《長干曲》是個大發展。李白的《長干行》共兩首，寫一個年輕商婦對久別丈夫的思念，兩詩從頭至尾均為商婦獨白，此詩是其中的第一首，由回憶兩人相識、結婚、別離以及盼望他早日回家四部分組成。全詩通過親切的敘事，生動的寫景，塑造了一個具有深摯情感的少婦形象，深刻地揭示了她的內心活動，熱烈地表達了她對幸福愛情的追求和對遠行的丈夫的思念，具有動人的藝術力量。

　　詩的開頭六句，宛若一組民間孩童嬉戲的風情畫卷，其中「青梅竹馬」、「兩小無猜」成為描寫男女幼時情意的佳話。「十四為君婦」四句通過細膩的心理描寫生動表現了少女成婚時的嬌羞，再現了兩人新婚時的甜蜜情形。「十五始展眉」四句描寫了兩人婚後感情美滿，恩愛有加的情形。「十

六君遠行」四句寫丈夫遠行經商後，商婦為之擔驚受怕的心情。「門前舊行跡」八句寫商婦深深的相思之情，通過具體的景物描寫，展示了思婦內心世界深邃的感情活動。通過節氣變化和對不同景物的描寫，將一個思念遠行丈夫的少婦形象，鮮明地躍然於紙上。末四句寫商婦期待丈夫早回。這裏，商婦對於丈夫熱烈的愛，對見面的期待，心中隱藏的濃烈感情，都被生動地表現了出來。

# 烈女操①

孟郊

梧桐相待老，鴛鴦會雙死②。
貞婦貴殉夫，捨生亦如此③。
波瀾誓不起，妾心古井水④。

## 【作者簡介】

孟郊（751—814），字東野，湖州武康（今浙江德清）人。早年隱居河南嵩山，稱處士。性情耿介寡合，韓愈與其一見如故，為忘形交，和他詩酒唱和。屢試不第，四十六歲始登進士第，五十歲才任溧陽（今江蘇溧陽）尉。孟郊在任時常以作詩為樂，作不出詩就不出門，故有「詩囚」之稱。他還因不事曹務，被罰半俸。不久棄官。元和初，鄭餘慶為河南尹，奏為水陸轉運從事，試協律郎，定居洛陽。60歲時，因母死去官。元和九年（814），鄭餘慶出鎮興元（今陝西鄭縣），又奏為參謀，孟郊攜家赴任，因暴病死於途中。

孟郊一生寒苦，仕途坎坷，但他從未曲節媚於權貴，他的詩多寫寒士的生活和遭際，時有不平之鳴，也有一些揭露社會不平，同情人民疾苦之作。孟郊雖屬「苦吟」詩人，與賈島並稱「郊寒島瘦」，但其詩風大多樸質自然，表情達意深刻生動，在當時詩壇是別樹一幟。他長於古體詩，多為句式短截的五言古體，用語刻琢而不尚華麗，擅長寓奇特於

古拙，韓愈對他的詩倍加贊許。有《孟東野集》。

## 【註釋】

①烈女操：古樂府中屬《琴曲》歌詞。烈女：貞節有操守的婦女。操：
　　琴曲中的一種體裁。

②梧桐：傳說梧是雄樹，桐是雌樹。相待老：同長同老，同生同死。鴛
　　鴦：傳說鴛鴦雌雄不離，一隻死了，另一隻決不獨生，也就是同生同
　　死的意思。

③貴殉夫：以為丈夫殉身為貴。

④古井水：比喻內心絕無波瀾，即丈夫死後決不改嫁。

## 【評析】

　　這是一首讚頌女性堅貞、剛正的詩。舊時代的女子有不少成為封建禮教
和倫理的犧牲品，有的丈夫死後而不獨生，有的丈夫死後終身不嫁，都表示
對丈夫的忠貞。詩人歌頌貞婦，正說明他的封建倫理道德觀念的濃厚，反映
了他的階級局限性。

　　詩的前四句以梧桐相依到老和鴛鴦同生共死作比喻，主張烈女應該為丈
夫殉身，捨生忘死。頌揚女性對愛情的忠貞，誠然有可取的一面，然而一味
宣揚女子應該為丈夫殉情，無視女子的感受，那就像套在女性脖子上的枷
鎖，剝奪了她們生存的權利。末兩句，詩人以古井不起波瀾作比喻，主張烈
女在丈夫死後要保持節操，不再嫁人，這更是剝奪了女性追求自己幸福生活
的自由。整首詩實際上等於要求寡婦放棄身為人的權利，擯棄人生和未來，
給人一種陰黯、冷酷寒苦的印象，令人很難對這種烈女產生美好的感覺。可
以說，這種「心如枯井」的境界並不值得贊許和效仿，詩中所傳達的烈女思
想在當今時代顯然是不可取的。

　　不過，我們結合詩人坎坷的身世，不圓通的性格，這裏的「烈女」似乎
也是詩人誓不與豪門貴宦同流合污的自我寫照。

# 遊子吟①

孟郊

慈母手中線，遊子身上衣。
臨行密密縫，意恐遲遲歸。
誰言寸草心，報得三春暉②！

## 【註釋】

①遊子吟：孟郊自制的樂府題。

②寸草：小草，萱草，比喻子女。萱草是中國傳統的母親花，古人常以
萱草表達對父母的孝心與關愛。三春：春天的三個月，形容母愛如春
天溫暖、和煦的陽光照耀著我們。

## 【評析】

　　這是一首母愛的讚歌，詩人在題下自注「迎母溧上作」，可知本詩是他
出任溧陽縣尉時所作。孟郊出身貧寒，父親早卒，母親裴氏歷經千辛萬苦，
撫養三個兒子成人。孟郊早年漂泊無依，一生貧困潦倒，直到五十歲才做了
溧陽縣尉的小官，結束漂泊流離的生活。當他迎養老母時，以往辭家別母的
情景浮現眼前，於是寫下了這首詩。

　　開頭兩句其實是兩個片語，不是兩個句子，這樣寫由人到物，突出了
「線」和「衣」這兩件極常見的東西，將「慈母」和「遊子」緊緊聯繫到一起，
寫出了母子相依為命的骨肉之情。

　　中間兩句寫的是母親的動作和心理的情感，把筆墨集中在母親身上。老
母親一針一線是那樣細密，就是為了讓兒子穿得更久、更暖，可她心中又擔
心兒子遲遲難歸。慈母縫衣是一個普通場景，而它表現的卻是詩人深沉的內
心情感。這兩句既無言語，也無淚水，卻以無聲勝有聲，扣人心弦，催人淚
下。

　　最後兩句是詩人對於母愛的禮讚，通過反問的形式表現出來，意味尤為
深長。這是前四句的昇華，通過形象的比興，寄託了赤子熾烈的情意。如春

天般厚博的母愛，小小的萱草又怎麼能報答得了呢？詩人在仕途坎坷的情況下飽嘗世態炎涼，更覺得親情的可貴。

# 登幽州臺歌①

陳子昂

前不見古人，後不見來者②。
念天地之悠悠，獨愴然而涕下③。

## 【作者簡介】

陳子昂（約661—702），字伯玉，梓州射洪（今四川射洪）人。唐高宗開耀二年（682）進士。武則天光宅元年（684）赴京上書，武后愛其才，授麟台正字，後遷右拾遺。萬歲通天元年（696）隨武攸宜征討契丹。聖曆初（698）解官歸鄉，為縣令段簡所誣陷，下獄死。

陳子昂是初唐後期有抱負有才能的詩人，他多次上書陳述政治利弊，常遭權貴的排斥和陷害，壯志難伸。他的散文取法古代，反對駢文；詩歌主張風雅比興，崇尚漢魏，鄙棄齊梁體。《感遇》三十八篇便是實踐其詩歌主張的代表作。他是李杜的先驅，對唐代詩歌發展有較大影響，杜甫、白居易、韓愈都先後給予他崇高的評價。有《陳拾遺集》。

## 【註釋】

① 幽州臺：即黃金臺，又稱薊北樓，是戰國時期燕昭王為了招納天下賢士而建。
② 古人：指燕昭王，又泛指那些能夠禮賢下士的賢明君主。來者：將來的賢明君主。
③ 悠悠：形容時間的久遠和空間的廣博。

## 【評析】

這是一首吊古傷今的古體詩，作於武則天萬歲通天元年（696），當時契

丹人攻陷營州，武則天派武攸宜率軍征討，陳子昂以右拾遺參謀軍事。武攸宜出身親貴，又不懂軍事，作戰失敗，致使情況緊急。陳子昂請求帶萬人作前驅抗擊敵人，武攸宜不許，隨後陳子昂又進言，武攸宜仍不聽，還將陳子昂降為軍曹。陳子昂接連受挫，眼看報國無門，因此登上幽州臺，感慨古今，寫下了此篇。詩人以慷慨悲涼的調子，表現了失意的境遇和寂寞苦悶的情懷，抒發了抑鬱已久的悲憤之情，同時也揭示了封建社會中那些懷才不遇的知識份子遭受壓抑的境遇，具有深刻典型的社會意義，古往今來，獲得了廣泛的共鳴。

詩的前兩句俯仰古今，寫出了時間之綿長。詩人想到古代那些能禮賢下士的賢明君王，再想到自己如今的遭遇，頓生生不逢時的感慨。第三句，詩人憑樓遠眺，寫出了空間的遼闊。第四句，詩人描繪自己孤單寂寞、悲哀苦悶的情緒。全詩拓開了一片廣闊無垠的時空。這無垠的時空與詩人兢兢孑立的身影兩相映照，分外動人。


# 古　意①

李頎

男兒事長征，少小幽燕客②。
賭勝馬蹄下，由來輕七尺③。
殺人莫敢前，鬚如蝟毛磔④。
黃雲隴底白雲飛，未得報恩不得歸。
遼東小婦年十五，慣彈琵琶解歌舞。
今為羌笛出塞聲，使我三軍淚如雨⑤。


【作者簡介】

李頎（690—751），東川（今四川三台）人，長期居住在潁陽（今河南登封西）。開元二十三年（735）登進士第，任新鄉縣尉。因久未升遷，便辭官歸隱東川，有時來往於洛陽、長安之間。他的交遊很廣泛，

與王維、綦毋潛、高適、王昌齡等皆有唱和。他還喜歡煉丹修道。卒於天寶末。李頎擅長七言歌行和七律，詩以寫邊塞題材為主，風格豪放，慷慨悲涼。

## 【註釋】

① 古意：擬古詩，托古喻今之作。

② 事長征：指從軍遠征。幽燕：指今河北、遼寧一帶。這一帶是古代豪俠會聚之地，也是東北的邊塞要地。

③ 賭勝：較量勝負。馬蹄下：指馳騁疆場。由來：從來。七尺：七尺之軀，指性命。

④ 蝟：刺猬，全身毛髮硬如刺。磔：開張的樣子。

⑤ 羌笛：樂器，羌族所創製，故名。出塞聲：出塞作戰的樂聲。

## 【評析】

　　這首詩寫戰士英勇無畏、誓死報國的壯志和思念家鄉的情懷，主要表現豪俠的浪漫精神，但結尾處略帶蒼涼。

　　前六句把一個在邊疆從軍的男兒形象寫得神形畢肖，栩栩如生，剛猛又不失灑脫。第三至第六句寫出了主人公的剛勇強悍：自幼便將七尺男兒之軀拋於腦後，敢於在馬蹄下與人打賭爭勝；成年之後更是威猛，從軍禦敵，殺得敵人無法近身。「鬚如蝟毛磔」五字將主人公鬍鬚短而硬的特徵刻畫得活靈活現，盡顯出一個勇猛剛烈的熱血男兒形象。

　　「黃雲隴底白雲飛」一句為主人公佈置了一幅背景。閉目細想：一個虬髯男兒，胯下是高頭戰馬，手中是雪亮單刀，背後是遼闊的原野，昏黃的雲天，這氣象是何等的雄偉蒼茫。這一句的妙處還在於「黃雲」和「白雲」的對比。塞上多風沙，沙捲入雲，所以雲色是發黃的，而內地的雲則是純白的。這一句中黃雲白雲表面似乎是在寫景，實則是寓情於景，寄託了思鄉之情。如若繼續寫思鄉之情，恐有失主人公「大丈夫」的身份，因此詩人以「未得報恩不得歸」一句轉出主人公是以國事為重的大丈夫。兩個「得」字，都發自男兒內心，連用在一句之中，更顯出他斬釘截鐵的決心。

末四句出人意料，突然出現了一個年僅十五，能吹奏羌笛且能歌善舞的「遼東小婦」。她吹出了笛聲，於是乎全詩就有聲有色，而她那悠長哀怨的笛聲也觸動了三軍將士內心深處對家鄉的無盡思念之情，以致淚如雨下。這裏，詩人實際上要寫這一個少年男兒的落淚，可是這樣一個硬漢，哪有一聽少婦羌笛就會激動的道理？所以詩人不從正面寫這個男兒的落淚，而寫三軍將士落淚，非但落，而且落得如雨一般多。在這樣盡人都受感動的情況下，這一男兒自不在例外，這就不用明點了。這種烘雲托月的手法，含蓄而精練，功力極深，常人不易做到。


# 送陳章甫①

李頎

四月南風大麥黃，棗花未落桐葉長。
青山朝別暮還見，嘶馬出門思舊鄉。
陳侯立身何坦蕩，虯鬚虎眉仍大顙②。
腹中貯書一萬卷，不肯低頭在草莽。
東門酤酒飲我曹，心輕萬事如鴻毛③。
醉臥不知白日暮，有時空望孤雲高。
長河浪頭連天黑，津口停舟渡不得④。
鄭國遊人未及家，洛陽行子空歎息⑤。
聞道故林相識多，罷官昨日今如何⑥？

【註釋】

①陳章甫：李頎好友，才華橫溢，長期隱居嵩山。他曾應制科及第，但因沒有等級戶籍，吏部不予錄取。經他上書力爭，吏部無法辯駁，特意為他請示執事，破例錄用。此事受到天下士子的讚美，也令陳章甫名揚天下。但他的仕途並不通達。

②陳侯：即陳章甫。虯鬚：捲曲的鬍鬚。仍：又。大顙：寬闊的腦門。

③東門：指洛陽城的東門。飲我曹：請我們飲酒。我曹：我輩。

⑦白日暮：白天黑夜。

④長河：指黃河。津口：渡口，一作「津吏」。

⑤鄭國遊人：指陳章甫。他從鄭國來到洛陽。春秋鄭國都新鄭，即今河南新鄭。洛陽行子：李頎自稱。因為他曾任新鄉縣尉，地近洛陽。

⑥故林：故園，故鄉。罷官昨日今如何：罷官回去他們如何看待你？這裏是李頎為陳章甫罷官回鄉後的冷落處境擔憂。

## 【評析】

　　這是李頎寫給友人陳章甫的贈別之作。全詩語氣雖豪邁曠達，未著傷離恨別之辭，但懷才不遇的惋惜之情卻隱含言外。詩人通過對外貌、動作和心理的描寫，表現了陳章甫光明磊落的胸懷和慷慨豪爽、曠達不羈的性格，抒發了對陳章甫罷官的同情和深摯情意。

　　開頭四句，筆調輕鬆舒緩，充滿鄉情。入夏，天氣清和，田野麥黃，棗花清香，縱馬出門，一路有青山做伴，使人更加懷念從前在舊鄉山林隱居的閒適生活。此處詩人以抒寫曠達情懷，顯示了陳章甫毫不在意仕途得失的隱士本色。下面八句，詩人用形象的細節描寫，極強的藝術概括手法，讚美了陳章甫的志節和操守，從中可見他光明磊落的胸懷和清高自愛的性格。這八句無疑是全詩最精彩的筆墨，既扣住送別，又表明罷官返鄉的情由。「長河」二句是賦而比興，既實記渡口適遇風浪，暫停擺渡，又暗喻仕途險惡，無人援濟。因此，行者和送者，罷官者和留官者，陳章甫和詩人，都在渡口等候，都沒有著落。一個「未及家」，一個「空歎息」，都有一種惆悵。而對這種失意的惆悵，詩人以為毋須介意，因此，末二句以試問語氣寫出世態炎涼，料想陳返鄉後的境況，顯出泰然處之的豁達態度，輕鬆地結束送別。

　　就全篇而言，詩人以曠達的情懷，知己的情誼，藝術的概括，生動的描寫，表現出陳章甫的思想、性格和遭遇，讓人深感同情。而詩的筆調輕鬆，風格豪爽，不為失意發苦語，不因離別寫愁思，在送別詩中確屬別具一格。

# 琴　歌

李頎

主人有酒歡今夕，請奏鳴琴廣陵客<sup>①</sup>。
月照城頭烏半飛，霜淒萬木風入衣<sup>②</sup>。
銅爐華燭燭增輝，初彈淥水後楚妃<sup>③</sup>。
一聲已動物皆靜，四座無言星欲稀。
清淮奉使千餘里，敢告雲山從此始<sup>④</sup>。

**【註釋】**

① 廣陵客：琴曲最著名的有《廣陵散》，晉代名士嵇康擅長此調，後以「廣陵客」稱善於彈琴的人。

② 烏：烏鵲、喜鵲。半飛：散飛，分飛。淒：冷，或作「欺」。

③ 淥水、楚妃：均為琴曲名，指《淥水曲》和《楚妃歎》。

④ 清淮：清江和淮城的合稱，即今江蘇淮安。告雲山：指隱居。

**【評析】**

　　這首詩是詩人奉命出使清淮時，在友人的餞別宴會上聽琴後所作。全詩未對琴聲作正面描寫，而側重環境烘托和氣氛渲染，以琴聲一響萬物皆靜，四座無言，並引起詩人棄官歸隱之念，突出表現了琴音的悅耳動聽和神奇的感染力。

　　詩的前兩句交代飲宴之事，由飲酒而引出彈琴。第三、四句是對彈琴前夜景的描寫。明月照著城頭，烏鵲在空中分飛，萬木染遍寒霜，冷風吹透衣衫。詩人通過描寫屋外的清冷，反襯屋內華燭同燃的歡快氛圍。第五、六句寫初彈琴時的情景。銅爐香繞，華燭齊輝，琴師先彈奏《淥水曲》，再彈《楚妃歎》。第七、八句寫琴聲之動人，一聲撥出，萬籟俱寂，星星隱去，四座無言。這從側面烘托了琴曲的魅力，其成功的表現手法對於白居易的《琵琶行》影響很大，其中「東船西舫悄無言，唯見江心秋月白」即是從這兩句化用而來。

詩的末兩句寫詩人聽罷琴聲之後，忽然觸動了思鄉之情，產生了罷官隱居的念頭，覺得要去赴任是一種精神上的負擔。既入仕途，又嚮往在詩酒和音樂聲中怡然自得，表明了舊時代文人大多有的矛盾心情，這也更進一步體現了琴曲的優美動人。

## 聽董大彈胡笳兼寄語弄房給事①

李頎

蔡女昔造胡笳聲，一彈一十有八拍②。
胡人落淚沾邊草，漢使斷腸對歸客③。
古戍蒼蒼烽火寒，大荒沉沉飛雪白。
先拂商弦後角羽，四郊秋葉驚摵摵④。
董夫子，通神明，深山竊聽來妖精⑤。
言遲更速皆應手，將往復旋如有情⑥。
空山百鳥散還合，萬里浮雲陰且晴。
嘶酸雛雁失群夜，斷絕胡兒戀母聲⑦。
川為靜其波，鳥亦罷其鳴。
烏孫部落家鄉遠，邏娑沙塵哀怨生⑧。
幽音變調忽飄灑，長風吹林雨墮瓦。
迸泉颯颯飛木末，野鹿呦呦走堂下⑨。
長安城連東掖垣，鳳凰池對青瑣門⑩。
高才脫略名與利，日夕望君抱琴至⑪。

**【註釋】**

① 董大：即董庭蘭，善鼓琴，曾為房琯門客。房給事：即房琯。給事：官職名，唐屬門下省。

② 蔡女：即蔡琰，字文姬，東漢文學家蔡邕之女。初嫁衛仲道，衛早

亡，後為董卓部屬俘虜，輾轉入南匈奴。再嫁胡人，生兩子。建安十

二年（207），曹操把她贖回，再嫁董祀。她在匈奴時，感胡笳之音，

作《胡笳十八拍》。

③胡人：匈奴人。漢使：指漢末派往匈奴接蔡文姬回中原的使者。歸

　客：即蔡文姬。

④商、角、羽：古琴有七弦，依次配：宮、商、角、徵、羽、少宮、少

　商七音。拂：撥。摵摵：落葉聲。

⑤妖精：鬼神之類。這裏讚賞董大琴技高超，連鬼神也受到感動。

⑥言：語氣助詞。遲：慢。與「速」對稱。更：連詞，和。將：語氣助

　詞，表動作、行為趨向或進行。

⑦嘶酸：發聲淒苦。斷絕胡兒：指蔡文姬離開匈奴時與兩個胡兒訣別。

⑧烏孫：西域國名。漢武帝欽命劉細君為公主和親烏孫昆莫。邏娑：唐

　時吐蕃都城，在今西藏拉薩。唐文成公主、金城公主皆遠嫁吐蕃。

⑨迸泉：噴湧迸濺的泉水。颯颯：形容泉水的迸射聲。

⑩東掖垣：指門下省。唐代門下省和中書省是中央最高政治機關，在皇

　宮東西兩邊，唐皇宮在長安城北，坐北朝南，門下省在皇宮東邊，故

　稱。鳳凰池：指中書省。青鎖門：漢時宮門，這裏指唐宮門，門下省

　的關門。

⑪脫略：放任，不拘束。君：指董大。

【評析】

　　這首七言古體長詩，通過描摹董大彈奏《胡笳弄》這一歷史名曲，來讚

賞他高超的演奏技藝，也以此寄房給事（房琯），帶有為他得遇知音而高興

的心情。

　　詩的開篇不提「董大」而說「蔡女」，起勢突兀。第三、四句描寫的是

蔡文姬操琴時，胡人、漢使聞之悲切斷腸的場面，反襯琴曲的感人魅力。第

五、六句反補一筆，寫出蔡文姬操琴時荒涼淒寂的環境。古老的烽火臺，陰

氣沉沉的荒原，飄飛的白雪共同構成了一片荒涼的景象，使人越發感到樂聲

的哀婉動人。以上六句為第一段，詩人對「胡笳聲」的來由和藝術效果作了

十分生動的描述，把讀者引入了一個幽邃的藝術境界。寫到這裏，讀者不禁要問：如此深摯有情的《胡笳弄》，董大又彈得如何呢？於是，詩人順勢而下，轉入正面敘述。從蔡文姬到董大，相隔數百年，一曲琴音，把兩者巧妙地聯繫起來。

「先拂商弦後角羽」到「野鹿呦呦走堂下」為第二段。董大彈奏琴曲，確實技藝超群。琴聲一起，「四郊秋葉」便被驚得紛紛落下。此處「驚」字，出神入化，極為生動。詩人不僅稱讚起「董夫子」來，說他的演奏簡直像是「通神明」，不僅驚動了人間，連山林裏的妖精也來偷聽了！「言遲更速皆應手」兩句總括了董大的高超技藝。

接下來是對琴聲的描繪，詩人不從正面著手，卻以種種形象的描繪，來烘托那淒惻動聽的琴聲。「百鳥散還合」、「浮雲陰且晴」形容董大琴聲的忽縱忽收、變化多端，之後又形容那悲愴的琴聲，彷彿是失群的雛雁，在暗夜裏發出辛酸的哀鳴，又像與母親訣別的胡兒在痛哭。到這裏，詩人忽然宕開一筆，又聯想起當年蔡文姬與胡兒訣別時的情景，照應了第一段「蔡女」的琴聲。接下來兩句，詩人以自然景物來反襯琴聲的巨大魅力。琴聲回蕩，河水為之滯流，百鳥為之罷鳴，世間萬物都被琴聲所感動了，這不就是「通神明」了嗎？其實，川不會真靜，鳥不會罷鳴，只是因為琴聲迷住了聽者，使其耳中只有琴音罷了。接著詩人又指出，董大的琴聲不僅僅是動聽而已，他還能完美地展現出琴曲的神韻。側耳傾聽，那低沉的幽咽之聲，就像漢朝烏孫公主遠嫁異國的悲泣，唐代文成公主遠嫁吐蕃的哀歎，這與蔡文姬作《胡笳弄》的心情是非常吻合的。

「幽音變調忽飄灑」以下四句，詩人才開始從正面描寫琴聲，而且運用了許多形象的比喻。「幽音」本為低沉之音，但一經變調，便變得「瀟灑」起來。時而如「長風吹林」，時而如雨打屋瓦，時而像迸濺的泉水飛過樹梢，時而又如野鹿呦呦叫著跑到堂下。琴聲輕快悠揚，變化無窮，怎能不讓聽者為之陶醉呢？

最後四句，是詩人「兼寄房給事」的。詩中沒有正面提及房琯，而是巧妙地通過「東掖垣」「鳳凰池」「青瑣門」來暗示了他靠近宮廷，官位使人羨慕。詩的最後，以讚語作結。房琯不僅才高，而且不重名利，超逸脫略。

這樣的高人，正日夜盼望著董君你抱琴前去呢！這裏也暗示董大得遇知音，可幸可羨。

　　本詩巧妙地把演技、琴聲、歷史背景以及琴聲所再現的歷史人物的感情結合起來，筆姿縱橫飄逸，既周全細緻又渾然天成，讓人歎為觀止。

### 聽安萬善吹觱篥歌①

李頎

南山截竹為觱篥，此樂本自龜茲出②。
流傳漢地曲轉奇，涼州胡人為我吹。
傍鄰聞者多歎息，遠客思鄉皆淚垂。
世人解聽不解賞，長飆風中自來往③。
枯桑老柏寒颼飀，九雛鳴鳳亂啾啾④。
龍吟虎嘯一時發，萬籟百泉相與秋。
忽然更作漁陽摻，黃雲蕭條白日暗⑤。
變調如聞楊柳春，上林繁花照眼新⑥。
歲夜高堂列明燭，美酒一杯聲一曲⑦。

【註釋】

① 安萬善：胡人樂師。觱篥（音必力）：亦作「篳篥」、「悲篥」，又名「笳管」。篳管古樂器，似嗩吶，以竹為主，上開八孔（前七後一），管口插有蘆製的哨子。漢代由西域傳入，今已失傳。

② 龜茲：古西域國名，在今新疆庫車、沙雅一帶。

③ 解：會，能。長飆：暴風。

④ 颼飀：風聲。九雛鳴鳳：典出古樂府「鳳凰鳴啾啾，一母將九雛」，形容聲音細雜清越。

⑤ 漁陽摻：漁陽一帶的民間鼓曲名，這裏指悲壯、淒涼之聲。黃雲蕭條白日暗：指沙塵滿天，雲黃日暗。

⑥楊柳：指古曲名《折楊柳》，曲調輕快熱鬧。上林：即上林苑，古宮苑名。

⑦歲夜：除夕。聲：這裏作動詞，聽。

## 【評析】

　　這首詩是詩人聽安萬善吹觱篥後所作的一首讚歌，也是描寫音樂的名篇，其以自然物作比喻，使抽象的不易把握的音樂鮮明形象地顯現出來，表現了詩人高深的音樂修養。

　　開頭兩句從觱篥的來源寫起，交代它的原材料和出處，用筆質樸，同琴歌、胡笳歌的起筆一樣，這是李頎詩的特點，即描寫音樂的詩歌，都是以清朗、響脆之語開篇。接下來寫觱篥的流傳，吹奏者及其音樂效果。第四、五句寫出樂曲的美妙動聽，具有很強的感染力量，人們都被感動了。接下來，詩人說人們只是泛泛地聽而不能欣賞樂聲的美妙，以致安萬善吹奏觱篥依然不免寥落之感，就像獨來獨往於大風之中。「長颸風中自來往」中的「自」字，用筆極重。行文至此，詩人忽然停住，開始正面描摹觱篥的各種聲音。觱篥之聲，有時如寒風吹樹，颼颼作響。而樹又分為闊葉落葉的乾枯桑樹和細葉長青的老柏樹，其聲自有區別，可見詩人用筆極細。有時又如九隻雛鳳啾啾齊鳴，既像龍吟虎嘯同時爆發，還像百道飛泉與秋天的種種聲音交匯在一起。接下來仍以生動形象的比擬來描寫變調。先一變低沉，後一變歡鬧。低沉處以《漁陽摻》來相比，恍如沙塵滿天，雲黃日暗，用的是下嗁之聲；歡鬧處以《楊柳枝》來相比，恍如春日皇家的上林苑中，百花爭豔，用的是充滿生機的十一真韻。接下來，詩人驀然從對聲音的沉醉中，回到了現實世界。楊柳繁華是春天景象，而此時卻不是這個季節。「歲夜」點出此時恰是除夕，且不是在做夢，而是真真切切地在點著明燭的高堂之上，於是詩人產生了「浮生若夢，為歡幾何」的想法。既然人生如夢，那就盡情暢飲美酒、欣賞音樂吧。末句「美酒一杯聲一曲」，寫出了詩人對音樂的熱愛，與上文「世人解聽不解賞」呼應，顯出詩人與世人的不同。也正因為有詩人這樣真正能欣賞音樂的人存在，安萬善就不必有在大風中獨來獨往的感慨了。

# 夜歸鹿門歌①

孟浩然

山寺鐘鳴晝已昏，漁梁渡頭爭渡喧②。
人隨沙岸向江村，余亦乘舟歸鹿門③。
鹿門月照開煙樹，忽到龐公棲隱處④。
岩扉松徑長寂寥，唯有幽人自來去⑤。

【註釋】

① 鹿門：山名，在今湖北襄陽，漢末著名隱士龐德公因拒絕征辟，攜家
　　隱居鹿門山，從此鹿門山成了隱逸聖地。

② 晝已昏：天色已黃昏。漁梁：洲名，在湖北襄陽城外漢水中。

③ 人隨沙岸：沿著沙岸。

④ 開煙樹：鹿門山上的樹木原來被暮煙籠罩著而看不分明，在月光照耀
　　下卻豁然開朗又重新顯現出來。龐公：即龐德公，東漢襄陽人，荊州
　　刺史劉表請他做官，不久後，攜妻登鹿門山採藥，一去不回。

⑤ 岩扉松徑：岩壁當門，松林夾路。寂寥：寂靜空洞。幽人：泛指隱
　　者。這裏是詩人自稱。

【評析】

　　這首詩描寫的是詩人夜歸鹿門山時的所見所聞所感，抒發了隱逸情懷。

　　開篇兩句寫傍傍晚江行見聞。詩人聽著山寺傳來黃昏報時的鐘響，望見渡
口人們搶渡回家的喧鬧。這悠揚的鐘聲和嘈雜的人聲，顯示出山寺之靜和世
俗之喧。兩相對照，喚起讀者聯想，使詩人在船上閑望沉思的神情及瀟灑超
脫的風姿如在眼前。第三、四句寫詩人回家，承接上面兩句，以人歸引出自
歸。兩樣心情，兩種歸途，表現了詩人深諳隱逸之趣，悠然自得。第五、六
句寫詩人夜登鹿門山山路，在龐德公隱居之處，體會到隱逸之妙。「鹿門月
照開煙樹」，月光灑射，給山樹帶來朦朧的美感，令人陶醉。詩人似乎不知
不覺之間就來到了歸隱之處，然後才恍然大悟，原來這裏就是當年龐德公隱

居的地方啊！這微妙的感受，親切的體驗，表現出深深的隱逸情趣和意境。詩人為大自然所融化，以至於忘乎所以。

最後兩句描寫的是「龐公棲隱處」的境況，點破隱逸的真諦。這幽人是龐德公和詩人的結合，因為詩人徹底領悟了隱逸之趣和真諦所在。在這個世界裏，詩人與塵世隔絕，唯以山林為伴，卻也有別樣的情趣。

全詩筆法順暢，語言質樸，情感真摯，讀來頗似一則隨筆素描的山水小記，但它的主題其實是抒寫詩人清高隱逸的情懷志趣和道路歸宿。

## 廬山謠寄盧侍御虛舟①

李白

我本楚狂人，鳳歌笑孔丘②。
手持綠玉杖，朝別黃鶴樓③。
五嶽尋仙不辭遠，一生好入名山遊。
廬山秀出南斗傍，屏風九疊雲錦張④。
影落明湖青黛光⑤。
金闕前開二峰長，銀河倒掛三石樑⑥。
香爐瀑布遙相望，回崖遝嶂凌蒼蒼⑦。
翠影紅霞映朝日，鳥飛不到吳天長⑧。
登高壯觀天地間，大江茫茫去不還。
黃雲萬里動風色，白波九道流雪山⑨。
好為廬山謠，興因廬山發。
閑窺石鏡清我心，謝公行處蒼苔沒⑩。
早服還丹無世情，琴心三疊道初成⑪。
遙見仙人彩雲裏，手把芙蓉朝玉京⑫。
先期汗漫九垓上，願接盧敖遊太清⑬。

【註釋】

① 謠：不合樂的歌，一種詩體。盧侍御虛舟：即盧虛舟，字幼真，范陽（今北京市大興縣）人，唐肅宗時任殿中侍御史，故稱盧侍御。曾與李白同遊盧山，李白另有《和盧侍御通塘曲》一詩。

② 楚狂：指春秋時楚國隱士接輿。因不滿楚昭王的政治，佯狂不仕，時謂「楚狂」。鳳歌：《論語·微子篇第十八》：「楚狂接輿歌而過孔子曰：『鳳兮鳳兮！何德之衰？往者不可諫，來者猶可追。已而，已而！今之從政者殆而！』」此為接輿嘲笑孔子迷於做官。

③ 綠玉杖：鑲有綠玉的杖，相傳為神仙所用。

④ 南斗：星宿名，即二十八星宿中的斗宿。古人認為潯陽屬南斗分野（古時以地上某些地區與天上某些星宿相應叫分野）。這裏指秀麗的盧山之高，突兀而出。屏風九疊：指盧山五老峰東北的九疊雲屏。

⑤ 影落明湖：指盧山的影子倒映在明澄的湖中。青黛：青黑色。

⑥ 金闕：指盧山的石門。雙峰：指香爐峰和雙劍峰。三石樑：九疊雲屏之左有三疊泉，水勢三折而下，如銀河之倒掛石樑。

⑦ 香爐瀑布：《盧山記》：「東南有香爐峰，遊氣籠其上，氤氳若香煙。又南北有瀑布十餘處，香爐峰與雙劍峰在瀑布之旁，水源在山頂，人未有窮其源者。」回崖：曲折的山崖。遝嶂（亦作「沓嶂」）：重疊的山嶂。蒼蒼：青色的天空。

⑧ 翠影：指香爐峰景。吳天：盧山一帶三國時屬吳國，故稱。

⑨ 黃雲：昏暗的雲色。白波九道：古書多說長江至九江附近分為九道。李白此處延用舊說，並非實見九道河流。雪山：指江中掀起的白波有如雪山。

⑩ 閑窺：靜看。石鏡：當指盧山東面的石鏡，即一塊圓石，平滑如鏡，可見人影。謝公：指南朝詩人謝靈運。他曾遊盧山，有《登盧山絕頂望諸嶠》等詩。

⑪ 服：服食。還丹：道家煉丹，將丹砂燒成水銀，積久又還原成丹，故稱還丹。琴心三疊：道家修煉身心的術語，一種心神寧靜的境界。

⑫ 玉京：道教稱元始天尊所居之處在天中心之上，名玉京山。

⑬先期：預先約好。汗漫：意謂不可知，這裏指傳說中的神仙名。九
　垓：九天之上。盧敖：戰國時燕國人，這裏以盧敖喻盧虛舟。《淮南
　子・道應訓》載：盧敖遊於北海，遇一怪仙正在迎風起舞。盧敖想和他
　同遊，怪仙笑道：「吾與汗漫期於九垓之外，吾不可久駐。」於是舉
　臂縱身跳入雲中。

## 【評析】

　　這首詩是詩人晚年遊覽廬山時所作，當時詩人已歷經磨難，但他始終不
願向現實低頭。詩人以大手筆描繪了廬山雄奇壯麗的風光，更主要表現了詩
人狂放不羈的性格以及政治理想破滅後想要寄情山水的心境，流露出了詩人
一方面想擺脫世俗的羈絆，進入飄渺虛幻的仙境，一方面又留戀現實，熱愛
人間美好風物的矛盾複雜的內心世界。

　　詩的開頭兩句即用典，詩人以楚狂接輿自比，表達了對政治前途的失
望，暗示要像接輿那樣遊覽名山去過隱居的生活。「鳳歌」一典，用語精練，
內容深刻，飽含身世之感。第三至第六句，詩人寫他離開武昌到廬山，以充
滿神話傳說的色彩表述他的行程。為何要到廬山來呢？是因為「一生好入名
山遊」。這可說是李白一生遊蹤的形象寫照，同時也透露出他尋仙訪道的隱
逸之心。

　　以上是第一段，可謂序曲。然後轉入第二段，詩人以濃墨重彩，正面描
繪廬山和長江的雄奇風光。詩人用筆錯綜變化，迂迴別致，層層寫來，把山
的瑰瑋和秀麗，寫得淋漓盡致，引人入勝。

　　然後，詩人登高遠眺，以如椽大筆，彩繪長江的雄偉氣勢：詩人豪情滿
懷，筆墨酣暢，將長江景色寫得境界高遠，氣象萬千。何等雄偉，何等壯
美！大自然之美激發了大詩人的無限詩情：詩興因廬山而勃發。從容自得地
照照石鏡，心情為之清爽，謝靈運走過的地方，如今已為青苔所覆蓋。人生
無常，盛事難再。李白經過永王李璘事件的挫折後，重登廬山，不禁感慨萬
千，產生尋仙訪道的思想，希望超脫現實，以求解決內心的矛盾。

　　「早服還丹無世情，琴心三疊道初成」兩句表明詩人想像著自己有一天
能早服仙丹，修煉升仙，以擺脫世俗之情，到那虛幻的神仙世界。「遙見仙

人彩雲裏，手把芙蓉朝玉京」兩句，詩人彷彿遠遠望見神仙在彩雲裏，手拿著蓮花飛向玉京山。詩人是多麼嚮往這樣自由自在的世界。最後兩句「先期汗漫九垓上，願接盧敖遊太清」，詩人借用典故，反用其意，以怪仙自比，盧敖借指盧虛舟，邀盧共作神仙之游。詩人浮想聯翩，彷彿隨仙人飄飄然凌空而去。全詩戛然而止，餘韻悠然。

## 夢遊天姥吟留別<sup>①</sup>

李白

海客談瀛洲，煙濤微茫信難求<sup>②</sup>。
越人語天姥，雲霓明滅或可睹。
天姥連天向天橫，勢拔五嶽掩赤城<sup>③</sup>。
天臺四萬八千丈，對此欲倒東南傾<sup>④</sup>。
我欲因之夢吳越，一夜飛度鏡湖月<sup>⑤</sup>。
湖月照我影，送我至剡溪<sup>⑥</sup>。
謝公宿處今尚在，淥水蕩漾清猿啼<sup>⑦</sup>，
腳著謝公屐，身登青雲梯<sup>⑧</sup>。
半壁見海日，空中聞天雞<sup>⑨</sup>。
千岩萬轉路不定，迷花倚石忽已暝<sup>⑩</sup>。
熊咆龍吟殷岩泉，栗深林兮驚層巔<sup>⑪</sup>。
雲青青兮欲雨，水澹澹兮生煙。
列缺霹靂，丘巒崩摧<sup>⑫</sup>。
洞天石扉，訇然中開<sup>⑬</sup>。
青冥浩蕩不見底，日月照耀金銀台。
霓為衣兮風為馬，雲之君兮紛紛而來下<sup>⑭</sup>。
虎鼓瑟兮鸞回車，仙之人兮列如麻。
忽魂悸以魄動，怳驚起而長嗟<sup>⑮</sup>。

惟覺時之枕席，失向來之煙霞⑯。

世間行樂亦如此，古來萬事東流水。

別君去兮何時還？

且放白鹿青崖間，須行即騎訪名山⑰。

安能摧眉折腰事權貴，使我不得開心顏！

## 【註釋】

① 天姥：天姥山，在今紹興新昌縣東五十里，東接天臺山。傳說曾有登此山者聽到天姥（老婦）歌謠之聲，故稱。吟：古詩的一種體式，內容大多是悲愁慨歎，形式上自由活潑，不拘一格。留別：臨別時留詩給送行者。

② 瀛洲：傳說東海中的仙山。微茫：景象模糊不清。信：實在。難求：難以尋訪。

③ 向天橫：遮住天空，形容天姥山的大。勢拔：形狀高出。赤城：山名，在今浙江天臺縣北。因山土色赤，狀似雲霞，故稱之。

④ 天臺：山名，在今浙江天臺縣北，天姥山東南。古籍稱天臺山高一萬八千丈，這裏作四萬八千丈是一種誇張的說法，並非實數。對此欲倒東南傾：指對著天姥山，天臺山就好像拜倒在它的東南面一樣。意謂天臺山和天姥山相比，就顯得低了。

⑤ 鏡湖：一作鑑湖，相傳黃帝鑄鏡於此而得名，在今浙江紹興市西南。

⑥ 剡溪：水名，在今浙江嵊州境內。

⑦ 謝公：指謝靈運。謝靈運喜愛山水，常在浙東會稽一帶尋幽探勝，他遊天姥山時，曾在剡溪居住。淥水：清水。清猿啼：猿的叫聲淒清。

⑧ 謝公屐：謝靈運游山時穿的一種特製木屐，鞋底有活動的鋸齒，上山則去其前齒，下山則去其後齒。青雲梯：指高入雲霞的山路。

⑨ 半壁：指半山腰，因山陡峭如壁。天雞：古代傳說，東南有桃都山，山上有大樹叫桃都，枝與枝相隔三千里，上有天雞。每天陽光照到樹上，天雞便叫，天下的雞也隨著叫起來。

⑩ 迷花倚石忽已暝：指迷戀著花，依靠著石，不覺天色已經晚了。

⑪ 熊咆龍吟殷巖泉：指熊的咆哮，龍的長吟，像雷聲一樣在巖泉間隆隆
　　作響。殷：形容聲音大。慄深林兮驚層巔：使深林為之戰慄，層巔為
　　之震驚。

⑫ 列缺：指閃電。列缺霹靂：這裏是電閃雷鳴的意思。

⑬ 洞天：道家指神仙所居之地，大多在名山洞府之中，而各以「天」
　　名。石扉：石門。訇然：形容聲音很大。

⑭ 雲之君：指雲神，泛指神仙。

⑮ 魂悸、魄動：指驚心動魄。恍：失意的樣子。長嗟：長歎。

⑯ 向來：原來，剛才。煙霞：指夢遊中的奇麗情景。

⑰ 且：將要。白鹿：傳說中神仙所騎的神獸。須：要。

## 【評析】

　　天寶元年（742），李白得玄宗徵召入長安，他激動萬分，認為這是他施
展抱負的大好時機。但在長安期間，李白不僅在政治上一籌莫展，而且遭到
高力士的陷害，他不願與權貴同流合污，在朝中備受排擠，終於在天寶三年
被賜金放還。天寶四年，李白東魯南遊吳越，這首詩便是他行前為向朋友們
表達自己對權貴的憤慨之心情而做的。這是一首記夢詩，也是一首遊仙詩，
內容豐富曲折，形象輝煌流麗，富有浪漫主義色彩。

　　本詩可分為三部分。開頭到「對此欲倒東南傾」為第一部分，交代了詩
人入夢的緣由。詩人開篇便以瀛洲為天姥山作陪襯，即以虛無縹緲的仙山陪
襯現實中的名山，突出天姥山的雄奇。接著，詩人以誇張之筆極力描寫天姥
山的高大。在詩人筆下，五嶽、赤城、天臺山等名山與天姥山相比都顯得矮
小不足道。其實，天姥山不過是越東一座小山，遠遠不比天臺山和五嶽高
大。應該說，詩人夢中的天姥山其實是他一生所看到的奇峻山川在頭腦中的
再造幻影。詩人突出天姥山的高大形象，是為寫夢遊天姥烘托氣氛。

　　「我欲因之夢吳越」到「仙之人兮列如麻」為第二部分。其中，詩人運
用了奇特的想像，誇張的手法，描寫了夢遊天姥山時所看到的一切。在夢境
中，詩人好像在月光中飛渡鏡湖。月光把他的身影照在湖面上，又將他送到
當年謝靈運歇息的地方。詩人腳穿謝靈運當年特製的木屐，登上謝靈運當年

到過的青雲梯。接著，詩人經過回轉的石路，在幽暗的深山中看見海日升起，天雞高叫，以及黎明前的曙色。但當他在迷人的山花和石頭旁邊休息時，忽然感覺到暮色降臨。暮色中，熊咆龍吟震得山谷轟響、森林驚顫、層巔戰慄。如果說熊、龍能以咆、吟表達情感的話，那層巔、森林的戰慄和驚顫，以及煙、水、青雲的陰鬱，都是詩人的意動寫法。詩人將環境和自身的情感融為一體，形成一個統一的情感氛圍。接下來，全詩達到了高潮，詩境也由奇特轉入奇幻。在使人驚懼的幽暗暮色中，突然「丘巒崩摧」、「訇然中開」出現了一個洞天福地般的神仙世界。在鼓瑟的虎、駕車的鸞的簇擁下，「霓為衣兮風為馬」的雲之君，受命於詩人之筆，來赴仙山的盛會。

「忽魂悸以魄動」至結尾為第三部分。這部分寫仙境忽然消失，夢境破滅，詩人驚悸著回到現實。夢境不在了，詩人躺在枕席之上，恍然如夢，發出「古來萬事東流水」的感慨。但幸而詩人有「且放白鹿青崖間，須行即騎訪名山」的想像和胸懷，又讓他在黯淡的人生中見到一絲光明。最後，詩人發出「安能摧眉折腰事權貴，使我不得開心顏」的豪言，將他在長安遭遇到的鬱悶一吐而出，也點明了全詩借夢遊名川仙境來抒發詩人追求自由人生、反抗權貴壓迫的主題。從這裏也可以看出詩人的思想是曲折複雜的，但它的主要方面是積極的，富有反抗精神的。

## 金陵酒肆留別①

李白

風吹柳花滿店香，吳姬壓酒喚客嘗②。
金陵子弟來相送，欲行不行各盡觴③。
請君試問東流水，別意與之誰短長④。

**【註釋】**

① 金陵：今江蘇南京。酒肆：酒店。
② 柳花：柳絮。吳姬：吳地的女子，這裏指酒店侍女。金陵古屬吳國。

壓酒：古時新酒釀熟，臨飲時方壓糟取出酒汁。喚：或作「勸」。

③ 欲行：即將離開金陵的人，指詩人自己。不行：指送行的金陵子弟。

盡觴：乾杯。

## 【評析】

　　詩人李白即將離開金陵東遊揚州，友人們在一家江南酒肆裏為他送別，本詩即為詩人留贈友人的一首話別詩。本詩篇幅雖短，卻情深意長，通過熱情洋溢、明快流暢的語言，反映了詩人與友人之間深厚的友誼，也表現了詩人豪放的性格。

　　詩的前兩句寫出了濃濃的江南味道，雖未明寫店外，而店外雜花生樹、群鶯亂飛、楊柳含煙的芳菲世界，已依稀可見。此時無論是詩人還是讀者，視覺、嗅覺和聽覺全都被調動起來了。「香」字其實是形容春的氣息，同時也引出酒香。「吳姬壓酒」在上一句闃無一人的境界基礎上推出了人物，使整個畫面頓時變得生動起來。

　　中間兩句描寫了金陵子弟來為詩人送行的情景，使酒店的氣氛變得更熱鬧了。一般人在離別時，由於愁情滿懷，常無心飲酒，而此時，酒肆中的吳姬勸酒已使詩人頗覺有情，「金陵子弟」的出現則更讓詩人動情。詩人酒性大發，不願離去，與一干好友開懷痛飲，頻頻乾杯。少年意氣，興致盎然，沒有傷別之意，這也很符合年輕人的特點。

　　最後兩句，兼用擬人、比喻、對比、反問等手法，構思新穎奇特，大大增強了詩的抒情氣氛和藝術感染力，用有形的流水來襯托無形的離意，把詩人的感情表現得像江水那樣悠悠無盡，成為耐人尋味的名句。

　　全詩流暢明快，自然天成，清新俊逸，情韻悠長，頗有民歌風味。詩雖寫離別，但基調豪邁，氣韻灑脫，表現了詩人年輕時風流倜儻、瀟灑不羈的情懷。

# 宣州謝朓樓餞別校書叔雲①

李白

棄我去者，昨日之日不可留；
亂我心者，今日之日多煩憂。
長風萬里送秋雁，對此可以酣高樓②。
蓬萊文章建安骨，中間小謝又清發③。
俱懷逸興壯思飛，欲上青天覽明月④。
抽刀斷水水更流，舉杯消愁愁更愁。
人生在世不稱意，明朝散髮弄扁舟⑤。

【註釋】

① 宣州：今安徽宣城。謝朓樓：又名北樓、謝公樓，南齊詩人謝朓任宣城太守時所建，唐懿宗時，刺史獨孤霖改名疊嶂樓。校書：官名即秘書省校書郎，掌管朝廷的圖書整理工作。叔雲：即李白的族叔李雲。

② 酣高樓：暢飲於高樓之上。

③ 蓬萊：海上仙山名。東漢時中央校書處東觀藏書極多，當時學者稱東觀為道家的蓬萊山。唐人又多以蓬山、蓬閣稱秘書省，因李雲在秘書省工作，所以用「蓬萊文章」借指李雲的文章。建安骨：建安是東漢獻帝的年號（196—219）。建安年間，「三曹」和「建安七子」等人的詩文風格剛健清新，後世稱為「建安風骨」。小謝：指謝朓，字玄暉，南朝齊詩人，後人把他和謝靈運並稱，稱謝靈運為大謝，謝朓為小謝。清發：清新秀發，詩文俊逸，指謝朓的文風。

④ 逸興：飄逸豪放的興致。壯思：雄心壯志。覽：同「攬」，摘取。

⑤ 散髮：不束冠，指不做官，狂放不羈。弄扁舟：指乘小舟歸隱江湖。

【評析】

本詩是詩人李白在宣城與族叔李雲相遇並同登謝朓樓時所創作的一首送別詩。通過餞別贈言，抒發了詩人狂放不羈、豪爽磊落的胸懷，表現出他對

黑暗政治的憎恨，對文學事業的重視，對豪門權貴的鄙棄。

開頭兩句，既不寫樓，也不敘別，而是直抒胸臆，寫出詩人心中的憂煩鬱結。「昨日之日」和「今日之日」說明詩人每天都深感時光難駐，心煩意亂，既表現了詩人壯志難酬的苦悶，也表達了他對腐敗政治的不滿。這一長達十一字的句式，極生動形象地顯示出詩人鬱結之深、憂憤之烈、心緒之亂，以及一觸即發、發則不可抑止的感情狀態。然而三、四句卻突起轉折，詩人面對著寥闊明淨的秋空，遙望萬里長風吹送鴻雁的壯美景色，不由得激起酣飲高樓的豪情逸興，詩人豪邁豁達的心胸也可見一斑。

第五、六句承接上句，通過餞別時對主、客雙方的描寫，表現了詩人的文藝觀和高尚的情操。「小謝」是詩人自比，說自己的詩像謝朓那樣，具有清新秀發的風格，流露出對自己才能的自信。

第七、八句，詩人就「酣高樓」進一步渲染雙方的意興，說彼此都懷有豪情逸興、雄心壯志，甚至想飛上青天去攬取明月。這是詩人酒酣興發時的豪語，豪放與天真，在這裏得到了和諧的統一，表露了他率真豪放的性格和對高尚目標的追求。

末四句，詩人又回到現實，抒發了心中的苦悶和感歎。「抽刀斷水水更流」的比喻是奇特而富於獨創性的，而且非常有生活氣息，它生動地顯示出詩人力圖擺脫精神苦悶的要求，這就和沉溺於苦悶而不能自拔者有明顯區別。李白的進步理想與黑暗現實的矛盾，在當時的歷史條件下，是無法解決的，因此，他總是陷於「不稱意」的苦悶中，而且只能找到「散發弄扁舟」這樣一條擺脫苦悶的出路。這結論當然不免有些消極，甚至包含著逃避現實的成分。但歷史與他所代表的社會階層都規定了他不可能找到更好的出路。


## 走馬川行奉送封大夫出師西征[①]

岑參

君不見走馬川行雪海邊，平沙莽莽黃入天[②]。
輪台九月風夜吼，一川碎石大如斗，隨風滿地石亂走[③]。

匈奴草黃馬正肥，金山西見煙塵飛，漢家大將西出師④。
將軍金甲夜不脫，半夜軍行戈相撥，風頭如刀面如割⑤。
馬毛帶雪汗氣蒸，五花連錢旋作冰，幕中草檄硯水凝⑥。
虜騎聞之應膽懾，料知短兵不敢接，車師西門佇獻捷⑦。

**【註釋】**

① 走馬川：即車爾城河，又名左末河，在今新疆境內。行：詩歌的一種
　體裁。封大夫：即封常清，唐朝將領，以軍功擢安西副大都護。天寶
　十三年入朝，攝御史大夫。不久又受命為北庭都護、伊西節度使和瀚
　海軍使，奏調岑參為安西北庭節度使判官。

② 雪海：泛指西域一帶地區。平沙：即沙漠。莽莽：廣闊無邊。

③ 輪台：地名，在今新疆烏魯木齊市米東區，唐屬北庭都護府管轄，封
　常清的軍隊就駐紮於此。川：指早已乾涸的舊河床。

④ 匈奴：這裏借指當時叛亂的播仙部族。古代遊牧民族作戰以騎兵為
　主，每到秋高馬肥之時，便進行騷擾掠奪。金山：即阿爾泰山。漢家
　大將：即封常清。為避免直指，唐代詩人多以漢代唐。

⑤ 戈相撥：兵器互相撞擊。

⑥ 馬毛帶雪汗氣蒸：指馬毛上帶的雪被汗氣所融化。五花、連錢：指馬
　身上的花紋。旋：不久。作冰：結冰。草檄：起草討伐敵軍的文書。
　凝：凝結。

⑦ 膽懾：膽戰心驚。短兵：指刀、劍一類武器。車師：地名，為唐北庭
　都護府治所庭州。佇：等候。獻捷：獻俘報捷。古代作戰勝利歸來，
　要舉行獻捷的典禮。

**【評析】**

　　本詩作於岑參任安西北庭節度使判官期間。當時因播仙（部族名，屬唐
安西都護府管轄）反叛，封常清率兵西征，本篇和下篇都是岑參為封常清送
行之作。這首詩生動地描繪了極度寒冷的西北邊地的風光，用來襯托唐軍將
士不怕任何艱難險阻，勇猛赴敵的戰鬥精神和必將消滅敵人的堅定信念。

　　詩人開篇著力描寫了惡劣的環境，抓住有邊地特徵的景物來狀寫環境的艱險，極力渲染、誇張環境的惡劣，以此作為反襯來突出邊疆戰士們不畏艱險的愛國精神。開頭三句無一「風」字，但捕捉住了風「色」，把風的猛烈寫得歷歷在目。這是白天的景象。接下來三句對風由暗寫轉入明寫，行軍從白天進入黑夜，風「色」是看不見了，便轉到寫風聲。狂風像發瘋的野獸，在怒吼，在咆哮，「吼」字形象地顯示了風猛風大。接著又通過寫石頭來寫風。斗大的石頭，居然被風吹得滿地滾動，再著一「亂」字，就更表現出風的狂暴。「平沙莽莽」句寫天，「石亂走」句寫地，三言兩語就把環境的險惡生動地勾勒出來了。

　　接下來，詩人通過虛寫漢代軍隊與匈奴交戰，來實寫唐代將士對嚴寒天氣的毫不畏懼。「煙塵飛」形容報警的烽煙和匈奴捲起的塵土一起飛揚的情景，不僅渲染了戰前的形勢，也說明唐軍早有戒備。下面詩人又抓住典型的環境和細節來描寫唐軍將士勇武無敵的颯爽英姿，「將軍金甲夜不脫」，寫將軍重任在肩，以身作則。「半夜軍行戈相撥」寫半夜行軍，從「戈相撥」的細節可以想見夜晚一片漆黑，和大軍銜枚疾走、軍容整肅嚴明的情景。「風頭如刀面如割」，呼應前面風的描寫；同時也是大漠行軍最真切的感受。再接下來三句，詩人抓住馬身上那凝而又化、化而又凝的汗水和凍結的硯池墨水進行了細緻描摹，極力渲染了天氣之寒冷。艱苦的環境和緊張的戰前氣氛，充分描寫出軍士們充滿豪情的戰鬥精神。最後三句，是詩人對戰事結果的瞻望，他深信這樣的軍隊定能使敵軍聞風喪膽，凱旋而歸。

　　全詩行文就像水到渠成一樣自然，是因為詩人有邊疆生活的親身體驗，所以詩能「奇而入理」，真實動人。

## 輪台歌奉送封大夫出師西征

岑參

　　　輪臺城頭夜吹角，輪臺城北旄頭落[①]。
　　　羽書昨夜過渠黎，單于已在金山西[②]。

戍樓西望煙塵黑，漢軍屯在輪台北③。
上將擁旄西出征，平明吹笛大軍行④。
四邊伐鼓雪海湧，三軍大呼陰山動⑤。
虜塞兵氣連雲屯，戰場白骨纏草根。
劍河風急雲片闊，沙口石凍馬蹄脫⑥。
亞相勤王甘苦辛，誓將報主靜邊塵⑦。
古來青史誰不見，今見功名勝古人。

**【註釋】**

① 角：軍中吹奏以報時的樂器，即畫角。旄頭：即昴星，古人認為昴星象徵胡人。旄頭落：暗示胡兵必敗。

② 羽書：即「羽檄」，軍用緊急文書。渠黎：漢代西域國名，在今新疆輪台東南。單于：匈奴君主，這裏指敵軍首領。

③ 戍樓：軍隊駐防的城樓。漢軍：指唐軍。

④ 上將：指封常清。旄：旄節，古代君主賜給大臣用以標明身份的信物。平明：天剛亮時。

⑤ 伐鼓：擊鼓。雪海湧：像雪海中湧起的波濤。陰山：在今內蒙古境內，但就地勢言，離輪台較遠。這裏極言三軍聲勢浩大，連很遠的陰山也為之震動。

⑥ 劍河：地名，在今新疆境內。沙口：地名，具體位置不詳。

⑦ 亞相：指封常清。封常清為御史大夫，漢代御史大夫位列上卿，掌副丞相，故稱。勤王：保護皇家，即為國出力。靜邊塵：使邊境安定。

**【評析】**

　　這首詩和上一首詩是同一時間、同一事件、饋贈同一對象的作品。本詩直寫軍情戰事，寫戰局之兇險和氣候之嚴酷，反襯出唐軍誓師出征之聲威與高昂士氣，表現出堅忍不拔、傲視一切的豪邁氣概。

　　詩的前六句寫戰前兩軍嚴陣以待的緊張形勢。「夜吹角」與「旄頭落」

兩詞，在烘托我軍同仇敵愾情緒的同時，也暗示了我軍的必勝氣勢。連用「輪臺城」開頭，造成連貫的語勢，烘托出圍繞此城的戰時氣氛。氣氛渲染到一定程度，詩人卻宕開一筆，交代局勢緊張的原因在於胡兵入寇。結果原因倒置的手法使開篇更加奇崛。「單于已在金山西」與「漢兵屯在輪台北」句式相同，表現了兩軍對壘之勢。「煙塵黑」寫出了一種瀕臨激戰的靜默，敵人來勢洶洶，步步逼近，局勢之緊張，大有一觸即發之勢。接下來四句寫白天出師。詩人極力渲染吹笛伐鼓的軍隊聲勢，突出軍隊的聲威。

下面四句描寫艱苦的戰鬥。「虜塞兵氣連雲屯」說明敵軍人數眾多，借對方兵力強大突出己方兵力的更加強大。「戰場白骨纏草根」借戰場氣氛之慘澹，暗示戰鬥必有重大傷亡。以下兩句又極寫氣候之極寒。「劍河」、「沙口」這些地名有泛指意味，帶著濃重的殺氣。「風急雲片闊」、「石凍馬蹄脫」則更加表現了邊塞氣候的特點。詩人如此淋漓盡致地寫戰場的嚴寒和危苦，是在直面和欣賞一幅悲壯的畫面。他這樣寫，正是歌頌將士之奮不顧身。末四句照應題目，預祝凱旋，以頌揚作結。

全詩情調激昂，充滿浪漫激情和邊塞生活的氣息，成功地表現了全軍將士建功報國的英勇氣概。它生動地反映了盛唐時期蓬勃向上的時代精神。

## 白雪歌送武判官歸京

岑參

北風捲地白草折，胡天八月即飛雪<sup>①</sup>。
忽如一夜春風來，千樹萬樹梨花開<sup>②</sup>。
散入珠簾濕羅幕，狐裘不暖錦衾薄<sup>③</sup>。
將軍角弓不得控，都護鐵衣冷難著<sup>④</sup>。
瀚海闌干百丈冰，愁雲慘澹萬里凝<sup>⑤</sup>。
中軍置酒飲歸客，胡琴琵琶與羌笛<sup>⑥</sup>。
紛紛暮雪下轅門，風掣紅旗凍不翻<sup>⑦</sup>。
輪台東門送君去，去時雪滿天山路<sup>⑧</sup>。

山回路轉不見君，雪上空留馬行處。

## 【註釋】

① 捲地：言捲地而來，極言風勢之猛。白草：西北一種草名，性至堅韌，經霜草脆，能折斷，曬乾後變為白色。胡天：塞北的天空。

② 梨花：比喻雪花積在樹枝上，像梨花開了一樣。

③ 珠簾：以珠子裝飾之簾。羅幕：以絲綢所製之帳幕。珠簾、羅幕二者均表華貴。狐裘：狐皮裘衣。錦衾：錦緞做的被子。

④ 角弓：兩端用獸角裝飾的硬弓。控：拉開。都護：唐代鎮守邊遠地區的長官，這裏泛指邊鎮長官，與「將軍」互文。鐵衣：鎧甲。著：穿。

⑤ 瀚海：沙漠。闌干：縱橫交錯的樣子。愁雲：陰雲。凝：聚集不動，這裏指凍結。

⑥ 中軍：主帥的營帳，這裏借指營帳。飲：宴請。歸客：指武判官。胡琴、琵琶、羌笛：皆是當時西域地區少數民族的樂器。

⑦ 轅門：軍營門。古代野外行軍臨時用兩車轅木相向豎立作為營門，故稱。掣：拉，牽動。凍不翻：因紅旗凍硬，雖有掣風而不飄動。

⑧ 天山：在今新疆中部。

## 【評析】

　　本詩當作於天寶十三年（754），當時岑參第二次出塞，任安西北庭節度使封常清的判官，在輪台為前任武判官送行之時，詩人寫了本詩。此詩寫塞外送別、雪中送客之情，卻充滿奇思異想，並不令人感到傷感，詩中所表現出來的浪漫理想和壯逸情懷使人覺得塞外風雪變成了可玩味欣賞的對象。

　　雪是貫穿全詩的線索。開頭寫雪景，未及白雪而先傳風聲。「北風捲地」四字，妙在由風而見雪。「白草折」顯出風來勢之猛。而「即」字則惟妙惟肖地寫出由南方來的人少見多怪的驚奇口吻。接著，詩人把野外的冬景和南方的春景對比著寫，將漫天的雪花比作梨花，好似一夜之間大地回春，想像奇特，極為新穎貼切。「千樹萬樹梨花開」的壯美意境，頗富浪漫色彩。接下來，詩筆從帳外寫到帳內，突出天氣的寒冷。「散入珠簾濕羅幕」一句承

上啟下，轉換自然從容。「狐裘」和「錦衾」本是極耐寒的衣物，而此時卻顯得單薄，不能取暖，可見氣候之嚴寒。將軍的角弓拉不開，都護的甲衣冰冷難穿戴，這是通過人的感受表現了邊地將士的苦寒生活，手法具體真切，不流於抽象概念。詩人對奇寒津津樂道，使人不覺其苦，反覺新鮮、有趣，這又是詩人好奇個性的表現。

然後，場景再次移到帳外，而且延伸到廣遠的沙漠和遼闊的天空，勾勒出塞外壯觀的雪景，為下文的送別鋪墊環境。如此苦寒惡劣的天氣，長途跋涉將是怎樣的艱辛呢？「愁」字隱約對離別作了暗示。接著寫到中軍帳中置酒飲別的情景，並列三種樂器而不寫音樂本身，間接傳達一種急管繁弦的場面。送客出軍門，時已黃昏，又見大雪紛飛。儘管風刮得猛烈，轅門上的紅旗卻一動不動，因為它已經被冰雪凍結了。這一生動而反常的細節描寫傳神地寫出了天氣奇寒。同時，「紅旗」也為那白雪背景添上了鮮紅一點，成為冷色基調畫面上的一星暖色，反襯得整個環境更潔白，更寒冷。

最後四句寫分別，儘管依依不捨，但畢竟是分手的時候了。詩人深情目送，不願離去，表達了對友人的眷念，也反映了兩人的深厚友誼。「山回路轉不見君，雪上空留馬行處」這個結尾非常出色，頗有意境，有著悠悠不盡之情，給讀者留下了很大的思索空間。

全詩內涵豐富寬廣，色彩瑰麗浪漫，氣勢渾然磅礡，意境鮮明獨特，具有極強的藝術感染力，堪稱盛世大唐邊塞詩的壓卷之作。


## 韋諷錄事宅觀曹將軍畫馬圖①

杜甫

國初已來畫鞍馬，神妙獨數江都王②。
將軍得名三十載，人間又見真乘黃③。
曾貌先帝照夜白，龍池十日飛霹靂④。
內府殷紅瑪瑙盤，婕妤傳詔才人索⑤。
盤賜將軍拜舞歸，輕紈細綺相追飛⑥。

貴戚權門得筆跡，始覺屏帳生光輝。
昔日太宗拳毛騧，近時郭家獅子花⑦。
今之新圖有二馬，復令識者久歎嗟。
此皆騎戰一敵萬，縞素漠漠開風沙⑧。
其餘七匹亦殊絕，迥若寒空動煙雪⑨。
霜蹄蹴踏長楸間，馬官廝養森成列⑩。
可憐九馬爭神駿，顧視清高氣深穩⑪。
借問苦心愛者誰，後有韋諷前支遁⑫。
憶昔巡幸新豐宮，翠華拂天來向東⑬。
騰驤磊落三萬匹，皆與此圖筋骨同⑭。
自從獻寶朝河宗，無復射蛟江水中⑮。
君不見金粟堆前松柏裏，龍媒去盡鳥呼風⑯。

① 韋諷：成都人，時任閬州錄事參軍。曹將軍：即曹霸，曹操的後人。
　　他是當時的著名畫家，開元、天寶年間以畫人物和馬著稱。天寶末，
　　玄宗幾次命他畫御馬和功臣。官至左衛將軍。

② 江都王：即李緒唐太宗的姪兒，多才藝善書法，畫鞍馬最為擅長。

③ 乘黃：神馬名，其狀如狐，背上有兩角。這句讚美曹霸畫筆之妙，至
　　於奪真，所謂「真乘黃」，指妙到無以復加的地步。

④ 貌：描繪。先帝：指唐玄宗李隆基。照夜白：玄宗坐騎名。龍池：在
　　唐宮南內，南薰殿北。飛霹靂：指池龍隨雷飛起。

⑤ 內府：天子內庫。瑪瑙盤：用美石製成，廣二尺，文彩燦爛，是宮中
　　重寶之一。婕妤、才人：均為唐代宮人官名。

⑥ 輕紈細綺相追飛：指曹霸受到玄宗賞賜後，許多貴戚都爭著給他送
　　禮，希望得到他的墨寶。

⑦ 拳毛：當年唐太宗平定劉黑闥時所乘坐騎。獅子花：唐代宗坐騎，即
　　「九花虯」，後賞賜給郭子儀。

⑧騎戰：戰馬。敵：抵擋。縞素：白色的畫絹。漠漠：布列的樣子。開
　風沙：指畫中的馬勢可馳騁萬里疆場。

⑨殊絕：指畫得絕妙非凡。迴若：遠望很像。動煙雪：畫幅上青馬如
　煙，白馬似雪。

⑩長楸間：指大道上。古時常在大道兩旁種植楸樹。廝養：養馬的人。

⑪可憐：可愛，這裏有讚歎之意。視清高：指昂首。氣深穩：指德良。

⑫愛者：愛馬的人。支遁：東晉名僧，字道林，曾隱居於支硎山，別稱
　支硎，世稱支公。謝安、王羲之等與他結為方外之交。

⑬新豐宮：即華清宮。翠華：天子的旌旗。來向東：新豐宮在唐都城長
　安之東。

⑭騰驤：奔馳。磊落：形容馬的形態超逸俊偉。此圖：指曹霸的《九馬
　圖》。筋骨：體格。

⑮獻寶朝河宗：周穆王西行，到陽行之山朝拜水神河伯，向他獻寶，返
　回後即升天。這裏是借周穆王升天借指唐玄宗駕崩。無復：不再。射
　蛟江水中：《漢書·武帝紀》：「元封五年，武帝自潯陽浮江，親射蛟江
　中，獲之。」這裏的含意是，自從唐玄宗死後，唐朝就一蹶不振了。

⑯金粟堆：指金粟山上玄宗的陵墓。龍媒：駿馬。

## 【評析】

　　唐代宗廣德二年（764），杜甫在友人韋諷宅中觀賞了其所收藏的曹霸名
畫《九馬圖》，作了這首詠畫名作。詩中盛讚了曹霸畫馬技藝的高超和聲名
的隆盛，以及他所畫的《九馬圖》的栩栩如生，美妙超絕。也通過描寫觀畫
寓托詩人對世事盛衰興亡的感慨。當時詩人經歷了玄宗、肅宗、代宗三朝，
自有人世滄桑，浮生如夢之感。全詩明寫馬，暗寫人，寫馬重在筋骨氣概，
寫人寄託情感抱負。贊《九馬圖》之妙，生今昔之感，字裏行間流露作者對
先帝的忠誠之意。

　　本詩贊曹霸之畫，卻以贊江都王畫馬技藝高超為開端，作為陪襯，可謂
別有新意。「得名三十載」突出曹霸成名已久。「真乘黃」突出曹霸畫技已
妙到無以復加的地步。「曾貌先帝照夜白」以下八句，詳述曹霸當年為皇帝

畫馬後所得到的獎賞和聲譽，為描寫《九馬圖》鋪敘，並伏下末段詩意。

「昔日太宗拳毛」以下十四句，具體描繪《九馬圖》。詩人多層次、多角度地描寫了畫中的九匹馬，錯綜寫來，鮮活生動。其中前六句先寫二馬，一為唐太宗的拳毛，一為郭家的獅子花，二馬都是戰騎，曾馳騁沙場，立下赫赫戰功。詩人突出此二馬，暗含追憶當年太宗、代宗功業之意。「其餘七匹亦殊絕」以下四句，分別從七匹馬的形貌、奔馳、伏櫪三個方面，再現畫中七馬的「殊絕」神態。詩人先寫二馬，後寫七馬，接著又對《九馬圖》作出總的評價：「可憐九馬爭神駿，顧視清高氣深穩。」這兩句深得馬的神趣，被譽為「警句」。

詩的末八句是詩人觀畫後產生的感慨，抒發了今非昔比之歎。先寫玄宗巡幸驪山的盛況，旌旗拂天，萬馬隨從氣勢浩蕩，突出了當年的「盛」。「皆與此圖筋骨同」是說當年的真馬與圖上之馬都是良馬，著此一句，緊扣全詩詠《九馬圖》的題旨。後寫玄宗入葬泰陵後的蕭瑟境況，突出如今之「衰」。

# 丹青引贈曹將軍霸[①]

杜甫

將軍魏武之子孫，於今為庶為清門[②]。
英雄割據雖已矣，文采風流今尚存。
學書初學衛夫人，但恨無過王右軍[③]。
丹青不知老將至，富貴於我如浮雲[④]。
開元之中常引見，承恩數上南薰殿[⑤]。
凌煙功臣少顏色，將軍下筆開生面[⑥]。
良相頭上進賢冠，猛將腰間大羽箭[⑦]。
褒公鄂公毛髮動，英姿颯爽來酣戰[⑧]。
先帝御馬玉花驄，畫工如山貌不同[⑨]。
是日牽來赤墀下，迴立閶闔生長風[⑩]。
詔謂將軍拂絹素，意匠慘澹經營中[⑪]。

斯須九重真龍出，一洗萬古凡馬空⑫。
玉花卻在御榻上，榻上庭前屹相向⑬。
至尊含笑催賜金，圉人太僕皆惆悵⑭。
弟子韓幹早入室，亦能畫馬窮殊相⑮。
幹惟畫肉不畫骨，忍使驊騮氣凋喪⑯。
將軍畫善蓋有神，必逢佳士亦寫真⑰。
即今漂泊干戈際，屢貌尋常行路人⑱。
途窮反遭俗眼白，世上未有如公貧⑲。
但看古來盛名下，終日坎壈纏其身⑳。

## 【註釋】

① 丹青：繪畫用的顏料，後來成為繪畫的代稱。引：曲調的一種。

② 魏武：即魏武帝曹操。庶：庶人。清門：寒門。天寶末年，曹霸因得罪削籍為民。

③ 衛夫人：衛鑠，字茂猗，晉代著名女書法家，相傳王羲之曾向她學習書法。王右軍：即王羲之，曾為右軍將軍，是東晉著名的書法家。

④ 丹青：這裏指一心鑽研繪畫。

⑤ 引見：由內臣帶領去見皇帝。南薰殿：長安南內興慶宮的內殿。

⑥ 凌煙功臣：唐貞觀十七年（643）在凌煙閣畫的二十四功臣像。少顏色：指舊跡將滅，顏色黯淡。開生面：展現新的面目。

⑦ 賢冠：文官所戴的帽子。大羽箭：四羽大竿長箭。

⑧ 襃公：襃國公段志玄。鄂公：鄂國公尉遲敬德。

⑨ 先帝：指玄宗。玉花驄：駿馬名。畫工如山：指有很多畫工描摹過。

⑩ 是日：這一日。赤墀：宮殿的紅色臺階。迥立：昂頭特立。閶闔：神話中的天門，這裏指宮門。生長風：形容玉花驄抖擻的神態。

⑪ 詔謂：皇帝指令。拂：打開。絹素：畫絹。意匠：用意如匠人。慘澹經營：苦心佈局。

⑫ 斯須：一會兒。九重：天子有九門，即宮門九重，這裏指宮殿。真

龍：指真正的駿馬。一洗：一掃。

⑬ 御榻：皇帝睡的床，這裏指宮殿。榻上庭前：指宮殿上畫的玉花驄與臺階下真的玉花驄。

⑭ 至尊：指皇帝。圉人：養馬的人。太僕：掌管皇帝車馬的官。惆悵：表驚訝讚歎之意。

⑮ 韓幹：曹霸的徒弟，也以畫人物和馬著名。入室：指得老師嫡傳。窮殊相：窮盡各種形態。

⑯ 驊騮：千里馬名。氣凋喪：指喪失馬的神駿之氣。

⑰ 蓋有神：大概有神助。佳士：品行優良之士。寫真：即畫像。

⑱ 即今：如今。干戈際：戰亂之中。貌：作畫。

⑲ 反遭俗眼白：反而遭受到俗人的白眼。

⑳ 坎壈：遭遇不順，困窮失意。

## 【評析】

　　曹霸是盛唐時著名畫師，安史之亂後，潦倒漂泊。唐代宗廣德二年（764），杜甫在成都與曹霸相識，作此詩相贈。詩中熱情讚揚了曹霸畫技的高妙，對他晚年的遭遇十分同情。結語既是為曹霸的際遇，也是為詩人自己一生的坎坷鳴不平。

　　全詩五段，每段八句。開頭四句寫曹霸先祖曹操的功業與風流，抑揚起伏，跌宕多姿，大氣包舉，統攝全篇。接著寫曹霸書畫的師承淵源，進取精神，刻苦態度和高尚情操。他一生沉浸在繪畫藝術之中而不知老之將至，情操高尚，不慕榮利，把功名富貴看得如天上浮雲一般淡薄。

　　「開元之中常引見」以下八句為第二段，高度讚揚了曹霸在人物畫上所取得的輝煌成就。開元年間，曹霸受召屢次登上南薰殿。凌煙閣上的功臣像，因年久褪色，曹霸奉命重繪。他以生花妙筆，畫的栩栩如生。曹霸的肖像畫，形神兼備，氣韻生動，表現了高超的技藝。

　　詩人一層層寫來，在這裏，畫人仍是襯筆，畫馬才是重點所在。「先帝禦馬玉花驄」以下八句，詩人細膩地描寫了畫玉花驄的過程。詩人先用「生長風」形容真馬的雄駿神氣，作為畫馬的有力陪襯，再用眾畫工的凡馬來烘

托畫師的「真龍」，著意描摹曹霸畫馬的神妙，這一段文字傾注了熱烈讚美之情，筆墨酣暢，精彩之極。

「玉花卻在御榻上」以下八句，詩人進而形容畫馬的藝術魅力。詩人以玄宗、太僕和圉人的不同反應渲染出曹霸畫技的高妙超群。隨後又用他的弟子，也以畫馬有名的韓幹來作反襯，進一步突出曹霸畫技之高。

最後八句，又以蒼涼的筆調描寫曹霸流入民間的落泊境況。畫家的辛酸境遇和杜甫的坎坷經歷十分相似，詩人內心由此引起共鳴，感慨自古負有盛名、成就傑出的藝術家，往往時運不濟，困頓纏身，鬱鬱不得志。詩的結句，推開一層講，以此寬解曹霸，同時也是詩人聊以自慰，飽含對封建社會世態炎涼的憤慨。

這首詩在章法上錯綜絕妙，詩中賓主分明，對比強烈。同時，全詩前後呼應，首尾相連。在詩情發展上，抑揚起伏，波瀾層出。詩的最後一句被歷代詩人所讚賞，為千古絕唱。

# 寄韓諫議注[①]

杜甫

今我不樂思岳陽，身欲奮飛病在床[②]。
美人娟娟隔秋水，濯足洞庭望八荒[③]。
鴻飛冥冥日月白，青楓葉赤天雨霜[④]。
玉京群帝集北斗，或騎麒麟翳鳳凰[⑤]。
芙蓉旌旗煙霧落，影動倒景搖瀟湘[⑥]。
星宮之君醉瓊漿，羽人稀少不在旁[⑦]。
似聞昨者赤松子，恐是漢代韓張良[⑧]。
昔隨劉氏定長安，帷幄未改神慘傷[⑨]。
國家成敗吾豈敢，色難腥腐餐楓香[⑩]。
周南留滯古所惜，南極老人應壽昌[⑪]。
美人胡為隔秋水，焉得置之貢玉堂[⑫]？

【註釋】

① 諫議：官名，諫議大夫。

② 岳陽：今湖南岳陽市，這裏指隱居在岳陽的韓注。奮飛：《詩經·邶風·伯兮》：「靜言思之，不能奮飛。」

③ 美人：《楚辭》以美人比君子，這裏指韓注。娟娟：美好的樣子。隔秋水：指思念遠方之人。濯足洞庭：在洞庭湖中洗足。八荒：八極，即天下。

④ 鴻飛冥冥：楊雄《法言·問明》：「鴻飛冥冥，弋人何篡？」後人引此為賢人遠遠避禍之喻。雨霜：下霜。這句寫深秋景色，與「隔秋水」相互照應。

⑤ 群帝：群仙，暗指當時的王公和群臣。北斗：星名。麒麟、鳳凰：皆為仙人的坐騎。翳：遮蔽。

⑥ 煙霧落：落於煙霧之中。影動倒景搖瀟湘：指玉京群仙活動的影子形成倒景在瀟湘之中蕩漾。瀟湘：水名，在今湖南境內，瀟水流入湘水，再注入洞庭湖。

⑦ 星宮之君：如二十八星宿等，暗指在朝群臣。醉瓊漿：酣飲仙酒。羽人：穿著羽衣的仙人，即飛仙。指韓注。這句指韓注等已離朝，皇帝身邊沒有賢臣。

⑧ 昨者：古時。赤松子：古仙人名，神農時為雨師。《史記·留侯世家》：「張良曰：吾以三寸舌為帝王師，封萬戶，位列侯，布衣之極，於良足矣。願棄人間事，從赤松子遊耳。」這裏以張良身世隱指韓注。韓張良：字子房，他原是韓國公族，因秦國到處索捕他，便隱姓埋名。

⑨ 劉氏：指漢高祖劉邦。定長安：即定天下。韓注也曾協助肅宗平定西京長安。帷幄未改：指張良（亦指韓注）運籌帷幄之謀仍在。

⑩ 成敗吾豈敢：指韓注不忘憂國。色難腥腐：指韓注面對腥腐社會而顯出討厭的神色。餐楓香：道家用楓香和丹藥而服，故稱。

⑪ 周南留滯：指司馬談困居洛陽之事。《史記·太史公自序》：「是歲，天子始建漢家之封，而太史公留滯周南，不得與從事。」古之周南，即洛陽。這裏以司馬談困居洛陽比喻韓注困居岳陽，得不到皇帝的重

用。南極老人：星名，據傳這種星天下太平才會出現，主「壽昌」。
應壽昌：並非祝韓注多壽，而是希望天下太平，人民才能壽昌。這裏
以南極老人比喻韓注，認為他現在應該出來輔佐皇帝，使天下太平。
⑫美人：指韓注。胡為：為什麼。置之：拋棄不用。貢玉堂：為朝廷作
出貢獻。玉堂，官署名，漢侍中有玉堂署，宋以後翰林院亦稱玉堂。
或指神仙居處。

## 【評析】

　　本詩是在唐代宗大曆元年（766）杜甫在夔州時寫給韓注的。韓注是岳陽人，早在安史之亂後，便參與運籌帷幄，隨從肅宗定長安立過大功，但後來見政局混亂，為了避禍，辭官歸隱洛陽。杜甫和韓注有舊誼，深知其為人，對他的賢能十分敬佩，所以寄詩深致思慕之情，並希望他重回朝廷，為國出力。此詩屬於遊仙詩一類，隱約含蓄，反覆涵詠，始能體味。詩人以神奇浪漫的手法，把韓注喻為神仙赤松子，把朝廷近臣喻為玉京群仙，藉以表現當時權臣對賢才的排擠，表達了詩人對韓注遭遇的同情和對國事的關心。

　　全詩分四段。前六句為一段，寫詩人對遠在洞庭的韓注的日益俱增的思念之情，並暗喻其為了避禍而隱居。「玉京群帝集北斗」以下六句為第二段，詩人借寫玉京群仙逍遙縱樂之態，暗指朝廷小人得志，奸臣當道，而韓注不肯與奸佞同流合污，早已罷官離朝。「似聞昨者赤松子」以下六句為第三段，寫出韓注罷官的原因，並把他比作張良，頌其高潔有才，同時也為他作為功臣卻被朝廷拋棄的遭遇感到不平。末四句為第四段，詩人抒發自己的感想，並希望韓注再度出山，重新回到朝廷，為國出力。詩人身遭困厄，卻沒有半點怨誹，對國事依然如此關注，對國家依然如此深愛，實在是難能可貴。

# 古柏行

杜甫

孔明廟前有老柏，柯如青銅根如石<sup>①</sup>。

霜皮溜雨四十圍，黛色參天二千尺②。
君臣已與時際會，樹木猶為人愛惜。
雲來氣接巫峽長，月出寒通雪山白③。
憶昨路繞錦亭東，先主武侯同閟宮④。
崔嵬枝幹郊原古，窈窕丹青戶牖空⑤。
落落盤踞雖得地，冥冥孤高多烈風。
扶持自是神明力，正直原因造化功。
大廈如傾要梁棟，萬牛回首丘山重⑥。
不露文章世已驚，未辭剪伐誰能送⑦？
苦心豈免容螻蟻，香葉終經宿鸞鳳⑧。
志士幽人莫怨嗟，古來材大難為用。

**【註釋】**

① 孔明廟：指夔州的諸葛亮廟。柯：樹枝。這句形容柏樹的古老。青銅
比樹幹之靭勁，石比根之堅硬。

② 霜皮：指樹皮白色。溜雨：指樹皮光滑。四十圍：四十人合抱那麼
粗。黛色：青黑色。

③ 巫峽：長江三峽之一，在今重慶巫山縣長江中。雲來氣接巫峽長：指
東面巫山的雲來而古柏之氣與它相接。雪山：在今四川松潘縣南，為
岷山主峰，因終年積雪，故稱，這裏代指岷山。

④ 杜甫是去年離開成都來到夔州的，故有此說。錦亭：成都有錦江，杜
甫住在成都草堂時，曾在江上建亭，故名「錦亭」。武侯祠在亭東，
故云「路繞錦亭東」。閟宮：同一祠廟。成都的武侯祠附在先主廟
中，先主廟西院即武侯祠，故稱。

⑤ 崔嵬枝幹：指成都武侯祠前的柏樹，即《蜀相》中所說「錦官城外柏
森森」。崔嵬：高大的樣子。窈窕：幽深的樣子。丹青：指成都武侯
祠內的漆繪。戶牖空：指廟內空虛無人。

⑥ 要：需要。梁棟：房屋的棟樑。這句意謂：古柏這樣的大木可以支撐

大廈使它不傾。萬牛回首：指古柏重如丘山，萬牛也因拉不倒它而回
頭觀看。

⑦ 不露文章：不顯露文采。這是比喻古柏具有深遠器識，不同流俗，不
事浮華，不以花葉之美炫人。未辭：不怕，不拒絕。

⑧ 苦心：柏心味苦。香葉：柏葉氣香。鸞鳳：即鳳凰。

## 【評析】

　　本詩是大曆元年（766）杜甫在夔州時對夔州武侯廟前的古柏的詠歎之
作。此詩從用比興體，通過對久經風霜、挺立寒空的古柏的稱讚，表達了對
雄才大略、耿耿忠心的諸葛亮的崇敬之情，並藉以抒發詩人不得用事、壯志
難酬的悲憤。

　　詩的前六句為第一段，詩人先從正面描寫古柏，用誇張的手法表現其偉
岸挺拔、古樸堅實。古柏的高大堅強，雄勁飛動，正是詩人敬仰的武侯的品
格，也是詩人對自己才華的心肯。

　　「雲來氣接巫峽長」以下十句為第二段，詩人由夔州古柏，想到成都先
主廟的古柏。在詩人看來，諸葛亮之所以能夠施展自己的才華，建立不朽的
功業，是因為君臣相知相濟，這間接抒發了自己不為朝廷所用，無法發揮才
能的感慨。其中「落落盤踞雖得地，冥冥孤高多烈風」兩句，借詠柏寄託感
慨，將詠柏和詠人結合在一起，既寫樹，又寫人，樹、人相融合。在這裏，
句句寫古柏，句句喻諸葛，句句又隱含著詩人自己，抒發了自己像諸葛武侯
一樣報效朝廷的理想。

　　末八句為第三段，詩人由物及人，大發感想，在曲盡體物之妙的基礎上
直抒胸臆，將古柏和自己緊緊連在一起，淋漓盡致地抒發了材大難用的憤
慨。最後一句語意雙關，抒發詩人宏圖不展的怨憤和大材不為用之感慨。

　　全詩比興為體，一貫到底；詠物興懷，渾然一體；又比喻精當，語多雙
關，寄意深遠，是詠物詩的名篇。

# 觀公孫大娘弟子舞劍器行·並序①

杜甫

　　大曆二年十月十九日，夔府別駕元持宅②，見臨潁李十二娘舞劍器③，壯其蔚跂④，問其所師，曰：「余公孫大娘弟子也。」開元五載，余尚童稚，記於郾城觀公孫氏⑤，舞劍器渾脫⑥，瀏灕頓挫⑦，獨出冠時⑧，自高頭宜春、梨園二伎坊內人⑨，洎外供奉⑩，曉是舞者⑪，聖文神武皇帝初⑫，公孫一人而已。玉貌錦衣，況余白首；今茲弟子，亦非盛顏⑬。既辨其由來，知波瀾莫二⑭。撫事慷慨⑮，聊為《劍器行》⑯。昔者吳人張旭⑰，善草書、書帖，數常於鄴縣見公孫大娘舞西河劍器⑱，自此草書長進，豪蕩感激，即公孫可知矣⑲。

昔有佳人公孫氏，一舞劍器動四方。
觀者如山色沮喪，天地為之久低昂⑳。
爟如羿射九日落，矯如群帝驂龍翔㉑。
來如雷霆收震怒，罷如江海凝清光㉒。
絳唇珠袖兩寂寞，晚有弟子傳芬芳㉓。
臨潁美人在白帝，妙舞此曲神揚揚㉔。
與餘問答既有以，感時撫事增惋傷㉕。
先帝侍女八千人，公孫劍器初第一㉖。
五十年間似反掌，風塵澒洞昏王室㉗。
梨園弟子散如煙，女樂餘姿映寒日㉘。
金粟堆南木已拱，瞿塘石城草蕭瑟㉙。
玳筵急管曲復終，樂極哀來月東出㉖。

老夫不知其所往，足繭荒山轉愁疾㉛。

## 【註釋】

① 公孫大娘：唐玄宗開元年間著名女舞蹈家，善於劍舞，能舞《鄰里曲》《裴將軍滿堂時勢》《西河劍器渾脫》，精妙均冠絕一時。劍器：唐代「健舞曲」之一，也就是武舞。其特點是「女子雄裝」執劍，表現威武的戰鬥姿態。

② 別駕：官名，是州刺史的佐吏。元持：人名，生平不詳。

③ 臨潁：唐縣名，在今河南臨潁西北。

④ 壯：動詞，表示欽敬。蔚跂：雄渾豪蕩的樣子。

⑤ 郾城：唐縣名，在今河南郾城。

⑥ 渾脫：也是一種武舞，從胡舞「潑寒胡戲」演變而來，舞態和劍器同樣雄壯。劍器和渾脫二舞融合起來的新舞稱「劍器渾脫」。

⑦ 瀏漓：形容舞姿的活潑。頓挫：形容舞姿的起伏不定。

⑧ 獨出冠時：指公孫大娘的舞技超群出眾，在當時無人能及。

⑨ 高頭：前頭，即常在皇帝面前歌舞的人。宜春、梨園：開元二年（714），玄宗在蓬萊宮旁設置教坊演習樂舞，親自教授法曲，參加演習樂舞的人稱為梨園子弟。梨園子弟中有宮女數百人，居宜春院，稱為內人，也稱「前頭人」。伎坊：教坊，教習音樂歌舞的機構。

⑩ 泊：及到。外供奉：指不居宮內，隨時奉詔入宮演奏的男女伎人。

⑪ 曉：通曉，擅長。是舞：此舞，即「劍器渾脫」。

⑫ 聖文神武皇帝：指玄宗，是開元二十七年（739）群臣所上的尊號。

⑬ 盛顏：豐美的容顏，指年輕。

⑭ 波瀾莫二：指李十二娘的舞技與公孫大娘的舞技一脈相承。

⑮ 撫事：追念往事。慷慨：激昂感歎的意思。

⑯ 聊：姑且。

⑰ 張旭：字伯高，蘇州人，唐代著名書法家，善草書，被譽為「草聖」。

⑱ 鄴縣：今河南臨漳縣西。西河劍器：劍器舞的一種。

⑲ 即：那麼。即公孫可知矣：那麼公孫大娘的舞技高超就可想而知了。

⑳色沮喪：因見舞技高超而驚心動魄，使臉為之變色。天地為之久低昂：指天地也好像隨著她的舞姿起伏而起伏了。

㉑爚：閃爍的樣子。指劍光。羿射九日落：古傳說，唐堯時十日並出，草木焦枯，有個善射的人名羿，一連射落九個太陽。矯：矯捷。群帝：眾神。驂龍翔：駕龍飛翔。

㉒來：指劍舞開頭。雷霆收震怒：形容舞者的動作迅猛緊張。罷：指劍舞結束。江海凝清光：舞時劍光飛動，氣象萬千，舞罷劍光停止不動，有如江海凝聚著清光。

㉓絳唇：紅色的嘴唇，指公孫大娘。珠袖：指她的劍舞。兩寂寞：指公孫大娘早已亡故，她的舞蹈也寂寞無聞了。芬芳：香氣。這裏是對公孫大娘舞技的美稱。

㉔臨潁美人：指李十二娘。白帝：白帝城，指夔州。神揚揚：即神采飛揚。

㉕既有以：既有根由。

㉖先帝：唐玄宗。侍女：侍從玄宗的女藝人。初第一：本來就是第一。

㉗五十年：自開元五年（717）杜甫初見公孫大娘時到寫此詩時的大曆二年（767）恰好五十年。似反掌：形容時間過去之快如反掌。風塵洞：指安史之亂危害之大。澒洞：廣大無邊的樣子。昏王室：使唐朝國運走向衰落。

㉘女樂：泛指女歌舞藝人。這裏指李十二娘。餘姿：李的舞蹈尚有開元盛世遺留下來的風韻和姿態。寒日：指時已孟冬，兼切時令和李即將遲暮的年華。

㉙金粟堆南：玄宗陵墓。木已拱：樹木已有雙手合抱之粗。瞿塘石城：指夔州白帝城。草蕭瑟：指當時石城的荒涼景象。

㉚玳筵：豪華的筵席。急管：管樂急促的節奏。

㉛老夫：杜甫自稱。不知其所往：不知自己今後走向何處。足繭荒山轉愁疾：這句說因多年奔走，腳上生了繭，荒山路遠，越走下去越感到痛苦不堪。

## 【評析】

大曆二年（767），杜甫在夔州觀看了公孫大娘弟子李十二娘的劍器舞後，不禁「樂盡哀來」，想起五十年前即開元五年（717）他在鄴城看公孫大娘「獨出冠時」的舞劍雄姿的情景，追憶唐玄宗初年的國家盛況，因而不勝今昔滄桑之感。詩中從李十二娘想到公孫大娘，從公孫大娘聯想到唐玄宗，詩人以小見大，撫事慷慨，激蕩衷腸。詩筆也極盡縱橫捭闔，「瀏漓頓挫」之妙。

詩序以詩為文，寫得像散文詩，旨在說明目睹李十二娘之舞姿，並聞其先師，觸景生情，撫今思昔。最後，詩人還敘述了書法家張旭因見公孫大娘舞姿而書藝精進的故事，以此作為公孫大娘舞技的襯托。

詩的前八句寫公孫大娘的舞技如「羿射九日」、「驂龍飛翔」般高超，以及在當時名氣之盛。「絳唇珠袖兩寂寞」以下六句，突然轉到公孫大娘死後劍器舞的沉寂無聞，幸好還有弟子繼承了她的才藝。接著寫她的弟子臨潁李十二娘在白帝城重舞劍器，還有當年公孫大娘神采飛揚的氣概。

「先帝侍女八千人」以下六句，詩人宕開一筆，思緒回到五十年前。開元初年，大唐國事強盛，唐玄宗親自建立了教坊和梨園，親選樂工，親教樂曲，促成了唐代歌舞藝術的空前繁榮。當時宮廷內和內外教坊的歌舞女樂有八千人，而公孫大娘的劍器舞「獨出冠時」，號稱第一。可惜一場安史之亂把天下鬧得風塵四起，天昏地暗，當年的梨園弟子、歌舞人才也在浩劫中流離失散，如今只剩下這個殘存的教坊藝人李十二娘的舞姿。對於親見開元盛世繁榮，親眼見過公孫大娘劍器舞姿的詩人來說，這是他晚年非常難得的精神安慰，可是又令他黯然神傷。這一段是全詩的高潮，簡短的幾句話集中概括了巨大的歷史變化和廣闊的社會內容，正是杜詩「沉鬱頓挫」的表現。

末六句，詩人接著上段的感慨，寫玄宗墓前的樹木已夠雙手合抱，而自己流落在這個草木蕭條的白帝城裏，抒發了世事滄桑變遷之感。別駕府宅裏的盛宴，在歌舞之後告終了，此時月已東出，一種樂極哀來的情緒支配著詩人，他四顧茫茫，百感交集，感慨自己身世的悲涼。

全詩氣勢雄渾，沉鬱悲壯。見《劍器》而傷往事，撫事慷慨，大有時序不同，人事蹉跎之感。

# 石魚湖上醉歌·並序

元結

　　漫叟以公田米釀酒[①]，因休暇則載酒於湖上，時取一醉。歡醉中，據湖岸引臂向魚取酒[②]，使舫載之，遍飲坐者。意疑倚巴丘酌於君山之上[③]，諸子環洞庭而坐，酒舫泛泛然觸波濤而往來者[④]。乃作歌以詠之。

> 石魚湖，似洞庭，夏水欲滿君山青[⑤]。
> 山為樽，水為沼，酒徒歷歷坐洲島[⑥]。
> 長風連日作大浪，不能廢人運酒舫[⑦]。
> 我持長瓢坐巴丘，酌飲四座以散愁。

【註釋】

① 漫叟：元結自號。

② 據：靠著。魚：指石魚凹處。

③ 意疑：簡直以為。巴丘：山名，在今湖南岳陽縣洞庭湖邊。君山：在洞庭湖中。這裏指石魚湖中的石魚。

④ 泛泛：在水上浮動。觸：迎著。

⑤ 夏水：指夏天水漲。

⑥ 樽：酒杯。沼：酒池。酒徒：指同遊諸人。歷歷：一個個。

⑦ 長風：大風。作：發生。廢：停止。

【評析】

　　這首詩是詩人在道州刺史上所作，詩中反映了詩人對黑暗現實的憤慨，洋溢著浪漫主義情調。詩中內容主要是寫一種悠閒自在的生活，反映了封建士大夫以酒為戲，借飲取樂的生活情趣。石魚湖在道州境內，詩人曾創作多首吟詠石魚湖的詩作，關於其命名的由來，元結在《石魚湖上詩序》中說：「漺泉南有獨石在水中，狀如游魚。魚凹處，修之可以貯酒。水涯四匝，多

敧石相連，石上堪人坐，水能浮小舫載酒，又能繞石魚洄流，乃命湖曰石魚湖，鑴銘於湖上，顯示來者，又作詩以詠之。」

　　詩序交代了寫作此詩的背景，敘述詩人與其友人在石魚湖上飲酒之事，以及詩人對此事的感受。詩中讚美了石魚湖的美麗風光，表達了詩人無意於宦途進取，意欲歸隱的情懷。本詩開頭就把石魚湖比作洞庭湖，以石魚比作君山。隨後，詩人描述了在石魚湖與眾友人歡飲的情景。最後，詩人抒發了大風浪也無法阻擋把酒作樂、借酒消愁的豪放情懷，足見詩人胸襟之開闊和及時行樂的思緒。

　　本詩是乘興之作，毫無拘謹之感，可見詩人曠達的胸懷和及時行樂的思想。整首詩自然率真，有民歌特色，蘊含著詩人豐富的想像力，頗有趣味。

# 山　石

韓愈

山石犖确行徑微，黃昏到寺蝙蝠飛<sup>①</sup>。
升堂坐階新雨足，芭蕉葉大梔子肥<sup>②</sup>。
僧言古壁佛畫好，以火來照所見稀<sup>③</sup>。
鋪床拂席置羹飯，疏糲亦足飽我饑<sup>④</sup>。
夜深靜臥百蟲絕，清月出嶺光入扉<sup>⑤</sup>。
天明獨去無道路，出入高下窮煙霏<sup>⑥</sup>。
山紅澗碧紛爛漫，時見松櫪皆十圍<sup>⑦</sup>。
當流赤足踏澗石，水聲激激風生衣<sup>⑧</sup>。
人生如此自可樂，豈必局束為人羈<sup>⑨</sup>？
嗟哉吾黨二三子，安得至老不更歸<sup>⑩</sup>！

**【作者簡介】**

　　韓愈（768—824），字退之，河南河陽（今河南焦作孟州）人，其郡望為昌黎，故世稱「韓昌黎」。晚年任吏部侍郎，又稱「韓吏部」。諡

號「文」，又稱「韓文公」。早孤，依嫂鄭氏撫育培養。貞元八年（792）進士及第，先後為節度使推官、監察御史，因上疏請減關中賦、役，觸怒德宗，貶陽山令，改江陵法曹參軍。唐憲宗時曾任國子博士、史館修撰、中書舍人等職，隨宰相裴度平定淮西之亂，遷刑部侍郎。元和十四年（819）因諫阻憲宗奉迎佛骨被貶為潮州刺史。穆宗時歷任國子祭酒、兵部侍郎、吏部侍郎、京兆尹兼御史大夫。

　　韓愈在政治上，反對藩鎮割據，憲宗元和時他曾積極參加討伐淮西叛藩吳元濟的戰爭，任裴度的行軍司馬；思想上，崇奉儒學，力排佛老，是尊儒反佛的里程碑式人物。同時他又宣揚天命論，認為「天」能賞善罰惡，人只能順應和服從天命。他的這種有神論思想，適應了鞏固封建統治的需要；文學上，反對魏晉以來的駢文，主張學習先秦兩漢的散文語言，破駢為散，擴大文言文的表達功能，主張文以載道，與柳宗元同為唐代古文運動的宣導者，開闢了唐宋以來古文的發展道路。

　　韓愈的文章氣勢奔放，遒勁有力，是傑出的散文家。他的詩兼學李杜，而自成一家，其藝術上的最大特色是雄健奇崛和以文為詩，對宋詩發展影響極大。

　　後人對韓愈評價頗高，明人推他為「唐宋八大家」之首，與柳宗元並稱「韓柳」，有「文章巨公」和「百代文宗」之名。有《韓昌黎集》。

## 【註釋】

① 犖確：險峻不平的樣子。微：狹窄。

② 升堂：進入寺中廳堂。坐階：臺階。新雨：不久前剛下的雨。梔子：常綠灌木，夏季開花，白色，香氣濃郁。

③ 稀：稀少。

④ 羹：菜蔬。疏糲：即糙米飯，指簡便的飯食。飽我饑：給我充饑。

⑤ 百蟲絕：各種蟲聲都沒有了。清月出嶺：夜深朗月才從山嶺那邊升起。這說明是下弦月。扉：門扇。

⑥ 無道路：因有霧氣辨不清道路。出入高下：指走出一個山谷，又進入一個山谷，有時向高處爬，有時向低處走。窮煙霏：指走遍了煙霧。

⑦ 山紅澗碧：指山中的紅花，澗底的碧水。紛：繁盛。爛漫：光彩分佈
　的樣子。時見：隨時可見。櫪：同「櫟」，落葉喬木，花黃褐色，果
　實叫橡子。

⑧ 當流：對著流水。赤足踏澗石：打赤腳橫過河水。澗底有石，故云。
　風生衣：指詩人感覺風好像是從衣中生出，其實是指風吹衣動。

⑨ 局束：拘束，不自由。為人鞿：被人所籠絡牽制。

⑩ 嗟哉：可歎。吾黨二三子：指和自己志趣相合的幾個朋友。歸：指辭
　官歸隱。

## 【評析】

　　詩題為《山石》，然而並非詩的主旨所在，這種截取首句前二字作題的
辦法，在《詩經》中早就開其先河。本詩是詩人遊洛陽惠林寺的記遊詩。詩
中按順序記敘了黃昏到寺、夜深宿寺、天明辭寺的三個不同的時間的所見所
感，層次分明，環環相扣，前後照應，耐人尋味，其以清新的筆觸刻畫了幾
幅極為生動的畫面。無論是寫寺內還是山中景色，都給人一種新鮮可喜的感
覺。篇末抒發感慨，透露作意。

　　詩的前四句寫詩人黃昏來到寺中的所見，點出夏季之初的景物。第五至
第八句寫的是僧人熱情周到的招待。「稀」字道出壁畫的珍貴，也生動地顯
露出詩人的驚喜之情。「疏糲亦足飽我饑」可見僧人生活的簡樸，也見詩人
對僧人招待的滿意之情。第九、十句寫夜深入睡，突出山寺夜晚的寧靜，詩
人居住的稱心。「百蟲絕」從反面襯托出深山古廟蟲鳴之盛，直到夜深之後
才鳴聲漸息。「清月出嶺光入扉」，很有李白「床前明月光」詩句的意境，
使人有無限靜寂之感。

　　第十一至十六句寫詩人清晨告辭，在路上看到的秀美景物和聽到的美妙
水聲。「時見」二字看似平常，實有精確的含意，它表明這些松、櫪樹不是
長在一處的，而是詩人在行進中時時見到的。如此便把景色拉開，使讀者的
意念跟著詩人行走似的一路領略山中風情。詩人來到雨後的山澗旁，見水流
橫溢，激濺奔瀉，他心情愉悅，以致脫去鞋子，小心翼翼地在溪流中移進。
這可見詩人天真浪漫的一面。

末四句是詩人對山林之美和人情之美的憧憬。詩人在長期的官場生活中，陟黜升沉，身不由己，滿腔的憤懣不平，鬱積難抒。故對眼前這種自由自在、不受人挾制的山水生活感到十分快樂和滿足。從而希望和自己同道的「二三子」能一起來過這種清心適意的生活。這種痛恨官場、追求自由的思想在當時是有積極意義的。「人生如此自可樂，豈必局束為人鞿」是全詩的主旨。

　　本詩頗顯韓愈「以文為詩」的特色，借鑒了山水遊記的寫法，詳記遊蹤使詩極富獨創性。全詩一氣呵成，鏗鏘壯美，遒勁有力，讓人回味無窮。

## 八月十五夜贈張功曹①

韓愈

纖雲四卷天無河，清風吹空月舒波②。
沙平水息聲影絕，一杯相屬君當歌③。
君歌聲酸辭且苦，不能聽終淚如雨④：
洞庭連天九疑高，蛟龍出沒猩鼯號⑤。
十生九死到官所，幽居默默如藏逃⑥。
下床畏蛇食畏藥，海氣濕蟄熏腥臊⑦。
昨者州前搥大鼓，嗣皇繼聖登夔皋⑧。
赦書一日行千里，罪從大辟皆除死⑨。
遷者追回流者還，滌瑕蕩垢清朝班⑩。
州家申名使家抑，坎軻只得移荊蠻⑪。
判司卑官不堪說，未免捶楚塵埃間⑫。
同時輩流多上道，天路幽險難追攀⑬。
君歌且休聽我歌，我歌今與君殊科⑭：
一年明月今宵多，人生由命非由他⑮，
有酒不飲奈明何⑯？

## 【註釋】

① 張功曹：即張署。

② 纖雲：微雲。四卷：四處散開。河：銀河。月舒波：月光四射。

③ 屬：勸酒。

④ 酸：酸楚。辭且苦：或作「辭正苦」。聽終：聽完。

⑤ 連天：形容洞庭湖浩大無際。九疑：山名，即蒼梧山，在今湖南寧遠
　縣境。鼯：鼠類，形似松鼠，尾長，前後肢之間有皮膜，能在樹間滑
　翔。住在樹洞裏，晝伏夜出。

⑥ 十生九死：形容一路兇險，差一點就死掉。官所：指張署貶地臨武。
　默默：不得意。如藏逃：好似躲藏的逃犯。

⑦ 下床畏蛇：南方潮濕，地下蛇多，故云。藥：指蠱毒，相傳是南方邊
　地一種用毒蟲製成的害人的藥。海氣：卑濕的空氣。濕蟄：指藏在潮
　濕土中的蟲蛇之類放射的毒氣。蟄，藏在土中的蟲類。

⑧ 昨者：前幾日。州前：指郴州衙門前。摛大鼓：指擂鼓聚集官民和囚
　犯宣佈大赦令。嗣皇：新皇帝，指憲宗。繼聖：繼承帝位。登：進
　用。夔皋：指賢臣。夔和皋陶都是傳說中虞舜的賢臣。

⑨ 赦書：指皇帝頒發的大赦令。大辟：死刑。除死：免除死刑。

⑩ 遷者：降貶官職的人。流者：被流放的人。滌瑕：洗滌玉石的雜質。
　蕩垢：清除污垢。清朝班：革除弊政，翦除朝中奸邪。

⑪ 州家：指刺史。申名：提名向上申報。使家：指中央派駐的湖南觀察
　使楊憑。抑：指壓制刺史申名上報。移荊蠻：指調往江陵府任職。江
　陵地帶古屬楚國，春秋時中原各國稱楚國為荊蠻。

⑫ 判司：唐代對諸曹參軍的總稱。卑官：卑低的官位。捶、楚：二者皆
　是刑具，這裏指被鞭打。按功曹雖是七品，但如有過，上官可以隨時
　鞭打。塵埃間：伏在地上受刑。

⑬ 同時輩流：指和韓愈、張署一同被貶謫的官吏。多上道：指上路回京
　任職。天路：指進身朝廷的途徑。

⑭ 殊科：不同類。這是韓愈的牢騷話。

⑮ 今宵：指八月十五日。多：指明月最圓最亮。非由他：不是由於別的

原因。

⑯奈明何：怎能對得起今宵的明月。明，即明月。

## 【評析】

唐德宗貞元十九年（803），韓愈與張署都在京城任監察御史，因天大旱，韓愈、張署和李方叔三人同上奏章，請求朝廷減免關中稅、役，遭到奸臣李實的讒害，於是三人同時被貶南方。韓愈貶陽山（今廣東陽山）令，張署貶臨武（今湖南臨武）令。貞元二十一年（805）正月，順宗即位，二月甲子大赦，韓愈和張署都到郴州（今湖南郴州）待命。同年八月，憲宗即位，又大赦天下。但由於有人從中作梗，韓愈和張署都未能調回京城，結果韓愈改官為江陵府法曹參軍，張署改官為江陵府功曹參軍，二者都是刺史的屬官。本詩是韓愈在郴州得到改官消息準備赴任江陵時所作，贈給遭遇相同的張署。時間在詩題中已點明，在八月十五中秋節。

詩的開篇四句描寫主客飲酒的環境。描寫完中秋夜的環境後，詩人以「一杯相屬君當歌」將筆鋒一轉，引出張署的悲歌，這是全詩的最主要部分。詩人先寫自己對於張署「歌」的感受，說它聲音酸楚，言辭悲苦，因而「不能終聽淚如雨」，和盤托出兩人心境相同，感觸極深。張署的歌，首先敘述了被貶南遷時經受的苦難，山高水闊，路途漫長，蛟龍出沒，野獸悲號，地域荒僻，風波險惡。好不容易「十生九死到官所」，而到達貶所更是「幽居默默如藏逃」。接著又寫南方偏遠之地多毒蛇，「下床」都可畏，出門行走就更不敢了；且有一種蠱藥之毒，隨時可以致人死地，飲食要非常小心，還有那濕蟄腥臊的「海氣」，也令人受不了。這一大段對自然環境的誇張描寫，也是詩人當時政治境遇的真實寫照。

上面對貶謫生活的描述，基調是感傷而低沉的，下面一轉，而以歡欣鼓舞的激情，歌頌大赦令的頒行，文勢波瀾起伏。詩中寫那宣佈赦書時的隆隆鼓聲，那傳送赦書時日行萬里的情景，場面的熱烈，節奏的歡快，都體現出詩人心情的歡愉。特別是大赦令宣佈「罪從大辟皆除死」，「遷者追回流者還」，這當然使韓、張二人感到回京有望。然而，事情並非如此簡單。寫到這裏，詩情又一轉折，儘管大赦令寫得明明白白，但由於「使家」的阻撓，

他們仍然不能回朝廷任職。「坎軻只得移荊蠻」中「只得」二字，把那種既心有不滿又無可奈何的心情，淋漓盡致地表現出來了。地是「荊蠻」之地，職又是「判司」一類的小官，卑小到要常受長官「捶楚」的地步。面對這種境況，他們發出了深深的慨歎：「同時輩流多上道，天路幽險難追攀。」「天路幽險」，政治形勢還是相當險惡的。

以上詩人通過張署之歌，吐露了自己內心的憤懣，寫得形象具體，筆墨酣暢。詩人既已借他人之酒澆了自己的塊壘，就不必再浪費筆墨直接抒發自己的感慨了，所以用「君歌且休聽我歌，我歌今與君殊科」，一接一轉，寫出了自己的議論。僅寫了三句：一是寫此夜月色最好，照應題目的「八月十五」；二是寫命運在天；三是寫面對如此良夜應當開懷痛飲。表面看來這三句詩很平淡，實際上卻是詩中最著力最精彩之筆。韓愈從切身遭遇中，深深感到宦海浮沉，禍福無常，自己很難掌握自己的命運。「人生由命非由他」，寄寓深沉的感慨，表面上歸之於命，實際有許多難言的苦衷。八月十五的夜晚，明月如鏡，懸在碧空藍天，不開懷痛飲，就是辜負這美好的月色。再說，借酒澆愁，還可以暫時忘卻心頭的煩惱。於是情緒由悲傷轉向曠達，然而這不過是故作曠達而已。寥寥數語，似淡實濃，言近旨遠，在欲說還休的背後，別有一種耐人尋味的深意。

全詩換韻很多，韻腳靈活，音節起伏變化，很好地表現了感情的發展變化，使詩歌既雄渾恣肆又宛轉流暢。從結構上說，首與尾用酒和明月先後照應，輕靈簡練，使結構完整，也加深了意境的蒼涼。


## 謁衡岳廟遂宿嶽寺題門樓[1]

韓愈

五嶽祭秩皆三公，四方環鎮嵩當中[2]。
火維地荒足妖怪，天假神柄專其雄[3]。
噴雲泄霧藏半腹，雖有絕頂誰能窮[4]？
我來正逢秋雨節，陰氣晦昧無清風[5]。

潛心默禱若有應，豈非正直能感通⑥？
須臾靜掃眾峰出，仰見突兀撐青空⑦。
紫蓋連延接天柱，石廩騰擲堆祝融⑧。
森然魄動下馬拜，松柏一徑趨靈宮⑨。
粉牆丹柱動光彩，鬼物圖畫填青紅⑩。
升階傴僂薦脯酒，欲以菲薄明其衷⑪。
廟令老人識神意，睢盱偵伺能鞠躬⑫。
手持杯珓導我擲，云此最吉餘難同⑬。
竄逐蠻荒幸不死，衣食才足甘長終⑭。
侯王將相望久絕，神縱欲福難為功⑮。
夜投佛寺上高閣，星月掩映雲曈曨⑯。
猿鳴鐘動不知曙，杲杲寒日生於東⑰。

## 【註釋】

① 謁：拜見。衡嶽：南嶽衡山，在今湖南境內。

② 祭秩：祭祀儀禮的等級次序。三公：歷代官制不同，周稱太師、太傅、太保為三公，漢稱大司馬、大司徒、大司空為三公，後世三公成為朝廷最高官位的通稱。四方：指東嶽泰山、西嶽華山、南嶽衡山、北嶽恒山。嵩：指中嶽嵩山。

③ 火維：古人以木、火、金、水、土分屬東、南、西、北和中央，火維即南方。維：隅、邊。足：多。假：授予。神：指南嶽之神赤帝祝融氏。柄：權力。

④ 泄：吐出。半腹：衡嶽山腰。絕頂：最高峰。窮：盡，這裏作動詞。

⑤ 晦昧：陰暗的樣子。

⑥ 應：應驗。正直：指詩人正直，亦可指神靈正直。感通：感通神靈。

⑦ 靜掃：指清風悄悄地把陰雲吹走了。突兀：指高聳而突出的山峰。

⑧ 紫蓋：《長沙記》：「衡山七十二峰，最大者五，芙蓉、紫蓋、石廩、天柱、祝融為最高。騰擲：形容山勢起伏不平。堆：動詞，指祝融峰

高出天際。

⑨ 森然：敬畏的樣子。魄動：心驚的樣子。拜：拜神靈，因天轉晴，表示感謝。靈宮：神靈的宮室，這裏指衡嶽廟。

⑩ 粉牆丹柱：白色的牆壁，紅色的柱子。動光彩：指紅白顏色互相輝映，光彩飛動。鬼物圖畫：彩色的鬼怪圖形。

⑪ 傴僂：駝背，這裏指彎腰鞠躬，以示恭敬。薦：進獻。脯：乾肉。菲薄：微薄的祭品。明其衷：表明自己的苦衷。

⑫ 廟令：官職名。唐代五嶽諸廟各設廟令一人，掌管祭神及祠廟事務。睢盱：張眼叫睢，閉眼叫盱。睢盱是偏義複詞，偏用「睢」義，指瞪著眼睛看著。偵伺：窺察。能鞠躬：慣於鞠躬。

⑬ 杯珓：古時一種占卜用具，用玉、蚌殼製成。此最吉餘難同：這種卦象最吉利，其他的都不能和它相比。

⑭ 竄逐蠻荒：流放到南方邊荒之地，指貶謫陽山令之事。才：副詞。甘長終：甘願如此度過餘生。

⑮ 侯王將相望：指封侯拜相，追求功名富貴之心。縱：即使。難為功：很難做成功。

⑯ 投：投宿。朣朧：光明隱約的樣子。這裏形容雲層裏透射出的星月光輝，時隱時現。

⑰ 曙：天亮。杲杲（音稿）：光明的樣子。寒日：因是秋天，又是早晨初升的太陽，故云。

## 【評析】

　　本詩是韓愈赴任江陵途經衡山時所作，詩人通過仰望衡岳諸峰、謁祭衡嶽廟神、占卜仕途吉凶和投宿廟寺高閣等情況的敘寫，抒發個人的深沉感慨，一方面為自己投身蠻荒之地終於活著北歸而慶幸，一方面對仕途坎坷表示憤懣不平，實際上也是對最高統治者的一種抗議。

　　詩的前六句寫衡山的地理位置及山勢氣象，先總寫五嶽，再專寫衡山，突出衡山在五嶽中的崇高地位，引出遠道來訪的原因。第五、六句把衡山山勢的險要勾畫出來。「噴雲泄霧藏半腹」一句接連用了「噴」、「泄」、「藏」

三個動詞，來描寫衡山雲霧的繚亂不散，不僅奇特，而且貼切。

　　接下來的八句記述詩人登山時的情景。「我來正逢秋雨節」兩句，既是記事，也是寫景，描寫了秋雨將要來臨時的景象，給人以壓抑、愁悶的感覺。詩人欲揚先抑，令詩意突起波瀾。「潛心默禱若有應」兩句，說衡山有靈，令天氣由陰變為晴，使詩意突轉。雲霧全部消散，眾峰頓時顯現，其實是自然界自身的變化，但詩人卻說是自己專心祈禱，為人公正無私而感動了神靈的結果。「正直」二字蘊含著深刻的含義。

　　隨後詩人連用四句，描繪眾峰從隱到現後的景色。「須臾靜掃眾峰出」兩句是虛寫，描寫了山間景致變化之迅速，給人一種奇特險怪、明快疏朗的感覺。「紫蓋連延接天柱」兩句是實寫，描寫了紫蓋峰綿延著和天柱峰鏈結到一起，而石廩峰圍著祝融峰高低起伏。

　　「森然魄動下馬拜」之後的十四句是整首詩的中心部分，描寫了詩人拜謁衡岳廟時的情景。「森然魄動下馬拜」兩句，不僅體現了詩人當時心生恭敬的感受，還烘托出一種威嚴的氣氛。「紛牆丹柱動光彩」兩句描寫詩人進入廟門後在牆壁上所看到的圖畫，點出該寺廟的特別之處。「升階傴僂薦脯酒」之後六句，詩人用幽默的筆調描述了求神占卜的情形。這一部分描述和詩人所發的牢騷，真切而感人，充分反映出詩人當時心中的不滿。

　　最後四句是對詩題「宿嶽寺」進行的歸結。詩人先描寫上高閣時所看到的夜景，然後化用謝靈運「猿鳴誠知曙」句的詩意，寫出「猿鳴鐘動不知曙」一句。本來聽見猿啼聲就會得知天亮了，然後詩人由於睡得很沉，連天亮時的猿聲及寺裏的鐘聲皆未聽見。詩人雖遭貶謫，卻能一覺睡到天亮，足見其胸懷豁達。最後一句中的「寒日」，與上文中的「秋雨」、「陰氣」相呼應，剛勁有力。

　　全詩融寫景、敘事、抒情於一體，章法井然，境界開闊，色彩濃重，古樸蒼勁，且一韻到底，一氣呵成，給人一種清新開闊的美感。

# 石鼓歌

韓愈

張生手持石鼓文，勸我試作石鼓歌①。
少陵無人謫仙死，才薄將奈石鼓何②。
周綱凌遲四海沸，宣王憤起揮天戈③。
大開明堂受朝賀，諸侯劍佩鳴相磨④。
蒐於岐陽騁雄俊，萬里禽獸皆遮羅⑤。
鐫功勒成告萬世，鑿石作鼓隳嵯峨⑥。
從臣才藝咸第一，揀選撰刻留山阿⑦。
雨淋日炙野火燎，鬼物守護煩撝呵⑧。
公從何處得紙本，毫髮盡備無差訛⑨。
辭嚴義密讀難曉，字體不類隸與蝌⑩。
年深豈免有缺畫，快劍斫斷生蛟鼉⑪。
鸞翔鳳翥眾仙下，珊瑚碧樹交枝柯⑫。
金繩鐵索鎖紐壯，古鼎躍水龍騰梭⑬。
陋儒編詩不收入，二雅褊迫無委蛇⑭。
孔子西行不到秦，掎摭星宿遺羲娥⑮。
嗟余好古生苦晚，對此涕淚雙滂沱⑯。
憶昔初蒙博士徵，其年始改稱元和⑰。
故人從軍在右輔，為我量度掘臼科⑱。
濯冠沐浴告祭酒，如此至寶存豈多⑲？
氈包席裹可立致，十鼓只載數駱駝⑳。
薦諸太廟比郜鼎，光價豈止百倍過㉑？
聖恩若許留太學，諸生講解得切磋㉒。
觀經鴻都尚填咽，坐見舉國來奔波㉓。
剜苔剔蘚露節角，安置妥帖平不頗㉔。

大廈深簷與蓋覆，經歷久遠期無佗㉕。
中朝大官老於事，詎肯感激徒婥妸㉖？
牧童敲火牛礪角，誰復著手為摩挲㉗？
日銷月鑠就埋沒，六年西顧空吟哦㉘。
羲之俗書趁姿媚，數紙尚可博白鵝㉙。
繼周八代爭戰罷，無人收拾理則那㉚！
方今太平日無事，柄任儒術崇丘軻㉛。
安能以此上論列，願借辯口如懸河㉜。
石鼓之歌止於此，嗚呼吾意其蹉跎㉝！

## 【註釋】

① 張生：指張籍。一說張徹，韓愈的學生。石鼓文：這裏指從石鼓上拓下來的文字，即下文所謂「紙片」。

② 少陵：指杜甫。杜甫曾在長安少陵北、杜陵西的一個地方居住，所以自號「少陵野老」。無人：指去世。謫仙：指李白。李白《對酒憶賀監》詩序云：「太子賓客賀公（賀知章）於長安紫極宮一見余，呼余為『謫仙人』。」

③ 周綱：周朝的綱紀法度。陵遲：衰壞。四海沸：四海民怨起，指社會動亂。宣王：周宣王，姓姬，名靖，周厲王之子，被認為是周朝的中興之主。揮天戈：指周宣王南征北伐，他曾對獫狁、西戎、淮夷、荊蠻等用兵。

④ 明堂：天子頒佈政教，朝見諸侯，舉行祭祀的地方。劍佩鳴相磨：極言到天子明堂朝賀的諸侯之多，以致彼此佩帶的刀劍都互相磨擦而發出聲響。

⑤ 蒐：春天打獵。岐陽：岐山的南面。遮羅：攔捕。這句說到處的鳥獸都被包圍起來。

⑥ 鐫、勒：都是刻的意思。成：名詞，與「功」同義。隳：毀壞。嵯峨：峻險突兀，這裏指高山。這句說為了製作石鼓而開山鑿石。

⑦ 從臣：隨從宣王的朝臣，指仲山甫、尹吉甫、方叔、召叔等。撰刻：撰寫文字刻於石鼓之上。山阿：山的彎曲處。

⑧ 日炙：日曬。煩：勞。𢯊：同「揮」，揮手。呵：喝斥。

⑨ 毫髮盡備無差訛：指拓本十分準確沒有毫髮差錯。

⑩ 辭嚴義密：文辭莊嚴，義理精密。不類：不像。隸：隸書，古代一種書寫文字。蝌：蝌蚪文。周時所用的文字，頭大尾小，很像蝌蚪，晉人稱為「蝌蚪文」。

⑪ 豈免：不可避免。缺畫：缺筆劃之處。斫：砍。蛟：古代傳說中的一種神異動物。鼉：鼉龍，俗稱豬婆龍，是鱷魚的一種。這句是形容石鼓文缺筆劃之處好像快劍把活的蛟、鼉砍斷了似的。

⑫ 翔、翥：都是飛的意思。珊瑚碧樹：因珊瑚形狀像樹枝，故稱之。

⑬ 金繩鐵索：比喻石鼓文的筆鋒奇勁如金繩鐵索一般。鎖紐壯：比喻石鼓文的結構如鎖紐般鉤連。古鼎躍水：相傳周顯王四十二年（前327），九鼎沒於泗水，秦始皇時派人入水尋而不得。龍騰梭：《晉書·陶侃傳》：「侃少時，漁於雷澤，網得一織梭，以掛於壁。有頃雷雨自化為龍而去。」這句形容石鼓文字體的變化莫測。

⑭ 陋儒：見識短淺的儒生，指當時的采風編詩者。詩：即《詩經》。二雅：《詩經》中的大雅和小雅。褊：狹隘。迫：局促。委蛇：寬大從容的樣子。

⑮ 秦：秦國，今陝西一帶，即石鼓文的產生地。掎摭：取引。羲：羲和，這裏借指太陽。娥：嫦娥，這裏借指月亮。

⑯ 好古：愛好研究古代文化。生苦晚：苦於出生太晚。雙滂沱：指鼻涕眼淚一起流，形容非常悲傷。

⑰ 蒙：受。博士：官名。唐時有太學、國子諸博士，並為教授之官。按韓愈元和元年（806）自江陵法曹參軍被召回京任國子監博士。元和：唐憲宗時年號。

⑱ 從軍在右輔：《三輔黃圖》：「太初元年（前104）以渭城以西屬右扶風，長安以東屬京兆尹，長陵以北屬左馮翊，以輔京師，謂之三輔。」右輔，即右扶風，為鳳翔府。韓愈故人為鳳翔節度府從事，所以說「從

軍在右輔」。量度：計畫。臼科：坑坎，即安放石鼓的地方。

⑲ 濯冠：洗帽子。沐：洗頭。浴：洗澡。祭酒：官名。唐時國子監有祭酒一人，從三品掌邦國儒學訓導的政令。

⑳ 氈包席裹：指包繫石鼓以免運輸毀壞。可立致：立刻運到了。

㉑ 薦：進獻。諸：「之於」二字的合音。郜鼎：郜國所造之鼎。《左傳・桓公二年》：「夏四月取郜大鼎于宋，戊申納於太廟。」光價：光榮的聲價。

㉒ 聖恩：皇恩。太學：國子監。諸生：指在太學進修的學生。切磋：指對學問的鑽研，這裏指對石鼓的研究。

㉓ 觀經鴻都尚填咽：《後漢書・靈帝記》：「光和元年（178）二月，始置鴻都門。」鴻都門即藏書之所。又《後漢書・蔡邕傳》載，熹平四年（175），詔諸儒正定六經文字，命蔡邕為古文、篆、隸三體書寫，並刻石碑，立於太學門外，即熹平石經。從此，每天來觀看和摹寫的人很多，十分擁擠。填咽：形容人多擁擠。坐見：即將看到。

㉔ 剜：用刀挖。剔：剔除。露節角：指露出石鼓文字的筆劃。不頗：不傾斜。

㉕ 深簷：與「大廈」義同。期無佗：希望石鼓沒有損壞。

㉖ 中朝：朝中。老於事：指老於世故，即辦事拖遝、保守。詎肯：哪里肯。感激：感動奮發。徒：只。媻娴：猶豫不決。

㉗ 牧童敲火：指牧童無知，在石鼓上重敲，以致爆出火星。礪：磨擦。著手：用手，下手。摩挲：用手撫摩，這裏指愛惜、保護石鼓。

㉘ 銷：熔化金屬。鑠：熔化。六年：指詩人從元和元年（806）在長安初任國子監博士至元和六年寫此詩時。西顧：西望石鼓所在地岐陽。吟哦：體會，這裏指用心思。

㉙ 趁姿媚：追求字體的美觀。數紙尚可博白鵝：據《晉書・王羲之傳》載，他很喜歡鵝，曾用「數紙」自己所寫的《道德經》，去換取山陰道士的鵝。

㉚ 八代：所指不明，泛指秦漢以後諸朝。收拾：指把散亂的東西收集起來。這裏指把石鼓收集保存起來。理則那：哪有此理。

㉛柄：權。丘軻：指孔子和孟子。

㉜論列：指議論其事而列舉之，以此比較。懸河：指善於辭令。

㉝嗚呼：歎息之詞。蹉跎：本指歲月虛度，這裏是失時的意思。

【評析】

　　本詩是元和六年（811）韓愈由河南令調升職方員外郎回長安後作。其目的是再三強調保存和研究石鼓文字的重要意義，認為它長期散失荒野無人收拾，以致「牧童敲火牛礪角」，「日銷月鑠就埋沒」未免太可惜了。所以，韓愈是懷著滿腔悲憤而作的這首詩，他希望他的強烈呼籲能從此引起朝廷的重視。其中對「陋儒」和「中朝大官」的諷刺也都是從這一目的出發的。詩人義正辭嚴，筆酣墨飽，詩的結構綿密，又富有波瀾，中間多用照應和襯筆，更增強了詩的感染力。

　　石鼓又稱陳倉石鼓，中國九大鎮國之寶之一，被康有為譽為「中華第一古物」，627年發現於陳倉境內的陳倉山（今寶雞市石鼓山）。石鼓共十隻，高二尺，直徑一尺多，形象鼓而上細下粗頂微圓。石鼓上刻有文字，據考證是秦代所為，為中國最早的石刻，十個石鼓上分別刻有大篆四言詩一首，共十首，計七百一十八字。唐人多以為石鼓文是周代遺物，內容記敘的是周宣王出獵的場面，故又稱「獵碣」。石鼓原石現藏於故宮博物院石鼓館。

　　全詩五段，前四句為第一段，總起點題，點出寫作的緣起，自謙無李杜之才，不能把歌作好。「勸」字下得十分精當，它省去了詩人幾多猶豫的潛臺詞與推諉的閒筆墨，具有一字九鼎之效。

　　「周綱凌遲四海沸」到「鬼物守護煩呵」為第二段。其中前四句是詩人想像的周宣王中興王室、臨御海內以及馳逐圍獵、勒石銘功的圖景。用了「沸」「憤」「大」「騁」「萬里」「萬世」等詞，極言場面的壯闊和氣派的雄偉。詩人濃墨重彩地描寫周宣王中興之事是有原因的，因為唐自安史之亂後，皇權受到極大的削弱，藩鎮割據，宦官擅權，外族侵凌，大臣猜忌，各種社會矛盾的激化，使李唐王朝迅速走向衰落。憲宗登基後採取鏟藩鎮、抑宦官的政策，使朝政出現了中興之兆。詩人看到了歷史的相似之處，因而在歌頌周宣王雄才大略的同時，自然融進了自己的政治理想，傳達出了熱切希

望重振頹綱以臻於尊王攘夷的政治局面的心聲。「雨淋日炙野火燎」二句，是承上啟下的關鍵。把石鼓流傳千年而歷盡的劫難濃縮在七字之中，這是略寫。詩人認為石鼓得以完好保存，如果沒有鬼神呵護是不可想像的，僅此而言，石鼓本身就已是稀世珍寶，又遑論其他無算的文物價值呢。寥寥兩筆便為下文的切入闡發作好了鋪墊。

「公從何處得紙本」到「掎摭星宿遺羲娥」為第三段，是對石鼓文的具體描述。石鼓文辭的深奧，字體的樸茂，使「好古」的詩人心蕩神怡，即使剝蝕斑駁，他也會忍不住讚歎一番。

「嗟予好古生苦晚」至「經歷久遠期無佗」為第四段，詩人回憶自己曾向祭酒建議，請移石鼓於太學之事。韓愈意識到石鼓文的巨大價值，認為大有保存研究的必要，他身居博士，把保護石鼓看作是應負的責任。為此，托故人度量坎坑，為安置作好了準備，又戒齋沐浴鄭重其事地報告上司，本以為安置「至寶」是瞬息可辦的舉手之勞。然而無情的現實把他美好的願望擊得粉碎。

「中朝大官老於事」直到結尾為最後一段，寫朝中大官關心的只是升官發財，對石鼓毫不關注，一個「老」字生動地勾畫出那種麻木不仁的昏聵神情。詩人心中極為憤慨，而更多的是流露出隱隱的惆悵和深深的惋惜。為了反襯現實的荒誕，詩人還引用了王羲之的典故，和上段蔡邕正定六經文字的典故一起形成反諷，顯得格外深刻有力。蔡王二人都是書聖，但前者擅隸書而後者工楷行，這兩種比石鼓文晚起得多的書體尚且如此風光，那麼當局的冷落石鼓，到底於心何忍。用典之妙，起到了振聾發聵的效果。

這首長詩一韻到底，如長河直貫而下，波瀾老成。詩中又多用響字虛詞，鏗鏘激越，朗朗上口，便覺有一股鬱勃之氣蘊藏於字裏行間。


## 漁　翁

柳宗元

漁翁夜傍西巖宿，曉汲清湘燃楚竹[①]。

煙銷日出不見人，欸乃一聲山水綠②。
回看天際下中流，岩上無心雲相逐③。

## 【註釋】

① 傍：靠近。西岩：當指永州境內的西山。《柳河東集》有《始得西山宴遊記》。汲：汲水。清湘：清澈的湘江之水。楚竹：永州古屬楚地，故稱其地所產之竹為「楚竹」。

② 銷：消散。欸乃：象聲詞。一說指槳聲，一說是人長呼之聲。唐時湘中棹歌有《欸乃曲》，元結在湘中任刺史時受其影響，也仿作了《欸乃曲》五首。

③ 下中流：由中流而下。無心雲相逐：形容雲隨意飄動。

## 【評析】

　　唐憲宗元和元年（806），柳宗元因參與永貞革新而被貶永州，一腔抱負化為煙雲，他承受著政治上的沉重打擊，寄情於異鄉山水，創作了許多吟詠永州地區湖光山色的詩篇，《漁翁》就是其中的一首代表作。這首詩通過對漁翁一天活動的描繪，反映詩人傾慕漁翁看似自由的生活，讚賞永州的奇妙山水，從而排遣他被貶後的抑鬱情懷。

　　全詩共六句，按時間順序，分三個層次。「漁翁夜傍西岩宿，曉汲清湘燃楚竹。」這是從夜到拂曉的景象。漁翁是這兩句中最引人注目的形象，他夜宿山邊，晨起汲水燃竹，以忙碌的身影形象地顯示著時間的流轉。詩中不說汲「水」燃「薪」，而以「清湘」和「楚竹」替代，大大深化了詩句的意境，給人一種超凡脫俗的感覺，象徵著詩中人孤高的品格。

　　「煙銷日出不見人，欸乃一聲山水綠。」這是最見詩人功力的妙句，也是全詩的精華。從內容上來說，這兩句描寫的情景，一是煙消日出、山水頓綠的自然景色；一是漁翁的行蹤，即漁船離岸而行，水中忽然傳來一聲櫓響。然而，詩人沒有遵循這樣的生活邏輯來組織詩句，卻從自我感受出發，交錯展現兩種景象，更清晰地表現了發生於自然界的微妙變異。前一句中「煙銷日出」和「不見人」，一是清晨常見之景，一是不知漁船何時悄然離

去的突發意識，兩者本無必然的聯繫，但如今同集一句，卻喚起了人們的想像力，彷彿在日出的一剎那，天色暗而忽明，萬物從朦朧中忽而顯豁，這才使人猛然發覺漁船已無蹤影。「不見人」這一驟生的感受成為一個標誌，劃開了日出前後的界限。真實生活中的日出過程得到藝術的強化，以一種誇張的節奏出現在讀者眼前。緊接著的「欸乃一聲」和「山水綠」更使耳中所聞之聲與目中所見之景發生了奇特的依存關係。清晨，山水隨著天色的變化，色彩由暗而明，這是一個漸變的過程，但在詩中，隨著劃破靜空的一下聲響，萬象皆綠，這一「綠」字不僅有使色彩呈現的功能，而且給人一種動感。蘇東坡評價本詩道：「詩以奇趣為宗，反常合道為趣，熟味此詩，有奇趣。」詩人通過這樣的奇趣，創造了一個清寥、神秘的境界，隱隱傳達出了他那既孤高又不免孤寂的心境。

「回看天際下中流，岩上無心雲相逐」描寫的是日出以後的情景，畫面更為開闊。此時漁船已進入中流，而回首騁目，只見山巔上正浮動著片片白雲，好似無憂無慮地前後相逐，詩境極是悠逸恬淡。這裏化用陶淵明《歸去來兮辭》中「雲無心以出岫」的句子，宕開詩境，作了這樣的收尾。只有真正體會柳宗元的現實處境，才能理解他結句的用心。

全詩就像一幅飄逸的風情畫，充滿了色彩和動感，境界奇妙動人。其中「煙銷日出不見人，欸乃一聲山水綠」兩句尤為人所稱道。

# 長 恨 歌

白居易

漢皇重色思傾國，御宇多年求不得[①]。
楊家有女初長成，養在深閨人未識[②]。
天生麗質難自棄，一朝選在君王側[③]。
回眸一笑百媚生，六宮粉黛無顏色[④]。
春寒賜浴華清池，溫泉水滑洗凝脂[⑤]。
侍兒扶起嬌無力，始是新承恩澤時。

雲鬢花顏金步搖，芙蓉帳暖度春宵⑥。
春宵苦短日高起，從此君王不早朝。
承歡侍宴無閒暇，春從春遊夜專夜⑦。
後宮佳麗三千人，三千寵愛在一身。
金屋妝成嬌侍夜，玉樓宴罷醉和春⑧。
姊妹弟兄皆列土，可憐光彩生門戶⑨。
遂令天下父母心，不重生男重生女⑩。
驪宮高處入青雲，仙樂風飄處處聞⑪。
緩歌慢舞凝絲竹，盡日君王看不足⑫。
漁陽鼙鼓動地來，驚破霓裳羽衣曲⑬。
九重城闕煙塵生，千乘萬騎西南行⑭。
翠華搖搖行複止，西出都門百餘里⑮。
六軍不發無奈何，宛轉蛾眉馬前死⑯。
花鈿委地無人收，翠翹金雀玉搔頭⑰。
君王掩面救不得，回看血淚相和流。
黃塵散漫風蕭索，雲棧縈紆登劍閣⑱。
峨嵋山下少人行，旌旗無光日色薄⑲。
蜀江水碧蜀山青，聖主朝朝暮暮情。
行宮見月傷心色，夜雨聞鈴腸斷聲⑳。
天旋地轉回龍馭，到此躊躇不能去㉑。
馬嵬坡下泥土中，不見玉顏空死處。
君臣相顧盡沾衣，東望都門信馬歸㉒。
歸來池苑皆依舊，太液芙蓉未央柳㉓。
芙蓉如面柳如眉，對此如何不淚垂㉔？
春風桃李花開日，秋雨梧桐葉落時。
西宮南內多秋草，落葉滿階紅不掃㉕。
梨園弟子白髮新，椒房阿監青娥老㉖。

夕殿螢飛思悄然，孤燈挑盡未成眠[27]。
遲遲鐘鼓初長夜，耿耿星河欲曙天[28]。
鴛鴦瓦冷霜華重，翡翠衾寒誰與共[29]？
悠悠生死別經年，魂魄不曾來入夢。
臨邛道士鴻都客，能以精誠致魂魄[30]。
為感君王輾轉思，遂教方士殷勤覓。
排空馭氣奔如電，升天入地求之遍[31]。
上窮碧落下黃泉，兩處茫茫皆不見[32]。
忽聞海上有仙山，山在虛無縹緲間。
樓閣玲瓏五雲起，其中綽約多仙子[33]。
中有一人字太真，雪膚花貌參差是[34]。
金闕西廂叩玉扃，轉教小玉報雙成[35]。
聞道漢家天子使，九華帳裏夢魂驚[36]。
攬衣推枕起徘徊，珠箔銀屏迤邐開[37]。
雲髻半偏新睡覺，花冠不整下堂來[38]。
風吹仙袂飄飄舉，猶似霓裳羽衣舞。
玉容寂寞淚闌干，梨花一枝春帶雨[39]。
含情凝睇謝君王，一別音容兩渺茫[40]。
昭陽殿裏恩愛絕，蓬萊宮中日月長[41]。
回頭下望人寰處，不見長安見塵霧。
唯將舊物表深情，鈿合金釵寄將去[42]。
釵留一股合一扇，釵擘黃金合分鈿[43]。
但教心似金鈿堅，天上人間會相見。
臨別殷勤重寄詞，詞中有誓兩心知[44]。
七月七日長生殿，夜半無人私語時[45]。
在天願作比翼鳥，在地願為連理枝[46]。
天長地久有時盡，此恨綿綿無絕期。

【作者簡介】

　　白居易（772—846），字樂天，晚年自號香山居士，河南新鄭（今河南鄭州新鄭）人，後遷居下邽（今陝西渭南東北）。唐德宗貞元十六年（800）進士，授秘書省校書郎，補盩厔縣（今陝西周至）尉，歷任翰林學士，左拾遺及左贊善大夫。元和十年（815）宰相武元衡被刺，白居易直言極諫，要求嚴緝兇手，被貶江州（今江西九江）司馬，移忠州刺史。唐穆宗時，由中書舍人出任杭州、蘇州等地刺史，官至刑部尚書，諡號「文」。

　　白居易是杜甫之後唐代傑出的現實主義詩人。他繼承了《詩經》和杜甫的現實主義傳統，主張「文章合為時而著，歌詩合為時而作」（《與元九書》）。在杜甫「即事名篇」新題樂府的啟發下與元稹等人共同宣導了新樂府運動，與元稹並稱為「元白」。他早期創作了一百多篇《諷諭詩》，比較深刻地揭露了當時的社會矛盾，反映了勞動人民的疾苦。但由於階級局限和當時政治環境的險惡，自貶江州司馬後便逐步消沉，後來更崇奉佛教走上了逃避現實的道路。在他的《諷諭詩》外，長篇敘事詩《長恨歌》《琵琶行》具有獨特的藝術特色，為歌行體開闢了新路，對後來的戲劇也有一定的影響。白居易的詩歌題材廣泛，藝術風格平易自然，語言通俗易懂，其藝術成就在唐代僅次於「李杜」，有「詩魔」和「詩王」之稱。有《白氏長慶集》。

【註釋】

①漢皇：指漢武帝劉徹。這裏借指唐玄宗李隆基。傾國：指美女。漢武帝的樂人李延年善歌舞，一次在漢武帝面前唱歌起舞，讚美他妹妹的美色：「北方有佳人，絕世而獨立。一顧傾人城，再顧傾人國。寧知傾城與傾國，佳人難再得！」漢武帝聽後大為欣羨，不久李延年的妹妹得意入宮，就是後來他十分寵愛的李夫人。御宇：駕御宇內，即統治天下。

②楊家有女：指楊玉環。其父是蜀州司戶楊玄琰，自幼由叔父楊玄珪撫養，開元二十三年（735）被冊封為玄宗第十八子壽王李瑁之妃。後

被玄宗看中，開元二十八年（740）先命她度為女道士，住在太真宮，賜名太真。天寶四年（745）正式冊封為貴妃。

③難自棄：意思是即使自己不去爭取也終究會得到君王的物色。

④六宮：周制，天子有六寢，王后有六宮，後世總稱后妃所居之地為六宮。粉黛：原是婦女的化妝品，粉即脂粉，黛是畫眉的顏料，後成為婦女的代稱。無顏色：指相形之下，臉上都顯得暗淡無光了。

⑤賜浴華清池：受玄宗恩賜到華清宮溫泉中沐浴。凝脂：形容白嫩而滑潤的皮膚。《詩經·衛風·碩人》：「手如柔荑，膚如凝脂。」

⑥金步搖：婦女首飾，釵的一種，用金銀絲盤成花之形狀，上面綴著垂珠之類，插於髮髻，走路時搖曳生姿，故云。芙蓉帳：帶有荷花圖案的帳子。

⑦承歡：承蒙皇帝的寵愛。侍宴：陪伴皇帝宴飲。專夜：指楊貴妃得到玄宗的專寵。

⑧金屋：指極其豪華富麗的房屋。《漢武故事》：「武帝為太子時，長公主欲以女配帝，問曰：『兒欲得婦，阿嬌好否？』帝曰：『若得阿嬌，當以金屋貯之。』」嬌：漢武帝陳皇后陳阿嬌。這裏指楊貴妃。玉樓：形容華美的樓臺。

⑨姊妹弟兄皆列土：指楊貴妃一家都分封了土地。楊貴妃的父親楊玄琰追贈太尉齊國公，母親封涼國夫人，堂兄楊銛任鴻臚卿，楊錡任侍御史，大姐嫁崔家封韓國夫人，三姐嫁裴家封虢國夫人，八姐嫁柳家封秦國夫人，堂兄楊釗賜名國忠任右丞相封魏國公。列土：分封官位和土地。可憐：可愛，值得羨慕。

⑩不重生男重生女：陳鴻《長恨歌傳》云，當時民謠有「生女勿悲酸，生男勿喜歡」，「男不封侯女作妃，看女卻為門上楣」等。

⑪驪宮：指驪山華清宮。仙樂：指華清宮的種種音樂聲。

⑫凝絲竹：指絃樂器和管樂器伴奏出舒緩的旋律。看不足：看不厭。

⑬漁陽：郡名，是范陽節度使所轄的八個郡之一，這裏泛指范陽地帶。當時安祿山任平盧、范陽、河東三鎮節度使。鼙鼓：古代騎兵用的小鼓，這裏指戰爭。這句說安祿山從范陽起兵反叛。霓裳羽衣曲：舞曲

名，原是西涼節度使楊敬述所獻西域樂舞《婆羅門》，經過玄宗潤色並製作歌詞成為新曲。樂曲著意表現虛無縹緲的仙境和仙女形象。

⑭ 九重：指皇帝居住的地方，古代皇宮門有九重。城闕：指京城長安。煙塵生：發生戰事。這句指安祿山叛軍已經威脅到京城長安。千乘萬騎西南行：天寶十五年（756）六月，叛軍破潼關，逼近長安，唐玄宗帶著楊貴妃等出延秋門向西南方向逃走。當時隨行護衛並不多，「千乘萬騎」是誇大之詞。

⑮ 翠華：指皇帝車駕的旗幟，因上用翠羽裝飾，故名。都門：都城之門，指長安西邊的延秋門。百餘里：指距離長安百餘里的馬嵬驛。

⑯ 六軍：古代天子有六軍，這裏泛指皇帝的護衛軍隊。不發：指軍隊不肯前進。當玄宗逃到馬嵬坡時，龍武大將軍陳玄禮代表將士意見，向唐玄宗請求誅殺楊貴妃，以平民怨。玄宗為保自身，無可奈何，只得令高力士將楊貴妃縊死。宛轉：形容美人臨死前哀怨纏綿的樣子。蛾眉：古代美女代稱，這裏指楊貴妃。

⑰ 花鈿：用金翠珠寶等製成的花形首飾。委地：丟在地上。翠翹：像翠鳥長尾一樣的金釵。金雀：雀形金釵。玉搔頭：玉簪子。

⑱ 雲棧：高入雲間的棧道。縈紆：縈回盤繞。劍閣：大小劍山之間的棧道名，又稱劍門關，在今四川劍閣縣北，是由秦入蜀的要道。此地群山如劍，峭壁中斷處，兩山對峙如門。諸葛亮相蜀時，鑿石架凌空棧道以通行。

⑲ 峨眉山：在今四川蛾眉縣境，成都市西南。玄宗奔蜀途中並未經過峨眉山，這裏泛指蜀中高山。日色薄：形容日光黯淡。

⑳ 行宮：皇帝離京出行在外的臨時住所。夜雨聞鈴腸斷聲：《明皇雜錄·補遺》：「明皇既幸蜀，西南行。初入斜谷，霖雨涉旬，於棧道雨中聞鈴音與山相應。上既悼念貴妃，采其聲為《雨霖鈴曲》以寄恨焉。」這裏暗指此事。後《雨霖鈴》成為宋詞詞牌名。

㉑ 天旋地轉：指時局好轉。回龍馭：皇帝的車駕歸來。唐肅宗至德二年（757）九月，郭子儀收復長安，同年十二月，玄宗由蜀還京。此：指馬嵬坡。

㉒信馬：指無心鞭馬，聽任向前去。

㉓苑：養禽獸種花木的園子。這裏指皇帝狩獵、遊玩的園林。太液：漢建章宮北池名，在今陝西西安市東，池廣十頃。芙蓉：指水芙蓉，荷花。未央：漢宮名，故址在今西安市西北。這裏借指唐長安皇宮。

㉔芙蓉如面柳如眉：這句說，看到太液池中的荷花就像看到了楊貴妃的面容，看到了未央宮前的柳葉就像看到了楊貴妃的眉毛。

㉕西宮：即西內，指太極宮。南內：即興慶宮。玄宗返京後，初居南內。後權宦李輔國假借肅宗名義，脅迫玄宗遷往西內，並流貶玄宗親信高力士、陳玄禮等人。

㉖椒房：后妃所居宮殿，因以花椒和泥抹牆，故稱。阿監：宮中侍從女官。青娥：年輕的宮女。

㉗夕殿：夜晚時分的宮殿。思悄然：愁悶不語的樣子。孤燈挑盡：古時用油燈照明，為使燈火明亮，過一會兒就要把浸在油中的燈草往前挑一點。挑盡：說明夜已深。

㉘遲遲：遲緩。報更鐘鼓聲起止原有定時，這裏用以形容玄宗長夜難眠時的心情。耿耿：微明的樣子。欲曙天：長夜將曉之時，天將亮。

㉙鴛鴦瓦：兩片嵌合成對的瓦。霜華：即霜花。翡翠衾：飾有翡翠羽毛的華美被子。

㉚臨邛：今四川邛崍縣。鴻都：東漢都城洛陽的宮門名，這裏借指長安。這句說蜀地的道士遊歷長安為客。精誠：真誠。致魂魄：指招來楊貴妃的魂魄。

㉛排空馭氣：在空中騰雲駕霧。奔如電：奔馳如電光一樣迅速。

㉜窮：盡，用作動詞，找遍了的意思。碧落：天界。黃泉：指地下。

㉝玲瓏：華美精巧。五雲：五色的雲彩。這句說玲瓏的樓閣聳立在五色的彩雲中間。綽約：體態輕盈柔美。

㉞字太真：名字叫太真。太真是楊玉環為道士時玄宗賜的道名。參差：彷彿，差不多。

㉟金闕：金碧輝煌的神仙宮闕。廡：正房前面兩邊的房屋。玉扃：玉做的門。轉教小玉報雙成：意謂仙府庭院重重，須經輾轉通報。小玉：

吳王夫差女。雙成：姓董，傳說中西王母的侍女。小玉、雙成這裏都
借指楊貴妃的侍女。

㊱九華帳：繡飾華美的帳子。九華：重重花飾的圖案。

㊲攬衣：拿衣服穿。徘徊：來回走，指心情激動。珠箔：珠簾。銀屏：
飾銀的屏風。迤邐：接連的樣子。

㊳睡覺：睡醒。下堂：離開殿堂或堂屋。這裏指下堂迎接「漢家使者」。

㊴寂寞：冷清淒涼的樣子。淚闌干：眼淚縱橫的樣子。梨花一枝春帶
雨：指楊貴妃滿臉淚水好像一枝梨花灑滿了春雨似的。

㊵含情凝睇：流動的眼波中含有無限深情。凝睇：凝視。

㊶昭陽殿：漢成帝寵妃趙飛燕的寢宮。這裏借指楊貴妃住過的宮殿。蓬
萊宮：傳說仙人所居宮室。這裏指楊貴妃在仙山的居所。

㊷舊物：指生前玄宗給她作為結婚紀念的金釵和鈿合。陳鴻《長恨歌
傳》：「定情之夕，授金釵、鈿合以固之。」鈿合：用黃金珠寶嵌成花
紋的盒子，一蓋一底。

㊸釵留一股合一扇：指金釵留下一股，鈿合留下一扇，另一股、一扇則
托使者帶回給玄宗。擘：以手分開。這句是補足上句的意思。

㊹重寄詞：告別時再三請使者帶話給玄宗。

㊺長生殿：在驪山華清宮內，天寶元年（742）十月修建，是祭神的宮，
又名集靈台。

㊻比翼鳥：一種雌雄相並而飛的鳥。連理枝：兩樹不同根而枝幹相連而
生的樹。這兩句是他們「七月七日長生殿，夜半無人私語時」所發的
誓言。

## 【評析】

《長恨歌》是元和元年（806）白居易任盩厔縣尉時所作。白居易的友人
陳鴻配合他作《長恨歌傳》，都是以社會流傳的唐玄宗和楊貴妃的愛情悲劇
為題材，因此以「長恨」命名。詩中借歷史人物和傳說，創造了一個迴旋宛
轉的動人故事，並通過塑造的藝術形象，再現了現實生活的真實，感染了千
百年來的讀者。這篇敘事詩情節曲折離奇，想像力極為豐富，寫實與幻想結

合，抒情與敘事雜糅，語言優美，音韻和諧，明顯受當時近體詩和傳奇的影響，在藝術上有著很高的成就。但其思想內容卻有明顯的局限性。唐玄宗後期生活荒淫，政治黑暗，從而招致禍害天下的安史之亂，遭到人民的譴責。當時的詩人李白、杜甫和晚唐詩人杜牧、李商隱都有詩諷刺，而白居易雖在詩的前面對玄宗荒淫誤國也有所諷刺，但遠遠不能與後面的深厚同情相比。

本詩從內容上看可以分為四大段。開篇至「盡日君王看不足」為第一段，描寫的是唐玄宗和楊貴妃的愛情生活，並講述了這段愛情帶來的荒政誤國。首句「漢皇重色思傾國」是全篇綱領，它揭示了故事的悲劇因素，又喚起和統領著全詩。之後詩歌逐步展開，層層敘述。詩人用極其簡潔的語言，敘述了安史之亂前，唐玄宗如何重色、求色，終於得到了「回眸一笑百媚生，六宮粉黛無顏色」的楊貴妃。接著，詩人細緻描寫了楊貴妃的美貌、嬌媚，進宮後因美色而備受寵倖，不僅自己「新承恩澤」，而且「姊妹弟兄皆列土」。然後，反覆渲染唐玄宗得楊貴妃以後在宮中如何縱欲行樂，如何終日沉湎於歌舞酒色之中，以致「從此君王不早朝」。所有這些，就釀成了安史之亂。這一部分寫出了「長恨」的內因，是悲劇故事的基礎。

「漁陽鼙鼓動地來」至「東望都門信馬歸」是第二段，寫唐玄宗西逃入蜀到出蜀期間發生的故事，結合史實，敘事性極強。這部分中，詩人先描述了安史之亂發生後，皇帝兵馬倉皇逃入西南的情景，特別是在這一動亂中唐玄宗和楊貴妃愛情的毀滅。「六軍不發無奈何」至「回看血淚相和流」寫的是玄宗和貴妃在馬嵬坡生離死別的一幕。「六軍不發」，要求處死楊貴妃，是憤於玄宗迷戀女色，禍國殃民。楊貴妃的死，在整個故事中，是一個關鍵性的情節，在這之後，他們的愛情才成為一場悲劇。詩人通過「花鈿」、「翠翹」、「金雀」、「玉搔頭」的側面描寫，將楊貴妃的慘死寫得含蓄哀婉，而唐玄宗的傷痛欲絕則用「血淚相和流」的正面描寫展現出來，可謂觸目驚心。其後，詩人並未直接描寫楊貴妃死後唐玄宗的相思之苦，而是抓住人物精神世界裏揪心的「恨」，抒發了玄宗在蜀中的孤獨傷心。「天旋地轉回龍馭」到「東望都門信馬歸」寫安史之亂平定後，玄宗返京，他重回馬嵬坡，追憶往昔，只見「空死處」，不見「玉顏」，想到當日佳人慘死，心中悲慟不已，最終「君臣相顧盡沾衣」。「信馬歸」三字將玄宗痛失愛妃後失魂落魄的狀

態表現得淋漓盡致。

　　「歸來池苑皆依舊」至「魂魄不曾來入夢」為第三段，主要描寫的是玄宗回宮之後的所見所思所感，繼續展現玄宗的失落和對楊貴妃的思念深情。其中「悠悠生死別經年，魂魄不曾來入夢」是絕妙之句。唐玄宗所到之處，處處都有楊貴妃的影子，但即使在夢中，他也無法再見她一面。前面那些點點滴滴的傷感匯入這一句中，將哀傷推到極致。

　　「臨邛道士鴻都客」至最後為第四段，寫道士幫助唐玄宗尋找楊貴妃，以及玄宗與貴妃重逢後互訴衷腸之事。詩人採用的是浪漫主義的手法，忽而上天，忽而入地。「上窮碧落下黃泉」體現出唐玄宗苦苦尋找楊貴妃的決心，體現了他的情深。後來，在海上虛無縹緲的仙山上找到了楊貴妃，她以「玉容寂寞淚闌干，梨花一枝春帶雨」的形象在仙境中再現，殷勤迎接漢家的使者，含情脈脈，托物寄詞，重申前誓，照應唐玄宗對她的思念，進一步深化、渲染「長恨」的主題。詩歌的末尾，用「天長地久有時盡，此恨綿綿無絕期」結筆，點明題旨，回應開頭，而且做到「清音有餘」，給讀者以聯想、回味的餘地。

## 琵琶行·並序

白居易

　　元和十年，予左遷九江郡司馬①。明年秋，送客湓浦口②，聞舟中夜彈琵琶者，聽其音，錚錚然有京都聲③。問其人，本長安倡女，嘗學琵琶于穆、曹二善才④，年長色衰，委身為賈人婦⑤。遂命酒，使快彈數曲。曲罷憫然⑥，自敘少小時歡樂事，今漂淪憔悴，轉徙於江湖間⑦。余出官二年⑧，恬然自安，感斯人言，是夕始覺有遷謫意⑨。因為長句⑩，歌以贈之，凡六百一十六言，命曰《琵琶行》。

　　潯陽江頭夜送客，楓葉荻花秋瑟瑟⑪。

主人下馬客在船，舉酒欲飲無管弦。
醉不成歡慘將別，別時茫茫江浸月。
忽聞水上琵琶聲，主人忘歸客不發。
尋聲暗問彈者誰？琵琶聲停欲語遲。
移船相近邀相見，添酒回燈重開宴⑫。
千呼萬喚始出來，猶抱琵琶半遮面。
轉軸撥弦三兩聲，未成曲調先有情⑬。
弦弦掩抑聲聲思，似訴平生不得志⑭。
低眉信手續續彈，說盡心中無限事⑮。
輕攏慢撚抹復挑，初為霓裳後六么⑯。
大弦嘈嘈如急雨，小弦切切如私語⑰。
嘈嘈切切錯雜彈，大珠小珠落玉盤。
間關鶯語花底滑，幽咽泉流冰下難⑱。
冰泉冷澀弦凝絕，凝絕不通聲暫歇⑲。
別有幽愁暗恨生，此時無聲勝有聲。
銀瓶乍破水漿迸，鐵騎突出刀槍鳴⑳。
曲終收撥當心畫，四弦一聲如裂帛㉑。
東船西舫悄無言，惟見江心秋月白。
沉吟放撥插弦中，整頓衣裳起斂容㉒。
自言本是京城女，家在蝦蟆陵下住㉓。
十三學得琵琶成，名屬教坊第一部。
曲罷曾教善才服，妝成每被秋娘妒㉔。
五陵年少爭纏頭，一曲紅綃不知數㉕。
鈿頭銀篦擊節碎，血色羅裙翻酒汙㉖。
今年歡笑復明年，秋月春風等閒度。
弟走從軍阿姨死，暮去朝來顏色故㉗。
門前冷落車馬稀，老大嫁作商人婦㉘。

商人重利輕別離，前月浮梁買茶去㉙。
去來江口守空船，繞船月明江水寒。
夜深忽夢少年事，夢啼紅妝淚闌干㉖。
我聞琵琶已歎息，又聞此語重唧唧㉛。
同是天涯淪落人，相逢何必曾相識。
我從去年辭帝京，謫居臥病潯陽城。
潯陽地僻無音樂，終歲不聞絲竹聲。
住近湓江地低濕，黃蘆苦竹繞宅生㉜。
其間旦暮聞何物？杜鵑啼血猿哀鳴㉝。
春江花朝秋月夜，往往取酒還獨傾㉞。
豈無山歌與村笛？嘔啞嘲哳難為聽㉟。
今夜聞君琵琶語，如聽仙樂耳暫明。
莫辭更坐彈一曲，為君翻作琵琶行㊱。
感我此言良久立，卻坐促弦弦轉急㊲。
淒淒不似向前聲，滿座重聞皆掩泣㊳。
座中泣下誰最多？江州司馬青衫濕㊴。

【註釋】

① 左遷：降職，貶官。九江郡：隋代郡名治所在今江西九江市，唐天寶元年（742）改稱潯陽郡，乾元元年（758）復改江州，所以詩中所說的九江郡、潯陽城、江州都是指九江。司馬：官名，州刺史的副職。

② 湓浦口：湓水源出江西瑞昌縣，東流至九江西，進入長江處的渡口叫湓浦口，又稱湓口。

③ 錚錚：象聲詞，形容金屬相碰的聲音。這裏指琵琶的清脆聲。京都聲：京城長安流行的聲調。

④ 善才：唐人對琵琶師的稱呼。

⑤ 委身：將己身託付於人。為賈人婦：做商人的妻子。

⑥ 憫然：悲傷愁苦的樣子。

⑦ 轉徙於江湖：輾轉遷移到四方各地。指從京城長安流落到外地，江湖是對長安而言。

⑧ 出官：指從京官貶為地方官。

⑨ 是夕：此夜。有遷謫意：有被降職外調的不痛快的感覺。

⑩ 因：因此。為長句：指創作七言詩。

⑪ 潯陽江：長江流經九江市北面的一段。荻花：多年生草本植物，生水邊，與蘆葦相似。瑟瑟：形容楓樹、蘆荻被秋風吹動的聲音。

⑫ 添酒：添加酒菜。回燈：重新撥亮燈光。

⑬ 轉軸撥弦：指彈奏前調弦校音的準備動作。軸：琵琶上段有四軸用來繫弦，轉軸可定弦的鬆緊。三兩聲：指試彈幾聲，檢查各弦音階的準確程度。未成曲調先有情：這句說在不成曲調的「撥弦三兩聲」中便預先傳達出琵琶女的思想感情。

⑭ 掩抑：彈奏時用掩按抑過的手法。聲聲思：每一聲都含有哀思情意。

⑮ 信手：隨手。指彈時似不經意，說明手法熟練。續續彈：連續不斷。

⑯ 攏、撚、抹、挑：都是彈琵琶的指法。霓裳：即《霓裳羽衣曲》。六么：當時京城流行的曲調名，又叫《樂世》《綠腰》《錄要》。

⑰ 大弦：是琵琶上最粗的一根弦。嘈嘈：形容聲音沉重舒長，雄壯喧響。切切：形容樂聲細促急切。私語：避人低聲說知心話。

⑱ 間關：鳥聲。滑：形容鶯聲的宛轉流利。幽咽：形容低微的哭聲。這裏形容過塞不暢的流泉聲。冰：或作「水」。難：與上句的「滑」對舉，意義相反，形容泉聲的艱澀。或作「灘」，與詩意不合。

⑲ 冰泉冷澀：形容樂聲像冰下泉水聲那樣滯澀。弦凝絕：弦好像凍斷了似的。

⑳ 銀瓶：汲水器。乍：突然。迸：噴射。鐵騎：精強的騎兵。

㉑ 撥：撥片，彈琵琶時用來撥弦的工具。當心畫：用撥片在琵琶的中部劃過四弦，就是「收撥」。如裂帛：像撕裂絲織品一樣的聲響。

㉒ 沉吟：欲語而又遲疑的樣子。斂容：對聽眾顯出嚴肅而恭敬的樣子。

㉓ 蝦蟆陵：原名「下馬陵」，在長安東南曲江附近，是當時京城酒樓和舞榭所在地。

㉔教：使，令。服：讚賞，佩服。秋娘：唐時著名歌妓的統稱，如謝秋娘、杜秋娘等。

㉕五陵年少：指長安的富貴子弟。爭：爭著給。纏頭：唐時歌舞伎演奏完畢，賓客贈給的綾帛或財物。紅綃：一種精細輕薄的紅色絲織品。

㉖鈿頭銀篦：兩頭鑲著金花和珠寶的髮篦。擊節：打拍子。血色羅裙翻酒汙：這句說，因在長安常陪客人喝酒，所以血色羅裙曾被打翻了的酒濺染髒了。

㉗走：往。阿姨：姨母。顏色：容顏。故：衰老。

㉘車馬稀：指找她彈奏的貴客少了。或作「鞍馬稀」。老大：上了年紀。

㉙浮梁：唐縣名，屬今江西景德鎮市。

㉚妝淚紅闌干：妝飾的脂粉和淚水混在一起，因此臉上顯出了縱橫的紅色淚痕。

㉛重唧唧：更加歎息。

㉜湓江：即湓水。黃蘆：即蘆葦。苦竹：高五六丈，筍初夏出土，通常不開花。

㉝其間：其中，指詩人的住宅一帶。旦暮：早晚。杜鵑：鳥名，形似鷹，相傳古代蜀帝杜宇的魂魄所化，其鳴聲淒厲，能動旅客思歸之情，故又稱催歸、思歸。又傳說他叫的時候嘴上會流出血來。

㉞花朝：春季花開的早晨。秋月夜：即「秋江月夜」。獨傾：一個人倒酒喝，自斟自飲，形容孤獨。

㉟豈無：哪裡會沒有。嘔啞嘲哳：指聲音亂而繁碎。難為聽：難以聽下去。這裏貶低「山歌與村笛」是為了襯托琵琶女技藝的高妙。

㊱翻：依照曲調，寫成歌詞。

㊲卻：再。促弦：把弦擰得更緊。

㊳淒淒：寒涼之意。向前：剛才。

㊴江州司馬：詩人自稱。青衫：唐時八品、九品文官的服色。

【評析】

　　元和十年（815），平盧節度使李師道派人刺殺主持平定藩鎮叛亂的宰相

武元衡，白居易當時任左贊善大夫，雖不是諫官，卻首先上疏直言敢諫，請求急捕兇手以雪國恥，但馬上遭到權貴的讒害，說他不是諫官而越職奏事。又造謠中傷，說他浮華無行，結果被貶為江州司馬。這首詩作於白居易貶謫江州第二年秋天，詩中以琵琶女淪落江湖的遭遇為題材，通過對她身世的生動描寫，抒發了白居易自己在政治上不得意的悲憤心情。他們二人的不幸在當時並不是個別現象，而是封建社會成千上萬有才能的文人和藝人的共同命運。所以，儘管詩的情調比較低沉，但詩中所刻畫的琵琶女的形象和揭示詩人的遭遇卻具有深刻的社會意義。

詩的小序交代時間、地點、人物和故事，概述了琵琶女的悲涼身世，說明寫作本詩的動機，並為全詩定下了淒切的感情基調。

全詩篇幅較長，可分為四段。開篇到「猶抱琵琶半遮面」共十四句為第一段，寫琵琶女的出場。首句「潯陽江頭夜送客」，只七個字，就把人物、地點、事件和時間一一作了概括的介紹，再用「楓葉荻花秋瑟瑟」一句作環境的渲染，而秋夜送客的蕭瑟落寞之感，已曲曲傳出。「無管弦」三字，既與後面的「終歲不聞絲竹聲」相呼應，又為琵琶女的出場和彈奏作鋪墊。因「無管弦」而「醉不成歡慘將別」，鋪墊已十分有力，再用「別時茫茫江浸月」作進一層的環境烘染，使得「忽聞水上琵琶聲」具有濃烈的空谷足音感，無怪乎「主人忘歸客不發」，要「尋聲暗問彈者誰」和「移船相近邀相見」了。

從「夜送客」之時的「秋瑟瑟」「無管弦」「慘將別」一轉而為「忽聞」「尋聲」「暗問」「移船」，直到「邀相見」，這對於琵琶女的出場來說，已可以說是「千呼萬喚」了。但「邀相見」還不那麼容易，又要經歷一個「千呼萬喚」的過程，她才肯出來。這並不是她在意身份。她「千呼萬喚始出來」，是由於有一肚子「天涯淪落之恨」，不便明說，也不願見人。詩人正是抓住這一點，用「琵琶聲停欲語遲」「猶抱琵琶半遮面」的肖像描寫來表現她的難言之痛的。

「轉軸撥弦三兩聲」到「唯見江心秋月白」共二十二句為第二段，寫琵琶女的高超技藝。先用「轉軸撥弦三兩聲」一句寫校弦試音，接著就讚歎「未成曲調先有情」，突出了一個「情」字。「弦弦掩抑聲聲思」以下六句，總寫「初為《霓裳》後《六么》」的彈奏過程，其中既用「低眉信手續續彈」

「輕攏慢撚抹複挑」描寫彈奏的神態，更用「似訴平生不得志」「說盡心中無限事」概括了琵琶女借樂曲所抒發的思想感情。此後十四句，在借助語言的音韻摹寫音樂的時候，兼用各種生動的比喻以加強其形象性。寫琵琶樂曲由快速到緩慢、到細弱、到無聲，到突然而起疾風暴雨，再到最後一划，戛然而止，詩人在這裏用了一系列的生動比喻，使比較抽象的音樂形象一下子變成了視覺形象，視聽交錯，形象生動。「東船西舫悄無言，唯見江心秋月白」二句是寫琵琶女的演奏效果，表明聽者都已入迷，將環境描寫作側面烘托，給讀者留下了回味的廣闊空間，為下面訴說身世作了音樂性的渲染。

「沉吟放撥插弦中」到「夢啼妝淚紅闌干」共二十四句為第三段，寫琵琶女自述身世。在開講身世之前，詩人用兩個描寫肖像的句子向「自言」過渡：「沉吟」的神態，顯然與詢問有關，這反映了她欲說還休的內心矛盾；「放撥」「插弦中」「整頓衣裳」「起」「斂容」等一系列動作和表情，則表現了她克服矛盾、要一吐為快的心理活動。「自言」以下，用如怨如慕、如泣如訴的抒情筆調，為琵琶女的半生遭遇譜寫了一曲扣人心弦的悲歌，與「說盡心中無限事」的樂曲互相補充，完成了女主人公的形象塑造。通過這個形象，深刻地反映了封建社會中被侮辱、被傷害的樂伎們和藝人們的悲慘命運。

「我聞琵琶已歎息」到詩尾共二十六句為第四段，寫詩人感慨自己遭遇，抒發與琵琶女同病相憐之情。「我從去年辭帝京」到「嘔啞嘲哳難為聽」這十二句是詩人述說自己被貶之後的遭遇，詳述所居環境的惡劣，表達心中淒苦之情。

「今夜聞君琵琶語」到「江州司馬青衫濕」這十句是詩人對琵琶女的彈奏表達了衷心的稱讚和感謝，並提出再彈一曲的請求。此時琵琶女的心情由於剛才的自白而變得激動難平，故而所奏曲調淒淒切切，節奏明顯比剛才快，這表現了她心中波動巨大，也見其憤世之心。滿座的人都被琵琶聲所感染，致「滿座重聞皆掩泣」。在此清冷秋夜的江邊，一曲過後，只聞眾人飲泣之聲，此景此境可謂淒美動人。琵琶女的身世及心理變化都與詩人無比契合，詩人自被貶以來一直情緒低落，無處傾訴，不想有此一遇，心中鬱結一瀉而出，故而最為感動，哭得最傷心。

本詩在藝術上的成功運用了優美鮮明的、有音樂感的語言，用視覺的形象來表現聽覺所得來的感受。蕭瑟秋風的景色和離情別緒，使作品更加感人。它以嚴謹的結構，流暢自然的行文，成為唐代長篇敘事詩中相當傑出的名篇佳作。

# 韓　碑

李商隱

元和天子神武姿，彼何人哉軒與羲①。
誓將上雪列聖恥，坐法宮中朝四夷②。
淮西有賊五十載，封狼生貙貙生羆③。
不據山河據平地，長戈利矛日可麾④。
帝得聖相相曰度，賊斫不死神扶持⑤。
腰懸相印作都統，陰風慘澹天王旗⑥。
愬武古通作牙爪，儀曹外郎載筆隨⑦。
行軍司馬智且勇，十四萬眾猶虎貔⑧。
入蔡縛賊獻太廟，功無與讓恩不訾⑨。
帝曰汝度功第一，汝從事愈宜為辭⑩。
愈拜稽首蹈且舞，金石刻畫臣能為⑪。
古者世稱大手筆，此事不繫於職司⑫。
當仁自古有不讓，言訖屢頷天子頤⑬。
公退齋戒坐小閣，濡染大筆何淋漓⑭！
點竄堯典舜典字，塗改清廟生民詩⑮。
文成破體書在紙，清晨再拜鋪丹墀⑯。
表曰臣愈昧死上，詠神聖功書之碑⑰。
碑高三丈字如斗，負以靈鼇蟠以螭⑱。
句奇語重喻者少，讒之天子言其私⑲。

長繩百尺拽碑倒，粗砂大石相磨治⑳。
公之斯文若元氣，先時已入人肝脾㉑。
湯盤孔鼎有述作，今無其器存其詞㉒。
嗚呼聖皇及聖相，相與烜赫流淳熙㉓。
公之斯文不示後，曷與三五相攀追㉔？
願書萬本誦萬遍，口角流沫右手胝㉕。
傳之七十有二代，以為封禪玉檢明堂基㉖。

## 【作者簡介】

　　李商隱（813—858），字義山，號玉溪生，河南滎陽（今河南鄭州滎陽），原籍懷州河內（今河南焦作沁陽）人。早年因文才深得牛黨要員天平軍節度使令狐楚的賞識，引為幕府巡官。又因令狐楚之子令狐綯之力，於開成二年（837）中進士。後受聘於涇源節度使王茂元幕，辟為書記。王愛其才，招為婿。當時牛李黨爭劇烈，王茂元屬李黨，李商隱夾在中間，處境困難，兩邊都被排斥，因而政治上鬱鬱而不得志。李商隱在黨爭的夾縫中生存，輾轉於各藩鎮之間當幕僚，潦倒終生，46歲便憂鬱而死。

　　李商隱與杜牧齊名，同為晚唐的重要詩人，合稱「小李杜」。他雖遭際坎坷，但始終關心政局，反對宦官擅權，藩鎮割據。他的詩揭露了當時的政治黑暗和社會動亂，用多種方式抒寫了傷時誤國之情以及個人懷才不遇之感，其中詠史詩多是借古諷今抨擊朝政之作。愛情詩大多寫得纏綿悱惻，哀豔動人。他的詩極富藝術特色，許多篇什構思新穎，想像奇妙，形象鮮明，語言優美。而其七絕七律更是膾炙人口，抒情宛轉，造意含蓄，韻調和諧，對仗工巧。但由於他終生潦倒，詩中往往流露感傷情緒。有些詩也由於用典冷僻，措辭過美，以致詩義隱晦難以索解，至有「詩家總愛西昆好，獨恨無人作鄭箋」之說。有《李義山集》。

## 【註釋】

① 元和天子：指唐憲宗李純。元和是憲宗的年號（806—820）。姿：同「資」，資質，素質。彼何人哉軒與義：這句句式比較特殊，實為兩句：上四字「彼何人哉？」是問，下三字「軒與義」是答。軒：軒轅氏，即黃帝。義：伏羲氏。他們都是傳說中的上古聖王。

② 雪：洗雪。列聖恥：指玄宗、肅宗、代宗、德宗、順宗各朝在安史之亂以來的種種動亂中所蒙受的恥辱。法宮：皇帝治事宮室的正殿。四夷：這裏泛指全國的節度、州郡。

③ 淮西有賊五十載：指淮西叛亂割據達五十年之久。據史籍記載，淮西鎮從代宗大曆末（779）節度使李忠臣被李希烈所逐開始叛亂反對中央，經過陳仙奇、吳少誠、吳少陽、吳元濟等節度使相繼割據，到憲宗元和十二年（817）平定淮西，共三十九年。據此，「淮西有賊」實是「三九載」，這裏說「五十載」當是舉其成數。封狼：大狼。貙、羆：皆是兇殘的猛獸，這裏借指淮西叛賊。

④ 不據山河據平地：這句說李希烈他們割據淮西，對抗朝廷，並不是憑山河之險要（淮西是平原），而是自恃兵力強盛。日：天天。麾：同「揮」。

⑤ 相曰度：「聖相曰度」的省略，即裴度。賊斫不死：裴度和前任宰相武元衡都極力主張平定藩鎮，對淮西用兵，成德鎮王承宗和淄清鎮李師道於元和十年（815）六月派人行刺，武元衡被害，裴度受重傷。神扶持：得到神靈的保護。當時憲宗憤怒地說：「度得全，天地。」

⑥ 都統：天寶末，置天下兵馬元帥都統，監總管諸道兵馬。元和十二年七月，宰相裴度請親赴淮西督戰。詔拜門下侍郎平章事（宰相）又兼彰義軍節度使、淮西宣慰招討處置使。裴度因韓弘已領「都統」，於是辭去招討之名，但行使都統職權之實。陰風：寒風。天王旗：皇帝的旗幟。裴度從長安出發時，憲宗命神策軍三百騎衛從，並親自到通化門送行，故云。

⑦ 愬（音素）：即李愬，元和十一年為唐鄧隨節度使，討伐吳元濟。武：即韓公武，是淮西都統韓弘之子。古：即李道古，為鄂岳蘄安黃團練

使。通：即李文通，為壽州團練使。牙爪：喻帳下得力戰將。儀曹外郎：即禮部員外郎。平淮西時，禮部員外郎李宗閔兼御史，任軍中書記，跟隨裴度出征。

⑧ 行軍司馬：指韓愈。平淮西時，裴度奏右庶子韓愈兼御史中丞，充彰義軍司馬。貔：貔貅猛獸。

⑨ 入蔡縛賊：元和十二年十月十五日，李愬雪夜行軍襲擊蔡州，十七日，活捉吳元濟，用檻車解送京城長安。十一月，憲宗登興安門受俘，將吳元濟處死。功無與讓：指裴度在平定淮西之役中所建立的功勳無人可與他相比。恩不訾：指裴度因此受到皇帝極其深重的恩遇。不訾（音姿）：無限量。

⑩ 從事：官名，漢刺史的佐吏，如別駕、治中等。這裏指韓愈。宜為辭：應該撰寫為裴度記功的文章。

⑪ 蹈且舞：手舞足蹈非常高興激動。金石刻畫：為鐘鼎石碑撰寫銘文。

⑫ 大手筆：大著作，這裏指為裴度撰寫記功文字是有關朝廷大事的大著作。此事不繫於職司：這句說，為裴度撰寫記功文字這樣的大事本不在我的職責範圍。在唐代，這種文字都由翰林學士撰寫，所以韓愈這樣是謙虛之說。

⑬ 當仁不讓：遇到應該做的事，積極主動去做。《論語·衛靈公》：「當仁不讓於師。」言訖屢頷天子頤：韓愈的話一說完，憲宗便連連點頭。

⑭ 齋戒：舊時祭祀前，穿整潔衣服，戒絕嗜欲，以表虔誠。這裏形容韓愈對撰寫《平淮西碑》態度的莊嚴和恭敬。濡染：指以筆蘸墨。淋漓：飽滿的樣子。

⑮ 點竄：指修整字句。點是減去，竄是改換。堯典、舜典：皆是《尚書》篇名。這句說，韓愈《平淮西碑》的序文，其筆法可追攀《尚書》中的《堯典》和《舜典》。塗改：與「點竄」義近。清廟、生民：皆是《詩經》篇名。這句說，韓愈《平淮西碑》序文後面綴的銘詞，其筆法可追攀《詩經》中的《清廟》和《生民》。

⑯ 破體：行書的變體。唐張懷瓘《書斷》：「王獻之變右軍（王羲之）行書，號曰破體書。」丹墀：指宮殿的紅漆臺階。

⑰ 昧死：冒著死罪。上書用的謙語。詠神聖功：歌頌憲宗和裴度的神聖功勳。

⑱ 靈鼇：這裏指載負石碑的鼇形基石。螭：無角龍。指碑上所刻的螭形花紋。

⑲ 喻：領悟，瞭解。讒之天子：指李愬妻到皇帝面前說韓愈的壞話。

⑳ 拽：用力拉。磨治：指磨去碑上的刻文。

㉑ 斯文：此文。指《平淮西碑》。元氣：天地間的正氣。

㉒ 湯盤：指商湯沐浴的盤（浴盆）上刻有銘文。孔鼎：指孔正考父鼎上的刻文。有述作：有銘文。

㉓ 嗚呼：這裏是讚美之詞。相與：相互。炬赫：聲威昭著。流：流傳。淳：淳正。熙：光明。

㉔ 曷與三五相攀追：怎能知道憲宗的功業能與三皇五帝並駕齊驅呢？

㉕ 書萬本：抄寫一萬份。口角流沫右手胝：這句說，為了抄寫誦讀韓碑，哪怕手磨出厚繭，口角流沫。胝：手腳上的繭。

㉖ 七十有二代：這句說，韓碑可傳千秋萬代。《史記·封禪書》：「管子曰：古者封泰山，禪梁父者，七十二家。」封禪：古代帝王為宣揚其功而祭天祭地的一種典禮。玉檢：封存封禪文書的器具。明堂：古時帝王宣明政教，召見諸侯，舉行祭祀和選拔人才的地方。

## 【評析】

唐憲宗時，宰相裴度力主削平藩鎮，首先進軍淮西。元和十二年（817），他親赴淮西前線指揮，韓愈為行軍司馬。淮西平定，韓愈隨裴度還京，以功授刑部侍郎，憲宗命他撰《平淮西碑》。韓愈認為淮西之所以平定，首先是裴度執行憲宗之意，所以碑文突出敘述了裴度的決策統帥之功勞。但是韓愈也未特別鋪張裴度的偉績，更沒有抹煞名將李愬等的豐功。可是，李愬卻認為在淮西之役中，他雪夜入蔡州，生擒吳元濟應居首功，對碑文突出裴度感到非常不滿。李愬的妻子是唐安平公主的女兒，出入宮禁，說碑文內容不真實。於是憲宗命人倒碑，磨去韓文，命翰林學士段文昌重新撰文刻碑。

李愬在淮西之役中建立了卓著的功勳，但這對淮西之役全過程來說，其功勳是局部的，而且是在裴度統一部署指揮下和「武、古、通」的協同作戰所取得的。韓愈在碑文中突出裴度是識大體、有遠見，是合情合理的。韓愈的《平淮西碑》反對藩鎮割據，維護中央集權，旗幟鮮明，觀點明確，在歷史上的進步意義是不容否定的。李商隱是完全贊同韓愈的觀點的，原因在於他和韓愈的政治主張一致，詩中強烈地表達了對韓碑被磨去的憤慨，更熱情地歌頌了這篇碑文。

全詩可分為五段。開篇至「長戈利矛日可麾」為第一段，敘述淮西割據勢力猖獗和憲宗平定藩鎮的決心；「帝得聖相相曰度」至「功無與讓恩不訾」為第二段，敘述裴度指揮平定淮西之功；「帝曰汝度功第一」至「言訖屢頷天子頤」為第三段，敘述韓愈受命撰《平淮西碑》；「公退齋戒坐小閣」至「相與烜赫流淳熙」為第四段，敘述撰文、立碑和倒碑的經過；「公之斯文不示後」至詩尾為第五段，是對《平淮西碑》的不朽價值的讚歎。

全詩意在記敘韓愈撰寫《平淮西碑》碑文的始末，竭力推崇韓碑的典雅及其價值，情意深厚，筆力矯健。這首詩還表現了詩人堅決維護國家統一，反對國家分裂的進步立場，以及「治亂繫於賢相」的政治觀點。詩人就韓碑抒發己見，也是藉以讚頌當時平定河北叛亂的唐武宗和李德裕。

## 燕歌行①·並序

高適

開元二十六年，客有從御史大夫張公出塞而還者②，作《燕歌行》以示適。感征戍之事，因而和焉。

漢家煙塵在東北，漢將辭家破殘賊③。
男兒本自重橫行，天子非常賜顏色④。
摐金伐鼓下榆關，旌旆逶迤碣石間⑤。
校尉羽書飛瀚海，單于獵火照狼山⑥。
山川蕭條極邊土，胡騎憑陵雜風雨⑦。
戰士軍前半死生，美人帳下猶歌舞⑧。
大漠窮秋塞草腓，孤城落日鬥兵稀⑨。
身當恩遇恒輕敵，力盡關山未解圍⑩。
鐵衣遠戍辛勤久，玉箸應啼別離後⑪。
少婦城南欲斷腸，征人薊北空回首⑫。
邊庭飄颻哪可度，絕域蒼茫更何有⑬？
殺氣三時作陣雲，寒聲一夜傳刁斗⑭。
相看白刃血紛紛，死節從來豈顧勳⑮。
君不見沙場征戰苦，至今猶憶李將軍⑯。

【作者簡介】

高適（約700—765），字達夫、仲武，滄州（今河北景縣）人。幼時貧困，二十歲後西游長安功名未就而返。開元二十年（732）去薊北，體驗了邊塞生活。後漫遊梁、宋等地。天寶八年（749），經睢陽太守張

九皋推薦，舉有道科，授封丘尉。不久，因不忍「鞭撻黎庶」和不甘「拜迎官長」而辭官，在河西節度使哥舒翰幕府中任掌書記。安史之亂後，歷任顯官，曾任淮南節度使、彭州刺史、蜀州刺史、劍南節度使等職，官至渤海縣侯，終左散騎常侍，世稱「高常侍」。《舊唐書》指出：「有唐以來，詩人之達者唯適而已。」永泰元年（765）卒，贈吏部尚書，諡號「忠」。

　　高適早年生活潦倒，有機會接觸下層人民，深知民間疾苦。參加戎幕後，對邊塞生活又深有體會，所以他有一部分詩現實性較強。他的詩歌成就是多方面的，但其中最富藝術魅力的還是邊塞詩。盛唐詩人大多對邊塞樂於吟詠，唯獨高適和岑參最富盛名，「雄渾悲壯」是他的邊塞詩的突出特點。高適的古風多吸取近體詩的韻律，雖對仗排比而仍不失古詩奔放自然的特色。有《高常侍集》。

## 【註釋】

① 燕歌行：樂府《相和歌辭·平調曲》舊題，前人曹丕、蕭繹、庾信所作，多為思婦懷念征夫之意。

② 御史大夫張公：即幽州長史張守珪。

③ 漢家：這裏借指唐朝。煙塵在東北：指開元十八年（730）五月，契丹可突于殺其王李紹固，脅迫奚叛唐降突厥。此後，唐和契丹、奚的戰爭連年不絕。漢將：指唐將。破殘敵：開元二十二年（734）六月張守珪大破契丹，斬其王屈剌及可突於，但餘黨尚未平定，不久又叛唐，所以稱「殘敵」。

④ 本自：本來。橫行：馳騁奮戰，無所阻擋。非常賜顏色：指破格賜予榮耀。

⑤ 摐：擊。金：指鉦，似鈴，行軍時用來節止步伐。伐：敲打。下：出。榆關：即山海關，在今河北省秦皇島東北。逶迤：連綿不斷的樣子。碣石：山名，在今河北省昌黎縣北，漢時還在陸上，六朝時沉入渤海中，這裏借指東北沿海一帶。

⑥ 校尉：武官名，僅次於將軍。羽書：插有鳥羽的緊急軍用文書。瀚

海：大沙漠。這裏指內蒙古東北，西拉木倫河上游一帶的沙漠，當時
為奚族所占。單于：指敵軍首領。獵火：狩獵所舉之火。古代遊牧民
族作戰前，往往舉行大規模的校獵，相當於現代的軍事演習。狼山：
即狼居胥山，在今內蒙古克什克騰旗西北一帶。

⑦ 極：窮盡。憑陵：侵犯，逼壓。雜風雨：形容敵人的騎兵來勢兇猛，
如狂風急雨。

⑧ 半死生：死者和生者各一半，說明傷亡之大。

⑨ 窮秋：深秋。腓：病，這裏指枯萎變黃。或作「衰」。

⑩ 當：受。恒：或作「常」。關山：指邊塞作戰之地。

⑪ 鐵衣：即鐵甲，這裏代指將士。玉箸：玉製的筷子，比喻思婦的淚水
如注。

⑫ 城南：長安住宅區在城南。薊北：唐薊州治所在漁陽，這裏泛指東北
戰場。

⑬ 飄颻：動盪不安的意思。度：猜度，一說度過。絕域：極遠的邊地。
蒼茫：迷茫不清的樣子。更何有：指沒有任何東西，即荒涼不毛。

⑭ 三時：早、午、晚，指時間長久。陣雲：形容殺氣如雲成陣。刁斗：
軍用銅器，容積一斗，白天用來煮飯，晚上敲它報更。

⑮ 死節：指為國捐軀的氣節。豈顧勳：哪裏是為了個人的功勳。

⑯ 君不見：君是對人的尊稱，在這裏不確指哪個人。樂府詩中常有「君
不見」、「君不聞」之類的措辭。李將軍：指漢代名將李廣，武帝時為
右北平太守，防禦匈奴。他能征善戰，作戰時身先士卒，又體恤部
下，深受軍士的愛戴。

## 【評析】

　　自開元十八年（730）至二十年，契丹多次侵犯唐邊境，唐幽州節度使
趙含章是個貪婪無能之輩，不能抵禦。二十年春，信安王李偉率軍勝契丹。
二十一年春，唐五將兵敗，六千餘唐軍戰死。同年十二月，張守珪為幽州節
度使，勝契丹，次年受封賞。張守珪是當時鎮守東北的名將，早期軍功卓
著，但後來居功驕傲，輕易用兵，不惜士卒，並喜歡飲酒作樂。開元二十六

年，其部將敗於契丹，而他卻隱瞞敗績，虛報戰功。高適曾送兵到薊北，親眼目睹過前方軍紀敗壞。友人自張守珪軍中歸來，作《燕歌行》，對軍中事定有諷刺，高適觀之，感而作此以和。詩的主題主要是對邊將在衛國戰爭中驕縱輕敵致使廣大愛國戰士遭到慘重犧牲的揭露。

詩開頭寫出廣大戰士慷慨出征，殺敵衛國的決心和豪氣。接下去又描繪了邊塞警報十分緊急，胡騎向我軍發動了猖狂進攻。面對這種情況，廣大戰士毫不畏懼，個個視死如歸，希望儘快消滅敵人。然後，黑暗的現實和他們的願望卻相反，正在「戰士軍前半死生」的緊要關頭，邊將們卻仍然過著「美人帳下猶歌舞」的奢靡生活。這就深刻揭示了廣大的愛國戰士與昏庸腐朽的邊將之間的深刻矛盾，也反映了最高統治者任用邊將不得其人。詩人對廣大戰士奮不顧身、英勇殺敵的英雄氣概和崇高風格進行了熱情的歌頌，對邊將的驕縱輕敵、不恤戰士給予了尖銳的諷刺。同時，詩人也表達了對戰士們在艱苦戰爭中的思鄉之情的同情。

本詩的思想內容很豐富，也很深刻。出色地描繪了錯綜複雜的矛盾和戰士們在不同情況下內心感情的種種變化。它採用了鮮明的對比和大量的對偶，有批評，有怨憤，有諷刺，有歌頌，有同情。涉及受戰爭牽連的各方面人物：天子、將軍、士兵、思婦、敵人。表達了詩人對這場戰爭的複雜情感和深刻思考，足以代表盛唐士人對戰爭的普遍態度。詩人在用典和遣詞各方面都處處緊扣詩題「燕」字，如「東北」、「榆關」、「碣石」、「瀚海」、「狼山」、「大漠」、「薊北」、「李將軍」等都同「燕」的環境和歷史有著非常密切的關係。而末尾以廣大戰士們懷念「李將軍」結束，既緊扣「燕」字，又點明並深化了主題，讀來尤其精警動人。

# 古從軍行[①]

李頎

白日登山望烽火，黃昏飲馬傍交河[②]。
行人刁鬥風沙暗，公主琵琶幽怨多[③]。

野雲萬里無城郭，雨雪紛紛連大漠④。
胡雁哀鳴夜夜飛，胡兒眼淚雙雙落⑤。
聞道玉門猶被遮，應將性命逐輕車⑥。
年年戰骨埋荒外，空見蒲桃入漢家⑦。

## 【註釋】

① 從軍行：屬樂府《相和歌·平調曲》，內容多寫軍旅辛苦愁怨之情。

② 交河：在今新疆吐魯番境內，這裏泛指所有邊疆河流。

③ 行人：指出征的戰士。風沙暗：指風沙漫天，使天色黯淡。公主琵琶：漢武帝時，烏孫國王琨莫向漢求婚，武帝以江都王劉健的女兒細君為公主嫁給他，稱烏孫公主。為解其思鄉之情，叫人沿途彈琵琶以為娛樂。

④ 野雲：或作「野營」。

⑤ 胡兒：指西北民族的人民。

⑥ 聞道玉門猶被遮：據《史記·大宛列傳》載：漢武帝命李廣利攻大宛，目的是要他到貳師城取良馬，號他為貳師將軍。作戰經年，死傷過多，李廣利上書請求罷兵。武帝大怒，派人擋住玉門關，下令說：「軍有敢入者輒斬之。」逐：追隨。輕車：原指漢武帝時的輕車將軍李蔡，這裏泛指將軍。

⑦ 年年：指作戰時間之久。蒲桃：即葡萄，為西域特產。

## 【評析】

　　這首詩以漢喻唐，借寫漢武帝無謂的征戰來諷刺唐玄宗的窮兵黷武。「從軍行」是古樂府題名。全詩記錄了從軍之苦，表達了對邊疆將士的深切同情，以蒲桃之小和犧牲之大做對比，表達了強烈的反戰思想。

　　開篇兩句先寫將士們日常生活的緊張。白天要爬到山頂察看有無舉烽火的邊警，黃昏又要帶戰馬到交河邊飲水。第三、四句描寫的是夜晚景致：風沙彌漫，一片漆黑，只聽得見軍營中巡夜的打更聲和那如泣如訴的幽怨的琵琶聲。景象非常肅穆而淒涼。「公主琵琶」指漢細君公主遠嫁烏孫之事。此

處引用，既合邊疆之事，又暗指邊疆戰士心中的愁苦不亞於身入胡地的漢家公主。

第五至第八句，詩人著意渲染了邊陲艱苦的環境。軍隊駐紮在荒野之處，無城郭可依。雨雪之夜，大雁空鳴，盡顯荒涼之景。詩人由「漢兵」轉而寫「胡兒」，可謂別具匠心。胡雁胡兒都是土生土長的，尚且哀啼落淚，更不必說遠戍到此的「行人」了，這足見自然環境之惡劣。兩個「胡」字，有意重複，「夜夜」、「雙雙」又有意用疊字，有著烘雲托月的藝術力量。

面對這樣的環境，沒有人不想班師復員，可現實卻讓人絕望。「聞道玉門猶被遮」一句徹底熄滅了將士們返回家鄉的念頭。這裏引用的是漢武帝派人遮斷玉門關，不讓漢軍回朝的典故，暗諷當朝皇帝一意孤行，窮兵黷武。在這種情況下，罷兵不能，將士們只有不斷拼命作戰，以求一勝。「應將性命逐輕車」一句份量極重，飽含著無奈乃至憤慨。拼命死戰的結果無外乎「戰骨埋荒外」，贏得的卻只是區區蒲桃而已，實在是得不償失。詩人用「年年」兩字，指出了這種情況的經常性。全詩句句含蓄，步步緊逼，由軍中平時生活，到戰時緊急情況，最後說到死，為的就是逼出最後一句的答案：「空見蒲桃入漢家。」以此結尾，畫龍點睛，大有舉重若輕之感，且著落主題，顯出諷刺筆力。

## 洛陽女兒行[①]

王維

洛陽女兒對門居，才可顏容十五餘。
良人玉勒乘驄馬，侍女金盤鱠鯉魚[②]。
畫閣朱樓盡相望，紅桃綠柳垂簷向[③]。
羅帷送上七香車，寶扇迎歸九華帳[④]。
狂夫富貴在青春，意氣驕奢劇季倫[⑤]。
自憐碧玉親教舞，不惜珊瑚持與人[⑥]。
春窗曙滅九微火，九微片片飛花瑣[⑦]。

戲罷曾無理曲時，妝成只是熏香坐⑧。
城中相識盡繁華，日夜經過趙李家⑨。
誰憐越女顏如玉，貧賤江頭自浣紗⑩！

## 【註釋】

① 洛陽女兒行：屬樂府《新樂府辭》，取梁武帝蕭衍《河中之水歌》中
「洛陽女兒名莫愁」的前四字為題。洛陽女兒：概指當時的貴族女子。

② 玉勒：寶玉裝飾的馬絡。驄馬：青白色的良馬。膾：細切的魚肉。這
裏名詞作動詞。辛延年《羽林郎歌》：「就我求珍肴，金盤膾鯉魚。」

③ 盡相望：滿眼都是。垂簷向：向著屋簷下垂著。

④ 羅帷：絲織的帳幕。這裏指用來護圍七香車的。七香車：芳香華貴的
車子。七香：用多種香料製成的香。寶扇：古時貴族女子出嫁時遮面
用的。

⑤ 狂夫：古時婦女自稱其丈夫的謙辭。劇：甚於。季倫：晉代石崇，字
季倫，家甚富豪，以驕奢聞名。

⑥ 碧玉：南朝宋汝南王的侍妾，這裏指「洛陽女」。不惜珊瑚持與人：
石崇曾與貴戚王愷鬥富。王愷拿出一株兩尺高的珊瑚樹和石崇比，石
崇用鐵如意將它敲碎，王愷非常生氣。石崇便叫人拿出三四尺高的珊
瑚樹六七株來償還王愷。

⑦ 曙滅：天亮時熄滅。九微：燈名。花鎖：指燈火的碎屑。

⑧ 理曲：溫習琴曲。妝成：梳妝打扮好。

⑨ 趙李家：指漢成帝寵倖的皇后趙飛燕、婕妤李平的親屬。

⑩ 越女：指春秋時越國美女西施。

## 【評析】

　　這首詩描寫了洛陽貴婦豪奢華貴、驕縱逸樂的生活，從容顏之嬌美、住
宅之富麗、飲食之珍奇寫到夫婿之豪奢、交遊之高貴，極盡鋪排渲染之能
事。從而諷刺了豪門貴族平庸無能卻高官厚祿意氣驕橫。詩人對這種不合理
的社會現象深致不滿。

詩的開頭八句敘洛陽女出生嬌貴和奢華的出嫁場景。「狂夫富貴在青春」
以下八句描寫了洛陽女和丈夫通宵達旦的奢靡生活。詩中特別強調,她除了
陪良人玩樂外,再無其他內容,可見其生活空虛,也暗合詩人諷刺之意。

　　「城中相識盡繁華」至詩尾寫他們的交往都是貴戚,並以西施出生寒微
作為反襯,抒發詩人的感慨,暗含懷才不遇之意。最後兩句筆鋒突轉,明貶
實褒,「洛陽女」的高貴和「越女」的貧賤形成對比,在強烈的反差中突現
主題,使前面的華麗描繪一下子變為對貴族生活乃至社會不公的冷峻批判,
其蘊含思想之深度與批判之理度,在王維詩中甚為罕見。

## 老將行

王維

少年十五二十時,步行奪得胡馬騎①。
射殺山中白額虎,肯數鄴下黃鬚兒②!
一身轉戰三千里,一劍曾當百萬師。
漢兵奮迅如霹靂,虜騎奔騰畏蒺藜③。
衛青不敗由天幸,李廣無功緣數奇④。
自從棄置便衰朽,世事蹉跎成白首⑤。
昔時飛箭無全目,今日垂楊生左肘⑥。
路旁時賣故侯瓜,門前學種先生柳⑦。
蒼茫古木連窮巷,寥落寒山對虛牖⑧。
誓令疏勒出飛泉,不似潁川空使酒⑨。
賀蘭山下陣如雲,羽檄交馳日夕聞⑩。
節使三河募年少,詔書五道出將軍⑪。
試拂鐵衣如雪色,聊持寶劍動星文⑫。
願得燕弓射大將,恥令越甲鳴吾君⑬。
莫嫌舊日雲中守,猶堪一戰取功勳⑭。

## 【註釋】

① 步行奪得胡馬騎：《史記・李將軍列傳》載，李廣兵敗為匈奴騎兵所擒，匈奴使其臥馬上。廣已受傷便裝死。途中他瞥見旁邊一個胡兒騎著一匹良馬，便一躍而上，把胡兒推墮馬下，鞭馬南奔而脫險。

② 射殺山中白額虎：《史記・李將軍列傳》載，李廣為右北平太守時，多次射殺山中猛虎。又據《周處傳》載，周處曾射死山中的白額虎，為民除害。肯數：豈肯讓。鄴下黃鬚兒：指曹操次子曹彰，他性剛猛，髭鬚色黃，年輕時善於騎馬射箭，征烏桓時立下大功，曹操讚賞他說：「我黃鬚兒可用也。」鄴下：曹操封魏王時，以鄴城（今河北臨漳縣西）為都。

③ 奮迅：常用以形容能振心力，捷於赴事。蒺藜：本是有三角刺的植物，這裏指鐵蒺藜，古時戰地用的一種防禦工具，狀如菱角，散佈途中，阻擋敵軍。

④ 衛青：漢代名將，漢武帝皇后衛子夫之弟，征伐匈奴，官至大將軍。李廣：漢代名將，善騎射，文帝時因擊匈奴有功，拜散騎常侍。武帝時為右北平太守，匈奴很畏懼他，稱他為「飛將軍」，幾年不敢犯邊。他與匈奴交戰七十多次，屢建奇功，卻一直得不到封侯的爵賞。無功：指沒有功名。緣：因為。數：命數。奇：奇數。古人認為偶數吉，奇數凶。漢武帝元狩四年（前119），李廣隨從大將軍衛青擊匈奴，武帝暗中告誡衛青，說：「李廣年老數奇，毋令當單于，恐不得所欲。」

⑤ 棄置：拋棄不用。衰朽：指老邁無用。蹉跎：虛度歲月。

⑥ 飛箭無全目：形容老將射技高超。《文選》鮑照《擬古》：「驚雀無全目。」李善注引《帝王世紀》：「帝羿有窮氏與吳賀北游，賀使羿射雀，誤中右目。羿仰首而愧，終身不忘。故羿之善射，至今稱之。」飛箭：或作「飛雀」。垂楊生左肘：肘子上像生了瘤子一樣不靈活，指老將肘硬，不能再挽弓射箭了。《莊子・至樂》：「支離叔與滑介叔觀于冥柏之丘，昆侖之虛，黃帝之所休，俄而柳生其左肘，其意蹶蹶然惡之。」王先謙注：「瘤作柳。」

⑦ 故侯：秦朝的召平曾封東陵侯。秦滅亡後，他變為布衣，在長安城東種瓜為生，其瓜味甘美，人稱「東陵瓜」。故：從漢代對前代的秦而言。先生：指陶淵明。陶淵明棄官歸隱後，因門前有五株楊柳，遂自號「五柳先生」，並寫有《五柳先生傳》。

⑧ 窮巷：窮僻的巷子。寥落：指寂寞。虛牖：空虛的窗戶。這裏寫老將破落的住處。

⑨ 誓令疏勒出飛泉：東漢耿恭與匈奴作戰，據疏勒城，匈奴於城下絕其澗水，恭於城中穿井，至十五丈猶不得水，他整衣向井祈禱，過了一會，果然得水，全軍高呼「萬歲」。匈奴大驚，以為神助，於是撤兵而去。疏勒：指漢疏勒城，非疏勒國，在今新疆疏勒縣。潁川空使酒：漢朝灌夫，潁川郡人，為人剛直，失勢後頗牢騷不平，不喜阿諛貴戚，好發酒瘋，後被田蚡誣陷滅族。

⑩ 賀蘭山：在今甘肅賀蘭縣西，唐時西北邊防據點之一。陣如雲：極言駐兵之多。羽檄：軍用緊急文書。日夕：不分白天黑夜。聞：傳報。

⑪ 節使：使臣，古時使臣持符節以為信記，故稱。三河：指河東（今山西黃河以東一帶）、河內（今河南黃河以北一帶）、河南（今河南黃河以南一帶）。募年少：招募青年人從軍。五道出將軍：即將軍分五道出兵迎擊敵人。《漢書·常惠傳》：「漢大軍十五騎，五將軍分道出。」

⑫ 聊：姑且。寶劍動星文：鑲在寶劍上的七個金星閃閃發光。

⑬ 燕弓：古時燕地所產的弓，以堅勁著名。大將：指敵將。恥令越甲鳴吾君：指以敵人甲兵驚動國君為可恥。《說苑·立節》：越國甲兵入齊，雍門子狄請齊君讓他自殺，因為這是越甲在鳴國君，自己應當以身殉之，遂自刎死。

⑭ 舊日雲中守：魏尚是漢文帝時的名將，他為雲中太守時，防禦匈奴，極得軍心，匈奴不敢犯邊。後因上功首虜差六級（報告敵人的首級少六個），被削職為民。後馮唐為魏尚鳴不平，向文帝勸諫，認為懲罰過重。於是文帝令馮唐持節去赦免魏尚的罪，並恢復他雲中太守的官職。雲中：今山西大同一帶。

《老將行》也屬《新樂府辭》，這首詩寫一老將年少英勇，轉戰沙場，屢立戰功，後因「無功」被棄閒居，但仍不服老，當邊地烽火重燃時，他仍希望為國殺敵。詩中對老將的愛國精神進行了熱情歌頌，同時也流露出詩人對統治者壓抑賢才的憤慨情緒，譴責了統治者對有功將士的刻薄寡恩、賞罰不公。詩中大量用典，幾乎句句對仗，層次分明，自始至終洋溢著愛國激情，格調蒼涼悲壯，但哀而不傷。

全詩可分三段，開頭至「李廣無功緣數奇」為第一段，是寫老將青年時代的智勇、功績和不平遭遇。其中先運用了李廣「奪得胡馬騎」，「射殺山中白額虎」的典故，讚揚老將之英武神勇決不亞於曹操的次子曹彰。「一身轉戰三千里」見其征戰勞苦。「一劍曾當百萬師」見其功勳卓著。「漢兵奮迅如霹靂」見其用兵神速，如迅雷之勢。「虜騎崩騰畏蒺藜」見其巧布鐵蒺藜陣，克敵之陣。如此，完成了一個全能良將形象的塑造。可就是這樣的一位良將，卻無寸功之賞，所以詩人又借用典故抒發自己的感慨，以衛青和李廣的遭遇對比，暗示統治者任人唯親，賞罰失據，寫出了老將的不平遭遇。

「自從棄置便衰朽」至「不似潁川空使酒」為第二段，寫老將被棄置之後的清苦生活。「衰朽」是其生活狀態的總寫。歲月蹉跎，心情不好，老將的頭髮都白了。昔日他射技高超，如今久不習武，雙臂像生了瘤子一樣不靈活。為了謀生計，他在路邊賣瓜，門前種柳。這裏引的是召平和陶淵明典故，概述生活清貧。至於住處則是「蒼茫」一片「古木」叢中的「窮巷」，窗子面對著的則是「寥落寒山」，這更見世態炎涼，門前冷落，從無賓客往還。但是老將並未因此消沉頹廢，他仍然想「誓令疏勒出飛泉」，像東漢名將耿恭那樣，絕境之中仍不放棄，而決不像前漢潁川人灌夫那樣，一遇挫折即沉淪。

「賀蘭山下陣如雲」至詩尾為第三段，寫邊塞烽火再起，老將時刻懷著請纓殺敵的愛國衷腸和不屈的鬥志。其中先說西北賀蘭山一帶軍情緊急，大軍聚集如雲，告急文書不斷，三河一帶的青年應徵入伍，諸路將軍受命分兵出擊。這種情況下，老將坐不住了，他心中燃起鬥志，渴望再次上陣殺敵，為國所用。所以他把昔日的鎧甲擦得雪亮閃光，又練起了武功，為作戰做準

備。他的宿願本就是能得到燕產強勁的名弓「射天將」，消滅入寇的渠魁，並且「恥令越甲鳴吾君」，決不讓外患對朝廷造成威脅。結尾為老將再次表明態度：「莫嫌舊日雲中守，猶堪一戰立功勳」，借用魏尚的故事，表明只要朝廷肯任用老將，他一定能殺敵立功，報效祖國。

這首詩十句一段，章法整飭，大量用典，從不同的角度和方面，刻畫出「老將」的藝術形象，增加了作品的內涵量，完滿地表達了作品的主題。

# 桃源行

王維

漁舟逐水愛山春，兩岸桃花夾古津①。
坐看紅樹不知遠，行盡青溪忽值人②。
山口潛行始隈隩，山開曠望旋平陸③。
遙看一處攢雲樹，近入千家散花竹④。
樵客初傳漢姓名，居人未改秦衣服⑤。
居人共住武陵源，還從物外起田園⑥。
月明松下房櫳靜，日出雲中雞犬喧⑦。
驚聞俗客爭來集，競引還家問都邑⑧。
平明閭巷掃花開，薄暮漁樵乘水入⑨。
初因避地去人間，及至成仙遂不還⑩。
峽裏誰知有人事，世中遙望空雲山⑪。
不疑靈境難聞見，塵心未盡思鄉縣⑫。
出洞無論隔山水，辭家終擬長遊衍⑬。
自謂經過舊不迷，安知峰壑今來變⑭。
當時只記入山深，青溪幾度到雲林⑮。
春來遍是桃花水，不辨仙源何處尋⑯。

## 【註釋】

① 逐水：順著溪水。古津：古渡口。這裏指幽僻的溪流。

② 坐：因為。紅樹：指桃花。不知遠：不管路遠。值：遇到。

③ 隈隩：山岩的幽深曲折處。曠望：指視野開闊。旋：忽然間。

④ 攢雲樹：雲樹相連。散花竹：到處散生著花和竹子。

⑤ 樵客：打柴的人，這裏指誤入桃花源的漁人。居人：指桃花源居民。

⑥ 武陵源：指桃花源，在今湖南桃源縣，晉代屬武陵郡。物外：世外。
　 起：建。

⑦ 櫳：窗戶。喧：叫聲嘈雜。

⑧ 俗客：俗世來的客人，即誤入桃花源的漁人。競引還家：爭著邀請客
　 人到自己家中。問都邑：詢問自己原來家鄉的情況。

⑨ 平明：天剛亮時。閭巷：街巷。薄暮：傍晚。乘水入：指乘船回村。

⑩ 避地：指「避秦時亂」。去：離開。人間：王維是把桃花源作為仙境
　 來描繪的，所以稱桃花源以外的社會為人間。

⑪ 峽裏：指桃花源中。空雲山：只能望著桃花源的雲山。

⑫ 不疑靈境：漁人不會懷疑這裏是仙境。塵心未盡思鄉縣：指漁人還沒
　 有消盡俗念，所以仍然想念家鄉。

⑬ 出洞：指離開桃花源。遊衍：遊玩。

⑭ 自謂：自以為。不迷：不會迷路。峰壑：山峰峽谷。

⑮ 雲林：雲中山林，與前文「雲樹」照應。

⑯ 桃花水：春季桃花開時雨水很多，故稱。仙源：指桃花源。

## 【評析】

　　《桃源行》也屬樂府《新樂府辭》。本詩題材取自陶淵明的《桃花源記》，將其改用詩歌的形式表現出來，其內容與《桃花源記》大體一致。詩人仍是把桃花源視為安寧富足的理想世界，但在本詩中，詩人更強調桃花源「仙境」、「靈境」的一面，極力突出桃花源的意趣，反映了詩人青年時期對理想社會和美好人性的嚮往。

　　詩一開始，詩人便以濃豔的色調描繪出一幅「漁舟逐水」的生動畫面，

對漁人「坐看紅樹」、「行盡青溪」極盡渲染，展現出一派迷人的春日風光。「山口潛行始隈隩，山開曠望旋平陸」兩句，通過概括描述，使讀者想像到漁人棄舟登岸，進入山口，在幽深曲折的山洞中小心隱秘地前行，直到眼前豁然開朗，桃源立現的經過。這樣，讀者的想像便跟著進入了桃源，被自然地引向下一幅畫面。這時，桃源的全景呈現在人們面前了。「遙看一處攢雲樹，近入千家散花竹」兩句，由遠及近，雲、樹、花、竹，相映成趣，美不勝收。「樵客初傳漢姓名，居人未改秦衣服」兩句，寫出了桃源中人突見外來客的驚訝和漁人乍見「居人」衣飾顯著不同的情景，概括了陶淵明散文中「不知有漢，何論魏晉」之意。

　　「居人共住武陵源」至「世中遙望空雲山」共十二句是全詩的重點部分。「居人共住武陵源」，承上而來，另起一層意思，然後點明這是「物外起田園」。接著，便連續展現了桃源中一幅幅景物畫面和生活場景。桃源的夜晚一片靜謐，月光皎潔，松影暗淡，房舍清幽；桃源的早晨則是一片歡鬧，陽光四射，浮雲朵朵，雞鳴狗叫。夜景全是靜物，晨景全取動態，動、靜兩幅畫面相映成趣，充滿著詩情畫意，表現出王維獨特的藝術風格。漁人，這位不速之客的闖入，使桃源中人感到意外。「驚聞俗客爭來集，競引還家問都邑」兩句也是一幅生動的畫面，不過畫的不是景物而是人物。「驚」、「爭」、「集」、「競」、「問」等一連串動詞，把人們的神色動態和感情心理刻畫得活靈活現，表現出桃源中人淳樸、熱情的性格和對故土的關心。「平明閭巷掃花開，薄暮漁樵乘水入」兩句進一步描寫桃源的環境和生活之美好。「掃花開」、「乘水入」，緊扣住了桃花源景色的特點。「初因避地去人間，及至成仙遂不還」兩句敘事，追述了桃源的來歷。「峽裏誰知有人事，世間遙望空雲山」，在敘事中夾入情韻悠長的詠歎，文勢活躍多姿。

　　最後一層，詩的節奏加快。詩人緊緊扣住人物的心理活動，將漁人離開桃源、懷念桃源、再尋桃源以及峰壑變幻、遍尋不得、悵惘無限這許多內容，一口氣抒寫下來，情、景、事在這裏完全融合在一起了。「不疑靈境難聞見」六句，在敘述過程中，對漁人輕易離開「靈境」流露了惋惜之意，對雲山的「仙源」則充滿了嚮往之情。然而，時過境遷，舊地難尋，桃源已不知在何處了。這時，只剩下了一片迷惘。最後四句，作為全詩的尾聲，與開

頭遙相照應。開頭是無意迷路而偶從迷中得之，結尾則是有意不迷而反從迷中失之，令讀者感喟不已。「春來遍是桃花水」一句，詩筆飄忽，意境迷茫，給讀者留下深遠的想像空間，耐人尋味。

## 蜀 道 難①

李白

噫吁嚱，危乎高哉②！蜀道之難，難於上青天！
蠶叢及魚鳧，開國何茫然③。
爾來四萬八千歲，不與秦塞通人煙④。
西當太白有鳥道，可以橫絕峨眉巔⑤。
地崩山摧壯士死，然後天梯石棧相鉤連⑥。
上有六龍回日之高標，下有沖波逆折之回川⑦。
黃鶴之飛尚不得過，猿猱欲度愁攀援⑧。
青泥何盤盤，百步九折縈岩巒⑨。
捫參歷井仰脅息，以手撫膺坐長歎⑩。
問君西遊何時還？畏途巉岩不可攀⑪。
但見悲鳥號古木，雄飛雌從繞林間⑫。
又聞子規啼夜月，愁空山⑬。
蜀道之難，難於上青天！使人聽此凋朱顏⑭。
連峰去天不盈尺，枯松倒掛倚絕壁⑮。
飛湍瀑流爭喧豗，砯崖轉石萬壑雷⑯。
其險也若此，嗟爾遠道之人，胡為乎來哉⑰！
劍閣崢嶸而崔嵬，一夫當關，萬夫莫開⑱。
所守或匪親，化為狼與豺⑲。
朝避猛虎，夕避長蛇⑳，磨牙吮血，殺人如麻㉑。
錦城雖云樂，不如早還家㉒。

蜀道之難，難於上青天！側身西望長咨嗟㉓。

## 【註釋】

① 蜀道難：古樂府題，屬《相和歌‧瑟調曲》，內容都是寫蜀道難行。

② 噫吁嚱：驚歎聲。宋庠《宋景文公筆記》卷上：「蜀人見物驚異，輒曰『噫嚱』。」

③ 蠶叢、魚鳧：傳說中古蜀國的兩個開國先王。

④ 爾來：從那時以來，即蜀地開國以來。四萬八千歲：言時間漫長。秦塞：指秦地。塞：邊界險要的地方。古人稱秦為「四塞之國」。

⑤ 西當：西面當著，這是以長安為中心而言。太白：山名，在今陝西眉縣、太白縣一帶。鳥道：指連綿高山間的低缺處，只有鳥能飛過，人跡所不能至。橫絕：橫越。

⑥ 地崩山摧壯士死：《華陽國志‧蜀志》：相傳秦惠王想征服蜀國，知道蜀王好色，答應送給他五個美女。蜀王派五位壯士去接人。回到梓潼（今四川劍閣之南）的時候，看見一條大蛇進入穴中，一位壯士抓住了它的尾巴，其餘四人也來相助，用力往外拽。不多時，山崩地裂，壯士和美女都被壓死。山分為五嶺，入蜀之路遂通。這便是有名的「五丁開山」的故事。天梯：指高峻的山路。石棧：山岩間鑿石架木而建成的道路。

⑦ 六龍回日：古代神話，義和駕著六條龍拉的車子每天載著太陽在空中運行，到了這裏也只好迂回而過。指把車子從高峰邊繞彎過去。高標：指蜀山中可作一方之標識的最高峰。逆折：波浪迴旋曲折。回川：有旋渦的河流。

⑧ 黃鶴：即黃鵠，一名天鵝。體長三尺餘，善於高飛。猿猱：蜀山中最善攀援的猿類，又名金線狨。

⑨ 青泥：青泥嶺，在今陝西略陽縣西北。盤盤：曲折迴旋的樣子。縈：環繞。

⑩ 捫：摸。歷：經過。參、井：二星宿名，古人把天上的星宿分別指配於地上的州國，叫作「分野」，以便通過觀察天象來占卜地上所配州

國的吉凶。參星為蜀之分野，井星為秦之分野。仰：仰頭。脅息：屏住呼吸。撫膺：摸著胸口。

⑪ 畏途：可怕的路途。巉岩：險惡陡峭的山壁。

⑫ 號古木：號於古木，在古樹上哀鳴。雄飛雌從：或作「雄飛從雌」。

⑬ 子規：即杜鵑鳥，蜀地最多，鳴聲悲哀。叫聲像「不如歸去」。

⑭ 凋朱顏：紅顏帶憂色，如花凋謝。

⑮ 連峰：峰連著峰。去：距離。盈：滿。倚：靠著。

⑯ 飛湍：飛奔而下的急流。瀑流：瀑布。喧豗：喧鬧聲。砯：水擊岩石發出的響聲，這裏作動詞，衝擊的意思。轉：使滾動。

⑰ 嗟：感歎聲。胡為：為什麼。

⑱ 崢嶸：高峻的樣子。崔嵬：高險而突兀不平的樣子。一夫：一人。當關：守關。

⑲ 所守：把守關口的人。或匪親：倘若不是可信賴的人。匪：同「非」。狼、豺：比喻殘害人民的叛亂者。

⑳ 長蛇、猛虎：皆比喻蜀地可能出現的叛亂者。

㉑ 吮：吸。殺人如麻：殺死的人多得像亂麻。形容殺的人多得數不清。

㉒ 錦城：錦官城，成都別名。成都古代以產棉聞名，朝廷曾經設官於此，專收棉織品，故稱錦城或錦官城。成都自古以來是蜀地的政治、經濟、文化中心，也是全國有名的繁華城市之一。

㉓ 側身：因憂懼不安而立身反側。西望：因擔憂而西望蜀地。長咨嗟：長長的歎息。

## 【評析】

　　本詩是一首浪漫主義詩的代表作，最能體現李白豪放、奇麗的詩風，詩中出色地描繪了由長安入蜀的驚險而奇麗的山川，以山川之險言蜀道之難，藝術地再現了蜀道崢嶸、突兀、強悍、崎嶇等奇麗驚險和不可凌越的磅礡氣勢，給人以迴腸盪氣之感。一般認為，這首詩很可能是李白於天寶初年身在長安時為送友人王炎入蜀而寫的，目的是規勸王炎不要羈留蜀地，早日回歸長安，避免遭到嫉妒小人不測之手。

全詩可分為三個部分，分別按照從古至今，從秦入蜀的順序來展示蜀地山川的特色，突出蜀道的險峻難行。

　　開篇至「然後天梯石棧相鉤連」為第一部分。一開頭詩人便大呼「噫吁，危乎高哉！蜀道之難，難於上青天」來總領全文，概說蜀道之高險，引起讀者的注目。接下來詩人引經據典，並用誇張的藝術手法，聲情並茂地書寫了蜀道開闢的艱難。從蠶叢、魚鳧開國的古老傳說起筆，追溯了蜀秦隔絕、不相交通的漫長歷史，指出由於五位壯士付出了生命的代價，才在不見人跡的崇山峻嶺中開闢出一條崎嶇險峻的棧道，強調了蜀道的來之不易。

　　「上有六龍回日之高標」至「嗟爾遠道之人胡為乎來哉」為第二部分，主要寫山的高險和跋涉攀登之艱難。這一部分又可分為兩層。前八句為一層，強調山勢的高峻與道路之崎嶇。先例舉了六龍、黃鶴、猿猱這些善於飛騰攀登的鳥獸面對蜀道尚且無可奈何的情況，以映襯人要攀越蜀道談何容易，又特地選擇了秦地突出的高山青泥嶺加以誇張描繪，顯示蜀道之高聳入雲，無法通行。「問君西遊何時還」以下為第二層，描繪了悲鳥、古樹、夜月、空山、枯松、絕壁、飛湍、瀑流等一系列景象，動靜相襯，聲形兼備，以渲染山中空曠可怖的環境和慘澹悲涼的氣氛，慨歎友人何苦要冒此風險入蜀呢。

　　「劍閣崢嶸而崔嵬」至詩尾為第三部分，由劍閣地理形勢之險要聯想到當時社會形勢之險惡，規勸友人不可久留蜀地，及早回歸長安。這部分亦可分為兩層。前五句為一層，化用西晉張載《劍閣銘》「一夫荷戟，萬夫趑趄。形勝之地，匪親勿居」的語句，突出劍閣關隘險要。後六句為一層，以毒蛇猛獸殺人如麻暗喻當地軍閥如憑險叛亂則將危害百姓，規勸友人早日離開險地。這同時也是詩人對政治的分析，對當時中央選人守蜀的警戒。

　　本詩採用律體與散文間雜，文句參差，筆意縱橫，豪放灑脫。全詩感情強烈，一唱三歎，回環反覆，讀來令人心潮激蕩。

# 長相思二首①

李白

## 其　一

長相思，在長安。

絡緯秋啼金井闌，微霜淒淒簟色寒②。

孤燈不明思欲絕，卷帷望月空長歎③。

美人如花隔雲端④！

上有青冥之長天，下有淥水之波瀾⑤。

天長地遠魂飛苦，夢魂不到關山難⑥。

長相思，摧心肝！

【註釋】

① 長相思：屬樂府《雜曲歌辭》，取《古詩》「上言長相思，下言久別離」之意為題。

② 絡緯：昆蟲名，又名莎雞，俗稱紡織娘。金井闌：形容雕、漆華麗的井欄。淒淒：寒涼的意思。簟色寒：指竹席的涼意。

③ 思欲絕：極言想念得激烈。卷帷：卷起窗簾。望月：這裏是「望月懷遠」之意。

④ 美人：指賢人君子，這裏指詩人所懷念的人。如花：這裏象徵他的才德。隔雲端：喻相隔之遠。

⑤ 青冥：形容高遠的天空，做「長天」的狀語。淥水：清水。

⑥ 關山難：指關山難渡。

【評析】

　　這首詩傾訴相思之苦，以秋聲秋色起興，突出表現因阻隔重重夢魂也難以到達思念的人身邊的刻骨相思之苦。本詩是李白被迫離開長安後所作，詩

中所思之人，可能是詩人的妻子，也有稱是對唐玄宗的懷念，抒發的是追求政治理想而不能的鬱悶之情。

　　本詩由兩部分組成。開篇至「美人如花隔雲端」為第一部分，描寫了主人公「在長安」的相思之苦。從「金井闌」可以看出主人公的住處頗為豪華，但身處華廈卻感到十分空虛寂寞：先是聽見絡緯淒慘的鳴叫，又感到「霜送曉寒侵被」的淒涼，無法入眠。而「孤燈不明」更增添了愁緒。其中，「孤」字在寫燈的同時也表現了人物的心理。接下來寫從卷帷中看到的，只能供人仰望的月光等令主人公想到了「美人」。然而，美人遠在雲端，使人只能「對空長歎」了。

　　「上有青冥之長天」至詩尾為第二部分，描寫夢中的追求，承接「苦相思」。在浪漫的氛圍中，主人公幻想著夢魂飛去尋找美人。但「上有青冥之長天，下有淥水之波瀾」，不僅天長地遠，而且還要渡過重重關山。這種沒有結果的追求使主人公不禁一聲長歎：長相思，摧心肝！此句結尾不僅照應開頭，而且語出有力，令人盪氣迴腸。

　　本詩將意旨隱含在形象之中，隱而不露，自有一種含蓄的韻味。


# 其　二

日色欲盡花含煙，月明如素愁不眠①。
趙瑟初停鳳凰柱，蜀琴欲奏鴛鴦弦②。
此曲有意無人傳，願隨春風寄燕然③。
憶君迢迢隔青天。
昔日橫波目，今為流淚泉④。
不信妾腸斷，歸來看取明鏡前。


【註釋】

①日色欲盡：指白天將要結束。花含煙：形容傍晚水汽漸多，遠看花色

朦朧如含煙霧。素：潔白的絹，形容月色。

②趙瑟：戰國時趙女善鼓瑟，故云。鳳凰柱：刻有鳳凰圖形的瑟柱。這
　裏含夫妻成雙配偶之意。蜀琴：蜀人司馬相如善鼓琴，故云。其中可
　能也含有司馬相如以琴心挑卓文君故事的聯想。

③燕然：山名，即今杭愛山，在今蒙古國境內。

④橫波目：指目斜視，如水波之橫流，形容目光的顧盼生動。流淚泉：
　極言淚水之多。

## 【評析】

　　這首詩白描了思婦彈琴寄意、借曲傳情、流淚斷腸、望眼欲穿的情景，
表現了女子對出征丈夫的思念，其纏綿悱惻，不勝哀怨之苦。

　　全詩以春花起興。「日色欲盡花含煙，月明如素愁不眠」兩句將季節、
時間、環境全部點明，且烘托出一幅溫婉細膩的場景，營造出一種朦朧哀怨
的意境。

　　第三、四句對仗工整，用琴瑟之音來表達相思之情。其中「趙瑟」與
「蜀琴」相對，「鳳凰柱」與「鴛鴦弦」相對，而鳳凰、鴛鴦都是成雙成對
生活，正是男女之情的一種見證。這暗示出女主人公是在思念她的愛人。

　　第五、六句續寫上文，寫女主人公想把滿心的相思寄託在婉轉的曲子
中，由春風帶給遠方的愛人，讓他感受到她那深切的別離之苦。「寄燕然」
三字表明她的丈夫是從征去了。但是她又不知道春風能否帶走她的情意，於
是發出「憶君迢迢隔青天」的感慨。

　　第八、九句想像奇特，大膽誇張的對偶把這個美麗的女子形象刻畫出來
了。舊日的那對顧盼靈秀、眼波如流的雙目，如今卻變成了淚水的源泉，可
知二人分開之後，女子除了長夜無眠和深深歎息之外，竟是常常以淚洗面。

　　末兩句使這個女子的形象更加鮮明豐滿了，你看她嬌嗔地說道：如果你
不相信我因為思念你而肝腸寸斷，等你回來時，在明鏡前看看我憔悴、疲憊
的面容就知道了。一副天真、調皮的樣子躍然紙上，讓人倍加愛憐和心痛。

# 行路難①

李白

金樽清酒斗十千，玉盤珍羞直萬錢②。
停杯投箸不能食，拔劍四顧心茫然。
欲渡黃河冰塞川，將登太行雪滿山③。
閑來垂釣碧溪上，忽復乘舟夢日邊④。
行路難！行路難！多歧路，今安在？
長風破浪會有時，直掛雲帆濟滄海⑤。

## 【註釋】

① 行路難：古樂府《雜曲歌辭》舊題，內容多寫世路艱難及離別之情。
② 金樽：華美的酒器。清酒：美酒。斗十千：曹植《名都篇》：「歸來宴
　平樂，美酒斗十千。」玉盤：華美的餐盤。珍羞：珍貴的菜肴。羞：
　同「饈」。直：同「值」。
③ 太行：太行山，在今山西、河北、河南三省邊界。
④ 垂釣碧溪上：呂尚未遇周文王前，曾在磻溪垂釣。乘舟夢日邊：伊尹
　受商湯聘用時，夢見乘船經過日、月旁邊。
⑤ 長風破浪：喻舒展宏偉抱負。會：當。直掛雲帆：一徑掛起高大的風
　帆。濟：渡。滄海：泛指大海。

## 【評析】

　　李白的《行路難》共三首，這是第一首。從內容上判斷，應該是天寶三
年（744），李白被唐玄宗賜金放還，離開長安時所作。詩寫他被迫離京漫
遊，感到功業無成，因借旅途的處處艱難比喻政途上的重重險阻，表達了在
政治上受挫的激憤之情。然而，詩人身處逆境卻依然保持樂觀豁達的本性，
灑脫豪邁的氣概。同時，詩人也沒有放棄自己的政治理想，依然期盼能有機
會大展宏圖。

詩的前四句寫朋友出於對李白的深厚友情，出於對這樣一位天才被棄置的惋惜，不惜金錢，設下盛宴為之餞行。這裏，詩人用「金樽清酒」、「玉盤珍羞」來表現宴會現場的豪華和盛大。「嗜酒見天真」的李白，要是在平時，因為這美酒佳餚，再加上朋友的一片盛情，肯定是會「一飲三百杯」的。然而，這一次他端起酒杯，卻又把酒杯推開了；拿起筷子，卻又把筷子撂下了。他離開座位，拔下寶劍，舉目四顧，心緒茫然。停、投、拔、顧四個連續的動作，形象地顯示了內心的苦悶抑鬱，感情的激盪變化。

　　下面兩句緊承「心茫然」，正面寫行路難。詩人用「冰塞川」、「雪滿山」象徵人生道路上的艱難險阻，具有比興的意味。一個懷有偉大政治抱負的人物，在受詔入京、有幸接近皇帝的時候，皇帝卻不能任用，被賜金放還，變相攆出了長安，這正像是遇到了冰塞黃河、雪擁太行。但是，李白並不是那種軟弱的性格，從「拔劍四顧」開始，就表示著不甘消沉，而要繼續追求。「閑來垂釣碧溪上，忽復乘舟夢日邊」兩句，詩人在心境茫然之中，忽然想到兩位開始在政治上並不順利，而最後終於大有作為的人物：一位是呂尚，一位是伊尹。這兩個典故的運用，正是詩人相信自己有朝一日也能像古人一樣，為統治者信任和重用，建立一番事業。

　　接下來，詩人通過「行路難，行路難，多歧路，今安在」四個斷句，對自己所走的坎坷的人生路進行感歎，抒發進退兩難的心情。呂尚、伊尹的遇合，固然增加了對未來的信心，但當他的思路回到眼前現實中來的時候，又再一次感到人生道路的艱難。離別之宴上，詩人瞻望前程，只覺前路崎嶇，歧途甚多，不知道他要走的路，究竟在哪裡。詩人心中再次充滿苦悶無助的情緒。

　　不過，詩人還是倔強而充滿自信的，他決不願把自己對於前途的擔憂表現在臉上。他那種積極用世的強烈要求，終於使他再次擺脫了歧路彷徨的苦悶，唱出了充滿信心與展望的強音：「長風破浪會有時，直掛雲帆濟滄海！」這兩句使全詩的境界豁然開朗，由此我們可以形象地看到詩人堅定的信念。

# 將進酒①

李白

君不見黃河之水天上來，奔流到海不復回。

君不見高堂明鏡悲白髮，朝如青絲暮成雪②。

人生得意須盡歡，莫使金樽空對月。

天生我材必有用，千金散盡還復來。

烹羊宰牛且為樂，會須一飲三百杯③。

岑夫子，丹丘生④，將進酒，杯莫停。

與君歌一曲，請君為我傾耳聽。

鐘鼓饌玉不足貴，但願長醉不復醒⑤。

古來聖賢皆寂寞，唯有飲者留其名。

陳王昔時宴平樂，斗酒十千恣歡謔⑥。

主人何為言少錢，徑須沽取對君酌⑦。

五花馬，千金裘⑧，

呼兒將出換美酒，與爾同銷萬古愁⑨。

## 【註釋】

① 將進酒：屬古樂府《鼓吹曲·鐃歌》舊題，內容多寫宴飲放歌的情趣。

② 高堂明鏡悲白髮：在廳堂的明鏡中照見白髮而生悲。青絲：黑髮。

③ 且為樂：姑且作樂。會須：正應當。三百杯：極言飲酒之多。

④ 岑夫子：即岑勳。丹丘生：即元丹丘。二人均為李白的好友。

⑤ 鐘鼓饌玉：指富貴。古時富貴人家宴會上常鳴鐘擊鼓作樂。饌玉：形容飲食的精美。不足貴：不值得重視。

⑥ 陳王：指曹操第三子曹植，於魏明帝太和六年（232）被封為陳王。平樂：即平樂觀，宮殿名，在洛陽西門外。恣歡謔：盡情歡樂戲笑。

⑦ 言少錢：即「言錢少」。徑須：乾脆，只管。沽取：買取。

⑧ 五花馬：指名貴的馬。千金裘：價值千金的皮衣。

⑨將出：拿出去。萬古愁：無窮無盡的愁悶，形容愁悶之多。

## 【評析】

　　關於這首詩的創作時間，舊說是在李白被排擠離開長安後，約在天寶十一年（752）。此時距離李白被唐玄宗放還已有八年之久，這一時期，李白多次與友人岑勳應邀到另一好友元丹丘的穎陽山居作客，三人經常登高飲宴，借酒放歌，以抒發滿腔不平之氣。也有稱本詩是天寶四年（745）李白在梁園與岑勳、元丹丘歡宴時所作。

　　李白被權貴排擠出長安後，感到政治抱負無法施展，內心苦悶無法排解，因而借酒發洩，強烈地表現出他蔑視世俗，反抗權貴的傲岸性格，也反映出他對「天生我材必有用」的自信精神。但詩中也流露出他的人生易老、及時行樂的消極思想。

　　全詩由頗有氣勢的兩組排比長句開始，如挾天風海雨向讀者迎面撲來。上句寫大河之來勢不可擋，去勢不可回。一漲一消，形成舒卷往復的詠歎味。下句悲歎人生短促，但詩人在寫法上別出心裁，用一句「高堂明鏡悲白髮」勾勒出一種搔首顧影、徒呼奈何的情態，從而感歎時光易逝。另外，詩人將年少到年老的人生過程比喻成朝暮之間的事，把本來短暫的說得更短暫。上句從空間角度進行誇張，下句則從時間角度進行誇張。這個開端可謂悲感已極，卻不墮纖弱，可說是巨人式的感傷，具有驚心動魄的藝術力量。

　　但下面兩句卻一轉悲涼的情調，變得歡快起來。從「人生得意須盡歡」到「杯莫停」，詩人的情緒漸漸高昂起來，詩情逐漸變得豪放灑脫。在詩人看來，只要「人生得意」便無所遺憾，當縱情飲酒歡樂。「人生得意須盡歡」看似是宣揚及時行樂的思想，然而只不過是現象而已。詩人得意過沒有？他至今的人生歷程中，雖有過短暫風光，但到底沒有真正地得意過，有的只是失望和憤慨罷了。但詩人並沒有就此沉淪，他堅信「天生我材必有用」，「千金散盡還復來」，這兩句透出了詩人樂觀自信的品格，簡直像是他的人生價值宣言。接下來，詩人描繪了一場盛宴，那決不是一兩碟小菜，一兩壺酒的小酒席，而是整頭整頭地「烹羊宰牛」，不喝上「三百杯」決不甘休。多麼痛快的筵宴，又是多麼豪壯的詩句！至此，狂放之情趨於高潮，詩的旋律加

快。詩人那眼花耳熱的醉態躍然紙上，恍然使人如聞其高聲勸酒：「岑夫子，丹丘生，將進酒，杯莫停！」幾個短句忽然加入，不但使詩歌節奏富於變化，而且讀來朗朗上口。既是生逢知己，又是酒逢對手，不但「忘形到爾汝」，詩人甚而忘卻是在寫詩，筆下之詩似乎還原為生活，他還要「與君歌一曲，請君為我傾耳聽」。以下八句就是詩中之歌了。這聯想奇之又奇，純系神來之筆。

在詩人看來，「鐘鼓饌玉」的生活「不足貴」，他還想「長醉不復醒」。詩情至此，便分明由狂放轉而為憤激。這裏不僅是酒後吐狂言，而且是酒後吐真言了。「古來聖賢皆寂寞，唯有飲者留其名」兩句好像是詩人在進行自我安慰，其實是通過說古人的寂寞來說自身的寂寞。因此，他寧願長醉不復醒。接下來，詩人舉出陳王曹植作為「留其名」的「飲者」代表，並化用其《名都篇》中「歸來宴平樂，美酒斗十千」的詩句。

剛袒露一點衷情，詩人又回到說酒，而且看起來酒興更高。以下詩情再入狂放，而且愈來愈狂，不僅要慷慨地散盡千金，甚至還要用五花馬和千金裘來換美酒，且「呼兒」的語氣十分自大。其快人快語，非不拘形跡的豪邁知交斷不能出此。這裏，詩人喧賓奪主，不可一世的情態，不僅表現出他的醉意，而讓讀者看到了他率真的個性及與友人深厚的友情。最後一句「與爾同銷萬古愁」，在意猶未盡的詩情中又凸顯出詩人情感的奔流激蕩。

全詩氣勢奔放，語言豪邁，句法明快多變，堪稱千古佳作。

# 兵車行[1]

杜甫

車轔轔，馬蕭蕭，行人弓箭各在腰[2]，
爺娘妻子走相送，塵埃不見咸陽橋[3]。
牽衣頓足攔道哭，哭聲直上干雲霄[4]。
道旁過者問行人，行人但云點行頻[5]。
或從十五北防河，便至四十西營田[6]。

去時里正與裹頭，歸來頭白還戍邊⑦。
邊庭流血成海水，武皇開邊意未已⑧。
君不聞，漢家山東二百州，千村萬落生荊杞⑨。
縱有健婦把鋤犁，禾生隴畝無東西⑩。
況復秦兵耐苦戰，被驅不異犬與雞⑪。
長者雖有問，役夫敢申恨⑫？
且如今年冬，未休關西卒⑬。
縣官急索租，租稅從何出⑭？
信知生男惡，反是生女好。
生女猶得嫁比鄰，生男埋沒隨百草！
君不見，青海頭，古來白骨無人收⑮。
新鬼煩冤舊鬼哭，天陰雨濕聲啾啾⑯。

【註釋】

① 兵車行：與下面的《麗人行》《哀江頭》《哀王孫》同為杜甫自創新題
　　即事名篇的新樂府詩。

② 轔轔：車輪聲。蕭蕭：馬嘶鳴聲。行人：指被徵調的人。

③ 走：奔跑。咸陽橋：即西渭橋，又稱便橋，故址在今陝西咸陽市西
　　南，唐代稱咸陽橋，是長安通往西北的要道。

④ 頓足：以腳踩地，形容情緒激昂或極度悲傷。干：沖。

⑤ 道旁過者：是杜甫自稱。但云：只說。點行：即按名冊強制徵調。
　　頻：頻繁。

⑥ 或：有的人。十五：與下文「四十」皆指年齡。防河：玄宗開元十五
　　年（727）以後，唐時常與吐蕃發生戰爭，曾徵調隴右、關中、朔方
　　駐軍駐紮河西（黃河以西之地），防止吐蕃侵犯，稱為防河。營田：
　　漢代的屯田制，屯戍的兵士兼開墾的力役，平時種田，戰時作戰。當
　　時屯田在西北一帶，也是防備吐蕃騷擾的。

⑦ 去時：離開的時候。里正：唐制，一百戶為一里，設有里正，負責管

理戶口、檢查民事、催促賦役等。裹頭：男子成丁，就裹頭巾，猶古之加冠。新兵因為年紀小，所以需要里正給他裹頭。

⑧邊庭：邊疆，或作「邊亭」。武皇：漢武帝劉徹，這裏隱指唐玄宗。

⑨漢家：指唐王朝。山東：指華山以東。古代秦居西方，秦地以外，統稱山東。荊杞：荊柴和枸杞。均指野生植物。

⑩隴畝：田畝。隴：通「壟」。無東西：不分東西，指長得不成行列。

⑪況復：況且加上。秦兵：關中兵。被驅不異犬與雞：指關中兵像雞狗一樣被趕上戰場賣命。

⑫長者：「行人」對詩人杜甫的尊稱。役夫：「行人」自稱。敢伸恨：豈敢伸說自己心頭的怨恨。

⑬且如：就像。關西卒：即「秦兵」。

⑭縣官：指天子。因不敢直訴，故稱。

⑮青海頭：即青海湖邊。自唐高宗儀鳳年間開始，唐和吐蕃經常在這一帶交戰，唐軍傷亡很多。

⑯啾啾：象聲詞，形容淒屬的哭叫聲。

【評析】

　　這首詩約作於唐玄宗天寶十年（751）。這一年，劍南節度使鮮于仲通率兵八萬進攻南詔，大敗，死六萬人。楊國忠掩其敗狀，仍敘其戰功。為補充兵力，他又遣御史分道捕人，連枷送往軍所。於是行者愁怨，父母妻子送之，所在哭聲震野。本詩就是根據上述情況而寫。這是一篇封建時代進步詩人大膽批判皇帝淫威，深切同情人民疾苦的血淚詩篇。其思想深刻，感情沉痛，章法嚴整，且善於曲折變化，而富於頓挫生姿，在樂府詩中都是前無古人的。

　　詩歌從驀然而起的客觀描述開始，以重墨鋪染的雄渾筆法，如風至潮來，在讀者眼前突兀地展現出一幅震人心弦的巨幅送別圖：成群的壯丁被送往前線，而他們家中的老小只能在旁與他們撕心裂肺地話別，陣勢浩浩蕩蕩，哭聲震天動地。

　　可以想見，被抓的壯丁必定是家庭的支柱和主要勞動力。現在他被抓去

充軍，只有年邁的父母、柔弱的妻子和懵懂的兒女留在家中，這對一個家庭來說不啻是個塌天大禍，怎能不「爺娘妻子走相送」呢？一個普通的「走」字，寄寓了詩人多麼濃厚的感情色彩！「牽衣頓足攔道哭」一句之中連續四個動作，又把送行者那種眷戀、悲愴、憤恨、絕望的動作神態，表現得細膩入微。詩人筆下，灰塵彌漫，車馬人流，令人目眩；哭聲遍野，直沖雲天，震耳欲聾！這樣的描寫，給讀者以聽覺視覺上的強烈感受，集中展現了成千上萬家庭妻離子散的悲劇，令人觸目驚心！接著，從「道旁過者問行人」開始，詩人通過設問的方法，讓當事者，即被徵調的士卒作了直接傾訴。

上面的淒慘場面，是詩人親眼所見。下麵的悲切言辭，又是詩人親耳所聞。這就增強了詩的真實感。「但云」可見征夫不敢多說，在朝廷的重壓下，他們的痛苦怨言只能咽在肚子裏。「點行頻」，是全篇的「詩眼」。它一針見血地點出了造成百姓妻離子散，萬民無辜犧牲，全國田畝荒蕪的根源。接著以一個十五歲出征，四十歲還在戍邊的「行人」作例，具體陳述「點行頻」，以示情況的真實可靠。

「或從十五北防河」四句中，用「十五」和「四十」作對比，用「裹頭」和「頭白」作對比，寫出了征人的不幸生活，無數人的一生都耗盡在服役中，沒有享受過一天安寧的生活。「邊庭流血成海水，武皇開邊意未已」中的「武皇」，是以漢喻唐，實指唐玄宗。杜甫如此大膽地把矛頭直接指向了最高統治者，這是從心底迸發出來的激烈抗議，充分表達了詩人怒不可遏的悲憤之情。

詩人寫到這裏，筆鋒陡轉，開拓出另一個驚心動魄的境界。詩人用「君不聞」三字領起，以談話的口氣提醒讀者，把視線從血流成海的邊庭轉移到廣闊的內地。詩中的「漢家」，也是影射唐朝。華山以東的原田沃野千村萬落，變得人煙蕭條，田園荒廢，荊棘橫生，滿目凋殘。詩人馳騁想像，從眼前的聞見，聯想到全國的景象，從一點推及到普遍，兩相輝映，不僅擴大了詩的表現容量，也加深了詩的表現深度。

從「長者雖有問」起，詩人又推進一層。「長者雖有問，役夫敢申恨」二句透露出統治者加給他們的精神桎梏，但是壓是壓不住的，下句就引發出訴苦之詞。敢怒而不敢言，而後又終於說出來，這樣一闔一開，把征夫的苦

衷和恐懼心理，表現得極為細膩逼真。這幾句寫的是眼前時事。因為「未休關西卒」，大量的壯丁才被徵調入伍。而「未休關西卒」的原因，正是由於「武皇開邊意未已」所造成。「租稅從何出？」又與前面的「千村萬落生荊杞」相呼應。這樣前後照應，層層推進，對社會現實的揭示越來越深刻。這樣通過當事人的口述，又從抓兵、逼租兩個方面，揭露了統治者的窮兵黷武加給人民的雙重災難。

詩人接著感慨道：如今是生男不如生女好，女孩子還能嫁給近鄰，男孩子只能喪命沙場。這是發自肺腑的血淚控訴。重男輕女，是封建社會制度下普遍存在的社會心理。但是由於連年戰爭，男子的大量死亡，在這一殘酷的社會條件下，人們卻一反常態，改變了這一社會心理。這個改變，反映出人們心靈上受到多麼嚴重的摧殘啊！最後，詩人用哀痛的筆調，描述了長期以來存在的悲慘現實：青海邊的古戰場上，平沙茫茫，白骨露野，陰風慘慘，鬼哭淒淒。寂冷陰森的情景，令人不寒而慄。這裏，淒涼低沉的色調和開頭那種人聲鼎沸的氣氛，悲慘哀怨的鬼泣和開頭那種驚天動地的人哭，形成了強烈的對照。這些都是「開邊未已」所導致的惡果。至此，詩人那飽滿酣暢的激情得到了充分的發揮，唐王朝窮兵黷武的罪惡也被揭露得淋漓盡致。

## 麗 人 行

杜甫

三月三日天氣新，長安水邊多麗人①。
態濃意遠淑且真，肌理細膩骨肉勻②。
繡羅衣裳照暮春，蹙金孔雀銀麒麟③。
頭上何所有？翠為匌葉垂鬢唇④
背後何所見？珠壓腰衱穩稱身⑤。
就中雲幕椒房親，賜名大國虢與秦⑥。
紫駝之峰出翠釜，水精之盤行素鱗⑦。
犀筯厭飫久未下，鸞刀縷切空紛綸⑧。

黃門飛鞚不動塵，御廚絡繹送八珍⑨。

簫鼓哀吟感鬼神，賓從雜遝實要津⑩。

後來鞍馬何逡巡，當軒下馬入錦茵⑪。

楊花雪落覆白蘋，青鳥飛去銜紅巾⑫。

炙手可熱勢絕倫，慎莫近前丞相嗔⑬！

## 【註釋】

① 三月三日：即上巳節，自古便有臨水祓除不祥的風俗。唐代長安仕女多於此日到城南曲江遊玩踏青。麗人：美女。

② 態濃：姿態濃豔。意遠：意氣高遠。淑且真：嫻靜且自然。肌理細膩：皮膚細嫩光滑。勻：勻稱，適中。

③ 蹙：刺繡的一種工藝。金孔雀、銀麒麟：指用金、銀兩種顯光的絲線刺繡的孔雀和麒麟。

④ 翠：翡翠玉石。一說翡翠鳥的羽毛。為：或作「微」。匐葉：古代婦女髮髻上的花飾。鬢唇：鬢邊。

⑤ 珠壓腰衱：衣後襟或裙腰上綴著珍珠，壓使下垂。衱：裙帶。穩稱身：穩重貼身。

⑥ 就中：其中。雲幕椒房親：指楊貴妃的姐妹們。雲幕：畫有雲氣的帳幕，漢成帝在甘泉宮紫殿設有雲帷、雲幕、雲帳。椒房：后妃所居宮殿，後世因稱椒房親為后妃的家屬。賜名：皇帝恩賜的封號。虢與秦：指虢國夫人和秦國夫人。

⑦ 紫駝之峰：即駝峰，是一種珍貴的食品。翠釜：翠色的鍋。水精之盤：水晶盤子。行：傳送。素鱗：指白鱗魚。

⑧ 犀筋：犀牛角做的筷子。厭飫：吃膩了。厭：同「饜」，飽。鸞刀：帶鸞鈴的刀，祭祀時用以割肉。縷切：細切。空紛綸：空忙了一陣。

⑨ 黃門：宦官。飛鞚：快馬飛馳。不動塵：形容騎馬技術熟練，雖飛馬前進而塵土不揚。八珍：古時八種珍貴的食品，其名稱說法不一，這裏泛指各種名貴的美味。

⑩ 感鬼神：極言蕭鼓之聲感染力之強。雜遝：雜亂而眾多的樣子。實要津：語意雙關，一指賓客從在曲江塞滿了交通要道；一指他們都是在朝廷佔據要位的大官。

⑪ 後來鞍馬：最後一個騎馬來的人，即楊國忠。逡巡：緩慢徐行，旁若無人之態。當軒：當門。錦茵：錦織的地毯。

⑫ 楊花雪落：極言楊花飛舞之盛。北魏胡太后曾威逼大臣楊華與己私通，楊華害怕惹禍上身，投降梁朝，胡太后為表達對他的思念，特作《楊白花》一詞。這裏以楊花諧楊姓，以「楊花覆白蘋」喻指楊氏兄妹的曖昧關係。青鳥：古代神話中為西王母傳遞消息的使者，後世以青鳥代指情人的信使。紅巾：婦女用的手帕。這句表明楊國忠兄妹亂倫，暗通消息。

⑬ 炙手可熱：形容楊氏權傾朝野，氣焰灼人。絕倫：無人可比。慎莫：千萬不要。丞相：即楊國忠。

## 【評析】

　　本詩約作於天寶十二年杜甫在長安時，當時唐玄宗寵愛楊貴妃，楊氏一族驟然顯赫。詩通過描寫一個春暖花開的時節，楊國忠兄妹在長安城南曲江游宴時的情景，指責揭露了楊氏兄妹的驕奢淫逸和囂張氣焰，從側面揭露了玄宗後期的政治黑暗。

　　全詩可分為三段。開篇至「珠壓腰衱穩稱身」為第一段。開頭即點出時間是在三月三日，正是春光明媚的好光景。接著詩人用細膩的筆法、富麗的文采，描畫出一群體態嫺雅、姿色優美的麗人。然後言其服飾之華麗和頭飾之精美，所有這些無不顯示出麗人們身份的高貴。而這些都是為下面寫楊氏姐妹的嬌豔姿色作鋪墊。

　　「就中雲幕椒房親」至「賓從雜遝實要津」為第二段，細緻地描繪了麗人中的虢國夫人、韓國夫人和秦國夫人，其中對她們飲宴的豪華場面描寫得尤為細膩。她們在雲帳裏面擺設酒宴，用色澤鮮豔的銅釜和水晶圓盤盛佳餚美饌，可謂奢侈至極。然而，面對如此名貴的山珍海味，三位夫人卻手捏犀牛角做的筷子，遲遲不夾菜，因為這些東西她們早就吃膩了，足見其驕矜之

氣。可憐了那些手拿鸞刀精切細作的廚師們，真是白忙活了一場。三位夫人的驕態和廚師的無奈相對應，無情地揭露了統治階級對廣大人民的壓榨。廚師的形象非常具有典型意義。

因為三位夫人厭食，內廷的太監們看到這種情形後，立即策馬回宮報信，不一會兒，天子的御廚房就絡繹不絕地送來各種山珍海味。這可見玄宗對楊家的寵倖。雖不著一字，但玄宗昏庸荒唐的形象躍然紙上。

「後來鞍馬何逡巡」至詩尾為第三段，主要描寫楊國忠權勢煊赫、意氣驕恣之態。「楊花雪落覆白蘋，青鳥飛去銜紅巾」兩句，詩人借曲江江邊的秀美景色，並巧用北魏胡太后私通大臣楊華的故事以及青鳥傳書的典故，揭露了楊國忠與虢國夫人淫亂的無恥行徑。詩歌的最後兩句中，詩人終於將主題點出，但依然不直接議論，而是溫和地勸說旁人，千萬不要走近他們，否則丞相發怒後果就嚴重了，這樣的結尾可謂綿裏藏針，看似含蓄，實則尖銳，諷刺幽默而又辛辣。

# 哀江頭

杜甫

少陵野老吞聲哭，春日潛行曲江曲①。
江頭宮殿鎖千門，細柳新蒲為誰綠②？
憶昔霓旌下南苑，苑中萬物生顏色③。
昭陽殿裏第一人，同輦隨君侍君側④。
輦前才人帶弓箭，白馬嚼齧黃金勒⑤。
翻身向天仰射雲，一箭正墜雙飛翼⑥。
明眸皓齒今何在？血污遊魂歸不得⑦。
清渭東流劍閣深，去住彼此無消息⑧。
人生有情淚沾臆，江草江花豈終極⑨？
黃昏胡騎塵滿城，欲往城南望城北⑩。

## 【註釋】

① 少陵野老：杜甫自號。吞聲哭：不敢哭出聲。時長安被叛軍佔領。潛行：偷偷地走著。曲江曲：曲江的隱曲角落之處。

② 江頭宮殿：曲江是帝妃遊幸之所，原來兩岸都有行宮台殿。細柳新蒲為誰綠：意謂江山易主，物是人非。

③ 霓旌：雲霓般的彩旗，是皇帝的儀仗。南苑：即芙蓉苑，是玄宗的行宮之一，因在曲江南面，故稱「南苑」。生顏色：煥發出光彩。

④ 昭陽殿：漢成帝宮殿名。第一人：指成帝寵妃趙飛燕，這裏借指楊貴妃。同輦隨君侍君側：《漢書·外戚傳》。漢成帝遊於後宮，曾想與班婕妤同輦載。班婕妤拒絕說：「觀古圖畫，聖賢之君，皆有名臣在側，三代末主，乃有嬖女。今欲同輦，得無近似之乎？」這裏形容楊貴妃受寵超出常規，暗含諷刺之意。

⑤ 才人：宮中女官。嚼齧：咬。勒：馬口銜著的嚼口。

⑥ 仰射雲：指仰射雲中的飛鳥。墜：射落。雙飛翼：兩隻飛鳥。

⑦ 明眸皓齒：形容美人的形態，指楊貴妃。血污遊魂：指楊貴妃被縊死馬嵬坡的事。

⑧ 清渭：渭水。古有「渭清涇濁」之說。劍閣：長安入蜀的必經之地。

⑨ 淚沾臆：淚水沾濕胸部。豈終極：哪裡有窮盡之時。

⑩ 胡騎：指叛軍。城南：杜甫當時居住的地方。望城北：望著城北，因皇宮在長安城北，現為叛軍巢穴而傷心。

## 【評析】

　　本詩作於至德二年（756）。在這前一年，詩人在去靈武投奔肅宗的途中，被安祿山的叛兵俘虜帶到了長安，後來逃出。詩中所寫的就是他當時在長安城南曲江獨游時的所見所思所感，悲憤之情貫穿全篇。這首詩前半部分回憶唐玄宗與楊貴妃遊曲江的盛事，後半部分感傷貴妃之死和玄宗出逃，哀歎曲江的昔盛今衰，描繪了長安在遭到安史叛軍洗劫後的蕭條冷落景象，表達了詩人真誠的愛國情懷，及對國破家亡的深哀巨慟之情。

　　全詩可分為三部分。前四句為第一部分，寫長安淪陷後的曲江景象。曲

江原是長安有名的遊覽勝地，有說不盡的煙柳繁華、富貴風流。但這已經成為歷史了，以往的繁華像夢一樣過去了。而如今，只有「少陵野老吞聲哭，春日潛行曲江曲」。重複用一個「曲」字，給人一種紆曲難伸、愁腸百結的感覺。兩句詩，寫出了曲江的蕭條和氣氛的恐怖，寫出了詩人憂思惶恐、壓抑沉痛的心理，詩句含蘊無窮。

「江頭宮殿鎖千門，細柳新蒲為誰綠」兩句寫詩人在曲江所見之景。「千門」，極言宮殿之多，說明昔日的繁華。而著一「鎖」字，便把昔日的繁華與眼前的蕭條冷落擺在一起，巧妙地構成了今昔對比，看似信手拈來，卻極見匠心。「細柳新蒲」，景物是很美的。「為誰綠」三字陡然一轉，以樂景反襯哀慟，一是說江山換了主人，二是說沒有遊人，無限傷心，無限淒涼，這些場景令詩人肝腸寸斷。

「憶昔霓旌下南苑」至「一箭正墜雙飛翼」為第二部分，回憶安史之亂以前春到曲江的繁華景象。這裏用「憶昔」二字一轉，引出了一節極繁華熱鬧的文字。「憶昔霓旌下南苑，苑中萬物生顏色」，先總寫一筆。開元二十年（732），自大明宮築複道夾城，直抵曲江芙蓉苑，玄宗和后妃公主經常通過夾城去曲江遊賞，御駕遊苑極盡豪華奢侈。然後是具體描寫唐明皇與楊貴妃遊苑的情景。「同輦隨君」用的是班婕妤的典故，與唐玄宗寵愛楊貴妃形成對比。這就清楚地說明，唐玄宗不是「賢君」，而是「末主」。筆墨之外，有深意存在。下面又通過寫「才人」來寫楊貴妃。「才人」是宮中的女官，她們戎裝侍衛，身騎以黃金為嚼口籠頭的白馬，射獵禽獸，博得了楊貴妃的嫣然「一笑」。聯想到周幽王為博褒姒一笑而烽火戲諸侯的典故，不難看出這「一笑」之中蘊含的諷刺之意。這些帝王后妃們沒有想到，這種放縱的生活，卻正是他們親手種下的禍亂根苗。

「明眸皓齒今何在」至詩尾為第三部分，寫詩人在曲江頭產生的感慨。「明眸皓齒今何在」至「去住彼此無消息」是感歎唐玄宗和楊貴妃的悲劇。「今何在」三字照應第一部分「細柳新蒲為誰綠」一句，把「為誰」二字說得更具體，感情極為沉痛。昔日芙蓉苑裏仰射比翼鳥，後來馬嵬坡前生死兩分離，詩人運用這鮮明而又巧妙的對照，指出了他們逸樂無度與大禍臨頭的因果關係，寫得驚心動魄。

　　「人生有情淚沾臆」至「欲往城南望城北」總括全篇，寫詩人對世事滄桑變化的感慨。「黃昏胡騎塵滿城」一句，把高壓恐怖的氣氛推向頂點，使開頭的「吞聲哭」、「潛行」有了著落。黃昏來臨，為防備人民的反抗，叛軍紛紛出動，以致塵土飛揚，籠罩了整個長安城。本來就憂憤交迫的詩人，這時就更加心如火焚，他想回到長安城南的住處，卻反而走向了城北。心煩意亂竟到了不辨南北的程度，充分而形象地揭示詩人內心的巨大哀慟。

　　全詩層次清晰，結構嚴整，首尾照應，藝術構思縝密，語言形象精練，給人以身臨其境之感。在這首詩裏，詩人流露的感情是深沉的，也是複雜的。當他表達出真誠的愛國激情的時候，也流露出對蒙難君王的傷悼之情。

## 哀王孫

杜甫

長安城頭頭白烏，夜飛延秋門上呼①。
又向人家啄大屋，屋底達官走避胡。
金鞭斷折九馬死，骨肉不得同馳驅②。
腰下寶玦青珊瑚，可憐王孫泣路隅③。
問之不肯道姓名，但道困苦乞為奴。
已經百日竄荊棘，身上無有完肌膚。
高帝子孫盡隆準，龍種自與常人殊④。
豺狼在邑龍在野，王孫善保千金軀⑤。
不敢長語臨交衢，且為王孫立斯須⑥。
昨夜東風吹血腥，東來橐駝滿舊都⑦。
朔方健兒好身手，昔何勇銳今何愚⑧！
竊聞天子已傳位，聖德北服南單于⑨。
花門剺面請雪恥，慎勿出口他人狙⑩。
哀哉王孫慎勿疏，五陵佳氣無時無⑪！

## 【註釋】

① 頭白烏：白頭的烏鴉，是不祥之鳥。延秋門：唐宮苑西門，出此門有便橋渡渭水，唐玄宗就是由此出逃。

② 金鞭斷折：是玄宗以金鞭鞭馬快跑而斷折。九馬死：許多名馬都因快奔過度而死。骨肉：指王孫。驅馳：騎馬快跑，指逃離長安。

③ 寶玦：玉佩，狀如有缺口的玉環。青珊瑚：鄭常《洽聞記》：「珊瑚初生時，肌理軟膩，一年變作黑色，見風則變紅色，三年色青。」泣路隅：在路角落小聲哭泣。

④ 高帝：漢高祖劉邦。這裏以漢喻唐。隆準：高鼻。龍種：古時稱皇帝為龍，故稱其子孫為龍種，這裏指王孫。

⑤ 豺狼在邑：指安祿山已在東都洛陽稱帝。龍在野：指玄宗在蜀，肅宗在靈武。

⑥ 長語：多說話。臨：靠近。衢：大路。斯須：一會兒。

⑦ 東風吹血腥：東風吹來血的氣味，指安史叛軍到處屠殺。橐駝：同駱駝，因能負橐橐，故稱。橐，兩頭開口的口袋。滿舊都：遍佈長安城。指叛軍對長安的擄掠。《唐書·史思明傳》：「祿山陷兩京，以駱駝運御府珍寶於范陽，不知紀極。」

⑧ 朔方健兒：指唐將哥舒翰所率領的守潼關的河隴、朔方軍。勇銳：英勇。今何愚：現在是多麼遲鈍。指天寶十五年（756）哥舒翰守潼關大敗之事。

⑨ 竊聞：私下裏聽說。天子已傳位：天寶十五年八月，玄宗傳位於肅宗。聖德：指玄宗的德。玄宗奔蜀時，曾對肅宗說：「西北諸胡，我向來厚待他們，今後一定可以得到他們的幫助。」南單于：東漢光武帝中興，匈奴分裂為二，南單于服從漢朝。這裏指回紇。肅宗即位後，遣使與回紇和親。至德二年（757），其首領入朝。

⑩ 花門：即回紇。劙（音離）面：匈奴風俗，在宣誓儀式上割面流血，表示忠誠信義。這裏指回紇堅決表示出兵助唐軍平叛。出口：指漏出這個消息。狙：伺機襲擊。

⑪ 佳氣：興旺之氣。無時無：沒有什麼時候沒有，時時存在。

## 【評析】

　　唐天寶十四年（755）十一月，安史之亂爆發。次年六月九日，潼關失守。十三日，楊國忠慫恿唐玄宗連夜奔蜀，僅帶著楊貴妃姐妹幾人，致使許多皇親國戚因事前不知而留在長安。七月，安祿山部將孫孝哲攻陷長安，大肆搜捕百官，殺戮宗室，先殺霍國長公主、永王妃等八十人，又殺皇孫二十餘人。投降的官吏也有不少為賊耳目，遍搜王孫獻賊立功。王孫們四處隱匿逃竄，狼狽至極。杜甫在潼關失陷時，正帶著家人逃難，當他聽聞肅宗在靈武即位後，立刻隻身投奔，不料中途被叛軍俘虜，押到已淪陷的長安。杜甫在長安待了半年多，親身嘗到國破家亡的痛苦，親眼看到叛軍屠殺的慘狀。本詩反映了當時的史實，對王孫們的不幸命運表示同情和悲傷，同時安慰他們各自保重，家國復興指日可待，表現了詩人渴望國家安定統一的心願。

　　詩的前四句追憶安史之亂發生前的徵兆，以「白鳥」為線索，先「呼」，再「啄大屋」，層層遞進，氣氛愈來愈壓抑，表明時局的日趨緊張。「達官走避胡」點名玄宗倉皇奔蜀之事。

　　「金鞭斷折九馬死」以下十二句，寫玄宗拋棄王孫、匆促出奔後，王孫流落的痛苦，逃竄的狼狽情狀。「王孫善保千金軀」是詩人對王孫們的撫慰。這些都表明詩人忠於王室之心。

　　「不敢長語臨交衢」至詩尾，是詩人對王孫們的密告。詩人因之前已得知肅宗即位的消息，故而此時相告王孫內外的形勢，叮囑他們要自己珍重，謹防遭到叛軍的毒手，保全性命，等待山河光復。這也表達了詩人對國家未來的殷切希望。

　　全詩寫景寫情，都是詩人所目睹耳聞，親身感受，因而情真意切感人，蕩人胸懷。

## 卷五・五言律詩

## 經魯祭孔子而歎之

李隆基

夫子何為者，棲棲一代中①。
地猶鄹氏邑，宅即魯王宮②。
歎鳳嗟身否，傷麟泣道窮③。
今看兩楹奠，當與夢時同④。

【作者簡介】

　　李隆基（685—762），即唐玄宗，亦稱唐明皇，唐朝第八位皇帝。出生於東都洛陽，712年至756年在位，唐睿宗李旦第三子，母竇德妃。710年，李隆基與太平公主聯手發動「唐隆政變」誅殺韋后。712年，睿宗禪位，李隆基即位，後賜死太平公主，取得了國家的最高統治權。玄宗在位前期，注意撥亂反正，任用賢才姚崇、宋璟、韓休、張九齡等為相，勵精圖治，其開創的「開元盛世」是唐朝的極盛之世。玄宗在位後期，寵倖楊貴妃，怠慢朝政，寵倖奸臣李林甫、楊國忠等，加上政策失誤和重用安祿山等佞臣，導致了後來長達八年的「安史之亂」，為唐朝中衰埋下伏筆。756年，其子李亨即位，尊其為太上皇。

　　李隆基能詩，善音律。他一向崇尚經術，屏棄浮華，注意改革學風。登帝位後，更憑藉天子的權力在政治上加以號召，對盛唐質樸文風的形成發揮了一定作用。他自己的詩作大多雄健有力，是他「惡華好實，去偽從真」主張的實踐。沈德潛稱他的詩「開盛唐一代先聲」。

【註釋】

① 夫子：對孔子的敬稱。何為者：猶「何為乎」、「何為焉」。棲棲：忙忙碌碌，形容孔子四處奔走。《論語・憲問》：「丘何為是棲棲者歟？」

② 鄹：魯國邑名，在今山東曲阜縣東南。孔子父叔梁紇為鄹邑大夫，孔子出生於此，後遷曲阜。鄹氏邑：鄹人的城邑。宅即魯王宮：孔安國《尚書序》：「魯恭王壞孔子舊宅，以廣其居，升堂聞金石絲竹之聲，乃不壞宅。」

③ 歎鳳：《論語·子罕》：「子曰：鳳鳥不至，河不出圖，吾已矣夫！」說鳳至象徵聖人出而受瑞，今鳳凰既不至，故孔子遂有身不能親見聖之歎。傷麟：《史記·孔子世家》載，魯哀公十四年（前418），魯國人捕獲一隻麒麟，孔子認為麒麟在亂世出現，被人獵獲，是象徵自己不得志和將要死亡，就流淚歎息說：「麟也，麟出而死，吾道窮矣！」自此絕筆，不著述《春秋》。

④ 兩楹奠：《禮記·檀弓上》：「夫子曰：余疇昔之夜，夢坐奠於兩楹之間，夫明王不興，而天下其孰能宗余，余殆將死也！蓋寢疾七日而歿。」商代人死後，靈柩都停放於兩楹之間，喻祭祀的莊嚴隆重。孔子是魯國人，而魯國人是商代後裔，所以做了這個夢便以為自己快要死了。兩楹：指殿堂的中間。

## 【評析】

開元十三年（725），唐玄宗李隆基到泰山行封禪大禮，回京途中經過曲阜「幸孔子宅致祭」，因而作了這首詩。詩通過描述孔子一生中顛沛流離、難施抱負的坎坷，反映了聖人在所處時代所遭遇的不幸，表達了玄宗對孔子始終不得志的慨歎和同情。

首聯取《論語》中的典故，抒發了自己的無限感慨，像孔子這樣的大聖人，雖終其一生於諸侯之間，勞碌不停，但最終也未能實現自己的理想，這是非常悲哀的一件事。詩人的同情之心，一覽無餘。另一方面，孔子一生奔波勞苦，為的卻是天下的蒼生，雖屢遭誤解，仍孜孜以求，這又是無比可敬的。因此這一句詩便高度概括了孔子一生的功績和高貴品質，也表達了詩人對孔子的敬仰和欽服。

頷聯依舊用典故，讚歎孔子的舊居。寫帝王諸侯想要擴建宮殿，也不敢妄動孔子的故居。表明孔子的功績即便貴為王侯也望塵莫及，旨在高度評價

孔子的尊崇地位，含蓄、婉轉地表達了自己對孔子的敬重之情。

頸聯是孔子的自傷之詞，也是借用典故，借孔子自歎命運不濟，生不逢時，政治理想難以實現，真實再現了孔子當年孤寂、淒涼的心境。

尾聯既是孔子「昨日」的夢想，也是「今日」的現實，當然也可以理解為詩人一直都有拜祭孔子靈位的夢想，而今終得實現。孔子不求生前得到世人的認可，只希望在自己死後，儒學得以發揚光大，王道能夠被人主推行，如今夢想成真，也算是對孔子輾轉的一生的彌補吧。舉目仰望，孔子的塑像正端坐在殿堂前的兩楹之間，受人祭拜。詩人滿懷慰藉之情，祭拜於孔子的靈前，不論是嘆惜，還是感傷，都深深地融入到了對孔子的「贊」中。

# 望月懷遠

張九齡

海上生明月，天涯共此時。
情人怨遙夜，竟夕起相思①。
滅燭憐光滿，披衣覺露滋②。
不堪盈手贈，還寢夢佳期③。

## 【註釋】

① 情人：多情的人，指詩人自己。遙夜：漫長的夜晚。竟夕：一整夜。

② 憐：愛，喜歡。光滿：指月色皎潔。覺露滋：因「望月懷遠」太久，所以才覺得露水太多。滋：多。

③ 不堪：不能。盈手：雙手捧滿。還寢：回去睡。佳期：美好期會。

## 【評析】

本詩是望月懷思的名篇，描寫了月夜相思的情景，抒寫詩人懷念親友的深情。其情深意永，細膩入微，歷來為人傳誦。詩中的「相思」、「佳期」等指懷念人世間常有的情感，不能狹隘地理解為愛情。

起句「海上生明月」意境雄渾闊大，看似平淡無奇，沒有奇特的字眼，沒有一分點染的色彩，卻自然具有一種高華渾融的氣象。這一句完全是寫景，點明題中的「望月」。次句「天涯共此時」，即由景入情，轉入「懷遠」。

頷聯兩句，詩人直抒胸臆，表達了對遠方友人的殷切思念。詩人由懷遠而苦思，由苦思而難眠，由於難眠而怨長夜的種種過程，也包含了詩人的主觀感情色彩。一聲「怨長夜」，包孕著多麼深沉的感情！按律詩的要求，頷聯應該是工整的對偶，但本詩採用的卻是流水對的格式，自然流暢，給人一種氣韻純厚之感。

頸聯兩句緊承頷聯，詳細描繪了詩人難以入眠的情形，刻畫了一個因相思所苦的非癡即呆的形象，很是傳神。句中的「憐」和「覺」兩個動詞用得好，使詩中人對遠人思念之情得到充分表達，這是一種因望月而懷人，又因懷人而望月的情景相生寫法，它勾勒出一個燭暗月明，夜深露重，人單思苦，望月懷遠的幽清意境。

尾聯兩句，寫因思念友人而不得相見，故面對月華情不自禁地產生把月贈送給友人的想法，表達了詩人對友人的深厚情誼。此處化用晉陸機擬古詩《明月何皎皎》中的「照之有餘輝，攬之不盈手」的詩意，加以昇華，表達出纏綿不絕的情思。全詩在這種失望與希望之中戛然而止，讀來韻味深長。

## 送杜少府之任蜀州

王勃

城闕輔三秦，風煙望五津[①]。
與君離別意，同是宦遊人。
海內存知己，天涯若比鄰[②]。
無為在歧路，兒女共沾巾[③]。

【作者簡介】

　　王勃（650—676），字子安，絳州龍門（今山西河津）人。年十四應科試及第，授朝散郎，為沛王府修撰。當時諸王中鬥雞風盛行，王勃戲為沛王雞向英王雞挑戰的檄文，被高宗逐出王府，因而漫遊蜀中。後任虢州參軍，因擅殺官奴當誅，遇赦除名。其父王福時亦受累貶為交趾令，王勃前往探望，渡海溺水，驚悸而死。年二十八。

　　王勃與楊炯、盧照鄰、駱賓王並稱「初唐四傑」。他們的詩風雖不盡相同，但仕途坎坷、懷才不遇的遭際卻極相似。他們的詩歌都表現了積極進取的精神，抒發了自己被壓抑的憤懣，擴大了詩歌題材的範圍。他們四人反對六朝以來頹廢綺麗的風氣，致力於改革六朝文風，提出一些革新意見，開始把詩文從宮廷引向市井，從台閣移到江山和邊塞，題材擴大了，風格也較清新剛健，對於革除齊梁餘風、開創唐詩新氣象，起了重要的作用。而王勃的詩文在四傑中又具有更顯著的地位。有《王子安集》。

## 【註釋】

① 城闕：皇宮門前的門樓，常用來代指京城，這裏指唐朝的都城長安。輔：拱衛。三秦：這裏泛指秦嶺以北、函谷關以西的廣大地區。秦朝滅亡後，項羽將秦國故地關中分為雍、塞、翟三國，封給秦朝的三個降將，因此關中又稱為「三秦」。風煙：名詞作狀語，意為在風煙迷茫之中。五津：岷江的五個渡口，分別是白華津、萬里津、江首津、涉頭津、江南津。這裏泛指蜀川。

② 海內：四海之內即全國各地。比鄰：近鄰。古代五家相連為比。

③ 無為：不必。歧路：分別的盆路口。兒女：指像分別的青年男女一樣。沾巾：淚水沾濕配巾，指哭哭啼啼。

## 【評析】

　　這詩是詩人在長安送友人遠赴西南蜀州任職時所作的送別詩。本詩開合頓挫，意境曠達，一洗以往送別詩中的悲愴氛圍，其音調爽朗，清新高遠，獨樹一幟，體現出高遠的志趣和曠達的胸懷，堪稱送別詩中的經典之作。

首聯寫景，對仗工整，氣象壯闊，生動地寫出了送別時的環境。秦地和蜀地相距遙遠，詩人用一個「望」字就將兩地巧妙地聯繫起來，實在是妙筆。「風煙」二字暗示出路途遙遠，行路艱難，表達了詩人對朋友的關切。句中離情初露，為下文奠定了基礎。

頷聯以散調承首聯，文清跌宕。「與君離別意」寫惜別之感，詩人欲語還休。「同是宦遊人」是詩人的寬慰之詞，指出了與友人分別的必然性。但是，不管相距多遠，分別多久，二人的情誼是不會改變的，這是詩人想要表達的意思。

頸聯更進一步，奇峰突起，境界由狹小轉為宏大，情調從淒惻轉為豪邁。詩人一方面強調友誼的真誠與持久，另一方面也鼓勵友人樂觀地對待人生。這兩句含義綿長，是全詩的核心，表現真正的友誼不受時間的限制和空間的阻隔，既是永恆的，也是無所不在的，所抒發的情感是樂觀豁達的，它展示了詩人的寬廣胸襟和遠大志向。

尾聯不僅點明「送」的主題，而且繼續勸勉朋友，希望他不要像那小兒女一樣揮淚告別。這既是對朋友的叮嚀，也是自己情懷的吐露。緊接前兩句，於極高峻處忽然又落入舒緩，然後終止。

# 在獄詠蟬·並序

駱賓王

余禁所禁垣西①，是法廳事也②，有古槐數株焉。雖生意可知，同殷仲文之古樹③；而聽訟斯在，即周召伯之甘棠④，每至夕照低陰，秋蟬疏引⑤，發聲幽息⑥，有切嘗聞⑦，豈人心異於曩時⑧，將蟲響悲於前聽？嗟乎，聲以動容，德以像賢。故潔其身也，稟君子達人之高行；蛻其皮也，有仙都羽化之靈姿⑨。候時而來，順陰陽之數⑩；應節為變，審藏用之機⑪。有目斯開，不以道昏而昧其視⑫；有翼自薄，不以俗厚而易其真。吟喬樹之微風，韻姿天縱；飲高秋之墜露，清畏人知。

僕失路艱虞[13]，遭時徽[14]。不哀傷而自怨，未搖落而先衰。聞蟪蛄之流聲[15]，悟平反之已奏；見螳螂之抱影[16]，怯危機之未安。感而綴詩，貽諸知己。庶情沿物應[17]，哀弱羽之飄零[18]；道寄人知，憫餘聲之寂寞。非謂文墨，取代幽憂云爾。

　　西陸蟬聲唱，南冠客思深[19]。
　　不堪玄鬢影，來對白頭吟[20]。
　　露重飛難進，風多響易沉。
　　無人信高潔，誰為表予心？

**【作者簡介】**

　　駱賓王（約640—684），婺州義烏（今浙江義烏）人。高宗李治末年曾任武功、長安主簿及侍御史。任侍御史時，見高宗昏庸，武后擅政，幾次上書議論朝政，觸怒武后而被誣下獄。出獄後又貶為臨海（今浙江臨海）丞，不得志，辭官。中宗嗣聖元年（684），徐敬業在揚州起兵討伐武則天，駱賓王前往投奔，為其草擬討武氏檄文。武則天讀到這篇檄文的開頭，只是一笑，當讀到「一抔之土未乾，六尺之孤安在」時，大驚失色，忙問是何人所作。當得知是駱賓王所作時，感慨說：「宰相安得失此人？」徐敬業兵敗，駱賓王下落不明，或云被殺或云為僧。

　　駱賓王年少有文名，其五言律詩和七言歌行都頗具特色，辭采華美，格律嚴謹，如《在獄詠蟬》《帝京篇》都是膾炙人口的佳作，為初唐四傑之一。清代陳熙晉箋注的《駱臨海全集》是搜集他的詩集最完善的本子。

**【註釋】**

① 禁垣西：牢房的西牆外。

② 法廳事：法官審理罪犯的地方。

③ 「雖生意可知」兩句：東晉殷仲文，見大司馬桓溫府中老槐樹，歎

日：「此樹婆娑，無復生意。」借此自歎其不得志。

④「而聽訟斯在」兩句：傳說周代召伯巡行，聽民間之訟而不煩勞百姓，就在甘棠下斷案，後人因相戒不要損傷這樹。召伯：即召公，周代燕國始祖名，因封邑在召（今陝西岐山西南）而得名。

⑤疏引：斷斷續續地叫，其聲清遠悠揚。

⑥幽息：幽沉而似歎息。

⑦有切嘗聞：比曾經聽到過的蟬鳴更加淒切哀怨。

⑧曩時：先前。

⑨羽化：指羽化成仙。靈姿：美好的姿態。

⑩順：遵循。陰陽之數：自然規律。

⑪審：掌握。藏用之機：出入進退的時機。

⑫道昏：世道黑暗。昧其視：視而不見。

⑬失路：迷失道路。艱虞：困難憂患。

⑭徽：刑具，即繩索。這裏指被拘禁。

⑮蟪蛄：即蟬。

⑯螳螂抱影：指螳螂捕蟬的影子。

⑰庶：希望。

⑱弱羽：指微小的蟬。

⑲西陸：指秋天。南冠：春秋時期，楚國樂師被晉國所俘虜，戴著南冠（楚國的帽子）被囚禁在晉國軍府。後來南冠泛指囚徒。

⑳玄鬢：指蟬的黑色翅膀，這裏比喻作者正當盛年。白頭吟：漢樂府《雜曲歌辭·古歌》中云：「座中何人，誰不懷憂？令我白頭。」詩人當時只有三十八歲，自稱「白頭」是說明他懷憂深重，容易白頭。

## 【評析】

本詩是駱賓王身陷囹圄時所作，時間在唐高宗儀鳳三年（678）。關於他下獄的原因，一說是上疏論事觸忤了武則天，一說是「坐贓」。這兩種說法都不確實，從尾聯「無人信高潔，誰為表予心」來看，顯然是受了誣陷。

詩序可以說是一片簡短而精美的駢文。詩人在其中敘說了自己作此詩的

緣起，敘說了蟬的形態、習性及美德，抒發了自己「失路艱虞，遭時徽」的哀怨之情。

　　首聯以蟬聲開篇，描寫秋末冬至，生命即將走到盡頭的蟬的淒涼鳴聲。聽到此音，身在獄中的詩人不禁感懷傷情。「南冠」是詩人點明自己「在獄」的處境，暗含無盡悲涼之意。生機將盡的秋蟬和朝不保夕的囚徒有某種相似的境遇，從而使詩人對秋蟬生出惺惺相惜的情意。

　　頷聯「不堪」與「來對」相互呼應，詩人由蟬的現狀聯想到自己，表達了內心的傷感和對朝廷黑暗的憤懣。「玄鬢」既指蟬的黑色翅膀，又代指詩人正值壯年。「白頭吟」是古樂府曲名，其內容多自傷清直卻遭誣謗。詩人以此自喻，既表明自身處境，又道出自己屢次被貶，仕途坎坷，黑髮漸漸斑白的淒涼現狀。「玄鬢」和「白頭」都是一語雙關，巧妙地借眼前所見表達了心中所思。

　　頸聯看似說蟬，卻也是托物言己，把詩人多年來的坎坷經歷全然呈現。兩句多處比喻，「露重」、「風多」喻周遭事物的不盡如人意；「飛難進」是對難以在官場有所作為的描寫；「響易沉」暗喻詩人的觀點看法受到打壓。

　　如果說頸聯還有比喻的痕跡在其中，尾聯則全然分不清是蟬是「我」，好像在讚美蟬的孤高貞潔，又似直抒胸臆，把自己的冤屈和報國之志，一併宣洩而出。詩人的怨憤之情躍然紙上。

　　這首詩中，詩人以蟬起興，又以蟬自比，把自己含冤下獄的強烈憤慨婉轉地寄寓於比興之中。在詩中不僅抒發了他個人的悲憤，也抒發了許多進步文人在封建時代壓抑下的不平。通篇感情深沉，風格凝練。

## 和晉陵陸丞早春遊望①

杜審言

獨有宦遊人，偏驚物候新②。
雲霞出海曙，梅柳渡江春③。
淑氣催黃鳥，晴光轉綠蘋④。

忽聞歌古調，歸思欲沾巾⑤。

【作者簡介】

　　杜審言（約645—708），字必簡，鞏縣人。唐高宗咸亨元年（670）
進士，先後任隰城（今山西汾陽）尉、洛陽丞等小官。後因事貶吉州（今
江西吉安）司戶參軍，不久免歸。武則天時召見，令賦詩，頗受讚賞，
授著作郎，遷戶部員外郎。中宗繼位，因與武則天寵臣張易之兄弟有交
往，被流放峰州（今越南越池東南）。不久又起用為國子監主簿、修文
館直學士。

　　杜審言青年時期與李嶠、崔融、蘇味道並稱為「文章四友」。他為
人狂放，常以文章自負。他的詩以五律著稱，多樸素自然，格律嚴謹，
技巧純熟，是唐代「近體詩」的奠基人之一。他是大詩人杜甫的祖父。
杜甫的律詩在某些方面受到他的影響。


【註釋】

①和：依照別人詩的意思或韻腳作詩。晉陵：今江蘇常熟市。陸丞：時
　　任晉陵縣丞，名不詳。
②偏驚：特別驚心。物候：指自然界的氣象和季節變化。
③雲霞出海曙：天亮時海邊的雲氣經朝陽照射輝映成彩。因朝陽從東邊
　　升起，晉陵臨近東海，故稱「出海曙」。梅柳渡江春：由於江南氣候
　　偏暖，江北氣候偏冷，江南春早，江北春遲，梅柳枝頭的春色是漸漸
　　由江南渡到江北的。
④淑氣：和暖的氣候。黃鳥：黃鶯。晴光：晴暖的陽光。綠蘋：浮萍。
⑤古調：指陸丞作的詩，即《早春遊望》。歸思：思歸之情。


【評析】

　　杜審言宦海沉浮近二十年，一直仕途失意，只充任縣丞、縣尉之類的小
官。約在永昌元年（689），他到江陰任職，此時他雖然詩名甚高，卻仍然遠
離京洛，心情自然很不高興。在江陰時，詩人與同郡鄰縣的陸某是好友，他

們同遊唱和，本詩就是陸某所作的《早春遊望》的和作。詩人準確地把握住了早春時節的變化及客居他鄉遊宦之人的心理感受，訴說春光滿地不能歸省的傷情。

詩一開篇，詩人點明自身的處境，是「宦遊人」，並稱只有離別家鄉、奔走仕途的遊子，才會對異鄉的節物氣候感到新奇而大驚小怪。言外即謂，如果在家鄉，或是當地人，則習見而不怪。在這「獨有」、「偏驚」的強調語氣中，生動表現出詩人宦游江南的矛盾心情。這一開頭相當別致，很有個性特點。

頷聯和頸聯具體寫「驚新」，著重描寫江南新春伊始至仲春二月的物候變化特點，表現出江南春光明媚、鳥語花香的水鄉景色。實際上，詩人是從比較故鄉中原的物候來寫異鄉江南的新奇的，在江南仲春的新鮮風光裏有著詩人懷念中原暮春的故土情意，句句驚新而處處懷鄉。頷聯中，將「雲霞」與「曙」、「梅柳」與「春」的關係倒置，構思獨特，精警洗練。頸聯進一步描寫了早春的景物，黃鳥啼鳴，浮萍飄綠，聲色相間，凸顯春色。

尾聯中，詩人用「忽聞」以示意外語氣，巧妙地表現出陸某的詩在無意中觸到詩人心中思鄉之痛，因而感傷流淚。反過來看，正因為詩人本來思鄉情切，所以一經觸發，便傷心流淚。這個結尾，既點明歸思，又點出和意，結構嚴謹縝密。


## 雜　詩①

沈佺期

聞道黃龍戍，頻年不解兵②。
可憐閨裏月，長在漢家營③。
少婦今春意，良人昨夜情④。
誰能將旗鼓，一為取龍城⑤。


【作者簡介】

　　沈佺期（約656—714），字雲卿，相州內黃（今河南內黃）人。高宗上元二年（675）進士及第，任通事舍人、考功員外郎。曾因受賄入獄。出獄後復職，遷給事中。武后朝，他和宋之問諂附權貴張易之。中宗復位，張被殺，他被流放州（今越南境內）。後回朝任起居郎、修文館直學士、中書舍人、太子詹事等官。

　　沈佺期與宋之問不僅生活經歷類似，創作道路也相似，兩人都是當時的宮廷文人，作品多是歌頌生平的應制之作，內容貧乏。但他們被貶後，生活上都有些感受，因而詩的內容較前充實。儘管他們的作品仍然承襲六朝形式主義的詩風，但他們在唐代律詩的成熟過程中是有一定影響的。至於他們在貶地寫的一些紀行述感之作，感情比較真摯，技巧相當成熟。他們的近體詩格律嚴謹精密，史論以為律詩體制定型的代表詩人，二人合稱「沈宋」。

## 【註釋】

① 雜詩：魏晉以來常見的一種「無題」抒情詩，內容多寫離別之恨、相思之苦、征戍之怨。

② 聞道：聽說。黃龍：即黃龍崗，在今遼寧開原縣西北，是唐代的東北要塞。頻年：連年。解兵：罷兵。

③ 閨：舊指女子住的內室。漢家營：即唐家營。

④ 今春：今年，實指年年。昨夜：實指夜夜。

⑤ 將：率領。旗鼓：軍旗和戰鼓，代指軍隊。龍城：匈奴大會祭天之地，在今蒙古國境內。

## 【評析】

　　沈佺期類似「無題」的《雜詩》共有三首，都寫閨中怨情，流露出明顯的反戰情緒。本詩從閨中思婦的角度，描述了她對遠征丈夫的深深思念之情，表達了百姓厭惡戰爭，渴望和平的情緒，除了對「頻年不解兵」的怨恨外，詩人還表達了對良將的期盼之情，希望良將儘快出現，早日結束戰爭，也暗暗吐露了對邊將無能的譴責。

首聯敘事，交代背景：黃龍戍一帶，常年戰事不斷，至今沒有止息。一種強烈的怨戰之情溢於字裏行間。

頷聯抒情，借月抒懷。詩人選擇了月亮，寫思婦、征夫的相思之苦。思婦在閨中，征夫在邊塞，同在這一輪明月下，卻不能同賞。在征夫眼裏，這個昔日和妻子在閨中共同賞玩的明月，不斷地到營裏照著他，好像懷著無限深情；而在閨中思婦眼裏，似乎這眼前明月，再不如往昔美好，因為那象徵著昔日夫妻美好生活的圓月，早已離開深閨，隨著良人遠去漢家營了。這一聯明明是寫情，卻偏要處處說月；字字是寫月，卻又筆筆見人。短短十個字，內涵極為豐富，既寫出了夫婦分離的現在，也觸及到了夫婦團聚的過去；既輪廓鮮明地畫出了異地同視一輪明月的一幅月下相思圖，也使人聯想起夫婦相處時的月下雙照的動人景象。通過暗寓著對比的畫面，詩人不露聲色地寫出閨中人和征夫相互思念的綿邈深情。

抒寫至此，詩人意猶未盡，頸聯又以含蓄有致的筆法進一步抒寫離思。「少婦」對「良人」，「今春意」對「昨夜情」，對仗工整，互文見義。四季之中最撩人情思的莫過於春，而今春的大好光陰虛度，少婦怎不倍覺惆悵！萬籟無聲的長夜最為牽愁惹恨，那昨夜夫妻惜別的情景，彷彿此刻仍在征夫面前浮現。

尾聯寫出了思婦和征夫的共同心願：希望能有良將率眾克敵制勝，結束他們長期分離的痛苦。詩以問句的形式，照應了首聯「頻年不解兵」的問題，暗含對邊將無能的譴責，又顯示出詩的主旨，感慨深沉。

## 題大庾嶺北驛[①]

宋之問

陽月南飛雁，傳聞至此回[②]。
我行殊未已，何日復歸來[③]。
江靜潮初落，林昏瘴不開[④]。
明朝望鄉處，應見隴頭梅[⑤]。

【作者簡介】

宋之問（約656—712），一名少連，字延清，汾州（今山西汾陽）人，一說虢州（今河南靈寶）人。高宗上元二年（675）進士。早年有文名，武后朝官尚書監丞，左奉宸內供奉。中宗神龍元年（706），武則天下臺。因宋之問曾諂事張易之，中宗把他貶為瀧州參軍，到州不久逃歸，又諂附武三思，選入修文館直學士。後因事貶為越州長史，在此遍訪剡溪山水，賦詩流傳京師。睿宗即位，認為他「獪險盈惡，無悛悟之心」而流放欽州。唐玄宗即位後，命他自殺。

【註釋】

① 大庾嶺：位於江西、廣東交界處，嶺上多生梅花，又名梅嶺。北驛：大庾嶺北面的驛站。

② 陽月：陰曆十月。傳聞至此回：古代傳說雁南飛至大庾嶺便北返。

③ 殊：還。未已：沒有停止。

④ 潮初落：潮水剛退潮。瘴：舊指南方山林中因濕熱蒸郁而成之氣。

⑤ 明朝：來日。望鄉處：遠望故鄉的地方，指大庾嶺高處，即下句的「隴頭」。隴頭梅：大庾嶺地處亞熱帶，氣候和暖，十月即可見梅。

【評析】

本詩是宋之問被貶嶺南途經大庾嶺時所作，時間約在唐睿宗景雲元年（710）。本來在武后、中宗兩朝，宋之問頗得寵倖，但睿宗即位後，他卻成了謫罪之人，被發配嶺南，在人生道路上從高峰跌入深淵，胸中不免充滿了憂傷和痛苦。這首詩中，詩人通過描寫流放途中所見的景物及所想像的意象，借景抒情，引用一則「雁過梅嶺」的奇妙傳說，再結合自己當前的處境，抒發了詩人對官場坎坷的慨歎和思念家鄉的感情。

詩一開篇，詩人便以雁的行蹤反襯自己的身世。大庾嶺又名梅嶺，古人認為此嶺是南北的分界線，因有十月北雁南歸至此，不再過嶺的傳說。詩人被貶途徑大庾嶺北驛，想到大雁可以北歸，而自己南貶卻不知何日北還，懷鄉的憂傷湧上心頭，悲切之音脫口而出：「我行殊未已，何日復歸來。」詩

人用的是比興手法。兩兩相形，沉鬱、幽怨，人不如雁的感慨深蘊其中。這一鮮明對照，把詩人那憂傷、哀怨、思念、嚮往等痛苦複雜的內心情感表現得含蓄委婉而又深切感人。

頸聯中，詩人又點綴了眼前的景色，只見潮水退後江面泛著漣漪，深林昏暗，瘴氣濃重不散。這景象給詩人平添了一段憂傷。江潮落去，江水尚有平靜的時候，而詩人心潮起伏，卻無一刻安寧。叢林迷暝，瘴氣如煙，故鄉望眼難尋，前路如何，又難以蔔知。失意的痛苦，鄉思的煩惱，面對此景就更使詩人不堪忍受。這二句寫景接上二句的抒情，轉承得實在好，以景襯情，渲染了淒涼孤寂的氣氛，烘托出悲苦的心情，使抒情又推進一層，更加深刻細膩，更加強烈具體了。

尾聯兩句，詩人沒有接續上文寫實景，而是拓開一筆，寫了想像，虛擬一段情景來關合全詩。這樣不但深化了主題，而且情韻醇厚，含悠然不盡之意，令人神馳遐想。


# 次北固山下①

王灣

客路青山外，行舟綠水前②。
潮平兩岸闊，風正一帆懸③。
海日生殘夜，江春入舊年④。
鄉書何處達？歸雁洛陽邊。


## 【作者簡介】

王灣，生卒年不詳，洛陽人。唐玄宗先天年間（712—714）進士，開元初任滎陽主簿，後參加編次四部典籍和校理麗正院書。仕途坎坷，官終洛陽尉。

王灣是開元時代的著名詩人，往來於吳楚之間，為江南清麗山水所傾倒，並受到當時吳中詩人清秀詩風的影響，也寫下了一些歌詠江南山

水的作品,《次北固山下》就是其中最著名的一篇。

【註釋】

① 次:停泊。北固山:在今江蘇鎮江市北,北臨長江,地勢險固。

② 客路:旅途。青山:指北固山。綠水:指長江。

③ 潮平兩岸闊:因潮漲而覺長江江面增寬。風正一帆懸:風向正順,桅杆上高懸著孤帆。

④ 殘夜:指天將破曉,夜將盡未盡的時候。這句說:殘夜未消,紅日已從海上升起。舊年:過去的一年。這句說:舊年將盡,江南早有春天氣息。

【評析】

　　這首詩寫冬末春初,詩人停舟在北固山下時看到的兩岸春景,由景寫到鄉愁,層層相連,渾然一體。

　　詩以對偶句發端,自然工巧,令人耳目一新。首聯先寫「客路」,後寫「行舟」,其人在江南、神馳故里的飄泊羈旅之情,已流露於字裏行間,與末聯的「鄉書」、「歸雁」遙相照應。

　　頷聯寫詩人江上行船,情景恢弘闊大,是不可多得的佳句。它把長江下游潮漲江闊,波瀾滾滾,詩人揚帆東下的壯闊圖景生動地描繪了出來,給人一種「乘長風破萬里浪」的豪邁感。其中詩人不用「風順」而用「風正」,是因為光「風順」還不足以保證「一帆懸」。風雖順,卻很猛,那帆就鼓成弧形了。只有既是順風,又是和風,帆才能夠「懸」。那個「正」字,兼包「順」與「和」的內容。

　　頸聯寫拂曉行船的情景。「日生殘夜」、「春入舊年」,都表示時序的交替,而且是那樣匆匆不可待,這怎不叫身在「客路」的詩人頓生思鄉之情呢?這兩句煉字煉句也極見功夫。詩人從煉意著眼,把「日」與「春」作為新生的美好事物的象徵,提到主語的位置而加以強調,並且用「生」字和「入」字使之擬人化,賦予它們以人的意志和情思。妙在詩人無意說理,卻在描寫景物、節令之中,蘊含著一種自然的理趣。海日生於殘夜,將驅盡黑

暗。江春，那江上景物所表現的「春意」，闖入舊年，將趕走嚴冬。不僅寫景逼真，敘事確切，而且表現出具有普遍意義的生活真理，給人以樂觀、積極、向上的藝術鼓舞力量。本聯是全詩的警句，也是歷來傳誦的名句。

尾聯緊承頸聯，遙應首聯，寫詩人的淡淡鄉愁。

全詩用筆自然，情感真切，籠罩著一層鄉思情緒，是難得的佳作。

## 題破山寺後禪院①

常建

清晨入古寺，初日照高林②。
曲徑通幽處，禪房花木深。
山光悅鳥性，潭影空人心③。
萬籟此俱寂，唯聞鐘磬音④。

【註釋】

① 破山寺：即興福寺，在今江蘇常熟市西北虞山上。

② 初日：清晨的太陽。高林：高樹之林。

③ 悅：使動用法，使……高興。潭影：潭水中的倒影。空：使……空。

④ 萬籟：指一切聲響。此：在此。俱寂：都沒有聲音。鐘磬：寺院裏誦經、齋供時打擊鐘磬作為報時或召集信號。

【評析】

這是一首題壁詩，詩中抒寫的是清晨遊覽破山寺後禪院的觀感，以凝練簡潔的筆觸描寫了一個景物獨特、幽深寂靜的境界，抒發了詩人忘卻世俗、寄情山水的隱逸胸懷。

首聯簡潔而清晰地描摹出清晨時後禪院的景色。一個「入」字寫出了古寺之幽深。「照」字又將旭日東昇時禪院生機盎然的景色描繪得真切動人，流露出詩人欣喜愉悅的情緒。而詩人一大早就進入古寺遊覽，可見對這裏嚮

往之切。

領聯中「曲徑」和「禪院」是詩人抓住的寺中特有的景物，形象地描繪出山寺幽深、清寂的景色。這一聯寫得非常美，不僅體現在寫景的準確傳神上，還表現在其思想內涵的深邃上。佛教提倡六根清淨，無欲無求，而禪房的花木繁茂，曲折含蓄地表現了僧人們內心對美的嚮往和追求。

頸聯在意念上緊接領聯，寫了詩人的發現之美，通過有聲有色、有動有靜的景物描寫來渲染佛門禪理洗滌心理、怡神悅志的作用，在給讀者帶來美的享受的同時又把讀者帶進了優美的佛門世界裏。

尾聯以聲音承托寂靜，營造了一個萬籟俱寂的境界。鐘磬之音遠遠超出了原來的報時功能，被賦予了一些寓意深微的象徵意義，這是來自佛門聖地的世外之音，詩人欣賞這禪院與世隔絕的居處，領略這空門忘卻塵俗的意境，禮贊了佛門超凡脫俗的神秘境界。

# 寄左省杜拾遺①

岑參

聯步趨丹陛，分曹限紫微②。
曉隨天仗入，暮惹御香歸③。
白髮悲花落，青雲羨鳥飛④。
聖朝無闕事，自覺諫書稀⑤。

## 【註釋】

① 左省：即門下省。唐代中央行政機構，門下省在左邊，稱左省，中書省在右邊，稱右省。杜拾遺：即杜甫。當時岑參任右補闕，屬右省。杜甫任左拾遺，屬左省。

② 聯步：同行。趨：赴，趕。丹陛：宮殿的紅色臺階，借指朝廷。曹：官署。限：分隔。紫微：古人以紫微星垣比喻皇帝居處，此指朝會時皇帝所居的宣政殿。中書省在殿西，門下省在殿東。或指中書省。唐

中書省多種紫薇花，開元二年改名為紫薇省。微：當做「薇」。

③ 天仗：天子朝會的儀仗。惹：沾染。御香：宮殿上御爐散發的香氣。

④ 白髮：詩人自謂。花落：喻時光流逝。青雲：喻高位。鳥飛：隱喻那些飛黃騰達者。

⑤ 闕事：過失。自：當然。諫書：勸諫的奏章。

## 【評析】

　　岑參與杜甫在至德二年（757）至乾元元年（758）同仕於朝，岑參任右補闕，杜甫任左拾遺，二人同為諫官，既是同僚，又是詩友。當時國事紛紜，「安史之亂」尚未平定，詩人雖位列朝堂卻居官閒散，只能與杜甫等好友詩文唱和，遂有了這首自我解嘲的詩。這首詩委婉而含諷，表達了文人身處卑位而又惆悵國運的複雜心態，詩中採用曲折隱晦的手法，抒發了內心之憂憤和對朝廷的不滿。

　　詩的首兩聯敘述與杜甫同朝為官的生活境況。詩人連續鋪寫「丹陛」「紫微」「天仗」「御香」，表面看，好像是在炫耀朝官的榮華顯貴。但揭開「榮華顯貴」的帷幕，卻使讀者看到另外的一面：朝官生活多麼空虛、無聊、死板、老套。每天他們總是煞有介事、誠惶誠恐地「趨」入朝廷，分列殿廡東西。但君臣們既沒有辦什麼轟轟烈烈的大事，也沒有定下什麼興利除弊、定國安邦之策，唯一的收穫就是沾染了一點「御香」之氣而「歸」罷了。「曉」、「暮」兩字說明這種庸俗無聊的生活，日復一日，天天如此。這對於立志為國建功的詩人來說，不能不感到由衷的厭惡。

　　頸聯中，詩人直抒胸臆，向老朋友吐露內心的悲憤。一個「悲」字概括了詩人對朝官生活的態度和感受。詩人為大好年華浪費於「朝隨天仗入，暮惹禦香歸」的無聊生活而悲，也為那種「聯步趨丹陛，分曹限紫微」的木偶般的境遇而不勝愁悶。因此，低頭見庭院落花而倍感神傷，抬頭睹高空飛鳥而頓生羨慕。

　　尾聯是全詩的高潮。「聖朝無闕事」看似稱頌，實為反諷，是詩人憤慨至極，故作反語。只有那昏庸的統治者，才會自詡聖明，自以為「無闕事」，拒絕納諫。正因為如此，身任「補闕」的詩人見「闕」不能「補」。「自

覺諫書稀」，一個「稀」字，反映出詩人對文過飾非、諱疾忌醫的唐王朝失望的心情。

## 贈孟浩然

李白

吾愛孟夫子，風流天下聞<sup>①</sup>。
紅顏棄軒冕，白首臥松雲<sup>②</sup>。
醉月頻中聖，迷花不事君<sup>③</sup>。
高山安可仰，徒此揖清芬<sup>④</sup>！

**【註釋】**

① 夫子：孟浩然比李白年長，加上李白對孟浩然的仰慕，故稱。風流：
　指舉止瀟灑，品格清高。

② 紅顏：指少年。軒冕：華美的車子和大官的帽子。泛指做官。臥松
　雲：臥於深山，陪伴松雲。指隱居生活。

③ 醉月：月下醉飲。中聖：即喝醉了。古時酒徒稱清酒為聖人，濁酒為
　賢人。迷花：迷戀花草，指陶醉於自然美景。

④ 高山：指孟浩然品格高尚。《詩經·小雅·車舝》：「高山仰止，景行行
　止。」揖：拱手為禮。清芬：指清美芳香的品德。

**【評析】**

　　開元二十七年（739），李白遊襄陽，與比他大十二歲的孟浩然相識，二人結下了深厚友誼。本詩即作於當時。詩中極力讚美了孟浩然隱居不仕的清高品格，表示了對他的崇敬之情。但詩的頷聯和頸聯與孟浩然的事蹟卻不大符合。孟浩然此前曾遊京師，應試科舉不第，仕進幾遭碰壁，才無可奈何回到襄陽。開元二十五年（737），張九齡為荊州大都督長史，孟浩然被召為從事。孟浩然身在山林，其實只不過是以隱邀名為仕進之資罷了。這從孟浩然

的許多詩中都可以得到印證。對此，李白並不是不知道，他之所以要這樣寫，正說明他自己對隱居生活的嚮往。他一生也有過幾次隱居，但其目的和孟浩然的隱居毫無二致。

首聯點題，開門見山，抒發了對孟浩然的欽敬愛慕之情。一個「愛」字是貫串全詩的抒情線索。

頷聯和頸聯好似一幅高人隱逸圖，勾勒出一個高臥林泉、風流自賞的隱士形象。「紅顏」對「白首」，概括了從少壯到晚年的生涯。一邊是達官貴人的車馬冠服，一邊是高人隱士的松風白雲，浩然寧棄仕途而取隱遁，通過這一棄一取的對比，突出了他的高風亮節。「白首臥松雲」中的一個「臥」字，活畫出人物風神散朗、寄情山水的高致。如果說頷聯是從縱的方面寫浩然的生平，那麼頸聯則是從橫的方面寫他的隱居生活。在皓月當空的清宵，他把酒臨風，往往至於沉醉，有時則於繁花叢中流連忘返。

尾聯直接抒情，感情進一步昇華，充分展示了孟浩然不慕榮利，自甘淡泊的品格。孟浩然是李白仰望的高山，但這座山太巍峨了，因為李白有了「安可仰」的感歎，只能在此向孟浩然純潔芳馨的品格拜揖。以「高山」比喻對方，使對方的形象更加生動。

全詩語言自然古樸，詩情如行雲流水般舒卷自如，表現出李白的率真個性。同時，詩歌採用抒情——描寫——抒情的方式，以一種舒展唱歎的語調，表達了李白的深切的敬慕之情。


# 渡荊門送別

李白

渡遠荊門外，來從楚國遊①。
山隨平野盡，江入大荒流②。
月下飛天鏡，雲生結海樓③。
仍憐故鄉水，萬里送行舟④。

【註釋】

① 遠：遠自。荊門：山名，在湖北宜都西北長江南岸，與江北虎牙山對
　　峙，上合下開，地勢險要。春秋戰國時是楚國的西方門戶。從：就。
　　楚國：楚地。

② 平野：平坦廣闊的原野。大荒：廣闊無際的原野。

③ 月下飛天鏡：明月映入江水，如同天上飛下的鏡子。海樓：海市蜃
　　樓，是光線經過不同密度的空氣層，發生顯著折射時，把遠處景物顯
　　示在空中或地面的奇異幻景。這裏狀寫江上雲霧的變幻多姿，形容江
　　上雲霞的美麗景象。

④ 故鄉水：指從四川流來的長江水。因李白是蜀人，長江水自蜀東流而
　　下，所以他親切地稱它為「故鄉水」。

【評析】

　　本詩是李白青年時期出蜀漫遊至荊門時贈別家鄉而作。詩明快而生動地
描繪了長江闖出三峽流入平原地帶的壯闊形勢和奇麗景色，反映了詩人的開
闊胸襟。

　　首聯說明了詩人遠遊的目的地——楚國。詩人從水路走，乘船過巴渝，
經三峽，一路奔向荊門之外。他主要是想去楚國故地的湖北、湖南遊歷。當
時詩人坐在船上，一路上興致勃勃地觀賞大江兩岸高聳入雲的崇山峻嶺。

　　頷聯寫隨著船的前行，詩人眼中景色的變化。當船行駛到荊門一帶的時
候，兩岸的崇山峻嶺突然不見了，詩人的視野頓時變得開闊起來，心情也隨
之更加暢快。「江入大荒流」中的「入」字用得既貼切又極有分量。隨著滾
滾奔騰的江水，看著濺起的朵朵浪花，聽著「嘩嘩」的流水聲，詩人頓時煥
發了青春的朝氣。

　　頸聯中，詩人採用移步換影的手法，不再寫山勢和流水了，而寫到從不
同的角度觀察到的長江的近景和遠景。夜晚，江面好像從天上飛下來的一面
鏡子，可以從中看到月亮的影子。白天，雲彩瑰麗，變化無窮，生成海市蜃
樓一樣的奇異景色。詩人用雲彩結成的海市蜃樓反襯天空的遼遠、江堤的廣
闊，用水中的月亮襯托水面的平靜，對比效果突出。

尾聯寫鄉情。面對荊門附近的風光和流過家鄉的江水，詩人突然開始思念家鄉。但詩人不說自己思鄉，而是用「故鄉水流經萬里為他送行」的別致寫法，來表達自己的思鄉之情。

全詩意境高遠，風格雄健，形象奇偉，想像瑰麗，尤其是頷聯兩句，寫得大氣非凡，體現了詩人開闊的胸襟。

# 送友人

李白

青山橫北郭，白水繞東城。
此地一為別，孤蓬萬里征<sup>①</sup>。
浮雲遊子意，落日故人情<sup>②</sup>。
揮手自茲去，蕭蕭班馬鳴<sup>③</sup>。

**【註釋】**

① 一：助詞，加強語氣。為別：作別。孤蓬：又名「飛蓬」，枯後根斷，常隨風飛旋。這裏比喻即將孤身遠行的友人。

② 浮雲遊子意：遊子離家，蹤跡不定，好像浮雲飄忽一樣。落日故人情：落日徐徐而下，似乎有所留戀。以此比喻送行者的惜別之情。

③ 自茲去：從這裏離別。蕭蕭：馬鳴聲。班馬：離群的馬。

**【評析】**

這是一首情深意重，充滿詩情畫意的送別詩，詩人所送別的友人是誰未詳。本詩通過對送別環境的刻畫、氣氛的渲染，觸景生情，即景取喻，很好地表達了他們依依惜別之情，反映了兩人之間的深摯友誼。

首聯交代出告別的地點。詩人已經將朋友送至城外，然而兩人仍並肩緩轡，不願分離。這兩句中「青山」對「白水」，「北郭」對「東城」，首聯即寫成工麗的對偶句，別開生面。而且「青」、「白」相間，色彩明麗。「橫」

字勾勒青山的靜姿,「繞」字描畫白水的動態,用詞準確而傳神。詩筆揮灑自如,描摹出一幅寥廓秀麗的圖景。雖未見「送別」二字,但細細品味,那筆端卻分明飽含著依依惜別之情。

　　頷聯和頸聯切題,寫出了離別之情。其中頷聯兩句有景又有情,情景交融,打動人心,表達了對朋友深切的不捨之情。頸聯兩句對仗工整,「浮雲」對「落日」,「遊子意」對「故人情」。同時,詩人又巧妙地用「浮雲」、「落日」作比,來表明對友人依依惜別之情。在這山明水秀、紅日西照的背景下送別,特別令詩人留戀而感到難捨難分。

　　尾聯兩句,情意更加深厚。「揮手」,是寫了分離時的動作,詩人內心的感受沒有直說,只寫了「蕭蕭班馬鳴」的動人場景。其中借馬鳴之聲猶作別離之聲,襯托離別情緒。詩人化用古典詩句,用一個「班」字,便翻出新意,烘托出繾綣情誼,是鬼斧神工的手筆。

　　這首送別詩寫得新穎別致,不落俗套。詩中青翠的山嶺,清澈的流水,火紅的落日,潔白的浮雲,相互映襯,色彩璀璨。班馬長鳴,形象新鮮活潑。自然美與人情美交織在一起,寫得有聲有色,氣韻生動。詩的節奏明快,感情真摯熱誠而又豁達樂觀,毫無纏綿悱惻的哀傷情調。


### 聽蜀僧浚彈琴<sup>①</sup>

李白

蜀僧抱綠綺,西下峨眉峰<sup>②</sup>。
為我一揮手,如聽萬壑松<sup>③</sup>。
客心洗流水,餘響入霜鐘<sup>④</sup>。
不覺碧山暮,秋雲暗幾重<sup>⑤</sup>。


【註釋】

①蜀僧浚:蜀地一位名浚的僧人。

②綠綺:原為司馬相如的琴名,這裏泛指名貴的琴。而司馬相如也是蜀

人，這裏用來更切合蜀地僧人。

③揮手：指彈琴。嵇康《琴賦》：「伯牙揮手，鐘期聽聲。」萬壑松：萬
　壑的松濤之聲。以松濤喻琴聲的激越，以萬壑松比琴聲的宏遠。

④客心洗流水：指聽了蜀僧浚的美妙琴聲，心中好像被流水洗滌了一樣
　感到輕快。《列子·湯問》：「伯牙鼓瑟，志在高山，鍾子期曰：『峨峨
　然若泰山』；志在流水，曰：『洋洋乎若江河。』子期死，伯牙絕弦，
　以無知音者。」這裏「流水」，語意雙關，既是對僧浚琴聲的實指，
　又暗用了伯牙善彈的典故。餘響：指琴的餘音。霜鐘：指鐘聲。《山
　海經·中山經》：「豐山有九鐘焉，是知霜鳴。」郭注：「霜降則鐘鳴，
　故言知也。」

⑤暗幾重：意即更加昏暗了，指夜色降臨。

## 【評析】

　　這是一首表現音樂的詩作，寫聽蜀地一位和尚彈琴的情景，極寫琴聲之
入神。詩中正面描寫琴聲之妙只用了「如聽萬壑松」一句，其餘都是側面烘
托。全詩既一氣貫注，又飄灑動人。

　　首聯兩句，稱彈琴的琴師來自四川峨眉山。短短十個字，把這位音樂家
寫得很是氣派，從中可以看出詩人的欽佩之情。同時，詩人在蜀地長大，他
對故鄉一直很懷戀，對於來自故鄉的琴師當然格外感到親切。詩一開頭就說
明彈琴的人是自己的同鄉，一方面表明詩人對這位琴師很有好感，另一方面
也吐露出詩人對故鄉的熱愛和懷念。

　　頷聯從正面描寫蜀僧彈琴。詩人用「如聽萬壑松」來表現琴聲激越的氣
勢，凸顯琴聲的不同凡響，使人真切地體會到琴聲的鏗鏘有力。

　　頸聯寫琴聲蕩滌胸懷，讓人聽罷心曠神怡，意猶未盡。「客心洗流水」
一句化用了「高山流水」的典故。詩人通過含蓄自然的抒寫，既表現了琴聲
如流水般順暢優美，又暗示出自己和琴師已經像知己一樣，對音樂有著共同
的感悟和體會。「餘響入霜鐘」寫琴聲漸漸飄向遠方，最後和日暮時分的鐘
聲產生共鳴，暗示天色已晚。

　　尾聯中，詩人聽完蜀僧彈琴，環顧四周，才發現青山不知何時已被暮色

籠罩，灰暗的秋雲密佈滿天。時間過得真快啊！本聯不僅寫出琴師技藝的高超，讓聽琴人忘記了時間，同時也營造出一種曠達悠遠、韻味無窮的意境。

# 夜泊牛渚懷古

李白

牛渚西江夜，青天無片雲①。
登舟望秋月，空憶謝將軍②。
余亦能高詠，斯人不可聞③。
明朝掛帆去，楓葉落紛紛④。

**【註釋】**

① 牛渚：山名，在今安徽當塗縣西北。西江：古時稱從江西到南京一段的長江為西江。

② 空憶：徒然懷念。謝將軍：指謝尚，他曾為鎮西將軍鎮守牛渚。

③ 高詠：善於吟詩。斯人：指謝尚。代指知音。

④ 掛帆去：揚帆而去。紛紛：雜亂，繁多。表示寂寞之感和憤激之情。

**【評析】**

　　這首詩當是詩人晚年在當塗之作，那時詩人非常失意，對未來已經不抱希望，但自負才華而怨艾無人賞識的情緒仍溢滿詩中。李白在題下原注云：「此地（牛渚）即謝尚聞袁宏詠史處。」據史載，謝尚，字仁祖，曾多次為將軍。袁宏，字彥伯，有逸才，曾作《詠史》詩。謝尚鎮守牛渚時，在一個秋月之夜，與部下乘船游江，聽到有人在江上吟詠，「聲既清朗，辭有藻拔」，一打聽，是袁宏在吟詠他的《詠史》詩。謝尚便把他迎到自己船上，和他談論，直到天明。後袁宏得到謝尚獎掖，聲名大著。題中所謂「懷古」，指的就是這件事。李白在詩中借夜泊牛渚懷念謝尚，以抒發其懷才不遇、恨無知音的感慨。

首聯開門見山，點明「牛渚夜泊」，回應題目，並描繪牛渚夜景。詩人從大處落墨，展現出一片碧海青天、萬里無雲的境界。寥廓空明的天宇，和蒼茫浩渺的西江，在夜色中融為一體，越顯出境界的空闊渺遠，而詩人置身其間時那種悠然神遠的感受也就自然融合在裏面了。

頷聯由望月過渡到懷古。此情此景，詩人不由想起謝尚泛江遇袁宏吟詠這一富於詩意的故事。但是詩人並不就此落入懷古俗套，而是從這樁歷史陳跡中發現了一種令人嚮往的美好關係：地位的懸殊、貴賤的懸隔，絲毫不能妨礙心靈的相通，對文學的愛好和對才能的尊重，可以打破身份地位的壁障。而這正是詩人當時求而不得的。

頸聯中，詩人的思緒由懷古又回到現實。袁宏在月夜得遇知音，從此飛黃騰達，這讓詩人想到了自己坎坷的遭遇，情不自禁地發出「余亦能高詠，斯人不可聞」的感慨。「不可聞」回應「空憶」，寓含著世無知音的深沉感喟。

尾聯寫景，詩人想像明朝掛帆離去的情景，烘托了詩人不遇知音之淒涼寂寞的情懷。

## 月　夜

杜甫

今夜鄜州月，閨中只獨看①。
遙憐小兒女，未解憶長安②。
香霧雲鬟濕，清輝玉臂寒③。
何時倚虛幌，雙照淚痕乾④！

【註釋】

① 鄜州：今陝西富縣。閨中：即閨中人，指詩人在鄜州的妻子。

② 未解憶長安：這句向來認為有兩層意思：一是小兒女不懂得想念在長安的父親；一是小兒女不懂得母親望月是在思念在長安的父親。

③ 香霧：霧本來沒有香氣，因為香氣從塗有膏沐的雲鬟中散發出來，所

以說「香霧」。清輝：指月光。玉臂：潔白如玉的手臂。

④ 虛幌：通明的薄帷。雙照：指月亮在一地照著兩人。表示對未來團聚
的期望。

## 【評析】

天寶十五年（756）五月，安祿山叛軍攻破潼關。五月，杜甫從奉先移
家至潼關以北白水（今陝西白水縣）的舅父處。六月，長安陷落，玄宗西
逃，叛軍入白水，杜甫攜家逃亡鄜州羌村。七月，肅宗在靈武即位，杜甫獲
悉後，隻身奔向靈武，不料途中為叛軍所俘，押回長安。本詩即是困居長安
時所作，表達了對離亂中家小的深切掛念，詩中用含蓄曲折的手法表現了極
其深刻沉痛的感情，其情深意真，明白如話，絲毫不見為律詩束縛的痕跡。

本詩的開頭十分獨特，詩人欲寫思念妻子的心情，卻不從長安這邊說
起，而是借助想像，先寫妻子在明月下思念自己。首聯一個「獨」字，寫盡
了妻子的孤單、寂寞和憂愁。

頷聯寫年幼的兒女陪著母親看月亮，卻不解母親的思念之情。「遙憐小
兒女」一句，從表面上看，與首聯中的「獨看」似乎有些矛盾，其實不然。
妻子在明月之下思念夫君，而兒女尚小，不能理解母親的心事和苦衷。兒女
的「不解憶」正反襯出妻子的「憶」。此外，以前詩人尚能與妻子同看鄜州
之月，妻子有了悲苦自己也能為其分憂。但如今，妻子「獨看」鄜州之月而
「憶長安」，天真的小兒女除了增加她的負擔，又能對她有何幫助呢？因而
說「憐」，這一字真切地寫出了詩人內心的深情，含蘊深廣，餘味無窮。

頸聯通過妻子獨自看月的形象描寫，進一步表現「憶長安」。妻子思念
丈夫，夜不能寐，霧濕雲鬢，月寒玉臂。在這樣淒清的月夜中，她望月的時
間越長，就越思念自己的丈夫；月色越好，她心中的苦悶就越多。想到這
裏，詩人能不深切思念自己的妻子嗎？

尾聯中，詩人盼望能夠早日與妻子相聚，攜手共訴離別相思之苦，將戰
亂所帶來的痛苦忘掉。「雙照」與「獨看」相呼應，詩人與妻子相對淚流滿
面的情景與妻子獨自望月思念詩人的情景形成對比，從側面表達了詩人盼望
團圓的願望及痛恨戰亂的心情。

這首詩借看月而抒離情,但抒發的不是一般情況下的夫婦離別之情。字裏行間,表現出時代的特徵,離亂之痛和內心之憂熔於一爐。

# 春　望

杜甫

國破山河在,城春草木深。
感時花濺淚,恨別鳥驚心①。
烽火連三月,家書抵萬金②。
白頭搔更短,渾欲不勝簪③。

## 【註釋】

① 感時:感慨時勢的變化。濺淚:流淚。恨別:怨恨離別。

② 三月:指正月、二月和三月。在這三個月中,叛將史思明等圍攻太原,受到李光弼的抵抗;郭子儀引兵從鄜州出擊河東的叛軍崔乾祐;叛將安守中從長安出兵西犯武功等。戰爭極其頻繁激烈,所以說「烽火連三月」。抵:值。

③ 搔:抓,撓。是解愁的動作。渾:簡直。欲:就要。不勝簪:頭髮少了,插不住髮簪。

## 【評析】

本詩作於至德二年(757)春,當時詩人被禁於淪陷後的長安。詩人不幸被俘,報國既不成,回家又不得,無限悲涼。他在長安親眼看見叛軍的大肆殺戮,切身感受到淪陷區百姓對官軍的期盼,深深感到國家災難的深重。面對滿城草木,遍地烽煙,詩人觸景生情,作了此詩。本詩意境悲涼,感人至深,描寫了戰亂中山河殘破荒蕪的景象,表現了詩人在戰亂中的憂慮愁苦,抒發了詩人的愛國傷時、思家恨別的深情。

全詩圍繞「望」字展開。前兩聯借景抒情,情景交融。詩人寫長安城裏

草木叢生，人煙稀少來襯托國家的殘破。開頭就沉重地突出「國破」二字，令人觸目驚心，而「山河在」又給人一種物是人非的歷史滄桑感。「草木深」可見長安城如今的荒蕪破敗以及叛軍對長安的破壞。

領聯兩句互文，以物擬人，將花鳥人格化。有感於國家的分裂，國事的艱難，長安的花鳥都為之落淚驚心。這裏「濺淚」和「驚心」的主語其實都是詩人自己，反襯的手法，表現出亡國之悲，離別之痛，體現出詩人的愛國深情。

頸聯寫出了在戰亂中的人們久盼音訊而不得的急切心情，這正是當時老百姓心中普遍的想法，很容易引起人們的共鳴。當時詩人的妻子兒女都在鄜州，生死未卜，這兩句也表達了詩人對親人的思念關切之情。

尾聯兩句，寫詩人那愈來愈稀疏的白髮，連簪子都插不住了，以動作來表現憂憤之深廣，具體而生動地表達了詩人極其沉重而憤激的心情。

# 春宿左省①

杜甫

花隱掖垣暮，啾啾棲鳥過②。
星臨萬戶動，月傍九霄多③。
不寢聽金鑰，因風想玉珂④。
明朝有封事，數問夜如何⑤。

【註釋】

① 左省：指左拾遺所屬的門下省，和中書省同為掌管機要的中央機構。

② 花隱：天色將暮花顏不顯。掖垣：禁牆，宮牆。這裏指門下省之牆。

③ 臨：下照。萬戶：指宮殿的千門萬戶。動：指星光照射之處，閃爍欲動。傍：靠近。九霄：指天的極高處。這裏形容宮殿高入雲霄，接近月亮。多：指宮殿傍月，所以得到的月色特別多。

④ 金鑰：即金鎖。指開宮門的鎖鑰聲。玉珂：馬絡頭銜上的裝飾品。馬

行則響，謂之鳴珂。百官上朝都騎馬，在省中是聽不到玉珂聲的，因風吹馬鈴作響有如玉珂，所以聯想到它。

⑤封事：即把奏章密封在黑色袋中，上朝時呈給皇帝。夜如何：問夜多深了，生怕耽誤早朝上封事的時間。

## 【評析】

至德二年（757）四月，杜甫從長安金光門逃出，冒險走小路到達行在所鳳翔見肅宗，任左拾遺。同年九月，唐軍收復長安。十月，唐肅宗自鳳翔還京。本詩是乾元元年（758）春杜甫在長安時所作。左拾遺掌供奉諷諫，大事廷諍，小事上封事。這首詩描寫了詩人上封事前在門下省值夜時的心情，表現了他居官勤勉，盡職盡忠，一心為國的精神。

首聯兩句描繪開始值夜時「左省」的景色。詩人首先寫眼前景：夜幕降臨，光線越來越黯淡，「左省」裏開放的花朵隱約可見，天空中投林棲息的鳥兒飛鳴而過。這樣的描寫自然真切，歷歷如繪。其次它還點明了題旨：寫花、寫鳥是點「春」；「花隱」的狀態和「棲鳥」的鳴聲是傍晚時的景致，是詩人值宿開始時的所見所聞，和「宿」相關聯。兩句字字點題，一絲不漏，很能見出作者的匠心。

頷聯由暮至夜，寫夜中之景。兩句是寫得很精彩的警句，對仗工整妥帖，描繪生動傳神，不僅把星月映照下宮殿巍峨清麗的夜景活畫出來了，並且寓含著帝居高遠的頌聖味道，虛實結合，形神兼備，語意含蓄雙關。其中「動」字和「多」字用得極好，被前人稱為「句眼」，此聯因之境界全出。

頸聯描寫的是詩人夜中值宿的情況。此聯本來是進一步貼詩題中的「宿」字，可是詩人反用「不寢」兩字，描寫他宿省時睡不著覺時的心理活動，另闢蹊徑，獨出機杼，顯得詞意深蘊，筆法空靈。同時深切地表現了詩人勤于國事，唯恐次晨誤誤上朝的心情。

尾聯交代了詩人「不寢」的原因，繼續寫詩人宿省時的心情。末句化用《詩經·小雅·庭燎》中的詩句：「夜如何其？夜未央。」非常貼切自然。而「數問」二字，則更加重了詩人寢臥不安的程度。全詩至此戛然而止，便有一種悠悠不盡的韻味。

# 至德二載，甫自京金光門出①，間道歸鳳翔②。乾元初從左拾遺移華州掾③，與親故別，因出此門，有悲往事

杜甫

此道昔歸順，西郊胡正繁④。
至今殘破膽，應有未招魂⑤。
近侍歸京邑，移官豈至尊⑥？
無才日衰老，駐馬望千門⑦。

## 【註釋】

① 金光門：長安外城的西門之一。

② 間道：小路。鳳翔：今陝西鳳翔縣，當時是肅宗的行在所。

③ 華州：今陝西華縣。掾：屬官的統稱。

④ 西郊：指長安的西郊。胡：指安史叛軍。繁：多。

⑤ 殘：剩餘。破膽：心驚膽戰，指受驚到了極點。招魂：有二義，一為死者招魂，一為生者招魂。

⑥ 近侍：侍奉皇帝之官。移官：調動官職。豈：難道。至尊：皇帝。

⑦ 無才：沒有才能，是詩人自稱。日：一天天。駐馬：停馬。望千門：指回望宮殿。

## 【評析】

至德二年（757）春，杜甫從淪陷的長安逃亡鳳翔，經過金光門。乾元元年（758）六月，因直言疏救房琯之事由左拾遺貶為華州司功參軍，又從金光門出城。他撫今追昔，悲慨萬分，作下此詩，詩中寄寓著深沉的憤慨和難言之痛。

首聯扣題，從「悲往事」寫起，述說往日虎口逃歸的現象。「胡正繁」有兩層含義：一是說當時安史叛軍勢大，朝廷岌岌可危；二是說西門外敵人多而往來頻繁，逃出真是太難，這更能表現出詩人對朝廷的無限忠誠。

頷聯筆鋒由「至今」暗轉，進一步抒寫昔日逃歸時的危急情態，承接前

意又暗轉下文，追昔而傷今，情致婉曲。

　　頸聯轉寫今悲。詩人滿腔忠心卻遭外貶，這本是皇帝的刻薄寡恩，是皇帝自己疏遠他，可詩人偏說「移官豈至尊」，決無埋怨皇帝之意，故成為杜甫忠君的美談。但若仔細體會，詩人在這兩句中還是含有怨艾之情的，只不過說得婉曲罷了。

　　尾聯兩句，詩人在自傷自歎中抒寫眷念朝廷，不忍遽去的情懷，感情複雜而深婉。

　　全詩八句都對仗，句句押韻，感情悽愴動人，體現了詩人的忠君愛國之情和不得所用的無限落寞之悲。

# 月夜憶舍弟①

杜甫

　　戍鼓斷人行，邊秋一雁聲②。
　　露從今夜白，月是故鄉明③。
　　有弟皆分散，無家問死生④。
　　寄書長不達，況乃未休兵。

## 【註釋】

① 舍弟：謙稱自己的弟弟。

② 戍鼓：戍樓上的更鼓。秦州城樓上有駐防軍守夜，定時擊鼓。斷人行：指鼓聲響起後，就開始宵禁。或言因戰亂交通阻塞，音訊斷絕。

③ 露從今夜白：指今夜又偏逢白露節。

④ 有弟皆分散：雖有弟，但都從故鄉分散了。無家問死生：家園無存，要去哪裡探問死生的消息。

## 【評析】

　　本詩是乾元二年（758）秋，杜甫在秦州所作。這年九月，安史叛軍引

兵南下，攻陷汴州，西進洛陽，山東、河南都處於戰亂之中。當時，杜甫的幾個弟弟正分散在這一帶。由於戰事阻隔，音信不通，引起了他強烈的憂慮和思念。

詩題是「月夜」，可詩人卻不從月夜寫起，而是先勾勒出一幅邊塞秋景圖。詩人耳目所及皆是一片淒涼景象。沉重單調的更鼓和天邊孤雁的叫聲不僅沒有帶來一絲活氣，反而使本來就荒涼不堪的邊塞顯得更加冷落沉寂。兩句詩渲染了濃重悲涼的氣氛，這就是「月夜」的背景。

頷聯點題。「露從今夜白」一句，既寫景，也點明時令。白露節的夜晚，清露盈盈，令人頓生寒意。「月是故鄉明」採用融情於景的寫法，在客觀實景中加入詩人的主觀感情。普天之下共一輪明月，本無差別，偏要說故鄉的月亮最明；明明是作者自己的心理幻覺，偏要說得那麼肯定，不容質疑。然而，這種以幻作真的手法卻並不使人覺得於情理不合，這是因為它極深刻地表現了作者微妙的心理，突出了對故鄉的感懷。

頸聯由寫景轉為抒情，過渡十分自然。上句寫兄弟失散，下句寫家已不存，親人生死難料。詩人對親人的思念，由月光引出。月夜清冷，又逢亂世，詩人對親人的擔憂愈加深重，因此這兩句詩的語氣也分外沉痛，感人至深，同時它也概括了安史之亂中人民飽經憂患喪亂的普遍遭遇。

尾聯緊承頸聯，進一步抒發內心的憂患之情。親人們四處流散，平時寄書信常常不達，更何況如今兵荒馬亂，生死茫茫更難預料。這兩句含蓄蘊藉，一結無限深情，也表達了詩人對戰爭的怨恨之情。


# 天末懷李白

杜甫

涼風起天末，君子意如何①？
鴻雁幾時到？江湖秋水多②。
文章憎命達，魑魅喜人過③。
應共冤魂語，投詩贈汨羅④。

## 【註釋】

①天末：天邊，指秦州。君子：指李白。意如何：心情怎樣。

②鴻雁：喻書信。江湖秋水多：即《夢李白二首》中的「江湖多風波，
　　舟楫恐失墜」。

③文章：文學作品。憎：恨。命達：命運通達。魑魅：鬼怪，這裏喻壞
　　人或邪惡勢力。過：過錯。這句指李白被貶是被誣陷的。

④冤魂：指屈原。屈原無罪被逐，含冤難伸，因投汨羅江而死。汨羅：
　　江名，在今湖南湘陰縣東北。

## 【評析】

　　乾元二年（759）秋，杜甫流寓秦州，因懷念故友李白，遂作了本詩。
至德二年（757），李白因永王李璘案被捕，次年流放夜郎，中途遇赦還至湖
南。杜甫急切盼望他的音訊，卻無法得到，只好賦詩抒懷，遙寄思念之情。
在詩中，詩人表達了對李白深切的牽掛、懷念和同情，並為他的悲慘遭遇憤
慨不平。

　　首句以「涼風」起興，給全詩籠罩了一片悲愁。次句，詩人拋開自己的
心境不提，反而詢問遠方的故人。「君子意如何」這簡單的一問，好像不經
意間的一句寒暄，卻內涵豐富。它既表達了詩人對友人的思念之情，又說明
二人情誼深厚，心心相連。論遭遇，詩人其實和友人一樣，淪落他鄉，潦倒
困頓。但是，詩人覺得友人的才華更甚於自己，現在遭受了這樣的不幸，就
更覺得憤懣，認為蒼天太不公平，大有「與君同命，而君更苦」的感覺。

　　「鴻雁幾時到」寫詩人焦急地盼望友人的音訊，以至於問鴻雁什麼時候
能來，抒發了詩人盼望受到友人消息的急切心情。「江湖秋水多」則筆鋒一
轉，詩人由對友人的深切的思念，發展為對他前途命運的擔憂。此句給人一
種蒼茫惆悵、無助無奈之感。

　　對友人深沉的懷念，進而轉為對其身世的同情。「文章憎命達」，意謂
文才出眾者總是命途多舛，語極悲憤，有「悵望千秋一灑淚」之痛。「魑魅
喜人過」，隱喻李白流放夜郎，是遭人誣陷。此二句議論中帶情韻、含哲
理，意味深長，有極為感人的藝術力量，是傳誦千古的名句。

　　尾聯中，詩人把友人同屈原相提並論，暗示友人不幸的遭遇和屈原十分相似。詩人對屈原萬分景仰，覺得他自沉殉國，雖死猶存。而對友人則更是寄予深刻的同情，於是想像友人向屈原傾訴。尾聯兩句，既生動地寫出了友人的冤情，又寫活了屈原的形象。

　　這首因秋風感興而懷念友人的抒情詩，感情十分強烈，但不是奔騰浩蕩、一瀉千里地表達出來，感情的潮水千回百轉，縈繞心際。吟誦全詩，如展讀友人書信，充滿殷切的思念、細微的關注和發自心靈深處的感情，反覆詠歎，低回婉轉，沉鬱深微，實為古代抒情名作。


## 奉濟驛重送嚴公四韻①

杜甫

遠送從此別，青山空復情②。
幾時杯重把，昨夜月同行③。
列郡謳歌惜，三朝出入榮④。
江村獨歸處，寂寞養殘生⑤。

**【註釋】**

①奉濟驛：驛站名，離綿州三十里處。重送：再送之意。因為在本詩之前，杜甫已經寫過一首《送嚴侍郎到綿州同登杜使君江樓宴》。嚴公：即嚴武，字季鷹，與杜甫交情深厚，其父親嚴挺之是杜甫的老友，在政治上和杜甫同屬於房琯一派。嚴武曾兩次任劍南節度使，對杜甫生活多方照顧。

②空復情：徒然有情。

③杯重把：即重新聚首把酒言歡之意。月同行：在月下同行送別。

④列郡：指劍南諸郡。謳歌：指歌頌功德。惜：為嚴武離蜀而惋惜。三朝：指玄宗、肅宗、代宗三朝。出入：指嚴武出將入相。

⑤江村：指杜甫居處，成都浣花溪邊的草堂。寂寞：清靜，冷清。

## 【評析】

寶應元年（762）七月，杜甫摯友嚴武被徵召回京，杜甫從成都一直送他到綿州才分手。嚴武曾為蜀中大員，杜甫在成都時深得其關懷，所以心中充滿了依依不捨的別離之情。本詩是詩人與嚴武在奉濟驛分手時所作，詩人盛讚了嚴武的功德，抒發了對嚴武離去的悵惘之情，表現了二人之間的真摯友誼，也發出了他自己「寂寞養殘生」的歎息。

詩一開頭，點明「遠送」，體現出詩人意深而情長。詩人送了一程又一程，送了一站又一站，一直送到了二百裏外的奉濟驛，知心話說不盡，道不完。「青山空復情」一句，饒有深意。青峰佇立，也似含情送客；途程幾轉，那山仍若戀戀不捨，目送行人。然而送君千里，也終須一別了。

頷聯中，詩人回想「昨夜」分別的情景：皎潔的月亮和他一起為友人送別，在月下同飲共醉，行吟敘情。離別之後，後會難期，於是詩人發出了感人肺腑之言：「幾時杯重把？」「杯重把」，把詩人憧憬中重逢的情景，具體形象地表現出來了。這裏用問句，是問詩人自己，也是問友人。社會動盪，生死未卜，能否再會還是個未知數。詩人送別時極端複雜的感情，凝聚在一個尋常的問語中。

以下這四句倒裝，增添了詩的情趣韻致。詩人想到，像嚴武這樣知遇至深的官員恐怕將來也難得遇到，於是離愁之中又添一層悽楚。關於嚴武，詩人沒有正面頌其政績，而說「列郡謳歌惜，三朝出入榮」，可見其在蜀中的政績和受人民愛戴的程度。

尾聯兩句抒寫詩人送別後的心情。「獨」字見離別之後的孤單無依；「殘」字含風燭餘年的悲涼淒切；「寂寞」則道出知遇遠去的冷落和惆悵。兩句充分體現了詩人對嚴武的真誠感激和深摯友誼，惜別之情被渲染得淋漓盡致。

# 別房太尉墓<sup>①</sup>

杜甫

他鄉復行役，駐馬別孤墳<sup>②</sup>。

近淚無乾土，低空有斷雲③。
對棋陪謝傅，把劍覓徐君④。
唯見林花落，鶯啼送客聞⑤。

## 【註釋】

① 房太尉：即房琯，字次律。天寶五年（746）任給事中。天寶十五年
（756）玄宗奔蜀，拜為相。後因指揮陳濤斜之戰失敗，肅宗乾元二年
（759）六月貶為邠州刺史。上元元年（760）四月改禮部尚書，不久
又貶為晉州刺史。代宗寶應二年（763）四月拜特進刑部尚書，在路
上遇病，廣德元年（763）病逝，年六十七，贈太尉。

② 復行役：指一再奔走。

③ 近淚無乾土：指淚流處土為之不乾。低空有斷雲：指因過於哀傷，連
低空的斷雲也為之愁慘而不忍飛去。

④ 謝傅：指謝安。徐君：春秋時徐國國君。

⑤ 鶯啼送客聞：能送客的也只有落花啼鶯而已。說明房琯死後墓間甚為
淒涼。

## 【評析】

　　嚴武入朝後，杜甫在蜀中沒了依靠。不久蜀中軍閥作亂，杜甫漂流到梓
州、閬州（今四川閬中市）。房琯和杜甫在政治上是同志，於廣德元年（763）
卒於閬州，其墓地在閬州城外。兩年後杜甫經過閬州，特去拜祭老友，寫下
本詩，表達了對亡友的沉痛悼念之情，以及二人深厚的情誼。本詩從對房琯
的無限哀悼中抒發詩人的知遇之感，至於他自己被貶華州以來的淒涼境況則
自在言外。

　　詩的前四句主要抒發詩人在亡友墳前的哀痛之情。頷聯兩句，表現了詩
人思念故友的悲痛之情。「無乾土」的緣由是「近淚」。詩人在墳前灑下許
多傷悼之淚，以至於周圍的土都濕潤了。詩人哭墓之哀，似乎使天上的雲也
不忍離去。天低雲斷，空氣裏都帶著愁慘凝滯之感，使詩人倍覺寂寥哀傷。

　　頸聯運用了兩個典故。《晉書·謝安傳》載：前秦皇帝苻堅率師百萬南

侵，駐軍淮肥，謝安為征討大都督，他鎮定自若，與謝玄圍棋賭於別墅，終於擊退敵軍。死後贈太傅。這裏是謝安比房琯，以陪者自比，說明兩人平生交誼之深厚，也是讚揚房琯的出將入相之才。下句典故出自《說苑》：「吳季箚聘晉，過徐，心知徐君愛其寶劍。及還，徐君已歿，遂解劍系其塚樹而去。」這裏詩人以季箚自比，以徐君比房琯，說明自己永世不忘房琯當年的知遇之情。這又照應前兩聯，道出他為何痛悼的原因。詩篇佈局嚴謹，前後關聯十分緊密。

尾聯兩句，詩人用「花落」、「鶯啼」營造出一種幽靜肅穆的氛圍，使詩的意境更加淒清動人。以此收束全詩，又給人以無限的遐想：滿地的落花，如同詩人滾滾而落的淚珠；鶯鳥聲聲啼，又像是送客的陣陣哀樂。此時此地，此情此景，孤零零的詩人面對著亡友的墳地，怎一個「悲」字了得？在如此淒涼的環境中，詩人對亡友的沉痛悼念之情、詩人漂泊異鄉的落寞和悲哀達到了極致。


# 旅夜書懷

杜甫

細草微風岸，危檣獨夜舟①。
星垂平野闊，月湧大江流②。
名豈文章著，官應老病休③。
飄飄何所似？天地一沙鷗④。

【註釋】

① 危檣：很高的桅杆。

② 星垂：指星光下照。月湧：月光倒影，隨水流湧。大江：指長江。

③ 名豈文章著：名聲怎能因為文章而顯著。這裏是用「反言以見意」的手法寫的。杜甫確實是以文章而著名的，卻偏說不是，可見另有抱負。官應老病休：罷官是因為年老多病。和「名豈文章著」手法相

同。杜甫兩次休官，都因政治抱負無法施展，與「老病」無關。這句
貌似平和，實則憤激。

④飄飄：飛翔的樣子。這裏含有「飄零」、「飄泊」之意。沙鷗：沙灘上
一隻孤零零的白鷗。

## 【評析】

　　本詩是永泰元年（765）杜甫率家人離開成都舟下渝州、忠州一帶時所
作。在此之前，嚴武於廣德二年（764）再鎮西川，執意勸杜甫入幕。杜甫
難卻舊情，只好勉強就任，但終於在永泰元年正式辭職回草堂。四月，嚴武
去世，杜甫失去依靠，便不得不決意攜家乘舟東下。在詩中，詩人用闊大無
垠的夜景襯托深沉滯重的孤獨感，使人感受到詩人生命的激情正如他筆下奔
湧的江流一樣澎湃難平，深刻地表現了詩人內心漂泊無依的感傷。

　　詩的前兩聯寓情於景，描繪了詩人旅途所見景色，首聯從近處著手，對
仗工整，寫詩人夜晚獨自行舟的孤苦之狀。在細草綿延、微風吹拂的岸邊，
詩人獨系高帆夜行之舟。在靜夜停舟的寂寥江天裏，羈旅之懷油然而生，不
可遏止，不言愁而愁自見。

　　頷聯換一個角度寫遠景。前半句寫岸上，後半句寫江中。詩人的描述讓
人感到宇宙的蒼茫無窮，構建起一種雄偉的境界。「垂」、「湧」二字，把星
月的精髓刻畫得淋漓盡致。與之相比，細草、夜舟乃至詩人都顯得極其渺
小。這些雄渾的景象，映襯出的卻是詩人自己孤獨無助的形象，從中可見詩
人暮年漂泊之淒涼。

　　頸聯由寫景轉為抒情，詩人含蓄抒懷，在自我解嘲中發出慨歎。「名豈
文章著」一句似是自謙，實乃自負。「官應老病休」一句自解，實乃牢騷。
說自己失去官職是因為既老且病，似乎婉轉自恨，其實是恨世。真正的情況
是與時與事多忤。此意不直接說出，顯得悲憤更深。

　　尾聯即景自況，以沙鷗自比，自傷漂泊。自問自答，老懷悲涼之狀愈加
突出。廣闊的「天地」，映襯一微小的「沙鷗」，愈顯出自己飄零不遇的身
世的可悲與可歎。這個比喻，與開篇的自白首尾相顧。「一沙鷗」呼應「獨
夜舟」，抒情主人公孤獨流浪的形象完全凸現出來了，讀之催人淚下。

# 登岳陽樓

杜甫

昔聞洞庭水，今上岳陽樓①。
吳楚東南坼，乾坤日夜浮②。
親朋無一字，老病有孤舟③。
戎馬關山北，憑軒涕泗流④。

## 【註釋】

① 洞庭水：即洞庭湖。岳陽樓：岳陽城西門樓，開元初張說為岳州刺史時所建，下臨洞庭湖，煙波浩蕩，景色萬千，為登臨勝地。

② 吳楚：春秋時二國名，大致說來，吳在洞庭湖東，楚在洞庭湖南。坼：分裂。這裏指分開、分界之意。乾坤：天地，包括日月。日夜浮：日夜在洞庭湖中遊動。極言湖面之廣大。

③ 無一字：杳無音訊。字：書信。老病：年老多病。有孤舟：只有一隻孤獨的小舟。

④ 戎馬關山北：北方邊關戰事又起。這年八月，吐蕃不斷進犯靈武、邠州，九月命郭子儀率兵五萬屯駐奉天防衛。憑軒：靠著樓窗。涕泗：眼淚和鼻涕。

## 【評析】

　　杜甫於大曆三年（768）正月由夔州攜家乘舟出發，歲暮抵達岳州（今湖南岳陽市），登上了嚮往已久的岳陽樓。他登樓望著眼前煙波浩渺的洞庭湖，不禁發出由衷的讚歎。聯想到自己浪跡天涯，居無定所的晚年生活以及災難深重的國家，他又感慨萬分，因而寫下了這首詩。

　　首聯虛實交錯，今昔對照，從而擴大了時空領域。寫早聞洞庭盛名，用「昔聞」為「今上」蓄勢，歸根結底是為描寫洞庭湖醞釀氣氛，同時也抒發了自己初登岳陽樓的喜悅心情，又隱隱吐露出壯志難酬的惆悵。

　　頷聯描繪了洞庭湖浩瀚壯觀的景象。廣闊的洞庭湖把吳、楚兩地分開，

日月星辰在湖面上飄浮。僅僅十個字就逼真地刻畫出洞庭湖浩瀚無邊的水勢。「日夜浮」則表達深沉，寓情於景，隱含了詩人久久漂泊不定的感情。

頸聯寫出了詩人窘迫的生活狀況「親朋無一字」，又含有人情冷漠之意。「老病」二字寫出了詩人當時的身體狀況，作此詩時詩人已57歲，身患肺病、風痺，右耳已聾，飄流湖湘，以舟為家，前途茫茫，無處安身，面對洞庭湖的汪洋浩渺，更加重了身世的孤危感。自敘如此落寞，於詩境極悶極狹的突變與對照中寓無限情意。

尾聯寫眼望國家動盪不安，詩人憂國憂民的情懷。詩人一生都未能實現他的報國夙願，但從未放棄他的政治理想，當他登高遠眺，想到「關山北」的戰事，不禁老淚縱橫。這淚水，既為他自己而流，也為國家而流。這兩句，詩人把自己的命運與國家的命運聯繫起來，情調悲壯，意境深遠，體現了詩人高尚的品格。

# 輞川閒居贈裴秀才迪①

王維

寒山轉蒼翠，秋水日潺湲②。
倚杖柴門外，臨風聽暮蟬。
渡頭餘落日，墟里上孤煙③。
復值接輿醉，狂歌五柳前④。

【註釋】

① 輞川：在今陝西藍田縣終南山下。山麓有宋之問的別墅，後歸王維。王維在那裏住了三十多年。裴迪：關中人，與王維友好。後隨王維弟王縉入蜀，與杜甫有詩唱和。

② 寒山：因秋天氣候轉涼，故稱。蒼翠：青綠色。日：每日。潺湲：流水聲。這裏指水流緩慢的樣子。

③ 渡頭：河流兩岸過渡的碼頭。墟里：村落。孤煙：傍晚的炊煙。

④值：遇。接輿：春秋楚國隱士陸通，字接輿，佯狂遁世，又叫楚狂。
　這裏借指裴迪。五柳：指陶淵明。陶淵明寫有《五柳先生傳》，後人
　因稱他為「五柳先生」。這裏是王維自喻。

## 【評析】

　　本詩是詩人隱居輞川與友人裴迪相互唱和之作。詩人借描繪輞川一帶山
川原野的秋日暮色，抒寫了隱居生活的閒適情懷和對友人的真摯情誼。

　　首聯寫山中秋景。時值寒秋，山泉緩緩流淌，潺潺作響。天色向晚，山
色也變得更加蒼翠。詩句中沒使用一個「暮」字，已給人以時近黃昏的印
象。「轉」和「日」用得巧妙。山是靜止的，這一「轉」字，便憑藉顏色的
漸變而寫出它的動態；水是流淌的，用一「日」字，卻令人感覺它始終如一
的守恆。寥寥十字，勾勒出一幅有色彩，有音律，動靜結合的畫面。

　　頷聯刻畫了詩人的形象。「柴門」表現隱居生活和田園風情。「倚杖」
表現詩人年事已高和意態安閒。兩句展現詩人靠著柴門，臨風聽蟬鳴的景
象，將詩人閒適的心態、超然世外的情趣，描繪得生動傳神。

　　頸聯寫原野景色。「渡頭餘落日」一句，精確地剪取落日行將與水面相
切的一瞬間，顯示了落日的動態和趨向，在時間和空間上都為讀者留下想像
的餘地。「墟裏上孤煙」化用了陶淵明「暖暖遠人村，依依墟裏煙」的詩句。
不同的是，陶詩是以擬人手法表現遠處村莊上空炊煙繚繞，不忍離去的情
味，本詩則是以白描的手法意在展現傍晚第一縷炊煙嫋嫋升入空中的景象，
可謂各有千秋。

　　尾聯引用典故，詩人自比五柳先生陶淵明，並以楚狂接輿比裴迪，暗含
對裴迪的欣賞之意。陶淵明與接輿——王維與裴迪，個性雖大不一樣，但那
超然物外的心跡卻是相近的。「復值接輿醉」的「復」字，不表示又一次遇
見裴迪，而是表示詩人情感的加倍和遞進：既賞佳景，更遇良朋，輞川閒居
之樂，至於此極啊！

# 山居秋暝①

王維

空山新雨後，天氣晚來秋②。
明月松間照，清泉石上流。
竹喧歸浣女，蓮動下漁舟③。
隨意春芳歇，王孫自可留④。

## 【註釋】

① 暝：天晚。

② 空山：並非真是空的山，而是因為植物茂密，掩蓋了人活動的蹤跡。
也指此處似世外桃源。新：剛剛。晚來秋：晚上天氣寒冷更有秋意。

③ 竹喧：竹林中笑語喧嘩。喧：這裏指竹葉發出沙沙聲響。浣女：洗衣
服的女子。下漁舟：漁舟順流而下。

④ 隨意：任憑。春芳：春天的花草。歇：消失。王孫：原指貴族子弟，
這裏是詩人自稱。

## 【評析】

　　這首詩寫山居秋暮的幽靜景色，反映了詩人陶醉於山林自得其樂的志
趣，為王維山水田園詩歌的代表作。

　　開篇點題，首聯十字將空山雨後的秋季晚景形象地表現出來。寫法大
氣，非常有寫意性。其中「空」用得極妙，一語雙關，既將雨後天高雲淡的
情景生動形象地表現出來，突出了世間萬物之美，又暗示了詩人恬淡悠閒的
心情。

　　頷聯緊承首聯，繼續寫晚秋之景色。山雨之後，一切都顯得那麼清新、
乾淨，令人心曠神怡。松林被雨沖刷後，一塵不染，青翠欲滴，皎潔的月光
照耀著幽靜的松林，四處一片靜謐。至此，詩人描寫的都是靜景。緊接著，
詩人筆鋒一轉，開始寫動景：清澈的泉水緩緩地在碧石上流淌，潺潺作響，
猶如天籟般清脆悅耳。「明月」與「清泉」，「照」與「流」，這一上一下，

一靜一動，相互映襯，形成鮮明對比，將幽靜的山居美景渲染得淋漓盡致。

頸聯的畫面動感很強，由寫景轉而寫人。伴著暮色，洗衣姑娘穿過竹林而歸，漁舟划過荷葉緩緩歸來。在這青松明月之下，在這翠竹青蓮之中，生活著這樣無憂無慮、勤勞善良的人們。這純潔美好的生活圖景，反映了詩人過安靜純樸生活的理想，同時也從反面襯托出他對污濁官場的厭惡。

尾聯是詩人的主觀感受。詩人很鍾情這裏寧靜安詳的山居生活，想留下來。即使現在已不是春天，但秋天更動人。另外，詩人將《楚辭·招隱士》中「王孫兮歸來，山中兮不可久留」的意思反用，含義雋永，志趣高雅，令人回味無窮。他覺得「山中」比「朝中」好，潔淨純樸，可以遠離官場而潔身自好，所以就決然歸隱了。

全詩寫景生動而富有情趣，意境空靈清幽，韻味無窮。

# 歸嵩山作

王維

清川帶長薄，車馬去閑閑①。
流水如有意，暮禽相與還②。
荒城臨古渡，落日滿秋山。
迢遞嵩高下，歸來且閉關③。

【註釋】

① 清川：清清的流水。帶：映帶。薄：草木叢生之地。草木交錯曰薄。
　去：來去。閑閑：從容自得的樣子。

② 暮禽：傍晚的鳥兒。相與：相互為伴。

③ 迢遞：遙遠的樣子。嵩高：嵩山別稱嵩高山。且：將要。閉關：佛家
　閉門靜修。這裏有閉戶不與人來往之意。

## 【評析】

本詩通過描寫詩人辭官歸隱嵩山途中所見的景色，抒發了詩人恬靜淡泊的閒適心情，也表達了詩人歸隱的決心。詩題和詩的結句都作了明白的表露，詩中所有景色都是配合詩人這一決心而選擇的。

首聯描寫歸隱出發時的情景，緊扣題目中的「歸」字。這裏所寫望中景色和車馬動態，都反映出詩人歸山出發時一種安詳閒適的心境。

頷聯寫水與鳥，其實是托物寄情，移情及物。「流水如有意」承「清川」，「暮禽相與還」承「長薄」，這兩句又由「車馬去閑閑」直接發展而來。詩人將「流水」和「暮禽」都擬人化了，寫自己歸山悠然自得之情。「流水」是一去不返的意思，表示自己歸隱的態度堅決。「暮禽」句包含「鳥倦飛而知還」之意，流露出自己退隱的原因是對現實政治的失望厭倦。

頸聯寓情於景，寫荒城古渡，落日秋山。寥寥十字，四組景物：荒城、古渡、落日、秋山，構成了一幅色彩鮮明的圖畫：荒涼的城池臨靠著古老的渡口，落日的餘暉灑滿了蕭颯的秋山。這是詩人在歸隱途中所看到的充滿黯淡淒涼色彩的景物，對此加以渲染，正反映了詩人感情上的波折變化，襯托出詩人越接近歸隱地就越發感到淒清的心境。

尾聯寫山之高，點明詩人的歸隱地，並表明詩人歸隱的宗旨。「閉關」，不僅指關門的動作，而且含有閉門謝客的意思，表明要與世隔絕，不再過問社會人事。

整首詩寫得很有層次。隨著詩人的筆端，既可領略歸山途中的景色移換，也可隱約觸摸到詩人感情的細微變化：由安詳從容，到淒清悲苦，再到恬靜淡泊。說明詩人對辭官歸隱既有閒適自得，積極嚮往的一面，也有憤激不平，無可奈何而求之的一面。詩人隨意寫來，不加雕琢，可是寫得真切生動，含蓄雋永，不見斧鑿的痕跡，卻又有精巧蘊藉之妙。

# 終南山

王維

太乙近天都，連山到海隅①。
白雲回望合，青靄入看無②。
分野中峰變，陰晴眾壑殊③。
欲投人處宿，隔水問樵夫④。

## 【註釋】

① 太乙：又名太一，在長安西。陝西武功縣境，是終南山的主峰，也是
終南山的別名。天都：天帝所居，這裏指長安。到海隅：到達海邊。

② 回望合：四望如一。青靄：山中的嵐氣。

③ 分野中峰變：指以中峰為標誌，東西就屬於兩個不同的星宿的分野。
陰晴眾壑殊：指在同一時間內，各個山谷之間陰晴也不相同。

④ 人處：有人煙的地方。

## 【評析】

這是一首詠歎終南山的詩，從它的主峰太乙著筆，總攬全山，有高屋建
瓴之勢，其筆墨豪雄中又有細膩，壯美中又有嫵媚，十分形象地把終南山巍
峨磅礴的氣勢描繪了出來。

首聯用誇張手法勾畫了終南山的總輪廓。終南山雖高，但去天甚遙，詩
人卻說它「近天都」，是誇張。不過也有道理：詩人在遠處遙望終南山，終
南山的主峰太乙在詩人的視野裏確實與天連接，這顯然是一種視覺上的真
實。同時，終南山西起甘肅天水，東止河南陝縣，遠未到海邊，詩人卻說它
「接海隅」，固然也是誇張，然而從長安遙望終南山，西不見頭，東不見
尾，確實有「接海隅」之勢，雖誇張而愈見真實。

頷聯寫近景，寫的是詩人身在山中的所見。詩人身在終南山中，朝前
看，白雲彌漫，看不見路，也看不見其他景物，彷彿再走幾步，就可以浮游
於白雲的海洋；然而繼續前進，白雲卻繼續分向兩邊，可望而不可即；回頭

看，分向兩邊的白雲又合攏來，匯成茫茫雲海。這種奇妙的境界，凡有遊山經驗的人都不陌生，但除了王維，又有誰能夠只用五個字就表現得如此真切呢？「青靄入看無」一句，與上句「白雲回望合」是「互文」，它們交錯為用，相互補充。詩人走出茫茫雲海，前面又是濛濛青靄，彷彿繼續前進就可以摸著那青靄了；然而走了進去，卻不但摸不著，而且看不見；回過頭去，那青靄又合攏來，濛濛漫漫。這一聯，詩人用細緻的筆法鋪敘雲氣變幻，移步變形，極富含蘊。

　　頸聯進一步寫詩人從北山遙望所見的景象：山之南北遼闊和岩石溝壑的形態。詩人立足「中峰」，縱目四望，收全景於眼底，見南北遼闊，千岩萬壑，千姿百態。

　　尾聯寫詩人為了入山窮勝，想投宿山中人家，便有了「隔水問樵夫」句。詩人既到「中峰」，這裏的「水」可能是指深溝大澗。這兩句中，人物的出現使全詩更加生意盎然。

　　總體來看，這首詩的主要特點和優點是善於「以不全求全」，從而達到了「以少見多」、「意余於象」的藝術效果。

# 酬張少府①

王維

晚年惟好靜，萬事不關心。
自顧無長策，空知返舊林②。
松風吹解帶，山月照彈琴③。
君問窮通理，漁歌入浦深④。

**【註釋】**
① 張少府：生平不詳。少府：官名。
② 自顧：自己經過考慮。空知：只知道。舊林：曾經隱居的山林。
③ 松風吹解帶：寬衣解帶對著松風乘涼。

④窮通理：人生窮困和通達的道理。浦深：河岸的深處。

## 【註釋】

　　這是一首贈友詩，為詩人晚年之作。描寫詩人晚年安靜閒適的生活，表現詩人超然物外的心境。本詩的基調和詩人晚年獲罪被貶職，因此情緒消沉有關，也是詩人受佛教思想影響所致。

　　詩的前四句全是抒情，曲折地表達了詩人無法實現抱負的矛盾苦悶心情。他此時雖然在朝為官，但對朝政已經不再抱有幻想，於是開始過起了半隱居的生活。「晚年惟好靜，萬事不關心」正是他晚年生活的真實寫照。「自顧無長策」則體現了他曾經的矛盾和痛苦。詩人表面說自己沒有才能，實際上是滿腹牢騷。當理想無法實現，痛苦不得化解時，詩人唯一的出路就是離開是非之地，歸隱田園。「空知返舊林」句，看似得到解脫，實際上只是無奈之舉。由此可以看出，在詩人那恬淡好靜的外表下，內心深處的隱痛和感慨，還是依稀可辨的。

　　既然如此，詩人接下來又肯定、讚賞那種「松風吹解帶，山月照彈琴」的隱逸生活和閒適情趣，其原因所在，聯繫上面的分析，讀者可以體會到這實際上是他在苦悶之中追求精神解脫的一種表現。既含有消極因素，又含有與官場生活相對照、隱示厭惡與否定官場生活的意味。「松風」、「山月」均含有高潔之意。詩人追求這種隱逸生活和閒適情趣，說他逃避現實也罷，自我麻醉也罷，無論如何，總比同流合污、隨波逐流好。在前面四句抒寫胸臆之後，抓住隱逸生活的兩個典型細節加以描繪，展現了一幅鮮明生動的形象畫面，將松風、山月都寫得似通人意，情與景相生，意和境相諧，主客觀融為一體，這就大大增強了詩的形象性。從寫詩的藝術技巧上來說，也是很高明的。

　　末兩句點題，用問答的形式，照應了詩題中的「酬」字，又妙在以不答作答，含蓄不盡。「漁歌入浦深」一句，又淡淡地勾出一幅畫面，用它來結束全詩，餘韻悠然，讓人回味。多少幽趣，都迴盪在那陣陣的漁歌聲中。

# 過香積寺

王維

不知香積寺，數里入雲峰①。
古木無人徑，深山何處鐘？
泉聲咽危石，日色冷青松②。
薄暮空潭曲，安禪制毒龍③。

【註釋】

① 香積寺：唐佛寺名，位於西安市西南約十七公里的神禾原。

② 咽：鳴咽。危：高。日色冷青松：指青松使日色寒冷。

③ 薄暮：傍晚。曲：曲折隱僻之處。安禪：佛家語，指佛徒安靜地打坐，身心安然入於靜思凝慮萬念俱寂之境。

【評析】

　　這首詩寫詩人走訪香積寺途中的見聞和感想，描寫了山中古寺之幽深靜寂，抒發了詩人消除世俗雜念安心修禪的心願。此詩意在寫山寺，但並不正面描摹，而側寫周圍景物，來烘托山寺之幽邃。

　　首聯寫香積寺隱在深山裏，常人不知，詩人也不知。落筆就以「不知」二字，表現出一種迷惘的心境。因「不知」，所以詩人想要尋訪。詩人步入茫茫山林中去尋找。走了好幾里路，進入白雲繚繞的山峰之下，卻還沒見到寺院，表面寫雲峰，實則映襯香積寺的幽邃深遠。本聯表現了詩人寄情山水的情趣和灑脫不羈的性格。

　　頷聯和頸聯寫詩人在山中的所見所聞。頷聯寫詩人來到山裏，只見古木夾道，寂無人跡，忽聞鐘聲自林中傳來，卻仍不知寺在何處。這兩筆生動地表現出山的深幽，又使本來就很寂靜的山林蒙上了一層迷惘神秘的情調，顯得越發安謐。「何處」既與「無人」對偶，又遙應開篇的「不知」，將一種幽遠深奧、縹渺莫測、令人迷惘訝異的意境氛圍渲染得越來越濃，同時也巧妙地暗示了詩人尋覓知音的急切心情。

頸聯兩句，進一步借泉聲幽咽和日色淒冷，渲染山寺遠離世間煙火、俗人難以接近的氛圍。「咽」和「冷」不僅繪聲繪色、精練傳神地顯示出山中幽靜孤寂的景象，而且映照出詩人此時暗淡的心態，與紅塵官場喧囂的生活形成鮮明對比。這十個字，把泉聲、危石、日色、青松四個意象有機地組合在一起，使日色之淒冷與泉聲的幽咽相互襯托，深僻冷寂之境界全出。

尾聯抒發感想。詩人涉荒穿幽，直到天快黑時才到香積寺，只見寺外清漂的空曠幽寂，潭岸的曲折深僻，僧人的安禪入定。詩人不禁想起佛教的故事：西方的一個水潭中，曾有一條毒龍害人，被佛教高僧以無邊佛法制伏，使其離潭而去，永不傷人。這裏比喻只有克服邪念妄想，才能悟到禪理的高深，領略寧靜之幽趣。

# 送梓州李使君①

王維

萬壑樹參天，千山響杜鵑②。
山中一夜雨，樹杪百重泉③。
漢女輸橦布，巴人訟芋田④。
文翁翻教授，不敢倚先賢⑤。

【註釋】

① 梓州：唐屬劍南道，即今四川三台縣。使君：對州郡長官的尊稱。

② 參天：指樹高出天空。響：鳴叫。

③ 樹杪：樹梢。百重：百層。

④ 漢女：蜀漢的女子。橦布：橦木花織成的布，為梓州特產。巴人：蜀人。芋田：蜀中產芋，當時為主糧之一。這句指巴人常為農田事發生訟案。

⑤ 文翁：漢景帝時為郡太守，政尚寬宏，見蜀地僻陋，乃建造學宮，誘育人才，使巴蜀日漸開化。翻：翻然改變，通「反」。教授：以學業

傳授於人。倚：靠著。先賢：已經去世的有才德的人。這裏指文翁。

## 【評析】

這是王維送李使君入蜀赴任時所作的一首贈別詩。一般贈別詩多從眼前景物寫起，即景生情，抒發惜別之意，而本詩中，詩人卻將送別之情含於勸勉之中，鼓勵李使君入蜀後效法先賢，有所作為。全詩沒有一般送別詩的感傷氣氛，情緒積極開朗，格調高遠明快。

首聯兩句，詩人遙寫李使君赴任之地梓州的自然風光，形象逼真，氣韻生動，令人神往。這裏用了互文的手法，起得極有氣勢，讓人有身臨其境之感。萬壑千山，到處是參天的大樹，到處是杜鵑的啼聲。既有視覺形象，又有聽覺感受，讀來使人恍如置身其間，大有耳目應接不暇之感。

頷聯承接首聯，從細處著筆，扣緊蜀地山高林密、雨水充沛的特點，先描繪深山冥晦，千岩萬壑中晴雨參半的奇景，再繪出雨中山間道道飛泉，懸空而下。詩人遠遠望去，泉瀑就如同從樹梢上傾瀉下來似的。這裏生動地表現出遠處景物互相重疊的錯覺。詩人以畫家的眼睛觀察景物，運用繪法入詩，將三維空間的景物疊合於平面畫幅的二維空間，若將最遠處、高處的泉瀑畫在稍近、稍低的樹梢上。由此，就表現出山中景物的層次、縱深、高遠，使畫面富於立體感，把人帶入一個雄奇、壯闊而又幽深、秀麗的境界。

以欣羨的筆調描繪完蜀地山水景物後，頸聯開始寫蜀中民情。梓州是少數民族聚居之地，那裏的婦女，按時向官府交納用橦木花織成的布匹；蜀地產芋，那裏的人們又常常會為芋田發生訴訟。「漢女」、「巴人」、「橦布」、「芋田」，處處緊扣蜀地特點，而徵收賦稅，處理訟案，又都是李使君就任梓州刺史以後所掌管的職事，寫在詩裏，非常貼切。

尾聯兩句，借用西漢蜀郡太守文翁的故事，勸勉李使君要學習文翁，翻新教化。寓勸勉於用典之中，寄厚望於送別之時，委婉而得體。

# 漢江臨眺<sup>①</sup>

王維

楚塞三湘接，荊門九派通<sup>②</sup>。
江流天地外，山色有無中<sup>③</sup>。
郡邑浮前浦，波瀾動遠空<sup>④</sup>。
襄陽好風日，留醉與山翁<sup>⑤</sup>。

## 【註釋】

① 漢江：即漢水，源出今陝西寧強縣，流經襄樊市，至武漢入長江。臨
　眺：居高遠望。眺：或作「泛」。

② 楚塞：楚國的邊界，這裏指漢水流域。春秋戰國時期湖北一帶屬楚
　國。三湘：湘水的總稱。湘水合漓水為漓湘，合蒸水為蒸湘，合瀟水
　為瀟湘，合稱三湘。一說為湖南的湘潭、湘陰、湘鄉。古詩文中，三
　湘一般泛稱今洞庭湖南北、湘江一帶。九派：指長江的九條支流，相
　傳大禹治水，開鑿江流，使九派相通。

③ 有無中：指似有似無。

④ 郡邑：指漢江兩岸的州縣城市。浦：水邊。動：震動。

⑤ 風日：風景天氣好。山翁：即山簡，晉代竹林七賢之一山濤的幼子，
　曾任征南將軍，鎮守襄陽。當地習氏的園林，風景很好，山簡常到習
　家池上大醉而歸。

## 【評析】

　　本詩以淡雅的筆墨描繪了詩人遠眺所見的漢江周圍壯麗景色。詩人採取
的幾乎全是白描的寫意手法，從大處著墨，於平凡中見新奇，將登高遠眺、
極目所見的山川景物寫得極為壯闊飛動，奔放雄偉，全詩猶如一巨幅水墨山
水畫，意境開闊，氣魄宏大。

　　首聯總寫漢江的形勢，一筆勾勒出漢江雄渾壯闊的景色，作為畫幅的背
景。詩人將不可目擊之景，予以概寫總述，收漠漠平野於紙端，納浩浩江流

於畫邊，為整個畫面渲染了氣氛。

　　頷聯兩句，以山光水色作為畫幅的遠景。前句寫出江水的流長邈遠，後句又以蒼茫山色烘托出江勢的浩瀚空闊。詩人著墨極淡，卻給人以偉麗新奇之感，其效果遠勝於重彩濃抹的油畫和色調濃麗的水彩。而其「勝」，就在於畫面的氣韻生動。「天地外」、「有無中」，又為詩歌平添了一種迷茫、玄遠、無可窮盡的意境，可謂「含不盡之意見於言外」。

　　頸聯描寫眼前波瀾壯闊之景：岸邊的都城就像是在水上浮動，江面波濤洶湧，彷彿把遠處的天空也搖撼得忽上忽下。這裏，詩人筆法飄逸流動。明明是所乘之舟上下波動，卻說是前面的城郭在水面上浮動；明明是波濤洶湧，浪拍雲天，卻說成天空也為之搖盪起來。詩人故意用這種動與靜的錯覺，進一步渲染了磅礴的水勢。「浮」、「動」兩個動詞用得極妙，使詩人筆下之景活起來了，詩也隨之飄逸起來了，同時，詩人的一種泛舟江上的怡然自得的心態也從中表現了出來，江水磅礴的氣勢也表現了出來。

　　尾聯抒情。詩人要與山翁共圖一醉，流露出對襄陽風物的熱愛之情。詩人直抒胸臆，表達了留戀山水的志趣。

## 終南別業

王維

中歲頗好道，晚家南山陲[1]。
興來每獨往，勝事空自知[2]。
行到水窮處，坐看雲起時。
偶然值林叟，談笑無還期[3]。

**【註釋】**

①中歲：中年。道：指佛家禪理。晚：晚年。家：居住。陲：邊上。
②勝事：美好、快意的事。
③值：遇到。林叟：林間老者。無：忘記。

## 【評析】

本詩寫詩人在終南別墅邀遊山林、自由自在的生活。詩中把退隱後自得其樂的閒適情趣寫得有聲有色，惟妙惟肖，表現了詩人豁達的性格和超凡脫俗的生活情趣。

首聯寫詩人對佛道的喜愛之情。「南山」既可以看作實寫，即指輞川別墅所在，也可以看作是一種傳統意象，借指避世隱居之所。人到中年，積累的人生閱歷和生活經驗對參悟佛道有很大的推動作用，詩人此時悟道，能為他沉重艱澀的生命增添幾分恬淡自在之色。

頷聯寫詩人參悟佛道後的閒情逸致。他常常獨自一人雲遊四海，其中的快樂只有他自己知道。「獨往」寫出詩人的勃勃興致。「自知」寫出詩人欣賞美景時的樂趣。這兩句同時也表明了詩人的孤獨，有知音難覓之歎。

頸聯寫詩人雲遊期間的所見，表明其心情悠閒到了極點。雲本來就給人以悠閒的感覺，也給人以無心的印象，因此陶淵明才有「雲無心以出岫」的詩句。通過這一行、一到、一坐、一看的描寫，詩人此時心境的閒適也就明白地揭示了。這兩句詩從藝術上看，是詩中有畫，其深為後代詩家所讚賞。

尾聯兩句引入人的活動，帶來生活的氣息，詩人的形象也更為可親。詩人隨意漫遊，途中偶遇一老翁，閒聊之後發現彼此性情相投，相談甚歡。談笑間，不知不覺便忘記了回家的時間。詩人忘了返還之期，並非完全因為高興，還暗含了他想逃離現實社會，如閒雲野鶴般過逍遙生活的期望。這裏突出了「偶然」二字。其實不止遇見這林叟是出於偶然，本來出遊便是乘興而去，帶有偶然性。「行到水窮處」又是偶然。「偶然」二字貫穿上下，成為此次出遊的一個特色。而且正因處處偶然，所以處處都是「無心的遇合」，更顯出心中的悠閒，如行雲自由翱翔，如流水自由流淌，形跡毫無拘束。它寫出了詩人那種天性淡逸，超然物外的風采。

# 臨洞庭湖上張丞相

孟浩然

八月湖水平，涵虛混太清①。
氣蒸雲夢澤，波撼岳陽城②。
欲濟無舟楫，端居恥聖明③。
坐觀垂釣者，徒有羨魚情。

## 【註釋】

① 湖水平：湖水上漲，與岸齊平。涵虛：形容湖面空明。太清：天空。

② 氣蒸：指水汽彌漫。雲夢澤：古時雲、夢為二澤，在洞庭湖北岸，湖
　南、湖北二省境內。夢澤在長江南，雲澤在長江北，後大部分淤積為
　平地，並稱雲夢澤。岳陽城：今湖南岳陽市，位於洞庭湖東岸。

③ 濟：渡過。楫：划船工具，長的叫棹，短的叫楫。這裏指進仕的門
　路。端居：現居，隱居。恥聖明：有愧於當今聖明時代。

## 【評析】

　　這首詩是孟浩然山水詩另類題材的佳作。全詩「體物寫志」，表達了詩
人希望有人援引他入仕從政的理想。全詩氣勢磅礡，格調雄渾。詩題中的
「張丞相」即指張九齡。開元二十一年（733）張九齡為相時，孟浩然西遊長
安，作此詩投贈張九齡，希望得其引薦。又有說法稱本詩是張九齡被貶荊州
長史時，孟浩然與其相會時所作。或言「張丞相」指張說。

　　首聯描寫洞庭湖全景。八月秋高氣爽，浩闊無垠的湖水輕盈蕩漾，煙波
飄渺。遠眺碧水藍天，上下渾然。一個「混」字寫盡了「秋水共長天一色」
的雄渾壯觀，表現了一種汪洋恣肆、海納百川的意境。

　　頷聯寫洞庭湖的水汽和煙波。句式對仗工整，意境靈動飛揚，表現出大
氣磅礡的氣勢。一個「蒸」字寫出了雲蒸霞蔚、龍騰虎躍之勢；一個「撼」
字，筆力千鈞，如同巨瀾飛動。

　　頸聯轉入抒情，運用類比的手法，詩人先說自己本想渡過洞庭湖，卻缺

少舟和槳，詩人以「無舟楫」喻指自己嚮往入仕從政而無人接引賞識。後句中一個「恥」字，道出躬逢盛世卻隱居無為、實在感到羞愧之情，言下之意還是說明詩人自己非常希望被薦舉出仕。「欲濟」而「無舟楫」，比喻恰當，婉曲傳旨。

尾聯化用典故，彰顯己志。這兩句化用《淮南子·說林訓》的古語：「臨淵而羨魚，不如歸而織網。」此處另翻新意，比喻詩人空有從政之心，卻無從實現這一願望，這是對頸聯的進一步深化。「垂釣」與「湖水」照應，不露痕跡。「垂釣者」比喻當朝執政的人，這裏指張九齡，懇請他薦拔。「羨魚情」喻從政的願望，希望對方能竭力引薦，使詩人的願望得以實現，活靈活現地表達了詩人慕清高又想求仕而難以啟齒的複雜心理。

本詩採用比興手法，詩人急於求薦，但又不露痕跡，構思新穎，在藝術上頗有特色。

## 與諸子登峴山①

孟浩然

人事有代謝，往來成古今②。
江山留勝跡，我輩復登臨③。
水落魚梁淺，天寒夢澤深④。
羊公碑尚在，讀罷淚沾襟⑤！

【註釋】

① 峴山：一名峴首山，在今湖北襄陽城南。

② 代謝：交替變化。往來：指日往月來，歲月推移。

③ 留勝跡：遺留下來的名勝古跡，指下文的「羊公碑」等。復登臨：又登臨，對羊祜曾登峴山而言。

④ 魚梁：沙洲名，在襄陽鹿門山的沔水中。天寒夢澤深：指天寒夢澤水退，故見其深。

⑤羊公：即羊祜，字叔子。晉武帝時累官尚書右僕射，都督荊州諸軍事，鎮襄陽。後陳述伐吳之計，因病舉杜預自代。在鎮時，他輕裘緩帶，身不披甲，務修德政，所以襄陽百姓為懷念他而立碑紀念。

## 【評析】

本詩是孟浩然隱居鹿門山時遊覽峴山憑弔古跡之作。所憑弔的就是峴山上的羊公碑。羊祜鎮荊襄時，常到此山置酒言詠。羊祜生前有政績，死後，襄陽百姓於峴山建碑立廟，「歲時饗祭焉。望其碑者，莫不流涕。」詩人借題發揮，認為羊祜雖早已死去，卻能遺愛人間，聯想自己仕進失敗，宿願未酬，只能在隱居中落魄終身，死後必將「湮沒無聞」，故而觸景生情，淚下沾襟。

首聯點出了一個平凡的真理：世間萬物，大至朝代之更替，小至一家之興衰，以及人們的生老病死、悲歡離合，總是在不停地變化著，沒有誰不會感覺到。寒來暑往，春去秋來，時光也在不停地流逝著，這也沒有誰不會感覺到。這兩句憑空落筆，似不著題，卻引出了詩人的浩瀚心事，飽含著深深的滄桑之感。

頷聯緊承首聯。「江山留勝跡」是承「古」字，「我輩復登臨」是承「今」字。作者的傷感情緒，便是來自今日的登臨。

頸聯寫詩人登山之所見。「淺」指水，由於「水落」，魚梁洲更多地呈露出水面，故稱「淺」。「深」指夢澤，遼闊的雲夢澤，一望無際，令人感到深遠。登山遠望，水落石出，草木凋零，一片蕭條景象。詩人抓住了當時當地所特有的景物，提煉出來，既能表現出時序為嚴冬，又烘托了作者內心的傷感。

尾聯抒發感慨。「羊公碑尚在」中的「尚」字，十分有力，其包含了複雜的內容。羊祜鎮守襄陽是在晉初，而孟浩然寫這首詩卻在盛唐，中隔四百餘年，朝代的更替，人事的變遷，是非常巨大的。然而羊公碑卻還屹立在峴首山上，受人敬仰。而詩人自己，至今仍是一介布衣，無所作為，死後難免湮沒無聞。這二者鮮明的對比，令人傷感，因此就不禁潸然淚下了。

全詩情景交融，抒發了詩人有志難伸的悲憤和哀傷。

# 宴梅道士山房

孟浩然

林臥愁春盡，搴帷覽物華①。
忽逢青鳥使，邀入赤松家②。
金灶初開火，仙桃正發花③。
童顏若可駐，何惜醉流霞④。

## 【註釋】

① 林臥：高臥山林，指隱居。搴帷：掀開帷幕。物華：自然風光。

② 青鳥使：仙人的使者。這裏指梅道士派來請孟浩然赴宴的人。赤松：
赤松子，傳說中的仙人名。這裏指梅道士。

③ 金灶：道家煉丹的丹爐。仙桃：《漢武故事》：「王母出桃與武帝，帝
留核欲種。母曰：『此桃三千歲一實，非下土所植也。』」這裏指梅道
士家的桃樹。

④ 童顏：少年紅潤的容顏。流霞：仙酒名。葛洪《抱朴子·祛惑》：「項
曼都入山學仙，十年而歸，家人問其故，曰：『有仙人但以流霞一杯
與我，飲之輒（常）不饑渴。』」

## 【評析】

　　本詩描繪了詩人在梅道士山房做客的情景，吟詠了道士山房中的景物，
抒發了詩人對恬淡閒適生活的熱愛之情，反映了詩人失意之餘的離俗之感。
全詩巧妙運用仙家典故和術語，涉筆成趣，幽默明快，自然天成。

　　首聯寫詩人靜臥在林中為春天即將遠去而憂愁，於是拉開帷幕觀看野外
的風景。這兩句描寫了詩人的日常生活狀態，表達了詩人寄情山水，與自然
界的每一變化息息相通，恬淡而自然的情懷。「愁春盡」為下文的祈求長生
做好鋪墊。

　　頷聯寫梅道士派人送信來邀請詩人去作客。對於詩人來說，這無異於雪
中送炭。這兩句點題，詩人的感情也由愁轉喜，表現出他與梅道士之間的深

厚情誼。「青鳥」和「赤松」的化用點明了梅道士的身份，也體現出詩人的喜悅之情。

頸聯描繪了梅道士居處的環境：煉丹爐剛剛生上火，山上的仙桃正好吐蕾開花。「仙桃開花」是詩人的想像，從側面反映出詩人的美好心情。同時，詩人對神話傳說的借用，不僅為全詩增添了幾分神秘色彩，更體現出道士生活的閒逸，切合詩題。

尾聯兩句點題中「宴」字。賓主二人飲得十分歡暢，不時舉杯祝酒，共同祝願彼此青春常在，健康長壽。這既表達了詩人的心願，又很切合道家中人祈求長生的願望。在梅道士家所經歷的一切都籠罩著一股仙氣，所以詩人浮想聯翩，希望借流霞美酒一醉，與仙家同班，永葆青春，進一步深化了詩歌的意境。

本詩與孟浩然的山水田園詩風格迥異，其格調明快，一氣呵成，表現了詩人灑脫的氣度和與梅道士親密友好的感情。詩中真實的感情與渾然的筆法相吻合，形成了一種語淡而情深的醇厚風格。

## 歲暮歸南山

孟浩然

北闕休上書，南山歸敝廬①。
不才明主棄，多病故人疏②。
白髮催年老，青陽逼歲除③。
永懷愁不寐，松月夜窗虛④。

【註釋】

①北闕：皇宮門。上書：向皇帝提出自己的政見和主張。這裏指上書求仕。敝廬：破陋房屋。

②不才：沒有才能。是詩人自謙之詞。故人疏：被故人所疏遠。

③青陽：春天。歲除：年終。

④永懷：悠悠的思懷。愁不寐：因憂愁而睡不著覺。虛：空寂。

## 【評析】

本詩是孟浩然在長安應試失敗後回到南山之作。這首詩表面上是一連串的自責自怪，骨子裏卻是層出不盡的怨天尤人。說的是自己一無可取之言，怨的是不為世用之情。

首聯是詩人的自傷之詞，表達了詩人對現實的失望。這兩句自怨自艾之語將他內心的矛盾、失意盡數道出。

頷聯具體描述失意的緣由。「不才」既是謙辭，又兼含了有才不被人識，良馬未遇伯樂的感慨。而這個不識「才」的不是別人，正是「明主」。可見，「明」也是「不明」的微詞，帶有埋怨意味。此外，「明主」這一諛詞，也確實含有諛美的用意，反映他求仕之心尚未滅絕，還希望皇上見用。這一句，寫得有怨悱，有自憐，有哀傷，也有懇請，感情相當複雜。而「多病故人疏」比上句更為委婉深致，一波三折。本是怨「故人」不予引薦或引薦不力，而詩人卻說是因為自己「多病」而疏遠了故人，這是一層；古代，「窮」、「病」相通，借「多病」說「途窮」，自見對世態炎涼之怨，這又是一層；說因「故人疏」而不能使明主明察自己，這又是一層。這三層含義，最後一層才是主旨。

求仕心切，宦途渺茫，鬢髮已白，功名未就，詩人不可能不憂慮焦急，頸聯就是這種心境的寫照。「白髮」、「青陽」本是無情物，詩人卻用擬人手法，綴以「催」、「逼」二字，表達了自己不想布衣終老卻又無可奈何的複雜感情。

尾聯緊承頸聯。正是因為愁緒難以排遣，詩人才「永懷愁不寐」，極言內心之苦悶，焦慮難堪。「松月夜窗虛」則別出新裁，看似寫景，實為抒情：那迷蒙空寂的夜景，與詩人空虛寂寥的心境是何等相似。「虛」字更是語涉雙關，把院落的空虛，靜夜的空虛，仕途的空虛，心緒的空虛，包容無餘。

這首詩運用了雙關、擬人等修辭手法，看似語言顯豁，實則含蘊豐富。層層輾轉表達，句句語涉數意，構成悠遠深厚的藝術風格。

據《新唐書·孟浩然傳》記載，孟浩然在長安落第後，詩人王維曾經邀

請他到自己供職的翰林院見面，誰知不久唐玄宗駕到了。孟浩然一時緊張躲到了床下，王維不敢欺君，道出實情。唐玄宗也沒有生氣，還命孟浩然出來作詩。孟浩然便吟詠了這首《歲暮歸南山》。當念到「不才明主棄」一句時，玄宗很不高興，說：「先生以前未曾求仕，我也沒有棄先生不用，怎麼能這樣誣陷我呢？」此後孟浩然一生未得錄用。

# 過故人莊①

孟浩然

　　故人具雞黍，邀我至田家②。
　　綠樹村邊合，青山郭外斜③。
　　開軒面場圃，把酒話桑麻④。
　　待到重陽日，還來就菊花⑤。

## 【註釋】

① 過：訪問。

② 具：準備。雞黍：燒雞和黃米飯，指農家待客的豐盛飯食。

③ 合：環繞。郭：指村莊的四周及外部。

④ 軒：窗戶。面：面向。場：禾場。圃：菜園。話桑麻：指閒談農村莊稼之事。

⑤ 就菊花：這裏指欣賞菊花和飲酒。就：靠著。

## 【評析】

　　本詩歌是孟浩然山水田園詩的名篇。寫詩人應一位農村老朋友之邀，到其家中歡飲的經過。詩中著重寫了故人的深厚情誼和農村的如畫風光。這首詩初看似乎平淡如水，細細品味就像是一幅畫著田園風光的中國畫，將景、事、情完美地結合在一起，具有強烈的藝術感染力。

　　首聯平鋪直敘，故人「邀」而詩人「至」，文字上毫無渲染，簡單而隨

便。這樣的開頭，不是很著力，平靜而自然，但對於將要展開的生活內容來說，卻是極好的導入，顯示了氣氛特徵，又有待下文進一步豐富、發展。

頷聯寫鄉村的自然風光。近景是綠樹環抱，遠景是青山相伴。「綠」和「青」寫的是色彩，充滿生機的顏色，而「合」和「斜」是動詞，生動趣味，把靜物寫活了。

頸聯寫朋友間的開懷暢飲。「開軒」二字似乎是很不經意地寫入詩的，但上面兩句寫的是村莊的外景，此處敘述人在屋裏飲酒交談，軒窗一開，就讓外景映入了戶內，更給人以心曠神怡之感。「話桑麻」更體現了農家的特色，讓讀者領略到更加強烈的農村風味。有這兩句和前兩句的結合，綠樹、青山、村舍、場圃、桑麻和諧地打成一片，構成一幅優美寧靜的田園風景畫，而賓主的歡笑和關於桑麻的話語，都彷彿縈繞在讀者耳邊。

尾聯兩句，說明詩人已經深深地為農村生活所吸引，所以在臨走的時候還率真地表示將在明年重陽節再來觀賞菊花和品菊花酒。這樣一個歡愉的結尾將故人相待的熱情和做客的愉快，以及主客之間的親切融洽全部都表現了出來。詩人寫重陽再來，自然流露出對村莊和故人的戀戀不捨，從側面烘托出鄉村生活的美好。


# 秦中寄遠上人①

孟浩然

一丘常欲臥，三徑苦無資②。

北土非吾願，東林懷我師③。

黃金燃桂盡，壯志逐年衰④。

日夕涼風至，聞蟬但益悲⑤。


【註釋】

① 秦中：原指今陝西中部地區，這裏指唐京城長安。上人：對僧人的敬稱。遠：上人之名。

② 一丘：即一丘一壑，指隱居山林。三徑：古人稱隱士所居為三徑。
《三輔決錄》：「蔣詡歸鄉里，荊棘塞門，舍中有三徑，不出，唯求
仲、羊仲從之遊。」

③ 北土：指長安。因詩人家鄉襄陽在長安東南，故稱。東林：晉代刺史
桓伊曾為高僧遠公在廬山東邊建立房殿，即東林寺。這裏指遠上人所
居寺院。

④ 燃桂：喻物價昂貴，即燒柴像燒桂一樣價高。《戰國策·楚策》：「楚國
之食貴於玉，薪貴於桂。」這裏指隨身旅費在長安很快就花光了，生
活非常困窘。

⑤ 日夕：太陽落下至黃昏的這段時間。但：只。益：增加。

## 【評析】

本詩作於孟浩然滯留長安時的一個秋天。從內容來看，當是孟浩然在長
安落第後的作品。寄給一位名叫遠的僧人，向他訴說客居逢秋的苦情以及求
仕無成的苦況和悲憤。詩中充滿了失意、悲哀與追求歸隱的情緒。

首聯從正面寫「所欲」。詩人的所欲，原本為隱逸。但詩中不用隱逸而
用「一丘」、「三徑」的典故。「一丘」頗具山野形象，「三徑」自有園林風光。
用實際形象表明隱逸思想，是頗為自然的。然而「苦無資」三字卻又和詩人
所欲產生矛盾，透露出他窮困潦倒的境況。

頷聯從反面寫「不欲」。「北土」指「秦中」，即京城長安，是士子追
求功名之地，這裏用以代替做官，此句表明了不願做官的思想。因而，詩人
身在長安，不由懷念起廬山東林寺的高僧來了。「東林懷我師」是虛寫，一
個「懷」字，表明了對「我師」的尊敬與愛戴，暗示追求隱逸的思想，並緊
扣詩題中的「寄遠上人」。這二句，用「北土」以對「東林」，用「非吾願」
以對「懷我師」，對偶相當工整，同時正反相對，相得益彰，更能突出詩人
的思想感情。

頸聯中，詩人抒寫自己滯留長安的處境和遭遇。「黃金燃桂盡」表明他
已花光了旅費，陷入窮困潦倒的局面。「壯志逐年衰」則體現出他心灰意冷
的情緒。這兩句對偶不求工整，流暢自然，意似順流而下，正所謂「上下相

須，自然成對」。

　　尾聯寫「涼風」、「蟬鳴」。這些景物，表現出秋天的景象。涼風瑟瑟，蟬鳴嘶嘶，很容易使人產生哀傷的情緒。再加以詩人身居北土，旅況艱難，官場失意，呼籲無門，怎能不感到「益悲」呢？

　　這首詩有如畫中白描，不加潤色，直寫心中的哀愁苦悶。而讀者讀來並不感到抽象，反而顯出詩人的率真和詩風的明朗。

## 宿桐廬江寄廣陵舊遊[①]

孟浩然

山暝聽猿愁，滄江急夜流[②]。
風鳴兩岸葉，月照一孤舟。
建德非吾土，維揚憶舊遊[③]。
還將兩行淚，遙寄海西頭[④]。

## 【註釋】

① 桐廬江：在今浙江桐廬境內的錢塘江稱桐廬江，一稱桐江。廣陵：唐郡名，今江蘇揚州。

② 暝：天晚。滄江：指江，因江色蒼茫，故稱。滄：同「蒼」。

③ 建德：唐郡名，今浙江建德市一帶。非吾土：不是我的故鄉。王粲《登樓賦》：「雖信美而非吾土兮，曾何足以少留！」維揚：即揚州。

④ 海西頭：指揚州。古揚州幅員廣大，東濱大海，故稱。

## 【評析】

　　孟浩然離開長安回到襄陽後，不久又漫遊江淮吳越等地，本詩即是他夜宿在桐廬江時懷念揚州舊友而作。全詩通過對江上景物的描寫，表明了異鄉再好也不如故土的意味。在意境上顯得清寂或清峭，情緒上帶著沉重的孤獨感。詩人旅途落寞的境況，思鄉念友的情懷，歷歷如繪。

首聯寫景，情於景中現。首句寫日暮、山深、猿啼。詩人佇立而聽，感覺猿啼似乎聲聲都帶著愁情。環境的清寥，情緒的黯淡，於一開始就顯露了出來。次句本來已給舟宿之人一種不平靜的感受，再加上一個「急」字，將江水的激蕩更添幾分。激蕩的江水又暗示著詩人自身無法控制的情緒，盡顯出詩人內心的孤獨與煩亂。

頷聯繼續寫景，語勢趨向自然平緩，但詩人的孤獨和煩亂依然可見。寫風，不是徐吹輕拂，而是吹得木葉發出鳴聲，可見其急是如同江水的。有月，照說也還是一種慰藉，但月光所照，唯滄江中之一葉孤舟，詩人的孤寂感，就更加要被觸動得厲害了。

頸聯中，詩人告訴讀者此時此刻的孤獨感因何而來。一方面是因為此地不是他的故鄉，「雖信美而非吾土」，有獨客異鄉的惆悵；另一方面，是懷念揚州的老朋友。

尾聯言情，情深意切。這種思鄉懷友的情緒，在眼前這特定的環境下，相當強烈，使得詩人不由得潸然淚下。他幻想憑著滄江夜流，把他的兩行熱淚帶向大海，帶給在大海西頭的揚州舊友。

全詩彌漫著悲涼的情緒，將詩人求仕無成後的憤憤不平和難覓知音的孤寂之感展現得酣暢淋漓。本詩情景交融，渾然天成，感人至深。

## 留別王維

孟浩然

寂寂竟何待，朝朝空自歸[①]。
欲尋芳草去，惜與故人違[②]。
當路誰相假？知音世所稀[③]。
只應守寂寞，還掩故園扉[④]。

**【註釋】**

① 寂寂：落寞。竟何待：要等什麼。空自歸：希望落空而歸。

② 尋芳草：指隱居。芳草：香草，常用來比喻有才德的人。故人：指王
　　維。違：分離。

③ 當路：居要地。這裏指朝中掌握重權的人。假：提攜，幫助。

## 【評析】

　　既在長安應舉落第，孟浩然只好回到襄陽。本詩是他臨別時留給王維
的。詩中寫他深知在長安仕進無望，決意回鄉，但又不忍心與知心朋友王維
分別的矛盾心情。

　　首聯中，詩人自述落第後的境況：門庭冷落，車馬稀疏。「寂寂」兩
字，既是寫實，又是寫虛，既表現了門庭的景象，又表現了詩人的心情。
「空自歸」說明詩人回到故鄉已經是必然選擇。

　　頷聯傾訴離別之傷。「芳草」一詞，出自《離騷》，本來象徵忠貞，而
這裏詩人用以代表歸隱的理想。「欲尋芳草去」，表明他已在考慮歸隱。「惜
與故人違」，表明了他與王維友情的深厚。一個「欲」字，一個「惜」字，
充分地顯示出詩人思想上的矛盾與鬥爭，從這個思想活動裏，深刻地反映出
詩人的惜別之情。

　　頸聯說明詩人歸去的緣由。詩人語氣沉痛，充滿了怨懟之情，辛酸之
淚。一個「誰」字，反詰得頗為有力，表明他切身體會到世態炎涼、人情如
水的滋味。天下之大，能瞭解自己心事，賞識自己才能的人，只有王維，這
的確是太少了！一個「稀」字，準確地表達出知音難遇的社會現實。然而，
畢竟還有這樣一個知音，詩人在辛酸之餘，還是有點安慰的。

　　尾聯中，詩人表明了歸隱的決心。「只應」二字，是耐人尋味的，它表
明了在詩人看來歸隱是唯一應該走的道路。也就是說，赴長安應舉是人生道
路上的一場誤會，所以決然地「還掩故園扉」了。

　　從藝術手法上看，本詩語言淺顯，表達直率，對偶不求工整，卻自然流
暢。雖然沒有優美的畫面，也沒有華麗的辭藻，卻顯示出一種不事雕琢的自
然之美。從內容上看，本詩既有對朝廷壓抑人才的怨恨，也有詩人不忍離開
知音好友的愁緒，更有懷才不遇、難展抱負的嗟歎。可謂言淺意深，頗有餘
味，耐人咀嚼。

# 早寒有懷

孟浩然

木落雁南渡，北風江上寒[①]。
我家襄水曲，遙隔楚雲端[②]。
鄉淚客中盡，孤帆天際看[③]。
迷津欲有問，平海夕漫漫[④]。

## 【註釋】

① 木落：秋天樹木的葉子落下來。雁南渡：雁由北南飛。

② 家：居住。襄水曲：漢水流至湖北襄陽境稱襄水，又稱襄河。孟浩然家在襄陽，襄陽在襄水之陽，正當襄水回轉處，故稱「襄水曲」。楚雲端：襄陽地勢高峻，在江上回望，如在天際。又因襄陽古為楚地，故稱「楚雲端」。

③ 鄉淚：思鄉之淚。客中：旅途之中。

④ 迷津欲有問：《論語·微子》載，孔子曾經在旅途中迷失方向，讓子路向正在耕種的隱士長沮、桀溺詢問渡口。津：渡口。平海：指寬平如海的江面。

## 【評析】

　　這是一首懷鄉思歸的抒情詩，作於孟浩然漫遊長江下游時期的一個秋天。詩中描寫了江上早寒的淒清景色，描寫了詩人在船上思念家鄉的愁苦心態，表現詩人懷鄉思歸的無限悵惘和人生失意的迷茫。全詩情感是複雜的，詩人既羨慕田園生活，有意歸隱，但又想求官做事，在政治上有所作為。這種矛盾，就構成了詩的內容。

　　首聯兩句寫景。詩人抓住了當時典型性的事物，點明季節。落木蕭蕭，鴻雁南飛，一片蕭瑟，這是最具代表性的秋季景象。但是單說秋，還不能表現出「寒」，詩人又以「北風」呼嘯來渲染，使人覺得寒冷，這就點出了題目中的「早寒」。置身於這種環境中，很容易讓人引起悲哀的情緒，而遠離

故土，思想處於矛盾之中的詩人就更是如此。這裏運用的是「興」的手法。

　　頷聯中，詩人面對眼前景物，思鄉之情不免油然而生。「遙隔」兩字，不僅表明了距離故鄉之遠，而且表明了兩地隔絕，不能歸去。這個「隔」字，已透露出思鄉之情。「楚雲端」既能表現出地勢之高，又能表現出仰望之情，可望而不可即，也能透露出思鄉的情緒。

　　如果說頷聯只是透露一些思鄉的消息，帶有含蓄的意味，而又未點明，那麼頸聯中的「鄉淚客中盡」則不僅點明了鄉思，而且把這種感情一泄無餘了。詩人看帆遠去，想到自己無法一同前往，不由思鄉之情更甚。

　　尾聯中，詩人借用典故，以景作結，烘托自身迷茫困惑的情緒。「迷津欲有問」句借用《論語·微子》中孔子使子路問津的典故。長沮、桀溺與孔子雙方是隱居與從政的衝突。而孟浩然本為襄陽隱士，如今卻奔走於東南各地，境況跟當年的孔子頗為相似，都是前途一片渺茫，且集隱居與從政的矛盾於一身，而這種矛盾又無法解決，故以「平海夕漫漫」作結。滔滔江水，與海相平，漫漫無邊，加以天色陰暗，已至黃昏。這種景色，完全烘托出詩人迷茫的心情。


# 秋日登吳公臺上寺遠眺①

劉長卿

　　古臺搖落後，秋入望鄉心②。
　　野寺來人少，雲峰隔水深③。
　　夕陽依舊壘，寒磬滿空林④。
　　惆悵南朝事，長江獨至今⑤。


【作者簡介】

　　劉長卿（約709—790），字文房，宣城人，郡望河間（今屬河北），後遷居洛陽。玄宗天寶年間進士，很可能才登進士第，但是還沒有揭榜，便爆發安史之亂了。肅宗時，任長洲縣尉，性格剛直，得罪權貴，

被誣入獄，遇大赦獲釋。被貶為潘州南巴（今廣東茂名）尉，但劉長卿並未到南巴實際任職。上元元年（761）後，劉長卿旅居江浙。代宗大曆五年（770）後，歷任轉運使判官，知淮西、鄂嶽轉運留後。因性格剛烈，得罪了鄂岳觀察使吳仲孺，被誣為貪贓，再次貶為睦州（今浙江淳安）司馬。在睦州時期，與當時居處浙江的詩人有廣泛的接觸，如皇甫冉、秦系、嚴維、章八元等都有詩酬答。德宗建中二年（781），任隨州刺史，故世稱「劉隨州」。後淮西節度使李希烈割據稱王，與唐王朝軍隊在湖北一帶激戰，劉長期即在此期間離開隨州，流寓江州。晚年入淮南節度使幕。

　　劉長卿的創作活動主要在中唐，詩多政治上失意和流連風景之作。長於五言，韻調流暢，詞語修飾，與大曆十才子風格相近，自稱「五言長城」。有《劉隨州集》。

## 【註釋】

① 吳公臺：在今江蘇省揚州市江都區，本為南朝劉宋、沈慶之攻竟陵王劉誕時所築的弩臺，後陳將吳明徹圍攻北齊敬子猷時又增築，故名「吳公臺」。

② 搖落：零落，凋殘。秋入望鄉心：指秋來登臺而生思鄉之念。

③ 野寺：位於偏地的寺院。這裏指吳公臺上之寺。

④ 依：靠著。這裏指夕陽返射在舊壘上。舊壘：指當年包括吳公臺在內的防禦工事的遺跡。磬：寺院中敲擊以召集眾僧的鳴器，這裏指寺中報時拜神的一種器具。因是秋天，故云「寒磬」。寒磬：清冷的磬聲。

⑤ 惆悵：失意。南朝事：因吳公臺關乎到南朝宋和陳兩代之事，故稱。

## 【評析】

　　本詩是劉長卿旅居揚州時所作。時安史叛軍禍亂中原，劉長卿長期居住的洛陽被叛軍攻佔，他被迫流亡到江蘇揚州一帶。秋日登高，來到吳公臺，作了這首吊古詠懷之作。詩中描寫了登吳公臺所見的蕭瑟荒涼的景象，慨歎歷史興亡變化，吊古傷今，抒發了人生失意的惆悵，也反映了詩人憂國憂民

的心聲。

首聯寫詩人登南朝古跡吳公臺而引發的感慨，即景生情。古臺在風雨的多年侵襲下已有頹圮的傾向，叢生的草木也在秋日紛紛凋零，這樣的景象是安史之亂中中原破壞的一個縮影，也使得身在他鄉的詩人懷念起故鄉。

頷聯寫古跡所在之地已非往昔般繁華喧鬧，成為少有遊人、封閉於野地間的殘台。上句寫近在眼前的古臺，後句將視線拉遠，遙望那遠遠的山巒。也許是古臺過於荒涼，詩人已經不忍再看，於是放眼遠山，以排解胸中沖蕩鬱鬱之思。

頸聯中，詩人以夕陽襯舊壘，以寒磬襯空林，將舊日輝煌的場所如今長滿了衰草寒煙的淒涼景象展現得淋漓盡致。

尾聯抒情，寫江山依舊，人物不同。古臺依舊，青山依舊，鐘磬依舊，而那時的英豪早已不再，唯有秋日夕陽裏滾滾的長江水不停地奔湧。「獨至今」三字，悲涼慷慨，道出了詩的神韻。大有「大江東去，浪淘盡，千古風流人物」的氣韻。

全詩撫今追昔，感慨深沉，風格悲壯蒼涼，意境深遠悠長。將憑弔古跡和寫景思鄉融為一體，對古今興廢的詠歎蒼涼而深邃。


## 送李中丞歸漢陽別業①

劉長卿

流落征南將，曾驅十萬師。
罷歸無舊業，老去戀明時②。
獨立三邊靜，輕生一劍知③。
茫茫江漢上，日暮欲何之④？

【註釋】

①李中丞：生平不詳。中丞：官職名。漢陽：今屬湖北武漢市。詩題又作《送李中丞之襄陽》。

②罷歸：罷官而歸。舊業：在原籍的田舍。明時：政治清明的時代。

③三邊：指邊塞。唐時幽州、並州、涼州三州之地。輕生：不畏死亡。

④江漢：指漢陽，因漢陽是漢水流入長江之處。之：去，往。

## 【評析】

　　本詩是詩人送別一位身經百戰、功勳卓著的老將李中丞時所作。詩中以深摯的感情頌揚了李將軍的英雄氣概和忠勇精神，又以李將軍往日的光榮和今日的漂泊作對比，表達了對老將晚年罷歸流落遭遇的無限同情和對統治者冷酷無情的批判。

　　首聯以浩歎發端。「征南將」點明李中丞的身份，就是當年率領十萬大軍浴血沙場，南征北戰的大將軍，如今卻被朝廷罷斥遣回，蕭條南歸。「流落」二字融注情感，總領全篇，為整首詩主意之所在。當年的李將軍重兵在握，「十萬師」而能驅遣自如，可見其叱吒風雲的才幹，足見其才能的不凡。不過這些都成為了過去，一個「曾」字，深深地蕩入雄壯的歲月，飽含唏噓惋歎。

　　頷聯寫李將軍罷歸之後的困頓，他沒有家業，老了還眷念著清明的時代。「罷歸」、「老去」指出將軍「流落」的原因。「歸無舊業」說明將軍之貧困，也暗示其為國征戰不解營生，為人正直而清廉。「明時」二字暗含諷刺，是詩人對時局的微詞。

　　頸聯兩句，詩人以近乎誇張的手法描寫了將軍當年的魄力和威懾力。他曾獨鎮三邊，敵寇生畏，關塞太平，大有功於國。為了國家，他不惜犧牲自己的生命。「一劍知」意謂奔赴沙場，忠心可鑒。此外，將軍出生入死，卻只有隨身的佩劍知道，這又暗含對朝廷的不滿。

　　尾聯以景抒情，情景交融，委婉地道出了李將軍的不幸遭遇，描述了一個讓人傷懷的場景：老邁的李將軍獨立於茫茫江邊，天色將晚，卻不知該何去何從。老將晚景如此落魄，怎能不觸人心懷，令人震撼！

　　全詩情調悲愴，感人至深。詩人刻畫老將形象，用語豪壯，將老將捨身為國、英勇奮戰的威武形象表現得非常突出有力。

# 餞別王十一南遊①

劉長卿

望君煙水闊，揮手淚沾巾②。
飛鳥沒何處？青山空向人③。
長江一帆遠，落日五湖春④。
誰見汀洲上，相思愁白蘋⑤。

【註釋】

① 餞別：設宴送行。王十一：名不詳。十一是他在兄弟中的排行。

② 煙水：茫茫的水面。

③ 飛鳥：比喻遠行的人。沒：消失。空向人：枉向人，指徒增相思。

④ 落日五湖春：指王十一到南方後，當可看見夕照下的五湖春色。五
   湖：這裏指太湖。柳惲《江南曲》：「汀州采白蘋，落日江南春。」

⑤ 汀洲：水邊或水中沙洲。白蘋：多年生水草，夏秋之間開白花。

【評析】

　　這是首送別名篇，通過對離別時和離別後情景的描寫，感人地表現了送
別人深摯的情意。詩人借助眼前景物，通過遙望和凝思，來表達離愁別恨，
手法新穎，不落俗套。

　　詩題雖是「餞別」，但詩中卻不見餞別場面的描寫，甚至連一句離別的
話語都沒有提及。首聯筆墨集中凝練，構思巧妙。詩人以「望」、「揮手」、
「淚沾巾」這一系列動作，濃墨渲染了自己送別友人時的心情。詩人沒有直
抒心中所想，而是借送別處長江兩岸的壯闊景物入詩，用一個「望」字，把
眼前物和心中情融為一體，讓江中煙水、岸邊青山、天上飛鳥都來烘托自己
的惆悵心情。

　　頷聯兩句虛實結合。以「飛鳥」喻為友人的南游，寫出了友人的遠行難
以預料，傾注了詩人的關切和憂慮。「何處」點明凝神遠眺的詩人，目光
久久地追隨著遠去的友人，愁思綿綿不絕如縷。一個「空」字，不只點出了

遠望朋友漸行漸遠直至消失的情景，同時烘托出詩人此時空虛寂寞的心境。

頸聯兩句從字面上看似乎只是交代了朋友遠行的起止。友人的一葉風帆沿江南去，漸漸遠行，抵達五湖畔後休止。然而，詩句所包含的意境卻不止於此。友人的行舟消逝在長江盡頭，肉眼是看不到了，但是詩人的心卻追隨友人遠去一直伴送他到達目的地。在詩人的想像中，他的朋友正在夕陽燦照的太湖畔觀賞明媚的春色。

尾聯中，詩人又從恍惚的神思中折回到送別的現場來，他站在汀洲之上，對著秋水蘋花出神，久久不忍歸去，心中充滿了無限愁思。情景交融，首尾相應，離思深情，悠然不盡。

全詩沒有「別離」二字，只寫離別後的美景，然而濃濃的離情別緒已完全融入景中，曲折婉轉，手法新穎，別具匠心。

## 尋南溪常道士

劉長卿

一路經行處，莓苔見屐痕[1]。
白雲依靜渚，芳草閉閑門[2]。
過雨看松色，隨山到水源[3]。
溪花與禪意，相對亦忘言。

【註釋】

[1] 經行：走過。莓苔：即青苔。屐痕：木屐的印跡，指足跡。

[2] 渚：水中小陸地。閉：指芳草遮沒了。

[3] 過雨：雨後。隨山：循著山路。

【評析】

本詩是劉長卿山水詩的代表作，寫尋訪道士不遇，卻得到別的情趣，領悟到禪意之妙。借寫道士的隱居環境，生動地勾畫出南溪的清幽景色，襯托

出道士的超塵雅潔。全詩結構嚴密緊湊，層層扣緊主題，風格自然清新。

首聯兩句，突出一個「尋」字，寫詩人頗有興致地順著青苔屐痕，一路尋來。語言淺淡質樸，似乎無須贅言。那人跡罕至的清幽山徑，正是常道士出入往來之地，這裏沒有人間喧囂，滿路青苔。屐痕暗示著常道士的行蹤，這給來訪的詩人帶來了希望和猜想。

頷聯寫詩人順著山路來到常道士的居所。兩句寫景並列，用意側重「閉門」，詩人尋友不遇。「白雲依靜渚」為遠望，白雲絮絮，繚繞小沙洲。「芳草閉閑門」是近看，蓬門長閉，芳草當門，常道士不在家。如果說一路莓苔給人幽靜的印象，那麼這裏的白雲、芳草、靜渚、閑門，則充滿靜穆淡逸的氛圍。門「閑」，不遇之人，來訪者不期然而然的心境也「閑」。一切都顯得恬靜自然，和諧默契，不受絲毫紛擾。

頸聯繼續寫一路景觀，渾化無跡須緩緩味出。詩人看松尋源，是不遇而再尋，還是順便一遊其山，還是返回，詩人沒有說出。這兩句以景帶敘，下句敘事成分更多些。道士不在寓所，因此這尋水源，也就是尋道士，「隨」字簡潔，山道紆繞，峰迴路轉，隨山探源，緣水經山。其間林壑深秀，水聲潺潺，都由這個「隨」字導人神游，啟迪豐富的「曲徑通幽」的想像。「過雨」暗示忽然遇雨，詩人僅僅用一「過」字表示它的剛剛存在，而著意於雨霽雲收之後翠綠生新的松色。「過」字，把陣雨帶來的清新宜人的氣息、物色，輕鬆自然地托顯出來，同時也隱隱帶出漫步山道的時間進程。

尾聯的「禪意」，用得精妙。詩人看見了「溪花」，卻浮起「禪意」，從幽溪深澗的陶冶中得到超悟，從搖曳的野花靜靜的觀照中，領略到恬靜的清趣，融化於心靈深處的是一種體察寧靜、蕩滌心胸的內心喜悅，自在恬然的心境與清幽靜謐的物象交融為一。況且禪宗本來就有拈花微笑的故事，這都融入默契不言的妙悟中，而領會出「禪意」，因用「與」，把物象和情感聯結起來。禪宗的妙悟和道家的得意忘言，有內在相通之處。佛道都喜占山林，幽徑尋真，蕩入冥思，於此佛道互融，而進入「相對亦忘言」的境界。乘興而來，興盡而返的愜意自得的感受，也都含融在詩的「忘言」之中。

# 新年作

劉長卿

鄉心新歲切，天畔獨潸然[1]。
老至居人下，春歸在客先[2]。
嶺猿同旦暮，江柳共風煙[3]。
已似長沙傅，從今又幾年[4]？

## 【註釋】

① 鄉心：思鄉之心。天畔：天邊，指潘州南巴（今廣東電白縣）。潸然：
流淚的樣子。

② 客：詩人自指。

③ 嶺：指五嶺。

④ 長沙傅：指賈誼，西漢洛陽人。年少有才學，文帝很器重，一年中由
博士升為太中大夫，因老臣絳灌等忌才讒毀，貶為長沙王太傅。三年
後雖召見他，仍然不能重用，調為梁懷王太傅。梁懷王墜馬死，賈誼
憂傷過度，一年後去世。

## 【評析】

　　本詩是劉長卿被貶南巴尉時新年懷鄉之作。全詩從新年思鄉寫起，描寫
詩人被貶謫後的屈辱境遇和淒苦的生活，抒發了深切的失意悲憤之情。

　　首聯由寫新年起筆，表達了詩人的思鄉之情。有道是「每逢佳節倍思
親」，新的一年到來了，詩人自然非常想念家鄉和親人。但他因遭貶，遠在
千里之外，山水重重阻隔，欲返鄉而不能，無計可施之時，不禁潸然淚下。

　　頷聯兩句，在思鄉之情中融入了仕宦身世之感，增加了情感的厚度。這
兩句有感而發，自然渾成，誠為甘苦之言。詩人有感年華「老至」，反遭貶
而「居人下」。新年伊始，天下共春，而仍滯留嶺南天畔，升遷無望，故有
時不我待、春歸我先之感。悲憤鬱積，不能自已。

　　頸聯描繪了「天畔」荒山水鄉的節序風光。猿啼積澱著哀傷的詩歌意

象，這裏卻「同旦暮」——早晚、日夜時時在耳，起哀傷，動歸思，進而把「鄉心切」刻劃得淋漓盡致。這新歲元日的惆悵，別有一番滋味在心頭。遠望，江流岸柳不但沒有給詩人帶來生機和新意，相反，風煙一空，濛濛籠罩，倒給詩人心頭蒙上一層厚厚的愁霧。

尾聯兩句即景抒情，點明題旨，詩人在抑鬱失落的情緒下發出了長長的慨歎。這裏借用了賈誼的典故，以賈誼懷才不遇，無辜被放逐的遭遇自比，抒發了與賈誼「同是天涯淪落人」的「己似」之感，表達了心中的憤懣不甘。

全詩意境深遠，用詞精練，寓情於景，感人至深。

# 送僧歸日本

錢起

上國隨緣住，來途若夢行①。
浮天滄海遠，去世法舟輕②。
水月通禪寂，魚龍聽梵聲③。
惟憐一燈影，萬里眼中明④。

## 【作者簡介】

錢起（約722—780），字仲文，吳興（今浙江湖州）人。天寶十年（751）進士，初為秘書省校書郎、藍田縣尉，後任司勳員外郎、考功郎中、翰林學士等。世稱「錢考功」。與韓翃、李端、盧綸等號為「大曆十才子」。因與郎士元齊名，並稱「錢郎」。

錢起長於五言，詞采清麗，音律和諧，時有佳句。錢起在當時詩名很盛，其詩多為贈別應酬，流連光景、粉飾太平，與社會現實相距較遠。然其詩具有較高的藝術水準，風格清空閒雅、流麗纖秀，尤長於寫景，為大曆詩風的傑出代表。有《錢考功集》。

【註釋】

① 上國：指中國。來途：從日本來中國之路。

② 浮天：舟船浮於天際。去世：離開塵世。這裏指離開中國。法舟：指受佛法庇佑的船。法舟輕：因佛法高明，乘船歸國，將會一路順利。

③ 水月：佛教用語，比喻僧人品格之清美，一切像水中月那樣虛幻。唐太宗以之喻玄奘的品格，詩人用來喻日本僧的品格。禪寂：佛教悟道時清寂凝定的心境。梵聲：念經的聲音。

④ 唯憐：獨愛。一燈：佛家用語，暗指佛法，智慧。燈：一語雙關，以舟燈喻禪燈。

【評析】

　　唐時國力強盛，日本派了不少遣唐使來到中國，也有不少僧人來學習文化，求取佛法，從而極大地促進了中日文化的交流。本詩是詩人贈給日本歸國僧人之作，通過形象的景色描繪和闡釋禪理，讚頌了日本僧人不畏艱險，遠渡大海來中國學習的虔誠和勇敢堅貞的精神，同時委婉地抒發了詩人對僧人的留戀不捨。

　　本詩寫送別，通篇卻不見一個「別」字。首聯不寫送別，卻寫僧人來處，說他到中國山長水遠，就像是在夢中遊行一樣。「若夢行」表現長時間乘舟航海的疲憊、恍惚的狀態，以襯歸國途中的艱辛，並啟中間兩聯。

　　頷聯寫僧人已經乘船離開，船在茫茫的大海上行駛，漸漸消失在天際。它暗示了路途遙遠，歸程漫漫，也寓含著詩人對僧人長途顛簸的關懷和體貼。「法舟」扣緊僧人身份，又含有人海泛舟，「隨緣」而往之意蘊，儲蓄空靈，意蘊豐富。

　　頸聯寫僧人在海路中依然不忘法事修行，在月下坐禪，在船上誦經。「水月」喻禪理，「魚龍聽」切海行，又委婉表現僧人獨自誦經而謹守佛律的品性，想像豐富。

　　尾聯用「一燈」描狀僧人歸途中之寂寞，只有孤燈相伴，這是實處。但實中有虛，「一燈」又喻禪理、佛理。虛實相映成趣。

　　本詩運用了「隨緣」、「法舟」、「水月」、「禪」、「梵」、「一燈」等眾

多佛教術語，既符合人物身份，又為詩句增添了無窮的虛空色彩。全詩語言清新，韻律和諧，節奏明快。依依別情，禪理禪趣的恰當融合，更是極為妥帖地神話了為僧人送行這個主題。

# 谷口書齋寄楊補闕①

錢起

泉壑帶茅茨，雲霞生薜帷②。
竹憐新雨後，山愛夕陽時③。
閑鷺棲常早，秋花落更遲④。
家童掃蘿徑，昨與故人期⑤。

## 【註釋】

① 谷口：在今陝西涇陽縣西北，當涇水出山之處，即仲山的谷口。楊補闕：名字不詳。補闕：官名，職責是向皇帝進行規諫和舉薦，有左右之分。

② 泉壑：山谷中的泉水。茅茨：茅屋，即題中的書齋。薜帷：薜荔繞牆而生，猶如帷幕。薜，薜荔，常綠木質藤本植物。

③ 憐：可愛。山：即谷口。

④ 棲：鳥停留在巢中。遲：晚。因在深山，所以秋花落得更遲，含有等待楊補闕來賞之意。

⑤ 掃蘿徑：打掃路徑，為楊補闕來訪做準備。昨：先前。故人：即楊補闕。期：相約。

## 【評析】

　　這是一首邀請朋友赴約的詩歌，詩人著力描繪了自己書齋附近的自然環境，分層次地寫出了書齋雖是茅屋草舍，但依壑傍泉，四周景色幽雅秀麗，意在表達對友人的盛情，期待他能如期來訪。

首聯寫景，「泉壑」對「雲霞」，「茅茨」對「薜幃」，對仗工整。句中用得最妙的是「帶」字，意謂「像帶子一樣環繞」，與第二句中的「生」相對應，將靜景擬人化，能充分地引發讀者的想像。由這兩句可知書齋位於山中高處的幽靜之地。

頷聯繼續寫景，為繪景佳句。二句為倒裝句，先突出了竹林山色令人憐愛，而後又以「新雨後」「夕陽時」修飾，指出它們令人憐愛的原因是雨後新綠、夕陽渲染，如此遣詞造句，不僅讓這些景物融入了人的情感，而且讓它們具有了極強的色彩感，使讀者很有質感地感受到竹林高山的清秀壯麗。

頸聯寫書齋周圍的花鳥情態。白鷺早早地休息，只因一個「閑」字，充分說明了這裏的幽靜。鳥兒少有人打擾，便可過著悠閒舒適的生活。秋花遲遲不肯落下，只能說明這裏的環境適宜它們生長，便可久駐枝頭。寫鳥、花意在突出書齋環境的清幽雅致、清新宜居。

尾聯點題，寫詩人早已讓家人把那綴滿綠蘿的小徑打掃乾淨，原因是昨天與友人約定。一如「花徑緣客掃，蓬門為君開」之妙。詩人在上文極力地推崇書齋的環境，意在引出這個約定，希望朋友能如約而至。

全詩通篇寫景，用詞精准，韻律優美，句式工整，有靜有動，寂而不滯，生動傳神，展現出錢起空靈淡雅、清麗追奇的詩風。


# 淮上喜會梁州故人①

韋應物

江漢曾為客，相逢每醉還②。
浮雲一別後，流水十年間。
歡笑情如舊，蕭疏鬢已斑③。
何因不歸去？淮上對秋山。


【註釋】
①淮上：淮水邊即今江蘇淮陰一帶。梁州：唐州名在今陝西南鄭縣東。

②江漢：指今湖北一帶。

③蕭疏：稀疏。斑：白。

## 【評析】

　　本詩寫詩人在淮水邊重逢闊別十年的梁州老朋友的喜悅之情，抒發了人世滄桑、青春不再的感慨。詩題雖寫「喜會」故人，但詩中表現的卻是「此日相逢思舊日，一杯成喜亦成悲」的悲喜交集的複雜情緒。

　　首聯兩句，詩人回憶了曾經與故人共飲的美好時光，以及兩人之間的情意。詩人寫這段往事，彷彿是試圖從甜蜜的回憶中得到慰藉，然而其結果反而引起歲月蹉跎的悲傷。

　　頷聯直接抒發十年闊別的傷感。這裏的「浮雲」和「流水」不是寫實，都是虛擬的景物，藉以抒發詩人的主觀情感，表現一別十年的感傷。「一別」與「十年」形成鮮明對照，也有一種世事滄桑之感。這兩句選用了常見的意象，以流水對的方式，表現了人生無定、時光飛逝、歲月蹉跎的感傷。

　　頸聯點題，寫重逢時刻的「歡笑」之態。久別重逢，確有喜的一面。他們也像十年前那樣，有痛飲之事。然而這喜悅，只能說是表面的，或者說是暫時的，裏面包含著無盡的辛酸。十年的漂泊生涯，兩人都已經鬢髮斑白，青春不再。詩人描繪了兩人的衰老之態，不言悲而悲情溢於言表，漂泊之感也就盡在不言之中。本聯一喜一悲，筆法跌宕；一正一反，交互成文。

　　尾聯以反詰作轉，以景色作結。為何還不歸去呢？答案是「淮上對秋山」。詩人曾有《登樓》詩云：「坐厭淮南守，秋山紅樹多。」秋光中的滿山紅樹，正是詩人耽玩留戀之處。這個結尾表達了詩人攜友同游的願望，同時也給讀者留下了回味的餘地。

# 賦得暮雨送李曹<sup>①</sup>

韋應物

楚江微雨裏，建業暮鐘時<sup>②</sup>。
漠漠帆來重，冥冥鳥去遲<sup>③</sup>。
海門深不見，浦樹遠含滋<sup>④</sup>。
相送情無限，沾襟比散絲<sup>⑤</sup>。

**【註釋】**

①賦得：分題賦詩，這裏分得的題目是「暮雨」，故稱「賦得暮雨」。李曹：《韋蘇州集》和《唐詩別裁》均作李胄。

②楚江：指長江，因戰國時從湖北以東長江均屬楚國範圍，按下句意，這裏的楚江即指南京一帶的長江。建業：今江蘇南京。

③漠漠：水氣迷茫的樣子。冥冥：天色昏暗的樣子。

④海門：地名，即今江蘇海門市，距長江入海處不遠。浦：近岸的水面，可能是指浦口。含滋：濕潤，帶著水汽。

⑤沾襟：此處為雙關語，既指細雨打濕衣襟，也指眼淚沾濕了衣襟。散絲：既指細雨，也喻流淚。

**【評析】**

　　這是一首描寫雨中送別情景的詩，繪景含情，渾然一體。詩人以寫意的筆墨描繪黃昏江上迷濛晦冥之景，展現出一幅薄暮煙雨送客圖，渲染了離情別緒，抒寫了真摯的友誼。雖是送別，卻重在寫景，全詩緊扣「暮雨」和「送」字著墨。

　　首聯中，起句點「雨」，次句點「暮」，直切詩題中的「暮雨」二字。「楚江」對「建業」，點明送別之地。「暮鐘時」，即傍晚時分。以楚江點「雨」，表明詩人正佇立江邊，這就暗切了題中的「送」字。「微雨裏」的「裏」字，既顯示了雨絲纏身之狀，又描繪了一個細雨籠罩的壓抑場面。

　　頷聯繼續描寫江上景色，寫楚江上的「帆」、「鳥」，同樣是緊扣「暮雨」

的主題。船帆沉重，是因為被雨淋濕了。鳥兒飛得緩慢，也是因為天暮和細雨。雖是寫景，但「遲」、「重」二字用意精深。「重帆」、「遲鳥」等意象陸續出現，起到了呼應首聯的作用。

頸聯中，「深」和「遠」二字著意渲染了一種迷濛暗淡的畫面。頷聯、頸聯四句詩，形成了一幅富有情意的場景。從景物狀態看，有動，有靜。動中有靜，靜中有動：帆來鳥去為動，但帆重猶不能進，鳥遲似不振翅，這又顯出相對的靜來；海門、浦樹為靜，但海門似有波濤奔流，浦樹可見水霧繚繞，這又顯出相對的動來。從畫面設置看，帆行江上，鳥飛空中，顯其廣闊；海門深，浦樹遠，顯其邃邈。整個畫面富有立體感，而且無不籠罩在煙雨薄暮之中，無不染上離愁別緒。

經過鋪寫渲染煙雨、暮色、重帆、遲鳥、海門、浦樹，連同詩人的情懷，交織起來，形成了濃重的陰沉壓抑的氛圍。置身其間的詩人，情動於衷，不能自已。猛然，那令人腸斷的鐘聲傳入耳鼓，撞擊心弦。此時，詩人再也抑制不住自己的感情，不禁潸然淚下，離愁別緒噴湧而出：「相送情無限，沾襟比散絲。」隨著情感的迸發，尾聯一改含蓄之風，直抒胸臆。又在結句用一個「比」字，把別淚和散絲交融在一起。這一結，使得情和景「妙合無垠」，「互藏其宅」（王夫之《薑齋詩話》），既增強了情的形象性，又進一步加深了景的感情色彩。

全詩以「微雨」開篇，以「散絲」作結，密切呼應，渾然一體，又情景交融，感人至深。


## 酬程近秋夜即事見贈[①]

韓翃

長簟迎風早，空城澹月華[②]。
星河秋一雁，砧杵夜千家[③]。
節候看應晚，心期臥亦賒[④]。
向來吟秀句，不覺已鳴鴉[⑤]。

## 【作者簡介】

　　韓翃，字君平，南陽（今河南南陽）人。天寶十三年（754）進士，寶應年間在淄青節度使侯希逸幕府中任從事，後隨侯希逸回朝，閒居長安十年。建中年間，因作一首《寒食》為唐德宗所賞識，因而被提拔為中書舍人。

　　韓翃（音宏）是「大曆十才子」之一，其詩多送別唱和題材，筆法輕巧，寫景別致，在當時流傳很廣。有《韓君平詩集》。

## 【註釋】

① 秋夜即事：程近的原作。

② 長簞：長竹子。澹：流動。月華：月亮的光華，光彩。

③ 砧杵：搗衣用具。古代搗衣多在秋夜。

④ 節候：季節氣候。晚：指季節已到秋天。心期：心所嚮往。賒：長，這裏是遲的意思。

⑤ 向來：指晚上一直不斷地。秀句：對程近詩的美稱。鳴鴉：指天亮。

## 【評析】

　　本詩是詩人寫給友人程近的酬贈之作，為了酬詩而通宵未眠，足見彼此心期之切。詩中描寫了秋夜清遠疏淡的景色，意境開闊，同時寫出時序更迭引起詩人心事未了的惆悵。

　　詩的前四句緊扣秋夜。詩人通過描寫「風吹長竹」、「天高月淡」、「星河飛雁」、「千家夜砧」等一系列景致，將風聲月色、雁過砧鳴、澄淨疏朗、獨具特色的秋景生動傳神地展現出來。頷聯對仗工整，尤其自然秀逸，為唐詩中的名句。

　　後四句緊扣「秋夜即事」的題意。頸聯承上而來，說照這季節氣候來看，應是已經到了更深夜闌的時候，詩人卻因心期賦詩而不得入眠。尾聯結構頗為嚴密，寫詩人引用贈詩，不覺鴉噪天曙，可見程近詩之美。詩人巧妙地描繪秋夜和詩，寫自己為了吟詩而夜不能寐的情形。這樣寫不僅表明了自己與友人情誼的深厚，同時也想直抒胸臆，讚美友人。

全詩並無深意，但結構嚴謹，描景秀逸，調韻清新，意境雋永，自然親切，是一首頗具特色的唱和詩。

# 闕　題①

劉慎虛

道由白雲盡，春與青溪長②。
時有落花至，遠聞流水香③。
閑門向山路，深柳讀書堂④。
幽映每白日，清輝照衣裳⑤。

## 【作者簡介】

劉慎虛，字挺卿，江東（今蘇南一帶，詳不可考）人，《唐才子傳》作嵩山人。開元十一年（723）進士。調洛陽尉，遷夏縣令。

劉慎虛是盛唐著名詩人，鄭處晦《明皇雜錄》把他和王昌齡、李白、杜甫等人並列，說是「雖有文章盛名，皆流落不偶」。殷璠撰《河岳英靈集》，別擇精嚴，而選錄其詩多至十一首，說他「情幽興遠，思苦語奇。忽有所得，便驚眾聽」。劉慎虛淡泊名利，所作詩情幽興遠，思雅詞寄，在東南詩人中頗負盛名。其交友多山僧道侶，曾擬在廬山卜宅隱居，未成。《全唐詩》錄其詩一卷，共十五首。

## 【註釋】

① 闕題：「闕」通「缺」，即缺題。本詩原有題目，但後來在流傳過程中遺失了，後人在編詩時便以「闕題」為名。

② 道由白雲盡：指山路被白雲隔斷在塵境之外。道：路徑。由：因為。春：春意，即下面的花和柳。

③ 時有：不時有。落花至：指落花隨溪水漂流而至。

④ 閑門：指門前清淨，環境清幽，俗客不至的門。深柳讀書堂：讀書堂

在柳蔭深處。

⑤幽映：指「深柳」在陽光映照下的濃蔭。

## 【評析】

　　這首詩通篇寫景，畫意詩情，佳句盈篇，是劉慎虛的代表作。詩中描寫深山中一座別墅及其周圍幽深靜寂的環境，從其所表達的意境來看，不是寫自己山居的閒適，而是寫友人山中隱居的幽趣。

　　詩一開篇就寫進入深山時的情景。「道由白雲盡」，是說通向別墅的路是從白雲盡處開始的，可見這裏地勢相當高峻。這樣開頭，便已藏過前面爬山的一大段文字，省掉了許多拖遝。同時，它暗示詩人已是走在通向別墅的路上，離別墅已經很近了。「春與青溪長」，形象地寫出曲折的溪水隨山路而出。花開時節，悠長的山路，潺潺的溪水，有著道不盡的春色溪水相映成趣之美。

　　頷聯緊承上文，細寫青溪和春色，透露了詩人的喜悅之情。「至」和「隨」字，既賦予落花以人的動作，又暗示詩人也正在行動之中。詩人淡然閒適地沿著青溪走出很遠，看見流水將散落的花瓣輕輕帶來，又遠遠帶走。此等美景將詩人完全吸引住了，完全沒有「流水落花春去也」的感傷，而是感覺到流水似乎也散發出芬芳。

　　頸聯粗略介紹隱舍。詩人沿途觀景而來，終於得以見到隱舍。由門是向山路方向而設可見主人極愛深山之隱蔽清幽，故而隱舍的門就成了「閒門」。詩人緩步前行，推開院門，只見院子裏種了許多柳樹，長條飄拂，主人的讀書堂就深藏在柳影之中。原來這位主人是在山中專心研究學問的。

　　尾聯兩句，詩人仍然只就別墅的光景來描寫。因為山深林密，所以雖然在白天裏，也有一片清幽的光亮散落在衣裳上面。那環境的安謐，氣候的舒適，真是專志讀書的最好地方了。詩到這裏，戛然而止，給讀者留下了思索餘地，更增加了詩的韻味。

# 江鄉故人偶集客舍①

戴叔倫

天秋月又滿，城闕夜千重②。
還作江南會，翻疑夢裏逢③。
風枝驚暗鵲，露草泣寒蟲④。
羈旅長堪醉，相留畏曉鐘⑤。

## 【作者簡介】

　　戴叔倫（732—789），字幼公，潤州金壇（今江蘇金壇）人，出生於一個隱士家庭，其祖父和父親都是終身隱居不仕的詩人。戴叔倫年輕時拜著名的學者蕭穎士為師，他博聞強記，聰慧過人。貞元年間進士，歷參湖南、江西幕府，遷撫州刺史，容州刺史，官終容管經略使。晚年上表自請為道士。其詩多表現隱逸生活和閒適情調，但《女耕田行》《屯田詞》等篇也反映了人民生活的艱苦。其餘抒情寫景的小詩也真摯深婉，清新可喜。《全唐詩》錄其詩三卷。

## 【註釋】

① 偶集：偶然與同鄉聚會。
② 城闕：宮城前兩邊的樓觀，泛指城池。
③ 江南會：指在京城和江南的故友相聚。翻疑：反而懷疑。
④ 風枝：風吹動樹枝。泣寒蟲：指秋蟲在草中的叫聲好像哭泣一樣。
⑤ 羈旅：漂泊他鄉的旅客。曉鐘：清晨報曉的鐘聲。

## 【評析】

　　本詩描寫詩人羈旅之中與故人偶然相聚的情景，表現了異地故人相會的喜悅及友人們的真摯感情，襯托出羈旅生活的孤獨、寂寞和愁苦。這首詩充分表現了詩人悲喜交織的感情。

　　首聯兩句，一寫時間：秋天的滿月之夜，一片清輝；一寫地點：京城長

安，已經沉睡在靜靜的深夜裏。其中一個「滿」字，寫出了秋月之狀，也隱含下文人事之圓滿。

頷聯極言相聚的出其不意，實屬難得。詩人作客在外，偶然與同鄉聚會，竟懷疑是在做夢。這兩句充分表現了詩人驚喜交集的感情。「還作」、「翻疑」二詞極為傳神。

頸聯通過烏鵲的驚動和秋蟲的悲鳴表現了夜色的沉寂和淒涼，抒寫了身世漂泊之感和宦海沉浮之痛，寓懷鄉思親的悲涼況味。詩人借用曹操《短歌行》中「月明星稀，烏鵲南飛，繞樹三匝，何枝可依」的典故，暗寓鄉思。「驚」、「泣」二字，含意深刻。

尾聯中的「長」「畏」兩字用得最好。「長」意即永遠沉醉不願醒來，只有在這樣的境界中，才能忘卻飄零之苦，暫得歡愉。這從側面表現了流離之苦。「畏」是說害怕聽到報曉的鐘聲，曲折地表達了不忍與朋友分別的心理，傳達了對友情的珍視和漂泊在外的痛楚。本聯意境悠遠，語短情長。

## 送李端

盧綸

故關衰草遍，離別自堪悲[①]。
路出寒雲外，人歸暮雪時[②]。
少孤為客早，多難識君遲[③]。
掩淚空相向，風塵何處期[④]？

【作者簡介】

盧綸（約737—799），字允言，河中蒲（今山西永濟）人。天寶末年舉進士，遇亂不第；代宗朝又應舉，屢試不第。後受宰相元載舉薦，授閿鄉尉；後由王縉薦為集賢學士，秘書省校書郎，升監察御史。出為陝府戶曹、河南密縣令。後元載、王縉獲罪，遭到牽連。德宗朝復為昭應令，又任河中渾瑊元帥府判官，官至檢校戶部郎中。

盧綸的詩以五、七言近體為主，多唱和贈答之作，但他在從軍生活中所寫的詩，風格雄渾，情調慷慨，歷來為人傳誦。他年輕時因避亂寓居各地，對現實有所接觸，有些詩篇也反映了戰亂後人民生活的貧困和社會經濟的蕭條。有《盧戶部詩集》。

## 【註釋】

① 故關：指送別之地。

② 路出寒雲外：指李端遠去的道路伸向雲天之外。

③ 少孤：李端早年喪父。為客：指離開家鄉出外謀生。

④ 掩淚空相向：指李端已去，自己一個人站在送別地徒自相向。風塵：指世事紛亂。期：後會之期。

## 【評析】

　　盧綸和李端同屬「大曆十才子」，他們年輕時都曾經歷安史之亂，在亂世中顛沛流離，經歷苦楚。二人在亂世中結下了珍貴的友誼。本詩是感人的送別名篇，抒寫了詩人與友人分別時難捨難分的深情。詩中淒寒蕭索的景色和詩人在亂離中送客的悲涼心緒渾然交融。全詩意境淒婉沉鬱，真摯感人。

　　首聯寫送別時的環境氣氛，從衰草落筆，時令當在嚴冬。郊外枯萎的野草，正迎著寒風抖動，四野蒼茫，一片淒涼的景象。在這樣的環境中送別故人，自然大大加重了離愁別緒。「離別自堪悲」這一句寫來平直、刻露，但由於是緊承上句脫口而出的，應接自然，故並不給人以平淡之感，相反倒是為此詩定下了深沉感傷的基調，起了提挈全篇的作用。

　　頷聯寫送別時的情景，緊扣「悲」字。這裏寫的是送別之景，但融入了濃重的依依難捨的惜別之情。「寒雲」二字，下筆沉重，給人以無限陰冷和重壓的感覺，對主客別離時的悲涼心境起了有力的烘托作用。「人歸暮雪時」一句緊承上句而來，處處與上句照應，如「人歸」照應「路出」，「暮雪」照應「寒雲」，發展自然，色調和諧，與上句一起構成一幅完整的嚴冬送別圖，於淡雅中見出沉鬱。

　　頸聯中，詩人回憶往事，感歎身世，還是沒離開「悲」字。詩人送走了

故人，思緒萬千，百感交集，不禁產生撫今追昔的情懷。人生少孤已屬極大不幸，何況又因天寶末年動亂，自己遠役他鄉，飽經漂泊困厄，而絕少知音呢！這兩句不僅感傷個人的身世飄零，而且從側面反映出時代動亂和人們在動亂中漂流不定的生活，感情沉鬱，顯出了這首詩與大曆詩人其他贈別之作的重要區別。詩人把送別之意，落實到「識君遲」上，將惜別和感世、傷懷融合在一起，形成了全詩思想感情發展的高潮。

尾聯收束全詩，寫詩人在曠野上送別友人，仍歸結到「悲」字。詩人在經歷了難堪的送別場面，回憶起不勝傷懷的往事之後，越發覺得對友人依依難捨，不禁又回過頭來，遙望遠方，掩面而泣。然而友人畢竟是望不見了，掩面而泣也是徒然，唯一的希望是下次早日相會。但世事紛爭，風塵擾攘，不知何時才能相會。這樣作結，很直率而又很有回味。

## 喜見外弟又言別①

李益

十年離亂後，長大一相逢②。
問姓驚初見，稱名憶舊容③。
別來滄海事，語罷暮天鐘④。
明日巴陵道，秋山又幾重⑤？

### 【作者簡介】

李益（746—829），字君虞，陝西姑臧（今甘肅武威）人。大曆四年（769）進士，調鄭縣尉，久不得升遷，建中四年（783）登書判拔萃科。因仕途失意，後棄官在燕趙一帶漫遊。貞元十三年（797）任幽州節度使劉濟從事。十六年南遊揚州等地。元和後入朝，歷任秘書少監、集賢殿學士、孟門參軍、右散騎常侍等職。因自負才氣，為眾不容，被誣去職。憲宗時復用為秘書監，官終禮部尚書。

李益從軍十年，對邊塞生活有親身體驗。往往橫槊賦詩。他的詩風

明快豪放，在當時詩壇負有盛名，邊塞詩尤其膾炙人口。在形式上，他最擅長七絕，其語言之凝練，形象之鮮明，音調之和諧，可以和李白、王昌齡媲美。李益是大曆年間的傑出詩人。

## 【註釋】

① 外弟：表弟。言別：話別。

② 一：副詞，可作「竟然」、「忽而」解。

③ 問姓：指詩人開頭不認識表弟，便問他姓什麼。稱名：指表弟在詩人問他姓時，他自然地說了自己叫什麼名字。這兩句互文見義，「問姓」和「稱名」、「驚」和「憶」都是同時進行的。

④ 滄海事：指世事變化之大，有如滄海變桑田，桑田變滄海那樣。暮天鐘：指深秋報時的鐘聲。

⑤ 巴陵：唐岳州治巴陵縣，今湖南岳陽市。

## 【評析】

本詩描寫了詩人同表弟在亂離中不期而遇而又匆匆話別的傷感場面，抒發了真摯的至親情誼和人生聚散離合無定的感慨，從側面反映了動亂給人們帶來的痛苦。

首聯直入主題寫相逢。「十年」表明分別之久。「離亂」是分離的原因。「長大」說明二人上次見面的時候還是幼年，數年間雙方的容貌已有很大變化，為頷聯做了鋪墊。他們長期音信阻隔，存亡未卜，突然相逢，頗出意外。句中「一」字，表現出詩人的驚喜意外之情以及這次重逢的戲劇性。

頷聯正面描寫重逢時的情景。詩人與表弟分別多年，彼此容貌都已發生很大變化，就算重逢，也不能立刻認出了。詩人從生活出發，抓住了典型的細節，從「問」到「稱」，從「驚」到「憶」，層次清晰地寫出了由初見不識到交談相認的神情變化，繪聲繪色，細膩傳神。而詩人心中的驚喜與激動，至親重逢的深摯情誼，也自然地從描述中流露出來。重逢的驚喜背後顯然也藏著數年的辛酸漂泊，如果沒有戰亂，兄弟間應當常常來往，而此時相對不相識，可見戰亂給人民帶來的深重苦難。

兄弟十年闊別，一朝相遇，自然有很多話要說，頸聯就表現了兄弟傾訴別情、回憶過往的場面。分手以來千頭萬緒的往事，詩人用「滄海事」一語加以概括。這裏化用了滄海桑田的典故，突出了十年間個人、親友、社會的種種變化，同時也透露了詩人對社會動亂的無限感慨。因為十年間發生的事情太多，詩人與表弟互相傾訴不是一時半會兒能說完的，於是不知不覺中天色已暗。暮鐘響起，更是平添了一分肅穆莊嚴，也昭示著兩個人告別的時刻快要到了。

前三聯，從久別，到重逢，到敍舊，寫「喜見」，突出了一個「喜」字。尾聯轉入「言別」。「明日」點出聚散匆匆。「巴陵道」提示了表弟即將遠行的去向。「秋山又幾重」則是通過重山阻隔的場景，把新的別離形象地展現在讀者面前。用「秋」形容「山」，在點明時令的同時，又隱蘊著詩人傷別的情懷。「幾重」而冠以「又」字，同首句的「十年離亂」相呼應，使後會難期的惆悵心情溢於言表。

全詩用凝練的語言，白描的手法，生動的細節，典型的場景，層次分明地再現了社會動亂中人生聚散的獨特一幕，具有強烈的生活真實感。

## 雲陽館與韓紳宿別①

司空曙

故人江海別，幾度隔山川②。
乍見翻疑夢，相悲各問年③。
孤燈寒照雨，深竹暗浮煙④。
更有明朝恨，離杯惜共傳⑤。

### 【作者簡介】

司空曙（約720—790），字文明，廣平（今河北永年縣東南）人。大曆年間進士，磊落有奇才，性耿介，不干權要，故仕途坎坷，家境清寒，為「大曆十才子」之一。韋皋節度劍南，辟致幕府。授洛陽主簿。

未幾，遷長林縣丞。歷任左拾遺、水部郎中、虞部郎中。

　　司空曙的詩多為行旅贈別之作，長於抒情，樸素真摯，情感細膩，多有名句。胡震亨曰：「司空虞部婉雅閑淡，語近性情。」有詩集兩卷。

## 【註釋】

① 雲陽館：故址在今陝西涇陽縣。韓紳：一作韓紳卿。韓愈的四叔名紳卿，與司空曙同時，曾在涇陽任縣令，可能即為此人。宿別：同宿後又分別。

② 江海：詩人上次與友人的分別地點，也可以泛指江海天涯，比喻相隔遙遠。幾度：幾次，這裏指幾年。山川：山水。

③ 年：年時光景。

④ 深竹：竹林深處。

⑤ 明朝：明天。恨：離別之恨。離杯：原是為老友久別重逢而話舊舉杯痛飲，實際又是為來朝分別而餞行的「離杯」。惜共傳：因相聚時間太短，所以彼此都非常珍惜而互相傳杯勸酒。

## 【評析】

　　本詩抒寫詩人與故友久別重逢的驚喜交集以及復又分別的憂傷惆悵。詩一開端由上次別離說起，接著寫此次相會，然後寫敘談，最後寫惜別，波瀾曲折，錯落有致。「乍見翻疑夢，相悲各問年」乃久別重逢之絕唱，與李益的「問姓驚初見，稱名憶舊容」也有異曲同工之妙。

　　首聯突出詩人和友人離別時間之久，距離之遠，「江海」、「山川」形象地表現了空間距離的遙遠，為下面相會時的喜悅做鋪墊。正因為相會不易，相思心切，所以才生發出此次相見時的「疑夢」和惜別的感傷心情來，首聯和頷聯，恰成因果關係。

　　頷聯是廣為傳誦的名句，人到情極處，往往以假為真，以真作假。久別相逢，乍見以後，反疑為夢境，正說明了上次別後的相思心切和此次相會不易。假如別後沒有牽情，相逢以後便會平平淡淡，不會有「翻疑夢」的情景出現了。「翻疑夢」，不僅情真意切，而且把詩人欣喜、驚奇的神態表現得

維妙維肖，十分傳神。

　　頸聯接寫兩人深夜在館中敘談的情景。相逢已難，又要離別，其間千言萬語，不是片時所能說完的，所以詩人避實就虛，只以景象渲染映襯，以景寓情。孤燈、寒雨、浮煙、濕竹，景象是多麼淒涼。詩人寫此景正是藉以渲染傷別的氣氛。其中的孤、寒、暗、浮諸字，都是得力的字眼，不僅渲染映襯出詩人悲涼暗淡的心情，也象徵著人事的浮游不定。二句既是描寫實景，又是虛寫人的心情。

　　尾聯表面上是勸飲離懷，實際上卻是總寫傷別。用一「更」字，就點明了即將再次離別的傷痛。「離杯惜共傳」，在慘澹的燈光下，兩位友人舉杯勸飲，表現出彼此珍惜情誼和戀戀不捨的離情。「惜」字用在此處，自有不盡的情意。


# 喜外弟盧綸見宿①

司空曙

靜夜四無鄰，荒居舊業貧②。
雨中黃葉樹，燈下白頭人③。
以我獨沉久，愧君相見頻④。
平生自有分，況是蔡家親⑤。


## 【註釋】

① 見宿：留下住宿。

② 荒居：窮居。舊業：指原有的田園廬舍。

③ 雨中黃葉樹：樹上的黃葉在雨中紛紛飄零。

④ 獨沉：孤獨沉淪。愧：感到慚愧。頻：多次。

⑤ 分：緣分，情誼。蔡家親：晉羊祜為蔡邕外孫，這裏借指兩家是表親。或作「霍家親」，西漢霍去病是衛青姐姐的兒子，衛、霍兩家是表親。

【評析】

　　本詩是詩人因表弟盧綸到家拜訪有感而作。司空曙和盧綸同在「大曆十才子」之列，詩歌功力相匹，又是表兄弟，關係十分親密。司空曙性格耿介，不干權要，所以宦途坎坷，家境清寒，本詩正是他這種境遇的寫照。他身居荒野，盧綸來看望他，他表面上說「喜」，心中卻是充滿了悲涼和淒苦，正是「喜中有悲」。

　　首聯和頷聯描寫靜夜裏的荒村，陋室內的貧士，寒雨中的黃葉，昏燈下的白髮，通過這些，構成一個完整的生活畫面。這畫面充滿著辛酸和悲哀。頷聯兩句不是單純的比喻，而是利用作比的形象來烘托氣氛，特別富有詩味，稱為著名的警句。用樹之落葉來比喻人之衰老，是頗為貼切的。樹葉在秋風中飄落，和人的風燭殘年正相類似，相似點在衰颯。這裏，樹作為環境中的景物，起了氣氛烘托的作用，類似起興。

　　頸聯和尾聯直揭詩題，寫表弟盧綸來訪見宿，在悲涼之中見到知心親友，因而喜出望外。這一悲一喜，悲喜交感，總的傾向是統一於悲。後四句雖然寫「喜」，卻隱約透露出「悲」。「愧君相見頻」中的一個「愧」字，就表現了悲涼的心情。因之，題中雖著「喜」字，背後卻有「悲」的滋味。一正一反，互相生發，互相映襯，使所要表現的主旨更深化了，更突出了。這就是「反正相生」手法的藝術效果。


## 賊平後送人北歸①

司空曙

　　世亂同南去，時清獨北還②。
　　他鄉生白髮，舊國見青山③。
　　曉月過殘壘，繁星宿故關④。
　　寒禽與衰草，處處伴愁顏⑤。

## 【註釋】

① 賊平：指安史之亂已被平定。安史之亂從玄宗天寶十四年（755）冬
　　天開始，到代宗廣德元年（763）春天結束，共歷時八年之久。

② 時清：指時已太平。

③ 舊國見青山：指你回到故鄉，所見者也只有青山如故。

④ 曉月：天亮時的月亮。殘壘：戰爭留下的保壘。故關：舊的關口。

⑤ 寒禽：曠野裏的飛禽。衰草：枯萎的草。

## 【評析】

　　本詩當是安史之亂結束不久之作。安史之亂持續八年，致使百姓流離失
所，苦不堪言。司空曙於安史之亂爆發不久避難到南方，戰亂剛平，詩人送
同來避難的友人北歸。詩中寫出亂離後的荒涼景象和詩人送別友人而自己未
能同歸的悲苦情懷。至於詩人在亂後為何尚滯留南方，已難以考證。

　　首聯交代了友人北歸的原因，抒寫不能一同還鄉的痛苦。「世亂」之
時，他們一起逃到江南避難，如今叛亂已經平定，天下太平，友人得以歸
去，而自己仍滯留他鄉。「獨」字含義豐富，一指友人獨自北還，一指自己
獨不得還，含有無限悲感。

　　頷聯中，「生白髮」有雙重含義：一是形容亂離中家國之愁的深廣，一
是說時間的漫長。從「舊國見青山」這句起，以下都是想像北歸人途中的心
情和所見的景物。

　　頸聯是詩人對友人北歸路上所見荒涼破敗景象的設想。上句是想像其早
行的情景，下句是虛擬其晚宿的情景。

　　尾聯繼續虛寫友人歸途所見所感。上句寫景，「禽」和「草」本無知覺，
而曰「寒禽」、「衰草」，正寫出詩人心中對亂世的感受。下句直接寫「愁」，
言愁無處不在，「愁」既指友人之愁，也兼含詩人之愁，這裏與一、二兩聯
遙相呼應，針線細密，用筆嫻熟。詩人對遠行友人的無限憐惜，也反映出他
獨自滯留江南的淒涼和哀傷，同時還曲折地表達了對故園殘破的悲痛之情。

# 蜀先主廟①

劉禹錫

天下英雄氣，千秋尚凜然②。
勢分三足鼎，業復五銖錢③。
得相能開國，生兒不像賢④。
淒涼蜀故伎，來舞魏宮前。

## 【作者簡介】

劉禹錫（772—842），字夢得，洛陽人。貞元九年（793）進士，後又中博學鴻詞科。初在淮南節度使杜佑幕府中任記室，為杜佑所器重。後從杜佑入朝，為監察御史。貞元末，與柳宗元、陳諫、韓曄等結交於王叔文，形成了一個以王叔文為首的政治集團。唐順宗即位，任用王叔文等人推行一系列改革弊政的措施。王叔文失敗後，劉禹錫初貶為連州刺史，行至江陵，再貶朗州司馬。元和九年（814）十二月，奉詔回京，又因詩得罪執政，再遭貶官。先後擔任夔州刺史、和州刺史。寶曆二年（826）冬，從和州奉召回洛陽，由此結束二十二年的貶謫生涯。歷任尚書省主客郎中、蘇州刺史、汝州刺史、同州刺史等職。晚年升集賢殿學士、太子賓客，官終檢校禮部尚書。世稱「劉賓客」、「劉尚書」。

劉禹錫不僅是唐代著名的樸素唯物主義哲學家，而且是有獨特成就的傑出詩人，他與白居易並稱「劉白」，與柳宗元並稱「劉柳」。他的詩從各方面反映了中唐的社會風貌，並從中表露了自己進步的哲學觀點。他對宦官擅政、藩鎮割據深惡痛絕，寫了不少寓言式的政治詩，對權貴進行諷刺和批評。他也寫了不少出色的懷古詩，借古喻今，寓有深刻的現實意義。劉禹錫還是唐代學習民歌成就卓越的詩人，他的《竹枝詞》《楊柳枝》以及《浪淘沙》不僅「獨出冠時」、膾炙人口，而且對後世詩人頗有影響。他的詩風既沉著簡練又明快清新。他的古體不及白居易，但近體卻為白居易所不及，在當時詩壇頗具盛譽。白居易十分欽佩，稱他為「詩豪」、「國手」。有《劉賓客集》。

## 【註釋】

① 蜀先主：蜀漢昭烈帝劉備。蜀先主廟在夔州白帝山上，劉禹錫曾任夔州刺史，本詩當作於此時。

② 凜然：肅然，可敬畏的樣子。

③ 五銖錢：漢武帝時發行的貨幣。

④ 相：指諸葛亮。不像賢：指蜀漢後主劉禪不像劉備賢良。

## 【評析】

　　這首詩寫憑弔劉備廟後的敬意和感慨，立意在於讚譽劉備的賢能，譏諷劉禪的孱弱。一方面稱頌劉備建立蜀國的功績，一方面慨歎蜀漢事業後繼非人，總結蜀漢滅亡的歷史教訓。

　　首聯突兀挺拔，境界雄闊，意在言外，寫劉備在世是叱咤風雲的英雄，千秋後其廟堂仍然威勢逼人。「天下」兩字囊括宇宙，極言「英雄氣」之充塞六合，至大無垠；「千秋」兩字貫串古今，極寫「英雄氣」之萬古長存，永垂不朽。「尚凜然」三字雖然只是抒寫一種感受，但詩人面對先主塑像，肅然起敬的神態隱然可見。

　　頷聯緊承「英雄氣」三字，寫劉備的英雄業績。劉備出身寒微，在漢末亂世之中，轉戰南北，幾經磨難，才形成了與曹操、孫權三分天下之勢，實在是得之不易。「業復五銖錢」一句是借錢幣為說，暗喻劉備振興漢室的勃勃雄心。

　　頸聯指出劉備功業之不能卒成，為之惋惜。上句說劉備三顧茅廬，得諸葛亮輔佐，建立了蜀國。下句筆鋒一轉，後主劉禪不能效法先人賢德，狎近小人，愚昧昏聵，致使蜀國的基業被他葬送。創業難，守成更難，劉禹錫認為這是一個深刻的歷史教訓，所以特意加以指出。這一聯用劉備的長於任賢擇相，與他的短於教子、致使嗣子不肖相對比，正反相形，具有詞意頡頏、聲情頓挫之妙。

　　尾聯感慨後主亡國。此聯化用了樂不思蜀的典故，寫出了劉禪不惜先業、麻木不仁至此，足見他落得國滅身俘的嚴重後果決非偶然。尾聯化用此意，字裏行間，滲透著對於劉備身後事業消亡的無限嗟歎之情。

從全詩的構思來看，前兩聯寫盛德，後兩聯寫業衰，在鮮明的盛衰對比中，道出了古今興亡的一個深刻教訓。詩人詠史懷古，其著眼點當然還在於當世。唐王朝有過開元盛世，但到了劉禹錫所處的時代，已經日薄西山，國勢日益衰頹。然而執政者仍然那樣昏庸荒唐，甚至一再打擊迫害像劉禹錫那樣的革新者，這使人感慨萬千。

# 沒蕃故人①

張籍

前年戍月支，城下沒全師②。
蕃漢斷消息，死生長別離③。
無人收廢帳，歸馬識殘旗④。
欲祭疑君在，天涯哭此時⑤。

## 【作者簡介】

張籍（約767—830），字文昌，和州烏江（今安徽和縣）人，郡望吳郡（今江蘇蘇州）。貞元初，與王建同在魏州學詩，後回和州。貞元十二年（796年），孟郊至和州，訪張籍。貞元十四年（798），張籍北遊，經孟郊介紹，在汴州認識韓愈。韓愈為汴州進士考官，薦張籍，貞元十五年在長安進士及第。元和元年（806）調補太常太祝，與白居易相識，互相切磋，對各自的創作產生了積極的影響。張籍為太祝10年，因患目疾，幾乎失明，明人稱為「窮瞎張太祝」。元和十一年（816），轉國子監助教，目疾初癒。後遷秘書郎。長慶元年（821），受韓愈薦為國子博士，遷水部員外郎，又遷主客郎中。大和二年（828），遷國子司業。

張籍出身寒微，仕途不利，舉進士後很久才獲得小官。他很關心現實，瞭解民情，注重詩歌的諷喻作用，寫了不少揭露社會矛盾，同情人民疾苦的詩歌。他的樂府詩在中唐詩壇影響較大，白居易曾譽其為「風

雅比興外，未嘗著空文」。他和王建齊名，號稱「張王樂府」。其詩作特點是語言凝練而平易自然，王安石評價曰「看似尋常最奇崛，成如容易卻艱辛」。有《張司業集》。

【註釋】

① 沒蕃：戰敗陷落在吐蕃。

② 月支：一作「月氏」，漢西域國名，這裏借指吐蕃。沒全師：指全軍覆沒。

③ 漢：指唐。

④ 廢帳：戰後廢棄的營帳。殘旗：殘破的軍旗。

⑤ 天涯：天邊，指詩人所在地。

【評析】

　　吐蕃是我國古代藏族建立的政權，在今青海、西藏一帶。唐朝中期以後，唐軍頻繁在西北邊疆與吐蕃交戰，有時戰況異常慘烈。詩人的一位好友在一次戰爭中身陷吐蕃，生死未卜，於是詩人寫了這首詩深切地懷念他。

　　首聯點明在前年的一次戰鬥中，唐軍全軍覆滅。唐代邊帥隱匿敗績不報的情形時有發生，「前年」全軍覆沒而是人至今才得知聞，其間頗令人玩味。而本篇這種過期的追悼，適足增添了全詩的悲劇性。正因為是「前年」的事件，所以有「斷消息」的感受，有「疑君在」的幻想。

　　頷聯說從此以後蕃漢斷絕了往來，消息無法傳遞，因此詩人無法確切得知友人的生死。「長別離」三字，隱隱透露出詩人心中的焦慮和痛楚。

　　頸聯兩句是詩人的想像，遙應首聯「城下沒全師」一句，生動地描繪了戰後戰場上的慘狀。戰爭是殘酷的，詩人不親眼望見也可以想見，戰爭過後，戰場滿目瘡痍的慘狀。空蕩無人的營帳，倒地殘破的軍旗和失去主人的「歸馬」組合在一起，將戰後的淒涼景象展露無遺。

　　尾聯上句是詩人的內心活動。詩人深深思念他的友人，理智上明白他必死無疑，因此想祭奠他；但情感上又不願接受，內心還殘存一線希望，希望友人還活著。由此可見，詩人對友人的深情厚誼，以及友人下落不明給詩人

造成的巨大悲慟。

全詩感情真切悲苦，感人肺腑。


# 賦得古原草送別

白居易

離離原上草，一歲一枯榮①。
野火燒不盡，春風吹又生。
遠芳侵古道，晴翠接荒城②。
又送王孫去，萋萋滿別情③。


【註釋】

① 離離：青草繁盛的樣子。枯：枯萎。榮：繁榮，茂盛。

② 遠芳：遠處的芳草。侵：漸進發展，形容草的生命力強，有地即生。
　晴翠：草原明麗翠綠。接：連接，形容草無處不長。

③ 王孫：原指貴族子弟，這裏指出門遠遊的人。萋萋：草木長得很茂盛
　的樣子。


【評析】

　　本詩作於貞元三年（788），詩人時年十六歲。詩是應考習作，按科考規
矩，凡限定的詩題，題目前必須加「賦得」二字，作法與詠物詩相似。此詩
通過對古原上野草的描繪，抒發送別友人時的依依惜別之情。它可以看成是
一曲野草頌，進而是生命的頌歌。

　　前兩聯承「古原草」，重在寫「草」。首聯破題，起句賦草。這兩句平
淡寫來，看似無奇，實則揭示了那片古原上草木繁榮與枯敗的自然規律。

　　頷聯緊承「枯榮」二字，一寫「枯」，一寫「榮」，語意簡潔流暢，對
仗自然巧妙，蘊含著發人深思的哲理，成為千古流傳的名句。「野火燒不盡」
一句，造就了一種壯烈的意境。烈火是能把野草連莖帶葉統統「燒盡」的，

然而詩人偏說它「燒不盡」，大有意味。因為烈火再猛，也無奈那深藏地底的根鬚，一旦春風化雨，野草的生命便會復蘇，以迅猛的長勢，重新鋪蓋大地，回答火的凌虐。「春風吹又生」，語言樸實有力，「又生」二字下語三分而含意十分。

頸聯繼續寫古原草，但將重點由草轉為古原，以引出「送別」題意。「遠芳」、「晴翠」都寫草，而比「原上草」的意象更具體、生動。芳曰「遠」，古原上清香彌漫可嗅；翠曰「晴」，則綠草沐浴著陽光，秀色如見。「侵」、「接」二字繼「又生」，更寫出一種蔓延擴展之勢，再一次突出那生存競爭之強者野草的形象。

尾聯卒章言志，安排了一個送別的典型環境。萋萋芳草增添了送別的愁情，似乎每一片草葉都飽含別情，這是多麼意味深長的結尾啊！詩到此點明「送別」，結清題意，關合全篇，「古原」、「草」、「送別」打成一片，意境極渾成。

全詩章法謹嚴，用語自然流暢，對仗工整，寫景抒情水乳交融，意境渾成，雖是命題作詩，卻能融入深切的生活感受，故字字含真情，語語有餘味，不但得體，而且別具一格，是「賦得體」中的絕唱。

## 旅　宿

杜牧

旅館無良伴，凝情自悄然[1]。
寒燈思舊事，斷雁警愁眠[2]。
遠夢歸侵曉，家書到隔年[3]。
滄江好煙月，門繫釣魚船[4]。

### 【作者簡介】

杜牧（803—約852），字牧之，號樊川居士，京兆萬年（今陝西西安）人。唐文宗太和二年（828）進士，同年又考中賢良方正直言極諫

科，授弘文館校書郎、試左武衛曹參軍。後赴江西觀察使沈傳師幕。太
和七年（833），淮南節度使牛僧孺辟為推官，轉掌書記。太和九年，為
監察御史，分司東都。開成二年（837），入宣徽觀察使崔鄲幕，為團練
判官。旋官左補闕、史館修撰、膳部員外郎。唐武宗會昌二年（842），
出為黃州刺史，後任池州、睦州刺史。唐宣宗大中二年（848），得宰相
周墀之力，入為司勳員外郎，轉吏部員外郎。大中四年，出為湖州刺
史。次年，被召入京為考功郎中、知制誥，官終中書舍人。

　　杜牧生在唐王朝似欲中興實則無望的時代，面對內憂外患，他憂心
如焚，渴望力挽狂瀾，濟世安民。他年輕時有經邦濟世的抱負，好談論
軍事，注曹操所定《孫子兵法》十三篇，流傳於世。他關切朝政，敢於
直陳時弊，堅決反對藩鎮割據與外族入侵，主張收復失地，統一全國。
但在政治上，杜牧一生都不得意，生活流於頹廢放蕩。他擅長詩賦與古
文，而以詩的成就為最高，後人稱為「小杜」，以別於盛唐的杜甫。他
和李商隱齊名，世稱「小李杜」。杜牧的詩雖有一部分緣情綺靡之作，
但揭露時弊反映現實之作也不少。在他的各體詩中，以七律和七絕最為
精彩，有不少千古傳誦的名作。有《樊川文集》。


【註釋】

① 凝情：凝神沉思。悄然：憂傷的樣子。

② 寒燈：指倚在寒燈下。斷雁：孤雁，失群的雁。警：聞雁聲而警覺。

③ 遠夢歸侵曉：指做夢做到侵曉時，才是歸家之夢，家遠夢亦遠，恨夢
　　歸之時也甚短暫。侵曉：破曉。到隔年：即「隔年到」。

④ 滄江：泛指江。


【評析】

　　本詩作於詩人外放江西任職之時。詩人離家已久，客居旅舍，沒有知
音，家書也很難傳遞，在淒清的夜晚不禁懷念起自己的家鄉，於是創作了這
首羈旅懷鄉詩。詩中抒發了詩人生活失意的愁苦和對家鄉的深切思念之情。

　　首聯直接破題，點明情境，羈旅思鄉之情如怒濤排壑，劈空而來。一個

「無」字和一個「自」字精準地道出了詩人客居他鄉的孤獨寂寞。

頷聯是「凝情自悄然」的具體化，詩人融情於景，細緻地描繪出了一幅寒夜孤客思鄉圖景。「思」字和「警」字極富煉字功夫。燈不能思，卻要寒夜愁思陳年舊事，物尤如此，人何以堪！由燈及人，顯然用意在人不在物。「警」字也極富情味。詩人對「寒燈」、「斷雁」等意象的描繪，更深一層地渲染出漂泊生活的淒涼寂寞。

頸聯用設想之詞，虛實結合，表現出此時此地此情此景中詩人因愁思難耐、歸家無望而生出的怨恨。故鄉遠在千里，只能夢中相見，也許是短夢，也許是長夢，但夢中醒來卻已到天明。字裏行間，流露出夢短情長的幽怨。而這一切又都由於「家書到隔年」的實際情況。作為詩歌由寫景向抒情的過渡，轉句用夢境寫旅宿思愁哀怨，亦虛亦實，虛中寫實，以實襯虛的特點令人讀來迴腸盪氣。

尾聯收攏有力，卻並非直抒胸臆，而是以設想之詞，勾勒家鄉美麗的生活圖景，融情於景，借景抒情，把濃烈的歸思之情融入家鄉優美的風景之中。這是用樂景反襯哀情的典型。這兩句所描繪的景色也可以理解為旅舍外的江水景色，詩人借他鄉之物表達了思鄉感情的真切。另外，詩人在表達這種感情的同時，其實也含蓄委婉地道出了厭倦仕途，不滿現狀的感受。

## 秋日赴闕題潼關驛樓<sup>①</sup>

許渾

紅葉晚蕭蕭，長亭酒一瓢<sup>②</sup>。
殘雲歸太華，疏雨過中條<sup>③</sup>。
樹色隨山迥，河聲入海遙<sup>④</sup>。
帝鄉明日到，猶自夢漁樵<sup>⑤</sup>。

【作者簡介】

許渾（約791—858），字用晦，潤州丹陽（今江蘇丹陽）人。唐文

宗太和六年（832）進士，先後任當塗、太平縣令，因病免。大中年間入為監察御史，因病乞歸，後後出仕，任潤州司馬。曆虞部員外郎，轉睦州、郢州刺史。晚年歸潤州丁卯橋村舍閒居，自編詩集，曰《丁卯集》。他酷愛林泉，淡於名利。

　　許渾是晚唐最具影響力的詩人之一，其詩皆近體，五、七律尤佳，格調豪麗，句法圓熟工穩，聲調平仄自成一格，即所謂「丁卯體」。 詩多寫「水」，故有「許渾千首濕」之諷。

【註釋】

① 關：闕門，指唐都城長安。潼關：在今陝西潼關縣。

② 蕭蕭：風聲。長亭：古時道路每十里設一長亭，供行旅停歇。

③ 太華：即西嶽華山，在今陝西華陰市。中條：山名。一名雷首山，在今山西永濟縣東南。

④ 迥：遠。河聲：黃河的流水聲。

⑤ 帝鄉：京城長安。夢：留戀，嚮往。漁樵：指隱居生活。

【評析】

　　本詩是詩人從故鄉潤州丹陽到長安求仕途中有感而作。詩中描寫了詩人在潼關驛樓眺望所見山野疏朗蕭索的秋日暮色，抒寫了詩人雖來京求仕，但仍留戀鄉居隱逸生活的心理，表現了詩人茫然的思緒和隱微的愁情。

　　首聯以簡練的筆墨勾勒出一幅秋日行旅圖，把讀者引入一個秋濃似酒、旅況蕭瑟的境界。「紅葉晚蕭蕭」，寫景之中透露出一縷悲涼的意緒；「長亭酒一瓢」，敘事之中傳出客子旅途況味，用筆乾淨俐落。本詩詩題一作《行次潼關，逢魏扶東歸》，這個材料，可以幫助讀者瞭解詩人何以在長亭送別、借酒消愁。

　　然而詩人沒有久久沉湎在離愁別緒之中。頷聯和頸聯筆勢陡轉，大筆勾畫四周景色，雄渾蒼茫，全是潼關的典型風物。騁目遠望，南面是主峰高聳的西嶽華山；北面，隔著黃河，又可見連綿蒼莽的中條山。殘雲歸岫，意味著天將放晴；疏雨乍過，給人一種清新之感。

接著，詩人把目光略收回來，就又看見蒼蒼樹色，隨關城一路遠去。關外便是黃河，它從北面奔湧而來，在潼關外頭猛地一轉，徑向三門峽沖去，翻滾的河水咆哮著流入渤海。「河聲」後續一「遙」字，傳出詩人站在高處遠望傾聽的神情。詩人眼見樹色蒼蒼，耳聽河聲洶洶，把場景描寫得繪聲繪色，使讀者有耳聞目睹的真實感。

本來，離長安不過一天的路程，作為入京的旅客，本應對那繁華都市滿懷幻想，可是詩人卻出人意外地說：「我仍然夢著故鄉的漁樵生活呢！」含蓄地表白了他並非專為追求名利而來。這樣結束，委婉得體，優遊不迫，含蓄地表示出了他對功名利祿的淡泊以及對隱居生活的熱愛。

# 早　秋①

許渾

遙夜泛清瑟，西風生翠蘿②。
殘螢棲玉露，早雁拂金河③。
高樹曉還密，遠山晴更多④。
淮南一葉下，自覺洞庭波⑤。

【註釋】

①題為「早秋」，是陰曆七月，故稱之。

②遙夜：長夜。泛：這裏指彈。清瑟：清切的瑟聲。西風：秋風。翠蘿：即青蘿。

③殘螢：殘留下來的螢火蟲。玉露：即白露。早雁：雁是候鳥，秋季南來，春則北去。拂：掠過。金河：即銀河。

④曉還密：因是早秋，樹葉尚未脫落，又加上天剛亮時有霧氣，故稱。晴：晴光。

⑤淮南一葉下：《淮南子·說山》：「見一葉落而知歲之將暮。」洞庭波：屈原《九歌·湘夫人》：「嫋嫋兮秋風，洞庭波兮木葉下。」

## 【評析】

這是一首詠早秋景物的詠物詩。詩題是「早秋」，因而處處落在「早」字。前四句寫早秋的夜景，後四句寫早秋的晝景，全詩抒發了淡淡的愁情。在描繪的過程中，詩人注意高低遠近的層次，落筆有致而邏輯清晰。詩的最後運用《淮南子》和《楚辭》的典故，渾然一體，神氣十足，又將身世感歎暗寓於其中。

首聯寫景抒情，寫詩人一整夜都聽見瑟瑟的秋風聲。西風是秋天典型的事物，它在一條條高懸的藤弦間輕輕掠過，奏出了清脆悅耳的音調，令人心感愉悅。一個「翠」字，讓人在瑟瑟的秋風中感到無限的生機。由此可以看出，詩人在首聯刻意避免渲染悲秋的氣氛，力圖帶給讀者一份新鮮的快意。

頷聯展示了一片秋聲秋色。玉露、殘螢、大雁都是秋天的典型景物，因而具有很強的說服力和感染力。此外，銀河變成了金河，也是秋天所致。一個「殘」字，透出秋的蕭瑟，給人以秋愁的暗示。

頸聯中，詩人選擇遼遠的山和高大的樹來展現秋晨美景，將思緒從上一句的淡淡秋愁中拉回到秋高氣爽的意境中。這一聯也為尾聯的抒情做鋪墊。

尾聯是點睛之筆，深化了本詩的主題，表達了詩人對早秋的深深喜愛之情。本來感情色彩不濃的早秋景觀，因為這兩句，就充滿了浪漫主義色彩。

本詩通篇寫秋景，詩人的描寫層次清晰，漸入佳境，充滿新奇與浪漫的色彩。

# 蟬

李商隱

本以高難飽，徒勞恨費聲[1]。
五更疏欲斷，一樹碧無情[2]。
薄宦梗猶泛，故園蕪已平[3]。
煩君最相警，我亦舉家清[4]。

**【註釋】**

① 本：本來。以高難飽：蟬以高潔自處，自然難以得飽。古人認為蟬棲
　 高樹，餐風飲露，是高潔的象徵。費聲：枉費鳴聲。

② 疏欲斷：指蟬長夜悲鳴，到最後鳴聲稀疏到無力繼續。一樹碧無情：
　 指蟬雖哀鳴，樹卻自呈蒼潤，像是無情相待。實是隱喻受人冷落。

③ 薄宦：官職卑微。梗猶泛：喻指詩人行蹤依然飄泊不定。蕪：雜草。

④ 煩：請。君：指蟬。最相警：最能使人警覺。舉家清：全家清苦。

**【評析】**

　　本詩為詠物詩名篇。詩人通過描寫高樹上淒鳴、孤棲的蟬，抒寫自己一
生失意的悲鬱，並藉以表現自己高潔的品格。全詩委婉悲涼，悽愴感人。

　　首聯聞蟬鳴而起興。「高」指蟬棲高樹，暗喻自己的清高；蟬在高樹吸
風飲露，所以「難飽」，這又與詩人身世感受暗合。由「難飽」而引出「聲」
來，所以哀中又有「恨」。但這樣的鳴聲是白費，是徒勞，因為不能使它擺
脫難飽的困境。這兩句就暗示詩人由於為人清高，所以生活清貧，雖然向當
權者陳情，希望得到他們的幫助，最終卻是徒勞的。

　　頷聯緊承首聯，從「恨費聲」裏引出「五更疏欲斷」，用「一樹碧無情」
來作襯托，把不得志的感情推進一步，達到了抒情的頂點。蟬聲的「疏欲
斷」，與樹葉的「碧」兩者本無關涉，可是詩人卻怪樹的無動於衷。這看似
毫無道理，但無理處正見出詩人的真實感情。「疏欲斷」既是寫蟬，也是寄
託自己的身世遭遇。就蟬說，責怪樹的「無情」是無理；就寄託身世遭遇
說，責怪當權者本可以依託蔭庇而卻「無情」，是有理的。這裏體現出詠物
詩的一個特色，即無理得妙。

　　頷聯筆鋒一轉，詩人拋開詠蟬，轉寫自己的經歷。這一轉就打破了詠蟬
的限制，擴大了詩的內容，拓寬了詩的境界。這兩句好像和上文的詠蟬無
關，暗中還是有聯繫的。「薄宦」同「高難飽」、「恨費聲」聯繫，小官微祿，
所以「難飽」、「費聲」。經過這一轉折，上文詠蟬的抒情意味就更明白了。

　　尾聯又回到詠蟬上，用擬人法寫蟬。敬稱蟬為「君」，與「我」對舉，
抒發一種與蟬同病相憐的憂傷。此聯既照應了前文，又將詠物和抒情密切結

合起來，立意妙絕。

# 風　雨

李商隱

凄涼寶劍篇，羈泊欲窮年①。
黃葉仍風雨，青樓自管弦②。
新知遭薄俗，舊好隔良緣③。
心斷新豐酒，消愁斗幾千④？

【註釋】

① 寶劍篇：唐初將領郭震托物言志的詩篇名。《新唐書·郭震傳》載：郭震詩文寫得出色，武則天召他談話，要看他所作的詩文，他把《寶劍篇》呈上，武則天看後大加讚歎。羈泊：羈旅漂泊，無處托生。窮年：終生。

② 仍：再。青樓：指富貴之家。管弦：泛指音樂。

③ 新知：新的知交。遭：碰上。薄俗：澆薄的風俗。舊好：曾經的好友。隔：阻斷。良緣：好的機會，好的遇合。

④ 心斷：念念不忘。新豐：地名，漢高祖劉邦給他父親所建的一個市集，故址在今陝西臨潼縣東，古時以產美酒聞名。《舊唐書·馬周傳》載，唐初名臣馬周境況潦倒之時曾在長安遊歷，路過新豐，住在一家客舍裏。當時店主見他一副潦倒模樣，便心存輕視，只顧招待衣著華麗的商販，馬周也只能自斟自酌。後來馬周受到唐太宗的賞識，官居高位。消愁斗幾千：很想借美酒澆愁，即使酒貴，也不惜沽飲幾杯。

【評析】

　　這首詩是李商隱晚年的作品。他一生羈旅漂泊，宦海沉浮，不得重用，飽嘗世態炎涼。作此詩時，他長期混跡於幕府，已經走到了人生的窮途。詩

取第三句中「風雨」為題，說明自己的身世有如黃葉仍在風雨中飄搖。這篇《風雨》，是這位一生飽經風霜、歷盡坎坷的絕代才子，在生命之路將要走到盡頭之時所唱出的一首慷慨悲涼的哀歌。

首聯在低沉悲涼的氣氛中揭示了夢想和現實的矛盾。詩人在此引用郭震《寶劍篇》的典故，意在表示自己雖然也有郭震的才華和報國的熱情，卻沒有他的際遇，只能將壯志難酬的憤懣、浪跡天涯的悲哀寫進詩歌。因此這裏的「寶劍篇」亦代指詩人感懷不遇的詩作。而詩人以「淒涼」二字修飾，其中深意不言自明。另外，「淒涼」、「羈泊」、「欲窮年」等語，滿含辛酸，點明了詩人飽經坎坷的漂泊流浪生涯，更蘊含著詩人懷才不遇的不平之意。

頷聯緊承首聯，詩人進一步抒發客居他鄉無限悲切的生命體驗。詩人借景抒情，寓情於景，以在風雨中凋零飄落的黃葉自比，暗示自己的落魄，表達了一種無法言說的痛楚，可謂力透紙背。上句和下句一寂一鬧，構成強烈對比。詩人在此展現了一種冷酷的社會現實，將自己的不滿委婉地表達了出來。其中「仍」、「自」二字既有轉折的意思，又表現出「自顧」之意，再現了權貴們在青樓任意妄為、肆意享樂的醜態。

一般來說，人在背井離鄉、羈旅漂泊之時，友誼往往是一劑良藥，能夠緩解人的寂寞與痛苦，因此頸聯自然引出了「新知」、「舊好」。與眾不同的是，對友人的回憶並未使詩人感到安慰，反而讓他痛楚更深。因為新交的友人受到世俗的誹謗，昔日的好友則關係轉淡，緣分漸逝。茫茫人海，滿是淒風苦雨，詩人再難找到一個溫馨的港灣，此情此景，怎不令人肝腸寸斷。兩句詩中的「遭」和「隔」形象地道出了詩人孑然一身，孤立無援的窘境。

尾聯兩句，看來詩人也難以免俗，惆悵悲傷之際，只能借酒澆愁，以換得心靈暫時的溫暖和寧靜。「新豐酒」用到馬周的典故。詩人想到自己現在與馬周當年一樣落魄，卻沒有他苦盡甘來的幸運，只能借著一杯杯酒暫時忘記痛苦。然而，真的能夠忘記嗎？一個「斷」字給出了答案，指出詩人欲借酒消愁而不能的無奈。詩尾以問句作結，似結非結，欲結未結，將詩人內心的惆悵苦悶推向了頂峰。

# 落 花

李商隱

高閣客竟去，小園花亂飛①。
參差連曲陌，迢遞送斜暉②。
腸斷未忍掃，眼穿仍欲歸③。
芳心向春盡，所得是沾衣④。

## 【註釋】

① 竟：完畢，終了。

② 參差：指花影的迷離，承上句的「亂飛」。曲陌：曲折的小路。迢遞：
遙遠的樣子。

③ 腸斷：形容非常傷心。眼穿：望眼欲穿。

④ 芳心：語意雙關，既指花心，也指惜花傷春之心。沾衣：淚濕沾襟。

## 【評析】

這是一首用語質樸、風格淡雅的詠物詩，寫於會昌六年（846）。當時詩
人為母守孝，正閒居永業，又因陷入「牛李黨爭」之中，境況不佳，心情鬱
悶，故而在本詩中流露出幽恨怨憤之情。詩人借詠落花的飄零，抒寫自己的
身世之感，抒發自己一生失意的幽怨。

首聯直接寫落花，上句敘事，下句寫景。落花雖早有，客在卻渾然不
覺，待到人去樓空，客散園寂，詩人這才注意到滿園繽紛的落花，而且心生
同病相憐的情思，寂寞惆悵的愁緒也湧上了心頭。

頷聯從不同角度寫落花的具體情狀。上句從空間著眼，寫落花飄拂紛
飛，連接曲陌；下句從時間著筆，寫落花連綿不斷，無盡無休。對「斜暉」
的點染，透露出詩人內心的不平靜。整個畫面籠罩在沉重黯淡的色調中，顯
示出詩人的傷感和悲哀。

頸聯直接抒情。春去花落，「腸斷未忍掃」，表達的不只是一般的憐花
惜花之情，而是斷腸人又逢落花的傷感之情。詩人以花自比，望花自傷，自

然就難以將落花徹底掃為垃圾塵土。「眼穿仍欲歸」，寫出了詩人面對落花的癡情和執著。

尾聯語意雙關。花朵用生命裝點了春天，落得個凋殘、沾衣的結局。而詩人素懷壯志，卻屢遭挫折，也落得個悲苦失望、淚落沾衣、低回凄涼、感慨無限的人生際遇。

全詩詠物傷己，以物喻己，憂鬱悲涼，曲折深婉。

# 涼　思

> 客去波平檻，蟬休露滿枝[①]。
> 永懷當此節，倚立自移時[②]。
> 北斗兼春遠，南陵寓使遲[③]。
> 天涯占夢數，疑誤有新知[④]。

【註釋】

① 波平檻：指春潮高漲，與檻同平的季節。檻：欄杆。蟬休：蟬的鳴聲停止，指夜深。

② 懷：懷念客。此節：這時節，指秋日。移時：歷時，經過一段時間。

③ 北斗：星名，這裏指客遠去的方位。兼春遠：指客離開我像春去一樣之遠。南陵：今安徽南陵縣，指客去的地方。寓使：寄信。

④ 占夢數：把夢中的情況去占卜。新知：新的知交。

【評析】

本詩為秋夜懷友之作，寫詩人涼秋思念友人的急切而疑懼的複雜心情。

首聯寫愁思產生的環境，刻畫了一幅水亭秋夜的清涼畫面。訪客已經離去，池水漲平了欄檻，知了停止噪鳴，清露掛滿樹枝。這兩句寫景真切，細緻地傳達出詩人心理感受的微妙變化反映了詩人由鬧至靜後的特殊心境，為

引起愁思作了鋪墊。

　　頷聯由寫景轉入抒情，由秋夜的清涼過渡到詩人內心的思考。詩人的身影久久倚立在水亭欄柱之間，他凝神長想，思潮起伏。讀者雖還不知道他想的是什麼，但已經感染到那種愁思綿綿的悲涼情味。

　　頸聯承接頷聯，寫的是詩人思考的內容：懷念故人。這兩句的意思是：你離開長安已有兩個年頭，滯留遠方未歸；而南陵托帶書信的使者，又遲遲不帶回你的消息。處在這樣進退兩難的境地，無怪乎詩人要產生被棄置天涯、零丁無告的感覺，屢屢借夢境占卜吉凶，甚至猜疑所聯繫的對方有了新結識的朋友而不念舊交了。

　　本詩的寫作背景難以考定，因此無法瞭解詩中敘述的情事。但參看李商隱的生平，可知他一生坎坷，仕途慘澹，長時間在異鄉漂泊，寄人籬下。這首詩大約是他在又一次飄零途中所作。他緬懷長安而不得歸，尋找新的出路又沒有結果，素抱難展，托身無地，只有歸結於悲愁抑鬱的情思。


# 北青蘿①

李商隱

　　殘陽西入崦，茅屋訪孤僧②。
　　落葉人何在？寒雲路幾層？
　　獨敲初夜磬，閑倚一枝藤③。
　　世界微塵裏，吾寧愛與憎④！

【註釋】

① 北青蘿：含義不詳，按詩意似是山名。

② 崦：即「崦嵫」。《山海經》：「鳥鼠同穴山西南曰崦嵫，下有虞泉，日所入處。」

③ 初夜：黃昏時分。一枝藤：一根拐杖。藤可做杖，故稱。

④ 世界微塵：《法華經》：「三千大千世界，全在微塵中。」寧：為什麼。

愛憎：《楞嚴經》：「人在世間直微塵耳，何必拘於愛憎而苦此心也！」

## 【評析】

　　這首詩寫詩人赴山中訪孤僧的過程和感想。詩中描寫了山中清新淡雅的景象，孤僧淡泊寧靜的生活，也使他領悟到「大千世界，全在微塵」的禪理，曲折地反映了人生失意的苦悶。全詩感情濃郁，真切感人。

　　首聯點明詩人前去尋訪孤僧的時間和環境。頷聯寫詩人去尋訪孤僧途中的風景。「落葉人何在」點明時值深秋。道路間飄浮的「寒雲」，點明所處之高。在這樣幽深空靈的山林中，詩人連心也變得純淨了。

　　頸聯刻畫了孤僧的形象。詩人並沒有直接描繪僧人的面貌特徵，而是通過環境的描寫和側面的烘托，將一個遠離世俗、清心寡欲的孤僧形象展現在讀者眼前。「獨敲」、「一枝」照應「孤僧」二字。尾聯抒情。看著眼前超凡脫俗的孤僧，詩人頓時參悟了生命的真諦：既然大千世界都在微塵裏，我還需要什麼愛與憎呢？然而，詩人一生宦海沉浮，未得解脫，因此這句詩可以看成是他困頓之時的感慨之詞，也可以看成是他為了擺脫苦悶的一種自我安慰。心性使然，詩人並不是能夠忘卻愛憎的人，所以他的詩作大多愛恨分明，感情強烈。

　　全詩立意高妙，殘陽、落葉、寒雲、初夜等意象無不展示出生活的寧靜安閒，以及孤僧的怡然自得和高潔心靈。詩人自始至終以訪僧悟禪為主題渲染氣氛，塑造了一個簡單超然的意境，顯示出絕佳的語言功底。

## 送人東歸

溫庭筠

荒戍落黃葉，浩然離故關①。
高風漢陽渡，初日郢門山②。
江上幾人在？天涯孤棹還③。
何當重相見？樽酒慰離顏④。

## 【作者簡介】

溫庭筠（約812—866），本名岐，字飛卿，太原祁縣（今山西祁縣）人。屢試進士不第。早年有才名，生活極其浪漫。又好譏諷權貴，常遭排擠，政治上終生不得意。唐宣宗朝試宏辭，溫庭筠代人作賦，因擾亂科場，貶為隋縣尉。後襄陽刺史署為巡官，授檢校員外郎，不久離開襄陽，客於江陵。唐懿宗時曾任方城尉，官終國子助教。

溫庭筠精通音律，詩詞兼工。詩詞工於體物，有聲調色彩之美。詩辭藻華麗，多寫個人遭際，於時政亦有所反映，弔古行旅之作感慨深切，氣韻清新，猶存風骨。與李商隱齊名，時稱「溫李」。

其詞多寫閨情，風格濃豔精巧，清新明快，是花間詞派的重要作家之一，被稱為花間鼻祖。存詞七十餘首，數量在唐人中最多，大多收入《花間集》。在詞史上，與韋莊齊名，並稱「溫韋」。

後人輯有《溫飛卿集》及《金荃集》。

## 【註釋】

① 荒戍：荒廢的邊塞營壘。浩然：意氣充沛、豪邁堅定的樣子，指遠遊之志甚堅。《孟子・公孫丑下》：「予然後浩然有歸志。」

② 高風：指秋風。漢陽渡：在今湖北武漢市。郢門山：在今湖北宜都市西北長江南岸，即荊門山。

③ 孤棹：孤舟。

④ 何當：何時才能。樽酒：猶「杯酒」。離顏：離別後的愁容。

## 【評析】

這是一首送別詩，所送何人不詳。就詩的內容來看，是亂離後，詩人送友人東歸故鄉之作。

首聯發端，起調甚高，圍繞送別主題，寓情於景。「荒戍落黃葉」一句通過景物描寫，點出時令和地點。「浩然離故關」一句則確立了本詩的情感基調。按首句，地點既傍荒涼冷落的古堡，時令又值落葉蕭蕭的寒秋，此時此地送友人遠行，那別緒離愁，的確令人難以忍受。可次句起筆令人意想不

到，詩人沒有悲秋，沒有寫惜別之情，而是寫友人遠行時胸中浩然，志在千里。如此氣魄與境界，自是不凡。由於友人意氣高昂，也使得前、後句中黃葉飄零、天涯孤棹的景色悲涼而不低沉。在這裏，壯美的景物與柔美的情感融合在一起，產生了很好的藝術效果。

頷聯兩句互文，說明別離之時在早上。漢陽渡、郢門山兩地相距千里，自然不會盡收眼底。詩人意在綜述楚地山水，表現宏闊壯麗的景象。

頸聯寫詩人聯想故人東行，江東的親戚友人苦候的圖景。詩人早年曾久游江淮，此處也寄託著對故交的思念。

尾聯是詩人的感慨。當此送行之際，與友人把酒言歡，開懷暢飲，設想他日重逢，更見依依惜別之情意。

## 灞上秋居

馬戴

灞原風雨定，晚見雁行頻①。
落葉他鄉樹，寒燈獨夜人。
空園白露滴，孤壁野僧鄰②。
寄臥郊扉久，何年致此身③？

### 【作者簡介】

馬戴（約799—869），字虞臣，曲陽（今江蘇東海縣西南）人。早年屢試落第，遂周遊四海，其足跡南及瀟湘，北抵幽燕，西至沂隴，久滯長安及關中一帶，並隱居於華山，遨遊邊關。唐武宗會昌四年（844）登進士第。宣宗大中元年（847）為太原幕府掌書記，以直言獲罪，貶為龍陽（今湖南漢壽）尉，後得赦還京。懿宗咸通末，佐大同軍幕。咸通七年（867），擢國子太常博士。

馬戴工詩屬文，其詩風壯麗，凝練秀朗，含思蘊藉，饒有韻致，無晚唐纖靡僻澀之習。尤以五律見長，深得五言律之三昧。他與賈島、許

棠唱和，而與賈島往來最密。善於抒寫羈旅和失意之慨，蘊藉深婉。

【註釋】

① 灞原：即灞上，古地名，因處灞水西高原而得名，在今陝西西安東南，藍田西。

② 野僧：山野僧人。

③ 寄臥：寄居，居處。郊扉：郊外的住宅。致此身：指以此身為國君報效盡力。

【評析】

　　這首詩寫秋日閒居、自傷不遇的感慨。詩人融情於景，通過對灞上蕭瑟秋景的描繪，表現了客居異鄉的孤獨與淒清，抒發了懷才不遇、壯志難酬的感慨。

　　首聯描寫的是灞原上空蕭森的秋氣：撩人愁思的風雨直到傍晚才停歇下來，在暮靄沉沉的天際，接連不斷的雁群自北向南疾飛。這裏用一個「頻」字，既表明了雁群之多，又使人聯想起雁兒們急於投宿的惶急之狀。

　　頷聯繼續寫景，景象由寥廓的天際漸漸地轉到地面，轉到詩中的主人。「落葉他鄉樹」這句，很值得玩味。民間有俗語叫作「樹高千丈，葉落歸根」，詩人在他鄉看到落葉的情景，很自然地想到了自己客居異鄉的悲涼，因此深受觸動，何時才能回到故里呢？詩人無數次自問，也沒有答案。其心情之酸楚，完全滲透在這句詩的字裏行間。「寒燈獨夜人」中一個「寒」字，一個「獨」字，寫盡客中淒涼孤獨的況味。

　　頸聯仍是寫景，視角又從地面轉向了空原，由「他鄉樹」轉到了「白露滴」，由「獨夜人」轉向了「野僧鄰」。「空園白露滴」一句，詩人特意巧妙地運用以動襯靜的手法，以一個「滴」字，寫盡了秋聲，比寫無聲的靜更能表現環境的寂靜。「孤壁野僧鄰」一句同樣用襯托的手法，詩人明明想寫自己孑然一身，孤單無依，卻偏說出還有一個鄰居，而這個鄰居竟是一個絕跡塵世、猶如閑雲野鶴的僧人。與這樣的野僧為鄰，詩人處境的孤獨就顯得更加突出了。

尾聯中，詩人抒發感慨。詩人為了求取官職來到長安，在灞上已寄居多時，一直沒有找到進身之階，因而這裏率直地道出了久居荒郊的寂寞孤獨，懷才不遇的苦悶和求取官職希望渺茫的無奈。

# 楚江懷古①

馬戴

露氣寒光集，微陽下楚丘②。
猿啼洞庭樹，人在木蘭舟③。
廣澤生明月，蒼山夾亂流④。
雲中君不見，竟夕自悲秋⑤。

【註釋】

① 楚江：這裏當指湘江。
② 寒光：冷光，因是秋天，又是傍晚，故稱。微陽：微薄的陽光，指斜陽。下楚丘：從楚山那邊下沉。
③ 木蘭舟：用木蘭樹製作的船，這裏泛指船。
④ 廣澤：廣闊的水域，指洞庭湖。
⑤ 雲中君：雲神。竟夕：整夜。

【評析】

唐宣宗大中元年，馬戴犯顏直諫得罪上司，由山西太原幕府掌書記被貶為龍陽尉。他由北方來到南方，徘徊在洞庭湖畔和湘江之濱，觸景生情，追慕先賢，感慨身世，創作了組詩《楚江懷古三首》。本詩為其中第一首。詩人描繪了洞庭湖的風景，通過對屈原的憑弔，抒發了自己羨慕屈原的情懷，表達了自己苦悶憂傷的心境。

首聯寫景。蕭瑟清冷的秋暮景色，隱約透露出詩人悲涼的心境。

頷聯繼續寫景，上句寫物，入耳的是陣陣的猿鳴，入目的是洞庭湖邊的

秋樹。下句寫人，也就是詩人自己，駕一葉木蘭舟，漂流江上。這不禁讓人想起了屈原的詩歌「嫋嫋兮秋風，洞庭波兮木葉下」，「船容與爾不進兮，淹回水而凝滯」。詩人泛舟湘江上，對景懷人，屈原的歌聲彷彿在叩擊他的心弦。這兩句，一句寫聽覺，一句寫視覺；一句寫物，一句寫己；上句靜中有動，下句動中有靜。詩人傷秋懷遠之情並沒有直接說明，只是點染了一張淡彩的畫，氣象清遠，婉而不露，讓人思而得之。

　　頸聯兩句分別從水、山兩個角度寫夜景，黃昏已盡，一輪明月從廣闊的洞庭湖上升起，深蒼的山巒間夾瀉著汩汩而下的亂流。這兩句描繪的雖是比較廣闊的景象，但它的情致與筆墨還是清微婉約的。「廣澤生明月」的闊大和靜謐，曲曲反襯出詩人遠謫的孤單離索；「蒼山夾亂流」的迷茫與紛擾，深深映照出詩人內心深處的撩亂彷徨。

　　尾聯點出「懷古」的主旨，以悲愁作結。夜已深沉，詩人尚未歸去，俯仰於天地之間，沉浮於湘波之上，他不禁想起楚地古老的傳說和屈原《九歌》中的「雲中君」。「不見」與「自」相呼應，「悲秋」二字點明孤獨悲愁之意，同時在時間和節候上與開篇相呼應，使全詩在變化錯綜之中呈現出和諧完整之美，讓人尋繹不盡。

# 書邊事

張喬

調角斷清秋，征人倚戍樓[①]。
春風對青塚，白日落梁州[②]。
大漠無兵阻，窮邊有客遊[③]。
蕃情似此水，長願向南流[④]。

## 【作者簡介】

　　張喬，池州（今安徽池州市的貴池）人。唐懿宗咸通年間進士，與許棠、喻坦之、任濤、鄭谷、周繇、張蠙、劇燕、吳罕、李棲遠等人，

號稱「咸通十哲」。

張喬為詩清雅巧思，昭宗大順年間試《月中桂》詩，其中「根生非下土，葉不墜秋風」壓倒全場。但仕途坎坷，黃巢起義時，隱居九華山以終。其詩多寫山水自然，不乏清新之作，風格也似賈島。《全唐詩》存其詩二卷。

## 【註釋】

① 調角：即角聲。角：古代的一種軍用樂器。清秋：深秋，即陰曆九月。戍樓：戍守敵人用來報警的哨樓。

② 青塚：指王昭君墓，在今內蒙古呼和浩特市。據《歸州圖經》載，胡地草多白色，唯王昭君墓上草是青色，因號稱「青塚」。白日：燦爛的陽光。梁州：當指「涼州」。唐梁州為今陝西南鄭一帶，非邊地，而曲名《涼州》也有作《梁州》的，故云。涼州：地處今甘肅省內，曾一度被吐蕃所占。

③ 窮邊：最邊遠之地。

④ 蕃情：外族的民心。

## 【評析】

本詩寫詩人遊歷邊塞，登樓憑眺，極目千里，見邊防無事而讚歎，表達了詩人強烈的愛國願望。唐朝自肅宗之後，河西、隴右一帶長期被吐蕃所占。宣宗大中五年（851），沙洲民眾起義首領張議潮在出兵收取瓜、伊、西、甘、肅、蘭、鄯、河、岷、廓十州後，派遣其兄張議潭奉沙、瓜等十一州地圖入朝，宣宗大喜，以張議潮為歸義軍節度使。大中十一年（857），吐蕃將尚延心以河湟降唐，其地又全歸唐朝所有。自此，唐代西部邊塞地區才又出現了一度和平安定的局面。本詩正是寫於上述情況之後。

首聯描繪了一幅邊塞軍旅生活的安寧圖景。一個「斷」字，則將角聲音韻之美和音域之廣傳神地表現出來。「調角」與「清秋」，其韻味和色調恰到好處地融而為一，構成一個聲色並茂的清幽意境。次句不用「守」字，而用「倚」字，微妙地傳達出邊關安寧、征人無事的主旨。

　　頷聯兩句寫的是邊塞的景色。「春風」，並非實指，而是虛寫。「青塚」，是漢朝王昭君的墳墓。這使人由王昭君和親的事蹟聯想到目下邊關的安寧，體會到民族團結正是人們長期的夙願，而王昭君的形象也會像她墓上的青草在春風中搖盪一樣，長青永垂。

　　頸聯兩句寫出了邊塞的遼闊與和平。「大漠」和「窮邊」，極言邊塞地區的廣漠。而「無兵阻」和「有客遊」，在「無」和「有」、「兵」和「客」的對比中，寫明邊關地區，因無蓄兵阻撓，所以才有遊客到來。這兩句對於前面的景物描寫起到了點化作用。

　　尾聯運用生動的比喻，十分自然地抒寫出了詩人的心願，使詩的意境更深化一步。「此水」不確指，也可能指黃河。詩人望著這滔滔奔流的河水，思緒聯翩。他想：蓄情能像這大河一樣，長久地向南流入中原該多好啊！這表現出詩人渴望民族團結的願望。

　　全詩抒寫詩人於邊關的所聞、所見、所望、所感，意境高闊而深遠，氣韻直貫而又有抑揚頓挫，運筆如高山流水，奔騰直下，而又迴旋跌宕，讀來迴腸盪氣，韻味無窮。


# 除夜有懷①

崔塗

　　　　迢遞三巴路，羈危萬里身②。
　　　　亂山殘雪夜，孤燭異鄉人③。
　　　　漸與骨肉遠，轉於僮僕親。
　　　　那堪正飄泊，明日歲華新④。

## 【作者簡介】

　　崔塗，字禮山，今浙江富春江一帶人。唐僖宗光啟四年（888）進士，終生四處飄泊，漫遊巴蜀、吳楚、河南、秦隴等地，故其詩多以飄泊生活為題材，情調蒼涼；寫景狀物，往往動人肺腑。《全唐詩》存其

詩一卷。

【註釋】

① 除夜：除夕夜。

② 迢遞：遙遠的樣子。三巴：指巴郡、巴東、巴西，在今四川東部。羈危：在艱險中羈旅漂泊。

③ 殘雪：殘餘的雪，說明冬盡，明日即春初。孤燭：一支燭，並非實指，因詩人身在異鄉，除夕思家，故稱。

④ 那堪：哪裡經得起。明日：扣題中「除夜」。歲華：年華，歲序。

【評析】

　　本詩寫陰曆年三十的感慨，為詩人客居異鄉，除夕懷鄉之作。詩中描寫除夕夜，詩人在異鄉生活的寂寞淒涼，抒發了詩人漂泊流離的辛酸和失意坎坷的愁苦以及對家鄉的深切思念之情。

　　首聯寫遊子離鄉的遙遠，意境高遠，氣象闊大，並不給人蕭瑟的感覺。

　　頷聯寫淒清的除夕夜景，渲染詩人的落寞情懷。在亂山叢中，冬盡雪殘，一絲微弱的燭光，映照著孤獨的異鄉人，這清冷之景，將遊子的寂寞心境表現得淋漓盡致，真切感人。

　　頸聯寫遊子孤身在外的寂寞之情。骨肉至親遙不可及，故而感到身邊的童子僕人也很親近，這些真切的手法更真切地表現出遊子思鄉之情深。

　　尾聯則寫遊子寄希望於明年，祈求不再漂泊流離。一方面表現出詩人對未來的期望，另一方面也從側面體現出詩人此時處境之艱難淒苦，不堪承受。此聯順理成章，真切自然。

　　全詩意境蒼涼，抒寫遊子懷鄉思親之情，真摯細膩，感人至深。

# 孤　雁

崔塗

幾行歸塞盡，念爾獨何之①？

暮雨相呼失，寒塘欲下遲②。

渚雲低暗度，關月冷相隨③。

未必逢矰繳，孤飛自可疑④。

## 【註釋】

① 爾：你，指孤雁。獨何之：即「獨之何」，獨自飛向哪里。

② 相呼失：悲鳴呼喚丟失的夥伴。欲下遲：想要落下可又畏懼、遲疑。

③ 渚雲：沙洲上的雲霧。關月：邊關的月亮。這兩句具體寫孤雁淒慘寂
　 寞的行蹤。

④ 矰（音僧）繳：一種用繩繫箭射鳥的器具。

## 【評析】

　　本詩題為《孤雁》，全篇皆實寫孤雁。詩人通過對孤雁失群後情態的描
寫，寄予了自身深切的悲涼之感。「孤」字是全詩的詩眼，一個「孤」字將
全詩的神韻、意境凝聚在一起，渾然天成。

　　首聯點出孤雁的失群，以「離群」這個背景，為孤雁的出場渲染出悲涼
的氣氛。「獨何之」，則可見出詩人這時正羈留客地，借孤雁以寫離愁。

　　頷聯寫孤雁失群後的哀鳴和膽怯。上句說失群的原因，後句說失群之後
的倉皇表現，既寫出當時的自然環境，也刻畫出孤雁的神情狀態。詩人將孤
雁那種欲下未下的舉動，遲疑畏懼的心理，寫得細膩入微。可以看出，詩人
是把自己孤淒的情感熔鑄在孤雁身上了，從而構成一個統一的藝術整體，讀
來如此逼真動人。

　　頸聯承頷聯，寫孤雁穿雲隨月，振翅奮飛，然而仍是只影無依，淒涼寂
寞。這兩句中特別要注意一個「低」字，一個「冷」字。月冷雲低，襯托
著形單影隻，就突出了行程的艱險，心境的淒涼；而這都是緊緊地扣著一個

「孤」字。唯其孤,才感到雲低寂然;唯其只冷月相隨,更顯孤單凄涼。

尾聯寫了詩人的良好願望和矛盾心情。這兩句意謂孤雁未必會遭暗箭,但孤飛總使人易生疑懼。從語氣上看,像是安慰之詞——安慰孤雁,也安慰自己,然而實際上卻是更加擔心了。因為前面所寫的怕下寒塘、驚呼失侶,都是驚魂未定的表現,直到此處才點明驚魂未定的原因。詩直到最後一句「孤飛自可疑」,才正面拈出「孤」字,「詩眼」至此顯豁通明。詩人飄泊異鄉,世路峻險,此詩以孤雁自喻,表現了他孤凄憂慮的羈旅之情。

## 春宮怨

杜荀鶴

早被嬋娟誤,欲妝臨鏡慵①。
承恩不在貌,教妾若為容②。
風暖鳥聲碎,日高花影重③。
年年越溪女,相憶採芙蓉④。

### 【作者簡介】

杜荀鶴(846—907),字彥之,自號九華山人,池州石埭(今安徽石台)人。出身寒微。曾數次赴長安應考,皆不第。黃巢起義爆發,他從長安回家。唐昭宗大順二年(891)中進士,未授官,因時局動亂,復返鄉閒居。田在宣州,很重視他,用為從事。天復三年(903),田起兵叛楊行密,派他到大樑與朱溫聯絡。田敗死,朱溫表薦他,授翰林學士、主客員外郎,患重疾,旬日而卒。

杜荀鶴早著詩名,他善於譏世刺時,正如他自己所說:「詩旨未能忘救物。」他的詩深刻地揭露了唐末的黑暗政治和尖銳的階級矛盾,對戰亂時代的人民苦難表示深厚的同情。他是唐末繼承杜甫現實主義傳統的傑出詩人。工律詩,但不為聲律所束縛,他的詩風質樸自然,明快有力,給當時綺麗萎靡的詩壇帶來了新氣象。有《唐風集》。

## 【註釋】

① 嬋娟：形容姿容形態美好。慵：懶。

② 承恩：得到皇帝的寵愛。妾：古時婦女自稱。若為容：如何去妝扮自己。

③ 碎：形容鳥鳴聲紛紜雜遝，非一鳥獨鳴，而是數鳥共語。

④ 越溪女：指西施在越溪浣紗的女伴。這裏的越溪似指若耶溪，在今浙江紹興境內，相傳為西施浣紗處。芙蓉：蓮花。

## 【評析】

　　這是一首表達宮女幽怨的宮怨詩。全詩是宮女自白，訴說她以色美入宮，不得寵倖，如坐牢籠，因而對她入宮前的自由生活十分嚮往。其中寄寓了詩人自己的懷才不遇之恨。

　　首聯敘述宮女因為貌美而被選入宮中，但入宮以後，伴著她的卻只是孤苦寂寞，因而拈出一個「誤」字。上句一個「早」字，彷彿是從心靈深處發出的一聲深長的歎息，說明自己被誤之久；下句用欲妝又罷的舉動展示怨情也很細膩。一個「慵」字，表現了宮女的倦意和失落的心情，這兩句在平淡之中自有自然、深婉的情致。

　　頷聯是流水對，進一步寫出了宮女欲妝又罷的心理活動。詩人通過反問的口吻說明裝扮毫無用途，言外之意，起決定作用的是別的方面，例如鉤心鬥角、獻媚邀寵等。

　　頸聯筆鋒一轉，詩筆從鏡前宮女一下子轉到室外春景：春風和煦，鳥聲清脆，麗日高照，花影層疊。這兩句寫景，似乎與前面描寫宮女的筆墨不相連屬，事實上，仍然是圍繞著宮女的所感（和風）、所聞（鳥聲）與所見（花影）來寫的。臨鏡的宮女怨苦至極，無意中又發現了自然界的春天，更喚起了她心中無限的寂寞空虛之感。景中之情與前面所抒寫的感情是一脈相承的。一個「碎」，一個「重」，令人感到意味無窮。

　　眼前聲音、光亮、色彩交錯融合的景象，使宮女陷入對往日自由生活的回憶中。尾聯兩句，就是宮女對入宮以前在家鄉溪水邊採蓮的歡樂場景的追憶。這兩句以過去對比當下，以往日的熱鬧歡樂反襯出此時的孤苦伶仃，使

宮女含而不露的怨情具有更為悠遠的神韻。

本詩表現的不僅是宮女之怨情，還隱喻當時黑暗政治對人才的戕殺。

# 章臺夜思①

韋莊

清瑟怨遙夜，繞弦風雨哀②。
孤燈聞楚角，殘月下章臺③。
芳草已雲暮，故人殊未來④。
鄉書不可寄，秋雁又南回。

## 【作者簡介】

韋莊（約836—910），字端己，京兆杜陵（今屬陝西西安）人。早年屢試不第，直到昭宗乾寧元年（894）近六十才考取進士，任校書郎。李詢為兩川宣瑜和協使，召為判官，奉使入蜀，歸朝後升任左補闕。天復元年（901），入蜀為王建掌書記，自此終身仕蜀。天祐四年（907）勸王建稱帝，為左散騎常侍，判中書門下事，定開國制度。官終吏部侍郎兼平章事。

韋莊詩、詞並工，而詞成就最高，是《花間集》中的重要作家之一，與溫庭筠並稱「溫韋」。其詞多寫自身的生活體驗和上層社會之冶遊享樂生活及離情別緒，善用白描手法，詞風清麗。其詩多以傷時、感舊、離情、懷古為主題。其律詩圓穩整贍，音調洪亮，絕句情致深婉，包蘊豐厚，發人深思。有《浣花集》。

## 【註釋】

①章臺：舊注章臺在今陝西西安，是當時長安街道名，這恰與詩意矛盾。詩人既是長安人，而章臺又在故鄉長安，怎麼會產生「章臺夜思」，即身在故鄉而思念故鄉的念頭呢？根據詩的內容，本詩無疑是

詩人在南方之作。因此這裏的「章臺」當指詩人漂泊江南時，遇到與長安的章臺同名的地方，因有感而生思鄉之情。或稱「章臺」是「章華臺」的簡稱，為春秋時楚國離宮，在今湖北監利縣西北。

② 清瑟：淒清的瑟聲。瑟：古代絃樂器，多為二十五弦。繞弦風雨哀：指瑟弦發出的聲音像風雨那樣哀怨。

③ 楚角：指楚地的角聲。殘月下章臺：殘月從章臺落下，指天快亮了。

④ 已雲暮：已遲暮，指春光快要消歇了。殊：猶，仍。

## 【評析】

本詩寫詩人在外地思鄉的愁懷。全詩先描繪了一幅淒清的晚秋夜景圖，然後寫故人情，相思恨，寄寓感慨，感人至深。

首聯借清瑟以寫懷。古詩中，瑟是一個常見意象，多與別離之悲相聯繫。這兩句托傷情於瑟曲，淒婉動人。且詩人又用「怨」「哀」二字加以強調突出愁思怨恨，為全詩奠定了感情基調。

頷聯繼續寫秋夜之所聞、所見。詩人用「孤燈」「楚角」「殘月」「章臺」等常見意象加以層層渲染，突出「夜思」之苦。這兩句借景抒情，寫盡寄居他鄉之孤獨、悲涼。

頸聯點題，揭示所思的原因：芳草已暮，韶華已逝，而故人仍未來。詩人用「芳草已雲暮」起興，襯托其守候之苦。「已」、「殊」兩字形成鮮明對照，表達了詩人內心望穿秋水而不得的失落。

尾聯承「故人」一句遞進一層，揭出思鄉之苦。「殊未來」，長期不知「故人」音訊，凶吉未卜，於是他想到了寫家書，可是山長水遠，「鄉書不可寄」，這就更添幾分悲苦。結句以景收縮。「秋雁又南回」，點出時當冷落的清秋節，每每看那結伴南飛的大雁，詩人內心就不禁情潮翻湧，秋思百結。著一「又」字，說明這樣鬱鬱寡歡的日子，他已過了多年，可是人在江湖，身不由己，他也無可奈何。這一聯將悲情推到了一個高潮。

全詩以景象寓情，一氣呵成，感情真摯，幽怨清晰。詩中表達了一種無可奈何的恨，讀來不勝悲涼悽楚，叫人腸斷。

# 尋陸鴻漸不遇<sup>①</sup>

僧皎然

移家雖帶郭，野徑入桑麻<sup>②</sup>。
近種籬邊菊，秋來未著花<sup>③</sup>。
扣門無犬吠，欲去問西家<sup>④</sup>。
報導山中去，歸來每日斜<sup>⑤</sup>。

【作者簡介】

　　皎然，俗姓謝，字清晝，湖州人，南朝山水詩創始人謝靈運的後代，是唐代著名的詩僧。活動於大曆、貞元年間，有詩名。其詩清麗閑淡，多為贈答送別、山水遊賞之作，被時人稱為「江東名僧」。居杼山，有《杼山集》。

【註釋】

① 陸鴻漸：名羽，字鴻漸，復州竟陵人，隱居苕溪（今浙江湖州境內），以擅長品茶聞名，著有《茶經》。終生不仕，被後人奉為「茶聖」、「茶神」。

② 帶：靠近。

③ 著花：開花。

④ 西家：西邊的鄰家。

⑤ 報導：回答說。日斜：日落西山之時。

【評析】

　　皎然和陸羽是好友，本詩當是陸羽遷居後，皎然訪新居不遇而作。這首詩描寫了隱士閒適清靜的生活情趣，詩人選取種養桑麻菊花、邀游山林等一些平常而又典型的事物，刻畫了一位生活悠閒的隱士形象，抒寫了詩人對隱逸生活的嚮往。全詩有乘興而來、興盡而返的情趣，語言樸實自然，不加雕飾，流暢瀟灑，層次分明，音調和諧。

首聯和頷聯寫陸羽新居之景，頗有陶淵明「結廬在人境，而無車馬喧」的隱士風韻。陸羽新居雖離城不遠，但很幽靜，一條小徑，桑麻遮道，通往深處。雖然秋天已到，籬笆兩邊新種的菊花卻還未開花。這幾句詩平淡清新，點出詩人造訪陸羽的時間為風高氣爽的秋季。這兩聯一為承接，一為轉折；一為正用，一為反用，一正一反都表現了環境的幽僻。

　　頸聯和尾聯寫詩人尋人不遇的情況。詩人來到門前，敲門，不但無人應答，連狗吠的聲音都沒有。此時的詩人也許有些茫然，立刻就回轉去，似有些眷戀不捨，還是問一問西邊的鄰居吧。鄰人回答：陸羽往山中去了，經常要到太陽西下的時候才回來。這兩句和賈島的《尋隱者不遇》的後兩句「只在此山中，雲深不知處」恰為同趣。「每日斜」的「每」字，活脫地勾畫出西鄰說話時，對陸羽整天流連山水而迷惑不解和怪異的神態，這就從側面烘托出陸羽不以塵事為念的高人逸士的襟懷和風度。

　　本詩用語空靈，韻味悠長。詩人鮮少在陸羽身上著墨，但本意還是為了吟詠陸羽。幽僻的住所，遍地的菊花，無犬吠的門戶，西鄰的描述，都刻畫出陸羽生性疏放不俗、淡泊寧靜、樂居山野的性情。

# 黃鶴樓①

崔顥

昔人已乘黃鶴去，此地空餘黃鶴樓②。
黃鶴一去不復返，白雲千載空悠悠③。
晴川歷歷漢陽樹，芳草萋萋鸚鵡洲④。
日暮鄉關何處是？煙波江上使人愁。

## 【作者簡介】

崔顥（約704—754），汴州（今河南開封）人。玄宗開元十一年（723）進士，天寶中為尚書司勳員外郎。《舊唐書·文苑傳》把他和王昌齡、高適、孟浩然並提，但他宦海浮沉，終不得志。他的詩名很大，但事蹟流傳甚少。

崔顥青年時期，詩意浮豔，多陷輕薄，後經歷邊塞生活，忽變常體，風格凜然。後遊武昌，登黃鶴樓，感慨賦詩，流傳千古。《全唐詩》存其詩一卷，共四十二首。

## 【註釋】

①黃鶴樓：古代名樓，始建於三國時代東吳黃武二年（233），舊址在今湖北武昌西黃鶴山西北的黃鶴磯上，俯瞰江、漢，極目千里。《南齊書·州郡志》說山人子安乘黃鶴經過這裏，因以名樓。《寰宇記》說是費文禕登仙，曾駕黃鶴在這裏休息，故名。

②昔人：指子安或費文禕等。

③悠悠：浮蕩的樣子。

④晴川：陽光照耀下的平原。漢陽：在武昌西，與黃鶴樓隔江相望。萋萋：茂密的樣子。鸚鵡洲：黃鶴樓東北長江中的小洲。

## 【評析】

這是一首吊古懷鄉之佳作，描繪了詩人在黃鶴樓上遠眺的美好景色。本詩既自然宏麗，又饒有風骨，歷代受到推崇。詩雖不協律，但音節不拗口。相傳李白登黃鶴樓本欲賦詩，因見崔顥此作，為之斂手，說：「眼前有景道不得，崔顥題詩在上頭。」嚴羽《滄浪詩話》謂：「唐人七言律詩，當以崔顥《黃鶴樓》為第一。」

全詩從黃鶴樓的命名由來寫起，借傳說落筆，然後生發開去。仙人跨鶴，本屬虛無，現以無作有，說它「一去不復返」，就有歲月不再、古人不可見之慨。仙去樓空，唯餘天際白雲，悠悠千載，正能表現世事茫茫之慨。這幾筆寫出了那個時代登黃鶴樓的人們常有的感受，氣概蒼莽，感情真摯。

詩的前四句用散文的句法，連貫直下，衝破了格律的束縛。雖然接連用了三個「黃鶴」，但因氣勢恢弘、語調激昂，而使讀者心情迫切地讀下去，無暇挑剔。這其實已經觸犯了格律詩的大忌，七律詩要求「前有浮聲（平聲），後須切響（仄聲）」，可首聯兩句中，第五、六字都是「黃鶴」，第三句幾乎全用仄聲，第四句又用「空悠悠」這樣的三平調（詩句中最後三個字都是平聲字就叫作三平調，這是格律詩的大忌，是決不允許出現的）作結，亦不顧什麼對仗，用的全是古體詩的句法。而這正是其詩高明的地方，正如《紅樓夢》中林黛玉教香菱做詩時所說的：「若是果有了奇句，連平仄虛實不對都使得的。」在這裏，崔顥是本著「詩以立意」和「不以詞害意」的原則去進行實踐的，所以才寫出這樣七律中罕見的高唱入雲的詩句。

後四句寫實，寫詩人登樓北望所見所想。詩人的視線由遠而近，先是觸及江北漢陽歷歷可辨的樹木，接著看到了鸚鵡洲頭的芳草。而近看樓下，大江之上煙波一片，江空暮色蒼茫，霧靄遮斷歸鄉之路。這些景色使得詩人憂愁頓生。

本詩首聯、頷聯似乎與頸聯、尾聯斷成兩截，其實文勢是從頭一直貫注到底的，中間只不過是換了一口氣罷了。這種似斷實續的連接，從律詩的起、承、轉、合來看，也是很值得稱道的。此外，首聯、頷聯敘昔人黃鶴，杳然已去，給人以渺不可知的感覺；頸聯忽一變而為晴川草樹，歷歷在目，萋萋滿洲的眼前景象，這一對比，不但能烘染出登樓遠眺者的愁緒，也使文

勢因此而有起伏波瀾。詩中「芳草萋萋」之語亦借此而說出結尾鄉關何處、歸思難禁的意思。尾聯以寫煙波江上日暮懷歸之情作結，使詩意重歸於開頭那種渺茫不可見的境界，這樣能回應前面，如豹尾之能繞額的「合」，也是很符合律詩法度的。

　　本詩在藝術手法上達到了爐火純青的境界，歷來被人們推崇為題黃鶴樓的千古絕唱。

## 行經華陰①

崔顥

岧嶢太華俯咸京，天外三峰削不成②。
武帝祠前雲欲散，仙人掌上雨初晴③。
河山北枕秦關險，驛路西連漢畤平④。
借問路旁名利客，何如此處學長生⑤？

### 【註釋】

① 華陰：今陝西華陰縣，在華山之陰（北面）。

② 岧（音條）嶢：山勢高峻的樣子。太華：即西嶽華山。咸京：即咸陽，因秦在此建都，故稱。三峰削不成：郭緣生《述征記》：「華山有三峰，芙蓉、玉女、明星也。其高若在天外，非人所能削鑿也。」三峰：一說蓮花、玉女、松檜三峰。

③ 武帝祠：即漢武帝所建的巨靈祠，在華山仙人掌下。帝王祭天地五帝之祠。仙人掌：華山東峰名。王涯《太華仙掌辨》：「西嶽太華之首有五崖，自下遠望，偶為掌形。」

④ 河山：指黃河、華山。枕：倚靠。漢畤：漢帝王祭天地、五帝之祠。畤：古代祭祀天地五帝的固定處所。

⑤ 名利客：追逐名利的人。學長生：指隱居山林，求仙學道，尋求長生不老。

## 【評析】

本詩描寫了詩人途徑華陰時所見華山三峰雄奇險峻的景色，表現了山河的壯美瑰麗，抒發了詩人對奔走名利者的不恥以及對學道求仙的嚮往之情。

詩題《行經華陰》，既是「行經」，必有所往；所往之地，就是求名求利的集中地——「咸京」。詩中提到的「太華」、「三峰」、「武帝祠」、「仙人掌」、「秦關」、「漢畤」等都是唐代京都附近的名勝與景物。當時京師的北面是雍縣，東南面就是崔顥行經的華陰縣。縣南有五嶽之一的西嶽華山，又稱太華，山勢高峻。華陰縣北就是黃河，隔岸為風陵渡，此岸是秦代的潼關（一說是華陰縣東靈寶縣的函谷關）。華陰縣不但河山壯險，而且是由河南一帶西赴咸京的要道，行客絡繹不絕。

詩的前六句全為寫景。寫法則由總而分，由此及彼，有條不紊。起句氣勢不凡：詩人將擁有神仙岩穴的華山凌駕於滿是王侯富貴的京師之上。在這裏，一個「俯」字顯出崇山壓頂之勢，「岧嶢」二字極言華山的高峻，使「俯」字更具有一種神力。然後，詩人從總貌轉入局部描寫，以三峰作為典型，落實「岧嶢」。「削不成」三字含有人間刀斧俱無用，鬼斧神工非巨靈不可的意思，在似乎純然寫景中暗含神工勝於人力，出世高於追名逐利的旨意。首聯寫遠景，頷聯二句可說是攝近景。詩句對仗工整，「武帝祠」和「仙人掌」更為結處「學長生」的發問作了奠基。

頸聯則浮想聯翩，寫了想像中的幻景。上句中一個「枕」字把黃河、華山都人格化了，大有「顧視清高氣深穩」之概，一個「險」字又有意無意地透露出世人追逐名利之途的風波。下句一個「連」字，將「漢畤」與頷聯中的「武帝祠」和「仙人掌」聯繫起來，靈跡仙蹤，聯鎖成片，更墊厚了結處的「長生」。「平」字與首聯「岧嶢」、「天外」相對照，驛路的平通五畤固然更襯出華山的高峻，同時也暗示長生之道比名利之途來得坦蕩。

尾聯兩句是經過前三聯的表述後自然落筆的，筆意瀟灑，風流蘊藉。上句筆鋒陡轉，末句以反問的句法收尾，點明本詩「何如學長生」的主旨。

崔顥曾兩次進京，都在天寶年間，本詩勸人「學長生」，可能是受當時崇奉道教、供養方士之社會風氣的影響。詩人此次行經華陰，事實上與路上行客一樣，也未嘗不是去求名逐利，但是一見西嶽的崇高形象和飄逸出塵的

仙跡靈蹤，也未免移性動情，感歎自己何苦奔波於坎坷仕途。但詩人不用直說，反向旁人勸喻，顯得隱約曲折。

# 望薊門①

祖詠

燕臺一望客心驚，笳鼓喧喧漢將營②。
萬里寒光生積雪，三邊曙色動危旌③。
沙場烽火侵胡月，海畔雲山擁薊城④。
少小雖非投筆吏，論功還欲請長纓⑤。

【作者簡介】

　　祖詠（約699—746），字和生，洛陽人。開元十二年（724）進士，曾因張說推薦，任過短時期的駕部員外郎，後移居汝水以北別業，漁樵終老。其詩除《望薊門》外都是五言，多狀景詠物，宣揚隱逸生活，講求對仗，亦帶有詩中有畫之色彩。祖詠與王維交誼深厚，有唱和。《全唐詩》存其詩一卷，共三十六首。

【註釋】

① 薊門：在今北京市德勝門外，唐時屬范陽道所轄，是內地通往東北的政治、軍事重鎮。

② 燕臺：原為戰國時燕昭王所築的黃金台，這裏代稱燕地，用以泛指平盧、范陽這一帶。客：詩人自稱。笳：漢代流行於塞北和西域的一種類似於笛子的管樂器，此處代指號角。漢將：借指唐將。

③ 三邊：古稱幽、並、涼為三邊。這裏泛指邊塞。危旌：高揚的旗幟。

④ 侵胡月：指烽火的熾烈，使胡月為之色奪。這裏有震懾胡人之意。海畔雲山：薊門的南側是渤海，北翼是燕山山脈，故稱。薊城：今河北薊縣，唐薊州治所。

⑤投筆吏：東漢班超家貧，年輕時為小吏，給官府抄寫文書，後投筆歎
　息說：「大丈夫應當效法傅介子、張騫那樣立功異域，怎麼能長久地
　在筆硯間生活呢？」他後來在漢代平定西域的鬥爭中建立了不朽的功
　勳，封定遠侯。請長纓：西漢終軍曾向漢武帝請求：「願受長纓，必
　羈南越王而致之闕下。」後來他出使南越，說服南越王內附。

## 【評析】

　　這是一首借古感今的邊塞詩，寫望薊門的見聞和感想。詩中通過對邊地
壯麗景色和將士緊急防衛森然的描寫，讚頌了邊地將士英勇戍邊的愛國精
神，抒發了詩人投筆從戎的豪情。

　　首聯起句突兀，暗用典故。起筆即用一個壯大的地名，能增加全詩的氣
勢。一個「驚」字，道出他這個遠道而來的客子的特有感受。而詩人所驚訝
的，還有那陣陣笳響鼓動所代表的軍用的威武。

　　頷聯緊扣一個「望」字寫景，格調高昂。詩人將目光放遠、放高，將心
「驚」的原因向深處挖掘，寫「望」中所見，抒「望」中所感。極目遠眺，
連綿萬里的積雪反射出道道寒光，令人目眩，詩人感覺彷彿一切都變得模糊
了。朦朧中，詩人只看見那飄揚的旗幟高懸半空，給人一種莊嚴肅穆的感
覺。這種肅穆的景象，暗寫出唐軍營中莊重的氣派和嚴整的軍容。邊防地帶
如此的形勢和氣氛，自然令詩人心靈震撼了。

　　首聯和頷聯已將「驚」字寫足，頸聯筆鋒一轉，從軍事上落筆，著力勾
畫山川形勝，意象雄偉闊大。處在條件如此艱苦，責任如此重大的情況下，
邊防軍隊卻是意氣昂揚。笳鼓喧喧已顯出軍威赫然，而況烽火燃處，緊與胡
地月光相連，雪光、月光、火光三者交織成一片，不僅沒有塞上苦寒的悲涼
景象，而且壯偉異常。這是向前方望。「沙場烽火連胡月」是進攻的態勢。
詩人又向周圍望，只見「海畔雲山擁薊城」，又是那麼穩如磐石，就像天生
是來捍衛大唐的邊疆重鎮的。這是說防守的形勢。這兩句，一句寫攻，一句
說守；一句人事，一句地形。在這樣有力有利的氣勢的感染下，便從驚轉入
不驚，於是領出尾聯兩句。

　　尾聯寫「望」之感，詩人引用了東漢班超「投筆從戎」和西漢終軍自請

出使南越的典故，表達出投筆從戎、報效國家的豪情壯志。全詩至此也圓滿結束。

全詩意境遼闊雄壯，充滿陽剛之美，帶有濃郁的盛唐時期的慷慨之氣。

# 九日登望仙臺呈劉明府①

崔曙

漢文皇帝有高臺，此日登臨曙色開②。
三晉雲山皆北向，二陵風雨自東來③。
關門令尹誰能識？河上仙翁去不回④。
且欲近尋彭澤宰，陶然共醉菊花杯⑤。

## 【作者簡介】

崔曙，宋州（今河南商丘）人。開元二十六年（738）進士，但只做過河南尉一類的小官。曾隱居河南嵩山。以《試明堂火珠》詩得名。其詩多寫景摹物，同時寄寓鄉愁友思。詞句對仗工整，辭氣多悲。《唐才子傳》稱：「少孤貧，不應薦辟，志曠疏爽，擇交於方外。苦讀書，高棲少室山中，與薛據友善。工詩，言辭款要，情興悲涼，送別、登樓，俱堪淚下。」《全唐詩》存其詩一卷，共十五首。

## 【註釋】

① 九日：指農曆九月九日重陽節。望仙臺：《神仙傳》載：「河上公授文帝《老子》而去，失所在，帝於西山築台望之，名曰望仙臺。」劉明府：名不詳。明府：漢人對太守的尊稱。

② 曙色：黎明的天色。

③ 三晉：指戰國時晉分為韓、趙、魏，在當今山西及河南一帶。北向：形容山勢向北偏去。二陵：指殽陵，在今河南洛寧縣北。殽陵又分為南陵、北陵，南陵為夏後皋之墓，北陵為文王避風雨處。

④關門令尹：指守函谷關的官員尹喜。相傳他忽見紫氣東來，知有聖人至。不一會果然老子騎青牛過關。尹喜留下老子，於是老子寫《道德經》一書。尹喜後隨老子而去。河上仙翁：即河上公，漢文帝時人，傳說其後羽化成仙。

⑤彭澤宰：晉陶淵明曾為彭澤令，八十餘日後便辭官歸家。陶然：高興快樂的樣子。

## 【評析】

這是一首懷古投贈詩，是詩人為邀請友人劉明府來共度重陽舉杯痛飲而作。詩中描寫的是詩人重陽節登望仙臺所見的雄偉壯麗景色，指出就近邀友暢飲要比尋訪神仙暢快舒適，在抒寫懷念友人的情思中，隱含著知音難遇的喟歎。

首聯言事，從望仙臺的由來寫起，點出詩人登高的地點和具體的時間。在重陽節的早晨，詩人登上漢文帝修造的望仙臺，憑高望遠，看到朝陽，心情頓覺開朗。

頷聯寫詩人登臨望仙臺所見之景，從字面寫四季變換。從漢文帝修築此臺到詩人登臺時，經歷了近千個春夏秋冬。戰國時的三晉，經過秦漢、魏晉、北朝，幾經分合，此時成了一統天下的一個部分。當年的夏後皋，當時多麼顯赫，而此刻只能在南陵中，任憑風雨侵襲了。而當年的周文王，功蓋千秋，如今也早已是過眼雲煙。這裏實際上是感歎歷史變遷，不以人的意志為轉移。

頸聯繼續抒發歷史感慨。詩人遠眺函谷關，聯想到官員尹喜追尋老子出關西去、羽化為仙以及河上公成仙的傳說。這兩句點出神仙已去不復返了。

尾聯承接上句，既是節日抒懷，又言明己志。既然找不到神仙，還不如就近尋個像陶淵明般的人，與他一起在菊花叢中舉杯歡飲。「彭澤宰」這裏指詩人的朋友劉明府。詩人以陶淵明為比，亦有功名利祿皆是過往雲煙，不必拼命去走仕途之意。「陶然共醉菊花杯」句乃化用陶淵明「采菊東籬下，悠然見南山」之詩意，語意真摯，渾然天成。

# 送魏萬之京①

李頎

朝聞遊子唱離歌，昨夜微霜初渡河②。
鴻雁不堪愁裏聽，雲山況是客中過③。
關城樹色催寒近，御苑砧聲向晚多④。
莫見長安行樂處，空令歲月易蹉跎。

## 【註釋】

① 魏萬：又名魏顥。他曾求仙學道，隱居王屋山。天寶十三年（754），因慕李白名，南下到吳、越一帶訪尋，最後在廣陵與李白相遇，計程不下三千里。李白很賞識他，並把自己的詩文讓他編成集子。臨別時，還寫了一首《送王屋山人魏萬還王屋》的長詩送他。

② 離歌：離別之歌，或作「驪歌」。初渡河：剛剛渡過黃河。魏萬家住王屋山，在黃河北岸，去長安必須渡河。

③ 鴻雁不堪愁裏聽：因鴻雁南去北來遊移不定，又鳴聲極哀，使滿載離愁的魏萬既不忍見，更不忍聞。這句和下句是詩人設想魏萬在途中的寂寞心情。過：經過。

④ 關城：指潼關。御苑：皇宮的庭苑。這裏借指京城。砧聲：擣衣聲。向晚多：愈接近傍晚愈多。

## 【評析】

　　這是一首抒發離情的贈別詩。魏萬是比李頎晚一輩的詩人，不過從本詩來看，兩人像是情意十分親密的忘年交。李頎晚年家居潁陽而常到洛陽，此詩可能就寫於詩人晚年在洛陽時。

　　首聯兩句，先用「朝聞遊子唱離歌」點明魏萬在清晨離去，後用「昨夜微霜初渡河」描述昨夜之景，用倒敘的筆法，極為得勢。

　　頷聯緊承首聯，以一個「愁」字直言離情，點染氣氛。「不堪」、「況是」兩個虛詞前後呼應，往復頓挫，情切而意深。另外，詩人先寫物象鴻雁、雲

山，再寫愁裏聽、客中過等所聞所見。這種因景生情，寓情於景的寫法，容易引起共鳴。

頸聯兩句，詩人對遠行客又作了充滿情意的推想：從洛陽西去要經過古函谷關和潼關，涼秋九月，草木搖落，一片蕭瑟，天氣也漸寒。本來是寒氣使樹變色，但寒不可見而樹色可見，於是詩人說是樹色把寒意帶來，見樹色而知寒近，是樹色把寒催來的。這種說法既新奇又合乎常理。一個「催」字，把平常景物寫得有情有感，十分生動。傍晚砧聲之多，為長安特有，李白就有詩云：「長安一片月，萬戶擣衣聲。」然而詩人不用城闕雄偉、御苑清華這樣的景色來介紹長安，卻只突出了「御苑砧聲」，這是為何呢？因為此起彼伏的擣衣聲在古詩的意象中一直代表著愁緒和蕭瑟。魏萬此前，大概沒有到過長安，而李頎已多次到過京師，在那裏曾「傾財破產」，歷經辛酸。兩句推想中，詩人平生感慨，盡在不言之中。另外，「催寒近」「向晚多」六個字相對，暗含著歲月不待，年華易老之意，也順勢引出下文。

尾聯兩句純是長輩的語氣，予魏萬以親切囑咐。他諄諄告誡魏萬：長安雖是「行樂處」，但不是一般人可以享受的。不要把寶貴的時光，輕易地消磨掉，要抓緊時機成就一番事業。可謂語重心長，表達了對魏萬的真摯感情，雖然流露出一種淒涼低沉的情緒，卻動人心弦，催人奮進。

### 登金陵鳳凰臺①

李白

鳳凰臺上鳳凰遊，鳳去臺空江自流。
吳宮花草埋幽徑，晉代衣冠成古丘②。
三山半落青天外，二水中分白鷺洲③。
總為浮雲能蔽日，長安不見使人愁④。

【註釋】

①鳳凰臺：故址在今南京市鳳凰山。相傳南朝劉宋元嘉年間，有鳳凰飛

集山上，故築此臺，山也由此得名。

② 吳宮：三國時孫吳曾於金陵建都築宮。衣冠：東晉郭璞的衣冠塚，現今仍在南京玄武湖公園內。這裏代指當年掌握朝綱的豪門大族。

③ 三山：山名。在今南京市西南長江邊，三峰並列，南北相連，故名。半落青天外：形容三山距離鳳凰臺遙遠，看不分明。二水：指秦淮河流經南京後，西入長江，被橫截其間的白鷺洲分為二支。白鷺洲：古代長江中的沙洲，洲上多集白鷺，故名。

④ 浮雲蔽日：喻奸邪之障蔽賢良，即讒臣當道。陸賈《新語·慎微篇》：「邪臣之蔽賢，猶浮雲之障日月也。」

## 【評析】

本詩是李白被權貴排擠出長安後漫遊金陵時創作的一首政治諷刺詩。詩人借古喻今，對當朝權貴極度蔑視。全詩以登臨鳳凰臺時所見所感而起興唱歎，把天荒地老的歷史變遷與悠遠飄忽的傳說故事結合起來抒志言情，用以表達深沉的歷史感喟與清醒的現實思索。

首聯以鳳凰臺的傳說起筆落墨，用以表達對時空變化的感慨。這兩句自然而然，明快流暢，雖連用三個「鳳」字，但絲毫不使人嫌其重複，更沒有常見詠史詩的那種刻板、生硬的毛病。古時鳳凰便一直被認為有祥瑞的意義，鳳凰鳥的出現，多半顯示著稱頌的意義。然而李白在這裏首先點出鳳凰，卻恰恰相反。他所抒發則是由繁華易逝，盛時難在，唯有山水長存所生發出的無限感慨。引來鳳凰的清平時代已經永遠過去了，繁華的六朝也已經永遠過去了，只剩下浩瀚的長江之水與巍峨的鳳凰之山依舊生生不息。

頷聯從「鳳去臺空」的變化時空入手，繼續深入開掘其中的啟示意義。三國時的東吳和後來的東晉都在金陵建都，詩人觀眼前金陵景象，感慨萬分，說吳國昔日繁華的宮廷已經荒蕪，東晉的風流人物也早已進入墳墓。那一時的顯赫，最終又留下了什麼呢？詩人對這些帝王的消逝，除去引起一些感慨之外，沒有絲毫惋惜。那麼，當他把歷史眼光聚焦在那些帝王身上的時候，其蔑視的態度是顯而易見的。頸聯由懷古轉到寫景，對仗工整，氣象壯麗。詩人沒有讓自己的思想完全沉浸在對歷史的憑弔當中，而把深邃的目光

又投向大自然，投向那「三山」、「二水」。於是，自然力的巨大、恢闊，賦予人以強健的氣勢，寬廣的胸懷，也把人從歷史的遐想中拉回現實，重新感受大自然的永恆無限。

　　尾聯兩句，詩人又把眼光轉向現實政治。這兩句暗示皇帝被奸邪包圍，而自己報國無門，心情沉痛。其中的「長安不見」又內含遠望之「登」字義，既與題目遙相呼應，更把無限的情思塗抹到水天一色的大江、巍峨崢嶸的青山與澄澈無際的天空。這樣心中情與眼中景也就茫茫然交織在一起，於是山光水色，發思古之幽情，思接千載；江水滔滔，吟傷今之離恨，流韻無窮。

## 送李少府貶峽中王少府貶長沙①

高適

　　嗟君此別意何如？駐馬銜杯問謫居②。
　　巫峽啼猿數行淚，衡陽歸雁幾封書③。
　　青楓江上秋帆遠，白帝城邊古木疏④。
　　聖代即今多雨露，暫時分手莫躊躇。

【註釋】

①峽中：指夔州巫山縣，今屬重慶。長沙：唐縣名，即今湖南長沙市。
②駐馬：停馬。銜杯：即飲酒餞別。
③巫峽：地名，在今重慶巫山縣東。衡陽：唐縣名，即今湖南衡陽市。
④青楓江：地名，在今湖南長沙。秋帆：指秋風吹著小舟，送友人遠去。白帝城：在今重慶奉節縣瞿塘峽口的長江北岸，奉節東白帝山上。古木：指秋天樹葉脫落。

【評析】

　　這是送別友人赴謫地的詩，描寫了兩位友人在旅途中將遇到的艱辛，對兩位友人表示同情、關切，並給予安慰和鼓勵。

首聯兩句，詩人首先抓住二人都是遭貶，都有滿腹愁怨，而眼下又即將分別這一共同點，以深表關切的問句開始，表達了對李、王二少府遭受貶謫的同情，以及對分別的惋惜。

頷聯中，上句寫李少府貶峽中。當時，這裏路途遙遠，四野荒涼，《巴東三峽歌》曰：「巴東三峽巫峽長，猿鳴三聲淚沾裳。」詩人設想李少府來到峽中，在這荒遠之地聽到淒厲的猿啼，不禁流下感傷的眼淚。下句寫王少府貶長沙。衡陽在長沙南面，衡山有回雁峰，傳說北雁南飛至此不過，遇春而回。歸雁傳書是借用蘇武雁足繫書的故事，但長沙路途遙遠，歸雁也不能傳遞幾封信。頸聯上句是詩人想像長沙青楓江的風光，是再寫王少府。下句是詩人想像白帝城的風光，是再寫李少府。詩人準確地寫出二人所去之地的風光，將內心的愁情別緒寄予景色之中。中間兩聯是針對李、王二少府的處境，分寫各自的前景。這四句情景相融，結合得自然巧妙，讀來自有一種蒼涼中飽含親切的情味。

尾聯兩句，詩人針對李、王二少府遠貶的愁怨和惜別的憂傷，進行了語重心長的勸慰，對前景作了樂觀的展望。聖代雨露，是古代文人詩中的慣用之語，這裏用來和貶謫相連，也還深藏著婉曲的微諷之意。最後，詩人對前景作了樂觀的展望：此次外貶，分別只是暫時的，你們不要猶豫不前，將來定有重歸之日。全詩在這裏結束，不僅與首聯照應，而且給讀者留下無盡的遐思。


## 奉和中書舍人賈至早朝大明宮①

岑參

雞鳴紫陌曙光寒，鶯囀皇州春色闌②。
金闕曉鐘開萬戶，玉階仙仗擁千官③。
花迎劍佩星初落，柳拂旌旗露未乾④。
獨有鳳凰池上客，陽春一曲和皆難⑤。

## 【註釋】

① 賈至：字幼鄰，洛陽人，天寶十年（751）明經擢第，官至中書舍人，素有文學聲望。唐朝廷中詔書誥令大多由他起草，其詩多應制唱和之作。大明宮：唐宮名，在今陝西西安市。早朝大明宮：賈至詩。全文為：「銀燭朝天紫陌長，禁城春色曉蒼蒼。千條弱柳垂青瑣，百囀流鶯繞建章。劍佩聲隨玉墀步，衣冠身惹御爐香。共沐恩波鳳池上，朝朝染翰侍君王。」

② 紫陌：京城的道路。囀：鳥宛轉地叫。皇州：京城。闌：盡。

③ 金闕：指大明宮。萬戶：指宮殿的千門萬戶。仙仗：皇帝的儀仗。擁千官：形容百官擁擠著朝見皇帝。

④ 劍佩：指禁衛軍的武裝。

⑤ 鳳凰池上客：指賈至。鳳凰池：指中書省。陽春：喻高級曲調。

## 【評析】

　　唐肅宗至德二年（757），廣平王李俶率朔方、安西、回紇、南蠻、大食之兵二十萬人收復長安。十月，肅宗還京，入居大明宮。三年，大赦天下，改元乾元。此時李唐政權，方才轉危為安，朝廷一切制度禮儀，正在恢復。中書舍人賈至在上朝之後，寫了一首《早朝大明宮》，描寫皇帝復辟後宮廷中早朝的氣象，並把這首詩給他的兩省同僚看。當時，岑參官為右補闕，屬中書省。賈至是中書舍人，是他的上司，因而做一首詩來奉和。賈至的詩不僅岑參和了，王維、杜甫也有和作。

　　賈至原詩描寫的是早朝盛典，表現宮禁的富麗堂皇，早朝場面的盛大，氣氛的肅穆莊嚴，讚頌皇恩的浩蕩。岑參的這首和作內容也如此，但氣魄更壯闊，氣象更華貴。

　　首聯描寫春日清晨和煦的景色，渲染出大唐中興之氣象。詩人選取「紫陌」、「皇州」這些代表京城的辭彙，旨在烘托長安的高貴。「曙光」含有唐王朝轉危為安，迎來曙光之意。

　　頷聯從正面描寫早朝的場面：皇宮的晨鐘催開千門萬戶，玉階的儀仗簇擁文武百官。「開萬戶」、「擁千官」是誇張的說法，表現出浩浩蕩蕩的氣勢，

營造了一種皇朝特有的雍容華貴的氛圍。

頸聯從描寫早朝轉為描寫清晨。花色映照著劍光，星星才剛剛下落，微風吹拂著柳枝，旌旗上的露珠還沒乾。表面上看本聯與上聯並無關聯之處，顯得有些突兀，卻別有一番韻味。

尾聯兩句是關照賈至詩「共沐恩波鳳池上，朝朝染翰侍君王」，是說只要那鳳凰池上的賈至舍人寫的陽春曲，別人想奉和都很困難。這一聯就純是恭維賈至了。

全詩寫清晨，寫早朝，雖通篇不見一個「早」字，卻在字裏行間時時都能讓讀者感受到春晨的清新和早朝的華貴，足見詩人深厚的功力。

# 和賈至舍人早朝大明宮之作

王維

絳幘雞人報曉籌，尚衣方進翠雲裘①。
九天閶闔開宮殿，萬國衣冠拜冕旒②。
日色才臨仙掌動，香煙欲傍袞龍浮③。
朝罷須裁五色詔，佩聲歸到鳳池頭④。

## 【註釋】

① 絳幘：用紅布包頭似雞冠狀。雞人：古代宮中，於天將亮時，有頭戴紅巾的衛士，於朱雀門外高聲喊叫，好像雞鳴，以警百官，故名雞人。曉籌：即更籌，夜間計時的竹籤。尚衣：官名。隋唐有尚衣局，掌管皇帝的衣服。翠雲裘：飾有綠色雲紋的皮衣。

② 九天：指宮禁。閶闔：天門，這裏指宮門。萬國衣冠：指各國派來朝拜中國皇帝的使臣。冕旒：古代帝王、諸侯及卿大夫的禮冠，這裏代指天子。

③ 仙掌：掌為掌扇之掌，也即障扇，宮中的一種儀仗，用以蔽日障風。香煙：宮殿上焚燒香料的芬芳煙氣。傍：靠著。袞龍：天子的龍袍。

浮：指袍上錦繡光澤的閃動。

④ 裁：裁剪。這裏指撰寫。五色詔：天子的詔書，用五色紙書寫，故
稱。佩聲：佩玉的響聲。

## 【評析】

本詩是王維對賈至詩的和作。通過細節描寫和場景描寫，展現了大明宮早朝時莊嚴肅穆的氛圍，極具藝術魅力。

首聯選取了「報曉」和「進翠雲裘」兩個細節，顯示了宮廷中莊嚴、肅穆的特點，給早朝製造氣氛。「進」字前著一「方」字，表現宮中官員各遵職守，工作有條不紊。

頷聯和頸聯正面描述早朝，通過概述和詳寫的結合，表現場面的宏偉莊嚴和帝王的尊貴。以「九天閶闔」喻天子住處，大筆勾勒了「早朝」圖的背景，氣勢非凡。「萬國衣冠拜冕旒」，標誌大唐鼎盛的氣象。在「萬國衣冠」之後著一「拜」字，利用數量上眾與寡、位置上卑與尊的對比，突出了大唐帝國的威儀，在一定程度上反映了真實的歷史背景。

如果頷聯是從大處著筆，那麼頸聯則是從細處落墨。大處見氣魄，細處顯尊嚴，兩者互相補充，相得益彰。詩人於大中見小，於小中見大，給人一種親臨其境的真實感。上句中，「臨」和「動」，關聯得十分緊密，充分顯示皇帝的驕貴。下句中，「傍」字寫飄忽的輕煙，頗見情態。「香煙」照應賈至詩中的「衣冠身惹御爐香」。賈至詩以沾沐皇恩為意，故以「身惹御爐香」為榮。王維詩以帝王之尊為內容，故著「欲傍」為依附之意。詩人通過仙掌擋日、香煙繚繞製造了一種皇庭特有的雍容華貴氛圍。

尾聯兩句又照應賈至的「共沐恩波鳳池上，朝朝染翰侍君王。」賈至時任中書舍人，其職責是給皇帝起草詔書檔，所以說「朝朝染翰侍君王」，歸結到中書舍人的職責。王維的和詩也說，「朝罷」之後，皇帝自然會有事詔告，所以賈至要到中書省的所在地鳳池去用五色紙起草詔書了。「佩聲」，是以身上佩帶的飾物發出的聲音代人，這裏即代指賈至。不言人而言「佩聲」，於「佩聲」中藏人的行動，使「歸」字產生具體生動的效果。

這首詩寫了早朝前、早朝中、早朝後三個階段，寫出了大明宮早朝的氣

氛和皇帝的威儀，同時，還暗示了賈至的受重用和得意。這首和詩不和其韻，只和其意，雍容偉麗，造語堂皇，格調十分和諧。

# 奉和聖制從蓬萊向興慶閣道中留春雨中春望之作應制①

王維

渭水自縈秦塞曲，黃山舊繞漢宮斜②。
鑾輿迥出千門柳，閣道回看上苑花③。
雲裏帝城雙鳳闕，雨中春樹萬人家④。
為乘陽氣行時令，不是宸遊玩物華⑤。

【註釋】

①蓬萊：蓬萊宮，即唐大明宮。唐代宮城位於長安城東北，而大明宮又位於宮城東北。興慶：唐宮名。隆慶坊本是玄宗為諸王時的舊宅，開元二年（714）因避玄宗名隆基諱而改名興慶。開元二十年（732）築夾城入芙蓉園，自大明宮起夾複道（即閣道、暗道），經通化門到達興慶宮，再經春明延喜門，到達曲江芙蓉園。因此玄宗往來於東內南內兩宮之間，而外人並不知道。應制：即應天子之命作詩。

②渭水：即渭河，黃河最大支流，在陝西中部。縈：環繞。秦塞：秦地。這裏指長安城郊。黃山：即黃麓山，在今陝西興平縣北。漢宮：指唐宮。

③鑾輿：皇帝車駕。迥：遠。千門：指宮內重重門戶。上苑：上林苑。

④雙鳳闕：唐含元殿左右，有棲鳳、翔鸞二闕。這裏指皇宮中的樓觀。

⑤陽氣：春氣。行時令：按季節頒行政令。這裏指視察民情。宸遊：指皇帝出遊。玩：賞覽。物華：美好的景物。

【評析】

　　本詩是讚頌皇帝巡遊的應制詩，一般這類詩以頌揚居多。實際上皇帝是

遊春玩賞，詩人卻讚頌其乘時令視察農事，極力渲染興平安定富裕的景象。

　　首聯一開頭就寫出由閣道中向西北眺望所見的景象。上句寫渭水曲折地流經秦地，下句指渭水邊的黃山，盤旋在漢代黃山宮腳下。渭水、黃山和秦塞、漢宮，作為長安的陪襯和背景出現，不僅顯得開闊宏大，而且因為有「秦」、「漢」這樣的詞語，還增強了時空感。

　　詩人馳騁筆力，描繪出這樣廣闊的大背景之後，才回筆寫春望中的人：「鑾輿迴出千門柳，閣道回看上苑花。」因為閣道架設在空中，所以閣道上的皇帝車駕，也就高出了宮門柳樹之上。詩人是回看宮苑和長安。這裏用一個「花」字渲染繁盛氣氛，「花」和「柳」又點出了春天。頸聯兩句仍然是回看中的景象。經過頷聯兩句迴旋，到這裏再出現，就更給人一種高峰突起的感覺。由於雲遮霧繞，其他的建築，在視野內變得模糊了，只有鳳闕更顯得突出，更具有飛動感。由於雨，滿城在由雨簾構成的背景下，春樹、人家和宮闕，相互映襯，更顯出帝城的闊大、壯觀和昌盛。這兩句不僅把詩題的「雨中春望」寫足了，也表明了這個春天風調雨順，為過渡到下文作了鋪墊。尾聯宣稱：這次天子出遊，本是因為陽氣暢達，順天道而行時令，並非為了賞玩景物。這是一種所謂寓規於頌，把皇帝春遊誇飾得順應天道了。

　　王維的這首詩雖也歌功頌德，但其藝術性很高，他善於抓住眼前的實際景物進行渲染。比如用春天作為背景，讓帝城自然地染上一層春色；用雨中雲霧繚繞來表現氤氳祥瑞的氣氛，這些都顯得真切而自然。


### 酬郭給事<sup>①</sup>

王維

洞門高閣靄餘暉，桃李陰陰柳絮飛<sup>②</sup>。
禁裏疏鐘官舍晚，省中啼鳥吏人稀<sup>③</sup>。
晨搖玉佩趨金殿，夕奉天書拜瑣闈<sup>④</sup>。
強欲從君無那老，將因臥病解朝衣<sup>⑤</sup>。

【註釋】

① 給事：即給事中，唐代門下省的要職，常在皇帝周圍，掌宣達詔令，駁正政令之違失，地位是十分顯赫的。

② 洞門：指重重宮殿門門相對。靄：暮靄，傍晚時分的雲氣。陰陰：幽暗的樣子。形容桃李陰濃。

③ 禁裏：即宮中。官舍：處理官務的房舍。省中：指門下省。

④ 趨金殿：指趕赴宮中早朝皇帝。天書：皇帝的詔書。瑣闈：青瑣門，即宮門。因宮門多刻連環文而塗以青色，故稱。

⑤ 強：勉力。從君：追隨您。無那：無奈。解朝衣：指辭去官職。

【評析】

　　本詩是王維晚年酬贈於給事中郭某的酬和詩。此類應酬性的詩，總是稱讚對方，感慨自身的。這首詩既頌揚了郭給事，同時也表達了王維想辭官隱居的思想。

　　首聯兩句著意寫郭給事的顯達。「洞門高閣」代表宮廷、皇室，「餘暉」恰是皇恩普照的象徵。「桃李陰陰」是說郭給事桃李滿天下，而「柳絮飛」是指那些門生故吏個個飛揚顯達。這樣，上下兩句，形象地描繪出郭給事上受皇恩，下受門生故吏擁戴，突出了他在朝中顯赫的地位。

　　頷聯兩句寫郭給事居官的清廉閒靜。一個「疏」字，一個「稀」字，點染了閒靜的氣氛。「省中啼鳥」表面是寫景，實際上是暗喻郭給事為官有道、政績卓著，使得世道太平、百姓安居，那麼衙門清閒、政務不多也就可以理解了。這雖是諛詞，卻不著一點痕跡，顯示了詩人極佳的語言功底。

　　頸聯兩句直接寫郭給事其人。早晨朝服盛裝，恭恭敬敬地去上朝面君，傍晚捧著皇帝的詔令向下宣達。他那恭謹的樣子，由一個「趨」和一個「拜」字生動地描寫出來了。「晨」、「夕」兩字，則使人感到他時時緊隨皇帝左右，處於一種令人矚目的地位。從全詩結構看，這裏是極揚一筆，為最後點出全詩主旨奠定了基礎。

　　尾聯筆勢急轉，詩人以謙虛恭敬的語氣寫出了自己的願望：我雖想勉力追隨你，無奈年老多病，還是讓我辭官歸隱吧！這是全詩的主旨，集中反映

了詩人的出世思想。

# 積雨輞川莊作

王維

積雨空林煙火遲，蒸藜炊黍餉東菑①。
漠漠水田飛白鷺，陰陰夏木囀黃鸝②。
山中習靜觀朝槿，松下清齋折露葵③。
野老與人爭席罷，海鷗何事更相疑④？

## 【註釋】

① 積雨：久雨。煙火遲：因久雨林野潤濕，故煙火緩升。藜：一種野
　菜，嫩葉可食。黍：穀物名，古時為主食。餉東菑：給在東邊田裏幹
　活的人送飯。菑：已經開墾了一年的田地，此泛指農田。

② 漠漠：形容廣闊無際。陰陰：幽暗的樣子。囀：鳥的宛轉啼聲。

③ 習靜：修養清靜的心性。朝槿：即木槿，錦葵科，落葉灌木，其花朝
　開夕謝。古人常以此物悟人生枯榮無常之理。清齋：指素食。露葵：
　一種多年生宿根性水生蔬菜。

④ 爭席：爭座位。表示彼此融洽無間，不拘禮節。

## 【評析】

　　本詩作於王維晚年隱居輞川藍田時期，是其田園詩的代表作。詩鮮明生
動地描寫了山莊久雨初停後田園濕潤清幽、白鷺飛翔、黃鸝啼鳴的美麗風
光，也抒發了詩人安居鄉野修身養性的閒適自得的情懷。

　　首聯寫田家生活。詩人視野所及，先寫空林煙火，一個「遲」字，不僅
把陰雨天的炊煙寫得十分真切傳神，而且透露了詩人閒散安逸的心境；再寫
農家早炊、餉田以至田頭野餐，展現一系列人物的活動畫面，秩序井然而富
有生活氣息，使人想見農婦田夫那怡然自樂的心情。

頷聯寫自然景色。輞川之夏，百鳥飛鳴，詩人只選了形態和習性迴然不同的黃鸝、白鷺，聯繫著它們各自的背景加以描繪：雪白的白鷺，金黃的黃鸝，在視覺上自有色彩濃淡的差異；白鷺飛行，黃鸝鳴囀，一則取動態，一則取聲音；漠漠，形容水田廣布，視野蒼茫；陰陰，描狀夏木茂密，境界幽深。兩種景象互相映襯，互相配合，把積雨天氣的輞川山野寫得畫意盎然。

　　頸聯寫詩人獨處空山之中，幽棲松林之下，參木槿而悟人生短暫，採露葵以供清齋素食。這情調，在一般世人看來，未免過分孤寂寡淡了。然而早已厭倦塵世喧囂的詩人，卻從中領略到極大的興味，比起那紛紛擾擾、爾虞我詐的名利場，不啻天壤雲泥。

　　尾聯連用兩個典故：一是《莊子·寓言》記載的陽子居去從老子學道，路上旅舍主人歡迎他，客人都給他讓座；學成歸來，旅客們卻不再讓座，而與他「爭席」，說明陽子居已得自然之道，與人們沒有隔膜了。這裏說明詩人已與村夫野老打成一片。一是《列子·皇帝篇》記載：海上有人與鷗鳥相親近，互不猜疑。一天，他父親要他把海鷗捉回家來。他又到海濱時，海鷗便飛得遠遠的，心術不正破壞了他和海鷗的親密關係。這兩個充滿老莊色彩的典故，一正用，一反用，兩相結合，抒寫詩人淡泊自然的心境。


# 蜀　相①

杜甫

丞相祠堂何處尋？錦官城外柏森森②。
映階碧草自春色，隔葉黃鸝空好音③。
三顧頻煩天下計，兩朝開濟老臣心④。
出師未捷身先死，長使英雄淚滿襟⑤。


【註釋】

① 蜀相：三國蜀漢丞相諸葛亮。他輔佐劉備開建蜀國，與魏、吳三分天下，成鼎足之勢。

② 丞相祠堂：即諸葛武侯祠，在成都城南。錦官城：成都的別稱。

③ 自春色：自呈春色。空好音：空作好音。

④ 三顧：指劉備曾三顧茅廬請諸葛亮出山輔佐自己。頻煩：屢次出謀劃策。兩朝開濟：指諸葛亮輔助劉備開創帝業，後又輔佐後主劉禪。

⑤ 出師未捷：指諸葛亮於蜀漢建興十二年（234）率兵北伐，與司馬懿隔渭水對峙，相持百餘日而病死於五丈原軍中。

## 【評析】

本詩是唐肅宗上元元年（760）杜甫剛剛定居成都遊武侯祠時所作，詩人通過描寫蜀相諸葛亮一生功績，表達了自己對諸葛亮才智品德的崇敬和功業未遂的感慨，並讚揚了諸葛亮鞠躬盡瘁、死而後已的精神。

首聯以問答起句，突出感情的起伏不平。一問一答，一開始就形成濃重的感情氛圍，籠罩全篇。上句「丞相祠堂」直切題意，語意親切而又飽含崇敬。「何處尋」，不疑而問，加強語勢，並非到哪裡去尋找的意思。下句中，詩人抓住武侯祠內的這一景物，展現出柏樹那偉岸、蔥鬱、蒼勁、樸質的形象特徵，使人聯想到諸葛亮的精神，不禁肅然起敬。

頷聯仔細描繪武侯祠內的景色。兩句話分別與首聯中的「堂」與「柏」相應，而「自」和「空」字，深寓詩人的感歎，凸顯出祠堂荒涼的景象。同時，這兩句也寫出了祠堂無人憑弔的悲哀。

頸聯濃墨重彩，高度概括了諸葛亮的一生。兩句十四個字，將人們帶到戰亂不已的三國時代，在廣闊的歷史背景下，刻畫出一位忠君愛國、濟世扶危的賢相形象。懷古為了傷今。此時，安史之亂尚未平定，國家分崩離析，人民流離失所，使詩人憂心如焚。他渴望能有忠臣賢相匡扶社稷，整頓乾坤，恢復國家的和平統一。正是這種憂國思想凝聚成詩人對諸葛亮的敬慕之情，在這一歷史人物身上，詩人寄託了自己對國家命運的美好憧憬。

尾聯兩句，詠歎了諸葛亮病死軍中功業未成的歷史不幸。這兩句既是詩人對英雄功績的渴望，同時又是對自己壯志難酬的哀歎。

這首詩可分兩部分，前兩聯憑弔丞相祠堂，從景物描寫中感懷現實，透露出詩人憂國憂民之心；後兩聯詠歎丞相才德，從歷史追憶中緬懷先賢，又

蘊含著詩人對祖國命運的許多期盼與憧憬。全詩蘊藉深厚，寄託遙深，造成深沉悲涼的意境。

# 客　至

杜甫

舍南舍北皆春水，但見群鷗日日來①。
花徑不曾緣客掃，蓬門今始為君開②。
盤飧市遠無兼味，樽酒家貧只舊醅③。
肯與鄰翁相對飲，隔籬呼取盡餘杯④。

## 【註釋】

① 舍：家。指杜甫的成都草堂。
② 花徑：花圃間的小路。緣：因為。蓬門：用蓬草編成的門戶。
③ 飧：熟食。市遠：距集市路遠。兼味：只有一種菜味，言菜少。舊醅：隔年的陳酒。古人好飲新酒，杜甫以家貧無新酒感到歉意。
④ 肯與：能否允許，這是向客人徵詢。呼取：呼著，呼得。餘杯：剩下的酒。

## 【評析】

　　本詩作於上元二年（761）春，時杜甫在成都西郊浣花溪的草堂剛築成。題下有原注：「喜崔明府相過。」詩寫詩人在江村寂寞中喜崔明府來訪，洋溢著濃郁的生活氣息，表現了詩人誠樸的性格和喜客的心情。

　　首聯先從戶外的景色著筆，點明客人來訪的時間、地點和來訪前夕詩人的心境。「舍南舍北皆春水」，把綠水繚繞、春意蕩漾的環境表現得十分秀麗可愛。「皆」字暗示出春江水勢漲溢的情景，給人以江波浩渺、茫茫一片之感。群鷗，在古人筆下常常作水邊隱士的伴侶，它們「日日」到來，點出環境清幽僻靜，為詩人的生活增添了隱逸的色彩。「但見」，含弦外之音：

群鷗固然可愛，而不見其他的來訪者，不是也過於單調麼！詩人就這樣寓情於景，表現了他在閒逸的江村中的寂寞心情。這就為貫串全詩的喜客心情，巧妙地作了鋪墊。

頷聯把筆觸轉向庭院，引出「客至」。詩人採用與客談話的口吻，增強了賓主接談的生活實感。寂寞之中，佳客臨門，一向閒適恬淡的主人不由得喜出望外。這兩句，前後映襯，情韻深厚。前句不僅說客不常來，還有主人不輕易延客之意，今日「君」來，益見兩人交情之深厚，使後面的酣暢歡快有了著落。

以上虛寫客至，頸聯轉入實寫待客。讀者彷彿看到詩人迎客就餐、頻頻勸飲的情景，聽到詩人抱歉酒菜欠豐盛的話語。家常話語聽來十分親切，很容易從中感受到主人竭誠盡意的盛情和力不從心的歉疚，也可以體會到主客之間真誠相待的深厚情誼。字裏行間充滿了款曲相通的融洽氣氛。

「客至」之情到此似已寫足，如果再從正面描寫歡悅的場面，顯然露而無味，然而詩人卻巧妙地以「肯與鄰翁相對飲，隔籬呼取盡餘杯」作結，把席間的氣氛推向更熱烈的高潮。詩人高聲呼喊著，請鄰翁共飲作陪。這一細節描寫，細膩逼真。可以想見，兩位摯友真是越喝酒意越濃，越喝興致越高、興奮、歡快，氣氛相當熱烈。

這首詩把門前景、家常話、身邊情，編織成富有情趣的生活場景，以它濃郁的生活氣息和人情味吸引著後代的讀者。


# 野　望

杜甫

西山白雪三城戍，南浦清江萬里橋①。
海內風塵諸弟隔，天涯涕淚一身遙②。
唯將遲暮供多病，未有涓埃答聖朝③。
跨馬出郊時極目，不堪人事日蕭條④。

【註釋】

①西山：在今四川成都西，主峰終年積雪，因此以「白雪」形容。三城
　　戍：安史之亂起，吐蕃乘虛入寇，松州、維州、保州三城都有重兵駐
　　防，故稱。南浦：指成都南郊外水濱。萬里橋：在成都城南。晉常璩
　　《華陽國志》：「蜀派費禕出使吳國，諸葛亮給他餞行，費禕歎道：『萬
　　里之行，始於此橋。』因以為名。」

②風塵：指安史之亂等變亂。

③涓埃：涓為溪流，埃為輕塵，比喻微末。

④時極目：時刻縱目遠望。

【評析】

　　本詩作於上元二年（761）冬，一說代宗寶應元年（762）冬，時杜甫從
梓州回成都時所作。詩人因野望而生愁，感國破家亡，兄弟離散，天涯漂泊
之悲；近望吐蕃在川西猖獗，遠望安史叛軍在河北縱橫，加之遲暮多病，報
國無門，蒿目時艱，感慨無限。全詩從「望」字著筆，結句點題並與首句呼
應，語言凝練，感情深沉。

　　首聯寫野望時所見西山和錦江，以及詩人由野望之景而觸發的家國和個
人的情思。頷聯由戰亂引出詩人懷念諸弟、自傷流落之情。詩人懷念家國，
不禁「涕淚」橫流。真情實感盡皆吐露，著實令人感動。

　　頸聯由「天涯」、「一身」引出殘年「多病」的淒慘狀況，以及「未有
涓埃答聖朝」的愧疚之意。詩人時年五十，因此說已入「遲暮」之年。想到
自身的狀況，詩人不禁歎息自己無力報答聖朝，其悲哀無奈之情，溢於言
表，也足見他的愛國意識是很強烈的。

　　尾聯最後點出「野望」的方式，並抒發了詩人深沉的憂思。由於當時西
山三城列兵防戍，蜀地百姓賦役負擔沉重，面對這種情況，憂國憂民的詩人
產生了民不堪命、國勢日衰的擔憂。正是由於詩人「跨馬出郊」，「極目」
遠望，才看到了近處的「南浦清江萬里橋」，同時也看到了遠處的「西山白
雪三城戍」。而「三城戍」又使詩人想到了如今的戰亂烽火，「萬里橋」則
使詩人萌生了出蜀的念頭。尾聯兩句既點明了詩人憂家憂國的原因，同時也

深化了全詩的主題。

　　縱觀全詩，詩人從草堂跨馬，外出交遊，原本為了排遣鬱悶。但愛國愛民的感情，卻驅迫他由「望」到的自然景觀引出對國家大事、弟兄離別和個人經歷的種種反思。從這首詩中，我們也可以更深刻地體會到杜甫終生不渝的「憂國憂民」之情。

## 聞官軍收河南河北

杜甫

> 劍外忽傳收薊北，初聞涕淚滿衣裳①。
> 卻看妻子愁何在，漫捲詩書喜欲狂②。
> 白日放歌須縱酒，青春作伴好還鄉③。
> 即從巴峽穿巫峽，便下襄陽向洛陽④。

【註釋】

① 劍外：劍門關以南，蜀地在劍門南，故又代稱蜀地。薊北：即薊州，指河北北部，是安史叛軍的老巢。

② 漫捲詩書：胡亂捲起詩書。詩書：泛指書籍。

③ 放歌：放聲高歌。須：應，要。青春：指明麗的春天的景色。

④ 巴峽：重慶以東的石洞峽、銅鑼峽、明月峽的統稱。

【評析】

　　本詩是唐代宗廣德元年（763）春杜甫在梓州時所作。代宗寶應元年（762）十月至次年春，河南（黃河以南洛陽、相州一帶）、河北（黃河以北，今河北北部一帶）相繼平定，史朝義自縊身亡，從此，延續近八年的安史之亂宣告終結。杜甫是寶應元年因成都發生兵亂逃亡梓州的，當河北平定的大好消息傳到梓州時，他驚喜若狂，頓時寫下了這首震鑠古今的七言律詩。杜甫在這首詩下自注：「余田園在東京。」詩的主題是抒寫忽聞叛亂已平的捷

卷六・七言律詩

報，急於奔回老家的喜悅。

首聯起勢迅猛，恰切地表現了捷報的突然。詩人多年飄泊「劍外」，備嘗艱苦，想回故鄉而不可能，就是由於「薊北」未收，安史之亂未平。如今「忽傳收薊北」，驚喜的洪流，一下子衝開了鬱積已久的情感閘門，令詩人心中濤翻浪湧。「初聞」緊承「忽傳」，「忽傳」表現捷報來得太突然，「涕淚滿衣裳」則以形傳神，表現突然傳來的捷報在「初聞」的一剎那所激發的感情波濤，這是喜極而悲、悲喜交集的真實表現。

頷聯以轉作承，落腳於「喜欲狂」，這是驚喜的更高峰。「卻看妻子」、「漫捲詩書」，這是兩個連續性的動作，帶有一定的因果關係。當詩人悲喜交集，「涕淚滿衣裳」之時，自然想到多年來同受苦難的妻子兒女。而這時詩人卻發現多年籠罩全家的愁雲不知跑到哪兒去了，個個都笑顏逐開，喜氣洋洋。親人的喜反轉來增加了詩人的喜，詩人再也無心伏案了，隨手捲起詩書，大家同享勝利的歡樂。

頸聯就「喜欲狂」作進一步抒寫。詩人時已老年，老年人難得「放歌」，也不宜「縱酒」，如今既要「放歌」，還須「縱酒」，正是「喜欲狂」的具體表現。上句寫「狂」態，下句則寫「狂」想。「青春」指春天的景物，春天已經來臨，在鳥語花香中與妻子兒女們「作伴」，正好「還鄉」。詩人想到這裏，自然就會「喜欲狂」了。

尾聯寫詩人「青春作伴好還鄉」的狂想，身在梓州，而彈指之間，心已回到故鄉。詩人驚喜的感情於洪峰迭起之後捲起連天高潮，全詩也至此結束。這一聯，包含四個地名。「巴峽」與「巫峽」，「襄陽」與「洛陽」，既各自對偶（句內對），又前後對偶，形成工整的地名對。而用「即從」、「便下」綰合，兩句緊連，一氣貫注，又是活潑流走的流水對。再加上「穿」、「向」的動態與兩「峽」兩「陽」的重複，文勢、音調，迅急有如閃電，準確地表現了詩人想像的飛馳，表達了詩人想飛奔回到故鄉的急切心情。

全詩情感奔放，處處滲透著「喜」字，痛快淋漓地抒發了詩人無限喜悅興奮的心情。

# 登 樓

杜甫

花近高樓傷客心，萬方多難此登臨①。
錦江春色來天地，玉壘浮雲變古今②。
北極朝廷終不改，西山寇盜莫相侵③。
可憐後主還祠廟，日暮聊為梁甫吟④。

【註釋】

① 客心：客居者之心。客：詩人自稱。萬方多難：指安史之亂以來，內
   憂外患，無有寧日。

② 錦江：即濯錦江，流經成都的岷江支流。成都出錦，錦在江中漂洗，
   色澤更加鮮明，因此命名濯錦江。這裏以錦江春色象徵朝廷萬古長
   存。玉壘：山名，在四川灌縣西、成都西北。浮雲變古今：浮雲是古
   往今來變化無端的，這裏以玉壘浮雲多變象徵吐蕃反覆無常。

③ 北極：星名，北極星，古人常用以代朝廷。廣德元年（763）十月，
   吐蕃攻陷長安，立廣武郡王承宏為帝，郭子儀很快擊退吐蕃，收復長
   安，代宗還京，所以說「北極朝廷終不改」。西山：指今四川省西
   部，當時和吐蕃交界地區的雪山。寇盜：指入侵的吐蕃軍。廣德元年
   十二月，吐蕃又攻陷西川的松、維、保三州及雲山新築二城，西川節
   度使高適不能救，於是劍南、西山諸州被吐蕃佔領。

④ 後主：劉備的兒子劉禪，三國時蜀國之後主。曹魏滅蜀，他辭廟北
   上，成亡國之君。還祠廟：是詩人感歎連劉禪這樣的昏君竟然還有祠
   廟。梁甫吟：古樂府篇名，相傳諸葛亮隱居未仕時好為《梁甫吟》。

【評析】

　　本詩是代宗廣德二年（764）杜甫從閬州重返成都登城樓之作。此時安
史之亂雖平，吐蕃之禍又起，朝廷日益黑暗，賢才無處容身。詩人感時撫
事，憂心如焚，所以一登樓就發出「萬方多難」的感慨。全詩深刻地抒發了

深沉的愛國感情，也寄寓著詩人難言的身世遭遇，具有極強的藝術感染力。

首聯提挈全篇。「萬方多難」，是全詩寫景抒情的出發點。在這樣一個萬方多難的時候，流離他鄉的詩人愁思滿腹，登上此樓，雖然繁花觸目，詩人卻為國家的災難重重而憂愁、傷感，更加黯然神傷。

頷聯從詩人登樓所見的自然山水描述山河壯觀，「錦江」、「玉壘」是登樓所見。詩人憑樓遠望，錦江流水挾著蓬勃的春色從天地的邊際洶湧而來，玉壘山上的浮雲飄忽起滅，正像古今世事的風雲變幻，詩人聯想到國家動盪不安的局勢。上句向空間開拓視野，下句就時間馳騁遐思，天高地迥，古往今來，形成一個闊大悠遠、囊括宇宙的境界，飽含著詩人對祖國山河的讚美和對民族歷史的追懷，也透露出詩人憂國憂民的無限心事。

頸聯議論天下大勢，正面敘寫「萬方多難」的時局，也是詩人登樓所想。上句「終不改」，反承第四句的「變古今」，意思是說大唐帝國氣運久遠；下句「寇盜」「相侵」，進一步說明第二句的「萬方多難」，針對吐蕃的覬覦寄語相告：「莫再徒勞無益地前來侵擾！」詞嚴義正，浩氣凜然，在如焚的焦慮之中透著堅定的信念。

尾聯兩句，詩人就登樓所見、所想，發表感慨，用語委婉而諷刺深切。這裏，詩人完全是借眼前古跡，慨歎劉禪任用小人而亡國，對代宗寵信宦官程元振、魚朝恩以致釀成萬方多難、盜賊相侵的局面予以尖銳而深刻的諷刺。結句，詩人自傷寂寞，言空懷濟世之心，苦無獻身之路，萬里他鄉，高樓落日，憂慮滿懷，卻只能靠吟《梁甫吟》來聊以自遣。《梁甫吟》這裏代指本詩，暗含自己和諸葛亮一樣期待明主之意。


## 宿　府

杜甫

清秋幕府井梧寒，獨宿江城蠟炬殘①。
永夜角聲悲自語，中天月色好誰看②？
風塵荏苒音書絕，關塞蕭條行路難③。
已忍伶俜十年事，強移棲息一枝安④。

## 【註釋】

① 幕府：軍署。古時軍隊出征施用的帳幕，後來凡是將軍的府署均稱幕府。唐節度使為一方統帥，故稱其府署為幕府。井梧：井邊所植的梧桐。江城：指成都，因錦江繞城而過，故稱。

② 永夜：整夜。角聲悲：軍中號角，因其聲悲涼激厲，故稱。自語：如自言自語似的。中天：半空之中。好誰看：有誰來觀看。

③ 風塵：形容戰亂流離。荏苒：輾轉，時間不斷推移。

④ 伶俜：流離失所。十年事：杜甫飽經喪亂，從天寶十四年（755）安史之亂爆發至寫詩之時，正是十年。強移：勉強移就。一枝：《莊子・逍遙遊》：「鷦鷯巢於深林，不過一枝。」這裏指他在幕府中的參謀一職。

## 【評析】

　　唐代宗廣德二年（764）秋，杜甫在成都嚴武幕府任節度參謀。當時杜甫住在成都城外的浣花溪，距離幕府很遠，只好長期住在府內。他在這裏感到拘束，又受到幕僚的嫉妒和攻擊，再加上身體多病，因此更不安心。在一個寂靜的深夜，他一個人住在府中，聽角聲，望月色，思前想後，很有感觸，因賦此詩。本詩通過描寫秋夜淒清的夜色，抒寫了詩人對國家動亂的憂慮和自身漂泊流離的苦悶。

　　首聯倒裝。按順序說，下句應在前。其中的「獨宿」二字，是一詩之眼。「獨宿」幕府，眼睜睜地看著「蠟炬殘」，其夜不能寐的苦衷，已見於言外。而上句「清秋幕府井梧寒」，則通過環境的「清」、「寒」，烘托心境的悲涼。未寫「獨宿」而先寫「獨宿」的氛圍、感受和心情，意在筆先，起勢峻聳，給人耳目一新之感。

　　頷聯寫「獨宿」的所聞所見。詩人夜不能寐，聽著悲傷的號角聲，望著天空的明月，無人可供傾訴心聲，無法排遣心中鬱悶。詩人以頓挫的句法，吞吐的語氣，活托出一個看月聽角、獨宿不寐的人物形象，恰切地表現了無人共語、沉鬱悲抑的複雜心情。

　　前兩聯寫「獨宿」之景，而情含景中。後兩聯則就「獨宿」之景，直抒

「獨宿」之情。頸聯兩句分別承襲頷聯兩句而來。「永夜角聲悲自語」意味著戰亂未息。詩人獨宿幕府，常想回到故鄉洛陽，卻由於「風塵荏苒」，連故鄉的音信都得不到。「中天月色好誰看」寫詩人遠離故鄉親人，獨自在幕府裏仰望明月，因而產生了重重愁緒，包括「關塞蕭條行路難」之愁。

尾聯照應首聯。首聯中，詩人提到「幕府井梧寒」，說明他並不覺得待在幕府溫暖充實，相反卻感到寒冷淒涼。詩人自安史之亂以來，到處漂泊，生活辛酸。在漂泊的十年間，詩人經歷了太多事情，心情複雜至極，已經無法詳細敘述了，所以用「伶俜十年事」來加以概括，也給讀者留下了廣闊的想像空間，使讀者可以結合詩人的具體經歷馳騁想像。

# 登　高

杜甫

風急天高猿嘯哀，渚清沙白鳥飛回[①]。
無邊落木蕭蕭下，不盡長江滾滾來[②]。
萬里悲秋常作客，百年多病獨登臺[③]。
艱難苦恨繁霜鬢，潦倒新停濁酒杯[④]。

【註釋】

① 猿嘯哀：巫峽多猿，鳴聲極哀，猿啼當風急之時，聽來更哀。鳥飛回：鳥在急風中飛舞盤旋。

② 蕭蕭：風吹落葉的響聲。不盡：形容江波浩渺，奔騰不絕。

③ 萬里：指空間之遼闊，離故鄉之遠。常作客：長期漂泊他鄉。百年：猶言一生，這裏指晚年，暮年。

④ 艱難：兼指國運和自身命運。苦恨：極恨，極其遺憾。繁霜鬢：增多了白髮，如鬢邊著霜雪。繁，這裏作動詞，增多。潦倒：衰頹，失意。這裏指衰老多病，志不得伸。新停：剛剛停止。杜甫晚年因病戒酒，所以說「新停」。

## 【評析】

　　本詩是唐代宗大曆二年（767）秋杜甫在夔州登高之作。當時安史之亂已經結束四年，但地方軍閥又趁勢而起，相互爭奪地盤。而杜甫也因嚴武病逝，失去依靠而從成都輾轉來到夔州，此時他生活困苦，身體也非常不好。這首詩是五十六歲的杜甫在極端困窘的情況下寫成的。全詩通過登高所見的秋江景色，抒發了他身世飄零的感慨和老病孤愁的悲哀。

　　詩的前四句寫登高見聞，景中含情。首聯對起，圍繞夔州的特定環境，用「風急」二字帶動全聯，一開頭就寫成了千古流傳的佳句。夔州向來以猿多著稱，峽口更以風大聞名。秋高氣爽，卻獵獵多風。詩人登上高處，峽中不斷傳來「高猿長嘯」之聲，大有「空谷傳響，哀轉久絕」的意味。詩人移動視線，由高處轉向江水洲渚，在水清沙白的背景上，點綴著迎風飛翔、不住迴旋的鳥群，真是一幅精美的畫圖。這十四個字經過詩人的藝術提煉，字字精當，無一虛設，用字遣詞，「盡謝斧鑿」，達到了奇妙難名的境界。

　　頷聯集中描寫了夔州秋天的典型特徵。詩人仰望茫無邊際、蕭蕭而下的木葉，俯視奔流不息、滾滾而來的江水，在寫景的同時，便深沉地抒發了自己的情懷。「無邊」、「不盡」，使「蕭蕭」、「滾滾」更加形象化，不僅使人聯想到落木窸窣之聲，長江洶湧之狀，也無形中傳達出韶光易逝、壯志難酬的感愴。這兩句對仗工整，描寫景象悲涼沉鬱，表達的感情真切傳神，難怪會有「古今獨步」的「句中化境」之美譽。

　　前兩聯極力描寫秋景，卻未著一個「秋」字，直到頸聯，詩人才通過「萬里悲秋常作客」一句明顯點出了「秋」字。詩人「獨登臺」，目睹眼前蒼涼蕭索的秋景，不禁聯想到自己漂泊異鄉，年老多病，孤獨無助的淒慘處境，於是頓生無限悲愁。

　　尾聯，詩人轉入對個人身邊瑣事的悲歡，與開篇天地雄渾之境形成強烈對比。詩人本是興致盎然地登高望遠，沒想到卻被眼前的景色惹得愁苦萬分，心情矛盾。前三聯給人一種「飛揚震動」的感覺，而尾聯突然以「軟冷收之」，詩人這種寫法，更使人感到一種深深的悲涼、淒慘之情。

　　縱觀全詩，前兩聯寫景，後兩聯抒情。首聯就像一幅工筆畫一樣，將眼前所見的具體景物從形、聲、色、態等各方面進行一一描繪；頷聯則像一幅

寫意畫，將秋天肅殺的氣氛渲染得淋漓盡致，留給讀者廣闊的想像空間；頸聯從時間、空間兩方面進行敘述，寫出了詩人漂泊在外、病苦遲暮的悲傷；尾聯寫詩人白髮日漸增多，疾病逐日加重，終日困頓潦倒，而造成這一切的罪魁禍首卻是艱難紛亂的世事。通過最後兩句，詩人又將自己憂國憂民的情懷表露了出來。

## 閣　夜

杜甫

歲暮陰陽催短景，天涯霜雪霽寒宵①。
五更鼓角聲悲壯，三峽星河影動搖②。
野哭千家聞戰伐，夷歌數處起漁樵③。
臥龍躍馬終黃土，人事音書漫寂寥④。

### 【註釋】

① 陰陽：指日月。催短景：指冬末白晝特別短。霽：指雪停雲散。

② 五更鼓角：天未明時，當地的駐軍已開始活動起來。鼓、角，都是軍中的樂器，用於報時或發號施令。三峽：指瞿塘峽、巫峽和西陵峽。星河：銀河，這裏泛指天上的群星。

③ 野哭：在野外哭泣。戰伐：戰爭，指蜀中爆發的崔旰之亂。永泰元年（765）十月，成都尹郭英义被兵馬使崔旰襲擊，全家遭難。邛州牙將柏茂琳、瀘州牙將楊子琳和劍南牙將李昌夔起兵討伐崔旰，蜀中大亂。夷歌：夔州少數民族人民的山歌。

④ 臥龍：指諸葛亮。《蜀書·諸葛亮傳》：「（徐庶）謂先主曰：『諸葛孔明者，臥龍也。』」躍馬：指公孫述，字子陽，扶風人。西漢末年，天下大亂，他憑蜀地險要，自立為天子，號「白帝」。這裏用晉代左思《蜀都賦》中「公孫躍馬而稱帝」之意。諸葛亮和公孫述在夔州都有祠廟，故詩中提到。且「臥龍」與「躍馬」也對仗。人事：這裏指

自己與朝廷的冷淡關係。音書：指親朋的消息。漫：聽任。

## 【評析】

本詩是大曆元年（766）杜甫寓居夔州西閣時所作。當時西川軍閥混戰不休，吐蕃也不斷侵襲蜀地，而杜甫的好友李白、嚴武、高適等也都先後離世。面對如此淒慘的境遇，詩人百感交集，夜不能寐，寫下了這首詩。詩通過描寫冬夜景色，抒發了自己感時、傷亂、憶舊、思鄉等情感。全詩籠罩著一種悲涼哀傷的氣氛，卻也滲透著詩人的豪情和超然之意，且從中也鮮明地可以看出詩人無時無刻不關心時局變化和民生疾苦的愛國之情。

首聯開門見山，點明時間是在歲暮寒冬。一個「催」字，形象地說明夜長晝短，使人產生歲月催人老之感，既形象又逼真。下句中，「天涯」指詩人當時遠在的夔州，是因為詩人當時有一種飄零淪落天涯之感。

頷聯緊承「寒宵」，寫詩人夜裏的所聞與所見。晴朗的夜空，鼓角聲分外響亮，正是五更天快亮的時候，詩人憂愁難眠，那聲音更顯得悲壯感人。這就從側面烘托出夔州一帶也不太平，黎明前軍隊已在加緊活動。下句的妙處在於：通過對句，詩人把他對時局的深切關懷和三峽夜深美景的欣賞，有聲有色地表現出來，詩句氣勢蒼涼恢廓，音調鏗鏘悅耳，辭采清麗奪目，「偉麗」中深蘊著詩人悲壯深沉的情懷。

頸聯寫詩人在黎明時分的所聞。一聞戰伐之事，就立即引起千家的慟哭，哭聲傳徹四野，景象淒慘。下句中，夷歌指四川境內少數民族的歌謠。「數處」指不只一處。夔州的漁父、樵夫們在四面八方唱起了「夷歌」，這寫出了夔州的地方特色。這兩句把偏遠的夔州的典型環境刻畫得很真實：「野哭」、「夷歌」，一個富有時代感，一個具有地方性。對這位憂國憂民的偉大詩人來說，這兩種聲音都使他倍感悲傷。

尾聯兩句寫詩人極目遠眺夔州西郊的武侯祠和東南的白帝廟而引出的無限感慨。詩人以諸葛亮和公孫述為例，說明一世之雄，無論忠奸賢愚，終將化為黃土，那麼此時自己的這點寂寞又算得了什麼呢？「人事音書漫寂寥」是說人事蕭條與音書斷絕，現在也只能任憑自身寂寞了。這兩句看似是詩人自我排遣，但深入分析，則不難發現，正是此二句寫出了詩人矛盾的心情，

將詩人的憂憤感傷之情表達得淋漓盡致。

## 詠懷古跡五首

杜甫

### 其　一

支離東北風塵際，飄泊西南天地間①。
三峽樓臺淹日月，五溪衣服共雲山②。
羯胡事主終無賴，詞客哀時且未還③。
庾信平生最蕭瑟，暮年詩賦動江關④。

### 其　二

搖落深知宋玉悲，風流儒雅亦吾師⑤。
悵望千秋一灑淚，蕭條異代不同時⑥。
江山故宅空文藻，雲雨荒臺豈夢思⑦？
最是楚宮俱泯滅，舟人指點到今疑⑧。

### 其　三

群山萬壑赴荊門，生長明妃尚有村⑨。
一去紫臺連朔漠，獨留青塚向黃昏⑩。
畫圖省識春風面，環佩空歸月夜魂⑪。
千載琵琶作胡語，分明怨恨曲中論⑫！

## 其　四

蜀主窺吳幸三峽，崩年亦在永安宮[13]。
翠華想像空山裏，玉殿虛無野寺中[14]。
古廟杉松巢水鶴，歲時伏臘走村翁[15]。
武侯祠堂常鄰近，一體君臣祭祀同[16]。

## 其　五

諸葛大名垂宇宙，宗臣遺像肅清高[17]。
三分割據紆籌策，萬古雲霄一羽毛[18]。
伯仲之間見伊呂，指揮若定失蕭曹[19]。
運移漢祚終難復，志決身殲軍務勞[20]。

【註釋】

① 支離：流離。東北：指長安等地。風塵：指安史之亂。西南：指蜀中成都、夔州等地。

② 樓臺：似喻指夔州等地民居的特殊住所。淹日月：指漂泊年月之久。淹：久留。五溪：即湖南境內五個溪族所居之地。這裏指夔州一帶有溪族雜居。共雲山：指和溪族人民生活在一起。

③ 羯胡：指叛唐的安祿山，也是南北朝時叛梁的侯景。杜甫因安史之亂而流離西南，庾信因侯景之亂而滯留北朝。無賴：狡詐。詞客：杜甫自稱，兼指庾信。哀時：杜甫在西南寫了大量哀時的詩篇，庾信在北朝也寫了《哀江南賦》等作品。

④ 庾信：字子山，南陽新野人，初仕梁，侯景亂後奔江陵。梁元帝蕭繹即位江陵，派他出使西魏，被強留西魏、北周達二十七年之久。在梁時，他是宮廷文學侍臣，在北朝後因生活、思想發生深刻變化，他作品的內容、風格也相應發生了變化，晚年常有故國鄉關之思。

⑤搖落：宋玉《九辯》有「悲哉秋之為氣也，蕭瑟兮草木搖落而變衰」
之句。宋玉：戰國時楚人，屈原後輩，是屈原之後的著名楚辭作家。
政治上一生不得意。

⑥蕭條異代不同時：意謂自己雖與宋玉隔開幾代，蕭條之感卻是相同。

⑦江山：這裏指江陵和歸州（今湖北秭歸縣）。故宅：遺留下來的住
宅。江陵和歸州都有宋玉的故宅。空文藻：只留下文采。雲雨荒臺：
指宋玉《高唐賦序》中所敘的巫山神女故事。宋玉和楚襄王「遊於雲
夢之合，望高唐之觀」，宋玉對襄王說：「先王（楚懷王）曾遊高唐，
夢見一婦人，自稱是巫山神女。臨別時說：『妾在巫山之陽，高丘之
岨，旦為行雲，暮為行雨，朝朝暮暮，陽臺之下。』」豈夢思：指「雲
雨荒臺」並非真有其事，而是宋玉設此諷喻襄王。

⑧到今疑：指今天不僅楚王的宮殿無影無蹤，就連宮殿遺址究竟在哪也
弄不清了。

⑨群山萬壑赴荊門：指山勢連綿而下勢如奔赴荊門。明妃：王昭君。

⑩紫臺：紫宮，指漢宮。朔漠：北方的沙漠。

⑪畫圖省識：《西京雜記》載，漢元帝命畫工畫宮女容貌，按圖之美者
召見。因而宮女都爭著賄賂畫工，獨有王昭君以自己貌美不賄賂，畫
工卻把她畫得很醜，因此一直得不到元帝的召見。後來匈奴要求與漢
聯姻，元帝按圖派遣昭君，臨行時元帝召見才發現昭君是宮中第一美
人，但為時已晚，便把畫工毛延壽殺了。省：曾經。識：察看。春風
面：指美貌。環佩：佩玉，女性裝飾品。空歸月夜魂：徒令她的魂魄
月夜歸來，即王昭君不能活著歸漢。

⑫琵琶：據說昭君出塞，常手抱琵琶彈奏思鄉之曲，即後來流傳的《昭
君怨》。

⑬蜀主：指劉備。窺吳：指章武元年（221）七月征東吳之事。幸：臨
幸。崩年：去世那年。永安宮：在夔州，劉備征吳敗回病死於此。

⑭翠華：皇帝旌旗，上面以翠羽裝飾。玉殿：這句原有注云：「殿今為
臥龍寺，廟在宮東。」《清統志》：「夔州昭烈帝廟在奉節縣東。」

⑮巢：動詞，作巢的意思。水鶴：鶴是水鳥，故稱。歲時：每年按季

節。伏臘：古代祭名，伏在夏季六月，臘在冬季十二月。走：奔走，前往祭祀。

⑯ 鄰近：武侯祠屋與先主廟相距很近，武侯祠在先主廟西。

⑰ 宗臣：是為後世所敬仰的大臣。肅清高：是為諸葛亮的清風亮節而肅然起敬。

⑱ 三分割據：指蜀漢與曹魏、東吳三國鼎立。紆：曲折。這裏指費盡心血。籌策：籌謀計畫。雲霄一羽毛：凌霄的飛鳥，比喻諸葛亮絕世獨立的智慧和品德。

⑲ 伯仲之間：兄弟之間。指不相上下。伊：伊尹，商代開國賢臣。呂：呂尚，即薑子牙，周代開國賢臣。若定：胸有成竹，從容不迫。失蕭曹：使蕭曹失色。蕭曹：西漢開國功臣蕭何和曹參。

⑳ 運移：國運改移。漢祚：漢朝帝業。劉備乃西漢中山靖王之後，自稱漢朝正統，故稱。志決身殲：意志堅決，以身殉職。

## 【評析】

大曆三年（768），杜甫離開夔州出三峽，到江陵，途中先後遊覽了宋玉宅、庾信故居、昭君村、永安宮、先主廟、武侯祠等古跡，並寫下了五首詠懷歷史人物的七言律詩，即《詠懷古跡》。在組詩中，詩人讚頌了五位歷史人物的文章學問、心性品德、偉績功勳，並對這些歷史人物淒涼的身世、壯志未酬的人生表示了深切的同情，並寄寓了自己仕途失意、顛沛流離的身世之感，抒發了自身的理想與感慨。組詩語言凝練，氣勢渾厚，意境深遠。

【第一首】詠懷的是南朝大詩人庾信。詩的前半部分哀歎身世之悲，抒發了晚年漂泊的無奈和辛酸。後半部分以羈留北朝的詩人庾信自比，暗含著濃郁的故國之感和鄉關之思。

首聯寫安史之亂起，詩人為避戰亂而漂泊入蜀。「支離」、「漂泊」寫出了詩人顛沛流離、居無定所的不幸遭遇，無限悲苦辛酸盡在其中。頷聯寫詩人流落三峽、五溪，與夷人共處的狀況。頸聯寫安祿山狡詐善變，唐玄宗格外寵倖他，可他卻不知報恩，起兵造反，就像梁朝的侯景那樣。而詩人漂泊他鄉，有家不能回，正如當年的庾信。「詞客哀時且未還」一句即寫庾信由

於侯景叛亂，逃往江陵，然後又出使西魏，被強留在北朝。詩人通過此句以庾信自喻，感慨自己的人生遭遇。尾聯「暮年詩賦動江關」寫庾信晚年處境淒涼，卻創作了大量詩篇來懷念故國，尤以《哀江南賦》最為淒涼悲壯。詩人以庾信自比，暗喻著自己幽深的鄉國之思。

【第二首】詠懷的是戰國時期楚國詩人宋玉。詩的前半部分對宋玉生前不得志深表同情，後半部分為宋玉死後遭人誤解鳴不平。「搖落深知宋玉悲」一句，將詩人對宋玉的無限同情表露無遺。宋玉的名篇《九辯》抒寫的是「貧士失職而志不平」，這與詩人遊歷宋玉故宅時的情懷暗合。而《九辯》是以悲秋發端，詩人當時到江陵也正好是秋天，於是詩人便以「搖落」這一秋天之特徵興起本詩。通過這兩個字，詩人不僅寫出了當時的時節、天氣，更為巧妙地表示了自己對宋玉的瞭解、同情和崇敬。詩人看宋玉的遺跡，想想他悲慘的一生，再想想自己的不幸遭遇，不禁悲傷萬分。然而更為可悲的是，人們只是欣賞宋玉在文學上的才華，只知道其《高唐賦》中說的是楚襄王夢見神女的風流豔事，而不瞭解其中暗含的諷刺之意，從而誤解宋玉，曲解其作品，更別說去瞭解他的志向抱負了。宋玉的含冤受屈令詩人痛心。接著，詩人讚美了宋玉在文學上的巨大成就，以「雲雨荒臺」喻其風流儒雅，堪稱自己的老師。同時，又將楚宮的泯滅與宋玉的文采猶存作對比，突出宋玉對文學的卓越貢獻，表達了詩人深厚的崇敬之情。

【第三首】詠懷的是西漢時期和親匈奴的王昭君。詩人既同情昭君，也感慨自身，因此借詠王昭君來抒寫自己的胸懷。沈德潛說：「詠昭君詩此為絕唱。」

首聯點出昭君村所在的地方。其地址，即在今湖北秭歸縣的香溪，位於和巫峽相連的荊門山中，相傳王昭君在此出生。詩人寫這首詩的時候，正住在夔州白帝城。這是三峽西頭，地勢較高。他站在白帝城高處，東望三峽東口外的荊門山及其附近的昭君村。遠隔數百里，本來是望不到的，但他發揮想像力，由近及遠，構想出群山萬壑隨著險急的江流，奔赴荊門山的雄奇壯麗的圖景。這兩句一下子為王昭君這個弱女子樹立了高大的形象，把她描寫得如高山大川一樣氣勢雄偉，從而肯定了她的一生對國家的貢獻。

頷聯概述了王昭君一生的遭遇，詩人只用這樣簡短而雄渾有力的兩句

詩，就寫盡了昭君一生的悲劇。「一去紫臺連朔漠」描寫了昭君生前的不幸與悲苦。「獨留青塚向黃昏」則敘述昭君死後的寂寞和冷清。一個「連」字，聯結了漢宮和匈奴，聯結了昭君的生地和死地，暗含著昭君離開漢宮、遠嫁匈奴，最後客死異域，獨留青塚的不幸遭遇，營造出一種悲涼淒清的氛圍。

頸聯緊承頷聯，更進一步寫昭君的身世家國之情。上句是說由於漢元帝的昏庸，對后妃宮人們，只看圖畫不看人，把她們的命運完全交給畫工們來擺佈，從而造成了昭君葬身塞外的悲劇。下句寫昭君懷念故國之心，永遠不變，雖骨留青塚，魂靈還會在月夜回到生長她的父母之邦。這句突出了昭君遺恨無窮的悲哀，表達了詩人的悲憤之情和傷悼之意。

尾聯通過寫塞外的琵琶曲調，點明全詩寫昭君「怨恨」的主題。這裏詩人借昭君的「怨恨」寫出了自己漂泊在外、懷念故鄉的心情，將悲歡之情推向極致。

【第四首】詠懷的是三國時劉備和諸葛亮的君臣關係，抒發了自己不受重用、抱負難展的悲怨之情。

首聯追懷往事，回顧歷史。一個「窺」字，既突出了劉備一統天下的雄心壯志，又暗含著詩人對其剛愎自用的批評。「幸」字寫出了劉備出征時的豪邁之氣。「亦」字則表達了詩人對劉備功業未久就身先死的惋惜之情。頷聯回到眼前所見之景。詩人面對著空蕩蕩的山谷和荒涼淒清的野寺，想像當年翠旗招展、萬馬奔騰、大軍浩蕩的氣勢，以及宮殿的雄偉華美。然而所有這一切，如今都已成為過眼雲煙。頸聯進一步描寫眼前所見之景。詩人放眼望去，看到荒涼的古廟中杉木挺立，野鶴在樹上築巢棲息。由此可見，此地被荒廢已經很久了。接著詩人又說，即便是一年中隆重的伏祭和臘祭，也只有一兩個村翁前來祭祀。由此更見此地的荒涼與頹敗。尾聯揭示全詩主旨，稱頌了劉備與諸葛亮「君臣一體」的親密關係，表達了詩人對這種魚水相得的君臣關係的嚮往之情。

本詩用典貼切，巧連古今，將歷史人物的關係與詩人自身的遭遇聯繫起來，形成鮮明對比，極富藝術感染力。

【第五首】詠懷的是三國蜀相諸葛亮。以激情昂揚的筆觸頌揚了諸葛亮的豐功偉績，又表達了對其壯志未酬的同情和歎惋。

首聯開篇即說「諸葛大名垂宇宙」，如異峰突起，筆力雄放。下句中，「宗臣」二字為總領全詩的關鍵。詩人進入祠堂，瞻望諸葛亮遺像，不由肅然起敬，遙想一代宗臣，高風亮節，更添敬慕之情。

崇敬之餘，詩人又追憶了諸葛亮的曠世才能和卓越功績，因而在頷聯中對其一生作出了高度評價。詩人盛讚諸葛亮的人品與伊尹、呂尚不相上下，而胸有成竹，從容鎮定的指揮才能卻使蕭何、曹參為之黯然失色。這樣說，一則表現了對武侯的極度崇尚之情，同時也表現了詩人不以事業成敗持評的高人之見。

尾聯兩句，詩人抱恨漢朝「氣數」已終，長歎儘管有武侯這樣稀世傑出的人物，下決心恢復漢朝大業，但竟未成功，反而因軍務繁忙，積勞成疾而死於征途。這既是對諸葛亮「鞠躬盡瘁，死而後已」高尚品節的讚歌，也是對英雄未遂平生志的深切歎惋。

這首詩，由於詩人以自身肝膽情志吊古，故能滌腸蕩心，浩氣熾情動人肺腑。詩中除了「遺像」是詠古跡外，其餘均是議論，不僅議論高妙，而且寫得極有情韻。

# 江州重別薛六柳八二員外

劉長卿

生涯豈料承優詔，世事空知學醉歌①。
江上月明胡雁過，淮南木落楚山多②。
寄身且喜滄洲近，顧影無如白髮何③！
今日龍鍾人共老，愧君猶遣慎風波④！

【註釋】

① 生涯：生計。承優詔：承蒙皇帝給予優待的詔書。這實際是用反語諷刺。世事空知學醉歌：世情如此，我要醉酒狂歌，也不能解除我心頭的苦悶，更何況權貴更不容許我醉酒狂歌呢！

② 淮南木落:《淮南子·說山》:「見一葉落而知歲之將暮。」這裏指秋天落葉紛下之景。

③ 滄洲近:離海邊很近。南巴屬廣東,臨近南海。滄洲:水邊,這裏指海邊。顧影:自顧形單影隻。無如白髮何:無奈年老何。

④ 龍鍾:衰老的樣子。人共老:指詩人自己與薛六、柳八三人都年邁了。遣:關照,囑咐。風波:比喻生活或命運中所遭遇的不幸或盛衰變遷。

## 【評析】

本詩是劉長卿謫貶南巴(今廣東茂名)在江州告別薛、柳時所作。他生性耿直,總是得罪人,兩位朋友一再勸他注意,因而在這首詩中,他正話反說,抒發胸中不平,運用反語以示諷意,以委婉的方式表達悲憤之情。當然,作為封建仕子,他也不敢直接抨擊當政,其矛盾的心情,溢於言表。此詩突出了詩人倔強直率的性格,也表現了朋友間的真情。

首聯即點出道別的原因。表面上看,詩人深以貶謫為幸,實則激憤難耐。多年不得志,誰料還會得到皇帝的「厚愛」!譏諷之意,不言自明。

頷聯描寫分別地江州的景色,離情別緒全都蘊含其中。「月明」點出時間是在晚上。「胡雁」南飛則襯托了詩人行蹤的漂浮不定。而「木落」則營造出一種蕭瑟淒涼的意境。「楚山多」象徵著一路的艱難險阻。

頸聯點明詩人遭貶謫的地方。「滄洲」這裏不指具體地方,而指靠海的地方。南巴臨近南海,故稱「滄洲近」。一個「喜」字值得玩味。詩人年老被貶,怎麼會心中歡喜呢?其實這裏也是正話反說,是詩人飽含悲苦的自我勸慰。下句直抒胸臆,正面否定上句,說詩人顧影自憐,白髮叢生,卻也無可奈何。此聯一正一反,真實地反映了詩人的滿腔悲憤之情。

尾聯寫詩人與友人的分別,表達了詩人對薛、柳二位友人關懷的感激。既有歎老之意,又感謝二位朋友「慎風波」的關照。「愧君猶遣慎風波」一語雙關,既是指旅途環境的險惡,又比喻官場生涯多風波,顯得意味深長。

# 長沙過賈誼宅

劉長卿

三年謫宦此棲遲，萬古唯留楚客悲①。
秋草獨尋人去後，寒林空見日斜時。
漢文有道恩猶薄，湘水無情吊豈知②？
寂寂江山搖落處，憐君何事到天涯③！

## 【註釋】

① 三年謫宦：賈誼曾貶官長沙三年。棲遲：滯留。楚客：指賈誼。

② 漢文：即漢文帝。有道恩猶薄：指漢文帝是位明君，對賈誼也很器
重，但仍然不能重用他，以致賈誼憂傷早死。湘水：賈誼被貶長沙王
太傅，渡湘水時，作賦吊屈原。

③ 寂寂：落寞的意思。君：既指賈誼，也指詩人自己。到天涯：指被貶
荒遠之地。

## 【評析】

　　本詩是劉長卿被貶南巴尉後路過長沙憑弔賈誼宅時所作的一首懷古詩，
全詩借古喻今，悲人自悲，借對賈誼的不幸遭遇的痛惜，也抒寫自己被貶的
悲憤。

　　首聯寫賈誼「三年謫宦」，只落得「萬古」留悲。詩人明寫賈誼，暗寓
自身遷謫。本聯中，上下句意鉤連相生，呼應緊湊，給人以抑鬱沉重的悲涼
之感。一個「悲」字，直貫篇末，奠定了全詩悽愴憂憤的基調，不僅切合賈
誼的一生，也暗寓了詩人自己遷謫的悲苦命運。

　　頷聯圍繞題中的「過」字，描寫故宅蕭條冷落的景色。「秋草」、「寒
林」、「人去」、「日斜」，渲染出故宅一片蕭條冷落的景色，而在這樣的氛圍
中，詩人還要去「獨尋」，一種景仰向慕、寂寞興歎的心情，油然而生。寒
林日斜，不僅是眼前所見，也是賈誼當時的實際處境，也正是李唐王朝危殆
形勢的寫照。「空見」二字，更將詩人回天乏術、無可奈何的痛苦心情抒寫

得淋漓盡致。

　　頸聯中，詩人由當年賈誼的見疏，隱隱聯繫到自己。上句中，一個「有道」，一個「猶」字，耐人尋味。號稱「有道」的漢文帝，對賈誼尚且這樣薄恩，那麼，當時昏聵無能的唐代宗，對詩人當然更談不上什麼恩遇了。詩人被一貶再貶，沉淪坎坷，也就是必然的了。這就是所謂「言外之意」。詩人將暗諷的筆觸曲折地指向當今皇上，手法是相當高妙的。接著，筆鋒一轉，寫出了這一聯的對句「湘水無情吊豈知」。湘水無情，流去了多少年光。楚國的屈原哪能知道上百年後，賈誼會來到湘水之濱吊念自己；西漢的賈誼更想不到近千年後的劉長卿又會迎著蕭瑟的秋風來憑弔自己的遺址。詩人由衷地在尋求知音，那種抑鬱無訴、徒呼負負的心境，刻畫得十分動情，十分真切。

　　尾聯抒發詩人被放逐天涯的哀惋歎喟。前往所寫之景，正是詩人活動的典型環境，也象徵著當時國家的衰敗局勢，與第四句的「日斜時」映襯照應，加重了詩篇的時代氣息和感情色彩。「憐君」，不僅是憐人，更是憐己。這一句則是對強加在他們身上的不合理現實的強烈控訴。讀到這故為設問的結尾，彷彿看到了詩人抑制不住的淚水，聽了一聲聲傷心哀惋的歎喟。


## 自夏口至鸚鵡洲夕望岳陽寄元中丞①

劉長卿

> 汀洲無浪復無煙，楚客相思益渺然②。
> 漢口夕陽斜度鳥，洞庭秋水遠連天③。
> 孤城背嶺寒吹角，獨樹臨江夜泊船④。
> 賈誼上書憂漢室，長沙謫去古今憐⑤！

【註釋】

① 夏口：唐鄂州治所，今屬湖北武漢，在長江南岸。岳陽：今湖南岳陽市，位於洞庭湖東岸。元中丞：名不詳。中丞是御史中丞的簡稱。

「元」或作「源」、「阮」。

② 汀洲：水中沙洲，這裏指鸚鵡洲。楚客：客居楚地之人，是詩人自
　　稱。渺然：遙遠的樣子。

③ 漢口：在長江北岸，與武昌隔江相望，正當漢水流入長江處，故名。
　　夕陽斜度鳥：指太陽落山時，鳥也斜度漢口歸巢。

④ 孤城：指漢陽城。背嶺：指背著大別山。

⑤ 賈誼上書：賈誼向漢文帝上《治安策》，指出當時有「可為痛哭者一，
　　可為流涕者二，可為長太息者六」。

## 【評析】

　　本詩亦是劉長卿被貶南巴途中觸景感懷之作。全詩著力寫景，且處處切
題，以「汀洲」呼應「鸚鵡洲」，以「漢口」照應「夏口」，以「孤城」回
應「岳陽」。詩尾寄情於景，抒發了詩人因遭到貶謫而產生的愁緒和孤單寂
寞之感。

　　首聯寫詩人為身邊景物所觸動，而想到貶於洞庭湖畔岳陽的友人，通過
寫江上的「浪」和「煙」來寄託對友人的思念之情，也抒發了無邊的愁緒。
頷聯寫詩人遠眺漢口，落日的餘暉斜射過來，由遠及近，詩人不禁聯想起友
人所居之地洞庭湖邊的景觀。「夕陽度斜鳥」寫時間已晚，無法到達；「秋
水遠連關」寫地域遙遠，只能相思，不得相過。頸聯寫眼前景物。詩人隔江
而望，漢陽城背倚龜山，秋風蕭瑟，角聲幽泣。尾聯中，詩人將元中丞比作
賈誼，其實也是自喻，意在說明三人遭遇了同樣的不幸。

　　全詩寫景抒情渾然一體，詩人將斜度鳥、夕陽、秋水、孤城、獨樹、夜
角等旅途意象巧妙結合起來，寓情於景，抒發了寂寞、悲苦、悲涼的情緒，
同時對與自己同病相憐的元中丞表示了同情和安慰。

# 贈闕下裴舍人①

錢起

二月黃鶯飛上林，春城紫禁曉陰陰②。
長樂鐘聲花外盡，龍池柳色雨中深③。
陽和不散窮途恨，霄漢長懸捧日心④。
獻賦十年猶未遇，羞將白髮對華簪⑤。

## 【註釋】

① 闕下：即宮闕之下，指帝王所居之地。舍人：即中書舍人。

② 上林：指上林苑，漢武帝時據舊苑擴充修建的御苑，此處泛指宮苑。
春城：指春天的京城長安。紫禁：皇宮，因皇宮像紫微星，故稱。

③ 長樂：漢宮名，這裏指唐宮。龍池：唐玄宗登位前王邸中的一個小
湖，後王邸改為興慶宮，玄宗常在此聽政，日常起居也多在此。

④ 陽和：春氣和暖，這裏喻天子佈施恩澤。散：驅散，消散。霄漢：高
空，天上。捧日：喻報效皇帝。

⑤ 獻賦：西漢時司馬相如向漢武帝獻賦而被進用，後為許多文人效仿，
此指參加科舉考試。遇：遇時，指被重用。華簪：古人戴帽，為使帽
子固定，便用簪子連帽穿結於髮髻上。有裝飾的簪，就是華簪，是達
官貴人的冠飾。

## 【評析】

　　這是一首投贈詩，是詩人落第期間所作。詩贈給顯官裴舍人，弦外之
音，是希望裴舍人給予援引。此詩以其用景色隱含的請求提攜之意，和不落
窠臼的恭維手段而聞名。在詩中，詩人含蓄地讚頌了裴舍人，並委婉地陳述
了自己的心事。

　　首聯和頷聯四句，詩人並未切入正題，而似不經意地描繪了一幅豔麗的
宮苑春景圖。這四句詩，寫的都是皇宮苑囿殿閣的景色，然而並不是為寫景
而寫景，它的目的，是在「景語」中烘托出裴舍人的特殊身份地位。由於裴

舍人追隨御輦，侍從宸居，就能看到一般官員看不到的宮苑景色。當皇帝行幸到上林苑時，裴舍人看到上林苑的早鶯；皇帝在紫禁城臨朝時，裴舍人又看見皇城的春陰曉色；裴舍人草詔時，更聽到長樂宮舒緩的鐘聲；而龍池的柳色變化及其在雨中的濃翠，自然也是裴舍人平日所熟知的。四種景物都若隱若現地使人看到裴舍人的影子。可見，雖然沒有一個字正面提到裴舍人，但實際上句句都在恭維裴舍人。恭維十足，卻又不露痕跡，可見手法高妙。

　　頸聯筆鋒一轉，寫到請求援引的題旨上。上句是說：雖有和暖的太陽，畢竟無法使自己的窮途落魄之恨消散。下句是說：但我仰望天空，還是時時刻刻傾向著太陽（指當朝皇帝），意指自己有一顆為朝廷做事的衷心。

　　尾聯中，詩人接著說：十年來，我不斷向朝廷獻上文賦（指參加科舉考試），可惜都沒有得到知音者的賞識。下句說：如今連頭髮都變白了，看見插著華簪的貴官，我不能不感到慚愧。意思說得很清楚，但言語含蓄，保持了一定的身份。

　　這首詩通篇表示了一種恭維、求援之意，卻又顯得十分隱約曲折，絲毫不覺庸俗，由此可見詩人藝術技巧的嫻熟。


## 寄李儋元錫①

韋應物

去年花裏逢君別，今日花開又一年。
世事茫茫難自料，春愁黯黯獨成眠②。
身多疾病思田里，邑有流亡愧俸錢③。
聞道欲來相問訊，西樓望月幾回圓④。


【註釋】

①李儋：字元錫，武威（今甘肅武威）人，曾任殿中侍御史，與韋應物友善，唱和極多。

②黯黯：黯淡失色的樣子。

③思田里：想念田園鄉里，即想到歸隱。邑有流亡：指在自己管轄的地區內還有百姓流亡。愧俸錢：感到慚愧的是自己食國家的俸祿，而沒有把百姓安定下來。

④問訊：探望。

## 【評析】

本詩是韋應物晚年在滁州刺史任上的作品，約寫於唐德宗興元元年（784）春天，描述了韋應物與友人在長安分別之後的思念之情。

詩寫對李儋的熱切懷念，並盼望他早日來西樓重聚。詩中也反映了詩人對人民疾苦出自內心的同情，曾獲得後世詩人的高度評價。詩人以淡筆表深情，語氣自然，從懷友起，又以懷友之意結，首尾呼應，親切感人。

首聯以花期為標誌，寫去年花開時節詩人與友人分別，不知不覺中，春花再放，分別已有一年。花開時節是思念故人的時節。詩人以景入情，暗歎時光易逝，也表現出與友人分別後對境況變化的感慨。

頷聯中，詩人寫了世事紛亂和自己的愁悶苦惱。「世事茫茫」是指國家的前途，也包含個人的前途。當時長安尚為朱泚盤踞，皇帝逃難在奉先，消息不通，情況不明。這種形勢下，他只得感慨自己無法料想國家及個人的前途，覺得茫茫一片「春愁黯黯」。「難自料」承接「又一年」，寫蒼茫世事中命運的難料。「獨成眠」承接「逢君別」，表明詩人與友人分別後的孤單。

頸聯中，詩人具體寫自己的思想矛盾。正因為他有志而無奈，所以多病更促使他想辭官歸隱，但因為他忠於職守，看到百姓貧窮逃亡，自己未盡職責，於國於民都有愧，所以他不能一走了之。在這樣進退兩難的矛盾苦悶處境下，詩人十分需要友情的慰勉。這兩句體現了詩人的責任感與愛民心，也寫出了亂世為官的無奈。

尾聯中，詩人感激朋友的問候，並表達了期盼朋友前來探望的願望。

全詩感情細膩動人，體現了朋友間的深摯情意。

# 同題仙遊觀<sup>①</sup>

韓翃

仙臺初見五城樓，風物淒淒宿雨收<sup>②</sup>。
山色遙連秦樹晚，砧聲近報漢宮秋<sup>③</sup>。
疏鬆影落空壇靜，細草香閑小洞幽<sup>④</sup>。
何用別尋方外去，人間亦自有丹丘<sup>⑤</sup>。

【註釋】

① 仙遊觀：在今河南嵩山逍遙谷內。唐高宗為道士潘師正所建。

② 仙臺：指仙遊觀前的壇臺。五城樓：《史記·封禪書》記方士曾言：「黃帝時為五城十二樓以候神人。」這裏借指仙遊觀。風物：風景。淒淒：或作「淒清」，淒涼冷清。

③ 秦樹：秦地的樹。砧聲：擣衣聲。漢宮：指唐宮。

④ 壇：祭神用的臺子，多用土石等建成。閑：或作「閒」。

⑤ 方外：世外。丹丘：指仙境，晝夜長明，這裏指仙遊觀。

【評析】

　　這是一首遊覽題詠之作，描繪了雨後仙遊觀高遠開闊、清幽雅靜的景色，盛讚道家觀宇勝似人間仙境，表現了詩人對道家修行生活的企慕。此詩通過對景物的藝術再現，表達了詩人心境的空靈和出世之念。

　　首聯點明時間、地點，並描寫了天氣狀況：宿雨初晴、風物蕭瑟。首句以傳說中的神仙居處「五城樓」代指仙遊觀，可見詩人對仙遊觀印象頗佳。

　　頷聯著意描繪仙遊觀秋夜之景：茫茫夜色中，山色與秦地的樹影遙遙相接，擣衣聲彷彿在宣告漢宮步入秋季。

　　頸聯寫觀內景物：疏疏落落的青松投下縱橫的樹影，道壇上空寂寧靜，細草生香，洞府幽深。詩人先寫高處「空壇」的靜，後寫低處「小洞」的幽，點明是道士居處，形象地展現了仙遊觀寧靜嫻雅的景色。

　　尾聯直抒胸臆，稱讚仙遊觀是神仙居處的丹丘妙地，不用再去尋覓他方

了，表達了詩人對閒適生活的嚮往。

# 春　思

皇甫冉

鶯啼燕語報新年，馬邑龍堆路幾千<sup>①</sup>。
家住層城臨漢苑，心隨明月到胡天<sup>②</sup>。
機中錦字論長恨，樓上花枝笑獨眠<sup>③</sup>。
為問元戎竇車騎，何時返旆勒燕然<sup>④</sup>？

## 【作者簡介】

　　皇甫冉（約717—770），字茂政，潤州丹陽（今江蘇丹陽）人。天寶十五年（756）進士，調無錫尉。大曆初，入河南節度使王縉幕任掌書記。官終拾遺左補闕。其詩清逸俊秀，意境明朗，渾然天成，音韻流暢，多寫離亂漂泊、宦遊隱逸、山水風光。《全唐詩》存其詩二卷。

## 【註釋】

① 馬邑：秦所築城名，在今山西朔縣西北。龍堆：在今新疆天山南路，處於沙漠地帶，地接玉門關，古時通西域要道。

② 層城：指長安。京城有內外兩層，故稱。

③ 機中錦字論長恨：竇濤為前秦秦州刺史，後被貶龍沙。其妻蘇蕙能文善思，給丈夫寄去織在錦上的回文旋圖詩，訴說綿綿的相思。那首詩共八百四十字，縱橫反覆皆通文意。

④ 元戎：主將。竇車騎：指東漢名將竇憲。為車騎將軍，大破匈奴，於是溫犢等八十一部來降。竇憲登燕然山，刻石勒功，紀漢威德，班師而還。返旆：撤軍，班師。

## 【評析】

　　本詩從閨婦的角度抒寫春怨，抒發了萬千思婦期望戰事早日結束，征夫能功成名就歸來的美好心願，並暗藏了詩人對戰爭的厭惡和憤恨。

　　首聯點題。上句點「春」，下句點「相思」。新年臨近，又是一春，到處「鶯啼燕語」，一派美麗祥和之景，可閨中思婦卻無意賞春，她的全部心思都在「馬邑龍堆」的丈夫身上。「路幾千」點出相距之遙遠，透露出思婦的無奈和思念。

　　頷聯進一步抒寫相思之情，點明思婦和征夫分別在長安和邊塞。身在長安的思婦思念遠在邊塞的征夫，她的心早已隨著明月飛到了邊塞駐地，可見其思心之切。

　　頸聯借用典故和擬人手法寫春情離恨。「機中錦字」引用的是竇滔、蘇蕙夫妻的典故，詩人以蘇蕙織《璇璣圖》所表達的對丈夫的相思來比喻閨中思婦對征夫的思念，可謂十分精當。下句將「花枝」擬人化，稱花枝也笑話思婦的「獨眠」，這間接抒發了思婦心中的孤獨怨恨之情。

　　尾聯直接抒情。詩人借東漢車騎將軍竇憲的事蹟，故意反問征夫何時功成返鄉。這體現了妻子對丈夫建功立業的期盼，也表達了與丈夫早日團圓的美好心願。反問的形式將思婦的迫切和關懷之情體現得淋漓盡致。

## 晚次鄂州[①]

盧綸

雲開遠見漢陽城，猶是孤帆一日程。
估客晝眠知浪靜，舟人夜語覺潮生[②]。
三湘愁鬢逢秋色，萬里歸心對月明[③]。
舊業已隨征戰盡，更堪江上鼓鼙聲[④]！

## 【註釋】

① 晚次：晚上停船。鄂州：唐時屬江南道，治所在今湖北的武昌。

② 估客：商賈。舟人：船夫。舟人夜語覺潮生：因為潮生，故而船家相呼，眾聲雜作。

③ 愁鬢逢秋色：這裏的鬢髮已衰白，故也與秋意相應。是說衰鬢承受著秋色。愁鬢：或作「衰鬢」。

④ 舊業：舊時的田園廬舍。鼓鼙：軍用大鼓和小鼓，這裏泛指軍鼓。

## 【評析】

盧綸在本詩題下原注是「至德（756—758）中作」，時當安史之亂前期。由於戰亂，盧綸被迫由北南逃，浪跡異鄉。途中路過三湘，次於鄂州，寫了下這首詩。本詩通過對秋江淒清夜色的描繪，抒寫了詩人長期漂泊，急切思歸的苦悶情懷，表達了詩人渴望安定統一、和平安居的美好願望。

首聯點題，寫「晚次鄂州」的心情，但不露痕跡。濃雲散開，江天晴明，舉目遠眺，漢陽城依稀可見，一種喜悅的心情流露而出。詩人在戰亂中風波漂泊，對行旅生涯早已厭倦，巴不得早些得個安憩之所。因此，一到雲開霧散，見到漢陽城時，怎能不喜？下句詩人筆鋒突轉，說因為「遠」，還不可及，船行尚需一天。這樣，今晚就不得不在鄂州停泊了。「猶是」兩字，突顯詩人感情的驟落。一個「孤」字，流露出詩人旅途中的寂寞情緒。

頷聯寫「晚次鄂州」的景況，描繪舟中情景。詩人簡筆勾勒船艙中百無聊賴的生活，寫的是船中常景，然而筆墨中卻透露出他晝夜紛亂的思緒。

頸聯借景抒懷，抒發了詩人的身世飄零之感和徹骨的思鄉之情。一個「逢」字，將詩人的萬端愁情與秋色的萬般淒涼聯繫起來，移愁情於秋色，妙合無垠。一個「對」字，把有心與無情結為一體，意境深遠。而上句的「秋」與下句的「心」正好合成一個「愁」字，可見詩人構思巧妙。

尾聯兩句，詩人直陳心中感慨，寫有家不可歸，只得在異域他鄉顛沛奔波的原因。這二句，把憂心愁思更加地深化了：田園家計，事業功名，都隨著不停息的戰亂喪失殆盡，而烽火硝煙未滅，江上仍然傳來干戈鳴響，戰鼓聲聲。詩人雖然遠離了淪為戰場的家鄉，可是他所到之處又無不是戰雲密佈，這就難怪他愁上加愁了。這最後兩句，把思鄉之情與憂國愁緒結合起來，使此詩具有更大的社會意義。

# 登柳州城樓寄漳、汀、封、連四州①

柳宗元

城上高樓接大荒，海天愁思正茫茫②。
驚風亂颭芙蓉水，密雨斜侵薜荔牆③。
嶺樹重遮千里目，江流曲似九回腸④。
共來百越文身地，猶自音書滯一鄉⑤。

## 【註釋】

① 柳州：今廣西柳州。漳：漳州，今福建漳州。汀：汀州，今福建長
汀。封：封州，今廣東封開。連：連州，今廣東連州。

② 大荒：極遠之地。海天愁思：愁思像海天一樣深廣。

③ 驚風：猛烈的風。颭：吹動。薜荔：一種蔓生植物，也稱木蓮。

④ 重遮：層層遮住。千里目：這裏指遠眺的視線。九回腸：腸子回環地
盤在腹中。這裏是以柳江彎曲之多，象徵詩人愁思的纏結，思念戰友
的殷切。

⑤ 百越文身地：指南方少數民族地區。百越：當今浙江、福建、廣東、
廣西、臺灣五省之地。越本是南方最大的一個民族之名，因這一地帶
許多民族雜居在一起，後來便用作五嶺以南地區的統稱。文身：古代
南方少數民族有在身上刺花紋的風俗。文：通「紋」，用作動詞。猶
自：仍然是。自：語氣助詞。

## 【評析】

　　唐順宗永貞元年（805），柳宗元與韓泰、韓曄、陳諫、劉禹錫等參加王
叔文領導的革新運動失敗，同時被貶。十年後又同時被召還京，但由於權貴
的讒害，柳宗元貶柳州，韓泰貶漳州，韓曄貶汀州，陳諫貶封州，劉禹錫貶
連州。本詩是元和十年（815）柳宗元初到柳州登上城樓懷念劉禹錫等四位
戰友之作，他們的際遇相同，休戚相關，因而全詩中表現出一種真摯的友
誼，雖天各一方，卻有無法自抑的相思之苦。

首聯描寫的是詩人登上城樓後所見之景，屬破題之筆。上句「城上高樓」，於「樓」前著一「高」字，立身愈高，所見愈遠。詩人長途跋涉，好不容易才到柳州，卻急不可耐地登上高處，為的是要遙望戰友們的貶所，抒發難以明言的積懷。「海天愁思正茫茫」不只寫詩人個人，而實際也暗寫他們五人共有的心境，他們是為了同一政治理想而奮鬥，患難相依、生死與共的戰友。

　　頷聯寫的是柳州的夏天氣候，很像一幅南方夏日的風景畫。詩人由遠及近，特意選取帶有象徵意義的「芙蓉」和「薜荔」展開描寫。芙蓉和薜荔是象徵之物，象徵人格的美好與高潔。芙蓉出水，本於風無礙，但「驚風」仍然要將之摧毀；薜荔滿牆，「密雨」本難侵入，但「密雨」偏要對其斜侵，這象徵著豪強勢力對革新派的殘酷迫害，對革新事業的瘋狂摧殘。

　　頸聯寫詩人於風雨之中所見遠景。那崇山峻嶺，密林修樹，遮住詩人的眼睛不能遠望，正象徵惡勢力把他和戰友分隔千里。那迂回曲折、奔騰起伏的柳江水，正象徵他思念戰友的九曲回腸。此聯景中寓情，愁思無限。

　　尾聯從前聯生發而來，除表現關懷好友處境卻望而不見的惆悵之外，還有更深一層的意思：望而不見，自然想到互訪或互通音問。而望陸路，則山嶺重疊，望水路，則江流紆曲，不要說互訪不易，即互通音訊，也十分困難。這就很自然地要歸結到「音書滯一鄉」。然而就這樣結束，文情較淺，文氣較直。詩人的高明之處在於他先用「共來百越文身地」一墊，再用「猶自」一轉，才歸結到「音書滯一鄉」，便收到了沉鬱頓挫的藝術效果。而「共來」一句，既與首句中的「大荒」照應，又統攝題中的「柳州」與「漳、汀、封、連四州」。一同被貶謫於大荒之地，已經夠痛心了，還彼此隔離，連音書都無法送到！

　　讀詩至此，餘韻嫋嫋，餘味無窮，而題中的「寄」字之神，也於此曲曲傳出。可見詩人用筆之妙。

# 西塞山懷古①

劉禹錫

王濬樓船下益州，金陵王氣黯然收②。
千尋鐵鎖沉江底，一片降幡出石頭③。
人世幾回傷往事，山形依舊枕寒流④。
從今四海為家日，故壘蕭蕭蘆荻秋⑤。

## 【註釋】

①西塞山：位於今湖北省黃石市，又名道士洑磯，山體突出到長江中，因而形成長江彎道，站在山頂猶如身臨江中。它是長江中游的要塞之一，三國時，這一帶是吳國西境的重要江防前線。

②王濬：字士治，弘農人，益州刺史。樓船：高大的船。益州：今四川成都。金陵：今江蘇南京，當時是吳國的都城。王氣：帝王之氣。

③尋：古代以八尺為尋。千尋：極言其長。降幡：投降的旗幟。石頭：石頭城，即金陵城。

④枕：靠著。寒流：指長江的流水。

⑤四海為家日：指全國統一。故壘：舊時堡壘。指當年吳國防守晉軍水師東下的工事的遺跡。蕭蕭蘆荻：指蘆荻在寒風中搖動的聲音。

## 【評析】

　　唐穆宗長慶四年（824），劉禹錫由夔州刺史轉調和州刺史，在沿江東下赴任的途中，經西塞山時，觸景生情，撫今追昔，寫下了這首感慨歷史興亡的懷古詩。詩中描寫了西晉滅吳的史實，點出了建都金陵的幾個朝代的興亡，希望喚起人們的注意，吸取歷史的教訓，暗含了對國家統一的渴望。

　　西晉太康元年（280），晉武帝司馬炎命王濬率領以高大的戰船「樓船」組成的水軍，順江而下，討伐東吳。首聯即引出這個史實。寫「樓船下益州」，「金陵王氣」便黯然消失。益州金陵，相距遙遙，一「下」即「收」，表明速度之快。兩字對舉就渲染出一方是勢如破竹，一方則是聞風喪膽，強

弱懸殊,高下立判。

　　頷聯順勢而下,直寫戰事及其結果。東吳的亡國之君孫皓,憑藉長江天險,並在江中暗置鐵錐,再加以千尋鐵鏈橫鎖江面,自以為是萬全之計,誰知王濬用大筏數十,沖走鐵錐,以火炬燒毀鐵鏈,結果順流鼓棹,徑造三山,直取金陵。此聯形象地概括了這一史實。詩人選取西晉滅吳這一史實既表明了國家統一之必然,又闡發了世事興廢決定於人的思想。

　　後兩聯抒發感慨。頸聯點出西塞山之所以聞名,是因為曾是軍事要塞。而今山形依舊,可是人事全非。這一聯拓寬了詩的主題。「寒」和結句的「秋」相照應。

　　尾聯中,詩人宕開一筆,直寫「今逢」之世:往日的軍事堡壘,如今已經荒廢在一片秋風蘆荻之中。而這殘缺荒涼的遺跡,便是六朝覆滅的見證,便是分裂失敗的象徵,也是「從今四海為家日」、江山一統的結果。懷古慨今,結束了全詩。

　　全詩借古諷今,沉鬱感傷,但繁簡得當,直點現實。詩人把史、景、情完美地揉合在一起,使得三者相映相襯,相長相生,營造出一種含蘊半瞻的蒼涼意境,給人以沉鬱頓挫之感。

<h1 style="text-align:center">遣悲懷三首</h1>

元稹

<h2 style="text-align:center">其　一</h2>

謝公最小偏憐女,自嫁黔婁百事乖①。
顧我無衣搜藎篋,泥他沽酒拔金釵②。
野蔬充膳甘長藿,落葉添薪仰古槐③。
今日俸錢過十萬,與君營奠復營齋④。

## 其　二

昔日戲言身後意，今朝都到眼前來⑤。
衣裳已施行看盡，針線猶存未忍開⑥。
尚想舊情憐婢僕，也曾因夢送錢財⑦。
誠知此恨人人有，貧賤夫妻百事哀⑧。

## 其　三

閑坐悲君亦自悲，百年都是幾多時⑨。
鄧攸無子尋知命，潘岳悼亡猶費詞⑩。
同穴窅冥何所望？他生緣會更難期⑪。
唯將終夜長開眼，報答平生未展眉⑫。

【註釋】

① 謝公：指東晉宰相謝安，他最偏愛任女謝道韞。或指謝奕，謝道韞之
　父。韋叢父親韋夏卿官至太子少保，死後追贈左僕射，韋叢是他的小
　女兒，所以這裏以謝道韞作比。黔婁：春秋時齊國貧窮的高士。這裏
　是詩人自比。乖：違反，不順心。

② 顧：看見。藎篋：竹或草編的箱子。泥：軟纏，以柔言央求索物的意
　思。拔金釵：指從頭上拔下金釵換錢給丈夫買酒。

③ 甘：甜。這裏作動詞，吃得香甜的意思。藿：豆葉，嫩時可食。豆科
　植物枝蔓很長，故稱。落葉添薪仰古槐：指靠古槐落葉當柴。

④ 營奠：備辦祭品。營齋：請僧道為韋叢超度靈魂。

⑤ 身後意：死後的事。意：或作「事」。

⑥ 行看盡：眼看將要完了。行：將。

⑦ 因夢送錢財：指詩人積思成夢，夢醒後焚燒紙錢以慰亡妻，廣施錢財
　以積善德。

⑧誠知：的確知道。此恨：指夫妻間的死別。

⑨百年：短促一生的代稱。

⑩鄧攸：字伯道，西晉末河東太守。《晉書‧鄧攸傳》載，永嘉末年戰亂中，他捨子保姪，後終無子。當時人有「天道無知，使伯道無兒」之歎。尋知命：然後才知道這是命運。潘岳：字安仁，西晉文學家，妻死，作《悼亡詩》三首。

⑪同穴：指夫妻死後合葬一穴。窅冥：幽暗的樣子。何所望：有什麼希望。他生緣會：指來世再做夫妻。難期：難設想，指難以實現。

⑫終夜常開眼：指整夜不寐。這裏是詩人表示誓不再娶之意。未展眉：指韋氏生前常因生活貧困而愁苦。

## 【評析】

　　這組詩是元稹追悼原配韋叢之作。德宗貞元十八年（802），元稹與韋叢結婚，婚後生活比較貧苦，但韋叢很賢慧，毫無怨言，夫妻感情很好。七年後，韋叢不幸病逝，年僅二十七歲。元稹悲痛萬分，陸續創作了三十三首悼念亡妻的詩歌，足見其用情至深。這三首詩約作於元和六年（811），時元稹在監察御史分務東台任上。

　　這三首詩重在傷悼，詩人取「報恩」為切入點，先回顧與韋叢婚後的艱苦生活，以明「貧賤夫妻」間深厚的感情，從而引出對妻子的愧疚之情，再托出報答之意而反覆詠歎之。詩人著意強調的是人類生命過程中一種常見的悲劇性——願望與可能之間的時空錯位。這組詩以淺近通俗的語言，娓娓動人的描繪，成為元稹悼亡詩中最為世人所傳誦的三首。

　　【第一首】詩人追憶妻子生前的艱苦處境和夫妻情愛，並抒寫自己的抱憾之情。首聯引用典故，以東晉宰相謝安最寵愛的侄女謝道韞借指韋氏，以戰國時齊國的貧士黔婁自喻，暗指妻子與自己成親是委身下嫁。「百事乖」指任何事都不順遂，這是對韋氏婚後七年間艱苦生活的簡括，用以領起中間兩聯。

　　頷聯和頸聯意謂：看到我沒有可替換的衣服，就翻箱倒櫃去搜尋；我身邊沒錢，死乞活賴地纏她買酒，她就拔下頭上的金釵去換錢。平常家裏只能

用豆葉之類的野菜充饑，她卻吃得很香甜；沒有柴燒，她便靠老槐樹飄落的枯葉以作薪炊。這幾句用筆乾淨，既寫出了婚後「百事乖」的艱難處境，又能傳神寫照，活畫出賢妻的形象。這四個敘述句，句句浸透著詩人對妻子的讚歎與懷念的深情。

尾聯兩句，彷彿詩人從出神的追憶狀態中突然驚覺，發出無限抱憾之情：而今自己雖然享受厚俸，卻再也不能與愛妻一道共用榮華富貴，只能用祭奠與延請僧道超度亡靈的辦法來寄託自己的情思。「復」寫出這類悼念活動的頻繁。這兩句，出語雖然平和，內心深處卻是極其淒苦的。

【第二首】詩人延續了第一首詩結尾處的悲傷情緒，通過幾件日常生活中引起哀思的小事，著意寫妻子死後的「百事哀」。

首聯中，「戲言」二字包含了詩人的無限辛酸。想當年，日子雖然貧困，但夫妻和睦恩愛，也曾閒聊過「身後事」，但當時都很年輕，只是玩笑而已。而如今，「戲言」成了現實，詩人痛失愛妻，恩愛不再，其內心失落酸楚可想而知。

人已仙逝，而遺物猶在。為了避免見物思人，便將妻子穿過的衣裳施捨出去。將妻子做過的針線活仍然原封不動地保存起來，不忍打開。詩人想用這種消極的辦法封存起對往事的記憶，而這種做法本身恰好證明他無法擺脫對妻子的思念。

還有，每當看到妻子身邊的婢僕，也引起自己的哀思，因而對婢僕也平添一種哀憐的感情。白天事事觸景傷情，夜裏積思成夢，夢後心跡難平，焚燒紙錢以慰亡妻，廣施錢財以積善德。因夢而送錢，似乎荒唐，卻是一片感人的癡情。苦了一輩子的妻子去世了，如今生活在富貴中的丈夫不忘舊日恩愛，除了「營奠復營齋」，已經不能為妻子做些什麼了。

尾聯兩句哀到極致：夫妻死別，固然是人所不免的，但對於同貧賤共患難的夫妻來說，一旦永訣，是更為悲哀的。末句從上一句泛說推進一層，著力寫出自身喪偶不同於一般的悲痛感情。

【第三首】首句「閒坐悲君亦自悲」，承上啟下。以「悲君」總括上兩首，以「自悲」引出下文。詩人由妻子的早逝，想到了人壽的有限。

頷聯引用了鄧攸、潘岳兩個典故。鄧攸心地如此善良，卻終身無子，這

就是命運的安排。潘岳《悼亡詩》寫得再好，對於死者來說，也沒有什麼意義，等於白費筆墨。詩人以鄧攸、潘岳自喻，故作達觀無謂之詞，卻透露出無子、喪妻的深沉悲哀。

頸聯接著從絕望中轉出希望來，寄希望於死後夫婦同葬和來生再作夫妻。但是，再冷靜思量：這僅是一種虛無縹緲的幻想，更是難以指望的，因而更為絕望。不能自已，最後逼出一個無可奈何的辦法：「唯將終夜長開眼，報答平生未展眉。」這似乎也是一種承諾，詩人彷彿在對妻子表白自己的心跡：我將永遠想著你，要以終夜「開眼」來報答你的「平生未展眉」。情到深處，真是癡情纏綿，哀痛欲絕。

## 自河南經亂①，關內阻饑②，兄弟離散，各在一處。因望月有感，聊書所懷，寄上浮梁大兄③，於潛七兄④，烏江十五兄⑤，兼示符離及下弟妹⑥

白居易

時難年荒世業空，弟兄羈旅各西東⑦。
田園寥落干戈後，骨肉流離道路中⑧。
吊影分為千里雁，辭根散作九秋蓬⑨。
共看明月應垂淚，一夜鄉心五處同⑩。

【註釋】

① 河南經亂：指德宗貞元十五年（799）二月，宣武（治所在今河南開封市）節度使董晉死後，部下興兵作亂。三月，彰義節度使（治所在今河南汝南縣）吳少誠又接著叛變。這兩次戰亂都發生在河南道境內，故稱。唐時河南道，轄今河南省大部和山東、江蘇、安徽三省的部分地區。

② 關內：關內道，在函谷關以西，轄今陝西大部及甘肅、寧夏、內蒙的部分地區。關內阻饑：指故鄉的家人都因戰亂交通阻隔而生活困難。

③浮梁：今屬江西景德鎮市。大兄：白居易的長兄白幼文，貞元十五年
　春任浮梁主簿。

④於潛：今屬浙江臨安。七兄：白居易叔父的長子，時任於潛縣尉。

⑤烏江：今安徽和縣。十五兄：白居易的從兄白逸，時任烏江主簿。

⑥符離：在今安徽宿縣內。白居易的父親在彭城（今江蘇徐州）為官多
　年，就把家安置在符離。下邽：治所在今陝西渭南市內，白氏祖居曾
　在此。

⑦時難：指河南兵亂。世業：祖先遺留下來的產業。

⑧寥落：形容田園荒蕪零落。干戈：指戰爭。

⑨吊影：自吊其影，猶言孤立，沒有伴侶。千里雁：比喻兄弟們相隔千
　里，皆如孤雁離群。辭根：草木離開根部，比喻兄弟各自背井離鄉。
　九秋：指秋季九十日，或解「深秋」。蓬：多年生草本植物，末大於
　本，秋季經大風吹刮，便連根拔起，隨風飄散，古人常用來比喻遊子
　在異鄉漂泊。

⑩鄉心：思親戀鄉之心。五處：即浮梁、於潛、烏江、符離、下邽。

## 【評析】

　　本詩約作於唐德宗貞元十六年（800）秋天，為當年河南動亂時詩人懷
念親人之作。此詩描寫了動亂時期田園荒蕪、骨肉分離的情景，表現了戰亂
給人民帶來的災難，抒發了兄弟姐妹間的骨肉之情。

　　首聯和頷聯從「時難年荒」這一時代的災難起筆，以親身經歷概括出戰
亂頻年、家園荒殘、手足離散這一具有典型意義的苦難的現實生活。

　　頸聯是廣為傳誦的名句。詩人以千里孤雁、九秋斷蓬作形象貼切的比
擬：手足離散各在一方，猶如那分飛千里的孤雁，只能吊影自憐；辭別故鄉
流離四方，又多麼像深秋中斷根的蓬草，隨著蕭瑟的西風，飛空而去，飄轉
無定。這樣傳神的描述，深刻揭示了飽經戰亂的零落之苦，給人淒涼之感。

　　尾聯中，詩人以他綿邈真摯的詩思，描畫出一幅五地望月共生鄉愁的圖
景來：深夜，飽受離別之苦的詩人難以入眠，他舉首遙望孤懸夜空的明月，
情不自禁聯想到飄散在各地的兄長弟妹們。他想：如果此時大家都在舉目遙

望這輪勾引無限鄉思的明月，也會和自己一樣潸潸淚垂吧！恐怕這一夜之中，流散五處地方深切思念家園的心，也都會是相同的。詩人用這樣的畫面收結全詩，創造出渾樸真淳、引人共鳴的藝術境界。

　　全詩以白描的手法，採用平易的家常話語，抒寫人們所共有而又不是人人俱能道出的真實情感。

## 錦　瑟

李商隱

　　　錦瑟無端五十弦，一弦一柱思華年①。
　　　莊生曉夢迷蝴蝶，望帝春心托杜鵑②。
　　　滄海月明珠有淚，藍田日暖玉生煙③。
　　　此情可待成追憶？只是當時已惘然④。

【註釋】

① 錦瑟：極言瑟的精美。無端：無緣無故地，或解表示心驚的意思。五十弦：《史記·封禪書》載古瑟五十弦，後一般為二十五弦。一弦一柱：一根弦有一根柱。

② 莊生：即莊周，戰國時思想家。曉夢：天亮時做夢。迷蝴蝶：迷惑於自己和蝴蝶之間的關係。《莊子·齊物論》：「莊周夢為蝴蝶，栩栩然蝴蝶也；自喻適志與！不知周也。俄然覺，則蘧蘧然周也。不知周之夢為蝴蝶與？蝴蝶之夢為周與。」望帝：蜀國帝王稱號，名杜宇。傳說他因悲亡國之痛，死後魂魄化作杜鵑鳥，鳴聲悲切動人。春心：傷春的心情。托杜鵑：把怨恨寄託於杜鵑的悲鳴。

③ 月明珠：古代認為珠的圓缺與月的盈虧有關，即月滿則珠圓，月虧則珠缺。珠有淚：古代有鮫人泣珠的傳說。藍田：即藍田山，在今陝西藍田縣東南，是我國古代著名的產玉地。日暖玉生煙：在陽光的照射下玉山所騰起的煙氣。

④可待：豈待，難道等到今日。惘然：悵然失意的樣子。

## 【評析】

　　本詩是李商隱極負盛名的一首詩，也是最難索解的一首詩。詩題「錦瑟」，但並非詠物，不過是按古詩的慣例以篇首二字為題，實是借瑟以隱題的一首無題詩。此詩的主題向來有悼亡、戀愛、詠物、自傷等多種說法，按詩意當是詩人自傷之詞。此時詩人年近五十，追思年華虛度，功業無成，懷才不遇，壯志難伸，因作此詩，抒發其仕途坎坷，美人遲暮之感。

　　首聯以錦瑟起興，引起對「年華」的追憶，有無限的傷感之意。下句中的「一弦一柱」指一音一節，其關鍵在於「思華年」三字。一個「思」為全詩奠定了情感基調。

　　頷聯上句引用了「莊周夢蝶」的典故，詩人想要表達的是：佳人錦瑟，一曲繁弦，驚醒了詩人的夢景，不復成寐。包含迷失、離去、不至等義。同時這裏面隱約包含著美好的情境，卻又是虛緲的夢境。下句引用了「杜宇啼血」的典故，說明錦瑟繁弦，哀音怨曲，引起詩人無限的悲感：往事如夢幻一般，所遭遇的不幸，無處傾訴，只好如望帝托杜鵑訴說春心。

　　頸聯中，詩人連用傳說，融情於其中，創造出一種難以言說的完美境界。相傳，珍珠是由南海鮫人（神話中的人魚）的眼淚變成的。鮫人眼淚，顆顆成珠，是海中的奇情異景。月本天上明珠，珠似水中明月。由此，皎月落於滄海之間，明珠泣於眼波之際，月、珠、淚三位一體，在詩人筆下，構成了一個清怨的妙境。而傳說盛產美玉的藍田，經過旭日照射，會升騰起「玉氣」（古人認為玉中藏有精氣）。但玉氣只能遠觀，近看就消失無蹤。因此，「玉生煙」代表了一種美好的理想景色，然而它是不能把握和無法親近的，這形容一種可望而不可及的處境。「珠淚」、「玉煙」相互映襯，體現了詩人難以言表的惆悵心境。

　　尾聯攏束全篇，明白地提出「此情」二字，與首聯中的「思華年」相呼應。詩人用兩句話表出了幾層曲折，而幾層曲折又只是為了說明「此情」。「此情」到底為何情，耐人尋味。

# 無　題

李商隱

昨夜星辰昨夜風，畫樓西畔桂堂東<sup>①</sup>。
身無彩鳳雙飛翼，心有靈犀一點通<sup>②</sup>。
隔座送鉤春酒暖，分曹射覆蠟燈紅<sup>③</sup>。
嗟余聽鼓應官去，走馬蘭台類轉蓬<sup>④</sup>。

**【註釋】**

① 畫樓：有彩繪的樓房。桂堂：華麗的屋子。

② 彩鳳：有彩色羽毛的鳳。靈犀：即犀牛角。古代把犀牛視為靈異之
　　獸，角中心有一線白紋，從角尖直通大腦，故稱靈犀。

③ 送鉤：也稱藏鉤，古代宴會中的一種遊戲。把鉤在暗中傳遞，讓人猜
　　在誰手中，猜不中就罰酒。分曹：分組。射覆：在覆器下放著東西令
　　人猜。分曹、射覆未必是實指，只是借喻宴會時的熱鬧。

④ 嗟：嘆詞。余：我。鼓：晚上報更的鼓。應官：猶言上班應卯。古代
　　各衙門卯時擊鼓，百官應鼓聲上班。走馬：跑馬。蘭台：即秘書省，
　　掌管圖書秘笈。時李商隱任秘書省正字。類轉蓬：好像飛蓬隨風亂轉
　　似的。喻自己官職卑微有如漂泊無依的蓬草。

**【評析】**

　　李商隱的詩有一部分標以「無題」，主題並不一致，有的寫對理想的追
求，有的寫政治上的失意，有的寫愛情生活，但都因其寓意深曲，辭藻華
麗，致使中心思想難以捉摸。這首詩從內容來看，更像是一首情詩。詩人追
憶了昨夜貴家的晚宴上，與意中人席間相遇，旋即分開的情景。其中似乎也
包含著詩人懷才不遇的感慨。

　　首聯追憶昨夜席間歡聚的美好時光，交代時間和地點。詩人並未直敘昨
夜情事，而是借助於星辰好風、畫樓桂堂等外部景物的映襯，烘托出昨夜柔
美旖旎的氣氛。

　　頷聯圓轉溢輝，精工富麗，膾炙人口，是一組絕妙的對句，抒寫了對意中人的思念，著重表現對愛情的理解和體驗。「彩鳳」、「靈犀」成愛情的暗喻，形象婉蓄，色彩明麗，富音樂性。此聯包含著深厚的哲理意味，歷來為世人所傳誦。「身無」、「心有」，一退一進，相互映照，表現了詩人對這段美好情緣的珍視和自信。

　　頸聯重點描繪昨夜熱烈歡快、酒暖燈紅的宴會場面。與前兩聯詩聯繫起來，前面還是星辰高掛，泠然清風的空曠夜幕，這裏卻人影憧憧，酒暖燈紅。前後對比，令人心生不安。讓讀者驚異於一個世界中竟有反差如此大的兩種景象，其實詩人的寂寞，是深藏在熱鬧裏的寂寞，滿堂的紅影襯托出詩人的蕭索孤獨。而「紅」，是和諧外表下的激流湧動。

　　尾聯回憶了今晨離席應差時的淒涼痛苦。聽鼓而起，恰如蓬草，今朝的寂寞蕭索，使人念及昨日的燈紅酒暖。詩人「嗟」歎自己為「聽鼓應官」，而官身卻「類轉蓬」，像蓬草那樣飄泊不定，因而兩人後會難期，歡情難再，令人感傷。這是一種反結法。前面極言歡情，結尾時歡情化為烏有，反襯詩人對這段戀情的難以磨滅，刻骨銘心。

　　全詩感情真摯，豔麗而不猥褻，情真而不癡顛。詩人的感受細膩而真切，將一段可意會而不可言傳的情感描繪得撲朔迷離且又入木三分。

# 隋　宮

李商隱

紫泉宮殿鎖煙霞，欲取蕪城作帝家[①]。
玉璽不緣歸日角，錦帆應是到天涯[②]。
於今腐草無螢火，終古垂楊有暮鴉[③]。
地下若逢陳後主，豈宜重問後庭花[④]？

## 【註釋】

① 紫泉：即紫淵，因唐高祖名李淵，為避諱而改。司馬相如《上林賦》

描寫皇帝的上林苑「丹水互其南，紫淵徑其北」。這裏用紫泉宮殿代指隋朝京都長安的宮殿。蕪城：即隋朝的江都，今江蘇揚州市江都區。隋初為江都郡治所，後為揚州治所，地當長江之北，運河之西，古代為江北繁華之地。江都舊名廣陵，南朝詩人鮑照見廣陵舊城荒蕪，而作《蕪城賦》。後來就把江都稱為「蕪城」。

② 歸日角：歸李淵所有，指唐朝興起，取代了隋朝。人的額骨飽滿像太陽一樣，稱為日角。據《舊唐書·唐儉傳》載，李淵未起兵前，唐儉說他日角龍庭，有帝王之相。錦帆：指隋煬帝所乘的龍舟，船帆都用錦緞製成。

③ 於今：至今。腐草：蘭草。螢火：指螢火蟲。《禮記·月令》：「腐草為螢。」古人以為螢火蟲是腐草變化出來的。《隋書·煬帝紀》載，隋煬帝曾在長安、洛陽、江都等地，發動百姓大量搜集螢火蟲，晚上遊山放出，光遍岩谷。這句採取誇張的手法，說煬帝已把螢火蟲搜光了。終古：經常，永遠的意思。垂楊：隋煬帝開鑿運河浮遊龍舟取樂，運河兩岸修堤，詔民間獻柳，種於堤上，後人稱「隋堤柳」。

④ 陳後主：南朝陳的亡國之君陳叔寶。後庭花：即《玉樹後庭花》，陳後主所製的反映宮廷淫靡生活的舞曲。

【評析】

　　這是一首詠史弔古詩。隋煬帝楊廣是中國歷史上以荒淫奢侈著稱的暴君，他遠離長安南遊揚州，在江都一帶勞民傷財，另修豪華宮殿。詩以此為題材，形象地揭露了他窮奢極欲、禍國殃民的罪行，指出了他貪婪冥頑、至死不悟而自取滅亡的必然結局，並藉以警戒唐朝統治者。全詩諷意深刻，富有情韻。

　　首聯點題。詩人把長安的宮殿和「煙霞」聯繫起來，旨在表現它巍峨壯麗，高聳入雲。可是，如此巍峨的宮殿，貪圖享樂、為所欲為的隋煬帝視而不見，只能空鎖於煙霞之中，可惜之至。

　　頷聯別具一格。詩人不寫江都帝家之事，而是岔開話題，做了一個假想：如果不是由於皇帝的玉印落到了李淵的手中，隋煬帝不會以遊幸江都為

滿足，他的錦帆，大概一直要飄到天邊去吧。這兩句雖然是假想，卻是根據史實和人物性格的合理推斷。在本聯中，詩人深刻地表現了隋煬帝的驕奢淫逸，並對他導致亡國卻至死不渝感到非常憤慨。

頸聯中，詩人列舉了有關隋煬帝逸遊的兩個史實。上句說「於今」「無」，自然暗示昔日「有」；下句說「終古」「有」，自然暗示當日「無」。詩人於一「有」一「無」的鮮明對比中感慨今昔，深寓荒淫亡國的歷史教訓。這兩句今昔對比，但在藝術表現上，卻只表現對比的一個方面，讓讀者從這一方面去想像另一方面，既感慨淋漓，又含蓄蘊藉。

尾聯化用隋煬帝與陳叔寶夢中相遇的典故，以假設、反詰的語氣，把批判荒淫亡國的主題深刻地揭示出來。陳叔寶在歷史上以荒淫亡國著稱，隋煬帝正和他一脈相承。據《隋遺錄》載，開皇九年（589），隋滅陳，陳叔寶投降。隋煬帝為太子時和他相熟，後當了天子，乘龍舟遊江都的時候，夢中與死去的陳叔寶及其寵妃張麗華等相遇，請張麗華舞了一曲《玉樹後庭花》。這首舞曲是陳叔寶所作，被後人斥為「亡國之音」。詩人在這裏特意提到它，意為楊廣目睹了陳叔寶荒淫亡國之事，卻不吸取教訓，既縱情龍舟之遊，又迷戀亡國之音，終於重蹈陳叔寶的覆轍，身死國滅，為天下笑。


## 無題二首

李商隱


### 其　一

來是空言去絕蹤，月斜樓上五更鐘①。
夢為遠別啼難喚，書被催成墨未濃②。
蠟照半籠金翡翠，麝熏微度繡芙蓉③。
劉郎已恨蓬山遠，更隔蓬山一萬重④！

## 【註釋】

① 空言：指空洞的許諾。

② 書被催成：指匆忙快速地寫成書信。

③ 蠟照：蠟燭光。半籠：指燭光在燭罩中所射及的範圍。金翡翠：指繡
有金翡翠的帷帳。麝熏：即麝香。微度：指香氣慢慢傳送開來。繡芙
蓉：指繡花的帳子。

④ 劉郎：相傳東漢時劉晨、阮肇一同入山採藥，遇二女子，邀至家，留
半年乃還。後也以此典喻「豔遇」。蓬山：蓬萊山，指仙境。

## 【評析】

　　本詩寫一位女子對遠隔天涯的情郎的思念，但從尾聯來看，主人公似乎
又是位男子。由此可見詩人對男女恨別之情只是虛寫，抒發懷才不遇和仕途
不利的難言之痛才是詩人之衷。

　　首句凌空而起，次句宕開寫景，兩句若即若離，其實是從側面描寫夢
境。這要和「夢為遠別啼難喚」聯繫起來，方能領略它的神情韻味。遠別經
年，會合無緣，夜來入夢，兩人忽得相見，一覺醒來，卻蹤跡杳然。但見朦
朧斜月空照樓閣，遠處傳來悠長而淒清的曉鐘聲。夢醒後的空寂更證實了夢
境的虛幻。如果說次句是夢醒後一片空寂孤清的氛圍，那麼第一句便是主人
公的歎息感慨。

　　頷聯上句追憶夢中情景，下句寫主人公夢醒後的舉止。夢中相會後的夢
中分別，帶來的是難以抑止的夢啼。這樣的夢，正反映了長期遠別造成的深
刻傷痛，強化了刻骨的相思。在強烈思念之情的驅使下，主人公奮筆疾書，
在「書被催成」之後，才意外地發現原來連墨也沒有磨濃。

　　頸聯描繪主人公夢醒後的室內環境。這兩句對室內環境氣氛的描繪渲
染，很富有象徵暗示色彩。剛剛消逝的夢境和眼前所見的室內景象在朦朧光
影中渾為一片，分不清究竟是夢境還是實境。上句是以實境為夢境，下句是
疑夢境為實境，寫恍惚迷離中一時的錯覺與幻覺，極為生動傳神。

　　尾聯寫主人公幻覺消失後，隨即產生了室空人杳的空虛悵惘，和對方遠
隔天涯、無緣會合的感慨。這裏借劉晨重尋仙侶不遇的故事，點明愛情阻

隔。「已恨」「更隔」，層遞而進，突出了阻隔之無從度越。

　　全篇圍繞「夢」來寫離別之恨。但它並沒有按遠別——思念——入夢——夢醒的順序來寫。而是先從夢醒時情景寫起，然後將夢中與夢後、實境與幻覺揉合在一起，創造出疑夢疑真、亦夢亦真的藝術境界，最後才點明蓬山萬重的阻隔之恨，與首句遙相呼應。這樣的藝術構思，曲折跌宕，有力地突出愛情阻隔的主題和夢幻式的心理氛圍，使全詩充滿迷離恍惚的情懷。

## 其　二

颯颯東風細雨來，芙蓉塘外有輕雷①。
金蟾齧鎖燒香入，玉虎牽絲汲井回②。
賈氏窺簾韓掾少，宓妃留枕魏王才③。
春心莫共花爭發，一寸相思一寸灰④！

【註釋】

①颯颯：象聲詞，形容風雨的聲音。芙蓉塘：即蓮塘，在南朝樂府和唐人詩作中，常常代指男女相約傳情之地。輕雷：司馬相如《長門賦》：「雷殷殷而響起兮，聲象君之車音。」

②金蟾：指蛙形的金屬香爐。齧：咬著。鎖：香爐的鼻紐，可以開合，放進香料。玉虎：指吊水的玉飾轆轤。絲：指吊水的繩。

③賈氏：西晉賈充之女。韓掾：韓壽。掾：僚屬。少：少俊。宓妃：即甄宓，原是袁紹之子袁熙之妻。袁紹失敗，曹植很想娶她，卻被曹操賜給曹丕。甄后後因被郭女王（文德郭皇后）所譖而被曹丕賜死，死後諡曰文昭皇后。魏王：指曹植。

④春心：指渴望愛情之心。

## 【評析】

本詩寫深鎖幽閨的女子對愛情熱切的追求和失意的痛苦，是一首「刻意傷春」之作。

首聯描繪環境氣氛：颯颯東風，飄來濛濛細雨；芙蓉塘外，傳來陣陣輕雷。既隱隱傳達了生命萌動的春天氣息，又帶有一些淒迷黯淡的色調，烘托出女主人公正在萌動的春心和難以名狀的迷惘苦悶。

頷聯寫女子居處的幽獨。室內戶外，所見者唯閉鎖的香爐，汲井的轆轤，它們襯托出女子幽處孤寂的情景和長日無聊、深鎖春光的惆悵。這一聯兼用賦、比，既表現女主人公深閉幽閨的孤寞，又暗示她內心時時被牽動的情絲。

頸聯引用了兩則愛情典故。上句寫的是賈充之女和韓壽的愛情故事。見《世說新語》載：晉韓壽貌美，大臣賈充辟他為僚屬。一次充女在簾後窺見韓壽，私相慕悅，遂私通。女以皇帝賜充之西域異香贈壽。被充所發覺，遂以女妻壽。下句寫的是甄后與曹植的愛情故事。《文選·洛神賦》李善注言：魏東阿王曹植曾求娶甄氏為妃，曹操卻將她許給曹丕。甄后被讒死後，曹丕將她的遺物玉帶金鏤枕送給曹植。曹植離京歸國途經洛水，夢見甄后對他說：「我本托心君王，其心不遂。此枕是我在家時從嫁，前與五官中郎將（曹丕），今與君王。」曹植感其事作《感甄賦》，後明帝改名《洛神賦》。這兩個愛情故事，儘管結局有幸有不幸，但在女主人公的意念中，無論是賈氏窺簾，愛韓壽之少俊，還是甄后情深，慕曹植之才華，都反映出青年女子追求愛情的願望之強烈。

尾聯突然轉折，說嚮往美好愛情的心願切莫和春花爭榮競發，因為寸寸相思都化成了灰燼。這是深鎖幽閨、渴望愛情的女主人公相思無望的痛苦呼喊，熱情轉化成幻滅的悲哀和強烈的激憤。「相思」本是抽象的概念，詩人由香銷成灰聯想出「一寸相思一寸灰」的奇句，化抽象為具象，用強烈對照的方式顯示了美好事物之毀滅，使這首詩具有一種動人心弦的悲劇美。

# 籌筆驛①

李商隱

猿鳥猶疑畏簡書，風雲常為護儲胥②。
徒令上將揮神筆，終見降王走傳車③。
管樂有才原不忝，關張無命欲何如④？
他年錦里經祠廟，梁父吟成恨有餘⑤。

## 【註釋】

①籌筆驛：在今四川廣元市與陝西陽平關之間。三國蜀漢諸葛亮出師伐
　魏，曾駐軍籌劃於此，故名。

②猿鳥：或作「魚鳥」。簡書：指軍中文書命令。儲胥：軍中的藩籬。

③上將：主帥，指諸葛亮。揮神筆：形容諸葛亮善於籌畫軍事，指揮戰
　爭。降王：指蜀漢後主劉禪。走傳車：西元236年（魏元帝景元四
　年），鄧艾伐蜀，後主出降，全家東遷洛陽，出降時也經過籌筆驛。
　傳車：古代驛站的專用車輛。

④管：管仲，春秋時齊國名相，助齊桓公成就霸業。樂：樂毅，戰國時
　燕國名將，曾率五國聯軍大破齊國。諸葛亮隱居南陽時常以管、樂之
　才自比。不忝：不愧。指諸葛亮的才華與管、樂不相上下。關張：關
　羽和張飛，二人皆為蜀漢五虎上將。關羽鎮守荊州，兵敗為孫權所
　殺。張飛在伐吳時被部將謀殺。

⑤錦里：在成都城南，武侯祠所在地，目前叫錦里古街，是旅遊景點。

## 【評析】

　　本詩是唐宣宗大中九年（855）詩人隨柳仲郢由梓州還長安，途中憑弔
籌筆驛之作。詩人對諸葛亮統一中原的雄才大略十分崇敬，對劉禪的昏庸和
關張的早逝以致他「出師未捷身先死」深為惋惜。同時也寄託了詩人自己的
身世之感。

　　本詩寫諸葛亮之威、之智、之才、之功，不是一般的讚頌，而是集中寫

「恨」字。為突出「恨」字,詩人用了抑揚交替的手法,使詩顯得婉轉有致。

首聯說猿鳥畏其軍令,風雲護其藩籬,極寫其威嚴,這是「揚」;頷聯卻說諸葛亮徒有神智,終見劉禪投降,長途乘坐驛車,被送往洛陽,蜀漢歸於敗亡,這是「抑」;頸聯上句稱其才真無愧於管仲、樂毅,又是「揚」;下句寫關羽、張飛無命早亡,失卻羽翼,又是「抑」。抑揚之間,似是「自相矛盾」,實則文意連屬,一以貫之,毫無破綻。

尾聯寫詩人他日經過錦里諸葛武侯廟時,吟哦諸葛亮的《梁父吟》,猶覺遺恨無窮。詩人遙想諸葛亮一生,憑藉他的才智,出使就應告捷,可是沒有良將的輔佐,結果他「出師未捷身先死」,這是一恨;蜀國一統天下,是諸葛亮的理想,誰知後主劉禪昏庸,最終喪國降敵,這又是一恨。詩人的這些描述,看似是議論,實際上是在抒情,而所有的情感最終都可以歸結到「恨有餘」。所謂「恨」,既是諸葛亮的「遺恨」,也是詩人的「遺恨」。

## 無　題

李商隱

相見時難別亦難,東風無力百花殘①。
春蠶到死絲方盡,蠟炬成灰淚始乾②。
曉鏡但愁雲鬢改,夜吟應覺月光寒③。
蓬山此去無多路,青鳥殷勤為探看④。

【註釋】

① 相見時難:指相見的時機難得。別亦難:指不忍分離。東風:春風。

② 絲:語意雙關,既指蠶絲,又諧意「相思」之「思」。淚:語意雙關,既指燃燒時的蠟燭油,又指相思之淚。

③ 曉鏡:早晨梳妝照鏡子。雲鬢改:指容顏憔悴,韶華不再。雲鬢:女子多而美的頭髮,這裏比喻青春年華。夜吟:晚上吟相思之詩。月光寒:指在月下相思長夜不眠,不僅身上覺得寒冷,心境更感到悲涼。

④蓬山：蓬萊山，傳說中的海上仙山，這裏指對方的住處。青鳥：神話
　中為西王母傳遞音訊的信使。殷勤：情誼懇切深厚。探看：探望。

## 【評析】

　　本詩是李商隱眾多以「無題」為題目的詩歌中最有名的一首。就詩的內
容來看，這是一首表示兩情至死不渝的愛情詩。詩以句中的「別」字為通篇
文眼，描寫了一對情人離別的痛苦和別後的思念，但其中也流露出詩人政治
上的失意和精神上的悶苦，具有濃郁的傷感色彩。

　　首聯兩句，寫愛情的不幸遭遇和抒情主人公的心境：由於受到某種力量
的阻隔，一對情人已經難以相會，分離的痛苦更使她不堪忍受。詩人在一句
之中兩次使用「難」字，第二個「難」字的出現，因重複而給人以輕微的突
兀感，造成了詩句的綿聯纖曲之勢，使相見無期的離別之痛因表達方式的低
回婉轉而顯得分外的深沉和纏綿。下句寓情於景，寫實與象徵融為一體。詩
人賦予感情以可以感觸的外在形態：東風無力，百花凋殘。悲涼氛圍的鋪
設，為突出詩題做了最精準的渲染與映襯。

　　頷聯寫因為「相見時難」而「別亦難」的感情，表現得更為曲折入微。
詩人以春蠶、蠟炬作比，寫出了兩情的海誓山盟、忠貞不渝。春蠶捨生吐
絲，蠟炬忘死垂淚，可以說，它們都是生命為了愛情而燃燒的最貼切象徵，
象徵著生命的本色與輝煌。在這兩句裏，既有失望的悲傷與痛苦，也有纏
綿、灼熱的執著與追求。追求是無望的，無望中仍要追求，因此這追求也著
有悲觀色彩。

　　前兩聯著重揭示內心的感情活動，使難以言說的複雜感情具體化，寫得
很精彩，頸聯則轉入寫外向的意念活動。上句寫主人公，下句寫主人公遙想
的心上人。「曉鏡但愁雲鬢改」句說的是清晨照鏡時為自己因為痛苦的折磨，
夜晚輾轉不能成眠，以至於鬢髮脫落，容顏憔悴而愁苦，並且是「但
愁」——只為此而愁。這就生動地描寫了紆折婉曲的精神活動，而不再是單
純地敘述青春被痛苦所消磨這件事了。「夜吟應覺月光寒」句是推己及人，
想像對方和自己一樣痛苦。她揣想對方大概也將夜不成寐，常常吟詩遣懷，
但是愁懷深重，無從排遣，所以越發感到環境淒清，月光寒冷，心情也隨之

更趨暗淡。「應」字是揣度、料想的口氣，表明這一切都是自己對對方的想像。想像如此生動，體現了她對於情人的思念之切和瞭解之深。

　　想像愈具體，思念愈深切，便愈會燃起會面的渴望。既然會面無望，於是只好請使者為自己殷勤致意，替自己去看望他。於是在尾聯中，詩人借「青鳥」表達「此情不變」的意願：這個寄希望於使者的結尾，並沒有改變「相見時難」的痛苦境遇，不過是無望中的希望，前途依舊渺茫。詩已經結束了，抒情主人公的痛苦與追求還將繼續下去。

　　這首詩從頭至尾都融鑄著痛苦、失望而又纏綿、執著的感情，詩中每一聯都是這種感情狀態的反映，但是各聯的具體意境又彼此有別。它們從不同的方面反覆表現著融貫全詩的複雜感情，同時又以彼此之間的密切銜接而縱向地反映以這種複雜感情為內容的心理過程。這樣的抒情，連綿往復，細微精深，成功地再現了心底的深情。

## 春　雨

李商隱

悵臥新春白袷衣，白門寥落意多違①。
紅樓隔雨相望冷，珠箔飄燈獨自歸②。
遠路應悲春晼晚，殘宵猶得夢依稀③。
玉璫緘札何由達？萬里雲羅一雁飛④。

【註釋】

① 白袷衣：即白夾衣，唐人以白衫為閒居便服。白門：指今江蘇南京市。借指對方所在地。

② 紅樓：華美樓房，多指女子住處。珠箔：珠簾，此處比喻春雨細密。

③ 晼晚：夕陽西下的光景，此處還蘊含年復一年、人老珠黃之意。

④ 玉璫：玉製的耳珠。緘札：封好的書信。雲羅：像螺紋般的雲片。

## 【評析】

本詩寫主人公在春天雨夜裏思念遠去情人的情景。主人公思念情人，想像他們曾經的幽會，又想像情人在遠方也會傷春傷別，希望鴻雁能萬里傳書。詩借助於飄灑天空的春雨，融入主人公迷茫的心境、依稀的夢境，以及春晚晚、萬里雲羅等自然景象，烘托別離的寥落，思念的深摯，構成渾然一體的藝術境界。

首聯點明時令，即新春。新春之夜，惆悵的主人公穿著「白袷衣」，和衣悵臥，深切思念遠方之人。「白門」當是他曾經經常和情人幽會的地方，過去熱鬧非凡，而今卻因情人不在而變得寥落冷清。與所愛者分離的失意，便是主人公愁臥的原因。

悵臥中，主人的思緒浮動，回味著最後一次訪見情人的情景：「紅樓」是情人以前住過的地方，主人公對此非常熟悉，但最後一次尋訪時他卻沒有勇氣走進去，甚至沒有勇氣再靠近它一點，只是隔著雨凝視著。往日在他的感覺裏是那樣親切溫存的紅樓，如今是那樣的淒寒。在這紅樓前，他究竟站了多久，也許連自己都不清楚。他發現周圍的街巷燈火已經亮了，雨從亮著燈光的視窗前飄過，恍如一道道珠簾。在這珠簾的閃爍中，他才迷濛地沿著悠長而又寂寥的雨巷獨自走回來。

主人公的思緒又由最後一次探訪轉向了對情人此刻的想像。他想像著，在遠方的那人也應為春之將暮而傷感吧？如今蓬山遠隔，只有在殘宵的短夢中依稀相會了。頸聯兩句將主人公的思念之切、心境之哀表現得淋漓盡致。

強烈的思念，促使主人公修下書札，侑以玉珰一雙，作為寄書的信物。這是奉獻給對方的一顆痛苦的心，但路途遙遠，障礙重重，縱有信使，又如何傳遞呢？且看窗外的天空，陰雲萬里，縱有一雁傳書，又能穿過這羅網般的雲天嗎？在這裏，詩人創造性地借助自然景觀，把「錦書難托」的抽象預感形象化，將惆悵的情緒與廣闊的雲天融為一體，真實感人。

# 無題二首

李商隱

## 其　一

鳳尾香羅薄幾重，碧文圓頂夜深縫①。
扇裁月魄羞難掩，車走雷聲語未通②。
曾是寂寥金燼暗，斷無消息石榴紅③。
斑騅只繫垂楊岸，何處西南待好風④？

【註釋】

①鳳尾香羅：即鳳紋羅，上面織有鳳尾花紋，是古代一種華貴的薄羅。
　　幾重：幾層。碧文圓頂：有青碧花紋的圓頂羅帳。

②扇裁月魄：把扇裁製成月圓形。月魄：本指月輪無光處，這裏指月的
　　形狀。車走雷聲：車走時發出雷鳴的聲音。語未通：未通語言，即沒
　　有交談。

③曾是：已是。金燼：指華美的蠟燭心燒剩的餘燼。暗：黯淡無光。

④斑騅：青白色相雜的馬。西南待好風：待西南吹來了好風，即等對方
　　到來的意思。

【評析】

　　本詩和下首詩的主題都是青年女子抒發愛情受挫，相思難耐的愁緒，可
能寓有詩人雖經仕途坎坷，但依然不放棄對政治理想的追求之意。這首詩採
取的是女主人公深夜追思往事的方式，因此，女主人公的心理獨白就構成了
詩的主體。她的身世遭遇和愛情生活中某些具體情事就是通過追思回憶或隱
或顯地表現出來的。

　　首聯寫女主人公深夜縫製羅帳。通過「鳳尾香羅」、「碧文圓頂」的字
面和「夜深縫」的行動，可以推知主人公大概是一位幽居獨處的閨中女子。

在寂寥的長夜中默默地縫製羅帳的女主人公，大概正沉浸在對往事的追憶和對會合的深情期待中吧。

　　頷聯是女主人公的一段回憶，內容是她和意中人一次偶然的相遇。對方驅車匆匆走過，自己因為羞澀，用團扇遮面，雖相見而未及通一語。正因為這樣的遺憾，在長期得不到對方音訊的今天回憶往事，就越發感到失去那次機緣的可惜，而那次相遇的情景也就越加清晰而深刻地留在記憶中。所以這一聯不只是描繪了女主人公愛情生活中一個難忘的片斷，而且曲折地表達了她在追思往事時那種惋惜、悵惘而又深情地加以回味的複雜心理。

　　頸聯寫別後的相思寂寥。那黯淡的殘燈，不只是渲染了長夜寂寥的氣氛，而且它本身就彷彿是女主人公相思無望情緒的外化與象徵。石榴花紅的季節，春天已經消逝了。在寂寞的期待中，石榴花紅給她帶來的也許是流光易逝、青春虛度的悵惘與傷感吧？

　　尾聯仍舊到深情的期待上來。上句暗用樂府《神弦歌·明下童曲》「陸郎乘斑騅……望門不欲歸」句之意，暗示女主人公日久思念的意中人其實和她相隔並不遙遠，也許此刻正繫馬垂楊岸邊呢，只是咫尺天涯，無緣會合罷了。下句化用曹植《七哀》「願為西南風，長逝入君懷」詩意，希望能有一陣好風，將自己吹送到對方身邊，可謂情真意切。

## 其　二

重幃深下莫愁堂，臥後清宵細細長[①]。
神女生涯原是夢，小姑居處本無郎[②]。
風波不信菱枝弱，月露誰教桂葉香[③]？
直道相思了無益，未妨惆悵是清狂[④]。

【註釋】

①重幃：層層帷幕。莫愁：古樂府中女子的名字。這裏指深閨未嫁的女

子。清宵：深夜。細細：漸漸的意思。

② 神女：即巫山神女。語出宋玉《神女賦》。小姑：語出《清商曲辭·神弦歌·清溪小姑曲》：「小姑所居，獨處無郎。」

③ 風波：比喻糾紛或亂子。這裏指阻擾戀愛的險惡勢力。月露：指秋天的明月與白露。誰教：誰肯使得。

④ 直道：即使說出。了無益：完全無益。未妨：也不妨。清狂：舊注謂不狂之狂，猶今所謂癡情。

## 【評析】

本詩側重於抒寫女主人公的身世遭遇之感，寫法非常概括。

首聯撇開具體的情事，從女主人公所處的環境氛圍寫起。層帷深垂，幽邃的居室籠罩著一片深夜的靜寂。這裏儘管沒有一筆正面抒寫女主人公的心理狀態，但透過這靜寂孤清的環境氣氛，讀者幾乎可以觸摸到女主人公的內心世界，感覺到那帷幕深垂的居室中彌漫著一層無名的幽怨。

頷聯寫女主人公對自己愛情遇合的回顧。本聯一連化用「巫山神女」、「清溪小姑」兩個典故，雖然描述得很概括，卻並不抽象，很能引起讀者的想像。前者暗示女主人公曾經有過一段感情，但是未能開花結果，所以說「原是夢」。後者則表達了女主人公至今「獨居無郎」的哀怨。「原」、「本」二字，含義深遠。

頸聯從不幸的愛情經歷轉到不幸的身世遭遇。這一聯用了兩個比喻：說自己就像柔弱的菱枝，卻偏遭風波的摧折，又像具有芬芳美質的桂葉，卻無月露滋潤使之飄香。這一聯含義比較隱晦，似乎是暗示女主人公在生活中一方面受到惡勢力的摧殘，另一方面又得不到應有的同情與幫助。措辭婉轉，而意極沉痛。

愛情遇合既同夢幻，身世遭逢又如此不幸，但女主人公並沒有放棄愛情上的追求。尾聯兩句是說：即便相思全然無益，也不妨抱癡情而惆悵終身。在近乎幻滅的情況下仍然堅持不渝的追求，「相思」的銘心刻骨更是可想而知了。

# 利州南渡①

溫庭筠

澹然空水對斜暉，曲島蒼茫接翠微②。
波上馬嘶看棹去，柳邊人歇待船歸③。
數叢沙草群鷗散，萬頃江田一鷺飛④。
誰解乘舟尋范蠡，五湖煙水獨忘機⑤。

## 【註釋】

① 利州：唐屬山南道，在今四川廣元，在嘉陵江北岸。

② 澹然：水光閃動的樣子。對：或作「帶」。島：水中陸地。翠微：指
   遠山。

③ 波上馬嘶：指馬在渡船上叫。因人過渡，馬也過渡，馬叫時，在岸上
   人聽來如在波上，故云。看棹去：指待渡的人在岸上望著渡船浮過江
   去。棹：渡船。

④ 數叢沙草：沙灘邊的幾叢水草。頃：一百畝。江田：江上之田。

⑤ 范蠡：字少伯，春秋時楚國人，為越大夫，從越王勾踐二十餘年，助
   勾踐滅吳國後，辭官乘舟而去，泛於五湖，莫知所終，一說隱居齊
   國。五湖：指太湖和它附近的幾個湖，這裏泛指江湖。忘機：忘卻俗
   念，沒有機巧之心，甘於淡泊。

## 【評析】

　　本詩是詩人在廣元渡嘉陵江時有感而作，是一首寓情於景的抒情詩。詩
人以樸實、清新的筆觸描繪了一幅聲色並茂、詩情畫意的晚渡圖，抒發了詩
人欲步范蠡後塵忘卻俗念、功成引退的歸隱之情，反映了詩人淡泊仕途、厭
倦名利的心境。

　　首聯總體描繪渡口景致，交代天色已晚。開闊清澄的江面，波光粼粼而
動，夕陽映照在水中，閃爍不定。起伏彎曲的江島和岸上青翠的山嵐在斜暉
的籠罩下，一片蒼茫。

頷聯細緻地描繪了江水中和江岸上的情形：渡船正浮江而去，人渡馬也渡，船到江心，馬兒揚鬃長鳴，好像聲音出於波浪之上。待渡的人（包括詩人）歇息在岸邊的柳蔭下，等待著渡船從彼岸返回。這是何等悠然自得。

　　頸聯寫渡江，船過沙灘，驚散了草叢中成群的鷗鳥。回望岸上，江田萬頃，一隻白鷺在自由自在地飛翔。這一聯巧用數量詞，不但屬對工穩，而且深化了詩境。群鷗棲息沙草之間，可見天時向晚，飛鳥歸巢，所以萬頃江田之上只有一鷺飛翔。這幅色彩鮮明的畫面強烈地渲染了江邊的清曠和寂靜。

　　前面三聯描繪了一幅寧靜而充滿生機的利州南渡圖，作為糊口四方、疲於奔走的詩人驀然置身於這樣的環境，不能不觸景生情，遐想聯翩。所以尾聯偶然興起了欲學范蠡急流勇退、放浪江湖的願望。

# 蘇 武 廟

溫庭筠

蘇武魂銷漢使前，古祠高樹兩茫然①。
雲邊雁斷胡天月，隴上羊歸塞草煙②。
回日樓臺非甲帳，去時冠劍是丁年③。
茂陵不見封侯印，空向秋波哭逝川④。

【註釋】

①魂銷：即銷魂，形容傷心至極。漢使：指漢昭帝時，漢派往匈奴商議和親的使者。古祠：指蘇武廟。茫然：完全不知道的樣子。

②雁斷：指蘇武被扣留期間與漢朝的音信阻絕。胡天：指匈奴。煙：傍晚的霧氣。

③回日：蘇武回到漢朝的時候。樓臺：指漢宮殿。甲帳：據《漢武故事》記載，武帝「以琉璃、珠玉、明月、夜光錯雜天下珍寶為甲帳，其次為乙帳。甲以居神，乙以自居」。非甲帳：指漢武帝已死。冠劍：指蘇武當年出使匈奴時的裝束。丁年：壯年。

④茂陵：漢武帝陵。封侯：蘇武持節歸來，漢宣帝賜他爵關內侯，食邑三百戶。秋波：秋水。逝川：喻逝去的時間。語出《論語·子罕》：「子在川上，曰：『逝者如斯夫。』」這裏指往事。

【評析】

　　這是一首詠史詩，是詩人瞻仰蘇武廟時感慨而作。蘇武，字子卿，漢武帝天漢元年（前100）以中郎將出使匈奴，被拘留而不得歸漢，單于百般逼降，蘇武堅貞不屈。他被拘留在匈奴期間生活艱苦，「渴飲雪，饑吞氈，牧羊北海邊」，十九年如一日，愛國摯情絲毫未減。後終於回到長安。本詩對蘇武的讚頌沒有正面的議論，而是通過形象說話，詠歎了蘇武堅貞不屈的壯舉，讚揚了蘇武高尚的民族氣節和愛國情操。

　　首聯緊扣詩題，分寫「蘇武」與「廟」。首句是詩人想像蘇武與漢使見面，獲知可以回國的消息時的情景，他心中悲喜交加，激動不已。「魂銷」二字栩栩如生地描繪出蘇武當時內心與外在的非常情態，深刻地顯示出其思國若渴的愛國精神。下句寫蘇武廟中的建築與古樹本是無知物，它們都不知道蘇武生前所歷盡的千辛萬苦，更不瞭解蘇武堅貞不屈的價值，寄寓了人心不古、世態炎涼的感歎。

　　頷聯兩句用逆挽法來追憶蘇武生前的苦節壯舉，懷念蘇武崇高的愛國精神，分別描繪了「雲邊雁斷」和「隴上羊歸」兩幅圖景，寓情於景，寫蘇武的思歸情。

　　頸聯從相隔迢遙的時間的角度上寫蘇武出使和歸國前後的人事變換。蘇武出使是漢武帝為之賜節餞行，他自己那時也正值壯年，可是等到「回日」，漢室江山雖然依舊，然而人事卻迥然有異於前了，這裏面包含了極其深沉的感傷。上句是寫朝廷人事的變更，下句暗示了蘇武個人生命歷程的轉換，兩句通過對時間轉換的形象描繪，顯示了蘇武留胡時間之長，讀者從此也可以想像到十九年中蘇武所經受的磨難之多。

　　尾聯寫蘇武歸國後倍加懷念漢武帝，因為派他出使的漢武帝已寢居茂陵作古，不能親眼見他完節歸來，表彰其愛國赤心。這樣就使他更加為歲月的流逝而傷歎。對武帝的追悼，這種故君之思，融忠君與愛國為一體，將一個

愛國志士的形象，生動地展現在讀者面前。晚唐國勢衰微，民族矛盾尖銳，正需要這樣的忠君愛國精神。而本詩表彰民族氣節，歌頌忠貞不屈的臣子，也是時代的需要。

# 宮　詞①

薛逢

> 十二樓中盡曉妝，望仙樓上望君王②。
> 鎖銜金獸連環冷，水滴銅龍晝漏長③。
> 雲髻罷梳還對鏡，羅衣欲換更添香④。
> 遙窺正殿簾開處，袍袴宮人掃御床⑤。

## 【作者簡介】

　　薛逢，字陶臣，河東蒲州（今山西永濟）人。唐武宗會昌元年（841）進士，歷任侍御史、尚書郎。因恃才傲物，議論激切，屢忤權貴，故仕途頗不得意。出任巴、蓬、綿等州刺史，官終秘書監。《唐才子傳》云：「逢天資本高，學力亦贍，故不甚苦思。豪逸之態，長短皆卒然而成，為免失淺露俗。」《全唐詩》存其詩一卷。

## 【註釋】

① 宮詞：專詠宮中事情的詩，但不少是詩人借題發揮。中唐王建有宮詞一百首，五代孟蜀花蕊夫人效法王建，也寫了宮詞一百首。

② 十二樓：仙人所居。這裏指宮中的許多樓。曉妝：早上梳妝打扮。望仙樓：唐武宗會昌五年（845）修建。

③ 鎖銜：指宮門的鎖緊緊扣住門環。金獸連環：金色獸形的門環。銅龍：銅壺滴漏，即以滴水度數計算時間的銅壺。晝漏長：指白天時間覺得長。

④ 雲髻：墨黑如雲的髮髻。

⑤遙窺：遠遠窺見。袍袴：穿袍褲的宮女。短袍繡褲是當時宮女裝。

## 【評析】

　　這首宮怨詩，是唐詩中屢見的題材，具有代表意義。本詩從望幸著筆，刻畫了宮妃企望君王恩幸而不可得的怨恨心理，情致委婉，有其獨特風格。

　　首聯即點明人物身份和全詩主旨，總寫妃嬪們的「望」幸之意。以下三聯則圍繞「望」字展開，通過對周圍環境以及人物動作的描寫，生動地反映了妃嬪們生活的空虛和內心的苦悶。

　　頷聯通過對周圍環境的渲染，烘托望幸之人內心的清冷、寂寞。上句「冷」字，既寫出銅質門環之冰涼，又顯出深宮緊閉之冷寂，映襯出宮妃心情的淒冷。下句「長」字，通過宮妃對漏壺中沒完沒了的滴水聲的獨特感受，刻畫出她晝長難耐的孤寂無聊的心境。

　　頸聯通過宮妃的著意打扮，進一步刻畫她百無聊賴的心理。這一聯將宮妃那盼望中叫人失望、失望中又懷著希望的心理狀態，刻畫得十分逼真。

　　尾聯寫宮妃「望」極而怨的心情，不過這種怨恨表達得極其曲折隱晦。「遙窺」二字，表現了妃子複雜微妙的心理：我這尊貴的妃子成日地翹首空望，倒不如那灑掃的宮女能接近皇帝！這同時又暗示，君王即將臨幸正殿，不會再來了。似乎有一種近乎絕望的哀怨隱隱地透露出來。

　　這首詩對人物心理狀態的描寫極其細膩、逼真，生動地反映了宮妃們的空虛、寂寞、苦悶、傷怨的精神生活。


## 貧　女

秦韜玉

蓬門未識綺羅香，擬托良媒益自傷①。
誰愛風流高格調，共憐時世儉梳妝②。
敢將十指誇針巧，不把雙眉鬥畫長③。
苦恨年年壓金線，為他人作嫁衣裳④。

## 【作者簡介】

秦韜玉，字仲明，京兆（今陝西西安）人。出生於尚武世家，父為左軍軍將。少有詞藻，工歌吟，卻累舉不第，後諂附當時有權勢的宦官田令孜，充當幕僚，官丞郎，判鹽鐵。黃巢起義軍攻佔長安後，從僖宗入蜀。中和二年（882）特賜進士及第，編入春榜。田令孜又擢其為工部侍郎、神策軍判官。時人戲為「巧宦」，後不知所終。

秦韜玉的詩皆是七言，構思奇巧，語言清雅，意境渾然，多有佳句，藝術成就很高。有些詩反映了社會現實。《全唐詩》存其詩一卷。

## 【註釋】

① 蓬門：用蓬茅編紮的門，指窮人家。綺羅：華貴的絲綢製品，這裏指富貴婦女的華麗衣裳。擬：打算。良媒：好的媒人。益：更加。

② 風流：指貧女舉止瀟灑。高格調：高尚品格作風。憐：欣賞愛惜。時事儉梳妝：當時一種樸素簡約的妝扮，稱「時世妝」又稱「儉妝」。

③ 針巧：針線活好。鬥：比，競賽。

④ 壓金線：指刺繡活動。刺繡華貴的衣裳，須用指頭按壓著金線。他人：別人，這裏指富家女子。

## 【評析】

本詩對貧女的悲慘處境和難言之痛滿懷同情，對她不羨綺羅而儉梳妝、重勞動而輕姿色的高尚品格熱情讚揚，反過來也是對當時重富輕貧、重勢輕才的社會風氣的諷刺。這首詩歷來以語意雙關、含蘊豐富而為人傳誦。全篇都是一個未嫁貧女的獨白，傾訴她抑鬱惆悵的心情，而字裏行間卻流露出詩人懷才不遇、寄人籬下的感恨。

首聯從貧女的衣著談起。貧女自述生在蓬門陋戶，自幼著粗衣布裳，從未有綾羅綢緞沾身。寥寥七字，勾畫出一位純潔樸實的女子形象。本聯中，少女矜持而矛盾的心理被詩人刻畫得淋漓盡致。

頷聯轉向描寫外面的世界，刻畫流俗的世情：如今，人們競相追求奇裝異服，有誰來欣賞我不同流俗的高尚情操？有誰會愛惜我儉樸的梳妝？

頸聯轉為貧女自身，寫她的個性：我所自恃的是，憑一雙巧手針黹出眾，敢在人前誇口；決不迎合流俗，把眉毛畫得長長的去同別人爭妍鬥麗。

尾聯又寫了貧女不幸的現實處境。這一聯緊承上聯的「針巧」，貧女說自己的親事茫然無望，卻要每天壓線刺繡，不停地為別人做出嫁的衣裳。月復一月，年復一年，一針針刺痛著自己傷痕累累的心靈！獨白到此戛然而止，貧女憂鬱神傷的形象默然呈現在讀者的面前。

詩人刻畫貧女的形象，既沒有憑藉景物氣氛和居室陳設的襯托，也沒有進行相貌衣物和神態舉止的描摹，而是把她放在與社會環境的矛盾衝突中，通過獨白揭示她內心深處的苦痛。語言沒有典故，不用比擬，全是出自貧家女兒的又細膩又爽利、富有個性的口語，毫無遮掩地傾訴心底的衷曲。「苦恨年年壓金線，為他人作嫁衣裳。」這最後一呼，以其廣泛深刻的內涵，濃厚的生活哲理，使全詩蘊有更大的社會意義。本詩很可能也是詩人生活的真實寫照，反映了封建社會貧寒士人不為世用的憤懣和不平。


■樂　府


# 獨不見①

沈佺期

盧家少婦鬱金堂，海燕雙棲玳瑁梁②。
九月寒砧催木葉，十年征戍憶遼陽③。
白狼河北音書斷，丹鳳城南秋夜長④。
誰為含愁獨不見，更教明月照流黃⑤？

## 【註釋】

①獨不見：樂府《雜曲歌辭》舊題。《樂府解題》：「獨不見，傷思而不見也。」詩題一作《古意》，一作《古意呈喬補闕知之》。

②盧家少婦：南梁蕭衍《河中之水歌》：「河中之水向東流，洛陽女兒名莫愁。……十五嫁為盧家婦，十六生兒字阿侯。盧家蘭室桂為梁，中有鬱金蘇合香。」這裏的盧家少婦借指長安少婦。鬱金堂：指鬱金香料塗抹的堂屋，形容居室豪華。海燕：又名越燕，燕的一種。因產於南方濱海地區（古百越之地），故名。玳瑁：海生龜類，甲呈黃褐色相間花紋，古人用為裝飾品。玳瑁梁：指屋樑漆得像玳瑁一樣美觀。

③寒砧：指擣衣聲。砧，擣衣用的墊石。古代婦女縫製衣服前，先要將衣料搗過。為趕製寒衣，婦女每於秋夜擣衣，故古詩常以擣衣聲寄思婦念遠之情。木葉：樹葉。遼陽：遼河以北，泛指遼東地區，為當時東北邊防重地。

④白狼河：今遼寧省境內之大凌河，《水經注》稱白狼水。丹鳳城：此指京城長安，長安大明宮正南門為丹鳳門。

⑤誰為：即「為誰」。獨不見：指不能和遠戍的丈夫相見。更教：更使。流黃：黃紫色相間的絲織品，此指帷帳，一說指衣裳。

## 【評析】

　　這是一首擬古樂府之作，刻畫了一位對遠戍丈夫刻骨相思的閨中貴婦形象。詩人通過環境描寫烘托思婦的哀怨，以委婉纏綿的筆調，描述思婦在寒砧處處、落葉蕭蕭的秋夜，身居華屋之中，心馳萬里之外，輾轉反側，久不能寐的孤獨愁苦情狀。

　　首聯兩句以重彩濃筆誇張地描繪女主人公閨房之美：四壁以鬱金香和泥塗飾，頂梁也用玳瑁殼裝點起來，無比芬芳，無比華麗。連海燕也飛到梁上來安棲了。「雙棲」二字，暗用比興，反襯出香軟閨房中女主人公獨自一人的孤獨寂寞。

　　頷聯借景抒情，寓情於景。看到梁上海燕那相依相偎的柔情密意，這位「莫愁」女也許有所感觸吧。此時，又聽到窗外西風吹落葉的聲音和頻頻傳

來的擣衣的砧杵之聲，進一步勾起了少婦心中之愁。夫婿遠戍遼陽，一去就是十年，她的苦苦相憶，也已整整十年了。一個「催」字，訴盡滿心苦痛。

　　頸聯層層深入，刻畫主題。丈夫一去，十年未還，音信全無，獨居長安的女主人公不僅哀怨、祈盼，更是牽掛、傷神。在這樣的心緒下，她難免夜夜難寐，更覺長夜漫漫。

　　尾聯點明主旨。詩人以月寫情，直接抒發愁思。寒砧聲聲，秋葉蕭蕭，叫思婦無法入眠。更有那一輪惱人的明月，竟也來湊趣，透過窗紗把流黃幃帳照得明晃晃的炫人眼目，給人愁上添愁。這種托物言情的手法使詩歌更加委婉感人。

# 鹿　柴①

王維

空山不見人，但聞人語響②。
返景入深林，復照青苔上③。

## 【註釋】

① 鹿柴：地名，為王維輞川別墅的二十勝景之一。「柴」同「寨」，柵欄的意思。鹿柴原意是鹿棲息的地方。本詩是《輞川集》二十首中的第五首。

② 但：只。

③ 返景：夕陽返照的光。「景」：日光之影，古時同「影」。

## 【評析】

　　本詩是王維隱居輞川時的作品。詩描繪了鹿柴附近的空山深林在傍晚時分的幽靜景色，充滿了繪畫的境界，反映了詩人對大自然的熱愛和對塵世官場的厭倦。

　　詩的第一句先正面描寫空山的杳無人跡，表現山的空寂清冷。由於杳無人跡，這並不真空的山在詩人的感覺中顯得空闊虛無，宛如太古之境。「不見人」，把「空山」的意蘊具體化了。如果唯讀第一句，讀者可能會覺得它比較平常，但在「空山不見人」之後緊接「但聞人語響」，卻境界頓出。這「人語響」，似乎是破「寂」的，實際上是以局部的、暫時的「響」反襯出全局的、長久的空寂。空谷傳音，愈見空谷之空；空山人語，愈見空山之寂。人語響過，空山復歸於萬籟俱寂的境界。而且由於剛才那一陣人語響，這時的空寂感就更加突出。

　　三、四句由前兩句的描寫空山中傳語進而描寫深林返照，由聲而色。按

照常情，寫深林的幽暗，應該著力描繪它不見陽光，這兩句卻特意寫返景射入深林，照映在青苔上。讀者猛然一看，會覺得這一抹斜暉，給幽暗的深林帶來了一線光亮，給林間青苔帶來了一絲暖意，或者說給整個深林帶來了一點生意。但細加體味，就會感到，無論就詩人的主觀意圖或作品的客觀效果來看，都恰與此相反。一味的幽暗有時反倒使人不覺其幽暗，而當一抹餘暉射入幽暗的深林，斑斑駁駁的樹影照映在樹下的青苔上時，那一小片光影和大片的無邊的幽暗所構成的強烈對比，反而使深林的幽暗更加突出。特別是這「返景」，不僅微弱，而且短暫，一抹餘暉轉瞬逝去之後，接踵而來的便是漫長的幽暗。如果說，一二句是以有聲反襯空寂；那麼三四句便是以光亮反襯幽暗。整首詩就像是在絕大部分用冷色的畫面上摻進了一點暖色，結果反而使冷色給人的印象更加突出。

　　本詩體現了王維詩歌一貫塑造的「靜美」，它和「壯美」是大自然的千姿百態的美的兩種類型，其間原本無軒輊之分。但靜而近於空無，幽而略帶冷寂，則多少表現了詩人美學趣味中獨特的一面。


# 竹里館①

王維

獨坐幽篁裏，彈琴復長嘯②。
深林人不知，明月來相照③。


【註釋】

① 竹里館：輞川別墅勝景之一。本詩是《輞川集》二十首中的第十七首。
② 幽篁：幽深的竹林。嘯：撮口發出長而清脆的聲音。
③ 相照：與「獨坐」相應，意思是說，左右無人相伴，唯有明月似解人意，偏來相照。

## 【評析】

本詩寫幽居山林，彈琴歌嘯的閒適的生活情趣，屬閒情偶寄，遣詞造句簡樸清麗，表現了清幽寧靜、高雅絕俗的境界。全詩雖只有短短的二十個字，但有景有情、有聲有色、有靜有動、有實有虛，對立統一，相映成趣，是詩人生活態度以及作品特點的絕佳表述。

詩的前兩句寫詩人獨坐於幽靜繁茂的竹林中，邊彈琴邊對天長嘯。實際上，不管是彈琴，還是對天長嘯，皆表現出詩人高雅脫俗、閒靜淡泊的氣質。然而，曲高必定和寡，因此詩人後兩句寫道：深林人不知，明月來相照。說的是，自己獨居於深林中沒有人陪伴，但也並不有多感到孤獨，因為那輪明月還在時刻照耀著自己。此處，詩人運用了擬人的修辭手法，將遍灑清輝的明月當作心靈相通的知心朋友，顯示了詩人新奇的想像力。

本詩中以自然平淡的筆調，描繪出清新靜謐的月夜幽林的意境，產生出別樣的藝術效果。月夜幽林之中，空明澄靜，詩人坐在竹林中撫琴長嘯，物我兩忘，怡然自得。這裏，心靈澄靜的詩人與明月以及月下的清幽竹林融為一體，一種藝術美使本詩產生了別樣的藝術魅力，為後人長久傳誦。

這首詩對景物和人物的描寫看似信手拈來，實則匠心獨運，詩人以彈琴長嘯反襯月夜竹林的幽靜，以明月的光影反襯深林的昏暗。整首詩格調清幽深遠，韻味十足，令人回味無窮。

## 送　別

王維

山中相送罷，日暮掩柴扉[①]。
春草明年綠，王孫歸不歸[②]？

## 【註釋】

① 山中：指王維晚年隱居輞川別墅所在地藍田山。掩：關閉。
② 王孫：原指貴族子弟，這裏指詩人送別的友人。

## 【評析】

　　這是一首送別詩，題材非常普通，但構思卻獨具匠心，極有特色。其最顯著的特點在於並非就「送別」二字作文章，而著墨於送別後的行動與思緒，並表達了詩中人期盼來年春草再綠時能與友人團聚的情懷。

　　詩的一開頭就告訴讀者相送已罷，把送行時的話別場面、惜別情懷，用一個看似毫無感情色彩的「罷」字一筆帶過。這裏，從相送到送罷，跳越了一段時間。而次句從白晝送走行人一下子寫到「日暮掩柴扉」，則又跳越了一段更長的時間。詩人在把生活接入詩篇時，剪去了在這段時間內送行者的所感所想，都當作暗場處理了。

　　離別多傷感，在這離愁別恨最難排遣的時刻，要寫的東西也必定是千頭萬緒的。可是，詩只寫了一個「掩柴扉」的舉動。這是山居的人每天到日暮時都要做的極其平常的事情，看似與白晝送別並無關聯。而詩人卻把這本來互不關聯的兩件事聯在了一起，使這本來天天重複的行動顯示出與往日不同的意味，從而寓別情於行間，見離愁於字裏。

　　詩的後兩句從《楚辭‧招隱士》「王孫遊兮不歸，春草生兮萋萋」句化來。但原句是因遊子久去而歎其不歸，這兩句詩則在與行人分手的當天就唯恐其久去不歸。「歸不歸」，作為一句問話，照說應當在相別之際向行人提出，這裏卻讓它在行人已去、日暮掩扉之時才浮上居人的心頭，成了一個並沒有問出口的懸念。這樣，所寫的就不是一句送別時照例要講的話，而是「相送罷」後內心深情的流露，說明詩中人一直到日暮還為離思所籠罩，雖然剛剛分手，已盼其早日歸來，又怕其久不歸來了。

# 相　思

王維

紅豆生南國，春來發幾枝<sup>①</sup>？
願君多採擷，此物最相思<sup>②</sup>。

## 【註釋】

① 紅豆：又名相思子，生於嶺南，樹高丈餘，白色，葉似槐樹，花似皂莢，莢似扁豆，子大如豆，全身紅色，可以做裝飾品。《古今詩話》：「相思子圓而紅，昔有人歿於邊，其妻思之，哭於樹下而卒，因以名之。」南國：指我國南部地區。

② 採擷：採摘。

## 【評析】

　　這是借詠物而寄相思的詩。一題為《江上贈李龜年》，可見是眷懷友人無疑。用植物來寄託情思，是古典詩歌中常用的手法，唐詩中就經常用紅豆來表達相思。而且，「相思」並不局限於男女情愛的範圍內，朋友間的思念也可以稱為相思。

　　首句以「紅豆生南國」起興，暗逗後文的相思之情。語極單純，而又富於形象。次句「春來發幾枝」輕聲一問，承得自然，寄語設問的口吻顯得分外親切。然而單問南國紅豆春來發幾枝，是意味深長的，這是選擇富於情味的事物來寄託情思，問紅豆其實就是對友人的關懷。這裏的紅豆是赤誠友愛的一種象徵。這樣寫來，便覺語近情遙，令人神遠。

　　第三句緊接著寄意對方「多採擷」紅豆，仍是言在此而意在彼。以採擷植物來寄託懷思的情緒，是古典詩歌中常見的手法。「願君多採擷」似乎是說：「看見紅豆，就想起我的一切吧。」暗示遠方的友人珍重友誼，語言懇摯動人。

　　末句點題，「相思」與首句「紅豆」呼應，既是切「相思子」之名，又關合相思之情，有雙關的妙用。「此物最相思」就像是說：只有這紅豆才最惹人喜愛，最叫人忘不了呢。這是補充解釋何以「願君多採擷」的理由。而讀者從話中可以體味到更多的東西。詩人真正不能忘懷的，不言自明。一個「最」的高級副詞，意味極深長，更增加了雙關語中的含蘊，可謂生花妙筆，委婉動人。

　　全詩洋溢著少年的熱情，青春的氣息，滿腹情思始終未曾直接表白，句句話不離紅豆，而又「超以象外，得其圜中」，把相思之情表達得入木三分。

# 雜　詩

王維

君自故鄉來，應知故鄉事。
來日綺窗前，寒梅著花未[①]？

## 【註釋】

①來日：指從故鄉啟程的那一天。綺窗：以綢帛裝飾的窗戶。著花未：
　開花了沒？

## 【評析】

　　這是一首抒寫懷鄉之情的詩，以白描記言的手法，簡練而形象地表達了
遊子思念家鄉的感情。原詩有三首，本詩是第二首。對於背井離鄉的遊子，
思念故鄉是人之常情，而且一定會思念故鄉的很多事物。然而，詩人拋開諸
多的山川景物、風土人情，卻只提窗前「寒梅」作為繁多家事的替代，不但
更加生活化，而且也詩化了最普通的家務事，寫法巧妙，可謂「於細微處見
精神」。這也體現了詩人獨鍾梅花那種清高超脫的品性，表現了詩人高雅的
情趣。全詩不事雕琢，質樸平淡，信手拈來，渾然天成，其中深情摯意，悠
遠不盡，詩味極其濃郁。

　　詩中的抒情主人公是一個久在異鄉的人，忽然遇上來自故鄉的舊友，首
先激起的自然是強烈的鄉思，是急欲瞭解故鄉風物、人事的心情。開頭兩
句，正是以一種不加修飾、接近於生活的自然狀態的形式，傳神地表達了
「我」的這種感情。純用白描記言，卻簡潔地將「我」在特定情形下的感情、
心理、神態、口吻等表現得栩栩如生，可見詩人功力之深厚。

　　關於「故鄉事」，可問的太多太多了。初唐的王績寫過一篇《在京思故
園見鄉人問》，從朋舊童孩、宗族弟姪、舊園新樹、茅齋寬窄、柳行疏密一
直問到院果林花，仍然意猶未盡，「羈心只欲問」。而這首詩中的「我」卻
撇開這些，獨問對方：「來日綺窗前，寒梅著花未？」彷彿故鄉之值得懷念，
就在窗前那株寒梅。這就很有些出乎常情，但又絕非故作姿態。

故鄉的親朋故舊、山川景物、風土人情，都值得懷念。但引起親切懷想的，有時往往是一些看來很平常、很細小的情事，這窗前的寒梅便是一例。它可能蘊含著當年家居生活親切有趣的情事。因此，這株寒梅，就不再是一般的自然物，而成了故鄉的一種象徵。它已經被詩化、典型化了。

# 送　崔　九

裴迪

歸山深淺去，須盡丘壑美①。
莫學武陵人，暫遊桃源裏②。

## 【作者簡介】

裴迪，關中人，是王維的好友，和他酬唱最多。起初二人同住終南山，後又同在輞川「浮舟往來，彈琴賦詩，嘯詠終日」（《舊唐書·王維傳》）。天寶後他隨王維弟王縉入蜀。與杜甫、李頎友善，有唱和。裴迪一生以詩文見稱，是盛唐著名的山水田園詩人之一。受王維的影響，裴迪的詩多為五絕，描寫的也常是幽寂的景色，大抵和王維山水詩相近。《全唐詩》存其詩三十九首。

## 【註釋】

① 山：指終南山。深淺去：指「去深淺」。盡：極盡，動詞，含有飽賞之意。丘壑：既指丘陵川壑，也是暗用典故，含勸友人隱逸山林、莫改初衷之意。《世說新語·品藻》載：「明帝問謝鯤：『君自謂何如庾亮？』答曰：『端委廟堂，使百僚準則，臣不如亮；一丘一壑，自謂過之。』」

② 武陵人：指陶潛《桃花源記》中誤入桃花源的武陵漁人。

## 【評析】

詩題一作《崔九欲往南山馬上口號與別》。崔九即崔興宗，早年與裴迪、王維隱居唱和，後來出仕為官，官至右補闕，但不久即對官場生活產生厭惡情緒，去官歸隱。裴迪為之餞行送別，作此詩以勸勉。詩人勸勉崔九既要隱居，就必須堅定不移，不要三心兩意，入山復出，不甘久隱。

首句點題中「送」字。詩人看著崔九向山中走去，於是勸勉他說：山中自有美妙之景，足以自得於心，一丘一壑，皆可怡性養神。次句「丘壑」用典，諷勸友人隱逸山林，莫改初衷，為下文預設伏筆。前兩句中，詩人勸導友人不要再眷戀塵世的生活，將對山水的情感上升到一種和塵世生活對立的高度，這與他們對當時社會現狀的厭煩及不滿有關。此詩寫於唐玄宗在位末期。當時，玄宗重用奸相李林甫，專寵楊貴妃，致使政治非常黑暗，處於社會下層的知識份子不能入朝做官，而像裴迪、崔興宗這種出身寒微的讀書人更是毫無出路。因此他們甘願歸隱山林，過著與世隔絕的生活。

後兩句緊依次句而寫，化用陶淵明《桃花源記》典故，含蘊深刻。既是勸勉友人堅持初衷，盡享山水之樂，同時暗含這一層意思：如果棄隱入仕，以後想再度歸隱，怕就難了。這既體現了詩人對歸隱生活的肯定，也體現了他對社會現狀的不滿和否定。這裏「暫」字用得極妙，與次句「盡」字相對。次句從正面勸說，結尾二句從反面勸勉。這一正一反，思慮周全，語意婉轉，諄諄囑咐，濃濃友情，溢於字裏行間。

## 終南望餘雪

祖詠

終南陰嶺秀，積雪浮雲端[1]。
林表明霽色，城中增暮寒[2]。

## 【註釋】

①陰嶺：指山的北面，因背著太陽，故稱。終南山在長安之南，從城中

南望，只見山陰。

②林表：林外，林梢。霽：雨、雪後出現的晴光。

## 【評析】

　　這是一首詠終南山餘雪的詩。詩雖短，卻樸茂奇崛。據《唐詩紀事》記載，《終南望餘雪》是祖詠在長安應進士試的詩題，按唐制應作成六韻十二句的五言長律，但他作了四句便交卷。問他為何不寫完，他答：「意盡。」考官看了很讚賞，因此祖詠便被錄取了。

　　首句點題。從長安城中遙望終南山，所見的自然是它的「陰嶺」。而且，唯其「陰」，才有「餘雪」。「陰」字下得很確切。「秀」是望中所得的印象，既讚頌了終南山，又引出下句。次句「積雪浮雲端」，就是「終南陰嶺秀」的具體內容。這個「浮」字下得十分生動。積雪本不能浮，但終南積雪高聳，朵朵白雲夾山流過，山峰隱沒在雲海之中，只有積雪穿出雲端，遠遠望去，就好像「浮」在「雲端」一般。同時，「積雪浮雲端」一句寫出了終南山高聳入雲，表達了詩人的凌雲壯志。

　　第三句接著描寫雪景。一個「明」字寫盡雪景之意。有了「明」，「望」頓時生色。「明」字當然用得好，但「霽」字更重要。詩人寫的是從長安遙望終南餘雪的情景。終南山距長安城南約六十華里，從長安城中遙望終南山，陰天固然看不清，就是在大晴天，一般看到的也是籠罩終南山的濛濛霧靄。只有在雨雪初晴之時，才能看清它的真面目。所以，如果寫從長安城中望終南餘雪而不用一個「霽」字，卻說望見終南陰嶺的餘雪如何如何，那就不是客觀真實了。詩人不僅用了「霽」，而且選擇的是夕陽西下之時的「霽」。他說「林表明霽色」，而不說山腳、山腰或林下「明霽色」，這是很費推敲的。「林表」承「終南陰嶺」而來，自然在終南高處。只有終南高處的林表才明霽色，表明西山已銜半邊日，落日的餘光平射過來，染紅了林表，不用說也照亮了浮在雲端的積雪。而結句的「暮」字，也已經呼之欲出了。

　　前三句，寫「望」中所見，末一句，寫「望」中所感。俗諺有云：「下雪不冷消雪冷。」又云：「日暮天寒。」一場雪後，只有終南陰嶺尚餘積雪，

其他地方的雪正在消融，吸收了大量的熱，自然要寒一些。日暮之時，又比白天寒。再望終南餘雪，寒光閃耀，就令人更增寒意。一個「增」字，真實而貼切地寫出了當時的氣候特點及人的感受，景足意盡，神完韻遠。

# 宿建德江①

孟浩然

移舟泊煙渚，日暮客愁新②。
野曠天低樹，江清月近人③。

## 【註釋】

①建德江：指新安江流經建德（今屬浙江）的一段江水。
②煙渚：彌漫霧氣的沙洲。客愁：思鄉的愁緒。
③野曠：空曠的原野。天低樹：天幕低垂，好像和樹木相連。

## 【評析】

　　本詩是孟浩然漫遊吳、越時途中經過浙江建德江時所作，詩以舟泊暮宿為背景，刻畫秋江暮色，抒寫羈旅愁思，寫出了詩人漂泊東南的感受。

　　首句寫羈旅夜泊，照應主題，為下句抒情做好鋪墊。詩人將船停靠在江中的一個煙霧朦朧的小沙洲旁，那煙霧就像詩人滿心的愁緒一樣。次句是詩人抒情，別有味道。「日暮」承接上文，續寫新愁。因為日落黃昏，所以要泊船停宿；也因為日落黃昏，江面上才水煙濛濛。本來詩人停船靠岸，想要靜靜地休息一夜，消除旅途的疲勞，誰知在這眾鳥歸林、牛羊下山的黃昏時刻，那羈旅之愁和思念家人的情感又驀然而生。

　　後兩句遠眺近視，寫詩人日暮所見。這三、四句好似詩人懷著愁心，在這廣袤而寧靜的宇宙之中，經過一番上下求索，終於發現了還有一輪孤月此刻和他是那麼親近，他寂寞的愁心也似乎尋得了慰藉。這種化靜為動的寫法，賦予了本無生命的明月以無限的情感，既生動形象，又親切近人。這兩

句雖是寫秋江夜景，並無「愁」字，但「秋色」逼人，「秋愁」暗生，回應「日暮客愁新」。詩人巧妙地將他的新愁與孤寂清冷的秋色融為一體，創造出一種淒清、寧靜、優美的意境。正是在這種別具一格的描繪中，詩人將自身的羈旅之愁表現得淋漓盡致。

## 春　曉

孟浩然

春眠不覺曉，處處聞啼鳥<sup>①</sup>。
夜來風雨聲，花落知多少。

**【註釋】**

① 曉：清晨。啼鳥：鳥鳴。

**【評析】**

　　這首惜春詩是孟浩然隱居鹿門山時所作，雖只有短短二十字，但意境十分優美，千百年來廣為流傳。此詩沒有採用直接敘寫眼前春景的一般手法，而是通過「春曉」自己一覺醒來後瞬間的聽覺感受和聯想，捕捉典型的春天氣息，表達自己喜愛春天和憐惜春光的情感，用極少的筆墨描繪了一幅清新明媚的春之晨景。

　　詩的前兩句寫詩人因春宵夢酣，天已大亮了還不知道。一覺醒來，聽到的是屋外處處鳥兒的歡鳴。詩人惜墨如金，僅以一句「處處聞啼鳥」來表現充滿活力的春曉景象，但人們由此可以知道就是這些鳥兒的歡鳴把懶睡中的詩人喚醒。可以想見此時屋外已是一片明媚的春光，可以體味到詩人對春天的讚美。

　　正是這可愛的春曉景象，使詩人很自然地轉入詩的第三、四句的聯想：昨夜我在朦朧中曾聽到一陣風雨聲，如今庭院裏盛開的花兒到底被搖落了多少呢？聯繫詩的前兩句，夜裏這一陣風雨不是疾風暴雨，而當是輕風細雨，

它把詩人送入香甜的夢鄉，把清晨清洗得更加明麗，並不可恨。但是它畢竟要搖落春花，帶走春光，因此一句「花落知多少」，又隱含著詩人對春光流逝的淡淡哀怨以及無限遐想。本詩在時間跨度上，以及情感的細微變化上，都非常富有情趣，讀來令人回味無窮。

# 靜夜思①

李白

床前明月光，疑是地上霜②。
舉頭望明月，低頭思故鄉。

【註釋】
① 靜夜思：靜靜的夜裏，產生的思緒。
② 床：說法不一，有井臺、井欄、窗、坐臥器具、胡床等。

【評析】

　　這首詩寫的是在寂靜的月夜思念家鄉的感受，它以簡單平實的敘述來抒發遠客鄉愁，雖然沒有新穎神奇的想像、華美豔麗的辭藻，卻情真意切，耐人回味，成為傳誦千載的佳作。

　　詩的前兩句，是寫詩人在作客他鄉的特定環境中一剎那間所產生的錯覺。一個獨處他鄉的人，白天奔波忙碌，倒還能沖淡離愁，然而一到夜深人靜的時候，心頭就難免泛起陣陣思念故鄉的波瀾。何況是在月明之夜，更何況是月色如霜的秋夜。「疑是地上霜」中的「疑」字，生動地表達了詩人睡夢初醒，迷離恍惚中將照射在床前的清冷月光誤作鋪在地面的濃霜。而「霜」字用得更妙，既形容了月光的皎潔，又表達了季節的寒冷，還烘托出詩人飄泊他鄉的孤寂淒涼之情。

　　詩的後兩句，則是通過動作神態的刻畫，深化思鄉之情。「望」字照應了前句的「疑」字，表明詩人已從迷蒙轉為清醒，他翹首凝望著月亮，不禁

想起，此刻他的故鄉也正處在這輪明月的照耀下。於是自然引出了「低頭思故鄉」的結句。「低頭」這一動作描畫出詩人完全處於沉思之中。而「思」字又給讀者留下豐富的想像：那家鄉的父老兄弟、親朋好友，那家鄉的一山一水、一草一木，那逝去的年華與往事……無不在思念之中。一個「思」字所包含的內容實在太豐富了。

　　詩人的內心由「疑」到「舉頭」，由「舉頭」到「低頭」的這一串動作，為讀者展現了一幅形象動人的月夜思鄉圖。短短四句詩，寫得清新樸素，明白如話。

## 怨　情[①]

李白

　　美人捲珠簾，深坐蹙蛾眉[②]。
　　但見淚痕濕，不知心恨誰。

### 【註釋】

① 怨情：指女子的閨怨。
② 蹙蛾眉：皺眉。

### 【評析】

　　這是一首寫棄婦怨情的詩。詩中描寫美人捲珠簾，夜半皺眉落淚的情景，含蓄地表達了她盼望愛人歸來不得而哀傷怨恨之情。全詩哀婉悲涼，纏綿悱惻。

　　詩的前兩句描寫美人等待盼望時的動作和神態。美人捲起珠簾，盼望著愛人歸來。她靜靜地坐著，等啊等，一直等到雙眉緊蹙，也沒有見到愛人出現。一個「深」字，不僅點明了等待時間之長，而且還暗含門庭深邃之意。

　　後兩句生動形象地描寫了美人不見心上人的幽怨神情：她殷切期盼的心上人始終沒有出現，不禁淚流滿面。「濕」字說明是暗暗地流淚，情不自禁

地流淚。聯繫到第二句的「蹙蛾眉」，比「才下眉頭，又上心頭」的怨情更重。「不知心恨誰」，明明是思念，是愛一個人，卻偏偏用「恨」。女主人公的心底是有點抱怨，離人去外地太久了，害她一個人在這深院裏忍受著孤單寂寞，離人卻還不回來。但這種恨，其實就是一種愛。愛一個人，總是恨對方不能陪伴在身邊。詩以問句結尾不僅做到了充分留白，而且使詩歌讀起來更加含蓄雋永、韻味無窮。

在本詩中，詩人以簡潔的語言刻畫了閨中人幽怨的情態，著重於從「怨」字落筆，寫女主人公「怨」而坐待，「怨」而皺眉，「怨」而落淚，「怨」而生恨，層層深化主題。而從這怨之深中，也不難窺其情之切。詩人最終並沒有將其怨恨的對象點明，也給人留下了豐富的想像空間。

此外，若結合詩人的人生經歷來分析，也能看出詩人表面上是寫怨婦被棄，其實是借此來抒發自己懷才不遇、鬱鬱不得志的愁情。

# 八陣圖

杜甫

功蓋三分國，名成八陣圖[①]。
江流石不轉，遺恨失吞吳[②]。

## 【註釋】

① 三分國：指三國時魏、蜀、吳三國。

② 石不轉：指漲水時，八陣圖的石塊仍然不動。遺恨失吞吳：諸葛亮主張聯吳抗魏，但劉備為報關羽之仇，貿然征吳，結果遭遇大敗，不久在永安宮病故。蜀從此一蹶不振。後來諸葛亮伐魏不利又病死軍中。蜀歷二世而亡。故云。

## 【評析】

本詩是大曆元年（766）杜甫初到夔州時所作，抒發了詩人對諸葛亮卓

絕功績的敬佩之情以及對他未能實現統一大業的遺憾之情。東漢時竇憲曾以八陣擊敗匈奴，可見諸葛亮之前已有八陣之法。八陣為天、地、風、雲、龍、虎、鳥、蛇八種陣勢。諸葛亮所布的八陣共有四處，其中一處在夔州永安宮江灘上，本詩所詠即此處古跡。

首句從總的方面寫，說諸葛亮在確立魏、蜀、吳三分天下、鼎足而立的局勢的過程中，功績最為卓絕。杜甫這一高度概括的讚語，客觀地反映了三國時代的歷史真實。次句從具體的方面來寫，說諸葛亮創制八陣圖使他聲名更加卓著，集中、凝練地讚頌了諸葛亮的軍事業績。

第三、四句，詩人直抒胸臆，發出感慨。其中第三句是對八陣圖特徵的描寫。根據相關記載，八陣圖聚細石成堆，高五尺，六十圍，縱橫棋布，排列為六十四堆，始終保持原來的樣子不變，即使被夏天大水衝擊淹沒，等到冬季水落平川，萬物都失故態，唯獨八陣圖的石堆卻依然如舊，六百年來巋然不動。這個特徵被詩人用五個字帶了出來，語言十分簡潔凝練。

末句詩人想到劉備吞吳失敗，破壞了諸葛亮聯吳抗曹的根本策略，以致統一大業中途夭折，而成了千古遺恨。當然，這首詩與其說是在寫諸葛亮的「遺恨」，毋寧說是杜甫在為諸葛亮惋惜，並在這種惋惜之中滲透了杜甫「傷己垂暮無成」的抑鬱情懷。

## 登鸛雀樓①

王之渙

白日依山盡，黃河入海流。
欲窮千里目，更上一層樓②。

### 【作者簡介】

王之渙（688—742），字季凌，絳州（今山西新絳縣）人。少時有俠氣，常擊劍悲歌，其詩多被當時樂工製曲歌唱。後折節讀書，常與王昌齡、高適等相唱和，詩名大振。

　　王之渙是盛唐著名詩人之一，早年精於文章，並善於寫詩，尤善五言詩，其寫西北邊塞風光的詩篇頗具特色，大氣磅礡，意境開闊，韻調優美。可惜他的作品多已散佚。《全唐詩》存其詩六首。

【註釋】

①鸛雀樓：在今天山西永濟市西南，樓高三層，前對中條山，下臨黃河。傳說常有鸛雀在此停留，故有此名。

②窮：動詞，盡了，完畢。

【評析】

　　本詩寫詩人在登高望遠中表現出來的不凡的胸襟抱負。詩句樸實簡練，言淺意深，反映了盛唐時期人們積極向上的進取精神。

　　詩的前兩句寫所見。首句寫遠景，重點寫山，寫得景色恢弘、氣象萬千：詩人登樓遙望一輪落日向著樓前一望無際、連綿起伏的群山西沉，在視野的盡頭冉冉而沒。詩人將夕陽稱作「白日」，表面看似頗為奇異，其實是高度寫實的手法。西山落日，雲霧遮蔽，本來就已經黯淡的夕陽，這時更顯得失去了光輝，因此詩人直接觀看到了「白日」的奇妙景象。次句寫近景，重點寫水，寫得景象壯觀、氣勢磅礡：詩人目送流經樓前下方的黃河奔騰咆哮、滾滾南來，就像一條金色的絲帶，飛舞在崇山峻嶺之間，又在遠處折而東向，流歸大海。

　　這兩句詩合起來，就把上下、遠近、東西的景物，全都容納進詩筆之下，甚至還有想像中的景象的抒寫，使畫面顯得特別寬廣遼遠。就次句詩而言，詩人身在鸛雀樓上，不可能望見黃河入海，句中寫的是詩人目送黃河遠去天邊而產生的意中景，是把當前景與意中景融合為一的寫法。這樣寫，更增加了畫面的廣度和深度。詩人眼前所呈現的，是一幅溢光流彩、金碧交輝的壯麗圖畫。

　　後兩句寫所想。「欲窮千里目」，寫詩人一種無止境探求的願望，還想看得更遠，看到目力所能達到的地方，唯一的辦法就是要站得更高些，「更上一層樓」。「千里」、「一層」，都是虛數，是詩人想像中縱橫兩方面的空

間。「欲窮」、「更上」詞語中包含了多少希望，多少憧憬。這兩句詩，是千古傳誦的名句，既別出新意，出人意料，又與前兩句詩承接得十分自然、緊密，表現了詩人的向上進取的精神、高瞻遠矚的胸襟，也道出了要站得高才看得遠的哲理。同時，在收尾處用一「樓」字，也起了點題作用，說明這是一首登樓詩。

# 送靈澈上人①

劉長卿

蒼蒼竹林寺，杳杳鐘聲晚②。
荷笠帶斜陽，青山獨歸遠③。

## 【註釋】

① 靈澈上人：中唐時期一位著名詩僧，俗姓湯，字源澄，會稽（今浙江紹興）人，後為會稽雲門寺僧，從嚴維學詩，與僧皎然遊。《全唐詩》存其詩一卷。

② 蒼蒼：深青色。竹林寺：在今江蘇鎮江市南黃鶴山上，一稱鶴林寺。杳杳：深遠的樣子。

③ 荷笠：背著斗笠。帶斜陽：映帶在夕陽之下。

## 【評析】

　　這首小詩記敘了詩人在傍晚時分送靈澈返竹林寺時的心情，是一首感情深沉的送別詩，也是一幅構圖美妙的靜物畫。全詩表達了詩人對靈澈上人的深厚情誼，也表現了靈澈上人清寂的風度。

　　詩的前兩句寫靈澈上人欲回竹林寺的情景。詩人佇立遙望，蒼蒼山嶺、鬱鬱竹林之後便是靈澈的居所。此時已是黃昏，遠處傳來寺院報時的鐘聲，彷彿催促靈澈歸山。此二句重在寫景，景中也寓之以情。

　　後兩句寫詩人目送靈澈上人辭別歸去的情景。夕照中，靈澈背著斗笠，

披帶夕陽餘暉，獨自向青山走去，越來越遠。「青山」即應首句「蒼蒼竹林寺」，點出寺在山林。「獨歸遠」顯出詩人佇立目送，依依不捨，結出別意。一個「獨」字雖然寫的靈澈上人，但其實反映了詩人內心深處因友人離去而產生的孤獨與寥落。只寫行者，未寫送者，而詩人久久佇立，目送友人遠去的形象仍顯得非常生動。

全詩寫離別，卻不見一個明顯的「送」字，只是用精練的語言創造出靈澈上人歸去的深遠意境。

## 彈　琴

劉長卿

冷冷七弦上，靜聽松風寒①。
古調雖自愛，今人多不彈。

### 【註釋】

①冷冷：清涼、淒清的樣子。松風：琴曲名，指《風入松》曲。寒：淒清的意思。

### 【評析】

這是一首借物言志詩歌，詩人借詠古調的冷落，不為人所重視，來抒發懷才不遇，世少知音的遺憾。

琴是我國古代傳統民族樂器，由七條弦組成，所以首句以「七弦」作琴的代稱，意象也更具體。「冷冷」形容琴聲的清越，逗起「松風寒」三字。「松風寒」以風入松林暗示琴聲的淒清，極為形象，引導讀者進入音樂的境界。「靜聽」二字描摹出聽琴者入神的情態，可見琴聲的超妙。高雅平和的琴聲，常能喚起聽者水流石上、風來松下的幽清肅穆之感。而琴曲中又有《風入松》的調名，一語雙關，用意甚妙。

前兩句是描寫音樂的境界，後兩句則轉入抒發情感，點明全詩主旨。漢

魏六朝時天下戰亂，民族融合，胡樂漸興，僅南方清樂尚用琴瑟。而到唐代，音樂發生變革，「燕樂」成為一代新聲，樂器則以西域傳入的琵琶為主。「琵琶起舞換新聲」的同時，公眾的欣賞趣味也變了。受人歡迎的是能表達世俗歡快心聲的新樂。穆如松風的琴聲雖美，如今畢竟成了「古調」，又有幾人能懷著高雅情致來欣賞呢？言下便流露出曲高和寡的孤獨感。「雖」字轉折，從對琴聲的讚美進入對時尚的感慨。「今人多不彈」的「多」字，確證了古調廣泛意義上的衰落，更反襯出琴客知音者的稀少。詩人借古調的衰落表達了懷才不遇、知音難覓的慨歎。

全詩從對琴聲的讚美，轉而對時尚的感慨，流露出詩人孤高自賞，不同凡俗的情操。劉長卿清才冠世，一生兩遭遷斥，有一肚子不合時宜和一種與流俗落落寡合的情調。這首詩貫穿了他對於高雅、高尚、高潔的讚美，抒發了他對不與世俗同流合污的堅持以及堅持背後的遺憾與寂寞。

# 送上人

劉長卿

孤雲將野鶴，豈向人間住①？
莫買沃洲山，時人已知處②。

## 【註釋】

① 孤雲、野鶴：都用來比喻方外上人。將：與共。

② 沃洲山：道書列為第十二洞天，在浙江新昌縣東，上有支遁嶺、放鶴峰、養馬坡，相傳為晉代名僧支遁放鶴、養馬之地。時人：指時俗之人。已知處：已知道沃洲山那個地方，意思說那裏不是清靜之地。

## 【評析】

這是一首送行詩，是詩人送僧人回歸山林時所寫。「上人」當指靈澈。詩的字裏行間頗有調侃的味道，由此可見詩人和「上人」之間感情的親密。

　　詩的首句中，詩人將超凡脫俗的「上人」與輕靈的孤雲野鶴作比。接下來，詩人又風趣地說道：「豈向人間住？」意思就是說：既然「上人」這樣不同凡俗，又怎能在這人間居住呢？第三、四句的意思是說：「上人」打算要去沃洲山，那也是世俗之人很早就已經知道的地方，並非仙界。因此，詩人才勸「上人」「莫買沃洲山」。末句是詩人對為何勸「上人」不要去沃洲山的原因的說明。詩中非常精妙地將人間與仙界相互對立起來，說明人間處處有仙山福地，又何必跑到遙遠的沃洲山去歸隱，這樣豈不是多餘嗎？言外之意就是：你還是不要去了吧。如此一來，詩人便將對關係密切的友人的不忍離別之情及無限挽留之意，寄寓於詼諧的說理之中了，真可謂言淺意深，言淡情濃，妙不可言。

　　另外，也有人認為詩人寫這首詩意為說明沃洲山是世俗之人都熟知的名山，「上人」既打算隱居，就不要到這種凡俗之地去，而應到極其清幽、無人居住之地隱居修行。因而，本詩暗含譏諷上人入山不深，隱居之心不夠堅定的意思，同時也表達了詩人對超凡脫俗的隱居生活的嚮往。


# 秋夜寄邱員外①

韋應物

懷君屬秋夜，散步詠涼天②。
空山松子落，幽人應未眠。


【註釋】

①邱員外：名丹，蘇州人，曾拜尚書郎，後隱居平山上。一作「邱二十二員外」。

②屬：正值。

③幽人：幽居隱逸的人。此處指邱員外。

## 【評析】

這是一首懷人詩。韋應物在蘇州時與邱丹過往甚密，邱丹在臨平山學道時，韋應物寫此詩以寄懷。

詩的前兩句寫詩人自己，也是懷念友人之人；後兩句寫當時在臨平山習道的邱丹，即詩人所懷念之人。首句點出時間是在秋天的晚上，而這秋夜的景致和「懷君」的情愫正好相互映襯。次句自然地承接上句，與上句之意緊緊相扣。「散步」與「懷君」相對應，「涼天」和「秋夜」相關聯。前兩句皆為實寫，寫出詩人因懷念友人而在寒涼的秋夜徘徊沉吟的情景。隨後，詩人沒有順著情思抒寫，也沒有針對夜景抒懷，而是讓詩情飛到了遠方。第三、四句是詩人想像所懷之人此刻在遠方的情況，但仍然是緊緊扣住前兩句來寫的。隱士常以松子為食，因而想到松子脫落的季節即想起對方。第三句「空山松子落」，遙承「秋夜」、「涼天」，是從眼前的涼秋之夜，推想臨平山中今夜的秋色。第四句「幽人應未眠」，則遙承「懷君」、「散步」，是從自己正在懷念遠人、徘徊不寐，推想對方應也未眠。這兩句出於想像，既是從前兩句生發，而又是前兩句詩情的深化。從整首詩看，詩人運用寫實與虛構相結合的手法，使眼前景與意中景同時並列，使懷人之人與所懷之人兩地相連，進而表達了異地相思的深情。

一樣秋色，異地相思。著墨雖淡，韻味無窮；語淺情深，言簡意長。全詩以其古雅閑淡的風格美，給人玩味不盡的藝術享受。

## 聽　箏

李端

鳴箏金粟柱，素手玉房前①。
欲得周郎顧，時時誤拂弦②。

## 【註釋】

① 箏：樂器，形狀像瑟，有十三弦。金粟：指柱上飾有金星一樣的花

紋。柱：定弦調音的短軸。素手：指彈箏女子纖細潔白的手。房：箏
上架弦的枕。玉房：指玉制的箏枕。

②周郎：即周瑜。此處代指彈箏女子心儀之人。

## 【評析】

　　這是一首描寫女子彈箏的詩，主要描寫彈箏者的心理。從詩意看，這首詩寫彈箏女子為博意中人的青睞而故意出錯的情態，寫得婉轉細膩。

　　詩的首句寫琴之美，次句寫彈琴者之美。前兩句寫出了一個美麗女子坐在華美的房舍前，用纖細的手指撥動琴弦，悅耳的箏聲就從華美的琴畔流轉開來。

　　後兩句是全詩的關鍵所在，描寫了「誤拂弦」的心理。「周郎」指三國時吳將周瑜，他二十四歲為建威中郎將，人稱周郎。周瑜精通音樂，別人奏曲有誤，他就回頭一看，當時人稱：「曲有誤，周郎顧。」「周郎」這裏比喻彈箏女子心儀的知音者。「時時」是強調她一錯再錯，顯出故意撩撥的情態，表明她的用心不在獻藝，而在其他。為了所愛慕的人顧盼自己，便故意將弦撥錯，彈箏女子可愛的形象躍然紙上。

　　一般容易將彈箏女子的有意錯彈理解為「婦人賣弄身份，巧於撩撥」，似乎彈箏女子的微妙心理，僅僅是一種邀寵之情。其實，我們更樂於將這種故意的失誤，看成是出於尋覓知音的苦心。

　　本詩的巧妙之處就在於詩人通過仔細觀察，抓住了日常生活中表現人物內心狀態的典型描寫，把彈箏女子複雜而難以捉摸的心理，想博取青睞的心情，委婉地寫了出來，非常生動、逼真。

# 新嫁娘

王建

三日入廚下，洗手作羹湯①。
未諳姑食性，先遣小姑嘗②。

## 【作者簡介】

王建，字仲初，穎川（今河南許昌）人。大曆十年（775）進士。他出身寒微，早歲即離家寓居魏州鄉間。20歲左右，與張籍相識，一道從師求學，並開始寫樂府詩。貞元十三年（797），辭家從戎，曾北至幽州、南至荊州等地，寫了一些以邊塞戰爭和軍旅生活為題材的詩篇。在「從軍走馬十三年」（《別楊校書》）後，離開軍隊，寓居咸陽鄉間，過著「終日憂衣食」（《原上新居十三首》）的生活。元和八年（813）前後，「白髮初為吏」（《初到昭應呈同僚》），任昭應縣丞。長慶元年（821），遷太府寺丞，轉秘書郎。在長安時，與張籍、韓愈、白居易、劉禹錫等均有往來。大和初，再遷太常寺丞。約在大和三年（829），出為陝州司馬，世稱王司馬。大和五年，為光州（治所在今河南潢川）刺史，賈島曾往見贈詩。此後行跡不詳。

王建與張籍交誼深厚，酬唱很多，兩人的詩風也很相近，時稱「張王樂府」。他的樂府詩生活氣息較濃，多方面反映了當時的社會現實，對新樂府運動有一定影響。他因與樞密使王守澄攀同宗，得知許多宮廷生活瑣事，曾作《宮詞》一百首，雖然廣為傳誦，但缺乏深刻的社會意義。有《王司馬集》。

## 【註釋】

① 三日：古代風俗，新媳婦婚後三日須下廚房做飯菜。

② 諳：熟悉。姑食性：婆婆的口味。遣：讓。

## 【評析】

這首詩是組詩《新嫁娘詞》中的第三首。本詩描寫了新婦出嫁第三天，進廚房煮飯燒菜的情景。由於新婦不瞭解婆婆的飲食習慣，就叫來小姑子事先品嘗。詩人通過對下廚這一生活細節的描寫，將新婦小心謹慎、勤勞聰敏的形象刻畫得入木三分，既反映了封建家族中媳婦地位的低下，也暗繪出封建文人初登仕途時謹慎小心、希求恩寵的心態。

詩的前兩句是平白敘述。古代女子嫁後的第三天，俗稱「過三朝」，依

照習俗要下廚房做菜。「三日」，正見其為「新嫁娘」。「洗手」標誌著第一次用自己的雙手在婆家開始她的勞動，表現新媳婦鄭重其事，力求做得潔淨爽利。

第三句「未諳姑食性」是個轉折，使詩情出現波瀾。在封建制度下的家庭中，婆婆是當家人，對新婦來說是非常重要的長輩。所以，媳婦在婆婆面前，出入進退都要格外小心謹慎。新婦初來乍到，不清楚婆婆的口味，必須用心揣摩，以求獲得好感。在這裏，我們完全可以揣度到新婦在封建禮教的沉重壓力下，「洗手作羹湯」時那種小心翼翼的神態。

末句「先遣小姑嘗」是整首詩的華彩之處，言雖少而意味濃厚。在此之前，新媳婦應該有一個推理過程：小姑子與婆婆長期生活在一起，應該會有相近的飲食習慣。只要知道了小姑子的習慣，便可知道婆婆的習慣了。這是多麼聰明、細心，甚至帶有點狡黠的新嫁娘！

從「三日入廚」，到「洗手」，到「先遣小姑嘗」，不僅和人物身份，而且和具體的環境、場所，一一緊緊相扣。語雖淺白，卻頗為得體，合情合理。新娘的機靈聰敏，心計巧思，躍然紙上。


## 玉臺體

權德輿

昨夜裙帶解，今朝蟢子飛①。
鉛華不可棄，莫是藁砧歸②！

### 【作者簡介】

權德輿（759—818），字載之，天水略陽（今甘肅秦安）人。少有文名。曾作韓洄、李兼等府中幕僚。德宗聞其材，召為太常博士。憲宗時，官至兵部、吏部侍郎。元和五年（810）任禮部尚書同中書門下平章事，後徙刑部尚書，複以檢校吏部尚書出為山南西道節度使。卒謚「文」，後人稱為權文公。

權德輿仕宦顯達，並以文章著稱，為中唐台閣體的重要作家。《唐才子傳》稱他「能賦詩，工古調，樂府極多」。有《權文公集》。

## 【註釋】

① 蟢子：小蜘蛛腳長者，一作「喜子」。

② 鉛華：指脂粉。藁砧：六朝人對丈夫的稱呼。藁砧是斬草用的石墊，因斬草要用鈇（鍘刀），而「鈇」與「夫」同音，故稱。

## 【評析】

南朝徐陵曾選編詩集《玉臺新詠》，皆在「撰錄豔歌」，故後多以「玉臺體」指言情纖豔之作。權德輿此詩題，標明仿效「玉臺體」，寫的是閨情。但他寫得感情真摯，樸素含蓄，可謂俗不傷雅，樂而不淫。本詩寫女子盼望夫君歸來的心理，運用雙關隱語，生動地表現了女子的真摯情誼，富有江南民歌風味。

人在寂寞煩憂之時，常常要左顧右盼，尋求解脫苦惱的徵兆。特別當春閨獨守，更易表現出這種情緒和心理。古代婦女，結腰繫裙之帶，或絲束，或帛縷，或繡條，一不留意，有時就難免縮結鬆弛。而自古以來，縮結鬆開就被認為是夫婦好合之預兆。當見到「裙帶解」，多情的女主人公馬上就把這一偶然現象與自己的思夫之情聯繫起來了。啊！「昨夜裙帶解」，莫不是丈夫要回來了嗎？她喜情入懷，寢不安枕，第二天，晨曦臨窗，正又看到屋頂上捕食蚊子的蟢子飄舞若飛。「蟢」者，「喜」也，「今朝蟢子飛」，祥兆接連出現，這難道會是偶然的嗎？喜出望外的女主人公於是由衷地默念：「鉛華不可棄，莫是藁砧歸！」我還得好好嚴妝打扮一番，可能夫君外出就要回來了。

這首詩，文字質樸無華，但感情卻表現得細緻入微。像「裙帶解」、「蟢子飛」，這都是些引不起一般人注意的小事，卻蕩起了女主人公心靈上無法平靜的漣漪。詩又寫得含蓄而耐人尋味。丈夫出門後，女主人公的處境、心思、生活情態如何，詩人都未作說明，但從「鉛華不可棄」的心理獨白中，便有「豈無膏沐，誰適為容」（《詩經·伯兮》）的思婦形象躍然紙上。通篇

描摹心理，用語切合主人公的身份、情態，雖是仿舊體，卻又別具一格。

# 江　雪

柳宗元

千山鳥飛絕，萬徑人蹤滅①。
孤舟蓑笠翁，獨釣寒江雪②。

【註釋】

①千山鳥飛絕：千山萬嶺不見飛鳥的蹤影。人蹤：人的蹤跡。滅：消
　失，沒有了。

②蓑笠翁：穿著蓑衣，戴著斗笠的漁翁。

【評析】

　　這首詩大約作於柳宗元謫居永州期間。本詩通過描寫漁翁寒江獨釣、不
怕風雪，藉以表現詩人堅貞不屈的品格，抒寫詩人孤寂悲涼之情。全詩雖只
有二十字，但畫面感極強，且情景交融，渾然一體。

　　詩的構思十分精巧，詩人綜合使用了對比、襯托的寫作手法，以千山萬
徑的遼闊襯托孤舟漁翁的渺小；以鳥絕人無的寂滅對比漁翁垂釣的情趣；以
畫面的靜謐、清冷襯托人物內心思緒的翻湧。事實上，孤獨垂釣的老漁翁正
是詩人當時心情、思緒的真實寫照。

　　本詩的特點，首先是營造了一個冷峻、淒寒的藝術氛圍。單純就詩的表
面字詞來看，第三句「孤舟蓑笠翁」好像是詩人描寫的重點，占了整個畫面
的主要位置。一個披戴蓑笠的老漁翁獨坐於小舟上垂釣。後兩句中的
「孤」、「獨」二字顯示出老漁翁的遠離凡塵，及其超凡脫俗、清高孤傲的個
性特點。詩人所要表達的主題在此已經顯示出來，然而詩人還覺得意興不
夠，便又為漁翁用心營造了一個廣闊無垠、萬物無聲的藝術境界：遠處山峰
高聳，萬條小路縱橫，只是山間沒有一隻飛鳥，路上沒有一個行人。此處，

詩人運用烘托和渲染的寫作手法，著重描寫老漁翁垂釣之時的天氣狀況及周邊景致，輕描淡寫，寥寥數語就營造出一個冷峻、淒清的抒情氛圍。

此外，這首詩的第二個特點就是生動形象地反映了詩人貶謫永州以後不甘屈從而又倍感孤獨的心理狀態。

柳宗元在「永貞革新」失敗後，連遭貶斥，始終保持著一種頑強不屈的精神狀態。他的「永州八記」專寫窮山僻壤之景，借題立意，寄意遙深。凡一草一木，均坦示出他極為孤苦寂寞的心情，他的兀傲脫俗的個性也得以充分展現。這首詩中的漁翁形象，身處孤寒之界而我行我素，足履杳無人煙之境而處之泰然。其風標，其氣骨，其守貞不渝的心態，不是很令人欽慕嗎？

結構清晰，構思巧妙是本詩的另一個特點。詩題是「江雪」，但是詩人入筆並不點題。他先寫千山萬徑之靜謐淒寂，棲鳥不飛，行人絕跡，然後筆鋒一轉，推出正在孤舟之中垂綸而釣的蓑翁形象。一直到結尾才著「寒江雪」三字正面破題。讀至結處，倒頭再讀全篇，一種豁然開朗的感覺油然生出。

# 行　宮

元稹

寥落古行宮，宮花寂寞紅[1]。
白頭宮女在，閑坐說玄宗[2]。

## 【註釋】

[1] 行宮：皇帝外出巡行所住之處。此處指洛陽的上陽宮。
[2] 說玄宗：指談說玄宗開元、天寶年間的舊事。

## 【評析】

這首短小精悍的五絕具有深邃的意境，富有雋永的詩味，傾訴了宮女無窮的哀怨之情，寄託了詩人深沉的盛衰之感。「白頭宮女」很可能就是白居易在《上陽白髮人》中所寫的「白髮人」。《上陽白髮人》詩前小序記載：「天

寶五載以後，楊貴妃專寵，後宮人無復進幸矣。六宮有美色者，輒置別所，上陽是其一也。貞元中尚存焉。」從天寶到貞元年間，歷經半個世紀左右，在漫長的歲月後，古行宮已經殘破不堪。而宮中的少女也已在孤寂的深宮歲月中改變了容貌，已然蒼顏白髮，不再是青春時的模樣。

　　詩的首句交代了地點是一座空寂、冷清的古行宮。次句著意描繪出宮中紅花盛開的景象，這既是對冷宮環境的描寫，同時又暗示出時令特點：正值春花爛漫的時節。從藝術手法上來看，詩人著意描寫紅花，就是要用歡樂之景來寫哀傷之情。怒放的紅花與清冷的行宮相互映襯，增強了時事變遷的興衰之感。同時又與第三句形成對比。

　　第三句中，詩人明白地告訴讀者，主角是幾位白頭宮女，與末句聯繫起來推想，可知是玄宗天寶年間進宮的老宮人。春日嬌豔的紅花與宮女蒼蒼的白髮相互映襯，表現了韶華易逝、容顏易老的人生慨歎；美麗的紅花之景與淒涼寂寥的心境相互映襯，突出了宮女被常年禁閉的悲傷怨恨之情。

　　末句寫宮女們正閑坐在一起，回憶天寶遺事。地點、時間、人物、動作四個要素在短短二十字中全部寫出，構成了一幅非常生動的畫面。

## 問劉十九①

白居易

綠蟻新醅酒，紅泥小火爐②。
晚來天欲雪，能飲一杯無③？

【註釋】

①劉十九：指劉軻，河南登封人，隱居廬山，是白居易謫居江州期間結識的友人。十九是他的排行。一說為劉禹錫堂兄劉禹銅，係洛陽一富商，與白居易常有應酬。

②綠蟻：指浮在新釀的沒有過濾的米酒上的綠色泡沫。醅：釀造。

③無：表示疑問的語氣詞，相當於「麼」或「嗎」。

## 【評析】

　　本詩描寫詩人在一個風雪飄飛的傍晚邀請朋友前來喝酒，共敘衷腸的情景。詩以如敘家常的語氣，樸素親切的語言，通過寫對把酒共飲的渴望，體現了朋友間誠懇親密的關係。全詩簡練含蓄，輕鬆灑脫，而詩句之間，意脈相通，一氣貫之。

　　詩句的巧妙，首先是意象的精心選擇和巧妙安排。全詩表情達意主要靠新酒、火爐、暮雪這三個意象的組合來完成。

　　詩歌首句描繪家酒的新熟淡綠和渾濁粗糙，極易引發讀者的聯想，讓讀者猶如已經看到了那芳香撲鼻、甘甜可口的米酒。次句「紅泥小火爐」對飲酒環境起到了渲染色彩、烘托氣氛的作用。酒已經很誘人了，而爐火又增添了溫暖的情調。

　　詩的前兩句選用「家酒」和「小火爐」兩個極具生發性和暗示性的意象，容易喚起讀者對質樸地道的農村生活的情境聯想。後兩句：「晚來天欲雪，能飲一杯無？」「雪」這一意象的安排勾勒出朋友相聚暢飲的闊大背景，寒風瑟瑟，大雪飄飄，讓人感到冷徹肌膚的淒寒，越是如此，就越能反襯出火爐的熾熱和友情的珍貴。

　　色彩的合理搭配是本詩的又一大特色。其清新樸實，溫熱明麗，給讀者一種身臨其境、悅目怡神之感。首句「綠蟻」二字繪酒色摹酒狀，酒色流香，令人嘖嘖稱美，酒態活現讓讀者心向「目」往。次句中的「紅」字猶如冬天裏的一把火，溫暖了人的身子，也溫熱了人的心窩。「火」字表現出炭火熊熊、光影躍動的情境，更是能夠給寒冬裏的人增加無限的熱量。「紅」、「綠」相映，色味兼香，氣氛熱烈，情調歡快。第三句中不用摹色詞語，但「晚」、「雪」兩字告訴讀者黑色的夜幕已經降落，而紛紛揚揚的白雪即將到來。在風雪黑夜的無邊背景下，小屋內的「綠」酒「紅」爐和諧配置，異常醒目，也格外溫暖。

　　末句問句的運用更為絕妙。輕言細語，問寒問暖，貼近心窩，溢滿真情。用這樣的口語入詩收尾，既增加了全詩的韻味，使其具有空靈搖曳之美，餘音嫋嫋之妙。又創設情境，給讀者留下無盡的想像空間。

# 何滿子①

張祜

故國三千里，深宮二十年②。
一聲何滿子，雙淚落君前③。

## 【作者簡介】

張祜（約792—853），字承吉，清河（今河北邢臺市清河）人。出生在清河張氏望族，家世顯赫，被人稱作張公子，初寓姑蘇（今江蘇蘇州），稱處士。後至長安，長慶中深受令狐楚賞識，自草表薦，但為元稹壓制未成。遂至淮南，愛丹陽曲阿地，隱居以終，卒於唐宣宗大中六年（853）。

張祜頗負詩名，與白居易、杜牧均有交往。其詩風沉靜渾厚，有隱逸之氣，但略顯不夠清新生動。吟詠的題材相當豐富，包括眾多寺廟的題作和有關各種樂器及鳥禽的詩詠等。有《張處士集》。

## 【註釋】

①何滿子：曲調名。據說它是開元中滄州一名歌手犯了死罪臨刑時所獻，聲韻婉轉，在宮中廣泛流行。題一作《宮詞》，原作二首，本詩為第一首。
②故國：故鄉。
③君：皇帝。

## 【評析】

本詩寫宮女長期幽閉的苦悶和怨憤的心情，句句用數字，兩兩對比，突出表現宮女的悲慘遭遇，唱出了千萬宮女的普遍心聲。

詩的前兩句，詩人以舉重若輕、馭繁如簡的筆力，把一個宮人遠離故鄉、幽閉深宮的整個遭遇濃縮在短短十個字中。首句「故國三千里」，是從空間著眼，寫去家之遠；次句「深宮二十年」，是從時間下筆，寫入宮之

久。這兩句詩，不僅有高度的概括性，而且有強烈的感染力；不僅把詩中女主角的千愁萬恨一下子集中地顯示了出來，而且是加一倍、進一層地表達了她的愁恨，使讀者感到其命運更加悲慘，其身世更可同情。

後兩句轉入寫怨情，以一聲悲歌、雙淚齊落的事實，直截了當地寫出了詩中人埋藏極深、蓄積已久的怨情，寫出了一個失去幸福和自由的女子的真實情感。這後兩句詩也以強烈取勝，不以含蓄見長。

這裏，特別值得拈出的一點是：有些宮怨詩把宮人產生怨情的原因寫成是由於見不到皇帝或失寵於皇帝，那是不可取的。這首詩反其道而行之，它所寫的怨情是在「君前」、在詩中人的歌舞受到皇帝賞識的時候迸發出來的。這個怨情，聯繫前兩句看，決不是由於不得進見或失寵，而是對被奪去了幸福和自由的抗議，正是劉皂在《長門怨》中所說，「不是思君是恨君」。

全詩只用一個動詞「落」，其他全部以名詞組成，因而顯得簡單凝練，強烈有力。而每句詩中又都嵌入了一個數字，將事件表達得清晰而明確。

# 登樂游原

李商隱

向晚意不適，驅車登古原①。
夕陽無限好，只是近黃昏。

## 【註釋】

①向晚：接近傍晚。意不適：心裏不痛快。驅車：鞭馬拉車快速前進。
　古原：指樂游原。

## 【評析】

這是一首登高望遠、即景抒情的詩。詩中描寫了詩人傍晚驅車前往樂游原觀賞夕陽的情景，並在「夕陽無限好，只是近黃昏」的喟歎中，吐露了詩人感懷自身處境、憂慮國勢興衰的心境。

　　樂游原在長安城南，是唐代長安城內地勢最高地，登上它可眺望整個長安城。樂游原本名「樂游苑」，西漢宣帝的皇后許氏產後死去葬於此，因「苑」與「原」諧音，樂游苑即被傳為「樂游原」。中晚唐之際，長安的平民百姓都喜歡來到這裏遊玩，仕宦才子們也喜歡來這裏吟詩作賦。李商隱另有一首七絕《樂游原》：「萬樹鳴蟬隔斷虹，樂游原上有西風，羲和自趁虞泉宿，不放斜陽更向東！」那也是登上古原，觸景縈懷，抒寫情志之作。由此可見，樂游原是他素所深喜、不時來賞之地。

　　詩的開篇點題。前兩句交代了登樂游原的原因是「向晚意不適」。「意不適」三字為全詩奠定了感情基調。詩人心中抑鬱，為排遣愁懷，因此才駕著車子登上樂游原。

　　後兩句寫登上樂游原觸景生情，抒發感慨，為整首詩的意義所在。詩人在樂游原上放眼四望，錦繡山河一覽無餘，夕陽下的景色美不勝收，禁不住發出了「夕陽無限好」的感歎，表達出對眼前大好河山的熱愛。然而，詩人在精神得到享受的同時也感受到了西山日暮的沉鬱蒼涼。於是筆鋒一轉，借「只是」二字，表達出心中深深的哀傷之情。萬千的感慨都凝聚到了「只是近黃昏」五個字上。這後兩句詩的口吻看似平常，實則寄寓了詩人無限情思，發人深省。詩人透過當時大唐的表面繁榮，預見到了嚴重的社會危機，而借此抒發一下內心的無奈感受。同時，這兩句詩也可以理解為：人到垂暮之年，表現出老者對往昔崢嶸歲月的無限懷念，吐露出「勸君惜取少年時」的意味。

## 尋隱者不遇[①]

賈島

松下問童子，言師採藥去[②]。
只在此山中，雲深不知處。

## 【作者簡介】

賈島（779—843），字浪（閬）仙，又名瘦島，范陽（今河北涿州）人。早年出家為僧，號無本，自號「碣石山人」。據說在洛陽的時候因當時有命令禁止和尚午後外出，賈島做詩發牢騷，被韓愈發現其才華。後受教於韓愈，並還俗參加科舉，但累舉不中第。唐文宗的時候被排擠，貶做長江（今四川蓬溪）主簿。唐武宗會昌年初由普州司倉參軍改任司戶，未任病逝。

賈島詩名很高，以苦吟著稱，其詩多寫景和酬贈之作，精於雕琢，喜寫荒涼、枯寂之境，多淒苦情味，自謂「兩句三年得，一吟雙淚流」。賈島與孟郊並稱「郊寒島瘦」，孟郊人稱「詩囚」，賈島被稱為「詩奴」，一生不喜與常人往來，《唐才子傳》稱他「所交悉塵外之士」。他唯喜作詩苦吟，在字句上狠下功夫。有《長江集》。

## 【註釋】

① 不遇：沒有遇到，沒有見到。

② 童子：沒有成年的人，小孩。在這裏是指「隱者」的弟子、學生。

言：回答，說。

## 【評析】

這是一首問答詩，但詩人採用了寓問於答的手法，把尋訪不遇的心情起落描摹得淋漓盡致。詩中以白雲比隱者的高潔，以蒼松喻隱者的風骨。寫尋訪不遇，愈襯出欽慕高仰。遣詞通俗清麗，言繁筆簡，情深意切，白描無華，是一篇難得的簡練詩作。

本詩最大的特色就在於精練。在本詩中，他把三輪問答精簡於四句詩中，短短二十字，意蘊無窮。首先，在前兩句之間，詩人省略了一句自己的問話。「松下問童子」，必有所問，只是問題被詩人隱去了。但從童子回答「師採藥去」四字可以推出，詩人所問的是「師往何處去」。之後，在二、三句之間，詩人依舊延續隱去問題的手法，省略了「採藥在何處」這一問句，只保留了童子的回答「只在此山中」。這一隱一答如同畫中大片的留

白，給人以想像的空間。末句則再次拓展了想像的空間，把人帶到更為空靈的境界中：遠山雲霧繚繞如同仙境，在其中採藥的隱者如同神仙來去無蹤。

然而，這首詩的成功，不僅僅在於簡練。單言繁簡，還不足以說明它的妙處。詩貴善於抒情。這首詩最大的抒情特色在於平淡中見深沉。一般訪友，問知友人不在，也就掃興而歸了。但這首詩中，詩人一問之後並不甘休，有二問三問。這三番問答，逐層深入，表達情感有起有伏。「松下問童子」時，心情輕快，滿懷希望；「言師採藥去」後，答非所想，墜入失望；「只在此山中」後，失望之中又萌生了一絲希望；及至最後一答「雲深不知處」，就悵然若失、無可奈何了。

詩除了要通過藝術形象來抒發感情，還講求畫面感。表面上看，本詩好像沒有一點色彩，全為白描，而且是淡淡著墨，不是濃重潑灑。實際上，詩中的形象很自然，色彩明亮，濃淡適宜。繁茂的青松，飄浮的白雲，這松這雲，青和白，形象及色彩正好與雲山深處的隱士身份相吻合。從詩中形象的交替變化，色彩的先後差異中也反映出詩人感情的轉換。

## 渡漢江

宋之問

嶺外音書斷，經冬復歷春①。
近鄉情更怯，不敢問來人②。

【註釋】

①嶺外：即嶺南，包括今廣東、廣西一帶。
②情更怯：心情更緊張。來人：從家鄉來的人。

【評析】

詩作者也有人說是李頻。不過，這首詩是宋之問從瀧州貶所逃歸，後被召回，他在途經漢江時寫的一首詩。

　　詩的前兩句追敘貶居嶺南的情況。詩人沒有平列空間的懸隔、音書的斷絕、時間的久遠這三層意思，而是依次層遞，逐步加以展示，這就強化和加深了貶居遐荒期間孤子、苦悶的感情，以及對家鄉、親人的思念。「斷」字「復」字，似不著力，卻很見作意。詩人困居貶所時那種與世隔絕的處境，失去任何精神慰藉的生活情景，以及度日如年、難以忍受的精神痛苦，都歷歷可見，鮮明可觸。

　　後兩句著重言情，細膩動人，真切感人。一位遠離家鄉的遊子，踏上歸途，當然心情歡悅，而且這種歡悅會隨著家鄉的臨近而越來越強烈。按照常情，後兩句似乎應該寫成「近鄉情更切，急欲問來人」，而詩人筆下所寫的卻完全出乎常情：「近鄉情更怯，不敢問來人。」仔細尋味，又覺得只有這樣，才合乎前兩句所揭示的「規定情景」。因為詩人貶居嶺外，又長期接不到家人的任何音訊，一方面固然日夜在思念家人，另一方面又時刻擔心家人的命運，怕他們由於自己的牽累或其他原因遭到不幸。「音書斷」的時間越久遠，這種想念與擔憂也越朝極端發展，形成急切盼回家，又怕到家裏的矛盾心理狀態。這種矛盾心理，在由貶所逃歸的路上，特別是渡過漢江、接近家鄉之後，有了進一步的戲劇性發展：原先的擔心、憂慮和模糊的不祥預感，此刻似乎馬上就會被路上所遇到的某個熟人所證實，變成活生生的殘酷現實。而長期來夢寐以求的與家人團聚的願望則立即會被無情的現實所粉碎。因此，「情更切」變成了「情更怯」，「急欲問」變成了「不敢問」。這是在「嶺外音書斷」這種特殊情況下心理矛盾發展的必然。透過「情更怯」與「不敢問」，讀者可以強烈感觸到詩人此際強自抑制的急切願望和由此造成的精神痛苦。這種抒寫，是真切、富於情致和耐人咀嚼的。


## 春　怨

金昌緒

打起黃鶯兒，莫教枝上啼[①]。
啼時驚妾夢，不得到遼西[②]。

## 【作者簡介】

金昌緒，生卒年不詳，餘杭（今屬浙江杭州）人，身世不可考。詩傳於世的僅《春怨》一首。

## 【註釋】

① 莫教：不要使。

② 遼西：遼河以西，泛指邊塞地區。

## 【評析】

這是一首閨怨詩，寫一位女子對遠征在外的丈夫的思念。本詩構思新奇，取材單純而含蘊豐富，意象生動而語言明快，令人一讀不忘，百讀不厭，具有民歌色彩。

詩的首句似平地奇峰，突然而起。照說，黃鶯是討人歡喜的鳥。而詩中的女主人公為什麼要「打起黃鶯兒」呢？人們看了這句詩會茫然不知詩意所在，不能不產生疑問，不能不急於從下句尋求答案。次句果然對第一句作了解釋，使人們知道，原來「打起黃鶯兒」的目的是「莫教枝上啼」。但鳥語與花香本都是春天的美好事物，而在鳥語中，黃鶯的啼聲又是特別清脆動聽的。人們不禁還要追問：又為什麼不讓鶯啼呢？第三句詩說明了「莫教啼」的原因是怕「啼時驚妾夢」。但人們仍不會滿足於這一解釋，因為黃鶯啼曉，說明本該是夢醒的時候了。那麼，詩中的女主人公為什麼這樣怕驚醒她的夢呢？她做的是什麼夢呢？最後一句詩的答覆是：這位女子怕驚破的不是一般的夢，而是去遼西的夢，是唯恐夢中「不得到遼西」。

到此，讀者才知道，這首詩原來採用的是層層倒敘的手法。本是為怕驚夢而不教鶯啼，為不教鶯啼而要把鶯打起，而詩人卻倒過來寫，最後才揭開了謎底，說出了答案。但是，這最後的答案仍然含義未伸。這裏，還留下了一連串問號，例如：一位閨中少女為什麼做到遼西的夢？她有什麼親人在遼西？此人為什麼離鄉背井，遠去遼西？這首詩的題目是《春怨》，詩中人到底怨的是什麼？難道怨的只是黃鶯，只怨鶯啼驚破了她的曉夢嗎？這些，不必一一說破，而又可以不言而喻，不妨留待讀者去想像、去思索。這樣，這

首小詩就不僅在篇內見曲折，而且還在篇外見深度了。

如果從思想意義去看，它看來只是一首抒寫兒女之情的小詩，卻有深刻的時代內容。它是一首懷念征人的詩，反映了當時兵役制下廣大人民所承受的痛苦。

# 哥 舒 歌

西鄙人[1]

北斗七星高，哥舒夜帶刀[2]。
至今窺牧馬，不敢過臨洮[3]。

## 【註釋】

[1] 西鄙人：即西部邊民。

[2] 北斗七星：即北辰星，古人常用來喻指人君或威望很高的人物，這裏喻指哥舒翰在西部人民中崇高的威望。夜帶刀：指哥舒翰嚴守邊防，枕戈待旦。

[3] 臨洮：今甘肅岷縣，秦築長城西起於此。

## 【評析】

本詩大約是在唐玄宗天寶十二年（753），哥舒翰領兵大破吐蕃後西北人民為歌頌其戰功而作。此詩以形象的比喻、明快的言辭成功塑造了一個威震一方的民族英雄形象。

哥舒，這裏指哥舒翰，突厥族哥舒部人。由於哥舒翰多次擊退吐蕃侵擾，改變了邊境的局面，致使「吐蕃屏足不敢近青海」。因而，當時就有民謠說：「北斗七星高，哥舒夜帶刀。吐蕃總殺卻，更築兩重壕。」這裏的《哥舒歌》，很可能是在這首民歌基礎上加工過的作品。這首詩從內容上看，是頌揚哥舒翰抵禦吐蕃侵擾、安定邊疆的，同時也通過這個形象寄寓了人民渴望和平、安定的理想和願望。

　　詩以北斗起興，詩人用高掛在天上的北斗星，表達邊地百姓對哥舒翰的敬仰。次句「哥舒夜帶刀」中的「夜」是頗有講究的，它把首句和次句巧妙地聯繫起來了，把讚揚和崇敬之情融注於人物形象之中；同時又將邊地的緊張氣氛和人物的警備神態刻畫出來了。「哥舒夜帶刀」五個字乾淨俐落，好像是一幅引人注目的人物畫像。在那簡練有力、富有特徵的形象中，蘊藏了一股英武之氣，給人一種戰則能勝的信心，而給吐蕃以「屏足不敢近」的威懾。因此，就反映人物內心世界和表現詩的主題來講，「哥舒夜帶刀」比起那種衝鋒陷陣的形象更豐富、更傳神，更能誘導人們的想像。

　　後兩句承上兩句而來，以胡人至今不敢南下牧馬來彰顯哥舒翰功績的深遠影響。讚美哥舒翰嚴守邊疆，使那些胡騎不敢輕易越雷池半步，只能遠遠地窺伺。

　　這首詩內容平淡素雅，音樂鏗鏘和順，既有民歌的自然流暢，明快爽朗，熱情奔放，剛健有力，又不失五言詩的典雅逸秀。


## ■樂　府


### 長干曲二首①

崔顥

### 其　一

君家何處住？妾住在橫塘②。
停船暫借問，或恐是同鄉。

# 其　二

家臨九江水，來去九江側③。
同是長干人，生小不相識④。

## 【註釋】

① 長干曲：樂府曲名。是長干里一帶的江上漁家生活的民歌，長干里在
　 今江蘇南京市南。

② 橫塘：在今江蘇南京市西南，與長干相近。

③ 九江：這裏指江西九江以東的長江下游一帶。

④ 生小：自小。

## 【評析】

　　《長干曲》屬南朝樂府中「雜曲古辭」的舊題，多寫男女之情。這兩首
詩是組詩《長干曲四首》中的第一、二首，它恰如民歌中的對唱，前者是女
青年天真無邪的問，後者是男青年厚實淳樸的答。一問一答，以白描的手
法，樸素自然的語言，刻畫了一對經歷相仿的男女，表達出同鄉青年萍水相
逢、他鄉遇故知的喜悅之情。這兩首詩雖然繼承了前代民歌的遺風，但既不
豔麗柔媚，又非浪漫熱烈，卻以素樸率真見長，寫得乾淨健康，狀人形態惟
妙惟肖，生動自然，為抒情詩中的上乘之作。

　　第一首寫女主角的問。在寥寥二十字中，詩人僅有口吻傳神，就把女主
角的音容笑貌，寫得活靈活現。詩人採用了問話之後，不待對方答覆，就急
於自報「妾住在橫塘」這樣的處理，自然地把女主角的年齡從嬌憨天真的語
氣中反襯出來了。男主角並未開口，而這位小姑娘之所以有「或恐是同鄉」
的想法，不正是因為聽到了對方帶有鄉音的片言隻語嗎？這裏詩人又省略了
「因聞聲而相問」的關節，這是文字之外的描寫，所謂「不寫之寫」。

　　這首詩還表現了女主角的境遇與內心的孤寂。單從她聞鄉音而急於「停
船」相問，就可見她離鄉背井，水宿風行，孤零無伴，沒有一個可與共語之
人。因此，他鄉聽得故鄉音，且將他鄉當故鄉，就這樣的喜出望外。詩人不

僅在紙上重現了女主角外露的聲音笑貌，而且深深開掘了她的個性和內心。

第二首寫男主角的答。「家臨九江水」是對第一首中「君家在何處」的答覆。「來去九江側」說明自己也是風行水宿之人。這裏初步點醒了兩人的共同點。「同是長干人」中的一個「同」字把雙方的共同點又加深了一層。末句詩人筆意一轉，未說今日之幸而相識，卻追惜往日之未曾相識。寥寥五字，流露出相見恨晚之情。

全詩具有濃郁的民歌風味，清脆洗練，玲瓏剔透，語言樸素、自然流露，極富魅力。

## 玉 階 怨

李白

玉階生白露，夜久侵羅襪①。
卻下水晶簾，玲瓏望秋月②。

### 【註釋】

① 玉階：以玉石砌的臺階。羅襪：以絲綢縫製的襪子。

② 玲瓏：形容月色。

### 【評析】

本題屬樂府《相和歌·楚調曲》，與《婕妤怨》《長信怨》等曲，從古代所存歌辭看，都是專寫「宮怨」的樂曲。本詩寫一位貴婦寂寞和惆悵的心情，久盼所愛不至，直至夜深還有所期待，不著怨意而怨意很深。

詩的前兩句寫貴婦人站在門外，注視著遠方的路。夜色已深，露水漸重，而即使露水已經將羅襪浸濕，她依然佇立著，好像她思念的情郎正從遠處走來。佇待之久，足見怨情之深。「羅襪」二字表現出人的儀態、身份，有人有神。夜涼露重，羅襪知寒，不說人而已見人的幽怨如訴。二字似寫實，實用曹植「凌波微步，羅襪生塵」意境。這兩句通過含蓄的語言，寫出

了貴婦人焦急的神態。

　　後兩句表現貴婦人因思念情郎而產生的繾綣情懷。遲遲不見情郎歸來，那皎潔的明月，似乎更增加了她的愁思，舊怨新愁一起湧上心頭，使她備受煎熬。「卻下」二字，以虛字傳神，最為詩家推崇。此處一轉折，似斷實連，好像要一筆宕開，推卻愁怨，實際上則是經此一轉，卻更添愁緒，字少情重，直入幽微。「卻下」一詞，看似無意下簾，而其中卻有無限幽怨。「玲瓏」二字，看似不經意的筆調，實際上極見功力。以月的玲瓏，襯托人的幽怨，從反處著筆，全勝正面塗抹。

　　詩中不見人物姿容與心理狀態，而詩人似也無動於衷，只以人物行動來表達含義，引讀者步入詩情的最幽微之處，所以能不落言筌，為讀者保留想像的餘地，使詩情無限遙遠，無限幽深。所以，這首詩體現出了詩家「不著一字，盡得風流」的真意。這首宮怨詩，不見一「怨」字，但「怨」意卻貫穿始終，哀怨溢於言表，但這種「怨」都是由「愛」引出。正是由於貴婦人對情郎的一往情深，才使「愛」「怨」纏綿，感人至深。


## 塞下曲四首

盧綸

### 其　一

　　鷲翎金僕姑，燕尾繡蝥弧①。
　　獨立揚新令，千營共一呼②。

### 其　二

　　林暗草驚風，將軍夜引弓③。
　　平明尋白羽，沒在石棱中④。

## 其 三

月黑雁飛高，單于夜遁逃⑤。
欲將輕騎逐，大雪滿弓刀⑥。

## 其 四

野幕敞瓊筵，羌戎賀勞旋⑦。
醉和金甲舞，雷鼓動山川⑧。

【註釋】

① 鷲：大雕。翎：鳥尾上的長毛，可製劍羽。金僕姑：箭名。《左傳·莊
　公十一年》：「乘丘之役，公以金僕姑射南宮長萬。」燕尾：旗上的飄
　帶末尾製成燕尾形的。蝥弧：旗名。

② 獨立：猶言屹立。揚新令：揚旗下達新指令。

③ 引弓：拉弓，開弓，這裏包含下一步的射箭。

④ 平明：天剛亮的時候。白羽：箭杆後部的白色羽毛，這裏指箭。沒：
　指箭鏃射入。石棱：石頭的棱角，也指多棱的山石。

⑤ 單于：匈奴首領。這裏指敵軍最高統帥。遁：逃走。

⑥ 將：率領。輕騎：輕裝快速的騎兵。逐：追趕。

⑦ 野幕：野外的營帳。敞：開，一作「蔽」。瓊筵：美宴。羌戎：此泛
　指少數民族。勞：慰問。

⑧ 金甲：金屬鎧甲，將軍的戰衣。

【評析】

　　《塞下曲》為漢樂府舊題，屬《橫吹曲辭》，內容多寫邊塞征戰景象。
題一作《和張僕射塞下曲》，原詩六首，這裏選了前四首。詩人通過描寫下
令出征、將軍騎射、月夜追敵和慶祝凱旋等幾個片段，連綴出邊塞生活的全

景，表現了守邊軍士的英勇威武。整組詩氣勢磅礴，攝人心魄，人物、情節、場面俱全，形象生動傳神，風格雄勁豪邁。

【第一首】描寫了營前將軍發號施令時的誓師場面，千營軍士的一同回應，正表現出威武的軍容，嚴明的軍紀及大家必勝的信心，讀起來不免被這種雄壯的氣勢所征服。

詩的首句描寫邊塞將軍身佩寶箭的威武氣概，「金僕姑」是寶箭之名，藉以顯示將軍的非凡氣度。次句寫練兵場上豎著的飾有燕尾形飄帶的帥旗。《左傳·隱公十一年》：「潁考叔取鄭伯之旗蝥弧以先登。」這裏引用「蝥弧」之典，象徵著軍中士氣的高漲，生動地襯托了將軍的八面威風，使將軍的形象栩栩如生。第三句寫將軍下令出征。「獨立」一詞，顯示了將軍威武屹立的氣勢。末句寫萬千戰士一呼百應的壯盛氣勢。「千營」形容士軍之盛壯。「共一呼」寫出了戰士們的萬眾一心、共同赴敵的決心和浩大聲勢，這「一呼」大有聲震山嶽的雄威氣勢。全詩讀來令人熱血沸騰。

【第二首】寫一位將軍獵虎的故事，取材於《史記·李將軍列傳》。原文是：「廣出獵，見草中石，以為虎而射之中，中石沒鏃，視之，石也。」本詩就再現了當時的場景。

首句寫將軍在林中射獵。當時天色已晚，一陣陣疾風刮來，草木為之紛紛飛落。這不但交代了具體的時間、地點，而且製造了一種氣氛。指出此處是多虎地區，深山密林是百獸之王的猛虎藏身之所，而虎又多在黃昏時分出山，「林暗草驚風」，著一「驚」字，就不僅令人自然聯想到其中有虎，並且呼之欲出，渲染出一片緊張異常的氣氛，而且也暗示將軍是何等警惕，為下文「引弓」作了鋪墊。次句即續寫射。但不言「射」而言「引弓」，這不僅是因為詩要押韻的緣故，而且因為「引」是「發」的準備動作，這樣寫能啟示讀者從中想像、體味將軍臨險是何等鎮定自若，從容不迫。在一「驚」之後，將軍隨即搭箭開弓，動作敏捷有力而不倉皇，既具氣勢，而形象也益鮮明。

後兩句寫「沒石飲羽」的奇跡，把時間推遲到翌日清晨，將軍搜尋獵物，發現中箭者並非猛虎，而是蹲石，令人讀之，始而驚異，既而嗟歎，原來箭杆尾部裝置著白色羽毛的箭，竟「沒在石棱中」，入石三分。這樣寫不

僅更為曲折，有時間、場景變化，而且富於戲劇性。「石棱」為石的突起部分，箭頭要鑽入殊不可想像。神話般的誇張，為詩歌形象塗上一層浪漫色彩，讀來特別盡情夠味，只覺其妙，不以為非。如此，一位武藝高強、英勇善戰的將軍形象，便盤馬彎弓、巍然屹立在我們眼前了。

【第三首】寫雪夜率兵追敵的壯舉。詩的前兩句寫的是敵軍倉皇潰逃的場景。詩由寫景開始：月黑雁飛高。這樣的景是難於刻畫的：「月黑」，則茫無所見；「雁飛高」，則無跡可尋。雁飛而且高，是由聲音覺察到的。這樣的景，並非眼中之景，而是意中之景。雪夜月黑，本不是雁飛的正常時刻。而宿雁驚飛，正透露出敵人正在行動。寥寥五字，既交代了時間，又烘托了戰鬥前的緊張氣氛，直接逼出下句「單于夜遁逃」來。

敵人夜間行動，並非率兵來襲，而是借夜色的掩護倉惶逃遁。詩句語氣肯定，判斷明確，充滿了對敵人的蔑視和我軍必勝的信念，為之令人振奮。

敵酋遁去，我軍縱兵追擒，這是自然的發展。「欲將輕騎逐」，是追兵將發而未發。不用大軍而僅派「輕騎」，決不僅僅因為快捷，同時也還顯示出一種高度的自信。彷彿敵人已是甕中之　　，只需少量「輕騎」追剿，便可手到擒來。

當勇士們列隊準備出發時，雖然站立不過片刻，而大雪竟落滿弓刀。「大雪滿弓刀」一句，將全詩意境推向高潮。在茫茫的夜色中，在潔白的雪地上，一支輕騎兵正在集結，雪花頃刻落滿了他們全身，遮掩了他們武器的寒光。他們就像一支立即將離弦的箭，雖然尚未出發，卻早就滿懷著必勝的信心。但敵軍是否被追回，詩中並未點明，而是給讀者留下了想像的餘地，神龍見首不見尾，讓人覺得意猶未盡。

【第四首】詩描寫邊防將士取得重大勝利後歡樂慶功的場面。詩的前兩句蒼涼而悲壯。將士們在野地營帳中陳設筵席，連「羌戎」都光臨慶功宴，從側面反映了盛唐時期民族和睦的景象。

後兩句續寫宴席之歡騰，將軍醉酒，穿著金甲狂舞，而四周鼓聲雷動，熱烈歡騰的場面可想而知。

此詩取材典型，剪裁大膽，洋溢著民族間和睦團結的氣氛，讚頌了邊地人民和守邊將士團結一心，保衛國家安寧與統一的豪邁氣概。

# 江南曲

李益

嫁得瞿塘賈，朝朝誤妾期①。
早知潮有信，嫁與弄潮兒②。

## 【註釋】

① 瞿塘賈：在長江上游一帶作買賣的商人。瞿塘：指瞿塘峽，長江三峽
之一。賈：商人。

② 潮有信：潮水漲落有一定的時間，故稱。弄潮兒：潮水漲時戲水的
人，或指潮水來時，乘船入江的人。《元和志》：「浙江潮每日晝夜再
至，常以十日二十五日最小，月三日十八日極大。小則水漸漲，不過
數尺，大則濤湧高至數丈，每年八月十八日，數百里士女共觀舟人、
漁子泝濤觸浪，謂之弄潮。」

## 【評析】

　　本題屬樂府《相和歌辭·相和曲》，《江南弄》七曲之一。本詩是一首閨
怨詩，以白描手法敘述了丈夫常年在外經商的婦人的閨怨之情。它吸取了樂
府民歌的長處，語言明白如話，卻又耐人尋味。

　　唐代出現了大量以閨怨為題材的詩作，這些詩作主要有兩大內容：一類
是思征夫，另一類是怨商人。這是有其歷史原因、社會背景的。由於唐代疆
域遼闊，邊境多事，要徵調大批將士長期戍守邊疆，同時，唐代商業非常發
達，從事商品遠途販賣、長年在外經商的人日漸增多，因而作為這兩類人的
妻子不免要獨守空閨，過著孤單寂寞的生活。這樣一個社會問題必然要反映
到文學作品中來，於是出現了大量抒寫她們怨情的詩。

　　詩前兩句以平實見長，以商婦平淡樸實的口吻講出了可悲可歎的事實，
道破丈夫外出經商，自己獨守空閨的孤寂。

　　後兩句，詩人筆鋒一轉，語出驚人，以過人的想像力曲折而傳神地表達
了商婦的怨情。夫婿無信，而潮水有信，早知如此，應當嫁給弄潮之人。

「弄潮兒」至少會隨著有信的潮水按時到來，不至於「朝朝誤妾期」啊！這是思婦在萬般無奈中生發出來的奇想。「早知」二字寫出她幽怨的深長，不由得自傷身世，悔不當初。「嫁與弄潮兒」，既是癡語，也是苦語，寫出了思婦怨恨至極的心理狀態，雖然是想入非非，卻是發乎至情。

全詩感情真率，具有濃郁的民歌氣息。

# 回鄉偶書

賀知章

少小離家老大回，鄉音無改鬢毛衰①。
兒童相見不相識，笑問客從何處來②？

## 【作者簡介】

賀知章（659—744），字季真，越州永興（今浙江杭州蕭山）人。少時就以詩文知名，武則天證聖元年（695）中乙未科狀元，初授國子四門博士，後遷太常博士。開元十年（722），由麗正殿修書使張說推薦入該殿書院，參與撰修《六典》《文纂》等書，未成，轉官太常少卿。開元十三年（725）為禮部侍郎、集賢院學士。後調任太子右庶子、侍讀、工部侍郎。後又任太子賓客、銀青光祿大夫兼正授秘書監，因而人稱「賀監」。天寶三年（744），因病恍惚，上疏請度為道士，求還鄉里。

賀知章性情曠達，晚年更加放誕，自號四明狂客。好援引後進，與李白、張旭等友善。他的詩不多，除應制之作以外，都寫得活脫自然、清新可喜。他的書法品位也頗高，尤擅草隸，「當世稱重」，好事者供其箋翰，每紙不過數十字，共傳寶之。他常醉輒屬籍，常與張旭、李白飲酒賦詩，切磋詩藝，時稱「醉中八仙」，又與包融、張旭、張若虛等結為「吳中四士」。《全唐詩》存其詩一卷，共十九首。

## 【註釋】

① 少小離家：賀知章三十七歲中進士，在此以前就離開家鄉。老大：年紀大了。賀知章回鄉時已年逾八十。鄉音：家鄉的口音。無改：沒什麼變化。一作「難改」。鬢毛：額角邊靠近耳朵的頭髮，一作「面毛」。鬢毛衰：老年人鬢髮稀疏變白。

② 相見：即看見我。不相識：即不認識我。笑問：一本作「卻問」，一本作「借問」。

## 【評析】

賀知章於天寶三年（744）辭去朝廷官職，告老返回故鄉越州永興。當時他已八十六歲，離鄉已有五十多個年頭了。賀知章青年離家考取功名時充滿遠大抱負，雄姿英發，但再次返回故鄉時卻已鬢髮斑白，人生暮年。看到故鄉物是人非，詩人心頭不禁湧出萬般慨歎，因此寫下本詩，表達了年華易逝、塵世滄桑的感慨。原作共兩首，本詩為第一首。

詩的前兩句，詩人置身於故鄉熟悉而又陌生的環境之中，一路迤邐行來，心情頗不平靜：當年離家，風華正茂；今日返歸，鬢毛疏落，不禁感慨系之。首句用「少小離家」與「老大回」的句中自對，概括寫出數十年久客他鄉的事實，暗寓自傷「老大」之情。次句以「鬢毛衰」頂承上句，具體寫出自己的「老大」之態，並以不變的「鄉音」映襯變化了的「鬢毛」，言下大有「我不忘故鄉，故鄉可還認得我嗎」之意，從而為喚起下兩句兒童因不相識而發問作好鋪墊。

後兩句從充滿感慨的一幅自畫像，轉而為富於戲劇性的兒童笑問的場面。「笑問客從何處來」，在兒童，這只是淡淡的一問，言盡而意止；在詩人，卻成了重重的一擊，引出了他的無窮感慨，自己的老邁衰頹與反主為賓的悲哀，盡都包含在這看似平淡的一問中了。全詩就在這有問無答處悄然作結，而弦外之音卻如空谷傳響，哀婉備至，久久不絕。

就全詩來看，前兩句尚屬平平，後兩句卻似峰迴路轉，別有境界，其妙處在於背面敷粉，了無痕跡。雖寫哀情，卻借歡樂場面表現；雖為寫己，卻從兒童一面翻出。而所寫兒童問話的場面又極富於生活的情趣，即使讀者不為詩人久客傷老之情所感染，也不能不被這一饒有趣味的生活場景所打動。

# 桃花溪①

張旭

隱隱飛橋隔野煙，石磯西畔問漁船②。
桃花盡日隨流水，洞在清溪何處邊③？

## 【作者簡介】

　　張旭（675—約750），字伯高，吳縣（今江蘇蘇州）人，開元、天寶時在世。初仕為常熟尉，後官至金吾長史，人稱「張長史」。張旭性格豪放，嗜好飲酒，常在大醉後手舞足蹈，然後回到桌前，提筆落墨，一揮而就，有「張顛」之稱。文宗時下詔，以李白歌詩、裴旻劍舞和張旭草書為「三絕」。張旭的書法，以草書成就最高，史稱「草聖」。其詩亦別具一格，以七絕見長，多寫景之作。《全唐詩》存其詩六首。

## 【註釋】

① 桃花溪：《一統志》：桃花溪「在湖南常德府桃源縣西南二十里，源出桃花山，北流入沅江。」

② 隱隱：隱約不分明的樣子。飛橋：高橋。石磯：水中積石或水邊突出的岩石、石堆。

③ 盡日：整天。洞：指《桃花源記》中武陵漁人找到的洞口。

## 【評析】

　　本詩是張旭借陶淵明《桃花源記》的意境而創作的寫景詩。此詩通過描寫桃花溪幽美的景色和詩人對漁人的詢問，抒寫一種嚮往世外桃源，追求美好生活的心情。

　　首句寫遠景：深山野谷，雲煙繚繞。透過雲煙望去，那橫跨山溪之上的長橋，忽隱忽現，似有似無，恍若在虛空裏飛騰。這境界多麼幽深、神秘，令人朦朦朧朧，如入仙境。在這裏，靜止的橋和浮動的野煙相映成趣：野煙使橋化靜為動，虛無縹緲，臨空而飛；橋使野煙化動為靜，宛如垂掛一道輕

紗幃幔。隔著這幃幔看橋，使人格外感到一種朦朧美。「隔」字，使這兩種景物交相映襯，融成一個藝術整體；「隔」字還暗示出詩人是在遠觀，若是站在橋邊，就不會有「隔」的感覺了。詩人刻意渲染的這種含蓄迷茫的神秘氣氛，使人將其與《桃花源記》中的境界聯繫起來。

第二句寫近景。近處水中露出嶙峋岩石如島如嶼。那飄流著片片落花的溪上，有漁船在輕搖，景色清幽明麗。「石磯西畔問漁船」，一個「問」字，詩人也自入畫圖之中了，使讀者從這幅畫中，既見山水之容光，又見人物之情態。詩人佇立在古老的石磯旁，望著溪上飄流不盡的桃花瓣和漁船出神，恍惚間，他似乎把眼前的漁人當作當年曾進入桃花源中的武陵人。那「問」字便脫口而出。「問漁船」三字，逼真地表現出這種心馳神往的情態。

第三、四句，是問訊漁人的話：但見一片片桃花瓣隨著清澈的溪水不斷漂出，卻不知那理想的世外桃源洞在清溪的什麼地方呢？這裏，桃源洞的美妙景色，是從問話中虛寫的，詩人急切嚮往而又感到渺茫難求的心情，也是從問話中委婉含蓄地透露出來的。但桃花源本來就是虛構的，詩人自然明白漁人無法作答，他的故意發問流露出詩人感覺理想境界縹緲難求的惆悵之情。詩至此戛然而止，但末句的問題卻又引人無限遐想。


# 九月九日憶山東兄弟①

王維

獨在異鄉為異客，每逢佳節倍思親。
遙知兄弟登高處，遍插茱萸少一人②。


【註釋】

① 九月九日：即重陽節。古以九為陽數，故曰重陽。山東：王維是蒲州人，蒲州在華山東面，所以稱故鄉的兄弟為山東兄弟。

② 茱萸：又名越椒，一種有香氣的植物。唐以前九月九日已有佩茱萸囊辟邪惡之俗，唐時九日更盛行佩插茱萸之風。

## 【評析】

本詩是王維十七歲時的作品，當時他獨自一人漂泊在洛陽與長安之間謀取功名。繁華的帝都對當時熱衷仕進的年輕士子雖有很大吸引力，但對一個少年遊子來說，畢竟是舉目無親的「異鄉」。而且越是繁華熱鬧，在茫茫人海中的遊子就越顯得孤子無親。九月九日重陽節，詩人於是寫下了這首詩。

首句用了一個「獨」字，兩個「異」字，分量下得很足。對親人的思念，對自己孤子處境的感受，都凝聚在這個「獨」字裏面。「異鄉為異客」，不過說他鄉作客，但兩個「異」字所造成的藝術效果，卻比一般地敘說他鄉作客要強烈得多。作客他鄉者的思鄉懷親之情，在平日自然也是存在的，不過有時不一定是顯露的，但一旦遇到某種觸媒如最常見的是「佳節」，就很容易爆發出來，甚至一發而不可抑止。這就是所謂「每逢佳節倍思親」。

重陽節有佩戴茱萸、登高望遠的風俗。第三、四句，如果只是一般化地遙想兄弟如何在重陽日登高，佩帶茱萸，而自己獨在異鄉，不能參與，雖然寫出了佳節思親之情，但會顯得平直，缺乏新意與深情。詩人遙想的卻是：「遍插茱萸少一人。」意思是說，遠在故鄉的兄弟們今天登高時身上都佩上了茱萸，卻發現少了一位兄弟——自己不在內。好像遺憾的不是自己未能和故鄉的兄弟共度佳節，反倒是兄弟們佳節未能完全團聚；似乎自己獨在異鄉為異客的處境並不值得訴說，反倒是兄弟們的缺憾更須體諒。這就曲折有致，出乎常情。而這種出乎常情的寫法看似有悖常理，卻收到了比平鋪直敘更生動的效果。

# 芙蓉樓送辛漸[①]

王昌齡

寒雨連江夜入吳，平明送客楚山孤[②]。
洛陽親友如相問，一片冰心在玉壺[③]。

【註釋】

① 芙蓉樓：原名西北樓，在潤州（今江蘇省鎮江市）的西北。辛漸：王昌齡的好友。

② 吳：芙蓉樓所在的鎮江春秋時屬吳國範圍，戰國時併入楚國。楚山：指辛漸從鎮江赴洛陽途中之山。

③ 一片冰心在玉壺：我的心如晶瑩剔透的冰貯藏在玉壺中一般。比喻人清廉正直。冰心：比喻純潔的心。

【評析】

　　本詩約作於開元二十九年（741）以後。王昌齡當時離京赴江寧（今江蘇南京）任縣丞，辛漸是他的朋友，這次擬由潤州渡江，取道揚州，北上洛陽。王昌齡可能陪他從江寧到潤州，然後在此分手。這詩原題共兩首，這是第一首，描繪了詩人和朋友清晨在江邊離別的情景。

　　首句從昨夜之雨寫起，為送別營造了清冷的氛圍。夜雨增添了蕭瑟的秋意，也渲染出了離別的黯淡氣氛。那寒意不僅彌漫在滿江煙雨之中，更沁透在兩個離別友人的心頭。「連」字和「入」字寫出雨勢的平穩連綿，江雨悄然而來的動態能為人分明地感知，則詩人因離情縈懷而一夜未眠的情景也自可想見。但是，這一幅水天相連、浩渺迷茫的吳江夜雨圖，不也展現了一種極其高遠壯闊的境界嗎？詩人將聽覺、視覺和想像概括成連江入吳的雨勢，以大片淡墨染出滿紙煙雨，這就用浩大的氣魄烘托了「平明送客楚山孤」的開闊意境。

　　次句裏的「平明」點出了送別友人的時間。「楚山孤」三個字，不僅寫明瞭友人的去處，而且暗中表達了詩人送友人時的心情。清晨，天色已明，辛漸即將登舟北歸。詩人遙望江北的遠山，想到行人不久便將隱沒在楚山之外，孤寂之感油然而生。因為友人回到洛陽，即可與親友相聚，而留在吳地的詩人，卻只能像這孤零零的楚山一樣，佇立在江畔空望著流水逝去。一個「孤」字如同感情的引線，自然而然牽出了後兩句臨別叮嚀之辭。

　　第三、四句，詩人寫的是自己，卻仍與送別之意相吻合。詩人從清澈無瑕、澄空見底的玉壺中捧出一顆晶亮純潔的冰心（形容性情淡泊，不求名利）

以告慰友人，這就比任何相思的言辭都更能表達他對洛陽親友的深情。詩人當時受讒被貶，在這裏他以晶瑩透明的冰心玉壺自喻，正是基於他與洛陽詩友親朋之間的真正瞭解和信任，這決不是洗刷讒名的表白，而是蔑視謗議的自譽，表現出自己高潔的品格和堅貞的信念。

# 閨　怨

王昌齡

閨中少婦不知愁，春日凝妝上翠樓①。
忽見陌頭楊柳色，悔教夫婿覓封侯②。

【註釋】

① 凝妝：盛妝。翠樓：翠色樓臺，少婦居處。
② 陌頭：路邊。覓封侯：指為求得封侯而從軍。

【評析】

　　本詩是王昌齡一系列閨怨詩中的代表作。詩寫少婦春日登樓見大好春光，卻因夫婿為功名奔波在外不能共賞而悔恨愁苦，含蓄生動地表現了少婦心情的微妙變化。

　　詩以「閨怨」為題，起筆卻寫到「閨中少婦不知愁」，難道閨中少婦果真不知愁嗎？當然不是。詩人這樣寫更突出強調了由「不知愁」到「悔」的幽怨、離愁和遺憾。

　　次句勾勒了這位少婦在陽光明媚的日子裏「凝妝」登樓的畫面。於是，一個有些天真和嬌憨之氣的少婦形象躍然紙上。春日清晨，閨中少婦梳妝打扮後，卻不能隨便出門，只能獨自一人在自家的高樓遠望。另一方面，少婦心有所繫，逢春慵懶，自然也不大能提起漫遊的興致。前兩句雖表現了少婦的「不知愁」，但隱隱又為下面的「悔」做了鋪墊。

　　第三句是全詩的關鍵，稱為「詩眼」。這位少婦所見，不過尋常之楊

柳，詩人何以稱之為「忽見」？其實，詩句的關鍵是見到楊柳後忽然觸發的聯想和心理變化。楊柳在古代人的心目中，不僅僅是「春色」的代替物，同時，它又是友人別離時相贈的禮物，古人很早便有折柳相贈的習俗。因為那迷茫和朦朧的楊花柳絮和人的離愁別緒有著某種內在的相似。故少婦見到春風拂動下的楊柳，一定會聯想很多。她會想到平日裏的夫妻恩愛，想到與丈夫惜別時的深情，想到自己的美好年華在孤寂中一年年消逝，而眼前這大好春光卻無人與她共賞……或許她還會聯想到，丈夫戍守的邊關，不知是黃沙漫漫，還是和家鄉一樣楊柳青青呢？

在這一瞬間的聯想之後，少婦心中那沉積已久的幽怨、離愁和遺憾便一下子強烈起來，變得一發而不可收。「悔教夫婿覓封侯」便成為自然流淌出的情感。說到「忽見」，楊柳色顯然只是觸發少婦情感變化的一個媒介，一個外因。如果沒有她平時感情的積蓄，她的希冀與無奈，她的哀怨與幽愁，楊柳是不會如此強烈地觸動她「悔」的情感的。所以少婦的情感變化看似突然，實則並不突然，而在情理之中。

# 春宮曲①

王昌齡

昨夜風開露井桃，未央前殿月輪高②。
平陽歌舞新承寵，簾外春寒賜錦袍③。

## 【註釋】

① 春宮曲：一作「殿前曲」，一作「春宮怨」。

② 露井桃：種植在無蓋井邊的桃樹。《雞鳴古詞》：「桃生露井上，李樹生桃旁。」未央：即未央宮，漢高祖劉邦所建。這裏借指唐宮。

③ 平陽歌舞：西漢平陽公主家的歌女，即衛子夫，後成為漢武帝皇后。

## 【評析】

天寶年間，唐玄宗寵倖愛妃楊玉環，荒淫無度。詩人以漢喻唐，拉出漢武帝寵倖衛子夫而遺棄陳皇后的一段情事，為自己的諷刺詩罩上了一層「宮怨」的煙幕。更為巧妙的是，詩人寫宮怨，字面上卻看不出一點怨意，只是花重筆描繪新人受寵的情狀，反面揭示失寵者的哀怨。

全詩通篇都是失寵者對「昨夜」的追述之詞。首句點明時令，切題中「春」字。露井旁邊的桃樹，在春風的吹拂下，綻開了花朵。次句點明地點，切題中「宮」字。未央宮的前殿，月輪高照，銀光鋪灑。字面上看來，兩句詩只是淡淡地描繪了一幅春意融融、安詳和睦的自然景象，觸物起興，暗喻歌女承寵，有如桃花沾沐雨露之恩而開放，是興而兼比的寫法。月亮，對於人們來說，本無遠近、高低之分，這裏偏說「未央前殿月輪高」，因為那裏是新人受寵的地方，是這個失寵者心嚮往之而不得近的所在，所以她只覺得月是彼處高，儘管無理，卻有情。

後兩句寫新人的由來和她受寵的具體情狀。衛子夫原為平陽公主的歌女，因妙麗善舞，被漢武帝看中，召入宮中，大得寵倖。「平陽歌舞新承寵」一句，即就此而發。為了具體說明新人的受寵，第四句選取了一個典型的細節。露井桃開，可知已是春暖時節，但寵意正濃的皇帝猶恐簾外春寒，所以特賜錦袍，見出其過分的關心。通過這一細節描寫，新人受寵之深，顯而易見。另外，由「新承寵」三字，人們自然會聯想起那個剛剛失寵的舊人，此時此刻，她可能正站在月光如水的幽宮簷下，遙望未央殿，耳聽新人的歌舞嬉戲之聲而黯然神傷，其孤寂、愁慘、怨悱之情狀，更是可想而知了。

此詩的旨義乃敘未央宮中未承寵倖的宮人的怨思，從而諷刺皇帝沉溺聲色，喜新厭舊，荒廢朝政。這種似此實彼、言近旨遠的藝術手法，正體現出王昌齡七絕詩「深情幽怨，意旨微茫，令人測之無端，玩之不盡」的特色。

# 涼州詞①

王翰

葡萄美酒夜光杯，欲飲琵琶馬上催②。
醉臥沙場君莫笑，古來征戰幾人回③？

## 【作者簡介】

王翰，字子羽，並州（今山西太原）人。唐睿宗景雲元年（710）進士，舉直言極諫，調昌樂尉，複舉超拔群類。王翰少時就聰穎過人，才智超群，舉止豪放，不拘禮節。張說當政，召為秘書正字。擢通事舍人、駕部員外。張說罷相，王翰被貶為汝州長史，改仙州別駕。又因盡日與才士豪俠飲樂游敗，再貶為道州司馬，後病卒。

王翰工詩，多壯麗之詞，可惜很多已散失，其詩題材大多吟詠沙場少年、玲瓏女子以及歡歌飲宴等，表達對人生短暫的感歎和及時行樂的曠達情懷。詞語似雲鋪綺麗，霞疊瑰秀；詩音如仙笙瑤瑟，妙不可言。《全唐詩》存其詩十三首。

## 【註釋】

① 涼州詞：唐樂府名，屬《近代曲辭》，是盛唐時流行的一種曲調名，開元年間隴右節度使郭知運所進。《新唐書·樂志》說：「天寶間樂調，皆以邊地為名，若涼州、伊州、甘州之類。」

② 夜光杯：用白玉製成的酒杯，光可照明。它和葡萄酒都是西北地方的特產。這裏指精美的酒杯。琵琶馬上催：琵琶聲傳來，催促將士上馬出征，或指馬上的樂隊彈奏琵琶以勸酒，因古代有奏樂勸酒之俗，但這樣理解使詩意遜色不少。

③ 沙場：戰場。

## 【評析】

本詩是一首出色的邊塞詩。全詩描寫了廣袤邊塞來之不易的一次盛宴，

勾畫了戍邊將士盡情暢飲、歡快愉悅的場面，表現了戰士們視死如歸的英雄氣概，也抒發了詩人痛恨戰爭的憤慨之情。詩人自身的曠達豪邁在本詩中也表現得淋漓盡致。

首句設色豔麗，詩人用飽蘸激情的筆觸，鏗鏘激越的音調，絢麗優美的詞語，將一個五光十色、酒香四溢的盛大酒宴場景活靈活現地描寫出來。這一句為全詩的抒情渲染了氣氛，定下了基調。

次句用「欲飲」二字，將熱鬧的豪飲場景進一步展現出來。寫到這裏，突然來一頓挫：「欲飲」而無奈「琵琶馬上催」。這個上二下五的句式，妙在突然促成了文意的轉折。馬上的樂隊彈起琵琶催人出發，這使得將士們心情大變，由熱鬧舒適的歡飲環境一下被逼到緊張激昂的戰前氣氛中。看來無法再飲酒了！

第三句意又一轉，告訴我們：這時雖然軍令如山，卻是催者自催，飲者自飲，而且下定決心要「醉臥」。「君莫笑」三字，於頓挫之中一筆挑起，引出了全詩最悲痛、最決絕的一句，這就是末句的「古來征戰幾人回」，這個詰問句，誇張地展示了戰爭的殘酷後果，道出了普遍性，深化了詩歌的主題。顯然，這裏所控訴的，已不只是將士們所面臨的這一次征戰，而是「古來」一切由統治階級為了自身利益而驅使千千萬萬將士去送死的戰爭！全詩抒發的是反戰的哀怨，所揭露的是自有戰爭以來生還者極少的悲慘事實，卻出以豪邁曠達之筆，表現了一種視死如歸的悲壯情緒，這就使人透過這種貌似豪放曠達的胸懷，更加看清了軍人們心靈深處的憂傷與幻滅。


## 送孟浩然之廣陵①

李白

故人西辭黃鶴樓，煙花三月下揚州②。
孤帆遠影碧空盡，唯見長江天際流③。

① 廣陵：今江蘇揚州，唐時著名的繁華都市。

② 故人：老朋友，這裏指孟浩然。西辭：孟浩然由武昌去揚州，是由西往東，所以說「西辭」。煙花：喻指千紅萬紫的春景。

③ 碧空盡：消失在碧藍的天際。

【評析】

　　開元十三年（725），李白乘船從四川沿長江東下壯遊。在襄陽，他聽說前輩詩人孟浩然隱居在城東南的鹿門山中，特地去拜訪他。孟浩然看了李白的詩，大加稱讚，兩人很快成了摯友。開元十八年（730）陽春三月，李白得知孟浩然要去廣陵，便托人帶信，約孟浩然在江夏相會。幾天後，孟浩然乘船東下，李白親自送到江邊，正是此時作了這首詩。

　　這首詩，表現的是一種充滿詩意的離別。詩中寓離情於寫景，以絢麗斑駁的煙花春色和浩瀚無邊的長江為背景，繪出了一幅意境開闊、情絲不絕、色彩明快、風流倜儻的送別圖，表達了詩人對友人無限眷戀、難捨難分的惜別深情。

　　首句不光是為了點題，更因為黃鶴樓是天下名勝，可能也是兩位詩人經常流連聚會之所。因此一提到黃鶴樓，就帶出種種與此處有關的富於詩意的生活內容。而黃鶴樓本身，又是傳說仙人飛上天空去的地方，這和李白心目中這次孟浩然愉快地去廣陵，又構成一種聯想，增加了那種愉快的氣氛。

　　次句中，在「三月」上加「煙花」二字，把送別環境中那種詩的氣氛塗抹得尤為濃郁。三月是煙花之時，而開元時代繁華的長江下游，又正是煙花之地。「煙花三月」，不僅再現了那暮春時節、繁華之地的迷人景色，而且也透露了時代氣氛。

　　詩的後兩句看起來似乎是寫景，但在寫景中包含著一個充滿詩意的細節。李白的目光望著帆影，一直看到帆影逐漸模糊，消失在碧空的盡頭，可見目送時間之長。帆影已經消逝了，然而李白還在翹首凝望，這才注意到一江春水，在浩浩蕩蕩地流向遠遠的水天交接之處。「唯見長江天際流」，是眼前景象，又不單純是寫景。李白對朋友的一片深情，正體現在這富有詩意

的神馳目注之中。詩人的心潮起伏，正像滾滾東去的一江春水。

　　李白嚮往揚州地區，又嚮往孟浩然，所以一邊送別，一邊心也就跟著飛翔，胸中有無窮的詩意隨著江水蕩漾。

# 早發白帝城①

李白

　　朝辭白帝彩雲間，千里江陵一日還②。
　　兩岸猿聲啼不住，輕舟已過萬重山③。

## 【註釋】

① 發：啟程。

② 江陵：今湖北荊州市。從白帝城到江陵約一千兩百里，其間包括七百
　　里三峽。

③ 住：停息。萬重山：層層疊疊的山，言山之多。

## 【評析】

　　唐肅宗乾元二年（759）春，李白因永王李璘案，被流放夜郎，取道四川前往被貶謫的地方。行至白帝城的時候，忽然收到赦免的消息，驚喜交加，隨即乘舟東下江陵。此詩即回舟抵江陵時所作，所以詩題一作《下江陵》。本詩是一篇富於意境的經典，詩人把疾速的舟行和兩岸景色風物融為一體，通過飛舟疾下的畫面生動表現了他獲赦後的喜悅心情。全詩無不誇張和奇想，寫得流麗飄逸，驚世駭俗，但又不假雕琢，隨心所欲，自然天成。

　　首句寫早上開船的情景。「彩雲間」三字，描寫白帝城地勢之高，為全篇描寫下水船走得快這一動態蓄勢。這一句同時交代了時間是在早晨。詩人在這曙光初燦的時刻告別白帝城，其興奮之情是不言而喻的。

　　次句緊承上句，寫江陵之遠，舟行之迅速。「千里」和「一日」，以空間之遠與時間之短作懸殊對比。這裏，巧妙的地方在於那個「還」字上。它

不僅表現出詩人「一日」而行「千里」的痛快，也隱隱透露出遇赦的喜悅。江陵本非李白的家鄉，而「還」字卻親切得如同回鄉一樣。一個「還」字，暗處傳神，值得讀者細細玩味。

後兩句轉到對途中兩岸景物的描繪上，實際上是對上句的具體描述。古時長江三峽，「常有高猿長嘯」。詩人說「啼不住」，是因為他乘坐飛快的輕舟行駛在長江上，耳聽兩岸的猿啼聲，又看見兩旁的山影，猿啼聲不止一處，山影也不止一處，由於舟行人速，使得啼聲和山影在耳目之間成為「渾然一片」，這就是李白在出峽時對猿聲山影所感受到的情景。身在這如脫弦之箭、順流直下的船上，詩人感到十分暢快和興奮。瞬息之間，「輕舟」已過「萬重山」。為了形容船快，詩人除了用猿聲山影來烘托，還給船的本身添上了一個「輕」字。從這個「輕」字，亦可看出詩人心情之舒暢，詩人歷盡艱險、進入康莊旅途的快感，也自然而然地表現出來了。這最後兩句，既是寫景，又是比興，既是個人心情的表達，又是人生經驗的總結，因物興感，精妙無倫。

全詩洋溢的是詩人經過艱難歲月之後突然迸發的一種激情，所以在雄峻和迅疾中，又有豪情和歡悅。快船快意，給讀者留下了廣闊的想像餘地。

# 逢入京使①

岑參

故園東望路漫漫，雙袖龍鍾淚不乾②。
馬上相逢無紙筆，憑君傳語報平安③。

## 【註釋】

① 入京使：回京城長安的使者。

② 龍鍾：涕淚淋漓的樣子，這裏是沾濕的意思。

③ 憑：托，煩請。傳語：捎口信。

## 【評析】

本詩約作於天寶八年（749），此時岑參三十四歲，前半生功名不如意，無奈之下，出塞任職，第一次從軍西征。他辭別了居住在長安的妻子，躍馬踏上了漫漫的征途，充任安西節度使高仙芝的幕府書記，西出陽關，奔赴安西。可以想見，遠離京都和家園的詩人，他的心情是無限淒涼的。西行途中，岑參偶遇前往長安的東行使者，不免更加傷感，詩人又想安慰家人，報個平安，於是想請回長安的人給家裏捎個信。本詩就描寫了這一場景，具有濃烈的人情味。詩文語言樸實，不加雕琢，卻包含著兩大情懷，思鄉之情與渴望功名之情，交織相融，真摯自然，感人至深。

首句寫眼前實景。「故園」指詩人在長安的家園，「東望」點明家園的位置，也說明自己在走馬西行。「路漫漫」三字，說明離家之遠。詩人辭家西行，回首望故鄉，自覺長路漫漫，平沙莽莽，真不知家山何處。「漫漫」二字，給人以茫茫然的感覺。

次句寫思鄉的情狀：思鄉之淚，龍鍾交橫，涕泗滂沱。這多少有點誇張，但「誇而有節，飾而不誣」，仍不失為真實。「龍鍾」和「淚不乾」用得非常形象，將詩人對親人的無限思念表現得淋漓盡致。

第三句中，「逢」字點出了題目。在赴安西的途中，遇到作為入京使者的故人，彼此都鞍馬倥傯，交臂而過，一個繼續西行，一個東歸長安，而自己的妻子也正在長安，正好托故人帶封平安家信回去。可偏偏又無紙筆，彼此行色匆匆，只好托故人帶個口信，「憑君傳語報平安吧」。這最後一句詩，處理得很簡單，收束得很乾淨俐落，但簡淨之中寄寓著詩人的一片深情，寄至味於淡薄，頗有韻味。詩人此時抱著「功名只向馬上取」的雄心，因而此刻，他的複雜心情可想而知：他一方面對家人無限眷念，另一方面又渴望建功立業，飛黃騰達。

# 江南逢李龜年①

杜甫

岐王宅裏尋常見，崔九堂前幾度聞②。
正是江南好風景，落花時節又逢君③。

## 【註釋】

① 李龜年：唐朝開元、天寶年間的著名樂師。因為受到皇帝唐玄宗的寵
　　倖而紅極一時。「安史之亂」後，李龜年流落江南，賣藝為生。

② 岐王：唐玄宗李隆基的弟弟，名叫李隆範，以好學愛才著稱，雅善音
　　律。崔九：即崔滌，在兄弟中排行第九，中書令崔湜的弟弟。玄宗
　　時，曾任殿中監，出入禁中，得玄宗寵倖。

③ 江南：這裏指今湖南省一帶。落花時節：暮春，通常指陰曆三月。

## 【評析】

　　本詩作於唐代宗大曆五年（770）杜甫在長沙的時候。安史之亂後，杜
甫漂泊到湖南一帶，和流落的宮廷歌唱家李龜年重逢。此時二人境遇相似，
都居無定所，四處漂泊。相同的境遇、淒涼的晚年生活、今昔生活的巨大反
差，讓詩人感慨良多，於是寫下了這首詩。

　　詩的前兩句是詩人對當年與李龜年交往情景的追憶。「岐王宅裏」、「崔
九堂前」，彷彿信口道出，但在當事者心目中，這兩個文藝名流經常雅集之
處，是鼎盛的開元時期豐富多彩的精神文化集中的地方，它們的名字就足以
勾起詩人對「全盛時期」的美好回憶。當年詩人出入其間，接觸李龜年這樣
的藝術明星，是「尋常」而不難「幾度」的，多年過後回想起來，簡直是不
可企及的夢境了。這裏所蘊含的天上人間之隔的感慨，讀者是要結合下兩句
才能品味出來的。兩句詩在詠歎中，流露了詩人對開元盛世的無限眷戀。

　　後兩句詩中，詩人停止追憶，回到現實。風景秀麗的江南，在承平時
代，原是詩人們所嚮往的作快意之遊的所在。詩人真正置身其間，所面對的
竟是滿眼凋零的「落花時節」和翻然白首的流落藝人。「落花時節」，如同

是即景書事，又如同是別有寓托，寄興在有意無意之間。這四個字，暗喻了世運的衰頹、社會的動亂和詩人的衰病漂泊，但詩人絲毫沒有刻意設喻，這種寫法顯得特別渾成無跡。加上兩句當中「正是」和「又」這兩個虛詞一轉一跌，更在字裏行間寓藏著無限感慨。江南好風景，恰恰成了亂離時世和沉淪身世的有力反襯。一位老歌唱家與一位老詩人在飄流顛沛中重逢了，落花流水的風光，點綴著兩位形容憔悴的老人，成了時代滄桑的一幅典型畫圖。它無情地證實「開元全盛」已經成為歷史陳跡，一場翻天覆地的大動亂，使杜甫和李龜年這些經歷過盛世的人，淪落到了不幸的地步，感慨頗深。

詩人寫到「落花時節又逢君」，卻黯然而收，在無言中包孕著深沉的慨歎，痛定思痛的悲哀。這樣「剛開頭卻又煞了尾」，連一句也不願多說，顯得蘊藉至極。詩人這種「未申」之意對於有著類似經歷的當事者李龜年，是不難領會的；對於後世善於知人論世的讀者，也不難把握。

## 滁州西澗①

韋應物

獨憐幽草澗邊生，上有黃鸝深樹鳴②。
春潮帶雨晚來急，野渡無人舟自橫③。

【註釋】

① 滁州：今安徽滁州，位於淮河之南，長江之北，是一座山城。西澗：在滁州西門外，俗名上馬河。

② 獨憐：特別喜愛。深樹：枝繁葉茂的樹。

③ 春潮：春水氾濫稱為春潮。晚來急：雨中的潮水晚上漲得更快。野渡：野外的渡口。

【評析】

唐德宗建中二年（781），韋應物任滁州刺史。他生性高潔，愛幽靜，時

常獨步郊外。一天遊覽至滁州西澗，深愛其清幽之景，於是寫下了這首詩情濃郁的七絕。這首詩描寫了山澗水邊的幽靜景象和晚潮帶雨的野渡所見。寫的雖然是平常的景物，但經詩人的點染，卻成了一幅意境幽深的有韻之畫。

詩的前兩句是寫日間所見。暮春之際，群芳已過，詩人閑行至澗，但見一片青草萋萋。幽草，雖然不及百花嫵媚嬌豔，但它那青翠欲滴的身姿，那自甘寂寞、不肯趨時悅人的風標，自然而然地贏得了詩人的喜愛。這裏，「獨憐」二字，感情色彩至為濃郁，是詩人別有會心的感受。它表露了詩人閒適恬淡的心境。

首句寫靜，次句則寫動。鶯啼婉轉，在樹叢深處間關滑動。鶯啼似乎打破了剛才的沉寂和悠閒，其實在詩人靜謐的心田蕩起更深一層漣漪。次句前頭著一「上」字，不僅僅是寫客觀景物的時空轉移，重要的是寫出了詩人隨緣自適、怡然自得的開朗和豁達。

後兩句側重寫荒津野渡之景。景物雖異，但仍然循此情愫作展衍。到傍晚時分，春潮上漲，春雨漸瀝，西澗水勢頓見湍急。郊野渡口，本來就荒涼冷漠，此刻越發難覓人蹤，只有空舟隨波縱橫。二句詩所描繪的情境，未免有些荒涼，但用一「自」字，卻體現著悠閒和自得。同時，這水急舟橫的悠閒景象，蘊含著一種不在其位不得其用的無奈情懷，頗為耐人尋味。

## 楓橋夜泊[1]

張繼

月落烏啼霜滿天，江楓漁火對愁眠[2]。
姑蘇城外寒山寺，夜半鐘聲到客船[3]。

【作者簡介】

張繼（約715—779），字懿孫，襄州（今湖北襄陽）人。天寶十二年（753）進士。曾任檢校祠部員外郎及洪州鹽鐵判官，有政聲。卒於洪州。張繼詩名早著，與劉長卿、顧況交情深厚。其詩爽朗激越，不事雕

琢，比興幽深，事理雙切，對後世頗有影響，前人評他「詩情爽激，多金石音」，「丰姿清迥，有道者風」。可惜他的詩流傳不多，《全唐詩》存其詩一卷。

## 【註釋】

① 楓橋：在今蘇州市閶門外。

② 江楓：江邊的楓樹。一說寒山寺旁邊的兩座橋「江村橋」和「楓橋」的合稱。

③ 寒山寺：在楓橋附近，始建于南朝梁代。相傳因唐代僧人寒山、拾得曾住此而得名。在今蘇州市西楓橋鎮。本名「妙利普明塔院」，又名楓橋寺。

## 【評析】

　　這是一首記敘詩人夜泊楓橋時所看到的景象和自身感受的詩。一個秋天的夜晚，詩人泊船蘇州城外的楓橋。江南水鄉秋夜幽美的景色，吸引著這位懷著旅愁的遊子，使他領略到一種情味雋永的詩意美，寫下了這首意境深遠的小詩。表達了詩人旅途中孤寂憂愁的思想感情。

　　詩題為「夜泊」，實際上只寫「夜半」時分的景象與感受。詩的首句，寫了午夜時分三種有密切關聯的景象：月落、烏啼、霜滿天。月落夜深，繁霜暗凝。在幽暗靜謐的環境中，人對夜涼的感覺變得格外敏銳。「霜滿天」的描寫，並不符合自然景觀的實際（霜華在地而不在天），卻完全切合詩人的感受：深夜侵肌刺骨的寒意，從四面八方圍向詩人夜泊的小舟，使他感到身外的茫茫夜氣中正彌漫著滿天霜華。整個一句，月落寫所見，烏啼寫所聞，霜滿天寫所感，層次分明地體現出一個先後承接的時間過程和感覺過程。而這一切，又都和諧地統一於水鄉秋夜的幽寂清冷氛圍和羈旅者的孤子清寥感受中。

　　次句接著描繪「楓橋夜泊」的特徵景象和旅人的感受。在朦朧夜色中，江邊的樹只能看到一個模糊的輪廓，之所以稱「江楓」，也許是因楓橋這個地名引起的一種推想，或者是選用「江楓」這個意象給讀者以秋色秋意和離

情羈思的暗示。「江楓」與「漁火」，一靜一動，一暗一明，一江邊，一江上，景物的配搭組合頗見用心。寫到這裏，才正面點出泊舟楓橋的旅人。「愁眠」，當指懷著旅愁躺在船上的旅人。「對愁眠」的「對」字包含了「伴」的意蘊，不過不像「伴」字外露。這裏確有孤子的旅人面對霜夜江楓漁火時縈繞的縷縷輕愁，但同時又隱含著對旅途幽美風物的新鮮感受。我們從那個彷彿很客觀的「對」字當中，似乎可以感覺到舟中的旅人和舟外的景物之間一種無言的交融和契合。

　　詩的前幅佈景密度很大，十四個字寫了六種景象，後幅卻特別疏朗，兩句詩只寫了一件事：臥聞山寺夜鐘。這是因為，詩人在楓橋夜泊中所得到的最鮮明深刻、最具詩意美的感覺印象，就是這寒山寺的夜半鐘聲。月落烏啼、霜天寒夜、江楓漁火、孤舟客子等景象，固然已從各方面顯示出楓橋夜泊的特徵，但還不足以盡傳它的神韻。在暗夜中，人的聽覺升居為對外界事物景象感受的首位。而靜夜鐘聲，給予人的印象又特別強烈。這樣，「夜半鐘聲」就不但襯托出了夜的靜謐，而且揭示了夜的深永和清寥，而詩人臥聽疏鐘時的種種難以言傳的感受也就盡在不言中了。


# 寒　食

韓翃

春城無處不飛花，寒食東風御柳斜[1]。<br>
日暮漢宮傳蠟燭，輕煙散入五侯家[2]。

## 【註釋】

① 春城：暮春時節的長安城。御柳：御苑之柳，舊俗每到了寒食節，人們會折柳插門口。

② 漢宮：這裏以漢喻唐，指唐宮。漢宮傳蠟燭：《西京雜記》：「寒食禁火日賜侯家蠟燭。」又《唐輦下歲時記》：「清明日取榆柳之火以賜近臣。」漢成帝時，封他的舅舅王譚、王商、王立、王根、王逢時為

侯，人們稱為「五侯」。另東漢桓帝時曾封單超等五位宦官為侯，當時也稱「五侯」，這裏代指受皇帝寵倖，專橫跋扈的宦官。

## 【評析】

這是一首諷刺詩，但詩人的筆法巧妙含蓄。從表面上看，似乎只是描繪了一幅寒食節長安城內富於濃郁情味的風俗畫。實際上，透過字裏行間可感受到詩人懷著強烈的不滿，對當時權勢顯赫、作威作福的宦官進行了深刻的諷刺。中唐以後，幾任皇帝都寵倖宦官，以致他們的權勢很大，敗壞朝政，排斥朝官，正直人士對此都極為憤慨。本詩正是因此而發。

寒食是我國古代一個傳統的節日，在清明前兩天，是從春秋時傳下來的，是晉文公為了懷念抱木自焚而死的介子推而定的。按照習俗，寒食這一天，家家禁火，只吃冷食，故稱寒食。

詩的前兩句描寫春日長安城花開柳拂的景色。「無處」指花開既多又廣。「飛花」寫花開的盛況，不說「落花」而說「飛花」，明寫花而暗寫風。一個「飛」字，蘊意深遠。時值春日，長安城到處是飛花柳絮，一派繽紛絢爛的景象。「御柳斜」是狀摹宮苑楊柳在春風吹拂下的搖擺姿態。「斜」字用得妙，生動地寫出了柳枝的搖曳之神，同時也是間接寫風。

後兩句是寫天黑時分，宮苑裏傳送著一支支由皇帝恩賜給宦官的蠟燭。蠟燭燃燒通明，升騰起淡淡的煙霧，嫋嫋娜娜地縈繞在宦官家，到處彌漫著威福恩加的氣勢，使人如見他們那種炙手可熱、得意揚揚的驕橫神態。「傳」、「散」二字生動地畫出了一幅夜晚走馬傳燭圖，使人如見蠟燭之光，如聞輕煙之味。在封建習俗的統治下，不要說全城百姓，就連那些不是寵臣的朝官之家，在禁止煙火的寒食之夜，恐怕也都是漆黑一片。唯獨這些宦官之家，燭火通明，煙霧繚繞。由一斑而見全豹，僅此一點，足見這些宦官平日如何弄權倚勢，欺壓賢良。作者在這裏僅用兩句詩，寫了一件傳蠟燭的事情，就讓皇帝的厚待親信宦官，宦官的可惡可憎的面目暴露無遺，達到了辛辣諷刺的目的。

本詩選取了典型的題材，引用了貼切的典故，對宦官得寵專權的現象進行諷刺。雖然寫得很隱晦含蓄，但有了歷史典故的暗示，和晚唐社會情況的

印證，使讀者不難瞭解其言外之意。

# 月　夜

劉方平

更深月色半人家，北斗闌干南斗斜①。
今夜偏知春氣暖，蟲聲新透綠窗紗②。

## 【作者簡介】

　　劉方平，河南洛陽人。天寶前期曾應進士試，又欲從軍，均未如意，從此隱居潁水、汝河之濱，終生未仕。與皇甫冉、元德秀、李頎、嚴武為詩友，有唱和。工詩，善畫山水。其詩多詠物寫景之作，尤擅絕句，又多寫閨情、鄉思，思想內容較貧弱，但藝術性較高，善於寓情於景，意蘊無窮。《全唐詩》存其詩一卷，共二十六首。

## 【註釋】

①更深：夜深了。月色半人家：月光只照亮了人家房屋的一半，另一半隱藏在黑暗裏。北斗：大熊星座七顆明亮的星，分佈成勺形，又稱北極星。闌干：橫斜的樣子。南斗：二十八星宿中的鬥宿，共六星。
②新：初，剛剛。

## 【評析】

　　本詩為詩人春夜感懷之作，描寫了蘊含勃勃生機的早春月夜景色。詩人以對物候細微變化的敏銳感受，表現了初春月夜氣候轉暖的舒適氛圍，抒寫了喜悅而悵惘的複雜心理。

　　詩的前兩句描繪月夜的靜謐，頗具畫意。首句中「更深」二字，給下麵的景色描寫奠定了基調，也給整首詩籠罩上了一種獨特的氣氛。「月色半人家」是「更深」二字的具體化。「半人家」是詩中的佳筆，它寫出了莊戶人

家的農舍一半為銀白色月暉所包圍，而另一半卻依然坐落在黑暗中。如此著色，便使黑者更黑，白者更白，在用光上便能更加突出主體。這要比讓描寫的景物全都搭上一層亮色更醒目，也更有藝術美。次句以互文手法解釋，即北斗和南斗都發生了傾斜變化，這樣就可看出時間的推移，已從入夜而接近更深了。此是「更深」於夜空的徵象，而且把讀者的視野由「人家」引向遼闊的天宇。前兩句一起造成春夜的靜穆，意境深邃。月光半照，是因為月輪西斜，詩以星斗闌干為映襯，這就構成兩句之間的內在關聯。

後兩句寫蟲聲，獨闢蹊徑，匠心獨運。夜半更深，正是一天中氣溫最低的時刻，然而就在這夜寒人靜之際，清脆、歡快的蟲鳴聲悄然響起。在這靜謐的月夜中，蟲聲顯得格外引人注意。它標誌著生命的萌動，萬物的復蘇，所以它在敏感的詩人心中所引起的，便是春回大地的美好聯想。從蟲芥之微而知寒暖之候，說明詩人有著深厚的鄉村生活的經驗。末句中一個「新」字，飽含對鄉村生活的深情，既是說清新，又有欣悅之意。詩中說「春氣暖」自「今夜」始，表明對節候變化十分敏感，「偏知」一語洋溢著自得之情。寫隔窗聽到蟲聲，用「透」，則給人以生機勃發的力度感。窗紗的綠色，夜晚是看不出的。這綠意來自詩人內心的盎然春意。詩人之所以不描寫作為春天表徵的鮮明的外在景觀，而是借助深夜景色氣氛來烘托詩的意境，就是因為這詩得之於詩人的內心。詩人是以一顆純淨的心靈體察自然界的細微變化的。詩的前二句寫景物，不著一絲春的色彩。卻暗中關合春意，頗具蘊藉之致。第三句的「春氣暖」和結句的「蟲聲」、「綠窗紗」互為映發，於是春意俱足。

## 春　怨

劉方平

紗窗日落漸黃昏，金屋無人見淚痕①。
寂寞空庭春欲晚，梨花滿地不開門②。

【註釋】

① 金屋：原指漢武帝少時欲以金屋藏阿嬌的典故，這裏指妃嬪所住的華麗宮室。

② 春欲晚：春天即將過去。

【評析】

　　本詩是一首宮怨詩。描寫春夜宮廷的淒涼景色，渲染了破落寂寥的氣氛，婉曲地抒寫了被棄宮妃的愁怨。詩中引用了漢武帝幼時願以金屋藏阿嬌（陳皇后小名）的典故。

　　首句點明時間是在黃昏，營造出一種悲涼的氛圍。次句中的「金屋」點破主題，表明所寫之地是與人世隔絕的深宮，所寫之人是幽閉在宮內的少女。「無人見淚痕」五字，可能有兩重含意：一是其人因孤處一室、無人做伴而不禁淚下；二是其人身在極端孤寂的環境之中，縱然落淚也無人得見，無人同情。這正是宮人命運之最可悲處。句中的「淚痕」兩字，也大可玩味。淚而留痕，可見其垂淚已有多時。

　　第三句是對深宮環境的描寫，為無人的「金屋」增添孤寂的感覺。屋內無人，固然使人感到孤寂，假如屋外人聲喧鬧，春色濃豔，呈現出一片生機盎然的景象，或者也可以減少幾分孤寂。現在，院中竟也寂無一人，又是花事已了的晚春時節，這就使「金屋」中人更感到孤寂與寂寞了。

　　末句既直承上句，是「春欲晚」的補充和引伸，而且也是對第二句的襯托，以遍地梨花來襯托「金屋」裏的人悲涼、淒苦的心境。

　　這首詩在層層烘托詩中人的怨情的同時，還以象徵手法點出了美人遲暮之感，從而進一步顯示出詩中人身世的可悲、青春的暗逝。曰「日落」，曰「黃昏」，曰「春欲晚」，曰「梨花滿地」，都是象徵詩中人的命運，作為詩中人的影子來寫的。這使詩篇更深曲委婉，味外有味。

# 征 人 怨

柳中庸

歲歲金河復玉關，朝朝馬策與刀環①。
三春白雪歸青塚，萬里黃河繞黑山②。

## 【作者簡介】

　　柳中庸，名淡，一作「談」，中庸是其字，河東（今山西永濟）人。大歷年間進士，曾官鴻府戶曹，未就。與盧綸、李端為詩友。其詩以寫邊塞征怨為主，然意氣消沉，無複盛唐氣象。《全唐詩》存其詩十三首。

## 【註釋】

① 金河：即黑河，在今內蒙古呼和浩特市城南。玉關：即甘肅玉門關。
　馬策：馬鞭。刀環：刀柄上的銅環，喻征戰事。

② 三春：春季的三個月或暮春，此處為暮春。青塚：西漢時王昭君的
　墓，在今內蒙古呼和浩特之南。黑山：即殺虎山，在今內蒙古呼和浩
　特市東南。

## 【評析】

　　這是一首傳誦極廣的邊塞詩，寫征人因久戍不歸、思鄉情切所生的怨情，表達了詩人對統治者窮兵黷武的譴責。

　　詩的前兩句使用了兩個疊詞，「歲歲」、「朝朝」寫出了戍邊時間之長和征戰的頻繁。首句「金河復玉關」寫出了輾轉征戰的地域之多，「馬策與刀環」說明幾乎每日都有征戰，以致達到馬不卸鞍、人不卸甲的境地，把征戰生活的單調與無奈表現得淋漓盡致。戰士在邊疆日復一日、年復一年地征戰，轉戰於不同的戰場，奔波勞頓。

　　第三句寫得頗為淒涼，「三春白雪」本該是很美好的事物，卻是終歸青塚。青塚是西漢時與匈奴和親的王昭君的墳墓，遠離中原，偏遠荒涼。詩人用「歸」字寫出了歸屬感：征人也許再也不能回到故鄉，只會終歸墳墓，如

王昭君一樣長留塞外。

　　末句的筆力足有千鈞。黃河之水綿長，不停奔湧；暮春時節，征人們想到中原，而眼前的卻是黑山。詩人就以「繞」字消除距離，描述了征人們想像的黃河之水繞過黑山又繼續向前奔流的內心畫面。這最後一句雖是虛寫，但其中的黑山與上句的白雪形成鮮明對比。在古詩中，有些作為地名的顏色名詞雖不指顏色，卻與詩中的其他詞語輝映，造成一種色彩豐富、對比強烈的感覺。本詩中最後兩句就是典型。其中的「白雪」、「青塚」、「黃河」、「黑山」像濃重的色塊，顏色明晰而深重，所占空間廣大，造成一種感覺衝擊，很有藝術感染力。

# 宮　詞

顧況

玉樓天半起笙歌，風送宮嬪笑語和①。
月殿影開聞夜漏，水晶簾捲近秋河②。

## 【作者簡介】

　　顧況（約727—815），字逋翁，號華陽真逸，晚年自號悲翁，蘇州人。肅宗至德二年（757）進士。李泌做宰相時，他入朝為著作郎。泌死，他作《海鷗詠》一詩嘲誚權貴，被貶為饒州司戶參軍，他對此極為不滿。晚年隱於茅山。

　　顧況善為詩歌，重視社會內容，反映人民疾苦，不懼豪強，揭露時弊，語言質樸。他強調詩歌的思想內容，注重教化，其七絕清新自然，饒有佳作。有《華陽集》。

## 【註釋】

①玉樓：華麗的高樓，指宮嬪的居所。天半：形容樓高。宮嬪：宮女、嬪妃。

② 夜漏：晚上計時的銅壺滴漏。秋河：秋天星夜的銀河。

## 【評析】

　　這是一首宮怨詩。與其他同題材的詩不同的是，本詩運用了對比的修辭手法。前二句寫受寵者在玉樓笙歌笑語，享受歡樂；後二句寫失寵者獨聽更漏之聲，愁望銀河，突出表現了幽怨痛苦之情。如此相形作比，即使不言怨情，而怨情早已顯露於言外。這首詩用極其簡潔凝練的語言，形象逼真的描寫，美麗清新的藝術形象，將宮妃中兩種完全不一樣的遭遇、境況鮮明地展示了出來，並精巧地將幽怨之情寄託於淒涼、寂寞、冷清的生活裏。

　　詩的前兩句極力描繪了受到皇帝恩寵的宮妃的歡快和愉悅：高高的玉樓之上響起了悠揚的笙歌，輕柔的夜風又將宮妃的歡笑聲、嬉鬧聲吹送過來。

　　後兩句則描寫了無法獲得皇帝恩寵的宮妃的孤寂和淒涼：深深的宮院中冷冷清清，十分靜謐。漫漫長夜，僅能聽到時斷時續的更漏之聲，讓人難以安然入眠，她只好輕輕捲起水晶珠簾，愁苦萬分地遙望著秋日的銀河，默默發呆，幽幽歎息，暗暗傷懷。詩的前後兩部分，歡樂喧騰與孤獨清冷，熱鬧與死寂形成強烈對比，失意宮妃的幽怨之情表露無遺。

# 夜上受降城聞笛①

李益

　　回樂峰前沙似雪，受降城外月如霜②。
　　不知何處吹蘆管，一夜征人盡望鄉③。

## 【註釋】

① 受降城：唐初名將張仁願為了防禦突厥，在黃河以北築受降城，分東、中、西三城。

② 回樂：唐朝回樂縣，靈州治所，在今寧夏靈武縣西南。回樂峰即當地山峰。

③蘆管：指以蘆杆製成的笛管。

## 【評析】

　　這是一首抒寫戍邊將士思鄉愁情的名作，通過描寫受降城淒涼的夜色和幽怨的蘆笛聲，強烈地抒發了塞外征人對故鄉的思念之情，真切而感人。

　　詩的前兩句描寫了一幅邊塞月夜的獨特景色。舉目遠眺，蜿蜒數十裏的丘陵上聳立著一座座烽火臺，烽火臺下是一片無垠的沙漠，在月光的映照下如同積雪的荒原。近看，高城之外月光皎潔，如同深秋的寒霜。沙漠並非雪原，詩人偏說它「似雪」，月光並非秋霜，詩人偏說它「如霜」。詩人如此運筆，是為了借這寒氣襲人的景物來渲染心境的愁慘淒涼。正是這似雪的沙漠和如霜的月光使受降城之夜顯得格外空寂慘澹，也使詩人格外強烈地感受到置身邊塞絕域的孤獨，而生發出思鄉情愫。

　　如果說前兩句寫景，景中寓情，蓄而未發，那麼後兩句則正面寫情。在萬籟俱寂中，夜風送來嗚嗚咽咽的蘆笛聲，這笛聲使詩人想到：是哪座烽火臺上的戍卒在借蘆笛聲傾訴那無盡的邊愁？那幽怨的笛聲又觸動了多少征人的思鄉愁懷？在這漫長的邊塞之夜，他們一個個披衣而起，憂鬱的目光掠過似雪的沙漠，如霜的月地，久久凝視著遠方。「不知何處」寫出了征人月夜聞笛時的迷惘心情，映襯出夜景的空寥寂寞。「一夜」和「盡望」又道出征人望鄉之情的深重和急切。

　　這首詩藝術上的成功，就在於把詩中的景色、聲音、感情三者融合為一體，將詩情、畫意與音樂美熔於一爐，組成了一個完整的藝術整體，意境渾成，簡潔空靈，而又具有含蘊不盡的特點。

# 烏衣巷①

劉禹錫

朱雀橋邊野草花，烏衣巷口夕陽斜②。
舊時王謝堂前燕，飛入尋常百姓家③。

【註釋】

① 烏衣巷：故址在今南京市東南，和朱雀橋相近，是三國東吳時的禁軍
　駐地。由於當時禁軍身著黑色軍服，所以此地俗語稱「烏衣巷」。在
　東晉時，王導、謝安兩大家族都居住在烏衣巷，人稱其子弟為「烏衣
　郎」。入唐後，烏衣巷淪為廢墟。

② 朱雀橋：南京秦淮河上的浮橋，也叫朱雀航，東晉咸康時建。

③ 王謝：指東晉時王導、謝安兩大家族。

【評析】

　　這是一首懷古詩，是組詩《金陵五題》中的第二首。詩人抓住燕子自王
謝堂前飛入尋常人家的細節，描寫了烏衣巷的巨大變化，並感事抒懷，抒發
了深沉的今昔滄桑之感。詩中沒有一句議論，而是通過野草、夕陽的描寫，
以燕子作為盛衰興亡的見證，巧妙地把歷史和現實聯繫起來，引導人們去思
考時代的發展和社會的變化，含著深刻的寓意。

　　詩的前兩句以橋名、巷名為對，妙語天成。朱雀橋同烏衣巷，不僅地點
相鄰，而且都是歷史上的名地。用朱雀橋來勾畫烏衣巷的環境，既符合地理
的真實，又能造成對仗的美感，還可以喚起有關的歷史聯想，是「一石三鳥」
的選擇。

　　首句中引人注目的是橋邊叢生的野草和野花。草長花開，表明時當春
季。「草花」前面按上一個「野」字，這就給景色增添了荒僻的氣象。再加
上這些野草野花是滋蔓在一向行旅繁忙的朱雀橋畔，這恰就說明昔日繁華的
朱雀橋，今日已荒涼冷清了。次句表現出烏衣巷不僅是映襯在敗落淒涼的古
橋的背景之下，而且還呈現在斜陽的殘照之中。詩人描繪「夕陽」卻又點上
一個「斜」字，便突出了日薄西山的慘澹情景。本來，鼎盛時代的烏衣巷
口，應該是衣冠來往、車馬喧鬧的。而今，詩人卻用一抹斜暉，使烏衣巷完
全籠罩在寂寥、慘澹的氛圍之中。讀到此處，詩人不由得感慨起滄海桑田，
人生多變。

　　經過環境的烘托、氣氛的渲染之後，詩人並沒有轉入正面描寫烏衣巷的
變化，抒發感慨。而是出人意料地忽然把筆觸轉向了烏衣巷上空正在就巢的

飛燕，讓人們沿著這些「舊時王謝堂前燕」飛行的去向去辨認，如今的烏衣巷裏已經居住著普通的百姓人家了。「舊時」兩個字，賦予燕子以歷史見證人的身份。「尋常」兩個字，又特別強調了今日的老百姓是多麼不同於往昔。從中，我們可以清晰地聽到詩人對這一變化發出的滄海桑田的無限感慨。這裏，詩人不落窠臼，棄「直抒胸臆」而不用，借助對景物的描寫，寫出了千古傳誦的名句。整首詩含蓄蘊藉，意味深長。詩中意象別具匠心，感慨與議論藏而不露。

## 和樂天春詞①

劉禹錫

新妝宜面下朱樓，深鎖春光一院愁②。
行到中庭數花朵，蜻蜓飛上玉搔頭③。

**【註釋】**

① 春詞：春怨之詞。「春詞」為白居易原詩題目。

② 新妝宜面：指新近的打扮，脂粉和臉色很相宜。朱樓：紅樓。

③ 玉搔頭：玉簪，可用來搔頭，故稱。

**【評析】**

　　本詩是劉禹錫為友人白居易的《春詞》創作的一首和詩。白居易的《春詞》：「低花樹映小妝樓，春入眉心兩點愁。斜倚欄干背鸚鵡，思量何事不回頭？」白居易詩先描繪一個斜倚欄杆、背向鸚鵡、眉目含愁的青年女子形象，接著以「思量何事不回頭」的問句，輕輕一撥，引而不發，意味深長。而劉禹錫的和詩，也寫閨中女子之愁，卻寫得更為婉曲新穎，別出蹊徑。詩人通過對宮女神態的傳神刻畫，表現了她不勝幽怨之情。

　　詩的首句先寫一個精心梳妝、儀容得體的年輕宮女的一系列動作。認真妝扮後，她匆匆跑下樓，希望新描畫的妝容能夠被人讚賞。豔豔春光使她暫

時忘卻了心中苦惱，這良辰美景，使她心底萌發了一絲朦朧的希望。

次句承上啟下，寫宮女下得樓來，見春光明媚，確是良辰美景，然而庭院深深，院門緊鎖，這樣美好的春光卻無人共賞，於是宮女反而更生寂寞。所望之處，越美的景致越讓她心中充滿哀愁。

第三、四兩句進一步把這個「愁」字寫足。這位女主人公下樓的本意不是為了尋愁覓恨，要是早知如此，她就不必「下朱樓」，也不必「新妝宜面」。可是結果恰恰惹得無端煩惱上心頭。這急劇變化的痛苦的心情，使她再也無心賞玩，只好用「數花朵」來遣愁散悶，打發這大好春光。「數花朵」的原因當亦有對這無人觀賞、轉眼即逝的春花，歎之、憐之、傷之的情懷。就在她在默默地數著時，「蜻蜓飛上玉搔頭」。這是十分精彩的一筆。它含蓄地刻畫出她那沉浸在痛苦中的凝神佇立的情態，還暗示了這位女主人公有著花朵般的容貌，以至於使常在花中的蜻蜓也錯把美人當花朵，輕輕飛上玉搔頭，而且也意味著她的處境亦如這庭院中的春花一樣，寂寞深鎖，無人賞識，只能引來這無知的蜻蜓。真是花亦似人，人亦如花，春光空負。這就自然而含蓄地引出了人愁花愁一院愁的主題，洗練而巧妙地描繪了這位女子在春光爛漫之中的冷寂孤淒的境遇，新穎而富有韻味，真可謂結得有「神」。


# 後 宮 詞

白居易


淚盡羅巾夢不成，夜深前殿按歌聲[1]。
紅顏未老恩先斷，斜倚熏籠坐到明[2]。


【註釋】

[1] 按歌聲：依照歌聲的韻律打拍子。

[2] 恩：君王恩寵。熏籠：覆罩香爐的竹籠。用來熏衣被，為宮中用物。

## 【評析】

本詩是一首代宮人所作的宮怨詞。詩人通過對失寵宮女心理細緻入微的刻畫，隱隱流露出詩人自己在政治上的失意之情。

詩的主人公是一位不幸的宮女。她一心盼望君王的臨幸而終未盼得，時已深夜，只好上床，已是一層怨悵。寵倖不可得，退而求之好夢。輾轉反側，竟連夢也難成，見出兩層怨悵。夢既不成，索性攬衣推枕，掙扎坐起。正當她愁苦難忍，淚濕羅巾之時，前殿又傳來陣陣笙歌，原來君王正在那邊尋歡作樂，這就有了三層怨悵。倘使人老珠黃，猶可解說。偏偏她盛鬢堆鴉，紅顏未老，這就生出四層怨悵。要是君王一直沒有發現她，那也罷了。事實是她曾受過君王的恩寵，而現在這種恩寵卻無端斷絕，見出五層怨悵。夜已深沉，瀕於絕望，但一轉念，猶意君王在聽歌賞舞之後，會記起她來。於是，斜倚熏籠，濃熏翠袖，以待召幸。不料，一直坐到天明，幻想終歸破滅，見出六層怨悵。一種情思，六層寫來，盡纏綿往復之能事。而全詩卻一氣渾成，如筍破土，苞節雖在而不露；如繭抽絲，幽怨似縷而不絕。

全詩短短四句，細膩地表現了一個失寵宮女複雜矛盾的內心世界。夜來不寐，等候君王臨幸，寫其希望；聽到前殿歌聲，君王正在尋歡作樂，寫其失望；君恩已斷，仍斜倚熏籠坐等，寫其苦望；天色大明，君王未來，寫其絕望。淚濕羅巾，寫宮女的現實；求寵於夢境，寫其幻想；恩斷而仍坐等，寫其癡想；坐到天明仍不見君王，再寫其可悲的現實。全詩由希望轉到失望，由失望轉到苦望，由苦望轉到最後絕望；由現實進入幻想，由幻想進入癡想，由癡想再跌入現實，千回百轉，傾注了詩人對不幸者的深摯同情。

## 贈內人①

張祜

禁門宮樹月痕過，媚眼唯看宿鷺窠②。
斜拔玉釵燈影畔，剔開紅焰救飛蛾③。

## 【註釋】

① 內人：指宮女。因皇宮又稱大內，故宮女稱內人。

② 禁門：宮門。宿鷺窠：睡有雙鷺的窠。

③ 剔：挑。紅焰：指燈芯頭上的火焰。

## 【評析】

　　這是一首婉轉含蓄的宮怨詩。詩人匠心獨運，不落窠臼，既不正面描寫宮人淒涼寂寞的生活，也不直接道出她們愁腸萬轉的怨情，只從她們在月下、燈畔的兩個頗為微妙的動作，折射出她的遭遇、處境和心情，暗示她們像撲向火焰的飛蛾一樣的淒苦命運。全詩詞采豔麗，語意含蓄，句句描繪宮人孤寂的心情，耐人尋味。

　　詩的首句，「禁門宮樹」點明地點。但詩人稱門為「禁門」，樹為「宮樹」，就烘托出了宮禁森嚴、重門深閉的環境氣氛。「月痕過」，點明時間，但作「月痕」，就給人以暗淡朦朧之感，而接以一個「過」字，更有深意存乎其間，既暗示即將出場的月下之人在百無聊賴之中佇立凝望已久，又從光陰的流逝中暗示此人青春的虛度。

　　次句緊承上句，引出了地面上仰首望景之人。「媚眼」兩字，說明望景之人是一位女性，而且是一位美貌的少女。但可憐這位美貌的少女，空有明媚的雙目，卻看不到禁門外的世界。此刻在月光掩映下，她正在看宿鷺的窠巢，不僅是看，而且是「唯看」。這是因為，在如同牢獄的宮禁中，環境單調得實在沒有東西可看，她無可奈何地唯有把目光投向那高高在宮樹之上的鷺窠。這裏，詩人沒有進一步揭示她在「唯看宿鷺窠」時的內心活動，這是留待讀者去想像的。

　　詩的後兩句場景發生改變，鏡頭從宮院轉移到室內燈光下，現出了一個斜拔玉釵、撥救飛蛾的近景。「斜拔玉釵燈影畔」句，用極其細膩的筆觸描畫出了詩中人的一個極其優美的女性動作，顯示了這位少女的風姿。「剔開紅焰救飛蛾」句是說明「斜拔玉釵」的意向所在，顯示了這位少女的善良心願。這樣，一個寂寞嫻靜，美麗善良的主人公形象便躍然紙上。這裏詩人沒有進一步揭示她的內心活動，但讀者可以想像：主人公看到飛鳥歸巢會羨慕

飛鳥的自由，感傷自己受到禁錮。而看到飛蛾撲火或許會聯想到自己的命運也是個悲劇，而剔開紅焰，救出飛蛾，既是對飛蛾的一腔同情，大概也是因為哀憐自己吧！

# 集靈臺二首①

張祜

## 其 一

日光斜照集靈臺，紅樹花迎曉露開。
昨夜上皇新授籙，太真含笑入簾來②。

## 其 二

虢國夫人承主恩，平明騎馬入宮門③。
卻嫌脂粉汙顏色，淡掃蛾眉朝至尊④。

【註釋】

① 集靈臺：《元和志》：「天寶六載（747）改溫泉宮為華清宮，又造長生殿，名為集靈臺，以祀神。」

② 上皇：指唐玄宗。肅宗即位後尊玄宗為「上皇天帝」。籙：道教的靈文秘言。授籙：這裏指玄宗冊封楊太真為貴妃。太真：楊貴妃為女道士時號太真，住內太真宮。

③ 虢國夫人：楊貴妃三姊的封號。至尊：指皇帝，即玄宗。

【評析】

　　這組詩諷刺唐玄宗對楊貴妃姊妹的專寵，但表意卻極為含蓄，明揚暗

抑，以極其恭維的語言進行著十分深刻的諷刺，藝術技巧是頗高超的。據《舊唐書·楊貴妃傳》記載：「太真有姊三人，皆有才貌，並封國夫人，大姨封韓國，三姨封虢國，八姨封秦國，並承恩澤，出入宮掖，勢傾天下。」

【第一首】諷刺楊貴妃的輕薄，寫楊貴妃得寵有如紅花迎霞盛開，授籙為女道士後又被納為貴妃。楊玉環原係唐玄宗十八子壽王李瑁的妃子，玄宗召入禁中為女官，號太真，後來大加寵倖，進而冊封為貴妃。

首句說，旭日的光輝斜照著集靈臺。集靈臺是清靜祀神所在，詩人暗指玄宗不該在這裏舉行道教授給秘文儀式。次句說，嬌豔的花朵迎著晨露含苞開放，描寫了華清宮周圍美麗的景色，也是暗喻楊玉環的得寵。後兩句說，昨夜唐玄宗新授道籙，集靈臺又多了一位新道徒，只見微笑的太真儀態萬方地走入簾來。這裏指出貴妃在這時「含笑」入內，自願為女道士，與唐玄宗配合默契，用假像掩人耳目，足見其輕薄放蕩。

【第二首】詩通過對虢國夫人觀見唐玄宗時情景的描寫，諷刺了他們之間曖昧不清的關係及楊氏獨佔寵愛的囂張氣焰。

詩的首句開門見山，揭出一篇主旨。「承主恩」三字，似羨似諷，已將虢國夫人置於寵妃地位。以下即具體敘寫「承主恩」的虢國夫人如何恃寵獻媚的情狀。但詩人不去羅列鋪敘他們之間的種種曖昧情事，而是集中筆墨專寫虢國夫人朝見玄宗的情形，以一斑窺全豹。

次句表面上像是泛泛敘事，實際上卻是生動的細節描寫。平明時分，百官朝見皇帝的儀式已經結束，虢國夫人本來就不是官員，卻要入宮朝見，而且還是「騎馬」直入，這正顯示出虢國夫人享有自由出入宮禁的特權，而且像這樣如入無人之地似的進入宮廷在她已經是家常便飯。宮禁的森嚴，朝廷的禮儀於她是沒有任何約束力的。這一細節，生動地表現了虢國夫人的恃寵驕縱之態，也從側面透露了玄宗的特殊寵倖和他們之間非比尋常的關係。

第三、四句又進一步集中筆墨，專寫虢國夫人朝見玄宗時的妝飾。宋樂史《楊太真外傳》說：「虢國不施妝粉，自炫美豔，常素面朝天。」這記載很可能本自張祜這首詩，但「自炫美豔」四字倒是十分準確地道出了虢國夫人「素面朝天」的真實意圖和心理狀態。對她來說，不施脂粉、淡掃蛾眉乃是一種不妝飾的妝飾，一種比濃妝豔抹更加著意的獻媚邀寵的舉動。這個典

型細節，生動而深刻地表現了虢國夫人自詡美貌、刻意邀寵，但又極力加以掩飾的心理，揭示了這位貴婦人工於心計的性格和內在的輕佻個性。

詩人描寫這個人物，並沒有明顯的貶抑和諷刺，只是選取意味深長的細節，不動聲色地加以敘寫。其態度似乎相當客觀，但內裏卻包含著入骨的諷刺。這種婉而多諷的寫法，藝術效果往往比直露的冷嘲熱諷更加入木三分。詩的深層，隱藏著對唐玄宗這位好色的「至尊」更為委婉的諷刺。


# 題金陵渡①

張祜

金陵津渡小山樓，一宿行人自可愁②。
潮落夜江斜月裏，兩三星火是瓜洲③。


## 【註釋】

① 金陵渡：渡口名，在今江蘇省鎮江市附近。

② 津渡：渡口的複義詞。小山樓：渡口附近的小樓，詩人住宿之處。
可：當。

③ 斜月：下半夜偏西的月亮。星火：指小火，這裏形容遠處的火光。瓜洲：在長江北岸，今江蘇揚州市邗江區南，與鎮江市隔江相對。


## 【評析】

本詩是詩人漫遊江南時所作。張祜夜宿鎮江渡口時，面對長江夜景，以此詩抒寫了在旅途中的愁思，表現了自己心中的寂寞淒涼。

詩的前兩句交代了詩人夜宿的地點，點出了詩人的心情。「自可愁」三字即是詩人心情的真實寫照。用一「可」字，輕靈妥帖。

第三句寫詩人站在小山樓上遠望夜江，只見天邊月已西斜，江上寒潮初落。一片漆黑的夜江之上，本無所見，而詩人卻在朦朧的西斜月光中，觀賞到潮落之景。用一「斜」字，妙極，既有景，又點明了時間——將曉未曉的

落潮之際；與上句「一宿」呼應，暗中透露出行人那一宿不曾成寐的資訊。所以，此句與第二句自然地勾連。詩人用筆輕靈而細膩，在精工鏤刻中，又不顯斧鑿之跡，顯得渾然無痕。

落潮的夜江浸在斜月的光照裏，在煙籠寒水的背景上，忽見遠處有幾點星火閃爍，詩人不由隨口吟出：「兩三星火是瓜洲。」將遠景一點染，這幅美妙的夜江畫也告完成。試看「兩三星火」，用筆何其瀟灑空靈，動人情處不須多，「兩三」足矣。那「兩三星火」點綴在斜月朦朧的夜江之上，顯得格外明亮。「瓜洲」這個地名與首句「金陵渡」相應，達到首尾圓合。此外，「是瓜洲」三字還蘊藏著詩人的驚喜和慨歎，傳遞出一種悠遠的情調。

這首詩的境界，清美之至，寧靜之至。那兩三星火與斜月、夜江明暗相映襯，融成一體，如一幅淡墨山水畫。全詩緊扣江、月、燈火等景，以一「愁」字貫穿全篇，詩旨甚明，神韻悠遠，在藝術結構方面更是獨具匠心。


# 宮 中 詞①

朱慶餘

寂寂花時閉院門，美人相並立瓊軒②。
含情欲說宮中事，鸚鵡前頭不敢言。

## 【作者簡介】

朱慶餘，名可久，慶餘是其字，越州（今浙江紹興）人。唐敬宗寶曆二年（826）進士，授秘書省校書郎。前人稱他「得張水部（張籍）詩旨」，是張籍所器重的晚輩詩人之一。

朱慶餘詩學張籍，近體尤工，詩意清新，描寫細緻，內容多寫個人日常生活。《全唐詩》存其詩二卷。

## 【註釋】

① 宮中詞：一作「宮詞」。

②寂寂：寂寞冷落。花時：指春天。瓊軒：華美的長廊。

## 【評析】

　　這是一首非常別致的宮怨詩，描寫了幽閉深宮的宮女在大好春日並肩賞花，想說心事卻怕鸚鵡學舌而不敢言的情景，含蓄地表現了宮禁的森然可怖和宮女生活的辛酸。詩人通過這首詩，對宮女的生活寄予深切的同情。

　　全詩開篇寫景。首句既是以景襯情，又是景中見情。就以景襯情而言，它是以春花盛開之景從反面來襯托這首詩所要表達的美人幽怨之情，從而收到「以樂景寫哀」的藝術效果，為全詩基調打下基礎。就景中見情而言，它雖然寫的是「花時」，卻在重門深閉的環境之中，給人以「寂寂」之感，從而在本句中已經把哀情注入了樂景，對景中人的處境和心情已經作了暗示。這樣，景中人的處境和心情也就不言而喻了。在次句中把兩位主角引進場時，就只要展示一幅「美人相並立瓊軒」的畫面，而不必再費筆墨去寫她們被關閉在深宮中的淒涼處境和寂寞愁苦的心情了。

　　看了上半首詩，讀者也許會猜測：詩人之所以使雙美並立，大概是要讓她們互吐衷曲，從她們口中訴出怨情吧。可第三句卻出人意料，詩人並沒有讓兩位女主角開口，而是安排了一個含情不吐、欲說還休的場面。而且，所含之情是什麼情，欲說之事是什麼事，也沒有去點破它，更沒有讓她們盡情一吐、暢所欲言。等讀到終篇，看了「鸚鵡前頭不敢言」一句，這才知道：原來這幅雙美圖始終是一幅無聲的畫，而這兩位畫中人之始而欲言，終於無言，既不是因為感情微妙到難以言傳，也不是因為事情隱秘到羞於出口，只是有所畏忌而「不敢言」。那麼，其所含之情自是怨情，欲言之事決非樂事，就不言而喻了。然而「鸚鵡前頭」不過是一個託辭。從這一託辭，讀者自會看到：在這幅以「花時」、「瓊軒」、「美人」、「鸚鵡」構成的美好而溫馨的畫面背後，卻是一個隔牆有耳的恐怖世界，生活在其中的宮人不但被奪去了青春和幸福，就是連說話的自由也沒有。這首別開生面的宮怨詩，表達的正是這樣一個重大主題，揭露的正是這樣的一幕人間悲劇。

# 近試上張水部①

朱慶餘

洞房昨夜停紅燭，待曉堂前拜舅姑②。
妝罷低聲問夫婿，畫眉深淺入時無③？

## 【註釋】

① 張水部：即張籍，時任水部員外郎。詩題一作「閨意獻張水部」。

② 停紅燭：讓紅燭通宵點著。停：留置。舅姑：公婆。

③ 深淺：濃淡。入時無：是否時髦。這裏借喻文章是否合適。

## 【評析】

　　本詩是朱慶餘參加進士考試前夕所作。唐代士子在參加進士考試前，有「行卷」的風氣，即把自己的詩篇呈給名人，以希求其稱揚和介紹於主持考試的禮部侍郎。朱慶餘此詩投贈的對象，是官水部郎中的張籍。張籍當時以擅長文學而又樂於提拔後進著名。朱慶餘平日向他行卷，已經得到他的賞識，臨到要考試了，還怕自己的作品不一定符合主考的要求，因此寫下此詩，看看是否投合主考官的心意。

　　詩以新婦自比，以新郎比張籍，以公婆比主考官，藉以徵求張籍的意見。全詩選材新穎，視角獨特，以「入時無」三字為靈魂，將自己能否踏上仕途與新婦緊張不安的心緒作比，寓意自明，令人玩味。

　　古代風俗，頭一天晚上結婚，第二天清早新婦才拜見公婆。此詩描寫的重點，乃是她去拜見之前的心理狀態。首句寫成婚。次句寫拜見。由於拜見是一件大事，所以她一早就起了床，在紅燭光照中妝扮，等待天亮，好去堂前行禮。這時，她心裏不免有點嘀咕，自己的打扮是不是很時髦呢？也就是，能不能討公婆的喜歡呢？因此，後兩句便接寫她基於這種心情而產生的言行。在用心梳好妝，畫好眉之後，還是覺得沒有把握，只好問一問身邊丈夫的意見了。由於是新娘子，當然帶點羞澀，而且，這種想法也不好大聲說出，讓旁人聽到，於是這低聲一問，便成為極其合情合理的了。這種寫法真

是精雕細琢，刻畫入微。

僅僅作為「閨意」，這首詩已經是非常完整、優美動人的了，然而詩人的本意，在於表達自己作為一名應試舉子，在面臨關係到自己政治前途的一場考試時所特有的不安和期待。應進士科舉，對於當時的知識份子來說，乃是和女孩兒出嫁一樣的終身大事。如果考取了，就有非常廣闊的前途，反之，就可能蹭蹬一輩子。詩人的比擬來源於現實的社會生活，在當時的歷史條件之下，很有典型性。即使如今看來，讀者也不能不對他這種一箭雙雕的技巧感到驚歎。

## 將赴吳興登樂游原

杜牧

清時有味是無能，閑愛孤雲靜愛僧①。
欲把一麾江海去，樂游原上望昭陵②。

【註釋】

① 清時：清平的時代。有味：有情趣。
② 把：拿著。麾：古代指揮用的旗子。這裏指出任刺史的符信。江海：吳興之北是太湖和長江，東南是東海，故稱。昭陵：唐太宗的陵墓。

【評析】

本詩是詩人於唐宣宗大中四年（850）將離長安到吳興（今浙江湖州）任刺史時所作。樂游原在長安城南，地勢高敞可以眺望是當時的遊覽勝地。

杜牧出身官宦世家，不但長於文學，而且具有政治、軍事才能，渴望為國家作出貢獻。當時他在京城裏任吏部員外郎，投閒置散，無法展其抱負，因此請求出守外郡。得到批准後，便作了這首詩表達心情。

首句中，詩人稱當時為「清時」，因此才華平庸的自己才得以藏拙。其實，武宗、宣宗時期，牛李黨爭正烈，宦官擅權，中央和藩鎮及少數民族政

權之間都有戰鬥，何嘗算得上「清時」？詩人這樣寫，明顯帶有諷刺的意味。次句承上句，點明「閑」與「靜」就是上句所指之「味」。而以愛孤雲之閑見自己之閑，愛和尚之靜見自己之靜，這就把閒靜之味這樣一種抽象的感情形象地顯示了出來。

　　第三句筆鋒一轉，詩人寫自己在京城百無聊賴，所以想手持旌麾到吳興上任。雖然離開京城是自己主動要求的，但臨行時，詩人還是有些不捨，第四句便體現了這種心情。不過奇就奇在，詩人登上樂游原，不望皇宮、城闕，也不望其他帝王的陵墓，單單望向唐太宗的陵墓，可謂含義深遠。唐太宗是唐代、也是我國封建社會中傑出的皇帝。他是大唐帝國的實際締造者，文治武功，都很煊赫，而知人善任，唯賢是舉，則是他獲得成功的重要因素之一。詩人登高縱目，西望昭陵，就不能不想起當前國家衰敗的局勢、自己閒靜的處境來，而深感生不逢時之可悲可歎了。詩句雖然只是以登樂游原起興，說到望昭陵，戛然而止，不再多寫一字，但其對祖國的熱愛，對盛世的追懷，對自己無所施展的悲憤，無不包括在內。寫得既深刻，又簡練；既沉鬱，又含蓄，真所謂「稱名也小，取類也大」。


## 赤　壁

杜牧

折戟沉沙鐵未銷，自將磨洗認前朝①。
東風不與周郎便，銅雀春深鎖二喬②。


【註釋】

①折戟：折斷的戟。戟：古代兵器。銷：銷蝕。將：拿起。前朝：過去的朝代，這裏指東漢末年。

②周郎：指周瑜，字公瑾，年輕時即有才名，人呼周郎。後任吳軍大都督。銅雀：即銅雀台，曹操在今河北省臨漳縣建造的一座樓臺，樓頂裏有大銅雀，臺上住姬妾歌妓，是曹操暮年行樂處。二喬：東吳喬公

的兩個女兒，一嫁前國主孫策（孫權兄），稱大喬；一嫁軍事統帥周瑜，稱小喬，合稱「二喬」。

## 【評析】

杜牧任黃州刺史期間，曾遊覽赤壁這個著名的古戰場，有感於三國時代的英雄成敗，撫今追昔，懷古詠歎，便作本詩。詩人觀賞了古戰場的遺物，對赤壁之戰發表了獨特的看法，認為周瑜勝利於僥倖，如沒有東風相助，恐怕二喬都將為曹操所有。詩人這樣去看周瑜，是自命不凡的表現，即認為周瑜也不足為範，自己也一樣深知兵法，胸藏韜略，只是空有抱負難以施展。

詩的前兩句借一件古物興起對前朝人、事、物的慨歎。這件古物是一支折斷的鐵戟，被埋沒在泥沙水底六百多年，卻未被銷蝕，終於被人發現。經過磨洗、考證，確定了它是赤壁之戰留下來的遺物。這件兵器使詩人心中不禁湧出了一種「懷古之幽情」，他的思緒飛到了漢末那個天下大亂的時代，腦海中想像著當年大戰的畫面，以及在大戰中指揮若定的將領。

後兩句是議論，也是久為人們傳誦的佳句。在赤壁之戰中，東吳主將周瑜巧借東風，借用火攻，以少勝多，大勝曹軍八十萬。杜牧通曉政治軍事，對歷史事實是非常熟悉的。這裏，他通過逆向思維大膽地設想，提出了一個與歷史事實相反的假設：假若當年東風不幫助周瑜的話，那結果會如何呢？詩人並未直言戰爭的結局，而是通過大小喬這兩個具有特殊身份的女子的命運來表達設想中東吳敗亡的結局，真可謂以小見大，別出心裁。銅雀台乃曹操驕奢淫樂之所，這讓人不禁聯想到曹操風流的一面，又言「春深」更加深了風流韻味，最後再用一個「鎖」字，進一步突顯其金屋藏嬌之意。試想，若東吳前國主和當朝主帥之妻均已被曹軍擄去銅雀台，那戰爭的結局不言自明，這就使得全詩既生動形象，又含蓄蘊藉，富有情致。

本詩體現了詩歌非凡的抱負和胸襟，同時也抒發了詩人對國家興亡的慨歎，有情有致。

# 泊秦淮<sup>①</sup>

杜牧

煙籠寒水月籠沙，夜泊秦淮近酒家<sup>②</sup>。
商女不知亡國恨，隔江猶唱後庭花<sup>③</sup>。

## 【註釋】

① 秦淮：即秦淮河，發源於江蘇句容大茅山與溧水東廬山兩山間，經南京流入長江。相傳為秦始皇南巡會稽時開鑿的，用來疏通淮水，故稱秦淮河。歷代均為繁華的遊賞之地。

② 煙：煙霧。籠：籠罩。沙：水中沙洲。

③ 商女：以賣唱為生的歌女。後庭花：即《玉樹後庭花》詞曲。

## 【評析】

　　本詩是杜牧夜泊秦淮時觸景感懷之作。六朝古都金陵的秦淮河兩岸歷來是達官貴人們享樂游宴的場所。詩人夜泊於此，眼見燈紅酒綠，耳聞淫歌豔曲，觸景生情，又想到唐朝國勢日衰，當權者昏庸荒淫，便感慨萬千，寫下了這首詩。詩通過描寫夜泊秦淮的所見所聞，表現了晚唐社會沉溺聲色的腐敗世風，抒寫了詩人對國家命運的無比關心和深切憂慮。本詩情感深沉，譏諷深刻。

　　首句寫景，竭力渲染秦淮河兩岸夜色的清淡素雅。那兩個「籠」字就很引人注目。煙、水、月、沙四者，被兩個「籠」字和諧地融合在一起，繪成一幅極其淡雅的水邊夜色。次句敘事，點明時間、地點，看似平平，卻很值得玩味。它既照應詩題，也引出下文，交代了事件發生的緣由。此句承前說明前面所述景色是夜泊所見，又引起下文，說明詩人由於「夜泊秦淮」才「近酒家」，由於「近酒家」，才引出「商女」、「亡國恨」和「後庭花」，也由此才觸動了詩人的情懷。這七個字承上啟下，網路全篇，詩人構思的細密、精巧，於此可見。

　　後兩句是詩人聽商女唱後庭遺曲所引發的感慨。商女是侍候他人的歌

女，她們唱什麼是由聽者的趣味而定，可見詩說「商女不知亡國恨」，乃是一種曲筆，真正「不知亡國恨」的是那座中的欣賞者——封建貴族、官僚、豪紳。《後庭花》這一靡靡之音，早已使陳朝壽終正寢了。可是，如今又有人在這衰世之年，不以國事為懷，反用這種亡國之音來尋歡作樂，這不禁使詩人產生歷史又將重演的隱憂。「隔江」二字，承上「亡國恨」故事而來，指當年隋兵陳師江北，一江之隔的南朝小朝廷危在旦夕，而陳後主依然沉湎聲色。「猶唱」二字，微妙而自然地把歷史、現實和想像中的未來串成一線，意味深長。這後兩句詩，於婉曲輕利的風調之中，表現出辛辣的諷刺，深沉的悲痛，無限的感慨，堪稱「絕唱」。

## 寄揚州韓綽判官

杜牧

青山隱隱水迢迢，秋盡江南草未凋[1]。
二十四橋明月夜，玉人何處教吹簫[2]？

【註釋】

① 隱隱：隱約不分明的樣子。迢迢：指江水悠長遙遠，一作「遙遙」。
　草未凋：一作「草木凋」。凋：凋謝，枯萎。
② 玉人：美人。這裏當指韓綽。

【評析】

　　唐文宗大和七年至九年（833—835），杜牧曾在淮南節度使牛僧孺幕中做幕僚，居住在揚州數年，期間與任節度判官的韓綽相識，二人交情深厚。唐代的揚州，是長江中下游繁榮的都會，店肆林立，商賈如雲，酒樓舞榭，比比皆是。「性疏野放蕩」的杜牧，在這樣的環境中，常出沒於青樓倡家，有不少風流韻事，韓綽在這方面是他的同道。後杜牧回到長安任職，作此詩寄贈。

詩的前兩句回憶江南秋景，點明所懷念故人之背景。首句從大處落墨，化出遠景：青山逶迤，隱於天際，綠水如帶，迢遞不斷。「隱隱」和「迢迢」這一對疊字，不但畫出了山清水秀、綽約多姿的江南風貌，而且隱約暗示著詩人與友人之間山遙水長的空間距離，那抑揚的聲調中彷彿還蕩漾著詩人思念江南的似水柔情。次句說，此時雖然時令已過了深秋，但江南的草木卻還未凋落，風光依舊旖旎秀媚，突出了江南之秋的生機勃勃。這與詩人所處之地的蕭條冷落形成鮮明的對比。正因如此，詩人才格外眷戀江南的青山綠水，越發懷念遠在熱鬧繁花之鄉的故人了。這也為下文做好了鋪墊。

後兩句詩化用揚州二十四橋的典故，點醒寄贈之意。江南美景無數，詩人記憶中最美的還是在揚州「月明橋下看神仙」的景致。關於二十四橋，一說揚州城裏原有二十四座橋，一說即吳家磚橋，因古時有二十四位美人吹簫於橋上而得名。「玉人」這裏當指韓綽。詩人本是問候友人的近況，卻故意用玩笑的口吻與韓綽調侃，問他當此秋盡之時，每夜在何處教妓女歌吹取樂。這樣，不但韓綽風流倜儻的才貌依稀可見，兩人親昵深厚的友情得以重溫，而且調笑之中還微微流露了詩人對自己「十年一覺揚州夢，贏得青樓薄倖名」的感喟，從而使此詩平添許多風韻。全詩表達了詩人對過往揚州生活的懷念，意境優美，清麗俊逸，情趣盎然。

# 遣　懷①

杜牧

落魄江湖載酒行，楚腰纖細掌中輕②。
十年一覺揚州夢，贏得青樓薄倖名③。

【註釋】

① 遣懷：抒發懷抱。

② 落魄：仕宦潦倒不得意，飄泊江湖。「魄」：一作「拓」。楚腰：指美人的細腰。《韓非子·二柄》：「楚靈王好細腰，而國中多餓人。」掌中

輕：《飛燕外傳》載，漢成帝皇后趙飛燕「體輕，能為掌上舞」。

③薄倖：薄情。

## 【評析】

本詩是杜牧追憶當年揚州生活的抒情之作。杜牧在揚州時，正三十出頭，頗好宴遊。從此詩看，他與揚州青樓女子多有來往，詩酒風流，放浪形骸。故日後追憶，乃有如夢如幻、不堪回首之歎。但是，杜牧作本詩的真意在於感歎生不逢時、懷才不遇，並非如某些文學史所說的那樣是為了展示自己的放蕩不羈、輕佻頹廢。

詩的前兩句是昔日揚州生活的回憶：潦倒江湖，以酒為伴；秦樓楚館，倚紅偎翠，過著放浪形骸的浪漫生活。次句引用了「楚王好細腰」和「趙飛燕體輕能為掌上舞」這兩個典故，描寫當時放浪不羈的浪漫生活。從字面看，兩個典故，都是誇讚揚州妓女之美，但仔細玩味「落魄」兩字，可以看出，詩人很不滿於自己沉淪下僚、寄人籬下的境遇，因而他對昔日放蕩生涯的追憶，並未感到揚揚自得，反而大有悔之不及之感。

第三句「十年一覺揚州夢」是發自詩人內心的慨歎，好像很突兀，實則和上面二句詩意是連貫的。「十年」和「一覺」在一句中相對，給人以「很久」與「極快」的鮮明對比感，愈加顯示出詩人感慨情緒之深。而這感慨又完全歸結在「揚州夢」的「夢」字上：往日的放浪形骸，沉湎酒色；表面上的繁華熱鬧，骨子裏的煩悶抑鬱，是痛苦的回憶，又有醒悟後的感傷。這就是詩人所「遣」之「懷」。

十年歲月，轉瞬即逝，詩人回首往日，那揚州往事不過是一場大夢而已，最終自己一事無成，只留下「青樓薄倖」的「美名」。「贏得」二字，調侃之中含有辛酸、自嘲和悔恨的感情。「薄倖」二字，是詩人進一步對「揚州夢」的否定，可是寫得卻是那樣貌似輕鬆而又詼諧，實際上詩人的精神是很抑鬱的。詩人否定「揚州夢」的生活，與他政治上不得志有關。因此這首詩除懺悔之意外，大有前塵恍惚如夢，不堪回首之意。

# 秋　夕①

杜牧

銀燭秋光冷畫屏，輕羅小扇撲流螢②。
天階夜色涼如水，坐看牽牛織女星③。

## 【註釋】

① 秋夕：秋天的夜晚。題一作「七夕」。

② 銀燭：指燭光皎潔白亮如銀。畫屏：上有繪畫的屏風。流螢：飛動的
　螢火蟲。

③ 天階：皇宮的臺階，一作「天街」。坐看：一作「臥看」。牽牛、織
　女：天文學上的兩個星座名，亦指神話中的夫妻──牛郎和織女。

## 【評析】

　　這是一首宮怨詩，描寫了七夕之夜，一位孤單的宮女無聊地用小扇撲螢
和深夜不眠坐看天上星星的情景，含蓄地表現了幽閉深宮的寂寞孤獨和難以
訴說的滿懷心事。全詩意境淒涼。

　　詩的前兩句，詩人以冷峻輕靈的筆觸描繪出一幅深宮生活的圖景：在秋
風清冷的夜晚，白色的蠟燭發出微弱的光，給屏風上的圖畫添了幾分暗淡而
幽冷的色調。這時，一個孤單的宮女正用小扇撲打著飛來飛去的螢火蟲。一
個「冷」字，既點明已到寒秋時節，又寫出了女主人公內心的孤獨淒切，奠
定了全詩的感情基調。

　　次句「輕羅小扇撲流螢」十分含蓄，其中含有三層意思：第一，古人有
「腐草化螢」之說，雖然是不科學的，但螢總是生在草叢塚間那些荒涼的地
方。如今，在宮女居住的庭院裏竟然有流螢飛動，宮女生活的淒涼也就可想
而知了。第二，她在宮中無事可做，只好以撲螢來消遣她那孤獨的歲月，驅
趕內心的寂寞。第三，宮女手中拿的輕羅小扇具有象徵意義，扇子本是夏天
用來揮風取涼的，秋天就沒用了，所以古詩裏常以秋扇比喻棄婦。

　　後兩句繼續描寫宮女的孤獨生活和淒涼心境。「夜色涼如水」暗示夜已

深沉，寒意襲人，該進屋去睡了。可是宮女依舊坐在石階上，仰視著天河兩旁的牽牛星和織女星。民間傳說，織女是天帝的孫女，嫁與牽牛，每年七夕渡河與他相會一次，有鵲為橋。宮女久久地眺望著牽牛織女，夜深了還不想睡，這是因為牽牛織女的故事觸動了她的心，使她想起自己不幸的身世，也使她產生了對於真摯愛情的嚮往，同時也在期盼著君王的駕臨。可以說，滿懷心事都在這舉首仰望之中了。詩人在此不動聲色地寫出了深宮怨女在孤寂歲月中無盡的哀傷。其中「坐看」二字，最能表現宮女悵然若失的心情。

不過，如果換個心境體會，本詩描繪的卻是一幅「秋夕乘涼圖」，宮女的活潑輕快之情躍然紙上。

## 贈別二首

杜牧

### 其 一

娉娉嫋嫋十三餘，豆蔻梢頭二月初①。
春風十里揚州路，捲上珠簾總不如②。

### 其 二

多情卻似總無情，唯覺樽前笑不成③。
蠟燭有心還惜別，替人垂淚到天明。

【註釋】

①娉娉：美好的容貌。嫋嫋：形容體態輕盈。
②卷上珠簾：指卷起珠簾賣俏粉黛。
③樽前：指送別的筵席間。

## 【評析】

詩題一作「題贈」。這組詩是杜牧於大和九年（835）離開揚州時贈別一位相好的歌妓的，或指歌女張好好。

【第一首】著重讚美歌妓的年輕貌美。詩人以含苞待放的豆蔻花作喻，讚美她是揚州城裏無人可比的美人。

首句從正面寫出歌妓的美麗：身姿輕盈柔美，且正值妙齡。七個字中既無一個人稱，也不沾一個名詞，卻能給讀者完整、鮮明生動的印象，使人如目睹那美麗的倩影。全詩正面描述女子美麗的只這一句。就這一句還避實就虛，其造句真算得空靈入妙。

次句不再寫女子，轉而寫春花，是將花比女子。「豆蔻」產於南方，南方人摘其含苞待放者，美其名曰「含胎花」，常用來比喻年輕美女。而「二月初」的豆蔻花正是這種「含胎花」，用來比喻「十三餘」的小歌女，是形象優美而又貼切的。而花在枝「梢頭」，隨風顫嫋者，當尤為可愛。所以「豆蔻梢頭」又暗自照應了「娉娉嫋嫋」四字。這裏的比喻不僅語新，而且十分精妙，又似信手拈來，寫出人似花美，花因人豔，十分新穎獨到。

當時詩人正要離開揚州，「贈別」的對象就是他在幕僚失意生活中結識的一位揚州的歌妓。所以第三句寫到「揚州路」。唐代的揚州經濟文化繁榮，時有「揚一益（成都）二」之稱。「春風十里揚州路」一句渲染出大都會富麗豪華的氣派，使人如睹十里長街，車水馬龍，花枝招展的繁華氣象。

末句「捲上珠簾總不如」又從鬧市寫到歌妓，意思是說，十里揚州路上不計其數的珠簾美人，都不如詩人眼中的這位。詩人雖未明說，含而不露，可讀者已完全能意會了。詩人用壓低揚州所有美人來突出一人之美，有眾星拱月的效果。

詩中告別情人沒有用一個「卿」字、「君」字；讚美人不用一個「女」字；甚至沒有一個「花」字、「美」字，「不著一字」而能「盡得風流」。語言空靈清妙，貴有個性。

【第二首】詩著重抒寫詩人對歌妓的留戀惜別之情。此詩不用「悲」、「愁」等字，卻寫得坦率、真摯，道出了離別時的真情實感。

詩的前兩句語意深刻，突出了離愁別緒。詩人同所愛不忍分別，又不得

不分別，感情是千頭萬緒的。「多情卻似總無情」一句，詩人明明多情，偏從「無情」著筆，著一「總」字，又加強了語氣，帶有濃厚的感情色彩。詩人愛得太深，以至使他覺得，無論用怎樣的方法，都不足以表現出內心的多情。離別之筵上，淒然四目相對，默默無語，像是彼此無情似的。越是多情，就越顯得無情，詩人顯然最明白這種痛徹心扉的感覺，所以準確地描繪出了看似無情的離別場景。

次句「唯覺樽前笑不成」，詩人從「笑」字入手，表現了離別的悲苦。一個「唯」字表明，詩人是多麼想面對情人，舉樽道別，強顏歡笑，使所愛歡欣。但因為感傷離別，卻擠不出一絲笑容來。想笑是由於「多情」，「笑不成」是由於太多情，不忍離別而事與願違。這種看似矛盾的情態描寫，把詩人內心的真實感受，說得委婉盡致，極有情味。

後兩句是千古傳誦的名句。詩人用蠟燭作比，寓情於物。兩人就要離別了，相對而坐，滿腔情思卻無從說起，詩人帶著極度感傷的心情去看周圍的世界，於是眼中的一切也就都帶上了感傷色彩。「蠟燭」本是有燭芯的，所以說「蠟燭有心」，而在詩人的眼裏燭芯卻變成了「惜別」之心，把蠟燭擬人化了。在詩人的眼裏，它那徹夜流溢的燭淚，就是在為男女主人的離別而傷心了。「替人垂淚到天明」中「替人」二字，使意思更深一層。「到天明」又點出了告別宴飲時間之長，這也是詩人不忍分離的一種表現。

在本詩中，詩人用精練流暢、清爽俊逸的語言，表達了悱惻纏綿的情思，風流蘊藉，意境深遠，餘韻不盡。


# 金谷園

杜牧

繁華事散逐香塵，流水無情草自春①。
日暮東風怨啼鳥，落花猶似墜樓人②。

## 【註釋】

① 香塵：指沉香木做成的碎末。沉香又名沉水，又名沉水香，是貴重的熏香木材。石崇為教練家中舞妓步法，以沉香屑鋪象牙床上，使她們踐踏，無跡者賜以珍珠。

② 東風怨啼鳥：即「啼鳥怨東風」的倒置，意謂不僅憑弔的人傷心，啼鳥也好像在怨恨東風。墜樓人：指石崇愛妾綠珠。

## 【評析】

金谷園故址在今河南洛陽西北，是西晉富豪石崇的別墅，繁榮華麗，極一時之盛。唐時園已荒廢，成為供人憑弔的古跡。據《晉書・石崇傳》記載：石崇有妓曰綠珠，美而豔。孫秀使人求之，不得，矯詔收崇。崇正宴於樓上，謂綠珠曰：「我今為爾得罪。」綠珠泣曰：「當效死於君前。」因自投於樓下而死。杜牧過金谷園，即景生情，寫下了這首詠春吊古之作。

詩的前兩句，詩人借「香塵」、「流水」，寫金谷園繁華的往事，已隨著芳香的塵屑消散無蹤，如流水逝去，不復再回。詩人通過「香塵」之事，寫出了石崇當年的奢靡生活。「香塵」細微飄忽，去之迅速而無影無蹤。金谷園的繁華，石崇的豪富，綠珠的香消玉殞，亦如香塵飄去，雲煙過眼，不過一時而已。

次句中的「流水無情」既照應了首句，補足繁華已盡之意，又以「草自春」三字構成另一種詩意：不管人世間的滄桑，流水照樣潺湲，春草依然碧綠，它們對人事的種種變遷，似乎毫無感觸。這是寫景，更是寫情，無盡的興歎，寓於其中。

後兩句，詩人借「東風」、「落花」傷懷，抒發感慨。春日鳥鳴，本是令人心曠神怡的賞心樂事。但是此時紅日西斜，夜色將臨，此地又是荒蕪的名園，再加上傍晚時分略帶涼意的春風，在沉溺於吊古之情的詩人耳中，鳥鳴就顯得淒哀悲切，如怨如慕，彷彿在表露今昔之感。東風、啼鳥，本是春天的一般景象，著一「怨」字，就蒙上了一層淒涼感傷的色彩。

末句，詩人將特定地點（金谷園）落花飄然下墜的形象，與曾在此處發生過的綠珠墜樓而死之事聯想到一起，寄寓了無限情思。一個「猶」字滲透

著詩人多少追念、憐惜之情！綠珠，作為權貴們的玩物，她為石崇而死是毫無價值的，但她那不能自主的命運不是同落花一樣令人可憐麼？詩人的這一聯想，不僅是「墜樓」與「落花」外觀上有可比之處，而且揭示了綠珠這個人和「花」在命運上有相通之處。比喻貼切自然，意味雋永。

全詩將深沉的感慨寓於暮春景色中，並且巧妙地把歷史典故和景物描寫結合起來，意境深遠，抒情淒切哀婉。


# 夜雨寄北

李商隱

君問歸期未有期，巴山夜雨漲秋池①。
何當共剪西窗燭，卻話巴山夜雨時②。


## 【註釋】

① 君：詩人的妻子。巴山：泛指巴蜀境內的山。夜雨漲秋池：秋夜的雨
　水漲滿了池塘。

② 剪燭：燭燒久了，就要把燭心結成的蕊花剪去，否則燒光不亮。卻
　話：從頭談起。


## 【評析】

這首抒情詩是李商隱身在遙遠的異鄉巴蜀寄給在長安的妻子（或友人）的覆信。詩題一作「夜雨寄內」。內，即妻子。但有人考證，認為本詩是詩人於大中五年（851）七月至九月間入東川節度使柳仲郢梓州幕府時所作。當時李商隱的妻子王氏已經亡故（王氏死於大中五年夏秋間），因此本詩是寄給長安友人的。今傳李詩各本均作「夜雨寄北」。北，即北方的人，可指朋友，也可指妻子。就詩的內容看，按「寄內」解，便情思委曲，悱惻纏綿，似乎更合適一些。若作寄給友人解，則嫌細膩恬淡，未免纖弱。

詩的前兩句，詩人以問答和對眼前環境的描寫，闡發了孤寂的情懷和對

妻子的深深懷念之情。當時詩人被秋雨阻隔，滯留荊巴一帶，妻子從家中寄來書信，詢問歸期。但秋雨連綿，交通中斷，無法確定，所以回答說：君問歸期未有期。這一句有問有答，跌宕有致，詩人留滯異鄉、歸期未蔔的羈旅之愁頓時躍然紙上，為全篇營造出悲愴沉痛的氛圍，奠定了哀傷的基調。

次句是詩人直寫自己當時所處的環境。詩人以簡練的語言描繪了一個特定的環境：巴山，秋夜，大雨傾盆。透過寫實的景物，使人彷彿感受到了這樣一個氣氛：周遭一片黑夜迷茫，大雨滂沱，池水漲滿，詩人身邊無一個親密的友人，雨驟風狂，人事寂寥，此情此景使人倍感孤獨、淒涼。詩人將心中那綿綿的羈旅愁，無盡的相思苦與夜雨交織在一起，隨著秋池水不斷地增長，將歸期「未有期」的沉痛情緒渲染得更加無奈。

後兩句，詩人從眼前景生發開去，馳騁想像，另闢蹊徑，寫出了團聚時的幸福景象。「共剪西窗燭」化用杜甫《羌村三首》中「夜闌更秉燭，相對如夢寐」的詩意。「何當」二字，意思是說「什麼時候能夠」，與首句的「未有期」相呼應，詩人心中熱切的盼望與難以料定的惆悵融合在一起，更見濃情。來日相聚時，同在西屋的窗下竊竊私語，情深意長，徹夜不眠，以致蠟燭結出了蕊花。兩個人一起剪去蕊花，仍有敘不完的離情，言不盡的喜悅。於是，詩人想像中的樂，自然更反襯出今夜的苦。而詩人今夜的苦又成了剪燭夜話的談資，增添了重聚時的樂。

全詩語淺情深，含蓄雋永，在遣詞造句上無一絲矯揉造作之氣，充分體現了李商隱詩質樸自然而又「寄託深而措辭婉」的藝術風格。


## 寄令狐郎中[①]

李商隱

嵩雲秦樹久離居，雙鯉迢迢一紙筆[②]。
休問梁園舊賓客，茂陵秋雨病相如[③]。

【註釋】

① 令狐郎中：即令狐綯，時任右司郎中。

② 嵩：中嶽嵩山，在今河南。嵩雲：嵩山的雲，這裏指在洛陽的詩人。
  秦樹：秦地的樹，這裏指在長安的令狐綯。雙鯉：喻指書信。古樂府
  《飲馬長城窟行》：「客從遠方來，遺我雙鯉魚。呼童烹鯉魚，中有尺
  素書。」

③ 梁園：西漢梁孝王的園林。這裏指令狐楚幕府。賓客：指詩人自己。
  茂陵：漢武帝陵墓所在地，在今陝西興平縣東北。

【評析】

　　本詩是唐武宗會昌五年（845）秋天，李商隱閒居洛陽時回寄給長安故
友令狐綯的一首酬答寄贈之作。李商隱和令狐綯是青年時期好友，後因李商
隱陷入「牛李黨爭」，作為牛黨的令狐綯與李商隱的關係從此疏遠。會昌五
年，李商隱在洛陽接到了令狐綯的來信。當時他與令狐綯已經很久沒有聯繫
了，接到對方來信，心情非常激動，於是立即提筆回信，回信內容即是本
詩。李商隱作此詩，意在對令狐綯的來信表示感激之情，並告訴令狐綯自己
病居失意的近況，以求恢復友情，得到幫助。全詩情真意誠，有一種感人的
藝術力量。

　　首句中，嵩、秦指自己所在的洛陽和令狐所在的長安。「嵩雲秦樹」化
用杜甫《春日憶李白》的名句：「渭北春天樹，江東日暮雲。」雲、樹是分
居兩地的朋友即目所見之景，也是彼此思念之情的寄託。「嵩雲秦樹」更能
夠同時喚起對他們相互思念情景的想像，呈現出一幅兩位朋友遙望雲樹、神
馳天外的畫面。次句詩人轉寫令狐綯遠從長安來信，含蓄地表達了自己收到
友人來信後的喜悅之情。

　　後兩句轉寫自己目前的狀況，並以司馬相如自喻。司馬相如曾為梁孝王
的賓客，而李商隱於大和三年（829）至開成二年（837），曾三入令狐綯之
父令狐楚幕府，深得其知遇。李商隱應進士時，又曾得到令狐綯的推薦而登
第。李商隱這裏以「梁園舊賓客」自比，既是感念令狐楚、令狐綯父子當年
的恩情，同時又希望令狐綯能顧念舊情，援引自己。司馬相如晚年「嘗稱病

閒居，既病免，家居茂陵」，而李商隱於會昌二年（842）因丁母憂而離秘書省正字之職，幾年來一直閒居。這段期間，他用世心切，常感閒居生活的寂寞無聊，心情抑鬱，身弱多病，此以閒居病免的司馬相如自況，亦是渴望得到令狐綯的幫助，改變這種現狀。

　　全詩意在不言，但用典非常貼切，詞意悲涼，情感深摯。

# 為　有

李商隱

　　為有雲屏無限嬌，鳳城寒盡怕春宵<sup>①</sup>。
　　無端嫁得金龜婿，辜負香衾事早朝<sup>②</sup>。

**【註釋】**

① 為有：因為有。雲屏：雕飾著雲母圖案的屏風，古代皇家或富貴人家所用。這裏代指深閨。鳳城：指京城長安。春宵：春夜。

② 無端：沒來由。金龜婿：做朝官的丈夫。唐朝中官員原佩金魚，武則天即位改佩金龜。《新唐書·車服志》：「天授二年，改佩魚皆為龜，其後三品以上龜袋飾以金。」香衾：熏了香氣的被子。

**【評析】**

　　本詩約作於會昌六年（846）至大中五年（851）之間，即李德裕罷相以後，李商隱妻王氏去世之前。這期間李商隱個人和家庭的處境都十分艱難。

　　這是一首別具特色的閨怨詩。首先，詩中的抒情主人公並非一人，而是夫妻二人。其次，相比於其他閨怨詩裏的主人公的孤獨淒涼處境，本詩中的主人公既富且貴，夫妻恩愛。詩中所抒發的僅是因夫婿要上朝而不能共臥香衾的怨情。本詩將夫妻廝守與早朝對立起來，以無情寫多情，以多情怨無情，心理刻畫極為細緻，風格含蓄深沉。詩以首句前二字為題，與詩歌內容沒什麼關係，也屬於無題詩一類。

詩的前兩句烘托氛圍，點明題旨，且從正面描述丈夫的怨情。首句和次句構成了一對因果關係，耐人尋味。當春風送暖，京城寒盡，正是氣候宜人之時，理應有春宵苦短之感，應該不會產生「怕」的心情。男主人公為何而怕呢？首句即是答案：雲母屏風後面的美人「無限嬌」。乍一看，這因果關係似乎不太能說通，但聯繫後兩句，便豁然可解。這裏的「怕」字是全詩的詩眼和情感立足點。

後兩句用婦人的口吻寫怨情。與丈夫一樣，她也「怕春宵」，末句即是她怕的原因：身為朝官的夫婿，天不亮就要起身去早朝，她就只能一個人獨守在閨房裏，實在不是滋味。「無端」二字活畫出這位少婦嬌嗔的口吻，表達了她對丈夫、對春宵愛戀的深情。這兩句用語平淡而表意深切，將夫人心底的閨怨表現得淋漓盡致。

至此，讀者則可完全理解丈夫之「怕」了，他怕春宵是因為要上朝，而要上朝就得早早離家，如此他便不能與「無限嬌」的妻子共用春宵之樂了。不願早起離去，又不得不早起離去。對於嬌妻，有內疚之意；對於早朝，有怨恨之情；對於愛情生活的受到損害，則有惋惜之感。

這首詩含蓄深沉而又富於變幻。前兩句一起一承，一因一果，好像比較平直。但著一「怕」字，風波頓起，情趣橫生。後面兩句圍繞著「怕」字作進一步的解說，使意境更加開拓明朗。這樣寫，前後連貫，渾然一體。其中「為有」、「無端」等語委婉盡情，極富感染力。


## 隋　宮

李商隱

乘興南遊不戒嚴，九重誰省諫書函[①]。
春風舉國裁宮錦，半作障泥半作帆[②]。

【註釋】

① 不戒嚴：不加戒備，毫不警惕。古代皇帝外出，要實行戒嚴，隋煬帝

南遊，為顯示天下太平和自己的華貴氣派，不加戒嚴。九重：指皇帝居住的深宮。省：明察，懂得。諫書函：給皇帝的諫書。

② 宮錦：按照宮廷規定的格式織成的供皇家使用的高級錦緞。障泥：馬韉，墊在馬鞍的下面，兩邊下垂至馬鐙，用來擋泥土。

### 【評析】

　　這是一首詠史詩，是李商隱晚年江東之游時寫下的名作。詩中描寫了隋煬帝不聽諫奏，大肆鋪張南遊的史實，揭露批評了隋煬帝的奢淫、昏暴，委婉含蓄而又諷刺深刻。全詩無一議論之語，於風華流美的敘述之中，暗寓深沉之慮，令人鑒古事而思興亡。

　　首句極寫隋煬帝的荒淫和不顧常理。「乘興南遊」即說隋煬帝南遊只為尋樂，這表現了隋煬帝的性格特點：驕奢淫逸、昏庸暴虐、不恤民情、胡作非為。「不戒嚴」三字，活脫脫勾畫出隋煬帝樂其所樂，不顧一切，得意至於忘形的心態。

　　次句續寫隋煬帝的殘暴。據史書記載，大業十二年（616）隋煬帝三游江都，大臣崔民象、王愛仁上表諫阻，隋煬帝大怒，不但不聽，而且把他們殺了。這一句看上去像反詰的口氣，實為陳述。「誰省」二字，很有力度，隋煬帝根本不把屬下的勸諫放在眼裏，詩句從這一特定的角度，概寫隋煬帝冒天下之大不韙，完全不顧民心向背，一意孤行、昏暴腐朽的行徑。

　　第三句正面寫隋煬帝南遊。隋煬帝南下江都，水陸並進，可以說窮奢極欲，耗盡民力。詩人以小見大，從「裁宮錦」入手，以「舉國」一詞修飾，運用誇張的手法點出了「裁宮錦」的範圍。全國人民都在因皇帝要迅游而「裁宮錦」，可見統治者對百姓剝削之重、壓迫之深。另外，「春風」一詞還隱有深意：春天正是農忙之時，農事倍增，耽誤不得，皇帝卻不理會這個，強令百姓不顧農事，為自己「裁宮錦」，可見他的荒唐，對百姓的作踐。

　　發動全國百姓「裁宮錦」用來做什麼呢？末句就很簡練地回答了這個問題：是要把貴重的宮錦用作馬韉、船帆。讀罷本詩，不難想像隋煬帝南下時舳艫千里、錦旗蔽日、錦帆遮江的盛大場面。而這般奢侈無度，所造成的後果，歷史已經給出了答案。全詩層層深入，以小見大，寓意深刻。

# 瑤　池

李商隱

瑤池阿母綺窗開，黃竹歌聲動地哀<sup>①</sup>。
八駿日行三萬里，穆王何事不重來<sup>②</sup>？

【註釋】

① 瑤池：我國古代神話中西方地名。阿母：即西王母。綺窗：華美的窗
戶。黃竹歌聲：《穆天子傳》卷五：「日中大寒，北風雨雪，有凍人。
天子作詩三章以哀民。」

② 八駿：傳說周穆王有八匹駿馬，可日行三萬里。《穆天子傳》《列子》
《拾遺記》中皆有記載，但駿馬的名稱不相同。穆王：西周國君，姓
姬，名滿，傳說他曾周遊天下。

【評析】

　　晚唐迷信神仙之風極盛，最高統治者尤最，好幾個皇帝因服丹藥妄求長
生而喪命。這首詩是借周穆王西游遇仙人西王母的神話，加以生發，譏刺皇
帝求仙的虛妄。詩中虛構了西王母盼不到周穆王重來，暗示穆王已故的故事
情節，顯示了求仙妄想與死亡不可避免的對立。全詩用語辛辣，立意巧妙。

　　首句以「綺窗」一詞襯托仙境的豪華，次句以「動地哀」一詞反映人間
的淒慘。兩句詩形成強烈的對比。這樣的對比表達了兩層含義：一是暗喻作
《黃竹歌》的詩人周穆王已經死去，空留詩歌在人間，仙境再美，他也無緣
永駐，由此暗諷求仙的人；二是以《黃竹歌》暗示百姓正生活在水深火熱之
中，而統治者卻在追求長生不老，以圖永享富貴，有譴責之意。

　　詩的後兩句寫西王母因穆王不來赴約而產生的心理活動：穆王馬車上的
八匹駿馬縱橫馳騁，一日能行三萬里，他若想來是輕而易舉，況且自己又是
盛情邀請。穆王也曾許下重諾，可是他為何還不來赴約呢？答案只有一個，
那就是穆王已死。因此，就算西王母一直開窗遠眺，殷勤盼望，也等不到穆
王了。連仙人西王母都不能使她所看重的穆王免於一死，那人間所謂的長生

不老之術，不是無稽之談又是什麼呢？詩人妙就妙在不發一字議論而使讀者自己得出這個結論。

　　不發一字議論也是本詩的最大特色。詩人沒有直白地諷刺嘲弄，而是將諷刺的意味完全隱藏在對西王母的行為和心理活動的描述中。這種寫法使詩歌生動異常令人回味。因此，本詩的批判嘲諷意味雖然尖銳、犀利，卻表達得非常委婉，使得全詩明白酣暢又含義深遠，顯示出了詩人構思之獨特。

## 嫦　娥

李商隱

雲母屏風燭影深，長河漸落曉星沉<sup>①</sup>。
嫦娥應悔偷靈藥，碧海青天夜夜心<sup>②</sup>。

【註釋】

① 深：暗淡。長河：銀河。漸落：逐漸西沉。

② 碧海青天：指嫦娥的枯燥生活，只能見到碧色的海，深藍色的天。夜夜心：指嫦娥每晚都會感到孤單。

【評析】

　　就內容而論，這是一首詠嫦娥的詩。然而各家看法不一。有人以為歌詠意中人的私奔，有人以為是直接歌詠主人公處境孤寂，有人以為是借詠嫦娥另外有所寄託，有人以為是歌詠女子學道求仙，有人以為應當作「無題」來看。我們姑且當作歌詠幽居寂處，終夜不眠的女子。以此而論，著實寫得貼情貼理。語言含蘊，情調感傷。

　　詩歌的前兩句描繪主人公所處的環境和永夜不寐的情景。室內，燭光越來越黯淡，雲母屏風上籠罩著一層深深的暗影，越發顯出居室的空寂清冷，透露出主人公在長夜獨坐中黯然的心境。室外，銀河逐漸西移垂地。那點綴著空曠天宇的寥落晨星，陪伴著永夜不寐者，現在連這最後的伴侶也行將隱

沒。「沉」字正逼真地描繪出晨星低垂、欲落未落的動態，主人公的心也似乎正在逐漸沉下去。「燭影深」、「長河落」、「曉星沉」，表明時間已到將曉未曉之際，著一「漸」字，暗示了時間的推移流逝。寂寞中的主人公，面對冷屏殘燭、青天孤月，又度過了一個不眠之夜。這兩句詩儘管沒有對主人公的心理作任何直接的抒寫刻畫，但借助於環境氛圍的渲染，將他那寂寞哀戚、子然一身的惆悵心情表達得淋漓盡致。

在寂寥的長夜，天空中最引人注目、引人遐想的自然是一輪明月。看到明月，也自然會聯想起神話傳說中的月宮仙子——嫦娥。據說她原是后羿的妻子，因為偷吃了西王母送給后羿的不死藥，飛奔到月宮，成了仙子。在孤寂的主人公眼裏，這孤居廣寒宮殿、寂寞無伴的嫦娥，其處境和心情不正和自己相似嗎？「應悔」是揣度之詞，這揣度正表現出一種同病相憐、同心相應的感情。由於有前兩句的描繪渲染，這「應」字就顯得水到渠成，自然合理。因此，後兩句與其說是對嫦娥處境心情的深情體貼，不如說是主人公寂寞的心靈獨白。

詩中抒發的寂寥悲切之情以及「悔偷靈藥」的情緒，融入了詩人獨特的生命體驗，含義深遠。當時，社會動亂、現實黑暗，詩人身處惡境，精神上力圖擺脫塵俗，追求高潔的境界，而追求的結果往往使自己陷於更孤獨的境地。清高與孤獨的孿生，以及由此引起的既自賞又自傷，既不甘變心從俗，又難以忍受孤子寂寞的煎熬這種微妙複雜的心理，在這裏被詩人用精微而富於含蘊的語言成功地表現出來了。這是一種含有濃重傷感的美，在舊時代的清高文士中容易引起廣泛的共鳴。詩的典型意義也正在這裏。


## 賈　生

李商隱

宣室求賢訪逐臣，賈生才調更無倫[1]。
可憐夜半虛前席，不問蒼生問鬼神[2]。

## 【註釋】

① 宣室：漢未央宮前殿的正室，這裏代指漢文帝朝廷。逐臣：被放逐之臣，指賈誼曾被貶謫。才調：才華氣質。

② 可憐：可惜，可歎。虛：徒然。前席：在坐席上移膝靠近對方。

## 【評析】

這是一首借古諷今詩。詩人意在借賈誼的遭遇，抒寫自己的懷才不遇。

賈誼貶長沙，久已成為詩人們抒寫不遇之感的熟濫題材。詩人獨闢蹊徑，特意選取賈誼自長沙召回，宣室夜對的情節作為詩材。據《史記·屈原賈生列傳》記載：賈誼回到長安時，漢文帝剛剛辦完祭祀事宜，就在宣室召見了他。文帝還沉浸在鬼神異事中，就向賈誼請教有關鬼神的問題。賈誼回答得面面俱到，一直講到深夜，聽得文帝不由自主地向他靠近。全部聽完後，漢文帝感慨說：「我很久沒有見到賈誼了，總以為自己才學高過他，現在才知我不如他。」在一般封建文人心目中，這大概是值得大加渲染的君臣遇合盛事。但詩人卻獨具慧眼，抓住不為人們所注意的「問鬼神」之事，翻出了一段新警透闢、發人深省的詩的議論。

詩的前兩句敘述漢文帝與賈誼宣室夜對的情形，純從正面著筆，絲毫不露貶意。首句特標「求」、「訪」，彷彿熱烈頌揚文帝求賢意願之切、之殷，待賢態度之誠、之謙。「求賢」而至「訪逐臣」，更可見其網羅賢才已達到「野無遺賢」的程度。次句隱括文帝對賈誼的推服讚歎之詞。這兩句，由「求」而「訪」而贊，層層遞進，表現了文帝對賈生的推服器重。如果不看下文，幾乎會誤認為這是一篇聖主求賢頌。其實，這正是詩人故弄狡獪之處。

後兩句筆調急轉直下，將全詩題旨點破。第三句承轉交錯，是全詩樞紐，它把文帝當時那種虛心垂詢、凝神傾聽，以至於「不自知膝之前於席」的情狀描繪得維妙維肖，使歷史陳跡變成了充滿生活氣息、鮮明可觸的畫面。通過這個生動的細節的渲染，才把由「求」而「訪」而贊的那架「重賢」的雲梯升到了最高處。可就在這戲劇高潮中，詩人在「夜半虛前席」前加上「可憐」二字。不用感情色彩強烈的「可悲」、「可歎」一類詞語，只說「可

憐」，一方面是為末句——一篇之警策預留地步；另一方面也是因為在這裏貌似輕描淡寫的「可憐」，比劍拔弩張的「可悲」、「可歎」更為含蘊，更耐人尋味。彷彿給文帝留有餘地，其實卻隱含著冷雋的嘲諷，可謂似輕而實重。「虛」即空自、徒然之意。雖只輕輕一點，卻使讀者對文帝「夜半前席」的重賢姿態從根本上產生了懷疑，可謂舉重而若輕。如此推重賢者，何以竟然成「虛」？詩人引而不發，給讀者留下了懸念。

末句終於抒發感慨，道出全詩主旨。漢文帝不問蒼生問鬼神。鄭重求賢，虛心垂詢，推重嘆服，乃至「夜半前席」，不是為了詢求治國安民之道，卻是為了「問鬼神」的本原問題！這究竟是什麼樣的求賢，對賢者又究竟意味著什麼啊？詩人仍只點破而不說盡——通過「問」與「不問」的對照，讓讀者自己對此得出應有的結論。辭鋒極犀利，諷刺極辛辣，感概極深沉，卻又有極抑揚吞吐之妙。

這首詩表現上是諷刺漢文帝，實際上詩人的主要用意並不在此。晚唐許多皇帝，大多崇佛媚道，服藥求仙，不顧民生，不任賢才，詩人矛頭所指，顯然是當時現實中那些「不問蒼生問鬼神」的封建統治者。在寓諷為主的同時，詩中又寓有詩人自己懷才不遇的深沉感慨。詩中的賈誼，正有詩人自己的影子。

# 瑤瑟怨[①]

溫庭筠

冰簟銀床夢不成，碧天如水夜雲輕[②]。
雁聲遠過瀟湘去，十二樓中月自明[③]。

【註釋】

① 瑤瑟：玉鑲的華美的瑟（弦琴）。
② 冰簟：清涼的竹席。銀床：指灑滿月光的床。
③ 遠過：一作「還向」。十二樓：原指神仙的居所，此指女子的住所。

## 【評析】

本詩描繪的是閨中思婦寂寞難眠而鼓瑟聽瑟的各種感受，以表達別離之怨。詩雖沒有正面描寫女主人公清夜獨自彈瑟傳達怨情，而幽怨之情表現得卻很充分。

詩的首句正面寫思婦的情態。「夢不成」三字很可玩味。它不是一般地寫因為傷離念遠難以成眠，而是寫她尋夢不成。會合渺茫難期，只能將希望寄託在本屬虛幻的夢寐上；而現在，難以成眠，竟連夢中相見的微末願望也落空了。這就更深一層地表現出別離之久遠，思念之深摯，會合之難期和失望之強烈。

次句沒有接著寫思婦的心情，而是宕開寫景。展現了一幅清寥淡遠的碧空夜月圖：秋天的深夜，長空澄碧，月光似水，只偶爾有幾縷飄浮的雲絮在空中輕輕掠過，更顯出夜空的澄潔與空闊。這是一個空鏡頭，境界清麗而略帶寂寥。它既是思婦活動的環境和背景，又是她眼中所見的景物。不僅襯托出了人物皎潔輕柔的形象，而且暗透出人物清冷寂寞的意緒。

第三句轉而從聽覺角度寫景，與上句「碧天」緊相承接。夜月朦朧，飛過碧天的大雁是不容易看到的，只是在聽到雁聲時才知道有雁飛過。在寂靜的深夜，雁叫更增加了清冷孤寂的情調。「雁聲遠過」，寫出了雁聲自遠而近，又由近而遠，漸漸消失在長空之中的過程，也從側面暗示出思婦凝神屏息、傾聽雁聲南去而若有所思的情狀。古有湘靈鼓瑟和雁飛不過衡陽的傳說，所以這裏有雁去瀟湘的聯想，但同時恐怕和思婦心之所系有關。雁足傳書。聽到雁聲南去，女主人公的思緒也被牽引到南方。大約正暗示女子所思念的人在遙遠的瀟湘那邊。

前面三句，分別從女主人公所感、所見、所聞的角度寫，末句卻似撇開女主人公，只畫出沉浸在明月中的「十二樓」。「月自明」的「自」字用得很有情味。孤居獨處的離人面對明月，會勾起別離的情思，團圓的期望，但月本無情，仍自照臨高樓。詩人雖只寫了沉浸在月光中的高樓，但思婦的孤寂、怨思，卻彷彿融化在這似水的月光中了。這樣以景結情，更增添了悠然不盡的餘韻。

# 馬嵬坡①

鄭畋

玄宗回馬楊妃死，雲雨難忘日月新②。
終是聖明天子事，景陽宮井又何人③。

## 【作者簡介】

　　鄭畋（825—883），字台文，滎陽人，出生於滎陽鄭氏，其父是唐朝末年宰相，桂管觀察使鄭亞。會昌二年（842）進士，後在藩鎮幕府為官。咸通五年（864），鄭畋進入朝廷，累官至戶部侍郎、翰林學士承旨，後遭讒被貶為梧州刺史。唐僖宗即位後，鄭畋被召回朝中擔任兵部侍郎。乾符四年（877），鄭畋任門下侍郎、集賢殿大學士，成為宰相。六年（879），鄭畋在招安黃巢之事上與盧攜發生爭執，被罷免相位，貶為太子賓客。七年，鄭畋出任鳳翔隴右節度使。長安失陷後，鄭畋在龍尾坡大破黃巢軍，並傳檄四方，號召藩鎮合討黃巢。八年，部將李昌言兵變，鄭畋被迫離開鳳翔。九年，鄭畋被召到成都，擔任司空、門下侍郎、同中書門下平章事，主管軍務。乾符十年（883），鄭畋被田令孜排擠出朝。鄭畋死後，贈太尉、太傅，諡號文昭。

　　《舊唐書》評價鄭畋「文學優深，器量弘恕。美風儀，神彩如玉，尤能賦詩」。《全唐詩》存其詩十六首。

## 【註釋】

①馬嵬坡：即馬嵬驛，因晉代名將馬嵬曾在此築城而得名，在今陝西興平市西，為楊貴妃縊死的地方。

②回馬：指唐玄宗由蜀還長安。雲雨：這裏指唐玄宗和楊貴妃之間的恩愛舊情。

③景陽宮井：故址在今江蘇省南京市玄武湖邊。南朝陳後主在隋兵攻破金陵時，與張麗華等躲於井中。

## 【評析】

這是一首詠史詩。唐玄宗天寶十四年（755），安祿山以誅奸相楊國忠為藉口，突然在范陽起兵。次年六月，叛軍攻佔潼關，長安危在旦夕。唐玄宗攜愛妃楊玉環，倉皇西逃入蜀。途經馬嵬坡時，六軍不發。禁軍將領陳玄禮等對楊氏兄妹專權不滿，殺死楊國忠父子之後，認為「賊本尚在」，遂請求處死楊貴妃，以免後患。唐玄宗無奈，被迫賜楊貴妃自縊，史稱「馬嵬之變」。這是本詩的歷史背景。

首句中的「玄宗回馬」，指大亂平定、兩京收復之後，成了太上皇的玄宗從蜀中回返長安。其時距「楊妃死」已很久了。兩下並提，意謂玄宗能重返長安，正是犧牲楊妃換來的。一存一歿，意味深長。玄宗割捨貴妃固然使局勢得到轉機，但內心的矛盾痛苦一直貫穿於他的後半生，儘管山河重光，也不能使他忘懷死去的楊妃，這就是所謂「雲雨難忘」。「雲雨難忘」與「日月新」對舉，可喜下長恨相兼，寫出了玄宗複雜矛盾的心理。

詩的後兩句特別耐人玩味。「終是聖明天子事」，有人說這是表彰玄宗在危亡之際識大體，有決斷，堪稱「聖明」，但從末句「景陽宮井又何人」來看，並非如此。「景陽宮井」用的是陳後主的故事。當隋兵打進金陵，陳後主偕寵妃張麗華、孔貴嬪躲在景陽宮的井中，終為隋兵所虜。同是帝妃情事，又同當干戈逼迫之際，可比性極強，取擬精當。玄宗沒有落到陳後主這步田地，是值得慶幸的，但要說「聖明」，也僅僅是比陳後主「聖明」一些而已。「聖明天子」揚得很高，卻以昏昧的陳後主來作陪襯，就頗有幾分諷意。只不過話說得微婉，耐人玩味罷了。

那麼，可以說詩人對玄宗只有諷刺而毫無同情嗎？也不盡然。唐時人曾將楊貴妃的死歸咎於唐玄宗的無情無義，而本詩「雲雨難忘」等語又表達了玄宗並未忘情之意。所以「終是聖明天子事」中「終是」的口吻，似是要人們諒解玄宗當日的處境。

# 已　涼

韓偓

碧闌干外繡簾垂，猩色屏風畫折枝①。
八尺龍鬚方錦褥，已涼天氣未寒時②。

## 【作者簡介】

　　韓偓，字致光，號致堯，晚年又號玉山樵人，京兆萬年（今陝西西安附近）人。十歲時，曾即席賦詩送其姨夫李商隱，令滿座皆驚，李商隱稱讚其詩是「雛鳳清於老鳳聲」。昭宗龍紀元年（889）進士，初在河中鎮節度使幕府任職，後入朝歷任左拾遺、左諫議大夫、度支副使、翰林學士。光化三年（900），左右神策軍中尉劉季述發動宮廷政變，廢昭宗，立太子李裕為帝。韓偓協助宰相崔胤平定叛亂，迎昭宗復位，成為功臣之一，任中書舍人，深得昭宗器重，多次欲立為相，都被力辭。

　　後為朱全忠陷害，貶濮州司馬。不久，又被貶為榮懿（今貴州桐梓縣北）尉，再貶為鄧州（今河南鄧縣）司馬。天祐元年（904），朱全忠弒昭宗，立李柷為昭宣帝（即哀帝），韓偓攜眷避難蜀中。韓偓為人正直，敢於和惡勢力作鬥爭，他的詩有一部分反映了一定的現實。但不少是側艷輕巧之作。有《翰林集》《香奩集》。

## 【註釋】

①闌干：同「欄杆」。繡簾：一作「翠簾」。猩色：猩紅色。畫折枝：一作「畫柘枝」，指畫有折下的花枝。
②龍鬚：屬燈心草科，莖可織席，這裏指草席。錦褥：錦緞製的床褥。

## 【評析】

　　這是一首膾炙人口的情詩。其以工筆劃的手法，用旖旎濃艷的色彩，精細入微描寫了詩人所欽慕的美人深閨繡戶中精巧典雅的陳設佈置，點出已涼未寒的特有時令氣氛。詩中主人公始終沒有露面，但床上錦褥的暗示和折

唐詩三百首

枝圖的烘托，隱約展示了主人公在深閨寂寞之中渴望愛情生活的情懷。

詩的前三句主要描繪了一間華麗精緻的臥室。鏡頭由室外逐漸移向室內，透過門前的闌干、當門的簾幕、門內的屏風等一道道障礙，聚影在那張鋪著龍鬚草席和織錦被褥的八尺大床上。房間結構安排所顯示出的這種「深而曲」的層次，分明告訴讀者這是一位貴家少婦的金閨繡戶。

佈局以外，景物吸引讀者視線的，是那斑駁陸離、濃豔奪目的色彩。翠綠的欄檻，猩紅的畫屏，門簾上的彩繡，被面的錦緞光澤，合組成一派旖旎溫馨的氣象，不僅增添了臥室的華貴勢派，還為主人公的閨情綺思醞釀了合適的氛圍。主人公始終未露面，她在做什麼、想什麼也不得而知。但朱漆屏面上雕繪著的折枝圖，卻不由得使人生發出「花開堪折直須折，莫待無花空折枝」的感歎。面對這幅圖畫，主人公不可能不有感於自己的逝水流年，而將大好青春同畫中鮮花聯繫起來加以比較、思索，更何況而今又到了一年當中季節轉換的時候。門前簾幕低垂，簟席上增加被褥，表明暑熱已退，秋涼剛降。這樣的時刻最容易勾起人們對光陰消逝的感觸，在主人公的心靈上又將激起陣陣波瀾。

詩篇結尾用重筆點出「已涼天氣未寒時」的時令變化，當然不會出於無意。配上床席、錦褥的暗示以及折枝圖的烘托，主人公在深閨寂寞之中渴望愛情的情懷，也就隱約可見了。

這首詩通篇沒有一個字涉及「情」，甚至沒有一個字觸及「人」，純然借助環境景物來渲染人的情思，供讀者玩味。這類命意曲折、用筆委婉的情詩，在唐人詩中還是不多見的。


# 金 陵 圖①

韋莊

江雨霏霏江草齊，六朝如夢鳥空啼②。
無情最是臺城柳，依舊煙籠十里堤③。

【註釋】

① 金陵圖：意謂題詠金陵風景圖。詩題一作「臺城」。

② 霏霏：這裏形容雨下得很密的樣子。六朝：指東吳、東晉、宋、齊、梁、陳六個朝代，它們都在金陵建都。

③ 臺城：故址在今南京市玄武湖旁，六朝宮殿所在地。籠：覆罩著。

【評析】

　　本詩是一首憑弔六朝古跡的寫景吊古詩，詩人描寫了暮春時節金陵城煙雨迷濛的景色，慨歎在金陵建都的六個王朝都已化為煙雲，而山河景色依舊，抒發了深沉的歷史興亡之感。

　　吊古詩多觸景生情，借景寄慨，寫得比較虛。這首詩則比同類作品更空靈蘊藉。它從頭到尾都採取側面烘托的手法，著意造成一種夢幻式的情調氣氛，讓讀者透過這層隱約的感情帷幕去體味作者的感慨。

　　首句寫景，描寫江南煙雨霏霏，烘托出全詩的氛圍。金陵濱江，故說「江雨」、「江草」。江南的春雨，密而且細，在霏霏雨絲中，四望迷濛，如煙籠霧罩，給人以如夢似幻之感。暮春三月，江南草長，碧綠如茵，又顯出自然界的生機。這景色既具有江南風物特有的輕柔婉麗，又容易勾起人們的迷惘惆悵。這就為下一句抒情作了鋪墊。首句描繪江南煙雨到次句的六朝如夢，跳躍很大，乍讀似不相屬。其實不僅「江雨霏霏」的氛圍已暗逗「夢」字，而且在霏霏江雨、如茵碧草之間就隱藏著一座已經荒涼破敗的臺城。鳥啼草綠，春色常在，而曾經在臺城追歡逐樂的六朝統治者卻早已成為歷史上來去匆匆的過客，豪華壯麗的臺城也成了供人憑弔的歷史遺跡，怎能不讓人產生「六朝如夢」的感慨。

　　詩的後兩句借「柳」言情。楊柳是春天的標誌。在春風中搖盪的楊柳，總是給人以欣欣向榮之感，讓人想起繁榮興茂的局面。當年十裏長堤，楊柳堆煙，曾經是臺城繁華景象的點綴。如今，臺城已經是「萬戶千門成野草」，而臺城柳色，卻「依舊煙籠十里堤」。這繁榮茂盛的自然景色和荒涼破敗的歷史遺跡，終古如斯的長堤煙柳和轉瞬即逝的六代豪華的鮮明對比，對於一個身處末世、懷著亡國之憂的詩人來說，該是多麼令人觸目驚心！而

臺城堤柳，卻既不管人間興亡，也不管面對它的詩人會引起多少今昔盛衰之感，所以說它「無情」。說柳「無情」，正透露出人的無限傷痛。「依舊」二字，深寓歷史滄桑之慨。它暗示了一個腐敗的時代的消逝，也預示歷史的重演。「無情」、「依舊」，通貫全篇寫景，兼包江雨、江草、啼鳥與堤柳。「最是」二字，則突出強調了堤柳的「無情」和詩人的感傷悵惘。

詩人憑弔臺城古跡，回顧六朝舊事，免不了有今之視昔，亦猶後之視今之感。亡國的不祥預感，在寫這首詩時是縈繞在詩人心頭的。

# 隴西行①

陳陶

誓掃匈奴不顧身，五千貂錦喪胡塵②。
可憐無定河邊骨，猶是春閨夢裏人③。

## 【作者簡介】

陳陶，字嵩伯，嶺南人。唐宣宗大中年間遊學長安，善天文曆象，尤工詩。舉進士不第，遂恣遊名山。南唐昇元（939—943）中隱居洪州西山，賣柑橘自給自足，自號「三教布衣」，後不知所蹤。《全唐詩》存其詩二卷。

## 【註釋】

① 隴西：即今甘肅寧夏隴山以西的地方。

② 匈奴：指西北邊境的少數民族。貂錦：漢代羽林軍穿錦衣貂裘，這裏指裝備精良的精銳之師。喪胡塵：指在與胡人的作戰中喪生。

③ 無定河：源出內蒙古鄂爾多斯境，經陝西榆林米脂諸縣，至清澗入黃河。因急流挾沙深淺不定，故名。

## 【評析】

《隴西行》是樂府《相和歌·瑟調曲》舊題，內容多寫邊塞戰爭。原詩四首，這是第二首。這首詩歌頌了邊關將士捨生忘死的精神，也反映了唐代長期的邊塞戰爭給人民帶來的痛苦和災難，抒發了詩人對陣亡將士家屬的深切同情。

詩的前兩句以精練概括的語言，敘述了一個慷慨悲壯的激戰場面。唐軍誓死殺敵，奮不顧身，但結果五千將士全部喪身「胡塵」，為國捐軀。「誓掃」、「不顧」，表現了唐軍將士忠勇敢戰的氣概和獻身精神。漢代羽林軍穿錦衣貂裘，這裏借指精銳部隊。部隊如此精良，戰死者達五千之眾，足見戰鬥之激烈和傷亡之慘重。

後兩句，詩人筆鋒一轉，逼出正意：「可憐無定河邊骨，猶是春閨夢裏人。」這裏沒有直寫戰爭帶來的悲慘景象，也沒有渲染家人的悲傷情緒，而是獨出心裁，把「河邊骨」和「春閨夢」聯繫起來，寫閨中妻子不知征人戰死，仍然在夢中想見已成白骨的丈夫，使全詩產生震撼心靈的悲劇力量。每個人得知親人死去，固然會引起悲傷，但確知親人的下落，畢竟是一種告慰。而這裏，長年音訊杳然，人早已變成無定河邊的枯骨，妻子卻還在夢境之中盼他早日歸來團聚。災難和不幸降臨到身上，不但毫不覺察，反而滿懷著熱切美好的希望，這才是真正的悲劇。

「無定河邊骨」和「春閨夢裏人」，一邊是現實，一邊是夢境；一邊是悲哀淒涼的枯骨，一邊是年輕英俊的戰士，虛實相對，榮枯迥異，造成強烈的藝術效果。一個「可憐」，一個「猶是」，包含著多麼深沉的感慨，凝聚了詩人對戰死者及其家人的無限同情。全詩虛實相對，用意工妙，含義深刻，詩情悽楚，表達出強烈的反戰情緒。

# 寄 人

張泌

別夢依依到謝家，小廊回合曲闌斜①。
多情只有春庭月，猶為離人照落花②。

## 【作者簡介】

張泌，字子澄，淮南人，唐末重要詩人。張泌生活於唐亡前後，曾較長時間滯留長安，短期逗留成都、邊塞等地，與唐末羅隱、韋莊、鄭谷、牛嶠等絕大多數詩人一樣，為博得一第而滯留長安，四處漂泊，傳食諸侯。其詩詞小說絕大多數作於唐末時期，尤以寫湖湘桂一帶風物的作品為多。其詞大多為豔情詞，風格介乎溫庭筠、韋莊之間而傾向於韋莊。用字精當，章法巧妙，描繪細膩，用語流便。張泌生平前人多與五代南唐張泌相混淆，《全唐詩》小傳亦錯誤。《全唐詩》存其詩一卷，共十九首。

## 【註釋】

①謝家：泛指閨中女子。晉謝奕之女謝道韞、唐李德裕之妾謝秋娘等皆有盛名，故後人多以「謝家」代閨中女子。回合：四面環抱。
②離人：詩人自稱。

## 【評析】

本詩是詩人與情人別後的寄懷詩。詩人通過對夢中景色及夢醒後寧靜清幽的月色的描寫，寓於景，抒寫了對心上人的思念和深情。以詩代諫，來表達自己心裏要說的話，這是古代常有的事。

清人李良年《詞壇紀事》載：「張泌仕南唐為內史舍人。初與鄰女浣衣相善，作《江神子》詞……後經年不復相見，張夜夢之，寫七絕云云。」根據這條資料以及從這首詩深情婉轉的內容來看，詩人曾與一女子相愛，後來卻彼此分手了。然而詩人對她始終沒有忘懷。但在封建禮教的阻隔下，不能

直截痛快地傾吐衷腸，只好借用詩的形式，曲折而又隱約地加以表達，希望她能夠瞭解自己。這也是題為《寄人》的原因。

全詩從敘述一個夢境開篇。前兩句，詩人寫自己入夢之由與夢中所見之景，向對方表明自己思念之深。「謝家」，代指女子的家，大概詩人曾經在女子家裏待過，或者在她家裏和她見過面。曲徑回廊，本來都是當年舊遊或定情的地方。因此，詩人在進入夢境以後，就覺得自己飄飄蕩蕩地進到了她的家裏。這裏的環境是這樣熟悉，眼前廊闌依舊，可是獨不見所思之人。一個「夢」字說明此景為虛寫，同時也為本詩增添了幾分淒婉的色彩。「依依」二字用得極妙，將主人公那種小心翼翼又情意纏綿的情狀刻畫得活靈活現。

既然人是再也找不到了，那院子裏還剩下些什麼呢？於是詩人在後兩句寫到：一輪皎月，正好把它幽冷的清光灑在園子裏，地上的片片落花，反射出慘澹的顏色。明月、落花在文人渲染離情的詩句裏經常可以看到，在這裏，詩人將哀怨的感情寄託在明月和落花之中，暗含了詩人對心上人魚沉雁杳的埋怨。「花」固然已經落了，然而，春庭的明月還是多情的，詩人言外之意，還是希望彼此一通音訊的。這首詩創造的藝術形象，鮮明準確，而又含蓄深厚。詩人善於通過富有典型意義的景物描寫，來表達自己深沉曲折的思想感情，運用得十分成功。他只寫小廊曲闌、庭前花月，不需要更多語言，卻比詩人自己直接訴說心頭的千言萬語更有動人心弦的力量。

## 雜　詩

無名氏

近寒食雨草萋萋，著麥苗風柳映堤<sup>①</sup>。
等是有家歸未得？杜鵑休向耳邊啼<sup>②</sup>。

【註釋】

①近寒食雨：接近寒食節的雨。著麥苗風：附著麥苗的風。
②等是：為何。杜鵑：即子規，鳴聲如說「不如歸去」，能動旅客歸思。

## 【評析】

　　本詩描寫了暮春時節郊野芳草萋萋、春雨霏霏、杜鵑悲鳴的景色，表現了他鄉遊子有家難歸的悲苦愁鬱。全詩含蓄蘊藉，情緒無限感傷。

　　詩的前兩句寫景。詩人描繪了暮春時節的大好景色：細雨紛紛，芳草萋萋，和風輕拂，麥浪滾滾，柳枝婆娑。寒食、清明將至，本該踏青掃墓，可是詩人卻漂泊異鄉，無緣目睹家鄉的晚春美景，也無法與親朋好友相聚，一同踏青，祭祀先祖。因此，詩人將這春景描繪得越美好，就越反襯出他不堪忍受的羈旅之愁。

　　第三句，詩人直抒胸臆，表達了自己深厚的思鄉之情。反問的句式更添愁苦之情，表達出詩人心中的怨恨和對羈旅生活的無奈。詩人在此一問，其後並未作答，想必詩人必有不得已的苦衷，想來詩人要回家必有無法克服的困難，也許詩人是帶罪之身，也許家園早已破敗，親人早已故去，又抑或是戰亂阻隔，這給讀者留下了廣闊的想像空間。

　　心情正是沉重之時，耳邊又傳來了杜鵑的聲聲悲鳴，詩人心痛欲裂，於是道出了末句「杜鵑休向耳邊啼」的心聲。杜鵑啼鳴歷來被賦予了悲傷的含義，歷代文人墨客都用它來形容哀傷至極。因此，詩人聽到杜鵑啼鳴便更添愁緒，那種「每逢佳節倍思親」的愁苦感慨也就更深。

■ 樂　府

# 渭 城 曲①

王維

渭城朝雨浥輕塵，客舍青青柳色新②。
勸君更盡一杯酒，西出陽關無故人③。

【註釋】

①渭城曲：屬樂府《近代曲辭》。詩題一作《送元二使安西》，一作《贈別》。後有樂人譜曲，名為「陽關三疊」。

②渭城：即秦都咸陽故城，漢改稱渭城，在長安西北，渭水北岸。唐代從長安往西去的，多在渭城送別。浥：濕。

③陽關：在今甘肅敦煌西南，為自古赴西北邊疆的要道。

【評析】

　　本詩是王維送別友人去西北邊疆時作的詩。它大約作於安史之亂前。當時的社會，各種民族衝突加劇，唐王朝不斷受到來自西面吐蕃和北方突厥的侵擾。當王維送別友人臨近分別時，也考慮到了戰爭將對他們未來所產生的影響。

　　詩的前兩句交代了送別的時間、地點、環境氣氛。「朝雨」在這裏扮演了一個重要的角色。早晨的雨下得不長，剛剛潤濕塵土就停了。從長安西去的大道上，平日車馬交馳，塵土飛揚，朝雨乍停，天氣晴朗，道路顯得潔淨、清爽。「浥輕塵」的「浥」字是濕潤的意思，在這裏用得很有分寸，顯出這雨澄塵而不濕路，恰到好處，彷彿天從人願，特意為遠行的人安排一條輕塵不揚的道路。客舍，本是羈旅者的伴侶。楊柳，更是離別的象徵。選取這兩件事物，自然有意關聯送別。它們通常總是和羈愁別恨聯結在一起而呈現出黯然銷魂的情調，而今天，卻因一場朝雨的灑洗而別具明朗清新的風貌。總之，從清朗的天宇，到潔淨的道路，從青青的客舍，到翠綠的楊柳，構成了一幅色調清新明朗的圖景，為這場送別提供了典型的自然環境。這是一場深情的離別，卻不是黯然銷魂的離別。相反地，倒是透露出一種輕快而富於希望的情調。「輕塵」、「青青」、「新」等詞語，聲韻輕柔明快，加強了讀者的這種感受。

　　後兩句語意連貫，將一個最普通的送別場面寫得非常感人。臨別在即，心中有千言萬語卻無從說起，無言的沉默只能令人更加傷感，因而詩人說「勸君更盡一杯酒，西出陽關無故人」，企圖打破這種沉默，也表達了他對朋友的深情厚誼。這「一杯酒」融入了詩人的全部感情，不僅有依依惜別的

不捨，也有對友人未來處境的擔憂，更有希望友人一路珍重的美好祝願。「更」字表明筵席已經持續了很久，酒已經喝過多巡，友人上路的時間終於不能再拖，於是主客雙方的臨別之傷在這一瞬間都達到了高潮。這句似脫口而出的勸酒辭就是這種傷感情緒的集中體現。

　　唐代國勢強盛，內地與西域往來頻繁，從軍或出使陽關之外，在盛唐人心目中是令人嚮往的壯舉。但當時陽關以西還是窮荒絕域，風物與內地大不相同。朋友「西出陽關」，雖是壯舉，卻又會經歷萬里長途的跋涉，備嘗獨行窮荒的艱辛寂寞。「無故人」一語，更是令人感傷。詩人和友人聚少離多，再會無期，而友人出了陽關後，甚至不能再見，那將會面臨怎樣的寂寞啊。

　　這首詩語短情長，風流蘊藉，詩中誠摯的惜別之情更使它適合於許多餞行筵席，因此後來被編入樂府，成為最流行、傳唱最久的歌曲。

# 秋夜曲①

王維

　　桂魄初生秋露微，輕羅已薄未更衣②。
　　銀箏夜久殷勤弄，心怯空房不忍歸③。

## 【註釋】

① 秋夜曲：屬樂府《雜曲歌辭》。原詩二首，這是第二首。

② 桂魄：即月亮。神話傳說月中有桂樹，高五百丈。有個名叫吳剛的人因學仙有過，被罰在月中砍桂樹，隨砍隨合，故後世以「桂魄」代月。

③ 銀箏：精美的箏。

## 【評析】

　　本詩是首婉轉含蓄的閨怨詩，語言委婉，情感細膩，著意描寫寒意蕭瑟的秋夜，女子深夜彈箏怕回空房的情景，抒寫了主人公的寂寞哀怨之情。

　　詩的前兩句描寫秋夜的冷清景色。首句寫秋月從東方升起，露水雖生，

卻是淡薄微少，給人一種清涼之感，烘托出女主人公清冷孤寂的心情。次句寫女主人公在氣候轉涼的季節還穿著輕軟細薄的羅衣，她為什麼不回房更換秋衣呢？這給讀者留下了一個懸念。

第三、四句解答了「輕羅已薄未更衣」的疑問，原來，冷清的秋夜，主人公在屋外撥弄著銀箏，衣不勝寒，也不肯回房，正是因為屋內空空，回去也無人陪伴。她久弄銀箏，並非心甘情願，而是不想一個人回到房中面對難挨的孤寂。她滿懷相思，夜不能寐，也只能借彈箏來排遣淒寂無聊之感。「怯」字還暗示了女主人公已經獨居很久，愛人離開她很長時間了。

縱觀全詩，前三句實際上在不斷地為讀者製造疑問，首句「桂魄初生秋露微」，秋月已經升起，到了入夜之時，主人公為何還不回房？次句「輕羅已薄未更衣」的疑問前文已經交代。第三句「銀箏夜久殷勤弄」，彈箏很久了，女主人公為何還不回房呢？三個疑問，層層推進，其實只有一個答案：心怯空房不忍歸。此種心境，正可謂「貌似熱鬧，心實淒涼」。


# 長信怨①

王昌齡

奉帚平明金殿開，且將團扇共徘徊②。
玉顏不及寒鴉色，猶帶昭陽日影來③。


【註釋】

① 長信怨：一作《長信秋詞》，原詩五首，這是第三首。屬樂府《相和歌辭·楚調曲》。

② 奉帚：拿著掃帚打掃。奉：一作「捧」。團扇：即齊紈扇。這是暗用《怨歌行》詩意。

③ 玉顏：潔美如玉的容顏。昭陽：漢宮殿名，漢成帝與趙飛燕所居之地。日影：喻指帝王恩德。

【評析】

　　本詩借漢代班婕妤失寵被貶長信宮的歷史故事，以漢喻唐，詠歎失意宮妃的悲涼遭遇，也從側面批判了帝王愛情的虛偽。

　　長信宮是漢朝太后所居之地。漢成帝原先最寵愛貌美而善文的班婕妤，後來又寵愛趙飛燕姐妹。班婕妤心灰意冷，也感到處境危險，便請求到長信宮去侍奉太后，度過寂寞餘生。古樂府歌辭中有一篇《怨歌行》，又名《團扇詩》，其辭為：「新裂齊紈素，皎潔如霜雪。裁為合歡扇，團團似明月。出入君懷袖，動搖微風發。常恐秋節至，涼飆奪炎熱。棄捐篋笥中，恩情中道絕。」此詩相傳為班婕妤所作，其以秋扇之見棄，比君恩之中斷，以委婉的方式表達了內心深沉的怨憤。王昌齡就《怨歌行》的寓意而加以渲染，借長信故事反映唐代宮廷婦女的生活。

　　詩的前兩句描述的是班婕妤日常侍奉太后的事。天色方曉，金殿一開，就拿起掃帚，從事打掃，這是每天刻板的打掃生活的開始，足見班婕妤日常生活之單調無味。閒暇時刻，她只能手搖團扇徘徊踱步，求得片刻的安寧與思索的空間。也唯有此扇可以徘徊與共，分擔其失寵的悲切命運。班婕妤寂寞無聊的心情在此展示得淋漓盡致。

　　後兩句仍借用班婕妤的故事，通過比喻和對比展現了一個失意宮妃內心的幽怨憤懣之情。寒鴉尚且可以自由飛翔於昭陽殿之上，分享皇帝恩德，而今處幽冷深宮之人卻不及它——徒有玲瓏秀美的容顏，卻只能無奈地在冷宮深處空耗似水年華。相形對比之下，更見宮人的命運之悲。

　　全詩構思奇特，怨意悠遠。

## 出　塞①

王昌齡

秦時明月漢時關，萬里長征人未還。
但使龍城飛將在，不教胡馬度陰山②。

## 【註釋】

① 出塞：古代軍樂的一種，屬樂府《橫吹曲》。唐人樂府中的《前出塞》
《後出塞》《塞上曲》《塞下曲》都從這一樂曲演變而來。原詩二首，
這是第一首。

② 但使：只要。龍城飛將：指西漢抗匈奴名將李廣，匈奴畏懼他的神
勇，特稱他為「飛將軍」。龍城：漢代匈奴祭天的地方，在今蒙古國
境內，也泛指邊關。不教：不使。胡馬：指外敵入侵的騎兵。陰山：
昆侖山的北支，起自河套西北，橫亘在今內蒙古南部，東北接內興安
嶺的陰山山脈，是我國古代防備匈奴的天然屏障。

## 【評析】

　　這是一首慨歎邊戰不斷、國無良將的邊塞詩，表達了詩人希望統治者起
用良將，平定邊塞戰事，早日使百姓安居樂業的願望。本詩視野開闊，由秦
而漢，由漢而唐，時間縱越千年，空間橫跨萬里，氣象蒼涼雄渾。

　　詩的首句從寫景入手，勾勒了一幅冷月照邊關的蒼茫景色，顯示了邊疆
的遼闊和蕭條。本句使用了「互文」的修辭手法，不能從字面上理解為「秦
時的明月漢時的關」，要把「秦時明月」、「漢時關」的意思互相補充，簡單
來說就是「秦漢時的明月，秦漢時的關」。詩人要表達的意思是自秦漢以
來，邊關一直戰亂不斷，體現了時間的久遠。

　　面對這樣的景象，邊人觸景生情，自然聯想起秦漢以來無數獻身邊疆、
至死未歸的人們。次句中的「萬里」從空間角度點明邊塞的遙遠。這裏的
「人」，既是指已經戰死的士卒，也指還在戍守不能回歸的士卒。「人未還」
則令人聯想到戰爭的殘酷以及百姓承受的災難，表達了詩人的無限憤慨之
情。皎潔的月光和巍峨的邊關，既引人感歎那自古以來就不曾停止的戰爭，
又是古往今來將士們馳騁沙場，奮勇殺敵的歷史見證。

　　三、四句中，詩人直接抒發了鞏固邊防的願望和保衛國家的壯志：只要
有李廣那樣的名將，敵人的馬隊就不會渡過陰山。可見詩人將拯救蒼生的希
望寄託在良將身上。「龍城飛將」這裏不僅指漢代的飛將軍李廣，而是代指
漢朝眾多的抗匈奴名將。這兩句寫得意在言外。意思就是說：由於朝廷用人

不當，使將帥不得其人，才造成了烽火長燃、征人不還的局面。詩人渴望有
「不教胡馬度陰山」的「龍城飛將」出現，以結束「萬里長征人未還」的世
世代代的悲劇。其實，這不僅是詩人的願望，更是受盡戰亂之苦的百姓的共
同願望。

# 清平調三首①

李白

## 其 一

雲想衣裳花想容，春風拂檻露華濃②。
若非群玉山頭見，會向瑤台月下逢③。

## 其 二

一枝紅豔露凝香，雲雨巫山枉斷腸④。
借問漢宮誰得似？可憐飛燕倚新妝⑤。

## 其 三

名花傾國兩相歡，長得君王帶笑看⑥。
解釋春風無限恨，沉香亭北倚闌干⑦。

【註釋】

①清平調：樂曲宮調中的一種。

②檻：欄杆。露華濃：牡丹花沾著晶瑩的露珠更顯得顏色豔麗。

③若非：假如不是。群玉：山名，傳說中西王母所住之地。會：應。瑤

台：西王母的宮殿。

④紅豔露凝香：紅豔豔的牡丹花滴著露珠，好像凝結著襲人的香氣。

　　紅：一作「穠」。巫山雲雨：宋玉《高唐賦》寫楚襄王游高唐，夢中

　　與巫山神女歡合。枉：徒然。

⑤得似：可以媲美。洪昇《長生殿》：「新裝誰似？可憐飛燕嬌懶。」飛

　　燕：漢成帝皇后趙飛燕。倚新妝：形容女子豔服華妝的姣好姿態。

⑥名花：牡丹花。傾國：喻美色驚人，此指楊貴妃。典出漢李延年《佳

　　人歌》：「一顧傾人城，再顧傾人國。」

⑦解釋：瞭解，一作「解識」。春風：指唐玄宗。沉香：亭名，沉香木

　　所築。

## 【評析】

　　這三首詩是李白在長安供奉翰林時所作，是李白在長安期間創作的流傳最廣、知名度最高的詩歌。據說，唐朝興慶宮東面的沉香亭畔，栽種有不少名貴的牡丹，到了花開時節，紫紅、淺紅、全白，各色相間，煞是好看。天寶二年（743）春天的一日，唐玄宗和楊貴妃在宮中的沉香亭觀賞牡丹花，伶人們正準備表演歌舞以助興。唐玄宗卻說：「賞名花，對妃子，豈可用舊日樂詞。」因急召翰林學士李白進宮寫新樂章。李白奉詔進宮，即在金花箋上作了這三首詩。

　　在這三首詩中，李白把楊貴妃和牡丹放在一起寫，花即是人，人即是花，把人面花光渾融一片，同蒙唐玄宗的恩澤。唐玄宗看了十分滿意，當即重賞了李白。這三首詩無論從立意上，還是謀篇佈局上，抑或是修辭摹寫上，都顯得非常獨特。從另一方面分析，詩人當時是突然被召入宮，被要求即興賦詩。在這樣的情況下，詩人並沒有抱著交差的心理，草草作一首應景之詩，而是準確地把握了唐玄宗當時的特殊心理，把名花與唐玄宗的愛妃聯繫在一起，並由此切入進行發揮，因此顯得得心應手，遊刃有餘。從中我們不難看出李白文思之敏捷，作詩功底之深厚。

　　【第一首】以牡丹花比楊貴妃的美貌。首句把楊貴妃的衣服比作霓裳羽衣，將容貌比作花朵，將楊貴妃的美麗形象描繪了出來。「雲想衣裳」既可

以理解為見雲而想到衣裳。又可以理解為把衣裳想像為雲，「花想容」既可以理解為看見花而想到楊貴妃的美麗容顏，又可以理解為把楊貴妃的容貌想像為花。寥寥七個字，卻將人美、花美、景美巧妙地融合在了一起，給人以花團錦簇之感。

次句「春風拂檻露華濃」，進一步以「露華濃」來點染花容，美麗的牡丹花在晶瑩的露水中顯得更加豔冶，這就使上句更為酣滿，同時也以風露暗喻君王的恩澤，使花容人面倍見精神。

下面，詩人的想像忽又升騰到天堂西王母所居的群玉山、瑤台。「若非」、「會向」二詞表示一種選擇的意味，但表達的卻是非常肯定的意思：這樣超絕人寰的花容，恐怕只有在天上仙境才能見到吧！玉山、瑤台、月色，一色素淡的字眼，映襯花容人面，使人自然聯想到白玉般的人兒，又像一朵溫馨的白牡丹花。與此同時，詩人又不露痕跡，把楊貴妃比作天女下凡，真是精妙至極。

【第二首】運用典故，以牡丹帶露比楊妃得寵。首句不但寫色，而且寫香；不但寫天然的美，而且寫含露的美，比上首的「露華濃」更進一層。這句從字面看是寫牡丹花，但仔細品味後不難體會，詩人仍是想借花寫人，寫楊妃自身之美，以及她承恩露之美。

次句用楚襄王的故事，把上句的花，擬人指出楚王為神女而斷腸，其實夢中的神女，哪里及得上當前的花容人面！這裏用對比的手法，再次突出了楊貴妃的美貌。

三、四句寫漢成帝的皇后趙飛燕即使扮上新妝，也無法和不施粉黛的楊貴妃相比。所以，楊貴妃是真正的國色天香。

這一首以壓低神女和趙飛燕，來抬高楊貴妃，借古喻今，尊題手法。

【第三首】從仙境古人返回到現實，總承一、二首，寫盡牡丹、貴妃與君王。首句用「兩相歡」將牡丹和「傾國」合為一提，詩到此處才正面點出「傾國」的美人正是楊貴妃。次句中「帶笑看」三字再來一統，使牡丹、楊貴妃、玄宗三位一體，融合在一起了。這樣寫，既能討得楊貴妃的喜愛，也能博得君王的歡心。由此引出第三句「解釋春風無限恨」，此句顯得水到渠成，順理成章。「春風」二字即君王之代詞。既然唐玄宗被牡丹的豔麗、貴

妃的美麗引得笑意連連了，那麼所有的「恨」便都輕鬆消解了，玄宗自然就無恨了。末句巧妙地點出了唐玄宗和楊貴妃是在沉香亭北觀賞牡丹的。他們倚著欄杆，賞玩欄外牡丹，那是多麼優雅和風流啊！

　　這組詩構思精巧，辭藻豔麗，句句金玉，字字流葩，而最突出的是將花與人渾融在一起寫。讀這三首詩，如覺春風滿紙，花光滿眼，人面迷離，不待什麼刻畫，而自然使人覺得這是牡丹，這是美人玉色，而不是別的。無怪這三首詩當時就深為唐玄宗所讚賞。

## 出　塞

王之渙

　　　黃河遠上白雲間，一片孤城萬仞山<sup>①</sup>。
　　　羌笛何須怨楊柳，春風不度玉門關<sup>②</sup>。

### 【註釋】

① 黃河遠上：遠望黃河的源頭。一作「黃沙直上」。孤城：指孤零零的戍邊的城堡。仞：古代的長度單位，一仞相當於七尺或八尺。

② 羌笛：古羌族主要分佈在甘、青、川一帶。羌笛是羌族樂器，屬橫吹式管樂。何須：何必。度：吹到過。玉門關：漢武帝置，因西域輸入玉石取道於此而得名。故址在今甘肅敦煌西北小方盤城，是古代通往西域的要道。六朝時關址東移至今安西雙塔堡附近。

### 【評析】

　　本詩以一種特殊的視角描繪了黃河遠眺的特殊感受，同時也展示了邊塞地區壯闊、荒涼的景色，悲壯蒼涼，流露出一股慷慨之氣。邊塞的酷寒正體現了戍守邊防的征人回不了故鄉的哀怨，這種哀怨不消沉，而是壯烈廣闊。詩題一作《涼州詞》。

　　詩的前兩句描繪了西北邊地廣漠壯闊的風光。首句抓住自下向上、由近

及遠眺望黃河的特殊感受，描繪出「黃河遠上白雲間」的動人畫面。寫得真是神思飛躍，氣象開闊。不但突出了黃河源遠流長的閑遠儀態，同時展示了邊地廣漠壯闊的風光，不愧為千古奇句。

次句「一片孤城萬仞山」出現了塞上孤城，這是此詩主要意象之一，屬於「畫卷」的主體部分。「黃河遠上白雲間」是它遠大的背景，「萬仞山」是它靠近的背景。在遠川高山的反襯下，益見此城地勢險要、處境孤危。「一片」是唐詩慣用語詞，往往與「孤」連文，這裏相當於「一座」，而在詞采上多一層「單薄」的意思。這樣一座漠北孤城，當然不是居民點，而是戍邊的堡壘，同時暗示詩中有征夫在。「孤城」作為古典詩歌語彙，具有特定含義，它往往與離人愁緒聯結在一起。因此，次句「孤城」意象的先行引入，就為下兩句進一步刻畫征夫的心理作好了準備。

第三句忽而一轉，引入羌笛之聲。羌笛所奏乃《折楊柳》曲調，這就不能不勾起征夫的離愁了。此句係化用樂府《橫吹曲辭·折楊柳歌辭》中「上馬不捉鞭，反折楊柳枝。蹀座吹長笛，愁殺行客兒」的詩意。折柳贈別的風習在唐時最盛。「楊柳」與離別有更直接的關係。所以，人們不但見了楊柳會引起別愁，連聽到《折楊柳》的笛曲也會觸動離恨。而不說「聞折柳」卻說「怨楊柳」，造語尤妙。這就避免直接用曲調名，化板為活，且能引發更多的聯想，深化詩意。玉門關外，春風不度，楊柳不青，離人想要折一枝楊柳寄情也不能，這就比折柳送別更為難堪。征人懷著這種心情聽曲，似乎笛聲也在「怨楊柳」，流露的怨情是強烈的，而以「何須怨」的寬解語委婉出之，深沉含蓄，耐人尋味。這第三句以問語轉出了如此濃郁的詩意，末句「春風不度玉門關」也就水到渠成。用「玉門關」一語入詩也與征人離思有關。《後漢書·班超傳》云：「不敢望到酒泉郡，但願生入玉門關。」所以末句正寫邊地苦寒，含蓄著無限的鄉思離情。

此詩雖極寫戍邊者不得還鄉的怨情，但寫得悲壯蒼涼，沒有衰颯頹唐的情調，表現出盛唐詩人廣闊的心胸。即使寫悲切的怨情，也是悲中有壯，悲涼而慷慨。

# 金縷衣<sup>①</sup>

無名氏

勸君莫惜金縷衣，勸君惜取少年時<sup>②</sup>。
花開堪折直須折，莫待無花空折枝<sup>③</sup>。

## 【註釋】

① 金縷衣：用金線嵌織的華貴衣服。比喻榮華富貴。《金縷衣》屬樂府
　《近代曲辭》。

② 惜取：珍惜。一作「須惜」。

③ 花開：一作「有花」。堪：可。須：應。

## 【評析】

　　本詩是中唐時的一首流行歌詞，據說元和時鎮海節度使李錡酷愛此詞，
常命侍妾杜秋娘在酒宴上演唱。歌詞的作者是誰已不可考。《全唐詩》直接
記錄其詩人為無名氏，而有的唐詩選本則將其作者注為杜秋娘或李錡，是不
準確的。杜秋娘為唐代歌妓，相傳她擅長演唱《金縷衣》曲。

　　這首詩的含義很單純，可以用「莫負好時光」一言以蔽之。它每個詩句
似乎都在重複那單一的意思「莫負好時光」，而每句又都寓有微妙變化，重
複而不單調，回環而有緩急，形成優美的旋律，反復詠歎強調愛惜時光，莫
要錯過青春年華。從字面看，是對青春和愛情的大膽歌唱，是熱情奔放的坦
誠流露。然而字面背後，仍然是「愛惜時光」的主旨。

　　詩的一、二句式相同，都以「勸君」開始。「惜」字兩次出現，但第一
句說的是「勸君莫惜」，二句說的是「勸君惜取」，形成重複中的鮮明對比。
「金縷衣」是華麗貴重之物，卻「勸君莫惜」，可見還有遠比它更為珍貴的
東西，這就是「勸君惜取」的「少年時」了。至於其原因，詩句未直說，那
本是不言而喻的：貴如黃金也有再得的時候，然而青春對任何人也只有一
次，它一旦逝去是永不復返的。可是，世人多惑於此，愛金如命、虛擲光陰
的真不少呢。兩句一否定、一肯定，否定前者乃是為肯定後者，似分實合，

構成詩中第一次反覆和詠歎，其旋律節奏是紆迴徐緩的，既體現了歌曲的韻律美，又展現了楚楚動人的風韻。

　　三、四句則構成第二次反覆和詠歎，單就詩意看，與一、二句差不多，還是「莫負好時光」那個意思。從句式來看，這兩句與前兩句類似，但在表現手法上又有所差異。前兩句直抒胸臆，是賦法，後兩句卻用了譬喻方式，是比義。後兩句不似前兩句那般句式整齊，但含義是彼此呼應、恰到好處的。「花開堪折直須折」是從正面勸告人們珍惜光陰、及時行樂；「莫待無花空折枝」從反面說不能珍惜時光的後果，反覆傾訴同一情愫，是「勸君」的繼續，但語調節奏由徐緩變得峻急、熱烈。「花」字兩見，「折」字竟三見，形成了一種回文式的複疊美。詩句大膽地表達了對快樂的追求、對青春的熱愛，熱情真摯，豪放直率，令人深受感染。此外，這一系列天然工妙的字與字的反覆、句與句的反覆，使詩句琅琅上口，語語可歌。除了形式美，其情緒由徐緩的回環到熱烈的動盪，又構成此詩內在的韻律，誦讀起來就更使人感到迴腸盪氣了。

國家圖書館出版品預行編目資料

唐詩三百首大全集／蘅塘退士編撰，顏興林注釋，初版
新北市：新視野 New Vision，2018. 05
　　　面；　公分--
　　　ISBN 978-986-94435-9-3（平裝）
831.4　　　　　　　　　　　　　　　107003105

# 唐詩三百首大全集

編　　撰　清・蘅塘退士
注　　釋　顏興林


策　　劃　周向潮
出 版 人　翁天培
出　　版　新視野 New Vision
製　　作　新潮社文化事業有限公司
　　　　　電話 02-8666-5711
　　　　　傳真 02-8666-5833
　　　　　E-mail：service@xcsbook.com.tw


印前作業　菩薩蠻數位文化有限公司
印刷作業　福霖印刷有限公司


總 經 銷　聯合發行股份有限公司
　　　　　新北市新店區寶橋路 235 巷 6 弄 6 號 2F
　　　　　電話 02-2917-8022
　　　　　傳真 02-2915-6275

初版一刷　2018 年 05 月